CARBONO
ALTERADO

RICHARD MORGAN

CARBONO ALTERADO

Tradução
Edmo Suassuna

1ª edição

BERTRAND BRASIL
Rio de Janeiro | 2017

Publicado originalmente por Gollancz, Londres.

Título original: *Altered Carbon*

Texto revisado segundo o novo
Acordo Ortográfico da Língua Portuguesa

2017
Impresso no Brasil
Printed in Brazil

CIP-BRASIL. CATALOGAÇÃO NA PUBLICAÇÃO
SINDICATO NACIONAL DOS EDITORES DE LIVROS, RJ

M846c

Morgan, Richard
Carbono alterado / Richard Morgan; tradução Edmo Suassuna. – 1ª ed. – Rio de Janeiro: Bertrand Brasil, 2017.
490 p.; 23 cm.

Tradução de: Altered Carbon
ISBN: 978-85-286-2165-5

1. Ficção inglesa. I. Suassuna, Edmo. II. Título.

17-41427

CDD: 823
CDU: 821.111-3

EDITORA BERTRAND BRASIL LTDA.
Rua Argentina, 171 – 2º andar – São Cristóvão
20921-380 – Rio de Janeiro – RJ
Tel.: (021) 2585-2000 – Fax: (021) 2585-2084

Atendimento e venda direta ao leitor:
mdireto@record.com.br ou (021) 2585-2002

Este livro é para
meu pai e minha mãe:

JOHN
por sua resistência de ferro
e generosidade de espírito incansável
perante a adversidade
&
MARGARET
pela fúria incandescente
que reside na compaixão e
uma recusa a dar as costas.

PRÓLOGO

Duas horas antes da alvorada, sentei-me na cozinha e fumei um dos cigarros de Sarah, escutando o redemoinho e esperando. Porto Fabril já tinha se deitado para dormir havia muito, mas lá no Extremo as correntezas ainda se emaranhavam nos baixios, e o som vinha percorrer as ruas vazias em terra firme. Havia uma névoa fina emanando do redemoinho e caindo sobre a cidade como mantos de seda, embaçando as janelas das cozinhas.

Quimicamente alerta, fiz meu inventário naquela mesa de madeira arranhada pela quinta vez na noite. A pistola de dardos Heckler & Koch de Sarah tinha um reluzir fosco na penumbra, com a abertura da coronha escancarada para um carregador. Era uma arma de assassinos profissionais, compacta e totalmente silenciosa. Os carregadores jaziam logo ao lado. Ela tinha enrolado cada um deles em fita isolante colorida para distinguir a munição: verde para sonífera; preto para a carga de peçonha de aranha. A maioria estava embrulhada com fita preta. Sarah tinha usado boa parte da verde nos seguranças da Gemini Biosys na noite anterior.

Minha contribuição individual era menos sutil: a grande Smith & Wesson prateada e as quatro granadas alucinógenas restantes. As finas linhas rubras que contornavam cada cilindro pareciam faiscar de leve, como se prestes a se desafixar dos recipientes de metal e flutuar para o alto, juntando-se aos caracóis de fumaça que subiam do meu cigarro. Deslocamento e deslizamento de significantes alterados, o efeito colateral da tetrameta que eu tinha descolado naquela tarde lá no porto. Geralmente não fumo quando estou careta, mas, por algum motivo, a tetra sempre me deixa com esse anseio.

Sob o rugido distante do turbilhão, eu ouvi. O matraquear urgente de rotores de helicóptero no tecido da noite.

Apaguei o cigarro, um pouco desapontado comigo mesmo, e fui até o quarto. Sarah dormia, um conjunto de curvas senoidais de baixa frequência sob o lençol solitário. Uma cascata negra de cabelos lhe cobria o rosto, e a mão de dedos longos pendia ao lado da cama. Enquanto eu a observava, a noite lá fora explodiu. Era um dos guardiões orbitais do Mundo de Harlan fazendo um disparo de teste contra o Extremo. Um trovão do céu abalado chacoalhou as janelas. A mulher na cama se moveu e tirou o cabelo do rosto. O olhar de cristal líquido me encontrou e entrou em foco.

— O que é que você está olhando? — Voz rouca com o resquício de sono.

Respondi com um sorrisinho.

— Não fode — disse ela. — Me diz o que é que você estava olhando.

— Estava só olhando. Hora de ir.

Ela ergueu a cabeça e captou o som do helicóptero. O sono se esvaiu de seu rosto, e ela se sentou na cama.

— Cadê o material?

Aquela era uma piada do Corpo. Sorri como quem vê um velho amigo e apontei para o caixote no canto do quarto.

— Vá pegar minha arma.

— Sim, *senhora*. Preto ou verde?

— Preto. Confio tanto nesses vermes quanto confio numa camisinha.

Na cozinha, inseri o carregador na pistola de dardos, lancei um olhar para minha própria arma e a deixei ali. Em vez de pegá-la, passei a mão em uma das granadas A e a apanhei de volta com a outra. Parei à entrada do quarto e senti o peso das duas peças de equipamento, como se tentasse decidir qual era a mais pesada.

— Vai um pequeno extra com seu substituto fálico, senhora?

Sarah me espiou por baixo do crescente de cabelos negros que escorria sobre a testa. Ela estava puxando um par de longas meias de lã sobre as coxas lustrosas.

— É você que tem a cano longo, Tak.

— Tamanho não é...

Nós dois ouvimos ao mesmo tempo. Um *claque* metálico duplo no corredor. Nossos olhares se cruzaram, e, por um quarto de segundo, vi meu próprio choque espelhado nela. Então eu estava jogando a pistola de dardos carregada para Sarah, que ergueu a mão e a pegou no ar bem no momento em que a parede inteira do quarto desmoronou num estrondo. A explosão me atirou para um canto no chão.

Deviam ter nos localizado dentro do apartamento usando sensores de calor corporal e então instalado minas-cracas na parede inteira. Não queriam correr risco nenhum daquela vez. O comando que entrou pela parede arruinada era atarracado, tinha os olhos de inseto do traje de ataque de gás e segurava nas mãos enluvadas uma Kalashnikov cano curto.

Com os ouvidos apitando, ainda no chão, eu lancei a granada A contra ele. Não estava ativada, e de qualquer forma ela seria inútil contra a máscara de gás, mas o sujeito não teve tempo de identificar o dispositivo que girava em sua direção. Rebateu a granada com a coronha da Kalashnikov e cambaleou para trás, olhos arregalados atrás dos painéis de vidro da máscara.

— *Granada!*

Sarah estava no chão ao lado da cama, braços envolvendo a cabeça e protegida da explosão. Ela ouviu o grito e, nos segundos que ganhamos com o blefe, se levantou de novo, com a arma de dardos estendida. Avistei vultos encolhidos atrás da parede, protegendo-se da detonação que esperavam da granada. Ouvi o zumbido de mosquito dos dardos monomoleculares do outro lado do quarto quando ela meteu três tiros no líder. Os dardos rasgaram invisivelmente o traje de ataque e a carne por baixo. O comando fez um barulho como alguém tentando erguer um objeto pesado enquanto a peçonha de aranha cravava as garras em seu sistema nervoso. Sorri e comecei a me levantar.

Sarah já estava voltando a mira para os vultos além da parede quando o segundo comando noturno apareceu escorado na porta da cozinha e a metralhou com o fuzil de assalto.

Ainda de joelhos, eu a vi morrer com claridade química. Tudo correu tão lentamente que era como um vídeo avançando quadro a quadro. O comando manteve a mira baixa, segurando a Kalashnikov de forma a evitar o coice do fogo hiper-rápido pelo qual a arma era tão famosa. A cama se foi primeiro, irrompendo em erupções de plumas brancas de ganso e pano rasgado, e Sarah foi logo atrás, pega na tempestade enquanto se virava. Vi uma perna ser destroçada abaixo do joelho, depois os tiros atingiram o torso, arrancando punhados ensanguentados de carne do flanco pálido enquanto ela caía em meio à cortina de fogo.

Eu me levantei às pressas quando o fuzil engasgou e parou. Sarah tinha rolado com o rosto para baixo, como se para esconder o estrago que os projéteis tinham feito, mas pude ver tudo através de véus vermelhos, de qualquer forma. Saí do canto no automático, e o comando demorou demais para virar a Kalashnikov. Choquei-me contra ele na altura da cintura, bloqueei a arma e o joguei de volta à cozinha. O cano bateu no batente da porta, e a arma escapuliu de suas mãos. Ouvi o estardalhaço dela caindo no chão atrás de mim ao atingirmos o piso. Com a velocidade e a força da tetrameta, eu me sentei em cima dele, afastei um braço agitado com um tapa e segurei a cabeça com as duas mãos. Depois a esmaguei contra os azulejos como um coco.

Sob a máscara, os olhos dele perderam o foco de repente. Ergui a cabeça de novo e a bati de novo, sentindo o crânio ceder frouxamente com o impacto. Esmaguei a cabeça no chão, ergui e esmaguei mais uma vez. Um rugido soava em meus ouvidos como o do redemoinho e, em algum lugar, eu ouvia minha própria voz gritando obscenidades. Estava preparando a quarta ou quinta pancada quando alguma coisa me chutou entre as omoplatas, e estilhaços saltaram magicamente da perna de mesa à minha frente. Senti ardor quando dois deles encontraram um novo lar na minha cara.

Por algum motivo, a raiva de repente se esvaiu. Soltei a cabeça do comando quase gentilmente, já erguendo uma mão confusa em direção à dor dos estilhaços no meu rosto quando percebi que tinha levado um tiro e que a bala provavelmente tinha chegado a atravessar o meu peito antes de acertar a perna da mesa. Olhei para baixo, estupefato, e vi a mancha vermelho-escura se espalhando pela minha camisa. Não havia dúvida: era um buraco de saída onde caberia uma bola de golfe.

Com a percepção veio a dor. Parecia que alguém tinha passado uma escova de cachimbo com cerdas de aço brutalmente por dentro do meu corpo. Quase pensativo, ergui a mão, encontrei o buraco e o fechei com meus dois dedos do meio. As pontas desses dedos rasparam a aspereza do osso estraçalhado no ferimento, e senti alguma coisa membranosa latejar contra elas. A bala não me atingira o coração. Grunhi e tentei me levantar, mas o grunhido se tornou tosse, e senti gosto de sangue na língua.

— *Parado aí, filho da puta.*

O grito veio de uma garganta jovem, muito distorcido pelo choque. Inclinei-me para frente sobre o ferimento e olhei para trás. À porta, atrás de mim, um rapaz com uniforme de polícia segurava com as duas mãos a pistola que tinha usado para atirar em mim. Ele tremia visivelmente. Tossi de novo e me virei de volta para a mesa.

A Smith & Wesson estava à altura dos olhos, reluzindo prateada ainda onde eu a deixara menos de dois minutos antes. Talvez fossem eles, os exíguos fragmentos de tempo cinzelados desde que Sarah estivera viva e tudo estivera bem, que me impulsionavam. Menos de dois minutos antes eu poderia ter pegado a arma, tinha até pensado nisso, então por que não agora? Cerrei os dentes, pressionei mais forte os dedos no buraco em meu peito e me levantei, instável. O sangue espirrava morno no fundo da minha garganta. Eu me apoiei na borda da mesa com a mão livre e olhei para o policial. Sentia meus lábios se abrindo sobre dentes cerrados, formando mais um sorriso que uma careta.

— *Não me obrigue a atirar, Kovacs.*

Cheguei um passo mais perto da mesa e me escorei nela com as coxas, minha respiração sibilando entre dentes e borbulhando na garganta. A Smith & Wesson cintilava como ouro de tolo na madeira arranhada. Lá no Extremo, a energia mergulhou de um orbital e iluminou a cozinha em tons de azul. Eu ouvia o chamado do turbilhão.

— *Eu falei pra não...*

Fechei os olhos e agarrei a arma na mesa.

PARTE 1: CHEGADA

[TRANSFERÊNCIA DE TRANSMISSÃO EM FEIXE]

CAPÍTULO 1

Voltar dos mortos pode ser dureza.

No Corpo de Emissários, nos ensinam a relaxar antes do armazenamento. Botar a si mesmo em ponto morto e se deixar flutuar. É a primeira lição, que os instrutores forçam na nossa cabeça desde o primeiro dia. Virgínia Vidaura, com seu olhar severo e físico de dançarina aprumado dentro do macacão amorfo do Corpo, andava de um lado a outro diante de nós no salão de indução. *Não se preocupem com nada,* dizia, *e você estará pronto.* Uma década mais tarde, nós nos reencontramos na cela temporária do complexo de justiça em Nova Kanagawa. Ela havia sido condenada a uma pena de oitenta a cem anos; assalto à mão excessivamente armada e dano orgânico. A última coisa que ela me disse, enquanto era levada da cela, foi: *Não se preocupe, garoto, eles vão armazenar.* Em seguida, baixou a cabeça para acender um cigarro, inalou com força a fumaça para dentro de pulmões para os quais não dava mais a mínima e seguiu pelo corredor como se estivesse se dirigindo a uma reunião tediosa. Pelo ângulo estreito que o portão da cela me concedia, vi o orgulho naquela caminhada e sussurrei as palavras para mim mesmo como um mantra.

Não se preocupe, eles vão armazenar. Era um ditado popular cem por cento ambíguo. É uma fé cínica na eficiência do sistema penal e uma dica para atingir o estado de espírito esquivo necessário para navegar por entre os rochedos da psicose. O que quer que você esteja sentindo, que esteja pensando, que você seja ao ser armazenado, é assim que estará ao sair. Um estado de alta ansiedade pode ser problemático. Então o melhor é relaxar. Botar o câmbio em ponto morto. Desconectar e flutuar.

Se der tempo.

Eu saí do tanque me debatendo, uma das mãos cravada no peito em busca dos ferimentos, a outra tentado agarrar uma arma inexistente. O peso me atingiu como uma marretada e me fez desabar de volta no gel de flutuação. Agitei os braços, dei uma cotovelada dolorosa na lateral do tanque e arfei, deixando o gel entrar e descer até a garganta. Fechei a boca e me agarrei à borda da escotilha, mas a gosma estava por toda parte. Nos meus olhos, ardendo nas minhas narinas e na minha garganta, sob meus dedos. O peso puxava minha mão para longe da escotilha, assentava-se no meu peito como uma manobra de alta força gravitacional e pressionava meu corpo para baixo, contra o gel. Eu me arqueei violentamente no tanque apertado. Gel de flutuação? Eu estava mesmo era me *afogando*.

De repente, alguém segurou o meu braço com força e fui erguido, tossindo, à posição sentada. No momento em que finalmente caiu a ficha de que não havia ferimentos no meu peito, alguém esfregou com grosseria uma toalha no meu rosto, e pude enxergar novamente. Decidi guardar esse prazer para depois e me concentrei em expelir o fluido do nariz e da garganta. Por mais ou menos meio minuto eu fiquei sentado, com a cabeça baixa, tossindo o gel e tentando entender por que tudo estava tão pesado.

— E eu achando que o treinamento prestava. — Era uma voz masculina e severa, do tipo que está sempre circulando em complexos de justiça. — O que você aprendeu com os Emissários, Kovacs?

Foi aí que eu entendi. No Mundo de Harlan, Kovacs é um nome bem comum. Todo mundo sabe pronunciá-lo. Este cara, não. Falava uma forma estendida do amânglico, que se usava no Mundo, mas, mesmo levando isso em conta, ele tinha errado feio a pronúncia, o fim saindo com um "k" duro em vez do "ch" ao estilo eslavo.

E tudo estava pesado demais.

A conclusão atravessou minha percepção enevoada como um tijolo estilhaçando uma vidraça fosca.

Outro mundo.

Em algum momento, tinham pegado e fretado Takeshi Kovacs (h.d.). E, como o Mundo de Harlan era a única biosfera habitável no sistema de Lampejo, isso significava um feixe de alcance estelar para...

Onde?

Ergui o olhar. Tubos de uma iluminação desagradável em neon montados num teto de concreto. Eu estava sentado na escotilha aberta de um cilindro de metal fosco, parecendo muito um pioneiro da aviação que tinha se esquecido de se vestir antes de embarcar no biplano. O cilindro fazia parte de uma fileira de mais ou menos vinte iguais, encostados na parede diante de uma pesada porta de aço fechada. O ar estava gelado, e as paredes não eram pintadas. Justiça seja feita, no Mundo de Harlan pelo menos as salas de encapamento são recobertas de cores pastel, e as atendentes são bonitas. Afinal, você teoricamente já pagou seu débito com a sociedade. O mínimo que podem fazer é oferecer um começo otimista para sua nova vida.

"Otimista" não estava no vocabulário do sujeito à minha frente. Com uns dois metros de altura, ele parecia ter se sustentado lutando judô com panteras do pântano antes de embarcar na carreira atual. A musculatura volumosa do peito e dos braços mais parecia uma armadura, e a cabeça acima era raspada quase a zero, revelando uma longa cicatriz em forma de raio que descia pela orelha esquerda. Ele vestia trajes pretos largos com dragonas e um logo de disquete no peito. Os olhos, que combinavam com o traje, me observavam com fria calma. Depois de me erguer, ele tinha se afastado para fora do alcance dos meus braços, conforme ditava o manual. Ele já fazia isso havia muito tempo.

Fechei uma narina e expeli o gel do tanque pela outra.

— Quer me dizer onde estou? Listar meus direitos ou algo do gênero?

— Kovacs, neste momento você não tem direito algum.

Olhei para ele e vi um sorriso sinistro naquele rosto. Dei de ombros e funguei para limpar a outra narina.

— Pode me dizer onde estou?

Ele hesitou por um momento, deu uma olhada para o teto riscado de neon como se quisesse confirmar a informação consigo mesmo antes de passar adiante e então imitou meu dar de ombros.

— Claro. Por que não? Você está em Bay City, cara. Bay City, na Terra. — O sorriso medonho voltou. — Lar da Raça Humana. Por favor, desfrute de sua estadia neste que é o mais antigo dos mundos civilizados. Tã-dãdã-DÃÃ.

— Não largue seu outro emprego — aconselhei com muita seriedade.

A médica me levou por um longo corredor branco com um piso todo marcado pelas rodas de borracha das macas. Ela avançava bem rápido, e tive que me esforçar para acompanhá-la, vestindo apenas uma toalha cinzenta lisa e ainda pingando gel do tanque. Os modos dela eram superficialmente profissionais, mas havia indícios dissimulados de estresse. Tinha uma resma de documentos impressos enrolados debaixo do braço e outros lugares aonde ir. Perguntei-me quantos encapamentos ela coordenava por dia.

— Você deve descansar o máximo que puder pelos próximos dois dias — recitou. — Pode vir a sentir alguma dor ou ardência, mas isso é normal. Um bom sono resolve. Se você tiver alguma reclam...

— Eu sei. Já passei por isso antes.

Não estava muito no clima de interação humana. Tinha acabado de me lembrar de Sarah.

Paramos diante de uma porta lateral com a palavra *chuveiro* marcada em estêncil no vidro fosco. A doutora me conduziu para dentro e me fitou por um momento.

— Já usei chuveiros antes, também — assegurei.

Ela assentiu.

— Quando você terminar, tem um elevador no fim do corredor. O setor de Liberação fica no próximo andar. E, bem, a polícia está esperando para falar com você.

O manual diz que é melhor evitar altas nos níveis de adrenalina nos recém-encapados, mas ela devia ter lido meu arquivo e concluído que falar com a polícia não seria um evento lá muito excepcional para mim. Tentei me sentir assim também.

— O que eles querem?

— Eles não se dispuseram a compartilhar essa informação. — As palavras transmitiram uma frustração que ela não deveria permitir que eu notasse. — Talvez conheçam a sua reputação.

— Talvez. — Seguindo um impulso, flexionei meu novo rosto num sorriso. — Doutora, eu nunca estive aqui antes. Na Terra, quero dizer. Nunca lidei com a polícia daqui. Devo ficar preocupado?

Ela me fitou, e vi quando surgiram nos olhos dela; a mistura de medo, espanto e desprezo de uma reformadora fracassada de seres humanos.

— Com um cara como você — respondeu ela, finalmente —, eu diria que eles é que deveriam ficar preocupados.

— Sei — comentei em voz baixa.

Ela hesitou, depois fez um gesto.

— Tem um espelho na cabine — disse, partindo em seguida. Dei uma olhada na sala indicada, sem saber se já estava pronto para um espelho.

No chuveiro, assoviei para afastar a inquietação e passei as mãos com sabonete pelo meu novo corpo. Minha capa tinha uns 40 e poucos anos, padrão do Protetorado, com um físico de nadador e o que pareciam ser sistemas personalizados militares embutidos nos nervos. Um aprimoramento neuroquímico, muito provavelmente. Eu mesmo já tivera um. Havia também uma rigidez nos pulmões que sugeria um vício em nicotina e cicatrizes fantásticas no antebraço, mas, além dessas coisas, não encontrei nada de que pudesse reclamar. As pequenas fisgadas e dores sempre aparecem mais tarde, e, se for esperto, você se conforma com elas. Toda capa tem uma história. Quem se incomoda com essas coisas faz fila na Syntheta's ou Fabrikon. Já vesti muitas capas sintéticas; são usadas com frequência em audiências de condicional. São baratas, mas me passam demais a sensação de se viver sozinho numa casa fustigada pelo vento, e os circuitos de sabor nunca estão ideais. Tudo que você come acaba com gosto de serragem com curry.

Na cabine de troca, encontrei um terno tropical bem dobrado sobre o banco e o espelho na parede. Em cima das roupas, havia um relógio de aço simples e, abaixo dele, um envelope branco com o meu nome escrito. Respirei fundo e fui me olhar no espelho.

Essa era sempre a parte mais difícil. Venho fazendo isso há quase duas décadas, mas ainda me abalo ao olhar para o espelho e ver um completo estranho me encarando. É como fazer surgir uma imagem das profundezas de um autoestereograma. Nos primeiros dois instantes tudo o que você consegue ver é outra pessoa encarando-o por uma janela. Então, como um deslocamento de foco, você se sente flutuar rapidamente até detrás da máscara e aderir ao interior dela com um choque quase tátil. É como se alguém cortasse um cordão umbilical, só que, em vez de separar os dois de você, foi a estranheza do outro que foi cortada, e agora você está só fitando seu reflexo.

Fiquei ali e me sequei com a toalha, acostumando-me ao novo rosto. Era basicamente caucasiano, o que era uma mudança para mim, e a impressão dominante que eu tive foi de que, se existe uma trilha de resistência mínima na vida, este rosto jamais a seguiu. Mesmo com a palidez característica de uma longa estadia no tanque, os traços no espelho conseguiam exibir o desgaste do tempo. Havia rugas por toda parte. O cabelo denso e curto era preto e raiado com fios grisalhos. Os olhos eram de um tom especulativo de azul, e havia uma cicatriz clara e irregular abaixo do esquerdo. Ergui o antebraço do mesmo lado do corpo e contemplei a história escrita ali, curioso para saber se as duas marcas estavam conectadas.

O envelope sob o relógio continha uma única folha de papel impresso. Cópia física. Assinatura à mão. Muito exótico.

Bem, você está na Terra agora. O mais antigo dos mundos civilizados. Dei de ombros e espiei a carta, depois me vesti e a guardei dobrada no bolso do meu novo paletó. Com uma última olhada no espelho, coloquei o relógio e saí para encontrar a polícia.

Eram quatro e quinze da tarde, horário local.

A doutora me esperava, sentada atrás de um longo balcão curvo de recepção e preenchendo formulários num monitor. Um homem magro e de aparência severa, vestido em roupas pretas, estava parado atrás dela. Não havia mais ninguém no aposento.

Olhei ao redor e depois me voltei para o sujeito.

— Você é da polícia?

— Lá fora. — Ele apontou para a porta. — Eles não têm jurisdição aqui. Precisam de autorização especial para entrar. Temos a nossa própria segurança.

— E você é?

Ele me olhou com a mesma mistura de emoções com que a doutora tinha me contemplado.

— Diretor Sullivan, executivo responsável pelo Bay City Central, o complexo do qual você está saindo agora.

— Você não parece muito feliz em me ver partir.

Sullivan me cravou o olhar.

— Você é um reincidente, Kovacs. Nunca vi um bom motivo para se gastar boa carne e sangue em gente como você.

Toquei a carta no bolso do paletó.

— Sorte minha que o Sr. Bancroft discorda. Ele supostamente vai me mandar uma limusine. Está lá fora também?

— Não olhei.

Em algum lugar no balcão, uma campainha de protocolo soou. A doutora tinha acabado o preenchimento. Arrancou a cópia impressa, rubricou em alguns lugares e a passou para Sullivan. O diretor se curvou sobre o papel e o esquadrinhou com olhos semicerrados antes de assinar e entregá-lo a mim.

— Takeshi Lev Kovacs — começou ele, errando o meu nome com a mesma habilidade que o subordinado dele na sala de tanques. — Pelos poderes em mim investidos pelo Acordo de Justiça da ONU, eu o libero em arrendamento a Laurens J. Bancroft, por um período que não poderá exceder seis semanas, ao final do qual seu status de saída condicional será reavaliado. Por favor, assine aqui.

Peguei a caneta e escrevi meu nome na letra de outra pessoa ao lado do dedo do diretor. Sullivan separou as duas cópias e me entregou a via cor-de-rosa. A doutora ergueu uma segunda folha, e Sullivan a pegou.

— Este é um certificado da doutora atestando que Takeshi Kovacs (h.d.) foi recebido intacto da Administração de Justiça do Mundo de Harlan e subsequentemente encapado neste corpo. Testemunhado por mim mesmo e por câmeras de circuito interno. Uma cópia em disco dos detalhes da transmissão e dados de tanque segue anexa. Por favor, assine a declaração.

Dei uma olhada para cima e procurei em vão algum sinal das câmeras. Não valia a pena discutir. Rabisquei minha nova assinatura uma segunda vez.

— Esta é uma cópia do contrato de arrendamento ao qual você está vinculado. Por favor, leia com cuidado. O descumprimento de qualquer cláusula pode resultar na sua devolução imediata ao armazenamento, para completar a duração completa de sua sentença aqui ou em outro complexo à escolha da Administração. Você entende esses termos e concorda em cumpri-los?

Peguei a papelada e fiz uma leitura rápida. Era o esquema de sempre. Uma versão modificada do acordo de condicional que eu assinara meia dúzia de vezes no Mundo de Harlan. A linguagem era um pouco mais formal, mas o conteúdo era o mesmo. Um monte de merda com outro nome. Assinei sem hesitar.

— Muito bem, então. — Sullivan parecia ter se abrandado um pouco. — Você é um cara de sorte, Kovacs. Não desperdice a oportunidade.

Eles nunca se cansam de dizer isso?

Calado, dobrei meus papéis todos e os meti no bolso ao lado da carta. Estava me virando para sair quando a doutora se levantou e estendeu um cartão branco.

— Sr. Kovacs.

Parei.

— Você não deve ter grandes problemas para se adaptar — disse ela. — Esse é um corpo saudável, e você está acostumado ao procedimento. Se *tiver* alguma coisa grave, ligue para este número.

Estendi o braço e peguei o pequeno retângulo com uma precisão mecânica que eu não tinha percebido antes. A neuroquímica estava fazendo efeito. Minha mão colocou o cartão no bolso com o resto da papelada e fui embora, atravessando a recepção e abrindo a porta sem uma única palavra. Antipático, talvez, mas eu não achava que alguém naquele prédio tivesse chegado a conquistar minha gratidão ainda.

Você é um cara de sorte, Kovacs. Claro. A 148 anos-luz de casa, vestindo o corpo de outro homem num acordo de aluguel de seis semanas. Fretado até ali para fazer um serviço que a policial local não queria tocar nem com um cassetete. Qualquer fracasso me botaria de volta ao armazenamento. Eu me senti tão sortudo que quase comecei a cantar ao sair pela porta.

CAPÍTULO 2

O hall do lado de fora era imenso e estava completamente deserto. Parecia muito com a estação de trem de Porto Fabril lá em casa. Sob um telhado de longos painéis transparentes, o piso de vidro fundido reluzia em tons de âmbar ao sol da tarde. Crianças brincavam com as portas automáticas na saída, e um robô de limpeza solitário trabalhava à sombra de uma das paredes. Nada mais se movia. Abandonados à luz nos bancos de madeira antiga, exemplares dispersos de humanidade esperavam em silêncio por amigos ou parentes que chegariam de seu exílio de carbono alterado.

Central de Downloads.

Essas pessoas não reconheceriam os entes queridos em suas novas capas; o reconhecimento ficaria a cargo dos recém-chegados, e, para aqueles que aguardavam, a expectativa da reunião seria contaminada com o gélido pavor de que rosto e corpo eles poderiam ter que aprender a amar. Ou talvez já fossem de uma ou duas gerações mais recentes, esperando, portanto, por parentes que não passavam de meras lembranças de infância ou lendas familiares. Conheci um cara no Corpo, Murakami, que esperava a soltura de um bisavô que tinha sido armazenado mais de um século antes. Ele iria a Novapeste com uma garrafa de uísque e um taco de sinuca como presentes de boas-vindas. Tinha crescido com as histórias do bisavô nos salões de bilhar de Kanagawa. O cara fora posto na prateleira antes mesmo de Murakami ter nascido.

Identifiquei meu comitê de recepção enquanto descia os degraus até a parte central do hall. Três silhuetas altas estavam reunidas em volta de um dos bancos, remexendo-se com impaciência sob os raios oblíquos do sol e criando redemoinhos na poeira que flutuava nos arredores. Uma quarta figura estava sentada no banco, com braços cruzados e pernas esticadas. Todos os quatro usavam óculos escuros espelhados que, àquela distância, transformava seus rostos em máscaras idênticas.

Já me dirigindo à porta, não fiz nenhuma menção de me desviar na direção deles, o que pareceram perceber apenas quando eu já estava na metade do trajeto. Dois vieram me interceptar, com a calma tranquila de grandes felinos recentemente alimentados. Parrudos e de aspecto durão, moicanos escarlates muito bem-cuidados, eles entraram no meu caminho uns dois metros adiante, me obrigando ou a parar também ou a traçar um semicírculo abrupto em volta deles. Eu parei. Recém-chegado e recém-encapado não são um bom estado para se estar ao irritar a milícia local. Tentei o meu segundo sorriso do dia.

— Posso ajudar?

O mais velho dos dois acenou negligentemente um distintivo na minha direção e depois o guardou como se pudesse ser maculado por exposição ao ar.

— Polícia de Bay City. A tenente quer falar com você. — O fim da frase soou abrupto, como se ele tivesse resistido ao impulso de acrescentar algum apelido ali. Tentei fingir que estava me decidindo se iria ou não, mas eles me tinham na palma da mão e sabiam disso. Não dá para se conhecer um novo corpo o suficiente para se meter em brigas com ele tendo sido encapado somente uma hora antes. Reprimi minhas lembranças da morte de Sarah e me deixei ser conduzido até a policial sentada.

A tenente era uma mulher de uns 30 anos. Sob os discos dourados dos óculos escuros, ela ostentava as feições de algum ancestral ameríndio e uma boca larga mais semelhante a um rasgo, naquele momento uma linha sarcástica. Os óculos escuros estavam metidos sobre um nariz capaz de abrir latas. Cabelos curtos e bagunçados emolduravam o rosto todo, bem espetados na frente. Ela tinha se embrulhado numa jaqueta de combate grande demais, só que as longas pernas cobertas de preto que emergiam do casaco eram uma evidência clara do corpo esguio escondido. Ela me olhou de braços cruzados por quase um minuto antes de falar.

— É Kovacs, certo?

— Certo.

— Takeshi Kovacs? — A pronuncia dela era perfeita. — Vindo do Mundo de Harlan? De Porto Fabril, por meio do complexo de armazenamento de Kanagawa?

— Que tal eu só interromper quando você errar alguma?

Houve uma longa pausa com lentes espelhadas. A tenente descruzou os braços e examinou uma das mãos, fina e rija como uma lâmina.

— Você tem uma licença para fazer piadinhas, Kovacs?

— Desculpa. Esqueci em casa.

— E o que o traz à Terra?

Fiz um gesto impaciente.

— Você já sabe disso tudo, caso contrário não estaria aqui. Você tem alguma coisa a me dizer ou só trouxe essas crianças pra cá para fins educacionais?

Senti uma mão se fechar no meu braço e enrijeci. A tenente fez um movimento quase imperceptível com a cabeça, e o policial atrás de mim me soltou de novo.

— Fica frio, Kovacs, estou só jogando conversa fora. É, eu sei que Laurens Bancroft soltou você. Na verdade, estou aqui para oferecer uma carona até a residência Bancroft. — Ela se inclinou para frente de repente e se levantou. De pé, era quase tão alta quanto minha nova capa. — Eu sou Kristin Ortega, Divisão de Danos Orgânicos. Cuidei do caso do Bancroft.

— Ah, é?

Ela assentiu.

— O caso está fechado, Kovacs.

— Isso é um aviso?

— Não, só um fato. Suicídio puro e simples.

— Bancroft parece discordar. Ele diz que foi assassinado.

— É, ouvi falar. — Ortega deu de ombros. — Bem, é uma prerrogativa dele. Acho que pode ser difícil para um homem desse tipo acreditar que explodiu completamente a própria cabeça.

— Um homem de que tipo?

— Ah, fala... — Ela se interrompeu e abriu um sorrisinho. — Desculpa, eu esqueço.

— Esquece o quê?

Outra pausa, mas agora Kristin Ortega pareceu abalada pela primeira vez no breve tempo em que nos conhecemos. Havia hesitação nublando a voz dela quando falou de novo.

— Que você não é daqui.

— E daí?

— E daí que qualquer pessoa daqui sabe que tipo de homem é Laurens Bancroft. Só isso.

Fascinado em tentar entender por que alguém mentiria de forma tão incompetente para um completo estranho, tentei ajudá-la a se recompor.

— Um homem rico — chutei. — Um homem poderoso.

Ela abriu um sorriso fino.

— Você vai ver. Então, vai querer a carona ou não?

A carta no meu bolso dizia que um motorista estaria esperando diante do terminal para me buscar. Bancroft não tinha mencionado a polícia. Dei de ombros.

— Nunca fui de rejeitar carona.

— Ótimo. Vamos, então?

Eles me escoltaram até a porta e saíram à frente como guarda-costas, com as cabeças em movimento e os olhos esquadrinhando por trás das lentes. Ortega e eu saímos juntos por entre os agentes, e o calor da luz do sol me atingiu em cheio no rosto. Semicerrei meus novos olhos contra a claridade e divisei prédios angulares atrás de cercas de arame real do outro lado de um estacionamento de pouso malpreservado. Estéreis e de um branco amarelado, muito provavelmente estruturas pré-milenares originais. Em meio às paredes estranhamente monocromáticas, pude discernir partes de uma ponte de ferro cinzenta que chegava à terra firme vinda de algum lugar fora de vista. Uma coleção igualmente insípida de veículos aéreos e terrestres estava parada em linhas não muito organizadas. Uma rajada de vento soprou de repente, e captei um leve aroma de erva florida que crescia em meio às rachaduras do estacionamento. Ao longe soava o burburinho familiar de tráfego, mas tudo mais parecia ter saído de um filme de época.

— ... e eu lhes digo que só há *um* juiz! Não acredite nos homens da ciência quando eles falam que...

O grasnado de uma caixa de som mal operada nos atingiu enquanto descíamos os degraus. Dei uma olhada na área de pouso e estacionamento e vi uma aglomeração reunida ao redor de um homem de preto de pé num caixote. Placas de protesto holográficas flutuavam instáveis no ar acima da cabeça dos ouvintes. NÃO À RESOLUÇÃO 653!! SÓ *DEUS* PODE RESSUSCITAR!! F.H.D. = MORTE. Os gritos de apoio abafaram a voz do orador.

— O que é isso?

— Católicos — respondeu Ortega, franzindo o lábio. — Seita religiosa das antigas.

— Jura? Nunca ouvi falar.

— É. Seria difícil você ter ouvido. Eles não acreditam que seja possível digitalizar um ser humano sem que ele perca a alma.

— Não é uma fé muito difundida, então.

— Só na Terra — disse ela com amargura. — Acho que o Vaticano, a igreja central deles, financiou umas crionaves para Estrela Cadente e Latimer...

— Eu já estive em Latimer, mas nunca vi nada desse tipo.

— As naves só partiram na virada do século, Kovacs. Não vão chegar lá antes de mais umas duas décadas.

Contornamos a multidão, e uma jovem com o cabelo severamente puxado para trás empurrou um folheto para mim. O gesto foi tão abrupto que ativou os reflexos ainda instáveis da minha capa, e fiz um movimento de bloqueio antes que pudesse me conter. Com olhos fixos, a mulher ficou parada com o folheto estendido, e eu o recebi com um sorriso apaziguador.

— Eles não têm direito — afirmou a mulher.

— Ah, também acho...

— Só Deus Nosso Senhor pode salvar a sua alma.

— Eu... — Só que, a essa altura, Kristin Ortega já estava me conduzindo com firmeza para longe, uma das mãos no meu braço, de um jeito que sugeria um bocado de prática. Eu me desvencilhei com educação, mas firmeza.

— Estamos com pressa, por acaso?

— Acho que ambos temos coisas melhores para fazer — retrucou ela, com lábios cerrados, voltando o olhar para onde seus colegas se engajavam em suas próprias batalhas contra folhetos.

— Pode ser que eu queira conversar com ela.

— Ah, é? Para mim pareceu mais que você queria bater na garota.

— Isso foi só a capa. Acho que ele tinha condicionamento neuroquímico no passado, e ela ativou a reação. Sabe, a maioria das pessoas passa algumas horas deitada depois do download. Estou meio agitado.

Fitei o folheto em minhas mãos. UMA MÁQUINA PODE SALVAR SUA ALMA?, inquiria ele, retoricamente. A palavra "máquina" tinha sido impressa numa letra que lembrava uma tela arcaica de computador. "Alma" surgia em letras estereográficas fluidas que dançavam pela página inteira. Virei o panfleto para ver a resposta.

NÃO!!!!!

— Então suspensão criogênica não tem problema, mas frete humano digitalizado tem. Interessante. — Olhei de novo para as placas luminosas, ruminando pensamentos. — O que é essa Resolução 653?

— É um caso de precedente tramitando no tribunal das Nações Unidas — respondeu Ortega rapidamente. — O ministério público de Bay City quer intimar uma católica que está armazenada. Testemunha-chave. O Vaticano diz que ela já está morta e nas mãos de Deus. Estão chamando a intimação de blasfêmia.

— Entendi. Então sua posição nessa questão é bem clara.

Ela parou e se virou para me encarar.

— Kovacs, eu odeio esses palermas. Eles vêm nos prejudicando há praticamente 2.500 anos. Foram responsáveis por mais sofrimento que qualquer outra organização na história. Não deixam os seguidores nem usar *métodos anticoncepcionais*, pelo amor de Deus, e se opuseram a todos os avanços médicos significantes dos últimos cinco séculos. Na prática, a única coisa que se pode dizer em favor deles é que essa birra com o f.h.d. impediu que se espalhassem para o resto da humanidade.

Minha carona se revelou um transporte Lockheed-Mitoma surrado, mas indiscutivelmente arrojado, revestido com o que deviam ser as cores da polícia. Eu já tinha pilotado Lock-Mits em Xária, só que versões completamente revestidas de preto fosco antirradar. As listras vermelhas e brancas naquele à minha frente pareciam gritantes em comparação. Um piloto, cujos óculos escuros combinavam com o resto da pequena gangue de Ortega, estava sentado, imóvel, na cabine. A escotilha no ventre do cruzador já estava erguida. A tenente bateu no batente da escotilha quando subimos a bordo, e as turbinas despertaram com um som de sussurro.

Ajudei um dos moicanos a baixar a escotilha, me segurei bem durante a subida do cruzador e fui até um assento à janela, onde me sentei. Enquanto ascendíamos em espiral, estiquei o pescoço para espiar a multidão abaixo. O transporte se endireitou a mais ou menos cem metros de altura e baixou um pouco o nariz. Afundei-me de volta no estofamento autoajustável e vi que Ortega me observava.

— Ainda curioso, é? — indagou ela.

— Me sinto como um turista. Me responde uma coisa?

— Se eu puder.

— Bem, se esses caras não usam nenhum tipo de anticoncepcional, então deve ter um monte deles, certo? E a Terra não é exatamente um formigueiro de atividade hoje em dia, então... Por que eles não estão no comando por aqui?

Ortega e os homens dela trocaram sorrisos desagradáveis.

— Armazenamento — disse o moicano à minha esquerda.

Dei um tapa na minha nuca e depois me perguntei se o gesto era usado aqui. Era o lugar padrão para o cartucho cortical, afinal, mas as idiossincrasias culturais nem sempre funcionam assim.

— Armazenamento. É claro. — Olhei os rostos ao meu redor. — Eles não recebem isenção especial?

— Nenhuma. — Por algum motivo, essa pequena conversa parecia ter nos transformado em amigos. Eles estavam relaxando. O mesmo moicano explicou melhor: — Dez anos ou três meses, é tudo a mesma coisa para eles. Sempre uma sentença de morte. Eles nunca saem do cartucho. É uma graça, né?

Concordei com a cabeça.

— Muito prático. O que acontece com os corpos?

O sujeito à minha frente fez um gesto que só podia significar jogar algo fora.

— São vendidos, desmanchados para transplantes. Depende da família.

Eu me virei e olhei pela janela.

— Algum problema, Kovacs?

Encarei Ortega com um sorriso renovado em meu rosto. Tive a impressão de que estava ficando muito bom nisso.

— Não, não. Eu só estava pensando... É como se eu estivesse em outro planeta.

Com isso, eles gargalharam.

Casa Toque do Sol

Dois de outubro

Takeshi-san,

Quando você receber esta carta, sem dúvida estará um tanto desorientado. Ofereço minhas sinceras desculpas por isso, mas me asseguraram que o treinamento pelo qual você passou com o Corpo de Emissários deve permitir que lide com a situação. Similarmente, eu lhe garanto que não o teria submetido a nada disso se a minha situação não fosse desesperadora.

Meu nome é Laurens Bancroft. Sendo originário das colônias, isso pode não significar nada para você. Basta dizer que sou um homem rico e poderoso aqui na Terra e que, consequentemente, fiz muitos inimigos. Seis semanas atrás eu fui assassinado, um ato que, por motivos particulares a eles, a polícia decidiu considerar suicídio. Já que os assassinos acabaram fracassando, só posso presumir que tentarão de novo. E, considerando a atitude da polícia, eles podem muito bem conseguir.

É claro que você deve estar se perguntando o que isso tudo tem a ver com você e por que você foi arrastado por 186 anos-luz e arrancado do armazenamento para lidar com uma questão tão local. Fui aconselhado pelos meus advogados a contratar um detetive particular, mas, considerando minha importância na comunidade global, não tenho como confiar em ninguém passível de ser contatado localmente. Seu nome me foi indicado por Reileen Kawahara, para quem, pelo que entendi, você prestou um serviço em Nova Beijing há oito anos. O Corpo de Emissários o localizou em Kanagawa dois dias depois da minha requisição do seu paradeiro, ainda que, levando em conta sua dispensa e atividades subsequentes, eles não foram capazes de oferecer nenhum tipo de garantia ou promessa operacionais. Sei que você é um homem independente.

Os termos que regem sua soltura são os seguintes:

Você está contratado para trabalhar para mim por um período de seis semanas, podendo eu optar por uma renovação ao fim desse período, caso mais tempo seja necessário. Durante esse tempo, serei responsável por todas as despesas razoáveis decorrentes da sua investigação. Além disso, cobrirei o custo do aluguel de uma capa pelo período em questão. Caso você conclua a investigação com sucesso, o restante de sua sentença de armazenamento em Kanagawa — 117 anos e quatro meses — será anulado, e você será fretado de volta ao Mundo de Harlan para liberação imediata numa capa a sua escolha. Alternativamente, cuidarei do pagamento do saldo restante de sua capa atual aqui na Terra, e você poderá se tornar um cidadão naturalizado da ONU. Nos dois casos, a soma de cem mil dólares da ONU, ou quantia equivalente, lhe será creditada.

Acredito que sejam termos generosos, mas tenho de acrescentar que não sou um homem a ser enrolado. No caso da sua investigação fracassar e eu ser morto, ou no caso de você tentar de qualquer maneira escapar ou se evadir dos termos do contrato, o aluguel da capa será encerrado imediatamente, e você será devolvido ao armazenamento para completar sua sentença aqui na Terra. Quaisquer penalidades legais adicionais em que você incorrer serão somadas a essa sentença. Caso você decida não aceitar meu contrato desde o princípio, você também será devolvido ao armazenamento de pronto, e nesse caso eu não poderei arcar com o frete de volta ao Mundo de Harlan.

Tenho esperança de que você verá este acordo como uma oportunidade e concordará em trabalhar comigo. Antecipando tal resultado, mandarei um motorista para buscá-lo no complexo de armazenamento. O nome dele é Curtis, e trata-se de um dos empregados em quem mais confio. Ele irá aguardá-lo no salão de liberação.

Aguardo nossa conversa na Casa Toque do Sol.

Atenciosamente,
Laurens J. Bancroft.

CAPÍTULO 3

A Casa Toque do Sol tinha um nome apropriado. Voamos para o sul a partir de Bay City, acompanhando a costa por meia hora até a mudança no som do motor me indicar que nos aproximávamos do destino. Àquela hora da tarde, a luz que entrava pelas janelas à direita assumia um tom dourado cálido com o declínio do sol em direção ao mar. Espiei pela janela durante a descida e vi como as ondas abaixo eram cobre derretido, e o ar acima, puro âmbar. Era como aterrissar num pote de mel.

O transporte deslizou para o lado e guinou, oferecendo uma vista da propriedade Bancroft. O terreno se estendia costa adentro em tons meticulosamente organizados de verde e cascalho que rodeavam uma imensa mansão coberta por telhas, grande o bastante para abrigar um pequeno exército. As paredes eram brancas, o telhado era coral, e o exército, se existisse, estava fora de vista. Quaisquer sistemas de segurança que Bancroft tivesse instalado eram muito discretos. Conforme nos aproximamos, percebi o ar turvo característico de uma cerca de energia ao longo de um dos limites da propriedade. Mal era suficiente para distorcer a vista da casa. Legal.

A menos de doze metros sobre um dos gramados imaculados, o piloto pisou no freio de aterrissagem com o que pareceu ser violência desnecessária. O veículo estremeceu de uma ponta a outra, e nós descemos pesadamente em meio a torrões voadores de grama.

Lancei a Ortega um olhar de reprovação que ela ignorou antes de abrir a escotilha e sair. Depois de um momento, me juntei a ela no gramado agora arruinado. Cutuquei a relva rasgada com a ponta do sapato e gritei mais alto que o som das turbinas:

— Pra que isso? Vocês estão putos com Bancroft só porque ele não acredita no próprio suicídio?

— Não. — Ortega contemplava a casa à nossa frente como se pensasse em se mudar para lá. — Não, não é por isso que estamos putos com o Sr. Bancroft.

— Então gostaria de me contar o porquê?

— Você que é o detetive.

Uma jovem surgiu da lateral da casa segurando uma raquete de tênis e atravessou o gramado na nossa direção. Quando estava a uns vinte metros, parou, pôs a raquete embaixo do braço e juntou as mãos ao redor da boca para gritar.

— Você é o Kovacs?

Ela era bonita num jeito meio sol, mar e areia, e os shorts esportivos que vestia com um colã exibiam essa beleza com máximo aproveitamento. Cabelos dourados roçavam-lhe os ombros quando ela se movia, e o grito revelou um relance de dentes brancos como leite. Ela usava uma faixa de cabeça e munhequeiras e, pela umidade na testa, não eram só para fazer pose. Havia músculos bem-definidos naquelas pernas, e um bíceps substancial se pronunciou quando ela ergueu os braços. Seios exuberantes forçavam o tecido do colã. Eu me perguntei se aquele corpo era dela.

— Sou — gritei de volta. — Takeshi Kovacs. Fui liberado esta tarde.

— Você deveria ter sido buscado no complexo de armazenamento. — Soou como uma acusação. Espalmei as mãos.

— Bem. Eu fui.

— Não pela *polícia*. — Ela avançou, olhos cravados em Ortega. — Você. Eu conheço você.

— Tenente Ortega — apresentou-se a outra, como se estivesse numa festa. — Bay City, Divisão de Dano Orgânico.

— Sim. Estou lembrada agora. — O tom era claramente hostil. — Presumo que tenha sido você quem armou para que nosso motorista fosse parado com uma acusação fajuta de emissões.

— Não, isso seria com o Controle de Tráfego, senhora — explicou educadamente a detetive. — Essa área não faz parte da minha jurisdição.

A mulher à nossa frente fez uma careta.

— Ah, tenho certeza que não, tenente. E que nenhum dos seus amigos aqui trabalhe lá, também. — A voz assumiu um tom desdenhoso. — Vamos fazê-lo ser solto antes do pôr do sol, sabia?

Dei uma olhada de soslaio para ver a reação de Ortega, mas não houve nenhuma. O perfil aquilino continuou impassível. Eu estava mais preocupado com a careta de desprezo da outra. Era uma expressão feia, uma pertencente a um rosto muito mais velho.

Lá junto à casa havia dois grandalhões com armas automáticas penduradas no ombro. Vinham nos vigiando sob o beiral do telhado desde a nossa chegada, mas agora saíam da sombra e começavam a vir até nós. Pelo leve arregalar dos olhos da mulher, deduzi que ela tinha chamado os dois com um microfone interno. Esperto. No Mundo de Harlan, as pessoas ainda são meio avessas a se encher com toneladas de hardware, mas parecia que na Terra as coisas eram um tanto diferentes.

— Você não é bem-vinda aqui, tenente — anunciou a mulher numa voz gélida.

— Já estava de saída, senhora — respondeu Ortega, num tom pesado. Ela meu deu um tapa amistoso inesperado no ombro e seguiu de volta ao veículo em um passo tranquilo. Na metade do caminho, Ortega parou de repente e se virou.

— Aqui, Kovacs. Quase esqueci. Você vai precisar.

Ela pôs a mão no bolso da jaqueta e me jogou um pequeno volume. Peguei por reflexo. Cigarros.

— A gente se vê.

A tenente embarcou e bateu a escotilha. Pelo vidro, vi que me fitava. O transporte se ergueu em repulsão total, pulverizando o solo abaixo e fazendo uma trincheira no gramado ao seguir para oeste em direção ao oceano. Ficamos olhando até o veículo sair de vista.

— Simpático — resmungou a mulher ao meu lado, mais para si mesma.

— Sra. Bancroft?

Ela se virou para mim. Pela expressão na cara dela, eu não era muito mais bem-vindo que Ortega. A mulher tinha visto o gesto de camaradagem da tenente, e os lábios se crisparam em desaprovação.

— Meu marido mandou um carro buscar você, Sr. Kovacs. Por que não o esperou?

Peguei a carta de Bancroft.

— Diz aqui que o carro estaria esperando por mim. Não estava.

Ela tentou tomar a carta, mas eu a ergui para fora de seu alcance. A Sra. Bancroft ficou ali me encarando, corada, os seios subindo e descendo num movimento que me distraía. Quando um corpo é trancado no tanque, continua produzindo hormônios mais ou menos como se estivesse apenas adormecido. Fiquei abruptamente ciente de que tinha uma ereção potente como uma mangueira de incêndio cheia.

— Você deveria ter esperado.

Eu me lembrei de repente que a gravidade no Mundo de Harlan era 0,8g. De súbito, me senti desnecessariamente pesado novamente. Inspirei com esforço um fôlego comprimido.

— Sra. Bancroft, se eu tivesse esperado, ainda estaria lá. Podemos entrar?

A mulher arregalou os olhos um pouco, e vi neles então a sua verdadeira idade. Em seguida, ela baixou o olhar e recuperou a compostura. Quando falou de novo, a voz soou mais suave.

— Me desculpe, Sr. Kovacs, esqueci meus bons modos. A polícia, como você viu, não foi muito solidária. A situação toda tem sido muito desagradável, e nós ainda estamos meio sensíveis. Se você puder imaginar...

— Não precisa se justificar.

— Mesmo assim, lamento muito. Geralmente não ajo assim. Nenhum de nós age. — Ela fez um gesto de como se quisesse dizer que os dois guardas armados atrás dela normalmente estariam carregando buquês. — Por favor, aceite minhas desculpas.

— Claro.

— Meu marido está esperando você no salão marítimo. Vou levá-lo até ele imediatamente.

O interior da casa era claro e arejado. Uma empregada nos recebeu à porta da varanda e pegou a raquete da Sra. Bancroft sem dizer uma palavra. Seguimos por um corredor todo em mármore, decorado com quadros que, aos meus olhos de leigo, pareciam antigos. Esboços de Gagarin e Armstrong, ilustrações empatísticas de Konrad Harlan e Angin Chandra. Ao fim da galeria, montado num pedestal, estava um objeto que parecia uma árvore estreita feita de rocha vermelha prestes a se desfazer. Parei diante dela, e a Sra. Bancroft teve que voltar da curva à esquerda que estava fazendo.

— Gostou? — perguntou ela.

— Bastante. Veio de Marte, não veio?

A expressão no rosto dela passou por uma transformação que percebi com o canto do olho. Estava me reavaliando. Eu me virei para observá-la melhor.

— Estou impressionada.

— Acontece muito. Às vezes eu planto bananeira, também.

Ela me fitou com olhos semicerrados.

— Você sabe mesmo o que é isso?

— Na verdade, não. Eu costumava me interessar por arte estrutural. Reconheço a pedra das imagens, mas...

— É uma Espiral Melódica. — Ela passou por mim e correu os dedos por um dos galhos eretos. Um leve suspiro emergiu da coisa, e um perfume de cerejas e mostarda se espalhou pelo ar.

— Está viva?

— Ninguém sabe. — Ela falou com um entusiasmo súbito, que me fez gostar mais dela. — Em Marte elas chegam a ter centenas de metros de altura, com bases frequentemente tão largas quanto esta casa. Dá para ouvir o canto a quilômetros. O perfume também se espalha. Pelos padrões de erosão, achamos que a maioria tem pelo menos dez mil anos. Esta aqui pode existir só desde a fundação do império romano.

— Deve ter sido caro. Trazer para a Terra, quer dizer.

— Dinheiro não foi um problema, Sr. Kovacs. — A máscara estava de volta. — Hora de seguir em frente.

Seguimos depressa pelo corredor da esquerda, talvez para compensar a parada não programada. Com cada passo, os seios da Sra. Bancroft balançavam sob o fino tecido do *collant* e eu passava a fitar as obras de arte do outro lado do corredor. Mais trabalhos empatísticos, Angin Chandra com a mão esguia pousada em um foguete que mais parecia um falo ereto. Não ajudava muito.

O salão marítimo ficava no fim da ala oeste da casa. A Sra. Bancroft me conduziu por uma discreta porta de madeira, e o sol bateu em nossos olhos assim que entramos.

— Laurens. Este é o Sr. Kovacs.

Ergui uma das mãos para proteger os olhos e vi que o salão marítimo tinha um nível superior com portas deslizantes de vidro que levavam a uma varanda. Apoiado no corrimão, havia um homem. Ele devia ter ouvido nossa entrada; na verdade, devia ter escutado o cruzador policial chegar e entendido seu significado, mas ficara onde estava, contemplando o mar. Voltar dos mortos às vezes fazia você se sentir assim. Ou talvez fosse só arrogância. A Sra. Bancroft fez um gesto com a cabeça, indicando que eu deveria avançar, e nós subimos uma escadaria feita com a mesma madeira da porta. Pela primeira vez eu percebi que as paredes do aposento eram recobertas de cima a baixo com prateleiras de livros. O sol lançava uma tonalidade uniforme de luz alaranjada nas lombadas.

Ao sairmos para a varanda, Bancroft se virou. Tinha um livro nas mãos, fechado sobre seus dedos.

— Sr. Kovacs? — Ele mudou o livro de mãos para me cumprimentar. — É um prazer finalmente conhecê-lo. Está gostando da nova capa?

— É boa. Confortável.

— Sim, não me envolvi muito nos detalhes, mas instruí meus advogados a encontrar algo... adequado. — Ele deu uma olhada para trás, como se procurasse o cruzador de Ortega no horizonte. — Espero que a polícia não tenha criado complicações.

— Nenhuma, até agora.

Bancroft parecia um Homem Que Lia. Tem um astro de expéria popular no Mundo de Harlan chamado Alain Marriott, mais conhecido pelo papel de um filósofo quellista jovem e viril que destroça a brutal tirania dos primeiros anos da Colonização. A fidelidade desse retrato dos quellistas é questionável, mas o filme é bacana. Já assisti duas vezes. Bancroft parecia muito uma versão mais velha de Marriott nesse papel. Era magro e elegante, com uma farta cabeleira cinza-chumbo presa num rabo de cavalo e olhos negros severos. O livro na mão e as estantes ao redor eram como extensões absolutamente naturais da poderosa mente por trás daqueles olhos.

Bancroft tocou o ombro da esposa de forma tão casual e indiferente que, naquele meu estado, senti vontade de chorar.

— Era aquela mulher de novo — disse a Sra. Bancroft. — A tenente.

O marido assentiu com a cabeça.

— Não se preocupe com isso, Miriam. Eles estão só bisbilhotando. Avisei o que ia fazer, e eles me ignoraram. Bem, agora o Sr. Kovacs está aqui, e finalmente estão me levando a sério. — Ele se virou para mim. — A polícia não foi muito prestativa.

— Sei. Aparentemente, é por isso que eu estou aqui.

Nós nos fitamos por um tempo enquanto eu tentava decidir se estava com raiva daquele homem ou não. Ele tinha me arrastado por metade do universo colonizado, me despejado num corpo novo e me oferecido um acordo armado de forma que eu não pudesse recusar. Os ricos fazem essas coisas.

Eles têm o poder e não veem motivo para não usá-lo. Homens e mulheres são só mercadorias, como tudo mais. Armazene-os, frete-os, decante-os. Assine aqui embaixo, por favor.

Por outro lado, ninguém na Casa Toque do Sol havia errado a pronúncia do meu nome até o momento, e eu de fato não tinha nenhuma escolha. Além da questão do dinheiro. Cem mil de ONU era mais ou menos seis ou sete vezes mais do que Sarah e eu tínhamos esperado ganhar com a pilhagem de *wetware* em Porto Fabril. Dólares da ONU, a moeda mais estável de todas, negociável em qualquer mundo do Protetorado.

Motivo mais que suficiente para eu manter a calma.

Bancroft tocou casualmente a mulher de novo, desta vez na cintura, afastando-a.

— Miriam, você poderia nos deixar a sós por um tempo? Com certeza o Sr. Kovacs terá inúmeras perguntas, e é provável que você se entedie.

— Na verdade, acredito que terei algumas perguntas para a Sra. Bancroft também.

Ela já estava saindo, e meu comentário fez com que parasse no meio do passo. Inclinou a cabeça num ângulo, e o olhar dela foi de mim para Bancroft e de volta para mim. Ao meu lado, o marido dela se mexeu. Não era aquilo o que queria.

— Talvez eu possa falar com a senhora mais tarde — acrescentei. — Separadamente.

— Sim, é claro. — Os olhos dela se encontraram com os meus e se afastaram em um movimento floreado. — Estarei na sala de cartografia, Laurens. Mande o Sr. Kovacs para lá quando vocês terminarem.

Ambos observamos a partida dela, e, quando a porta se fechou, Bancroft fez um gesto para que eu me sentasse numa das espreguiçadeiras da varanda. Atrás delas, um antigo telescópio estava nivelado com o horizonte, juntando poeira. A impressão de idade baixou sobre mim como um manto, e eu me sentei com certa inquietação.

— Por favor, não me considere um machista, Sr. Kovacs. Depois de quase 250 anos de casamento, minha relação com Miriam consiste mais em cordialidade do que qualquer outra coisa. Seria de fato muito melhor se você falasse com ela a sós.

— Entendo. — Eu estava exagerando um pouco, mas era suficiente.

— Gostaria de um drinque? Alguma coisa com álcool?

— Não, obrigado. Só um suco de fruta, se tiver. — A fraqueza física associada ao download estava vindo à tona, somada a uma coceira indesejável em meus pés e dedos que eu presumi vir da dependência da nicotina. Exceto pelo cigarro ocasional que eu filava de Sarah de vez em quando, eu já estava limpo havia duas capas e não queria ter que lutar contra o vício mais uma vez. Tomar álcool por cima de tudo isso acabaria comigo.

Bancroft cruzou as mãos no colo.

— É claro. Vou mandar trazer. Então, por onde você gostaria de começar?

— Talvez fosse melhor começar pelas suas expectativas. Não sei o que Reileen Kawahara disse ao senhor ou que tipo de perfil o Corpo dos Emissários tem aqui na Terra, mas não espere que eu faça um milagre. Não sou feiticeiro.

— Estou ciente disso. Li os materiais do Corpo com muito cuidado. E Reileen Kawahara só me disse que você era confiável, apesar de um tanto pedante.

Eu me lembrei dos métodos de Kawahara e das minhas reações a eles. Pedante. Sei.

Fiz o discurso padrão de vendas mesmo assim. Foi engraçado persuadir um cliente já conquistado. Também foi engraçado minimizar o que eu era capaz de fazer. A comunidade criminosa não é muito fã de modéstia, e, para conseguir um patrocínio sério, você geralmente infla qualquer reputação que já tiver. Aquilo foi como estar de volta no Corpo. Mesas de conferência longas e lustrosas, Virgínia Vidaura listando as habilidades da equipe...

— O treinamento de Emissário foi desenvolvido para as unidades de comandos coloniais da ONU. O que não quer dizer...

Não quer dizer que todo Emissário seja um comando. Não, não exatamente, mas, de qualquer maneira, o que afinal é um soldado? Quanto do treinamento de forças especiais fica arraigado no corpo físico e quanto na mente? E o que acontece quando os dois são separados?

O espaço, para usar um clichê, é grande. O mais próximo dos Mundos Colonizados fica a cinquenta anos-luz da Terra, e o mais longínquo, quatro vezes essa distância. Alguns dos transportes coloniais ainda estão a caminho. Se algum maníaco começar a brandir bombas nucleares ou algum outro brinquedo capaz de ameaçar uma biosfera, o que se faz? Pode-se transmitir a informação via feixe hiperespacial (tão perto de instantaneamente que os cientistas ainda estão discutindo a terminologia), mas isso, para citar

Quellcrist Falconer, não mobiliza nenhuma porra de batalhão. Mesmo que alguém lançasse um transporte de tropas assim que o pau começasse a comer, os fuzileiros chegariam bem a tempo de interrogar os netos de quem tivesse vencido.

Não dá para se governar um protetorado assim.

Certo, pode-se digitalizar e fretar as mentes de uma equipe de combate de elite. Já faz muito tempo desde que o peso dos números fez diferença nas guerras, e a maioria das vitórias militares do último meio milênio foi conquistada por forças de guerrilha pequenas e móveis. Você pode até decantar seus soldados f.h.d. de elite diretamente em capas com condicionamento de combate, sistemas nervosos tunados e corpos entupidos de esteroides. Mas e aí, o que acontece?

Eles estão em corpos que não conhecem, num mundo que não conhecem, lutando para um bando de completos desconhecidos contra outro bando de completos desconhecidos por causas das quais provavelmente nunca ouviram falar e as quais certamente não compreendem. O clima é outro, a língua e cultura são outras, a fauna e flora são outras, a atmosfera é outra. Merda, até a *gravidade* é outra. Eles não sabem de nada, e, mesmo que sejam implantados com o conhecimento local, é uma quantidade imensa de informação para ser assimilada em ocasiões em que provavelmente terão que lutar pelas próprias vidas horas depois do encapamento.

É aí que entra o Corpo de Emissários.

Condicionamento neuroquímico, interfaces cibernéticas, aprimoramentos; todas essas coisas são *físicas*. A maioria delas nem toca a mente pura, e é a mente pura que é fretada. Foi aí que o Corpo de Emissários começou. Eles pegaram técnicas psicoespirituais que as culturas orientais na Terra já conheciam havia milênios e as destilaram num sistema de treinamento tão completo que, na maioria dos mundos, aqueles que completavam o treinamento eram instantaneamente proibidos por lei de assumir qualquer cargo político ou militar.

Não eram soldados, não. Não exatamente.

— Eu trabalho por imersão — concluí. — Eu absorvo tudo com que entro em contato e uso para me virar.

Bancroft se ajeitou na cadeira. Não estava acostumado a ficar escutando. Era hora de começar.

— Quem encontrou seu corpo?

— Minha filha, Naomi.

Ele parou de falar quando alguém abriu a porta no aposento abaixo. Um momento depois, a criada que tinha atendido Miriam Bancroft mais cedo subiu os degraus com uma bandeja com um jarro visivelmente gelado e copos altos. Bancroft tinha implantado um sistema de comunicação interno, assim como aparentemente todo mundo na Casa Toque do Sol.

A criada pousou a bandeja, serviu em silêncio robótico e então se retirou depois de um curto aceno de cabeça de Bancroft. Ele fitou a direção em que ela partiu por um tempo, inexpressivo.

De volta dos mortos. Não é brincadeira, não.

— Naomi — relembrei com gentileza.

Ele piscou.

— Ah. Sim. Ela entrou aqui correndo, querendo alguma coisa. Provavelmente a chave de uma das limusines. Sou um pai indulgente, imagino, e Naomi é a minha caçula.

— Quantos anos?

— Vinte e três.

— O senhor tem muitos filhos?

— Sim, tenho. Muitos e muitos. — Bancroft sorriu de leve. — Quando você tem ócio e riqueza, trazer crianças ao mundo é pura alegria. Tenho 27 filhos e 34 filhas.

— Eles vivem com o senhor?

— Naomi vive, a maior parte do tempo. Os outros vêm e vão. A maioria já constituiu família.

— E como está Naomi? — Abrandei um pouco o tom. Encontrar o pai sem cabeça não é a melhor maneira de começar o dia.

— Está em psicocirurgia — respondeu Bancroft bruscamente. — Mas ela vai ficar bem. Vai precisar falar com ela?

— Não por enquanto. — Eu me levantei da cadeira e fui até a porta da varanda. — O senhor disse que ela entrou aqui correndo. Foi aqui que aconteceu?

— Foi — Bancroft se juntou a mim à porta. — Alguém entrou aqui e destruiu minha cabeça com uma pistola de partículas. Dá para ver a marca do disparo naquela parede ali embaixo. Junto à escrivaninha.

Entrei e desci as escadas. A escrivaninha era um móvel pesado de pau-espelho; deviam ter fretado o código genético do Mundo de Harlan e cultivado a árvore ali. Isso me pareceu quase tão extravagante quanto a Espiral Melódica no corredor e de um gosto um tanto mais questionável. Lá no Mundo, o pau-espelho cresce em florestas dos três continentes, e praticamente qualquer birosca em Porto Fabril tinha um balcão de bar feito dele. Passei pela escrivaninha para inspecionar a parede de estuque. A superfície branca estava enrugada e enegrecida, como era característico das marcas deixadas por uma arma de raios. A queimadura começava na altura da cabeça e descia num curto arco.

Bancroft tinha ficado na varanda. Olhei para a silhueta do rosto dele.

— Este é o único sinal de disparos no aposento?

— Sim.

— Nada mais foi danificado, quebrado ou perturbado de alguma forma?

— Não. Nada. — Estava claro que ele queria dizer algo mais, só que ia ficar quieto até que eu terminasse.

— E a polícia encontrou a arma ao seu lado?

— Encontrou.

— O senhor possui uma arma capaz de fazer isso?

— Sim, era minha. Eu a guardo num cofre embaixo da escrivaninha. Trancado com a impressão da palma. Eles encontraram o cofre aberto, e nada mais tinha sido levado. Quer dar uma olhada?

— Por enquanto, não, obrigado. — Eu sabia, por experiência própria, como era difícil arrastar mobília de pau-espelho. Levantei uma ponta do tapete sob a escrivaninha. Havia uma fenda quase invisível no piso. — Quem tem a palma registrada na tranca?

— Miriam e eu.

Houve uma pausa significativa. Bancroft suspirou, alto o bastante para que fosse ouvido no aposento inteiro.

— Vá em frente, Kovacs. Pode dizer. Todo mundo já disse. Ou eu cometi suicídio, ou minha mulher me assassinou. Simplesmente não existe outra explicação razoável. Escuto isso desde que me tiraram do tanque em Alcatraz.

Dei uma boa olhada pela biblioteca antes de encará-lo.

— Bem, o senhor admite que essa explicação facilita o trabalho da polícia — comentei. — É simples e sem pontas soltas.

Ele fungou, mas havia uma risada ali. Percebi que, a contragosto, eu começava a gostar daquele sujeito. Subi de novo, saí para a varanda e me apoiei no corrimão. No gramado abaixo, um vulto vestido de preto patrulhava de um lado ao outro, com a arma pendurada no ombro. Ao longe, a cerca de energia tremeluzia. Contemplei aquela direção por um tempo.

— É pedir um pouco demais que acreditem que alguém entrou aqui, passando por toda essa segurança, arrombou o cofre que só pode ser aberto por você e sua esposa e assassinou o senhor sem causar nenhum tumulto. Você é um homem inteligente, deve ter algum motivo para pensar assim.

— Ah, sim, tenho mesmo. Vários.

— Motivos que a polícia decidiu ignorar.

— Exato.

Eu me virei para encará-lo.

— Muito bem. Conte-me.

— Você está olhando para ele, Sr. Kovacs. — Ele ficou ali parado à minha frente. — Estou aqui. Estou de volta. Você não pode me matar simplesmente destruindo meu cartucho cortical.

— Você tem armazenamento remoto. Isso é obvio, ou você não estaria aqui. Qual é a frequência de atualização?

Bancroft sorriu.

— Feita a cada 48 horas. — Ele tocou a nuca. — Feixe direto daqui para um cartucho blindado no complexo da PsychaSec em Alcatraz. Não preciso nem pensar a respeito.

— E eles guardam seus clones na geladeira por lá também.

— Exato. Múltiplas unidades.

Imortalidade garantida. Fiquei ali sentado pensando naquilo por um tempo, me perguntando como seria, me perguntando *se* eu gostaria.

— Deve ser caro — comentei, depois de um tempo.

— Na verdade, não. Sou dono da PsychaSec.

— Ah.

— Então veja bem, Kovacs, nem eu nem minha mulher poderíamos ter puxado o gatilho. Nós dois sabemos que isso não seria suficiente para me matar. Por mais absurdo que possa parecer, *só pode* ter sido um estranho. Alguém que não saiba sobre o armazenamento remoto.

Assenti.

— Certo. Quem mais *sabia* sobre o armazenamento? Vamos cortar possibilidades.

— Além da minha família? — Bancroft deu de ombros. — Minha advogada, Oumou Prescott. Alguns dos assistentes dela. O diretor da PsychaSec. Só essas pessoas.

— É claro — apontei —, o suicídio raramente é um ato racional.

— É, foi o que a polícia disse. Usaram essa desculpa para explicar todos os outros pequenos fatos inconvenientes para a teoria deles, também.

— Por exemplo?

Era isso que Bancroft queria ter revelado mais cedo. Saiu tudo de uma vez.

— Por exemplo, o fato de que eu teria decidido andar os dois últimos quilômetros até a minha casa, entrar na propriedade a pé e depois, aparentemente, reajustar meu relógio interno antes de me matar.

Pisquei os olhos.

— Como é?

— A polícia encontrou indícios da aterrissagem de um cruzador num campo a dois quilômetros do perímetro da Casa Toque do Sol, uma distância convenientemente logo além do limite do alcance do sistema de segurança da casa. Também foi muito conveniente que, aparentemente, não houvesse cobertura de satélite na região naquele exato momento.

— Eles conferiram os registros dos táxis?

Bancroft assentiu com a cabeça.

— Sim, para ser justo, conferiram, sim. A lei da Costa Oeste não obriga as empresas de táxi a manter registros contínuos da posição das frotas. Algumas das companhias de melhor reputação mantêm mesmo assim, mas outras, não. Várias delas até anunciam isso como uma qualidade. Confidencialidade para o cliente, essas coisas. — O nervosismo passou momentaneamente pelo rosto de Bancroft. — Para certos clientes, em certos casos, essa seria uma bela vantagem.

— O senhor já usou essas firmas no passado?

— Ocasionalmente.

A próxima pergunta lógica pairou no ar entre nós. Deixei-a sem ser perguntada e esperei. Se Bancroft não quisesse compartilhar seus motivos para usar transporte confidencial, eu não iria pressioná-lo até ter algumas outras questões esclarecidas.

Bancroft pigarreou.

— De qualquer maneira, há algumas evidências que sugerem que o veículo em questão pode não ter sido um táxi. Distribuição do efeito de campo, disse a polícia. Um padrão mais indicativo de um veículo maior.

— Isso depende da força da aterrissagem.

— Eu sei. De qualquer maneira, meus rastros vêm do ponto de pouso e, aparentemente, a condição dos meus sapatos era consistente com uma caminhada de dois quilômetros pelo campo. E então, por fim, uma ligação foi feita deste aposento logo depois das três da madrugada na noite em que fui morto. Uma consulta de horário. Não há voz na linha, só um som de respiração.

— E a polícia também sabe disso tudo?

— É claro.

— E como explicaram essas coisas?

Bancroft abriu um sorriso estreito.

— Não explicaram. Pensaram que a caminhada solitária na chuva era muito consistente com o ato do suicídio e, aparentemente, não acharam nada estranho um homem querer verificar o cronochip interno antes de estourar a própria cabeça. Como você disse, o suicídio não é um ato racional. Eles têm históricos de casos desse tipo de coisa. Aparentemente, o mundo está cheio de incompetentes que se matam e acordam numa nova capa no dia seguinte. Explicaram tudo para mim. Essas pessoas esquecem que têm um cartucho, ou o fato não lhes parece importante no momento. Nosso amado sistema de atendimento médico os traz de volta, não obstante todos os bilhetes de suicídio e pedidos em contrário. Um curioso abuso de direitos. É assim também no Mundo de Harlan?

Dei de ombros.

— Mais ou menos. Se o pedido for legalmente testemunhado, então eles têm que deixar. Caso contrário, omissão de reanimação é um crime passível de armazenamento.

— Acho que é uma precaução sábia.

— Sim. Evita que assassinos disfarcem seus crimes como suicídio.

Bancroft se inclinou para frente no corrimão e travou o olhar no meu.

— Sr. Kovacs, eu tenho 357 anos. Passei por uma guerra corporativa, o subsequente colapso dos meus negócios industriais e mercantis, as mortes finais de dois dos meus filhos, pelo menos três crises econômicas gravíssimas e ainda estou aqui. Eu não sou o tipo de homem que tira a própria vida e, *mesmo que fosse*, não teria fracassado assim. Se eu tivesse a intenção de morrer, você não estaria falando comigo agora. Fui claro?

Eu o encarei de volta, fitando aqueles olhos escuros e severos.

— Sim. Muito claro.

— Excelente. — Ele parou de me encarar. — Vamos prosseguir?

— Vamos. A polícia. Eles não gostam muito do senhor, né?

Bancroft sorriu sem muito humor.

— Eu e a polícia temos uma diferença de perspectiva.

— Perspectiva?

— Isso mesmo. — Ele andou pela varanda. — Venha cá, vou mostrar o que quero dizer.

Eu o segui ao longo do corrimão e esbarrei com o braço no telescópio, fazendo-o apontar para cima. Os tremores do download estavam começando a cobrar seu preço. O motor de posicionamento do telescópio gemeu, ranzinza, e devolveu o instrumento ao ângulo original. Os números da elevação e alcance tiquetaquearam no antiquíssimo mostrador digital. Parei para observar a coisa se realinhar por conta própria. As marcas de dedos no teclado borravam anos de poeira acumulada.

Bancroft ou não tinha notado minha trapalhada ou estava sendo educado a respeito.

— É seu? — perguntei, apontando o polegar para o instrumento. Ele deu uma olhada distraída para o telescópio.

— Já foi um dia. Era um hobby, no tempo em que as estrelas ainda eram algo a se contemplar. Você não deve se lembrar dessa sensação. — Ele disse isso sem pretensão ou arrogância conscientes, de forma quase inconsequente. A voz tinha perdido um pouco do foco, como uma transmissão com ruído. — A última vez que olhei por essa lente foi há quase duzentos anos. Muitas das naves de Colonização ainda faziam sua jornada naquele tempo. Ainda estávamos esperando para ver se elas chegariam. Esperando pelo retorno dos astrofeixes. Como sinais de faróis.

Eu já não estava conseguindo acompanhar; trouxe-o de volta à realidade.

— Perspectiva? — lembrei com delicadeza.

— Perspectiva. — Ele assentiu e fez um gesto largo, indicando a propriedade. — Veja aquela árvore. Logo depois das quadras de tênis.

Não tinha como não ver. Um velho monstro retorcido mais alto que a casa, que lançava sombra sobre uma área do tamanho de uma quadra de tênis. Assenti.

— Aquela árvore tem mais de setecentos anos de idade. Quando comprei esta terra, contratei um engenheiro-arquiteto; ele queria cortá-la. Planejava construir a casa mais acima da colina, e a árvore estragava a vista do mar. Eu o demiti.

Bancroft se virou para ter certeza de que eu estava entendendo.

— Veja bem, Sr. Kovacs, aquele engenheiro era um homem nos seus 30 anos, e, para ele, a árvore era só uma inconveniência. Estava no caminho dele. O fato de que ela já fazia parte do mundo havia um tempo maior do que vinte vezes a própria vida dele não parecia incomodá-lo. Ele não tinha respeito.

— Então o senhor é a árvore.

— Muito bem — confirmou Bancroft. — Eu sou a árvore. A polícia adoraria me derrubar, tal qual aquele engenheiro. Sou inconveniente, e eles não têm nenhum respeito.

Voltei ao meu assento para refletir um pouco. A atitude de Kristin Ortega finalmente começava a fazer algum sentido. Se Bancroft pensava que estava isento das exigências normais da boa cidadania, então não faria muitos amigos de uniforme. Não faria a menor diferença tentar explicar a ele que, para Ortega, havia outra árvore chamada Lei, e que, aos olhos da tenente, Bancroft vinha cravando alguns pregos profanadores nela. Eu já tinha visto situações como aquela de ambos os lados da moeda, e simplesmente não havia solução além do que meus próprios ancestrais tinham feito: se você não gosta das leis, você vai embora para algum lugar onde elas não podem afetá-lo.

E aí você faz suas próprias leis.

Bancroft ficou no corrimão. Talvez estivesse comungando com a árvore. Decidi que, no momento, era melhor deixar essa linha de questionamentos para lá.

— Qual é a última coisa de que o senhor se lembra?

— Terça-feira, 14 de agosto — respondeu ele de imediato. — Ir para a cama por volta da meia-noite.

— Essa foi a última atualização remota.

— Sim, a transmissão por feixe teria acontecido por volta das quatro da madrugada, mas obviamente eu estava adormecido.

— Então quase 48 horas antes da sua morte.

— Temo que sim.

Não poderia ser pior. Em 48 horas, muita coisa poderia ter acontecido. Bancroft teria tido tempo de ir à lua e voltar. Esfreguei mais uma vez a cicatriz sob meu olho, perguntando-me, distraído, como ela fora feita.

— E não há nada anterior a esse momento que poderia sugerir ao senhor que alguém poderia querer matá-lo?

Bancroft ainda se apoiava no corrimão, olhando para fora, mas eu vi como ele sorriu.

— Eu disse alguma coisa engraçada?

Ele teve a elegância de voltar ao assento.

— Não, Sr. Kovacs. Não há nada de engraçado nesta situação. Alguém por aí me quer morto, o que não é um sentimento agradável. Mas você tem que entender que, para um homem na minha posição, inimizades e mesmo ameaças de morte são parte integrante da existência diária. Há gente que me inveja, que me odeia. É o preço do sucesso.

Isso era novidade para mim. Gente me odeia em uma dúzia de mundos diferentes, e eu nunca me considerei um homem de sucesso.

— Apareceu alguma interessante, recentemente? Ameaça de morte, quer dizer.

Ele deu de ombros.

— Talvez. Não tenho o hábito de peneirá-las. A Srta. Prescott cuida disso para mim.

— O senhor não considera ameaças de morte dignas de atenção?

— Sr. Kovacs, eu sou um empreendedor. Oportunidades surgem, crises se apresentam, e eu lido com elas. A vida continua. Contrato gente para cuidar disso para mim.

— Muito conveniente. Mas, considerando o acontecido, acho difícil de acreditar que nem o senhor nem a polícia tenham consultado os arquivos da Srta. Prescott.

Bancroft acenou com a mão.

— É claro, a polícia conduziu seu próprio inquérito superficial. Oumou Prescott lhes disse exatamente o que já tinha me dito. Que nada fora do comum tinha sido recebido nos últimos seis meses. Confio o suficiente nela para não achar necessário verificar além disso. Porém, você provavelmente vai querer ver os arquivos por conta própria.

A ideia de esquadrinhar centenas de metros de ladainha incoerente mandada pelos perdidos e perdedores deste mundo antiquado era mais que suficiente para reavivar meu cansaço. Uma profunda falta de interesse pelos problemas de Bancroft se espalhou pelo meu ser. Eu a dominei com um esforço digno da aprovação de Virgínia Vidaura.

— Bem, eu certamente terei que falar com Oumou Prescott, de qualquer maneira.

— Marcarei uma reunião imediatamente. — Os olhos de Bancroft assumiram o envidraçar interior de alguém que consultava hardware interno. — Quando seria conveniente para você?

Eu levantei a mão.

— Talvez seja melhor eu cuidar disso pessoalmente. Basta avisar a ela que eu entrarei em contato. Também terei que visitar a instalação de encapamento da PsychaSec.

— Certamente. Pensando bem, mandarei Prescott levá-lo até lá. Ela conhece o diretor. Mais alguma coisa?

— Uma linha de crédito.

— É claro. Meu banco já alocou uma conta codificada por DNA para você. Pelo que pesquisei, eles têm o mesmo sistema no Mundo de Harlan, não é?

Lambi o dedão e o ergui de forma interrogatória. Bancroft fez que sim com a cabeça.

— Funciona igual aqui. Você *vai* descobrir que há algumas áreas em Bay City onde o dinheiro vivo ainda é a única moeda negociável. Com sorte, você não terá que passar muito tempo por essas bandas, mas, se passar, poderá sacar fundos físicos da sua conta em qualquer agência. Vai precisar de uma arma?

— Não por enquanto. — Uma das regras fundamentais de Virgínia Vidaura sempre fora *descubra a natureza da sua tarefa antes de escolher as ferramentas*. Aquela queimadura solitária no reboco da parede de Bancroft parecia elegante demais para que a situação fosse acabar em tiroteio desenfreado.

— Bem — Bancroft parecia quase perplexo com a minha resposta. Estivera prestes a colocar a mão no bolso da camisa; agora completava o gesto, um tanto sem jeito. Estendeu um cartão para mim. — Este é meu armeiro. Já os instruí a lhe aguardarem.

Recebi o cartão e dei uma olhada. O texto adornado dizia *Larkin & Green — Armeiros desde 2203*. Pitoresco. Abaixo da frase, havia uma única sequência de números. Guardei o cartão no bolso.

— Pode ser útil mais para frente — admiti. — Mas, por enquanto, prefiro pegar leve. Deixar a poeira baixar. Acho que o senhor pode entender a necessidade de agir assim.

— Sim, é claro. O que você achar melhor. Confio no seu julgamento. — Bancroft olhou em meus olhos e não desviou. — Mas você manterá em mente os termos do nosso contrato. Estou pagando por um serviço. Não reajo bem a abusos de confiança, Sr. Kovacs.

— Não, imagino que não — respondi, dando sinais de cansaço.

Eu me lembrei de como Reileen Kawahara tinha cuidado de dois subordinados traiçoeiros. Os ruídos animalescos que eles fizeram ecoaram nos meus sonhos por muito tempo. O argumento de Reileen, oferecido enquanto ela descascava uma maçã ao som daqueles gritos, era que, como ninguém mais morre de verdade, a punição só pode vir pelo sofrimento. Senti meu novo rosto se contrair, mesmo agora, àquela lembrança.

— Não sei se isso lhe vale alguma coisa — falei —, mas o que o Corpo passou a você sobre mim é um monte de merda. Minha palavra continua tão válida quanto sempre foi. — Eu me levantei.

— O senhor poderia me recomendar um lugar onde me hospedar na cidade? Algum lugar quieto, de qualidade média.

— Sim, há estabelecimentos assim em Mission Street. Vou mandar alguém levá-lo até lá. Curtis, se ele já tiver saído da detenção quando você for embora. — Bancroft se levantou também. — Imagino que você gostaria de conversar com Miriam agora. Ela realmente sabe mais sobre aquelas últimas 48 horas do que eu, então você terá que entrar em muitos detalhes com ela.

Pensei naqueles olhos antiquíssimos no corpo pneumático de adolescente, e a ideia de conduzir uma conversa com Miriam Bancroft se tornou subitamente repelente. Ao mesmo tempo, uma mão fria dedilhou acordes tesos no fundo do meu estômago, e a cabeça do meu pênis se encheu abruptamente de sangue. Quanta elegância.

— Ah, sim — respondi sem entusiasmo algum. — Eu adoraria.

CAPÍTULO 4

— O senhor parece pouco à vontade, Sr. Kovacs. Algum problema?

Olhei para trás, para a criada que tinha me deixado entrar, depois de volta para Miriam Bancroft. Os corpos das duas tinham mais ou menos a mesma idade.

— Não — respondi, um pouco mais áspero do que gostaria.

Ela curvou brevemente os cantos da boca para baixo e voltou a enrolar o mapa que estivera estudando quando eu cheguei. Atrás de mim, a criada fechou a porta da sala de cartografia com um clique forte. Bancroft não achou necessário me acompanhar à presença da esposa. Talvez um encontro por dia fosse o máximo que eles se permitiam. Em vez disso, a criada apareceu como que por magia em meio à nossa descida da varanda até o salão marítimo. Bancroft lhe prestou tanta atenção quanto antes.

Quando saí, ele estava parado junto à escrivaninha de pau-espelho, contemplando a marca do disparo na parede.

A Sra. Bancroft apertou habilmente o rolo do mapa e começou a deslizá-lo para dentro de um longo tubo protetor.

— Bem — disse ela, sem erguer o olhar. — Faça suas perguntas, então.

— Onde você estava quando aconteceu?

— Na cama. — Ela olhou para mim, desta vez. — Por favor, não me peça provas; eu estava sozinha.

A sala de cartografia era longa e arejada sob um teto arqueado que alguém tinha revestido em iluminínio. As estantes de mapas, distribuídas em fileiras como se fosse um museu, batiam na altura da cintura, cada uma coroada com um expositor de vidro. Deixei o corredor central, colocando um dos expositores entre mim e a Sra. Bancroft. Tive a sensação de estar me protegendo numa trincheira.

— Senhora Bancroft, a senhora parece estar com uma impressão equivocada. Não sou da polícia. Estou interessado em informação, não em culpa.

Ela deslizou o mapa entubado para dentro do suporte e se reclinou para trás, contra a estante, as duas mãos atrás de si. Tinha deixado o suor fresco e juvenil e as roupas de tenista em algum banheiro elegante enquanto eu conversava com o marido. Agora, estava imaculadamente embrulhada em calças sociais pretas e algo nascido da união entre um paletó e um corpete. As mangas tinham sido enroladas casualmente quase até o cotovelo, os pulsos sem quaisquer joias ou adornos.

— Eu pareço me sentir culpada, Sr. Kovacs? — indagou ela.

— A senhora parece ansiosa para assegurar a um completo estranho a sua fidelidade.

Ela riu. Era um som agradável e gutural, e os ombros dela subiam e desciam, acompanhando. Era uma risada de que eu poderia aprender a gostar.

— Mas como você é indireto.

Olhei para o mapa exposto no topo da estante diante de mim. Estava datado no canto superior esquerdo, um ano quatro séculos anterior ao meu nascimento. Os nomes nele estavam escritos em um alfabeto que eu desconhecia.

— De onde eu venho, ser direto não é considerado uma grande virtude, Sra. Bancroft.

— Não? Então, o que seria uma virtude?

Dei de ombros.

— Polidez. Controle. Evitar constrangimento para todos os envolvidos.

— Parece tedioso. Imagino que você vá sofrer alguns choques aqui, Sr. Kovacs.

— Eu não disse que eu era um bom cidadão lá no lugar de onde venho, Sra. Bancroft.

— Ah. — Ela se afastou da estante com um empurrão e veio na minha direção. — Sim, Laurens me contou um pouco sobre você. Parece ser considerado um homem perigoso no Mundo de Harlan. — Dei de ombros novamente.

— É russo.

— Oi?

— O alfabeto. — Ela deu a volta na estante e parou ao meu lado, olhando para o mapa. — Este é um mapa russo gerado por computador de pontos de pouso na Lua. Muito raro. Consegui num leilão. Gostou dele?

— É muito bonito. A que horas a senhora se deitou na noite em que seu marido foi morto?

Ela me encarou.

— Cedo. Já disse, estava sozinha. — Ela se forçou a tirar a agressividade da voz, e o tom ficou quase leve de novo. — Ah, se isso lhe soar como culpa, Sr. Kovacs, não é. É resignação. Com um toque de amargura.

— A senhora se sente amargurada quanto ao seu marido?

Ela sorriu.

— Achei que tinha dito resignada.

— A senhora disse ambos.

— Está dizendo que acha que eu matei meu marido?

— Não acho nada, por enquanto, mas é uma possibilidade.

— É?

— A senhora teve acesso ao cofre. Estava dentro das defesas da casa quando aconteceu. E agora parece que a senhora pode ter alguns motivos emocionais.

— Montando um caso, é, Sr. Kovacs? — indagou ela, ainda sorrindo.

— Se a carapuça serve. Estou.

— A polícia sustentou uma teoria semelhante por um tempo. Acabaram decidindo que a carapuça não servia. Eu preferiria que você não fumasse aqui.

Olhei minhas mãos e percebi que tinha muito inconscientemente pegado um dos cigarros de Kristin Ortega. Estava batendo o maço para que um saísse. Nervos. Sentindo-me estranhamente traído pela minha nova capa, guardei o maço.

— Me desculpe.

— Não foi nada. É uma questão de controle do ambiente. Muitos dos mapas aqui dentro são muito sensíveis à poluição. Você não tinha como saber.

De alguma forma, ela fez parecer como se só um completo imbecil pudesse ser incapaz de se tocar daquilo. Senti meu controle sobre a entrevista desaparecendo.

— O que fez a polícia...

— Pergunte a eles. — Ela me deu as costas e se afastou de mim como se tomasse uma decisão. — Quantos anos você tem, Sr. Kovacs?

— Subjetivamente? Quarenta e um. Os anos no Mundo de Harlan são um pouco mais longos que aqui, mas não muito.

— E *ob*jetivamente? — indagou ela, zombando do meu tom.

— Passei mais ou menos um século no tanque. Você geralmente perde a conta. — O que era uma mentira. Eu sabia até quantos dias cada uma das minhas sentenças tinha durado. Fiz a conta certa noite, e agora o número estava gravado na memória. Toda vez que era armazenado de novo, eu acrescentava o tempo ao meu total.

— Como você deve estar solitário agora.

Suspirei e examinei a estante de mapas mais próxima. Cada mapa enrolado era identificado na ponta. A notação era arqueológica. Syrtis Menor, 3ª escavação; quadrante leste. Bradbury; ruínas aborígenes. Comecei a puxar um dos rolos.

— Sra. Bancroft, como eu me sinto não é a questão aqui. A senhora pode pensar em qualquer motivo para que seu marido talvez tivesse tentado se matar?

Ela girou para me encarar quase antes que eu tivesse terminado de falar, e seu rosto estava contraído de raiva.

— Meu marido não se matou — disse gelidamente.

— A senhora parece ter muita certeza disso. — Ergui o olhar do mapa e sorri para ela. — Para alguém que não estava acordada, quer dizer.

— Ponha isso de volta no lugar! — gritou ela, começando a se mover na minha direção. — Você não faz ideia de como isso é valioso...

Ela parou, detida de súbito quando eu deslizei o mapa de volta na estante. Engoliu seco e controlou o rubor nas bochechas.

— Você está tentando me irritar, Sr. Kovacs?

— Só estou tentando conseguir um pouco da sua atenção.

Nós nos entreolhamos por um par de segundos. A Sra. Bancroft baixou o olhar.

— Eu já disse: estava dormindo quando aconteceu. O que mais posso contar?

— Aonde seu marido foi naquela noite?

Ela mordeu o lábio.

— Não sei bem. Ele tinha ido a Osaka naquele dia, para uma reunião.

— E onde fica Osaka?

Ela me olhou, espantada.

— Eu não sou daqui — expliquei, paciente.

— Osaka fica no Japão. Eu achei...

— Sim, o Mundo de Harlan foi colonizado por um *keiretsu* japonês usando mão de obra do leste europeu. Foi há muito tempo; eu não estava lá.

— Me desculpe.

— Não é nada. Você provavelmente também não sabe muita coisa sobre o que os seus ancestrais estavam fazendo três séculos atrás.

Eu hesitei. A Sra. Bancroft ficou me olhando estranhamente. Só me toquei das minhas próprias palavras um momento depois. Os custos do download. Eu teria que dormir logo, antes que dissesse ou fizesse alguma coisa realmente idiota.

— Eu *tenho* mais de três séculos, Sr. Kovacs. — Havia um pequeno sorriso brincando em volta dos lábios dela enquanto falava. Ela havia recuperado a vantagem com a suavidade de um mergulho. — As aparências enganam. Este é o meu décimo primeiro corpo.

Ela falou como se eu devesse dar uma olhada. Dardejei meu olhar pelas feições eslavas, descendo pelo decote, passando pelos quadris inclinados para o lado e as linhas semiocultas das coxas, o tempo todo fingindo um distanciamento a que nem eu nem minha capa recém-excitada teríamos direito.

— É muito bonito. Meio jovem para o meu gosto, mas, como já disse, não sou daqui. Podemos voltar ao seu marido, por favor? Ele esteve em Osaka durante o dia, mas voltou. Presumo que não tenha ido fisicamente.

— Não, é claro que não. Ele tem um clone de transporte na geladeira lá. Deveria ter voltado às seis naquela noite, mas...

— Sim?

Ela alterou a postura levemente e abriu a palma para mim. Tive a impressão de que estava se forçando a recuperar a compostura.

— Bem, ele voltou mais tarde. Laurens frequentemente demora a voltar depois de fechar um negócio.

— E ninguém faz a menor ideia de onde ele foi nessa ocasião? Curtis, por exemplo?

O esforço ainda persistia no rosto dela, como rochas desgastadas sob um manto fino de neve.

— Ele não mandou chamar Curtis. Presumo que tenha pegado um táxi na estação de encapamento. Não sou a guardiã dele, Sr. Kovacs.

— Essa reunião era importante? Essa em Osaka?

— Ah... não, acho que não. Conversamos a respeito. É claro, ele não lembra, mas repassamos os contratos, e é algo que ele já tinha programado havia um tempo. Uma empresa de empreendimento marinho chamada Pacificon, sediada no Japão. Renovação de cessões, esse tipo de coisa. Geralmente é tudo resolvido aqui em Bay City, mas houve necessidade de uma reunião extraordinária de assessores, e é sempre melhor cuidar desse tipo de coisa perto da origem.

Assenti sabiamente com a cabeça, sem fazer a menor ideia do que seria um assessor de empreendimentos marinhos. Percebi que o esforço da Sra. Bancroft estava diminuindo.

— Assuntos rotineiros, né?

— Eu diria que sim. — Ela me abriu um sorriso cansado. — Senhor Kovacs, tenho certeza de que a polícia tem transcrições de tudo isso.

— Eu também, Sra. Bancroft, mas eles não têm nenhum motivo para compartilhá-las comigo. Não tenho jurisdição alguma aqui.

— Você parecia bem amiguinho deles quando chegou. — Houve um pico súbito de malícia na voz dela. Encarei-a com firmeza até ela desviar o olhar. — Enfim, sei que Laurens pode conseguir qualquer coisa que você quiser.

Aquela linha de questionamento ameaçava não dar em nada. Resolvi recuar.

— Talvez fosse melhor que eu falasse com ele sobre isso. — Olhei em volta pela sala de cartografia. — Todos esses mapas. Há quanto tempo a senhora coleciona?

A Sra. Bancroft deve ter sentido que a entrevista se aproximava do fim, pois a tensão escorreu dela como óleo de um cárter rachado.

— A maior parte da minha vida. Enquanto Laurens contemplava as estrelas, alguns de nós mantínhamos nossos olhos no chão.

Por algum motivo, pensei no telescópio abandonado no terraço de Bancroft. Vi o objeto preso numa silhueta angular contra o céu noturno, uma testemunha muda de tempos e obsessões passadas e uma relíquia que ninguém queria mais. Lembrei-me da forma como tinha sibilado de volta ao alinhamento adequado depois que eu o tirei do lugar, fiel a uma programação que talvez tivesse séculos de idade, brevemente acordado tal como a Espiral Melódica que Miriam Bancroft tinha acariciado no hall.

Velhice.

Com pressão súbita e sufocante, ela estava a toda minha volta, o fedor se despejando das pedras da Casa Toque do Sol como umidade. Idade. Eu captei uma baforada dela até da mulher impossivelmente jovem e bonita diante de mim, e minha garganta se fechou com um clique mínimo. Alguma coisa em mim queria correr, sair e respirar ar fresco e novo, estar longe daquelas criaturas cujas memórias se estendiam além de todos os eventos históricos que tinham me ensinado na escola.

— Você está bem, Sr. Kovacs?

Os custos do download.

Eu me concentrei com esforço.

— Sim, estou. — Pigarreei e olhei nos olhos dela. — Bem, não vou ocupar mais seu tempo, Sra. Bancroft. Agradeço a atenção.

Ela veio até mim.

— Você gostaria de...

— Não, está tudo bem mesmo. Eu encontro a saída.

O caminho para fora da sala de cartografia parecia infinito, e meus passos tinham desenvolvido um eco súbito dentro do meu crânio. Com cada passo, com cada mapa exibido pelo qual eu passava, sentia aqueles olhos antigos nas minhas costas, vigiando.

Eu precisava muito de um cigarro.

CAPÍTULO 5

O céu tinha a textura de prata velha e luzes já se acendiam por Bay City quando o motorista de Bancroft me deixou na cidade. Espiralamos a partir do mar sobre uma antiquíssima ponte suspensa da cor de ferrugem e nos aproximamos por entre os prédios aglomerados de uma colina península numa velocidade maior que o aconselhável. Curtis, o motorista, ainda estava irritado com sua detenção. Só tinha saído havia umas duas horas quando Bancroft mandou que me levasse de volta, e ele ficou amuado e quieto a viagem inteira. Era um jovem musculoso cuja beleza juvenil combinava com aquele humor. Minha teoria era de que os funcionários de Bancroft não estavam acostumados a terem seus deveres interrompidos por lacaios governamentais.

Eu não reclamei. Meu próprio humor estava quase idêntico. Imagens da morte de Sarah não paravam de se insinuar na minha mente. Tinha acontecido só na noite anterior. Subjetivamente.

Freamos no céu sobre uma larga avenida, tão de repente que alguém acima transmitiu um ganido de proximidade para o comunicador da limusine. Curtis cortou o sinal com um tapa no console e olhou para cima com uma expressão hostil. Nosso carro se encaixou no fluxo do tráfego terrestre com um leve baque e imediatamente virou à esquerda numa rua mais estreita. Comecei a me interessar pelo que havia do lado de fora.

A vida das ruas tem certa mesmice. Em todos os mundos em que já estive, os mesmos padrões subjacentes se estabelecem, burburinho e ostentação, compra e venda, como se fossem uma essência destilada do comportamento humano vazando por baixo de qualquer que fosse a máquina política largada do alto. Bay City, Terra, o mais antigo dos mundos civilizados, não era nenhuma exceção. Dos imensos holodoors insubstanciais ao longo dos prédios anciãos aos camelôs com seus equipamentos de difusão de catálogos montados nos ombros como gaviões mecânicos desajeitados ou tumores extravasados, todo mundo vendia alguma coisa. Carros encostavam e partiam do meio-fio, e corpos flexíveis se recostavam neles, inclinando-se para negociar do jeito como já faziam provavelmente desde que havia carros nos quais se recostar. Retalhos de vapor e fumaça subiam dos carrinhos de comida. A limusine era à prova de som e difusão, mas dava para sentir os sons pelo vidro, cânticos comerciais de persuasão de esquina e música modulada que transportava subsons promotores do consumo.

No Corpo de Emissários, eles invertem a humanidade. Você vê primeiro a mesmice, a ressonância subjacente que permite que você se oriente sobre o lugar onde está, e depois constrói as diferenças a partir dos detalhes.

O mix étnico do Mundo de Harlan é primariamente eslavo e japonês, ainda que seja possível obter qualquer variante criada em tanque. Aqui, todos os rostos tinham um molde e cor diferentes: via africanos altos com ossos angulosos, mongóis, nórdicos branquelos e, por um vislumbre, uma garota parecida com Virgínia Vidaura, que logo perdi no meio da multidão. Todos passavam por ali como nativos à margem de um rio.

Desajeitados.

A impressão saltava e tremeluzia pelos meus pensamentos como a garota na multidão. Franzi o cenho e tentei capturá-la.

No Mundo de Harlan, a vida das ruas tem uma elegância de listras negras, uma economia de movimentos e gestos que parece coreografada para os que não estão acostumados. Eu cresci com ela, de modo que o efeito deixa de ser registrado até não estar mais lá.

Eu não a via aqui. O encher e vazar do comércio humano além da janela da limusine parecia a água agitada nos espaços entre barcos. As pessoas empurravam e forçavam a passagem, recuando de repente para contornar nós mais apertados na multidão que elas aparentemente não tinham notado até que fosse tarde demais para manobrar. Tensões óbvias emergiam, pescoços se esticavam, corpos musculosos se endireitavam. Duas vezes vi um esboço de briga se formar tropegamente, só para ser levado embora pela maré. Era como se o lugar tivesse sido borrifado com algum feromônio que atiçasse irritação.

— Curtis. — Dei uma olhada de esguelha ao perfil impassível do motorista. — Você poderia cortar o bloqueio de difusão por um minuto?

Ele me encarou com um leve torcer de lábio.

— Claro.

Eu me reclinei no assento e fixei meus olhos na rua de novo.

— Eu não sou um turista, Curtis, é isso que eu faço da vida.

Os catálogos dos camelôs abordaram a limusine como um enxame de alucinações delirantes, levemente borradas pela falta de difusão direta, e se mesclando rapidamente umas nas outras conforme avançávamos, mas ainda era uma sobrecarga para quaisquer padrões harlanianos. Os cafetões eram os mais óbvios; uma sucessão de atos orais e anais, digitalmente retocados para conceder um lustro aos peitos e músculos. O nome de cada prostituta ou michê era sussurrado numa narração grave e rouca, com um rosto superposto; garotinhas tímidas, dominatrixes, garanhões com barba por fazer e alguns de etnias que eu desconhecia completamente. Entremeadas estavam as listas mais sutis de produtos químicos e cenários surreais dos comerciantes de drogas e implantes. Captei um par de difusões religiosas no meio daquilo tudo, imagens de calma espiritual em meio a montanhas, mas eram como homens se afogando num mar de produtos.

A falta de jeito dos pedestres começou a fazer sentido.

— O que *das Casas* quer dizer? — perguntei a Curtis, depois de pescar a frase nas difusões pela terceira vez.

Curtis fez uma cara zombeteira.

— A marca de qualidade. As Casas são um cartel, puteiros caros de elite espalhados por toda costa. Conseguem seja lá o que você quiser, é o que dizem por aí. Se uma garota é das Casas, foi treinada para fazer coisas que a maioria das pessoas só pode em sonhos. — Ele acenou com a cabeça para a rua. — Não se iluda; ninguém aí fora jamais trabalhou nas Casas.

— E *Presunto?*

Ele deu de ombros.

— Nome de rua. Betatanatina. A molecada usa para ter experiências de quase morte. Sai mais barato que suicídio.

— Deve sair, mesmo.

— Vocês não têm tanatina no Mundo de Harlan?

— Não. — Eu já a tinha usado em outros planetas com o Corpo umas duas vezes, mas havia uma proibição em vigor lá em casa. — Suicídio a gente tem, porém. Pode ligar a tela de novo.

O pincelar indistinto de imagens foi cortado de repente, deixando o interior da minha cabeça vazio, como um quarto sem mobília. Fiquei esperando a sensação passar e, como quase todos os efeitos posteriores, foi o que aconteceu.

— Esta é a Mission Street — anunciou Curtis. — Os próximos dois quarteirões são só de hotéis. Quer saltar aqui?

— Você tem alguma recomendação?

— Depende do que você quer.

Dei de ombros, como ele havia feito.

— Luz. Espaço. Serviço de quarto.

Curtis estreitou os olhos, pensativo.

— Experimente o Hendrix, se quiser. Eles têm uma torre anexa, e as putas lá são limpas. — A limusine acelerou um milésimo e seguimos dois quarteirões em silêncio. Deixei de explicar que não era a esse tipo de serviço de quarto que eu estava me referindo. Que Curtis tirasse as conclusões que parecia querer tirar.

Sem convite, uma imagem estática do decote molhado de suor de Miriam Bancroft quicou pela minha cabeça.

A limusine parou diante de uma fachada bem-iluminada de um estilo arquitetônico que não reconheci. Saí do veículo e me deparei com um imenso homem negro holodifundido, com o rosto contorcido presumivelmente por conta da música que ele tirava de canhota de uma guitarra branca. A imagem tinha as bordas ligeiramente artificiais de uma figura bidimensional remasterizada, o que significava que era velha. Na esperança de que isso indicasse uma tradição de serviço e não apenas decrepitude, agradeci a Curtis, bati a porta e olhei a limusine se afastar. Ela começou a subir quase imediatamente e, depois de um momento, deixei de identificar as luzes traseiras em meio ao tráfego aéreo. Em seguida, eu me virei para as portas de vidro espelhadas atrás de mim, e elas se abriram um tanto desconjuntadas para me deixar entrar.

Se o lobby era indicativo da qualidade do hotel, o Hendrix certamente satisfaria minha segunda exigência. Curtis poderia ter estacionado três ou quatro das limusines de Bancroft lado a lado, e ainda sobraria espaço para um robô limpador dar a volta nelas. Quanto à primeira exigência, eu já não tinha tanta certeza. As placas de ilumínio estavam distribuídas irregularmente pelas paredes e pelo teto, e a meia-vida delas estava claramente quase no fim. A débil incandescência só fazia empurrar a penumbra para o centro do salão. A rua que eu deixara para trás era a fonte de luz mais forte no recinto.

O lobby estava deserto, mas havia um leve brilho azul vindo de um balcão na parede oposta. Tracei uma rota até ele, contornando poltronas baixas e mesas com arestas metálicas famintas por canelas, e me deparei com uma tela embutida enxameada com a neve aleatória da desconexão. Num canto, um comando pulsava em inglês, espanhol e em ideogramas kanji.

FALE.

Olhei em volta e de volta para a tela.

Ninguém.

Pigarreei.

As letras se borraram e transformaram. ESCOLHA O IDIOMA.

— Preciso de um quarto — tentei em japonês, por pura curiosidade.

A tela se iluminou tão dramaticamente que eu dei um passo atrás. A partir dos fragmentos rodopiantes multicoloridos, ela montou rapidamente um rosto asiático bronzeado acima de um colarinho escuro e gravata. O rosto sorriu e se transformou numa mulher branca, envelheceu uma fração, e eu me deparei com uma loira de uns 30 anos num terno bem sóbrio. Tendo gerado meu ideal interpessoal, o hotel também decidiu que eu não sabia falar japonês, afinal.

— Bom dia, senhor. Seja bem-vindo ao Hotel Hendrix, fundado em 2087 e operante até hoje. Como podemos atendê-lo?

Repeti meu pedido, também falando em amânglico.

— Muito obrigado, senhor. Temos uma variedade de quartos, todos completamente conectados às bases de informação e entretenimento da cidade. Por favor, indique sua preferência de andar e tamanho.

— Gostaria de um quarto na torre, na face oeste. O maior que tiver.

O rosto se recolheu para um dos cantos, e um esqueleto tridimensional da estrutura do hotel se constituiu na tela. Um seletor pulsou eficientemente pelos quartos e parou num que ficava na quina, dando zoom em seguida e girando o quarto em questão. Uma coluna de texto e dados em letrinhas desceu por um lado da tela.

— A suíte Watchtower, três quartos, dormitório de 13,8 metros por...

— Está ótimo, fico com essa.

O mapa tridimensional desapareceu como um truque de mágica, e a mulher saltou de volta para a tela cheia.

— Quantas noites o senhor ficará conosco?

— Indeterminado.

— Um depósito *é* necessário — respondeu o hotel, desconfiado. — Para estadias de mais de quatorze dias, a soma de seiscentos dólares da ONU deve ser depositada agora. No evento de uma partida anterior ao prazo, uma proporção desse depósito *será* devolvida.

— Tudo bem.

— Obrigada, senhor. — Pelo tom da voz, eu comecei a desconfiar de que clientes pagantes fossem uma novidade no Hotel Hendrix. — Como o senhor estará fazendo o pagamento?

— Rastreamento de DNA. Primeiro Banco Colonial da Califórnia.

Os detalhes do pagamento estavam rolando pela tela quando senti um círculo frio de metal tocar a base do meu crânio.

— Isso aqui é exatamente o que você está pensando — disse uma voz calma. — Um movimento em falso, e os policiais vão passar semanas catando pedaços do seu cartucho cortical daquela parede. Estou falando de morte *de verdade*, amigo. Agora, mãos para cima.

Eu obedeci, sentindo um surpreendente arrepio subir pela minha espinha até o ponto que o cano da arma tocava. Já fazia um bom tempo desde que eu fora ameaçado com morte real.

— Isso aí — disse a mesma voz calma. — Agora, minha colega aqui vai revistá-lo. Deixe-a trabalhar, nada de movimentos bruscos.

— Por favor, digite sua assinatura de DNA no teclado ao lado desta tela. — O hotel tinha acessado o banco de dados do Primeiro Colonial. Esperei impassível enquanto uma mulher magra, vestida de preto e com uma máscara de esqui me contornava e passava um escâner cinzento ronronante dos meus pés à cabeça. A arma na minha nuca não vacilou em nenhum momento. Ela não estava mais fria. Minha carne a tinha aquecido a uma temperatura mais íntima.

— Está limpo. — Outra voz clara e profissional. — Neuroquímico básico, mas inoperante. Nenhum hardware.

— Sério? Pouca bagagem, hein, Kovacs?

Meu coração se apertou a ponto de virar uma massa disforme. Eu tinha torcido para que fossem só criminosos comuns da área.

— Eu não conheço você — falei cuidadosamente, virando minha cabeça alguns milímetros. A arma me cutucou, e eu parei.

— Isso aí, não mesmo. Agora, ouça só o que vai acontecer. Vamos sair...

— Acesso de crédito cessará em trinta segundos — insistiu o hotel, paciente. — Por favor digite sua assinatura de DNA agora.

— O Sr. Kovacs não vai mais precisar da reserva — anunciou o homem atrás de mim enquanto colocava a mão no meu ombro. — Venha, Kovacs, nós vamos dar um passeio.

— Não posso assumir as prerrogativas de anfitriã sem pagamento — explicou a mulher na tela.

Alguma coisa no tom daquela frase me deteve enquanto eu me virava e, num impulso, eu forcei um súbito acesso violento de tosse.

— O quê...

Eu me dobrei para frente com a força da tosse, levei a mão até minha boca e lambi o dedão.

— Que porra que você tá inventando, Kovacs?

Eu me endireitei de novo e estendi bruscamente a mão para o teclado ao lado da tela. Resquícios de cuspe fresco mancharam a superfície negra. Uma fração de segundo depois, a borda calejada de uma palma acertou forte o lado esquerdo do meu crânio, e eu desabei de quatro no chão. Uma bota chutou minha cara, e eu completei a jornada até o solo.

— Obrigada, senhor. — Ouvi a voz do hotel em meio ao rugido na minha cabeça. — Sua conta está sendo processada.

Tentei me levantar e levei uma segunda bota nas costelas em resposta. O sangue pingava do meu nariz para o tapete. O cano da arma foi pressionado contra a minha nuca.

— Nada esperto, Kovacs. — A voz estava ligeiramente menos calma. — Se você acha que a polícia vai nos rastrear aonde você vai, então a geladeira deve ter fodido o seu cérebro. Agora *levanta!*

Ele estava me puxando para que eu me levantasse quando o trovão se libertou.

Por que alguém tinha achado uma boa ideia equipar os sistemas de segurança do Hendrix com canhões automáticos de 20mm eu só podia imaginar, mas eles faziam o serviço com totalidade devastadora. Com o canto do olho, espiei a sentinela dupla descer do teto um mero momento antes de ela despejar uma rajada de três segundos no meu atacante principal. Poder de fogo suficiente para derrubar uma pequena aeronave. O barulho foi ensurdecedor.

A mulher mascarada correu para as portas, e, com os ecos dos tiros ainda martelando meus ouvidos, vi a arma automática girar para segui-la. Ela conseguiu dar uns doze passos na penumbra antes que um prisma de laser escarlate estampasse as costas dela e uma nova fuzilada explodisse no lobby. Tampei os ouvidos com as mãos, ainda de joelhos, e as balas a trespassaram. Ela desabou num emaranhado desajeitado de braços e pernas.

Os disparos cessaram.

No silêncio fedido a cordite que se seguiu, nada se movia. A sentinela automática tinha se desativado, canos virados para baixo e fumaça subindo das culatras. Soltei as mãos das orelhas e me levantei, apertando com delicadeza o rosto e o nariz para avaliar o tamanho do estrago. O sangramento parecia estar parando, e, ainda que minha boca tivesse cortada, não achei nenhum dente amolecido. Minhas costelas doíam onde o segundo chute tinha me atingido, mas não parecia ter nada quebrado. Dei uma olhada para o cadáver mais próximo e logo me arrependi de ter olhado. Alguém teria que trazer um esfregão.

À minha esquerda, um elevador se abriu com tinido tênue.

— Seu quarto está pronto, senhor — anunciou o hotel.

CAPÍTULO 6

Kristin Ortega estava espantosamente controlada.

Ela entrou no hotel com um passo acelerado que fazia um bolso bem pesado do casaco quicar contra a perna, parou no centro do lobby e contemplou a cena do massacre com a língua pressionando uma das bochechas.

— Você faz esse tipo de coisa com frequência, Kovacs?

— Eu já estou esperando há um bom tempo — retruquei calmamente. — Não estou exatamente de muito bom humor.

O hotel tinha chamado a polícia de Bay City assim que a sentinela fora ativada, mas levou uma boa meia hora até que as primeiras viaturas descessem espiralando do tráfego celeste. Não me dei o trabalho de ir ao meu quarto, pois sabia que eles iam me arrancar da cama de qualquer maneira e, depois que chegaram, estava fora de questão sair dali até Ortega aparecer. Uma socorrista da polícia tinha me avaliado superficialmente, confirmado que eu não tinha sofrido uma concussão e me deixado com um spray para estancar o sangramento no nariz. Depois disso, fiquei sentando no lobby e deixei minha nova capa fumar alguns dos cigarros da tenente. Eu ainda estava sentado ali uma hora depois, quando ela chegou.

Ortega fez um gesto.

— É, bem. Cidade agitada à noite.

Ofereci o maço dela. Ortega olhou para ele como se eu tivesse acabado de propor uma complexa questão filosófica antes de aceitar e chacoalhá-lo para pegar um cigarro. A tenente ignorou a faixa de ignição na lateral do maço e vasculhou os bolsos, de onde tirou um pesado isqueiro que abriu com um estalo. Parecia estar operando no piloto automático; afastou-se quase sem perceber para deixar uma equipe de peritos trazer novos equipamentos e depois guardou o isqueiro em outro bolso. Ao nosso redor, o lobby parecia subitamente lotado com pessoas eficientes fazendo seus trabalhos.

— Então. — Ortega soltou uma pluma de fumaça no ar acima. — Você conhece esses caras?

— Ah, porra, fala sério!

— Como assim?

— Eu saí do armazenamento faz seis horas, se tanto. — Percebi minha voz se elevando. — Falei com exatamente três pessoas desde a última vez que nos vimos. Nunca estive na Terra na vida. *Você sabe de tudo isso.* Agora, vai me fazer perguntas inteligentes ou posso ir dormir?

— Tudo bem, se segura aí. — Ortega parecia subitamente cansada. Ela afundou na poltrona em frente à minha. — Você disse ao meu sargento que eles eram profissionais.

— Eram mesmo. — Decidi que era a única informação que eu poderia compartilhar com a polícia, já que eles provavelmente descobririam o fato, de qualquer maneira, assim que corressem os dois cadáveres pelos arquivos.

— Chamaram você pelo nome?

Franzi meu cenho com muito cuidado.

— Pelo nome?

— É. — Ortega fez um gesto impaciente. — Chamaram você de Kovacs?

— Acho que não.

— Algum outro nome?

Ergui uma sobrancelha.

— Tipo qual?

O cansaço que nublava o rosto da tenente sumiu de repente, e ela me encarou com severidade.

— Esquece. Vamos repassar a memória do hotel e ver o que aconteceu.

Oops.

— No Mundo de Harlan, você precisaria de um mandado para isso. — Fiz a frase sair em um tom relaxado.

— Aqui também. — Ortega bateu a cinza do cigarro no tapete. — Mas não vai ser um problema. Aparentemente essa não é a primeira vez que o Hendrix é indiciado por dano orgânico. Já faz um tempo, mas os arquivos são bem antigos.

— Então como ele não foi desativado?

— Eu disse indiciado, não condenado. O tribunal arquivou o caso. Legítima defesa. É claro... — Ela apontou a sentinela dormente, onde dois peritos faziam uma varredura de emissões. — Tinha sido só eletrocussão encoberta daquela vez. Nada assim.

— É, eu estava querendo perguntar: quem instala esse tipo de armamento num hotel?

— Tá me achando com cara de constructo de busca? — Ortega tinha começado a me vigiar com uma hostilidade especulativa que não me agradava muito. Então, de repente, ela deu de ombros. — A sinopse de arquivos que eu rodei vindo para cá diz que o serviço foi feito há uns duzentos anos, quando as guerras corporativas ficaram feias. Faz sentido. Com toda aquela merda rolando solta, muitos prédios se equiparam para dar conta. É claro, a maioria das empresas faliu logo depois com a quebra do mercado, então ninguém se deu ao trabalho de passar uma lei de desativação. Em vez disso, o Hendrix recebeu status de inteligência artificial e comprou a si mesmo.

— Esperto.

— É, pelo que eu ouvi, as IAs eram as únicas que realmente entendiam o que estava acontecendo com o mercado. Uma boa quantidade delas fez a transição mais ou menos naquela época. Muitos dos hotéis da região são IAs. — Ortega sorriu para mim em meio à fumaça. — É por isso que ninguém fica neles. É uma pena, na verdade. Li em algum lugar que eles são programados para desejar clientes igual gente deseja sexo. Deve ser muito frustrante, não acha?

— Sim.

Um dos moicanos veio e ficou pairando perto da gente. Ortega se virou para ele com um olhar que dizia que ela não queria ser perturbada.

— Recebemos o resultado das amostras de DNA — anunciou o moicano timidamente, enquanto estendia uma chapa de videofax para a tenente. Ortega leu e se espantou.

— Ora, ora. Você esteve em companhia ilustre por algum tempo, Kovacs. — Ela indicou o cadáver masculino. — Capa registrada mais recentemente em nome de Dimitri Kadmin, mais conhecido como Dimi, o Gêmeo. Assassino de aluguel vindo de Vladivostok.

— E a mulher?

Ortega e o moicano se entreolharam.

— Registro de Ulan Bator?

— Na mosca, chefia.

— Pegamos o filho da puta. — Ortega se levantou num pulo, com energia subitamente renovada. — Vamos extrair os cartuchos e despachá-los para Fell Street. Quero Dimi baixado na Detenção até a meia-noite. — Ela me olhou de novo. — Kovacs, acho que você acabou de provar sua utilidade.

O moicano meteu a mão no bolso interno do terno de duas fileiras de botões e tirou uma pesada faca de combate com a casualidade de um sujeito pegando cigarros. Juntos, eles foram até o cadáver e se ajoelharam ao lado. Policiais uniformizados, interessados, foram até o corpo para assistir. Ouviu-se o estalo molhado de cartilagem sendo aberta à faca. Depois de um momento, eu me levantei e me juntei à plateia. Ninguém prestou a menor atenção em mim.

Não era exatamente o que você chamaria de cirurgia biotecnológica refinada. O moicano tinha cortado fora uma seção da espinha do cadáver para acessar a base do crânio e agora estava cavoucando com a ponta da faca, tentando localizar o cartucho cortical. Kristin Ortega matinha a cabeça no lugar com as duas mãos.

— Eles andam enterrando isso bem mais fundo que antigamente — comentava ela. — Veja se dá para tirar o resto da vértebra; é lá que vai estar.

— Tô tentando — grunhiu o moicano. — Tem alguma melhoria aqui, eu acho. Uma daquelas arruelas antichoque que o Noguchi tava comentando da última vez que ele veio... Merda! Achei que tinha conseguido.

— Não, olha, você tá mexendo no ângulo errado. Me deixa tentar. — Ortega pegou a faca e apertou um joelho contra o crânio para mantê-lo no lugar.

— Merda, chefe, eu quase consegui.

— Tá, tá, não quero passar a noite inteira olhando você cutucando aí. — Ela deu uma olhada para cima e me viu assistindo, deu um breve aceno de cabeça em reconhecimento e enfiou a ponta serrilhada da lâmina no lugar. Em seguida, com um forte golpe no cabo da faca, soltou algo lá dentro. Olhou para o moicano com um sorriso.

— Ouviu isso?

Ortega meteu a mão na sanguinolência que era o cadáver e puxou o cartucho com o indicador e o dedão. Não parecia nada demais; revestimento resistente a impactos manchado de sangue e pouco maior que uma guimba de cigarro, com os filamentos dos microconectores emergindo rígidos de uma das pontas. Dava para entender por que os católicos poderiam não querer acreditar que aquele era o receptáculo da alma humana.

— Peguei você, Dimi. — Ortega ergueu o cartucho para a luz e depois o passou com a faca de volta ao moicano. Limpou os dedos nas roupas do cadáver. — Certo, agora vamos tirar o cartucho da mulher.

Enquanto observávamos o moicano repetindo o procedimento, inclinei a cabeça perto o bastante de Ortega para poder murmurar.

— Então, você conhece essa aqui também?

Ela se virou bruscamente para me olhar, e eu não sabia dizer se tinha sido por causa da surpresa ou repugnância com a minha proximidade.

— É, esse aqui também é Dimi, o Gêmeo. Há! Saca o trocadilho? A capa foi registrada em Ulan Bator que, para sua informação, é a capital do mercado negro de downloads na Ásia. Veja bem, Dimi é um sujeito muito desconfiado. Ele gosta de andar com pessoas com quem ele possa sempre contar sem sombra de dúvida. E, nos círculos que Dimi frequenta, a única pessoa em quem você realmente pode confiar é você mesmo.

— Esses círculos me parecem familiares. É fácil ser copiado na Terra?

Ortega fez uma careta.

— Vem ficando cada vez mais fácil. Do jeito que a tecnologia está agora, um processador de reencapamento de primeira qualidade cabe num banheiro. Logo, vai caber num elevador. Depois, numa maleta. — Ela deu de ombros. — É o preço do progresso.

— O único jeito de se fazer isso no Mundo de Harlan é dando entrada num feixe de alcance estelar, deixando uma cópia do seguro armazenada pela duração da viagem e depois cancelando a transmissão no último segundo. Falsifique um certificado de trânsito, depois solicite um download temporário da cópia com alguma justificativa de necessidade vital. O cara está em outro mundo, e a empresa dele está falindo, alguma coisa assim. Faça o download do original uma vez na estação de transmissão e de novo pela companhia de seguros em outro lugar. A cópia um sai da estação legalmente. Ele simplesmente mudou de ideia e não quis mais ir. Muita gente faz isso. A cópia dois nunca se reapresenta à seguradora para rearmazenamento. Porém, tudo isso acaba custando muito dinheiro. Você tem que subornar muita gente e roubar muito tempo de máquina para se safar.

A mão do moicano escorregou e ele cortou o dedão na faca. Ortega revirou os olhos e soltou um suspiro comprimido. Virou-se de volta para mim.

— É mais fácil aqui — respondeu ela, curtamente.

— É mesmo? E como funciona?

— Bem... — Ortega hesitou, como se estivesse tentando entender por que estava falando comigo. — Por que quer saber?

Sorri.

— Sou naturalmente intrometido, eu acho.

— Tá certo, Kovacs. — Ela envolveu a caneca de café com as duas mãos. — Funciona assim. Um dia o Sr. Dimitri Kadmin entra numa das grandes seguradoras de recuperação e reencapamento. Estou falando de alguma empresa *realmente* respeitável, como a Lloyd ou a Cartwright Solar, quem sabe.

— Isso é aqui? — Fiz um gesto para as luzes da ponte, visíveis além das janelas do meu quarto. — Em Bay City?

O moicano tinha lançado uns olhares estranhos para Ortega quando ela ficou para trás enquanto a polícia deixava o Hendrix. A tenente o despachou com mais uma advertência de baixar Kadmin o mais rápido possível, e depois nós subimos. Ela mal olhou para as viaturas policiais que partiam.

— Bay City, Costa Leste, talvez até na Europa. — Ortega bebericou o café, estremecendo com a overdose de uísque que ela tinha pedido que o Hendrix incluísse. — Não importa. O que importa é a empresa. Tem que ser estabelecida. Uma seguradora que já trabalhe nesse ramo desde que os downloads foram inventados. O Sr. Kadmin quer comprar uma apólice de R&R, o que, depois de uma longa negociação sobre o prêmio, ele faz. Veja bem, a coisa toda tem que parecer legítima. É um golpe de longo prazo, com a diferença de que, aqui, estamos atrás de mais do que dinheiro.

Eu me reclinei contra a janela. A suíte Watchtower, cujo nome significava Torre de Vigia, tinha sido adequadamente batizada. Todos os três quartos tinham vista para a cidade e a água além, para norte ou para oeste. E o janelão na sala ocupava mais ou menos um quinto do espaço disponível, decorado com camadas de almofadas com cores psicodélicas. Ortega e eu estávamos sentados de lados opostos com pelo menos um metro de espaço entre nós.

— Certo, então aí temos uma cópia. E depois?

Ortega deu de ombros.

— Acidente fatal.

— Em Ulan Bator?

— Isso. Dimi bate numa torre de alta-tensão em alta velocidade, cai de uma janela de hotel, algo do tipo. Um agente de manejo de Ulan Bator recupera o cartucho e, por um gordo suborno, faz uma cópia. E lá vem a Cartwright Solar ou a Lloyd com a ordem de recuperação, freta Dimi (h.d.)

de volta ao banco de clones e faz o download dele para a capa à espera. Muito obrigado, senhor. Bom fazer negócios com você.

— Enquanto isso...

— Enquanto isso, o agente de manejo compra uma capa no mercado negro, provavelmente algum caso de catatonia num hospital local ou uma vítima de drogas estilo cena do crime que não tenha ficado muito fisicamente estragada. A polícia de Ulan Bator faz uma fortuna negociando presuntos. O agente apaga a mente da capa, baixa uma cópia de Dimi nela, e a capa simplesmente vai embora andando. Pega um suborbital para o outro lado do globo e se põe a trabalhar em Bay City.

— Vocês não pegam esses caras com muita frequência.

— Quase nunca. A questão é que você tem que pegar as duas cópias no flagra, ou mortas assim ou capturadas em delitos indiciáveis pela ONU. Sem a acusação da ONU, você não tem direito legal de baixá-los de um corpo vivo. E, numa situação sem chances de fuga, o gêmeo extra simplesmente estoura o cartucho cortical pela nuca antes que a gente possa fazer a prisão. Já vi acontecer.

— Isso é bem pesado. Qual é a penalidade pela coisa toda?

— Apagamento.

— *Apagamento?* Vocês fazem isso aqui?

Ortega assentiu com a cabeça. Havia um sorrisinho sinistro dançando por toda a boca da tenente, mas nunca realmente se assentando.

— Sim, a gente faz isso aqui. Chocado?

Pensei na questão. Alguns crimes no Corpo incorriam na penalidade de apagamento, principalmente deserção ou insubordinação em combate, mas eu nunca a tinha visto sendo aplicada. Ia contra o condicionamento de bater em retirada em situações ruins. E, no Mundo de Harlan, a pena de apagamento tinha sido abolida uma década antes de eu nascer.

— É meio antiquado, não é?

— Você está com pena do que vai acontecer com Dimi?

Passei a ponta da língua nos cortes dentro da minha bochecha. Pensei no círculo de metal frio na minha nuca e neguei com a cabeça.

— Não. Mas isso só vale para gente como ele?

— Tem alguns outros crimes capitais, mas geralmente são abrandados para uns dois séculos de armazenamento. — A expressão de Ortega me dizia que ela não achava isso lá uma ótima ideia.

Pousei meu café e peguei um cigarro. Os movimentos eram automáticos, e eu estava cansado demais para detê-los. Ortega dispensou a oferta do maço com um aceno. Toquei meu próprio cigarro na faixa de ignição do maço e estreitei os olhos para ela.

— Quantos anos você tem, Ortega?

Ela me espiou de volta.

— Trinta e quatro. Por quê?

— Nunca foi h.d., foi?

— Bem, fiz uma psicocirurgia há alguns anos e me puseram para dormir por uns dois dias. Tirando isso, não. Não sou criminosa e não tenho dinheiro para esse tipo de viagem.

Soltei a primeira baforada de fumaça.

— Assunto desconfortável para você, é?

— Como eu disse, não sou uma criminosa.

— Não. — Pensei na última vez que tinha visto Virgínia Vidaura. — Se fosse, não acharia um deslocamento de duzentos anos uma pena tão leve.

— Eu não disse isso.

— Não precisou dizer.

Eu não sabia o que tinha me feito esquecer que Ortega era a lei, mas *algo* o fizera. Alguma coisa tinha se acumulado no espaço entre nós dois, algo como eletricidade estática, algo que eu poderia ter identificado se minha intuição de Emissário não estivesse tão amortecida pela nova capa. O que quer que fosse, tinha acabado de sair porta afora. Estreitei meus ombros e traguei mais forte. Precisava dormir.

— Kadmin é caro, né? Com custos assim, riscos assim, tem que ser.

— Por volta de vinte mil cada assassinato.

— Então Bancroft não cometeu suicídio.

Ortega ergueu uma sobrancelha.

— Concluiu isso bem rápido, para alguém que acabou de chegar.

— Ah, fala sério. — Explodi uma enorme baforada de fumaça para ela. — Se fosse suicídio, quem diabos ia pagar vinte mil para me apagar?

— Você é bem querido, não é?

Eu me inclinei para a frente.

— Não, sou detestado em muitos lugares, mas não por alguém com esse tipo de conexão e com toda essa grana. Não tenho classe suficiente para fazer inimigos desse nível. Quem quer que tenha mandado Kadmin me pegar sabe que eu estou trabalhando para Bancroft.

Ortega sorriu.

— Achei que tinha dito que eles não chamaram você pelo nome.

Cansado, Takeshi. Eu quase podia ver Vidaura balançando o dedo para mim. *O Corpo de Emissários não leva surra da polícia local.*

Saí pela tangente como pude:

— Eles sabiam quem eu era. Caras como Kadmin não ficam de bobeira em hotéis, esperando para assaltar turistas. Fala *sério*, Ortega.

A tenente deixou minha irritação afundar no silêncio antes de responder.

— Então, Bancroft foi assassinado também? Talvez. E daí?

— E daí que você tem que reabrir o inquérito.

— Você não me ouviu, Kovacs. — Ela abriu um sorriso criado para paralisar homens armados. — O caso está encerrado.

Eu me deixei encostar na parede e a observei através da fumaça por um tempo. Por fim, disse:

— Sabe, quando o seu esquadrão de limpeza chegou, esta noite, um deles me mostrou o distintivo por tempo suficiente para que eu visse direito. Bem bonito, assim de perto. Aquela águia e o escudo. Todas aquelas palavras em volta.

Ortega fez o gesto de *vá direto ao ponto*, e eu traguei meu cigarro mais uma vez antes de cravar o ferrão.

— *Proteger e servir*? Acho que, quando você chega ao posto de tenente, não acredita mais nessas coisas.

Bingo. Um músculo palpitou sob um dos olhos, e as bochechas afundaram como se ela estivesse chupando algo azedo. Ortega me encarou e, por um momento, achei que pudesse ter ido longe demais. Enfim, os ombros da tenente relaxaram, e ela suspirou.

— Ah, vá lá. Que porra que você sabe sobre isso, afinal? Bancroft não é gente como eu e você. Ele é uma porra de um Matusa.

— Um Matusa?

— É. Um Matusa. Você sabe, *e foram todos os dias de Matusalém 969 anos*. Ele é velho. Tipo, velho mesmo.

— E isso é um crime, tenente?

— Deveria ser — retrucou Ortega, sombria. — Quando se vive tanto tempo assim, começam a acontecer coisas com você. Você fica muito impressionado consigo mesmo. Acaba pensando que é Deus. De repente, as pessoinhas, com trinta, talvez quarenta anos, bem, elas não importam mais.

Você já viu sociedades inteiras se erguerem e caírem e começa a se sentir como se estivesse fora de tudo, e nenhuma parte do mundo importa. E, talvez, você comece a eliminar essas pessoas, como se colhesse margaridas, caso elas se tornem uma pedra em seu sapato.

Eu olhei seriamente para ela.

— Você botou alguma coisa desse tipo na conta de Bancroft? Uma vez que fosse?

— Não estou falando de Bancroft — disse ela, afastando a objeção com um gesto impaciente. — Estou falando da *raça* dele. Eles são como as IAs. Uma espécie à parte. Não são humanos e lidam com a raça humana do mesmo jeito que eu e você lidamos com insetos. Bem, quando você está lidando com o departamento de polícia de Bay City, essa atitude pode ser problemática.

Pensei rapidamente nos excessos de Reileen Kawahara; me perguntei o quanto Ortega estaria enganada. No Mundo de Harlan, a maioria das pessoas pode arcar com os custos de reencapamento pelo menos uma vez, mas a questão era que, a não ser que você fosse muito rico, você teria que viver cada vida do começo ao fim, e a velhice é muito cansativa, mesmo com tratamentos antissenilidade. A segunda vez era ainda pior, porque você já sabia o que esperar. Pouca gente tinha energia para passar por isso mais que duas vezes. A maioria entrava em armazenamento voluntário depois disso, com reencapamentos temporários ocasionais para tratar de questões de família, e, é claro, mesmo esses reencapamentos iam ficando mais raros conforme o tempo passava e as novas gerações surgiam sem os velhos laços.

Era preciso ser um tipo específico de pessoa para seguir sempre em frente, para *querer* seguir sempre em frente, uma vida após a outra, capa após capa. Você tinha que começar diferente, sem levar em conta o que poderia se tornar conforme os séculos fossem se acumulando.

— Então Bancroft recebe um tratamento meia-boca porque é um Matusa. Desculpa, Laurens, mas você é um filho da puta arrogante de vida longa, e a polícia de Bay City tem coisa melhor a fazer do que levar você a sério. Coisa do tipo.

Só que Ortega não estava mais mordendo a isca; só deu um gole no café e fez um gesto desdenhoso.

— Olha, Kovacs, Bancroft está vivo e, quaisquer que sejam os fatos do caso, ele tem segurança suficiente para continuar assim. Ninguém aqui está sofrendo sob o fardo de um abuso da lei. O departamento de polícia tem orçamento de menos, funcionários de menos e trabalho de mais. Não temos recursos para perseguir os fantasmas de Bancroft para sempre.

— E se não forem fantasmas?

Ortega suspirou.

— Kovacs, eu examinei aquela casa pessoalmente três vezes com a equipe da perícia. Não há nenhum sinal de luta, nenhuma quebra nas defesas do perímetro e nenhum intruso registrado em nenhum lugar da rede de segurança. Miriam Bancroft se submeteu voluntariamente a todos os testes poligráficos mais modernos e passou em todos sem um tremor. Ela não matou o marido, e ninguém invadiu a casa e matou o marido dela. Laurens Bancroft matou a si mesmo, por motivos que só ele pode conhecer, e isso encerra a questão. Lamento que você tenha que provar o contrário, mas querer não é poder, porra. O caso foi encerrado.

— E o telefonema? O fato de que Bancroft não exatamente se esqueceria de que tinha armazenamento remoto? O fato de que alguém achou que eu fosse importante o bastante para mandar Kadmin aqui?

— Não vou ficar aqui discutindo o sexo dos anjos com você, Kovacs. Vamos interrogar Kadmin e descobrir o que ele sabe, mas o resto é terreno conhecido para mim, e já estou ficando entediada. Tem gente lá fora que precisa muito mais da gente que Bancroft. Vítimas de morte real que não tiveram sorte o bastante de contar com armazenamento remoto quando seus cartuchos foram estourados. Católicos sendo massacrados porque seus assassinos sabem que as vítimas jamais sairão do armazenamento para acusá-los. — Havia um cansaço velado se acumulando nos olhos de Ortega enquanto ela listava os casos com os dedos. — Casos de dano orgânico que não têm grana para se reencapar a não ser que o estado possa comprovar algum tipo de responsabilidade de terceiros. Eu chafurdo nessa merda dez horas por dia ou mais e, lamento muito, simplesmente não tenho solidariedade sobrando para o Sr. Laurens Bancroft, com seus clones na geladeira, portas mágicas de influência nos altos escalões e advogados caríssimos que nos fazem passar um sufoco toda vez que algum membro da família ou da equipe dele decide escapar da gente.

— Isso acontece muito, é?

— Acontece o suficiente, mas não faça cara de surpresa. — Ela me abriu um sorriso sombrio. — Ele é uma porra de Matusa. São todos iguais.

Era um lado dela de que eu não gostava, uma discussão que eu não queria ter e uma visão de Bancroft da qual eu não precisava. E, sob tudo isso, meus nervos berravam por sono.

Apaguei meu cigarro.

— Acho melhor você ir embora, tenente. Todo esse preconceito está me dando uma dor de cabeça.

Algo tremeluziu nos olhos dela, algo que eu não consegui identificar. Dançou lá por um segundo e depois se foi. Ortega deu de ombros, pousou a caneca de café e passou as pernas pelo lado do janelão. Levantou-se com um espreguiçar, arqueou a espinha dorsal até soar um estalo audível e foi até a porta sem olhar para trás. Fiquei onde estava, observando seu reflexo se mover em meio às luzes da cidade na janela.

Ao chegar à porta, Ortega parou e vi que virava a cabeça.

— Ei, Kovacs.

Eu olhei para ela.

— Esqueceu alguma coisa?

Ela assentiu, com boca fechada numa linha torta, como se reconhecesse um ponto em algum jogo que estivéramos jogando.

— Quer uma pista? Um ponto de partida? Bem, você me deu Kadmin, então acho que fico devendo uma.

— Você não me deve nada, Ortega. Foi o Hendrix que fez o serviço, não eu.

— Leila Begin — disse ela. — Dê isso aos advogados chiques de Bancroft e veja aonde isso leva.

A porta se fechou; o quarto refletido agora não continha nada além das luzes da cidade. Eu as contemplei por algum tempo, acendi um novo cigarro e o fumei até o filtro.

Bancroft não tinha cometido suicídio, isso pelo menos estava claro. Eu estava no caso havia menos de um dia e já tinha dois lobbies diferentes nas minhas costas. Primeiro, os capangas corteses de Kristin Ortega no complexo de justiça, e, depois, o assassino de Vladivostok com sua capa reserva. Isso sem falar no comportamento bizarro de Miriam Bancroft. Era uma situação bagunçada demais para ser só o que parecia ser. Ortega queria alguma coisa e quem quer que tivesse contratado Dimitri Kadmin queria alguma coisa — o que eles queriam, aparentemente, era que o caso Bancroft continuasse fechado.

E essa não era uma das minhas opções.

— Sua convidada deixou o prédio — anunciou o Hendrix, tirando-me de súbito da minha retrospectiva.

— Obrigado — respondi, distraído, apagando o cigarro no cinzeiro. — Você poderia trancar a porta e bloquear os elevadores deste andar?

— Certamente. Você gostaria de ser avisado sobre qualquer entrada no hotel?

— Não. — Bocejei como uma cobra tentando engolir um ovo. — Só não deixe que subam para cá. E nenhuma ligação pelas próximas sete horas e meia.

De repente, as ondas de sono me atingiram com tanta força que eu mal consegui me despir antes de cair adormecido. Deixei o terno de verão de Bancroft pendurado numa cadeira conveniente e me enfiei na imensa cama carmesim. A superfície do móvel ondulou brevemente, ajustando-se ao meu peso e tamanho, depois me sustentou como água. Um leve odor de incenso se elevou dos lençóis.

Fiz uma tentativa meio indiferente de me masturbar, com a mente revirando imagens das curvas voluptuosas de Miriam Bancroft, mas eu continuava vendo o corpo pálido de Sarah feito em pedaços pelos tiros de Kalashnikov.

E o sono me levou.

CAPÍTULO 7

Há ruínas, mergulhadas em sombras, e um sol vermelho-sangue se põe no caos além das colinas distantes. Acima, nuvens macias avançam para o horizonte, em pânico como baleias fugindo do arpão, e o vento corre dedos de viciado pelas árvores que margeiam a rua.

Innenininenninnninennin...

Conheço este lugar.

Escolho um caminho em meio às paredes devastadas das ruínas, tentando não esbarrar nelas, porque, sempre que eu esbarro, elas soltam tiros e gritos abafados, como se qualquer que seja o conflito que assassinou esta cidade tivesse se infiltrado na alvenaria remanescente. Ao mesmo tempo, vou avançando bem rápido, porque tem algo me seguindo, algo sem tantos escrúpulos quanto a tocar as ruínas. Posso mapear seu progresso com precisão pela maré de disparos e agonia que cresce às minhas costas. Está chegando perto. Tento acelerar, mas há um aperto na minha garganta e no meu peito que não me ajudam em nada.

Jimmy de Soto sai de trás do toco estraçalhado de uma torre. Não estou exatamente surpreso em vê-lo aqui, mas o rosto arruinado do sujeito me dá um susto. Ele sorri com o que resta de suas feições e coloca a mão no meu ombro. Tento não estremecer.

— Leila Begin — diz Jimmy, indicando com a cabeça a direção de onde eu vim. — Leve esse nome ao advogado chique de Bancroft.

— Vou levar — asseguro, passando por ele. Mas a mão de Jimmy continua no meu ombro, o que deve significar que o braço dele está se esticando atrás de mim como cera quente. Eu paro, sentindo-me culpado pela dor que isso deve lhe causar, mas ele ainda está lá ao meu ombro. Começo a andar de novo.

— Vai dar meia-volta e brigar? — pergunta ele, puxando conversa, flutuando ao meu lado sem esforço ou movimento aparente.

— Com o quê? — digo, abrindo mãos vazias.

— Deveria ter se armado, camarada. Pra valer.

— Virgínia disse para não nos iludirmos com a fraqueza das armas.

Jimmy de Soto funga em zombaria.

— É, e olha onde aquela vaca idiota foi parar. Oitenta a cem, sem chance de redução.

— Você não tem como saber — comento, distraído, mais interessado nos sons de perseguição atrás de mim. — Você morreu anos antes de isso acontecer.

— Ah, fala sério. Quem é que morre de verdade hoje em dia?

— Tente dizer isso a um católico. E, de qualquer maneira, você morreu mesmo, *Jimmy. Irrecuperável, pelo que eu me lembro.*

— O que é um católico?

— Te conto mais tarde. Tem um cigarro aí?

— Cigarro? O que aconteceu com o seu braço?

Quebro a espiral de respostas sem sentido e encaro meu braço. Jimmy tinha razão. As cicatrizes no meu antebraço se tornaram uma ferida aberta, com sangue brotando e escorrendo até minha mão. Então, obviamente...

Levo a mão ao meu olho esquerdo e sinto a umidade logo abaixo. Meus dedos ficam ensanguentados.

— Sortudo — comenta ele. — Não acertaram a órbita.

Ele sabe bem. A própria órbita esquerda dele é um poço entupido de sangue e carne, tudo que sobrou em Innenin quando ele arrancou o globo ocular com os próprios dedos. Ninguém nunca descobriu o que ele tinha alucinado naquele momento. Quando finalmente conseguiram colocar Jimmy e o resto da cabeça de ponte de Innenin em h.d. para psicocirurgia, o vírus dos defensores tinha embaralhado a mente deles além de qualquer recuperação. O programa era tão virulento que, naquele momento, a clínica nem ousou guardar o que tinha sobrado num cartucho para estudo. Os restos de Jimmy de Soto estão num disco selado com adesivos vermelhos de CONTAMINANTE DE DADOS *em algum lugar num porão do QG do Corpo de Emissários.*

— Tenho que fazer alguma coisa quanto a isso — digo, meio desesperado. Os sons que o meu perseguidor desperta nas paredes estão ficando perigosamente próximos. Os últimos resquícios de sol mergulham atrás das colinas. Sangue escorre pelo meu braço e pelo meu rosto.

— Sente o cheiro? — pergunta Jimmy, erguendo o rosto para o ar frio ao nosso redor. — Eles estão mudando.

— O quê? — Mas, mesmo enquanto eu exclamo a réplica, sinto o cheiro também. Um perfume fresco e revigorante, que lembra um pouco o incenso do Hendrix, mas sutilmente diferente; não é bem a decadência intoxicante do cheiro que eu senti ao adormecer há meras...

— Tá na hora de ir — diz Jimmy, e eu estou prestes a perguntar para onde, quando percebo que ele sou eu, e eu estou

Acordado.

Meus olhos se abriram de repente, deparando-se com um dos murais psicodélicos do quarto de hotel. Silhuetas esguias e jovens em túnicas, espalhadas por um campo relvado com flores amarelas e brancas. Franzi a testa, pousando a mão com força na cicatriz endurecida no meu antebraço. Nada de sangue. Com essa percepção, despertei por completo e me sentei na grande cama carmesim. A alteração do perfume de incenso que tinha me empurrado para a consciência se revelava no cheiro de café e pão fresco. O despertador olfativo do Hendrix. A luz se derramava no quarto escuro por uma falha no vidro polarizado da janela.

— O senhor tem visita — anunciou apressada a voz do Hendrix.

— Que horas são? — indaguei, rouco. O fundo da minha garganta parecia ter sido vastamente besuntado com cola refrigerada.

— Dez e dezesseis, horário local. O senhor dormiu por sete horas e 42 minutos.

— E minha visita?

— Oumou Prescott — disse o hotel. — O senhor vai querer café da manhã?

Eu me levantei e fui para o banheiro.

— Sim. Café com leite, carne branca bem-passada e suco. Pode mandar Prescott subir.

Quando a campainha tocou, eu já tinha saído do chuveiro e perambulava embrulhado num roupão de banho azul iridescente com bordas de trançado dourado. Recebi meu café da manhã pela escotilha de serviço e equilibrei a bandeja em uma das mãos enquanto abria a porta.

Oumou Prescott era uma mulher africana alta de aparência impressionante, uns dois centímetros mais alta que a minha capa, com cabelos trançados para trás com dezenas de miçangas em sete ou oito das minhas cores favoritas e maçãs do rosto estampadas com algum tipo de tatuagem abstrata. Ela ficou parada na entrada, vestida em seu terno cinza-claro e longo casaco negro com o colarinho levantado, e me olhou com reticência.

— Sr. Kovacs.

— Sim, pode entrar. Quer comer alguma coisa? — Pousei a bandeja na cama desarrumada.

— Não, obrigada. Sr. Kovacs, sou a representante legal primária de Laurens Bancroft, através da firma de Prescott, Forbes e Hernandez. O Sr. Bancroft me informou...

— Sim, eu sei — Peguei um pedaço de frango grelhado da bandeja.

— A questão é, Sr. Kovacs, que temos uma reunião com Dennis Nyman na PsychaSec em... — Os olhos dela dardejaram rapidamente para cima para consultar um relógio de retina. — Trinta minutos.

— Entendi — respondi, mastigando lentamente. — Não sabia disso.

— Já estou aqui desde oito da manhã, mas o hotel se recusou a chamá-lo. Não pensei que você fosse dormir até tarde.

Eu sorri para ela com a boca cheia de frango.

— Pesquisa malfeita, então. Eu só fui encapado ontem.

Ela enrijeceu um pouco ao ouvir isso, mas depois uma calma profissional se estabeleceu. Prescott atravessou o quarto e se sentou junto ao janelão.

— Vamos nos atrasar, então — decidiu ela. — Acho que você precisa de café da manhã.

Fazia frio no centro da baía.

Desci do autotáxi e dei com um sol fraco e um vento fustigante. Tinha chovido durante a noite, e ainda havia algumas pilhas de nuvens cinzentas se esgueirando terra adentro, resistindo bravamente aos esforços de dispersão de uma constante brisa marítima. Levantei o colarinho de meu terno de verão e decidi comprar um casaco. Nada muito sério, algo que descesse até o meio da coxa, com um colarinho e bolsos grandes o bastante para enfiar as mãos.

Ao meu lado, Prescott parecia insuportavelmente confortável dentro do casaco. Ela pagou o táxi com uma impressão do polegar e nós dois nos afastamos enquanto ele decolava. Uma onda bem-vinda de ar quente das turbinas de decolagem soprou em meu rosto e em minhas mãos. Pisquei em meio à pequena tempestade de areia e vi como Prescott ergueu um braço esguio com o mesmo fim. Então o táxi se foi, partindo para se juntar ao enxame de atividade no céu acima do continente. Prescott se virou para o prédio atrás de nós e fez um gesto com um polegar lacônico.

— Por aqui.

Enfiei as mãos nos bolsos inadequados do meu terno e a segui. Um tanto inclinados contra o vento, escalamos a longa e sinuosa escada até a PsychaSec Alcatraz.

Eu esperava uma instalação de alta segurança. Não me decepcionei. A PsychaSec era organizada numa série de longos módulos baixos de dois andares com janelas instaladas em nichos fundos, lembrando uma casamata de comando militar. A única exceção no padrão era um domo solitário no extremo oeste, onde eu deduzi que deveria ficar o equipamento de conexão de satélite. O complexo inteiro era de um tom pálido de cinza-granito, e as janelas eram coloridas num laranja reflexivo e esfumaçado. Não havia letreiro holográfico ou propagandas em transmissão aberta; de fato, não havia nada anunciando que tínhamos chegado ao lugar certo, exceto uma sóbria placa gravada a laser na parede de pedra do bloco de entrada:

PsychaSec S.A.

Recuperação e armazenamento seguro de F.H.D.
Reencapamento clônico

Acima da placa havia um pequeno olho negro de vigilância flanqueado por alto-falantes cobertos por grades pesadas. Oumou Prescott ergueu o braço e acenou para o olho.

— Boas-vindas à PsychaSec Alcatraz — disse apressadamente uma voz sintetizada. — Por favor, identifiquem-se dentro do limite de tempo de segurança de quinze segundos.

— Oumou Prescott e Takeshi Kovacs. Temos hora marcada com o diretor Nyman.

Um fino laser verde de varredura tremeluziu sobre nós dois, dos pés à cabeça, e depois uma seção da porta girou com suavidade para trás e para baixo, formando uma passagem. Feliz em sair do vento, entrei rapidamente para o nicho e segui as luzes-guia alaranjadas por um curto corredor até uma área de recepção, deixando que Prescott seguisse na retaguarda. Assim que saímos da passagem para a recepção, a imensa laje de pedra subiu com um ribombar e se fechou de novo. Segurança das boas.

A recepção era um aposento circular, com iluminação cálida e conjuntos de assentos e mesas baixas nos pontos cardeais. Pequenos grupos de pessoas estavam sentados no norte e no leste, conversando em voz baixa. No centro havia uma mesa circular com um recepcionista sentado atrás de um apanhado de equipamento secretarial. Nada de constructos artificiais aqui; era um ser humano de verdade, um jovem esbelto que mal saíra da adolescência e nos contemplava com olhos inteligentes enquanto nos aproximávamos.

— A senhora pode entrar direto, Sra. Prescott. Suba as escadas e a terceira porta à direita é o gabinete do diretor.

— Obrigada — Prescott assumiu a liderança de novo, virando-se por um instante para murmurar, assim que saímos de perto do recepcionista:

— Nyman se deixou levar um pouco pelo orgulho desde que este lugar foi construído, mas é uma boa pessoa. Tente não se irritar.

— Tudo bem.

Seguimos as instruções do recepcionista até que, diante da porta em questão, eu tive que parar e conter uma risadinha. A porta de Nyman, sem dúvida alguma seguindo o melhor do bom gosto terráqueo, era pau-espelho puro de cima a baixo. Depois do sistema de segurança de alta qualidade e da recepção de carne e osso, aquilo parecia tão sutil quanto as escarradeiras vaginais do Armazém de Putas do Porto da Madame Mi. Meu divertimento deve ter ficado evidente, porque Prescott fez uma cara feia para mim enquanto batia na porta.

— Entrem.

O sono tinha feito milagres pela sintonia entre minha mente e a nova capa. Ajustei minhas feições alugadas e segui Prescott gabinete adentro.

Nyman estava sentado à escrivaninha, trabalhando bem à mostra num holomonitor verde e cinza. Era um homem magro, sério, ostentando lentes oculares externas com armação de metal que combinavam com o terno preto e caro e os cabelos curtos e bem-cuidados. A expressão dele, atrás das lentes, era ligeiramente ressentida. Não ficara muito feliz quando Prescott lhe havia telefonado do táxi para avisar do nosso atraso, mas Bancroft obviamente entrara em contato com ele, pois tinha aceitado o horário de reunião mais tardio com a aquiescência rígida de uma criança após uma bronca.

— Já que você requisitou um tour pelas nossas instalações, Sr. Kovacs, poderíamos começar? Limpei minha agenda pelas próximas horas, mas tenho clientes esperando.

Alguma coisa nos modos de Nyman me lembrou do diretor Sullivan, mas, no geral, era um Sullivan mais suave e menos amargurado. Dei uma olhada no rosto e no terno de Nyman. Talvez, se o diretor tivesse feito carreira no armazenamento dos super-ricos, em vez dos elementos criminosos, poderia ter acabado assim.

— Tudo bem.

Ficou bem tedioso depois disso. PsychaSec, como a maioria dos depósitos de f.h.d., não era muito mais que um enorme conjunto de estantes de armazém com ar-condicionado. Marchamos por salas no porão resfriadas aos sete a onze graus centígrados recomendados pelos produtores de carbono alterado, espiamos prateleiras dos grandes discos de trinta centímetros de formato expandido e admiramos os robôs de recuperação que corriam em trilhos de bitola larga pelas paredes do armazém.

— É um sistema duplex — explicou Nyman, orgulhoso. — Todos os clientes são armazenados em dois discos separados em partes diferentes do prédio. Distribuição por código aleatório, só o processador central é capaz de encontrar os dois, e há uma trava no sistema para evitar acesso simultâneo às duas cópias. Para causar qualquer dano real, você teria que invadir e ultrapassar todos os sistemas de segurança duas vezes.

Eu fazia sons educados de assentimento.

— Nossa conexão de satélite opera por meio de uma rede de pelo menos dezoito plataformas orbitais de compensação segura, arrendadas em sequência aleatória — Nyman estava se deixando levar pelo próprio discurso de vendedor. Ele parecia ter esquecido que nem Prescott nem eu estávamos interessados em adquirir os serviços da PsychaSec. — Nenhum orbital é arrendado por mais de vinte segundos de cada vez. As atualizações de armazenamento remoto chegam por feixe, sem nenhum jeito de prever a rota de transmissão.

Tecnicamente, isso não era verdade. Com uma inteligência artificial de tamanho e inclinação suficientes, seria possível, mais cedo ou mais tarde, mas essa era uma hipótese fútil de considerar. O tipo de inimigo que usa IAs para ferrar com os outros não precisa dar cabo de ninguém com um tiro de pistola na cabeça. Eu estava procurando no lugar errado.

— Posso ter acesso aos clones de Bancroft? — perguntei a Prescott abruptamente.

— De um ponto de vista legal? — Prescott deu de ombros. — As instruções do Sr. Bancroft lhe dão *carte blanche*, até onde sei.

Carte blanche? Prescott tinha passado a manhã inteira soltando esses ditos para mim. As palavras quase cheiravam a pergaminho. Era bem o tipo de coisa que um personagem de Alain Marriott diria num filme sobre os anos da Colonização.

Bem, você está na Terra agora. Eu me virei para Nyman, que assentiu com relutância.

— Há alguns procedimentos necessários — disse ele.

Voltamos ao térreo, passando por corredores que obrigatoriamente me fizeram pensar na instalação de reencapamento em Bay City, por conta da própria dessemelhança. Nada de marcas das rodas de borracha das macas aqui; as capas deviam ser transportadas por veículos de colchão de ar; e as paredes eram decoradas em tons pastel. As janelas, escotilhas de casamata quando vistas de fora, do lado de dentro eram emolduradas e decoradas com cornijas onduladas estilo Gaudí. Ao virarmos uma esquina, passamos por uma mulher que as limpava manualmente. Ergui uma sobrancelha. A extravagância ali não tinha limite.

Nyman percebeu meu olhar.

— Tem alguns serviços que os robôs nunca fazem direito.

— Claro.

Os bancos de clones apareceram à nossa esquerda, portas pesadas e seladas, de um aço chanfrado e esculpido em contraponto às janelas ornadas. Paramos diante de uma delas, e Nyman espiou o leitor de retina instalado ao lado. A porta girou suavemente para fora, um metro inteiro de aço-tungstênio. No interior, encontrava-se uma câmara com quatro metros de comprimento e uma porta semelhante no extremo oposto. Entramos, e a porta exterior se fechou com um baque suave que fez pressão nos meus ouvidos.

— Esta é uma câmara estanque — informou Nyman, sem necessidade. — Vamos passar por uma limpeza sônica para garantir que não estamos levando nenhum contaminante ao banco de clones. Não há motivo para se preocuparem.

Uma luz no teto piscou pulsante em tons de violeta para indicar que a limpeza ocorria, e então a segunda porta se abriu tão silenciosamente quanto a primeira. Entramos no cofre da família Bancroft.

Já tinha visto aquele tipo de coisa antes. Reileen Kawahara mantivera um cofre pequeno para seus clones de trânsito em Nova Beijing, e, é claro, o próprio Corpo tinha clones em abundância. Mesmo assim, eu nunca tinha visto nada exatamente igual àquilo.

O espaço era oval, com um teto em domo, e provavelmente se estendia pelos dois andares da instalação. Era enorme, do tamanho que seria um templo lá no Mundo de Harlan. A luz era fraca, um laranja difuso, e a temperatura era igual à temperatura corporal. Os sacos de clones estavam por toda parte, bolsas translúcidas e venosas no mesmo tom laranja das luzes, suspensas do teto por cabos e tubos de nutrientes. Os clones que continham eram vagamente discerníveis, amontoados fetais de braços e pernas, mas completamente crescidos. Ou, pelo menos, a maioria; mais perto do topo do domo, pude distinguir bolsas menores onde as novas adições ao estoque eram cultivadas. Os sacos eram orgânicos, um análogo reforçado do revestimento do útero, e cresceriam com o feto que continham para se tornar os losangos de um metro e meio que ocupavam a metade inferior do cofre. A safra inteira pendia ali como um móbile insano, apenas à espera de que alguma brisa fraca o colocasse em movimento.

Nyman pigarreou, e Prescott e eu nos livramos do assombro paralisante que nos tinha dominado no limiar do aposento.

— Pode parecer bagunçado — continuou ele. — Mas o espaçamento *é* gerado por computador.

— Eu sei — falei, aproximando-me de um dos sacos mais baixos. — É um arranjo fractal, não é?

— Ah, sim. — Nyman parecia quase ressentido com meu conhecimento.

Espiei o clone ali dentro. A centímetros do meu rosto, os traços de Miriam Bancroft sonhavam em líquido amniótico sob a membrana. Os braços estavam dobrados de forma protetora sobre os seios, e as mãos, fechadas delicadamente sob o queixo. Os cabelos tinham se juntado numa espessa e sinuosa serpente enrolada no alto da cabeça e estavam cobertos por algum tipo de teia.

— A família inteira está aqui — murmurou Prescott junto ao meu ombro. — Marido e mulher, além de todos os 61 filhos. A maioria só tem um ou dois clones, mas Bancroft e a esposa chegam a seis cada um. Impressionante, não é?

— É, sim. — Meio sem querer, tive que estender a mão e tocar a membrana acima do rosto de Miriam Bancroft. Era morna, e cedeu um pouco sob meu toque. Havia tecido cicatrizado em volta das sondas de alimentação e tubulação excretora, e pequenas bolinhas onde agulhas tinham furado para extrair amostras de tecido ou prover aditivos ao soro. A membrana cederia a tais penetrações e se curaria depois.

Dei as costas à mulher em seus sonhos e encarei Nyman.

— Isso tudo é muito legal, mas eu presumo que você não descasque um desses toda vez que Bancroft aparece. Você tem que ter tanques também.

— Por aqui. — Fazendo um gesto para que seguíssemos, Nyman foi até os fundos da câmara, onde outra porta estanque estava instalada na parede. Os sacos mais baixos balançaram fantasmagoricamente ao passarmos, e eu tive que me abaixar para não esbarrar num deles. Os dedos do diretor tocaram uma breve tarantela no teclado da porta estanque, e nós entramos num longo e baixo aposento cuja iluminação clínica era quase ofuscante depois da luz difusa e uterina da câmara principal. Uma fileira de oito cilindros metálicos, não muito diferentes daquele em que eu tinha acordado no dia anterior, estava instalada ao longo de uma das paredes. Porém, enquanto o meu tubo natal estivera sem pintura e marcado pelos milhões de pequenos vandalismos do uso frequente, aquelas unidades exibiam um espesso lustro de tinta creme com detalhes amarelos em volta da placa transparente de observação e das várias protuberâncias funcionais.

— Câmaras de suspensão com suporte vital total — anunciou Nyman. — Em essência, o mesmo ambiente das bolsas. É aqui que fazemos todos os reencapamentos. Trazemos clones frescos para cá, ainda na bolsa, e os carregamos aqui. Os nutrientes dos tanques contêm uma enzima que desfaz o revestimento da bolsa, de modo que a transição é completamente livre de traumas. Todo trabalho clínico é executado por funcionários que usam capas sintéticas, para evitar qualquer tipo de contaminação.

Percebi o revirar de olhos exasperado de Oumou Prescott com minha visão periférica, e um sorriso se formou no canto da minha boca.

— Quem tem acesso a esta câmara?

— Eu e funcionários autorizados com um código de um dia. E os donos, é claro.

Andei pela linha de cilindros, ocasionalmente me abaixando para examinar os mostradores de dados ao pé de cada um. Havia um clone de Miriam no sexto, e dois de Naomi, no sétimo e no oitavo.

— Você tem a filha no gelo em dois clones?

— Sim. — Nyman pareceu confuso, depois um tanto orgulhoso. Esta era a chance dele de recuperar a iniciativa que tinha perdido no padrão fractal. — Você não foi informado da condição atual dela?

— Fui, ela está em psicocirurgia — rosnei. — Isso não explica por que tem duas dela aqui.

— Bem. — Nyman dardejou uma olhadela para Prescott, como se quisesse dizer que a divulgação de mais informações envolvia alguma dimensão legal. A advogada pigarreou.

— A PsychaSec tem instruções do Sr. Bancroft de sempre manter um clone adicional dele mesmo e dos parentes mais próximos prontos para decantação. Enquanto a Srta. Bancroft estiver internada no cartucho psiquiátrico de Vancouver, as duas capas ficam armazenadas aqui.

— Os Bancroft gostam de alternar as capas — informou Nyman, num tom de quem sabia das coisas. — Muitos dos nossos clientes o fazem; reduz o desgaste e estrago. O corpo humano é capaz de regeneração muito espantosa se armazenado corretamente, e, é claro, nós oferecemos um pacote completo de reparo clínico para danos mais graves. Com um preço muito razoável.

— Tenho certeza de que sim. — Voltei do último cilindro e sorri para ele. — Ainda assim, não há muito que você possa fazer por uma cabeça vaporizada, não é?

Houve um breve silêncio, em que Prescott fitou um canto do teto e os lábios de Nyman se apertaram a proporções quase anais.

— Considero esse último comentário de muito mau gosto — afirmou enfim o diretor. — Você tem mais alguma pergunta *importante*, Sr. Kovacs?

Parei ao lado do cilindro de Miriam Bancroft e dei uma olhada. Mesmo através do efeito nebuloso da placa de observação e do gel, havia uma abundância sensual na silhueta desfocada ali dentro.

— Só uma: quem decide quando alternar as capas?

Nyman deu uma olhada para Prescott, como se quisesse recrutar suporte jurídico para as próprias palavras.

— Eu estou diretamente autorizado pelo Sr. Bancroft para efetuar a transferência sempre que ele for digitalizado, a não ser que seja especificamente requisitado que isso não seja feito. Ele não fez tal requisição nesta ocasião.

Havia alguma coisa aqui que atiçava as minhas antenas de Emissário; alguma coisa em algum lugar *se encaixava.* Estava cedo demais para dar forma concreta a isso. Passei os olhos pela câmara.

— Este lugar tem entrada monitorada, certo?

— Naturalmente. — O tom de Nyman ainda estava gélido.

— Houve muita atividade no dia em que Bancroft foi para Osaka?

— Não mais que o normal. Sr. Kovacs, a polícia já verificou os registros. Eu realmente não vejo o valor em...

— Faça-me este favor — sugeri, sem olhar para ele, e o tom de Emissário em minha voz o cortou como uma navalha.

Duas horas depois, eu estava olhando pela janela de outro autotáxi enquanto o veículo decolava da plataforma de aterrissagem de Alcatraz e sobrevoava a baía.

— Você encontrou o que estava procurando?

Olhei de relance para Oumou Prescott, curioso para saber se ela podia sentir a frustração emanando de mim. Eu achava que já tinha bloqueado todos os sinais delatores nesta capa, mas tinha ouvido falar em advogados que passavam por condicionamento empático para captar mais pistas subliminares do estado mental de suas testemunhas no tribunal. E aqui, na Terra, eu não ficaria surpreso se Oumou Prescott tivesse um pacote completo de varredura infravermelha subsônica corporal e vocal instalado naquela bela cabeça negra.

Os dados de entrada do cofre dos Bancroft, para a quinta-feira, 16 de agosto, estavam tão livres de idas e vindas suspeitas quanto o Mishima Shopping numa tarde de terça. Bancroft chegou com dois assistentes às oito da manhã, se despiu e entrou no tanque que o aguardava. Os assistentes foram embora com as roupas dele. Quatorze horas depois, o outro clone saiu pingando do tanque ao lado, pegou uma toalha com outro assistente e foi tomar um banho. Nenhuma conversa além de saudações e comentários vazios. Nada.

Dei de ombros.

— Não sei. Ainda não sei exatamente o que estou procurando.

Prescott bocejou.

— Absorção Total, né?

— É, isso mesmo. — Eu a olhei com mais atenção. — Você sabe muita coisa sobre o Corpo?

— Algumas coisas. Escrevi meus artigos sobre litígios da ONU. Você acaba pegando a terminologia. Então, o que você absorveu até agora?

— Só que tem muita fumaça se acumulando em volta de algo que as autoridades dizem que não está queimando. Você já conheceu a tenente que conduziu o caso?

— Kristin Ortega. É claro. Vai ser difícil esquecê-la. Passamos a maior parte de uma semana gritando uma com a outra de lados opostos de uma escrivaninha.

— E quais são suas impressões?

— De Ortega? — Prescott parecia surpresa. — Boa policial, até onde eu sei. Tem reputação de ser bem linha-dura. Os caras da Divisão de Dano Orgânico são os durões do departamento, então não deve ser nada fácil conquistar uma reputação dessas. Ela conduziu o caso de forma eficiente o bastante...

— Não para o gosto de Bancroft.

Pausa. Prescott me olhou com cautela.

— Eu disse eficiente. Não disse persistente. Ortega fez o trabalho dela, mas...

— Mas ela não gosta de Matusas, gosta?

Outra pausa.

— Você tem um ótimo ouvido para as ruas, Sr. Kovacs.

— Você acaba pegando a terminologia — respondi com modéstia. — Você acha que Ortega teria mantido o caso aberto se Bancroft não fosse um Matusa?

Prescott pensou nisso por algum tempo.

— É um preconceito bem comum — disse ela lentamente. — Mas fiquei com a impressão de que Ortega não encerrou tudo por esse motivo. Acho que ela simplesmente viu um retorno limitado para o investimento dela. O departamento de polícia tem um sistema de promoções baseado, pelo menos parcialmente, no número de casos resolvidos. Ninguém viu uma solução rápida para este, e o Sr. Bancroft estava vivo, então...

— Coisas melhores para fazer, é?

— Sim, algo do tipo.

Olhei mais um pouco pela janela. O táxi voava em meio aos topos de prédios esguios e às estreitas fendas cheias de tráfego entre eles. Eu sentia uma velha fúria se acumulando em mim que não tinha nada a ver com meus problemas atuais. Algo que tinha se acumulado pelos anos no Corpo e pelos destroços emocionais que você se acostumava a ver, como sedimentos na superfície da alma. *Virgínia Vidaura, Jimmy de Soto morrendo nos meus braços em Innenin, Sarah...* Um catálogo de perdedor, qualquer que fosse o ponto de vista.

Eu reprimi a raiva.

A cicatriz sob o meu olho coçava, e o desejo por nicotina se enrodilhava em meus dedos. Esfreguei a cicatriz. Deixei os cigarros no bolso. Tinha decido parar de fumar em algum momento indeterminado daquela manhã. Um pensamento me ocorreu de modo aleatório.

— Prescott, foi você quem escolheu esta capa para mim, não foi?

— Perdão? — Ela estava lendo uma projeção sub-retínica, e levou um momento para refocalizar em mim. — O que você disse?

— Esta capa. Você quem escolheu, não foi?

Ela franziu as sobrancelhas.

— Não. Até onde eu sei, a seleção foi feita pelo Sr. Bancroft. Só oferecemos a lista de candidatos conforme as especificações.

— Não, ele me disse que os advogados dele tinham cuidado disso. Definitivamente.

— Ah. — A expressão de confusão se desfez, e ela sorriu levemente. — O Sr. Bancroft tem inúmeros advogados. Provavelmente encaminhou para outro escritório. Por quê?

Grunhi.

— Nada. Quem quer que fosse o dono deste corpo antes era um fumante, e eu não sou. E isso é um pé no saco.

O sorriso de Prescott se alargou.

— E você vai parar?

— Se der tempo. O acordo de Bancroft diz que eu posso ser reencapado sem me preocupar com as despesas caso eu resolva o caso, então não faz lá muita diferença em longo prazo. Eu só odeio acordar todo dia com a garganta cheia de merda.

— Você acha que consegue?

— Parar de fumar?

— Não. Resolver o caso.

Eu a encarei, o rosto inexpressivo.

— Eu não tenho lá muita escolha, doutora. Você já leu os termos do meu contrato?

— Sim. Fui eu quem os redigi. — Prescott me devolveu o olhar inexpressivo, mas enterrados sob aquelas feições estavam os vestígios do constrangimento que eu precisava ver para não lhe meter um murro na cara que faria o osso do nariz dela entrar no cérebro.

— Ora, ora — comentei, voltando a olhar pela janela.

E MEU PUNHO METIDO NA BUCETA DA SUA MULHER COM VOCÊ OLHANDO SEU PORRA DE MATUSA FILHO DA PUTA VOCÊ NÃO PODE

Tirei o visor e pisquei. O texto incluía alguns gráficos visuais rudimentares, mas eficazes, e um subsom que fez minha cabeça zumbir. Do outro lado da escrivaninha, Prescott me contemplava com a solidariedade de quem já passara pela mesma sensação.

— É tudo assim? — indaguei.

— Bem, vai ficando cada vez menos coerente. — Ela indicou com um gesto o holograma que flutuava acima da mesa, onde representações dos arquivos que eu acessava davam cambalhotas em tons frios de azul e verde. — Este é o cartucho que chamamos de R&D. Raivosos e Desconexos. Na verdade, esses caras estão loucos demais para representarem uma ameaça real, mas não é nada legal saber que eles existem.

— Ortega prendeu algum deles?

— Não é o departamento dela. A Divisão de Crimes de Transmissão pega alguns deles de vez em quando, quando choramos alto o bastante, mas, do jeito que as tecnologias de disseminação avançam, é como tentar pegar fumaça com uma rede. E, mesmo quando você pega um, o pior que acontece é alguns meses em armazenamento. Perda de tempo. Geralmente só guardamos essas coisas até Bancroft dizer que podemos apagar.

— E não apareceu nada de novo nos últimos seis meses?

Prescott deu de ombros.

— Os lunáticos religiosos, talvez. Um aumento de tráfego dos católicos sobre a Resolução 653. O Sr. Bancroft exerce uma influência não declarada sobre o Tribunal da ONU que é mais ou menos de conhecimento geral. Ah, e uma seita arqueológica marciana anda gritando sobre aquela Espiral Melódica que ele tem no corredor. Aparentemente, mês passado foi o aniversário do martírio do fundador deles por conta de um vazamento no traje pressurizado. Só que nenhuma dessas pessoas tem os meios para penetrar nas defesas na Casa Toque do Sol.

Reclinei a cadeira e encarei o teto. Uma revoada de pássaros cinzentos passou numa seta apontada para o sul. As vozes deles eram audíveis ao longe. Buzinando uns para os outros. O escritório de Prescott era formatado ambientalmente, e todas as seis superfícies internas projetavam imagens virtuais. Naquele momento, a escrivaninha de metal cinzento dela estava posicionada incongruentemente na metade de uma campina em declive sobre a qual o sol começava a se pôr, e havia um pequeno rebanho de gado ao longe e o ocasional canto de pássaros. A resolução da imagem era uma das melhores que eu já tinha visto.

— Prescott, o que você pode me dizer sobre Leila Begin?

O silêncio que se seguiu puxou meus olhos de volta para o nível da terra. Oumou Prescott tinha o olhar perdido num canto do prado.

— Imagino que Kristin Ortega tenha lhe dado esse nome — respondeu ela lentamente.

— Isso aí — Eu me endireitei na cadeira. — Ela disse que me daria algum *insight* sobre Bancroft. Na verdade, ela me disse para trazer o nome para você e ver se a abalaria.

Prescott girou na cadeira para me encarar.

— Não sei como que essa história poderia ter qualquer relevância para o caso em questão.

— Vamos ver.

— Muito bem. — A voz dela soou ríspida nesse momento, e uma expressão de desafio tomou o rosto da advogada. — Leila Begin era uma prostituta. Talvez ainda seja. Cinquenta anos atrás, Bancroft era um dos clientes. Graças a certo número de indiscrições, Miriam Bancroft ficou sabendo. As duas mulheres se encontraram em algum evento em San Diego, aparentemente concordaram em ir ao banheiro juntas, e Miriam enfiou a porrada em Leila Begin.

Estudei o rosto de Prescott do outro lado da mesa, confuso.

— E só?

— Não, não é só, Kovacs — respondeu ela, cansada. — Begin estava grávida de seis meses na época. Ela perdeu o bebê como resultado da surra. É fisicamente impossível instalar um cartucho espinhal num feto, então foi um caso de morte real. Sentença potencial de três a cinco décadas.

— Era filho de Bancroft?

Prescott deu de ombros.

— Não se sabe. Begin se negou a deixar que fizessem um exame de DNA no feto. Disse que a identidade do pai era irrelevante. Ela provavelmente concluiu que a incerteza era mais valiosa do ponto de vista midiático do que um não definitivo.

— Ou talvez ela estivesse muito perturbada?

— Fala sério, Kovacs. — Prescott ergueu a mão, irritada. — Estamos falando de uma puta de Oakland.

— E Miriam Bancroft acabou no armazenamento?

— Não, e é aí que Ortega enfia a faca. Bancroft comprou todo mundo. As testemunhas, a imprensa, até mesmo Begin aceitou suborno no fim. Fizeram um acordo extrajudicial. Dinheiro suficiente para que ela comprasse uma apólice de clonagem da Lloyd e saísse do jogo. A última notícia que tive foi que ela estava vestindo a segunda capa em algum lugar no Brasil. Só que isso foi há meio século, Kovacs.

— Você já estava por aqui?

— Não. — Prescott se inclinou sobre a mesa. — E Kristin Ortega também não, o que faz com que seja meio repulsivo ouvir a lengalenga dela a respeito. Ah, eu tive que escutar muito dela sobre o acontecido, quando a polícia saiu do caso atual mês passado. Ela nem nunca conheceu Begin.

— Acho que pode ser uma questão de princípios — comentei com gentileza. — Bancroft ainda frequenta prostíbulos?

— Isso não é problema meu.

Enfiei meu dedo no display holográfico e observei os arquivos coloridos se distorcerem em volta da intrusão.

— Talvez você tenha que transformar em assunto seu, doutora. Ciúme é um ótimo motivo para assassinato, afinal.

— Gostaria de lembrar que Miriam Bancroft obteve resultado negativo num detector de mentiras ao responder a essa pergunta — apontou Prescott rispidamente.

— Não estou falando sobre a Sra. Bancroft. — Parei de brincar com o display e encarei a advogada do outro lado da mesa. — Estou falando dos outros milhões de orifícios disponíveis lá fora e um número ainda maior de companheiros ou parentes que podem não gostar de ver um Matusa os fodendo. Isso deve incluir algum especialista em penetração furtiva, perdoe o trocadilho, e talvez um eventual psicopata ou dois. Em resumo, alguém capaz de entrar na casa de Bancroft e torrá-lo.

Ao longe, uma das vacas mugiu tristemente.

— E então, Prescott — acenei minha mão pelo holograma —, alguma coisa aqui que começa com "PELO QUE VOCÊ FEZ À MINHA GAROTA, FILHA, IRMÃ, MÃE, APAGUE CONFORME APLICÁVEL"?

Não precisei que Prescott me respondesse. Estava estampado no rosto dela.

Com o sol pintando listras enviesadas na escrivaninha e pássaros cantando nas árvores do prado, Oumou Prescott se inclinou para o teclado do banco de dados e invocou uma nova forma geométrica roxa de luz holográfica no display. Assisti enquanto ela florescia e se abria como uma orquídea. Atrás de mim, outra vaca expressou seu aborrecimento resignado.

Coloquei o visor de volta na cabeça.

CAPÍTULO 8

A cidade se chamava Ember. Eu a encontrei no mapa, a mais ou menos duzentos quilômetros ao norte de Bay City, na estrada costeira. Havia um símbolo amarelo assimétrico no mar ao lado dela.

— *Defensor do Livre Mercado* — disse Prescott, espiando sobre meu ombro. — Porta-aviões. Foi o último navio militar realmente grande que alguém construiu. Algum idiota o encalhou há muito tempo, no começo dos anos Coloniais, e a cidade cresceu em volta para atender os turistas.

— Turistas?

Ela me olhou.

— É um navio grande.

Aluguei um carro terrestre antiquíssimo de uma concessionária suspeita a dois quarteirões do escritório de Prescott e parti para o norte pela ponte suspensa cor de ferrugem. Eu precisava de tempo para pensar. A rodovia costeira estava mal cuidada, mas quase deserta, então eu colei na listra amarela no centro da estrada e corri numa velocidade constante de 150 quilômetros por hora. O rádio oferecia uma variedade de estações cujas referências culturais me eram completamente desconhecidas, mas eu finalmente encontrei um DJ de propaganda neomaoista anexado a algum satélite de disseminação que ninguém nunca se dera o trabalho de desativar. A mistura de sentimentos políticos exaltados e canções açucaradas de karaokê era irresistível. O cheiro do mar soprava pela janela aberta, e a estrada se estendia à minha frente; por um momento, pude me esquecer do Corpo, de Innenin e de tudo que tinha acontecido.

Quando alcancei a longa curva que descia para Ember, o sol já descia por trás dos ângulos oblíquos do convés de lançamento do *Defensor do Livre Mercado*, os últimos raios deixando manchas rosadas quase imperceptíveis na arrebentação de ambos os lados da sombra do navio encalhado. Prescott tinha razão. Era um navio grande.

Reduzi minha velocidade em consideração aos prédios que se erguiam à minha volta, me perguntando como alguém poderia ter sido tão burro em conduzir uma nau tão grande tão perto da costa. Talvez Bancroft soubesse. Ele provavelmente já estava vivo na época.

A rua principal de Ember corria ao longo da orla por toda extensão da cidade e era separada da praia por uma fileira de palmeiras majestosas e um gradil neovitoriano de ferro batido. Havia holoemissores afixados aos troncos das palmeiras, todos projetando a mesma imagem de um rosto de mulher rodeado pelas palavras DESLIZA-ESCORREGA — ANCANA SALOMÃO & O TEATRO DE CORPO TOTAL DO RIO. Pequenos grupos de pessoas estavam na rua, esticando o pescoço para ver melhor.

Rodei com o carro pela rua em marcha lenta, examinando as fachadas e, finalmente, encontrei o que estava procurando, mais ou menos a dois terços do comprimento total da orla. Passei lentamente e estacionei com discrição uns cinquenta metros adiante. Fiquei sentado alguns minutos para ver se alguma coisa aconteceria e, quando nada aconteceu, desci do carro e voltei andando pela calçada.

A corretora Conexões de Dados do Elliott era uma fachada estreita apertada entre um atacado de produtos químicos industriais e um terreno baldio onde gaivotas berravam e brigavam por migalhas em meio às carcaças de hardware descartado. A porta da Elliott era mantida aberta por um falecido monitor de tela plana e levava diretamente à sala de operações. Eu entrei e a olhei de cima a baixo. Havia quatro consoles montados em pares um de costas para o outro, abrigados atrás de um longo balcão de recepção de plástico moldado. Atrás deles, portas levavam a um escritório com paredes de vidro. Na parede oposta havia um banco de sete monitores nos quais linhas incompreensíveis de dados desciam. Um vazio irregular na fileira de telas marcava a posição anterior do atual calço de porta. Havia marcas na pintura da parede atrás, onde os suportes tinham resistido à extração. A tela ao lado do vão sofria com tremulações inconstantes, como se o mal que tinha matado o primeiro monitor fosse contagioso.

— Posso ajudar?

A cabeça de um homem de rosto magro e idade indefinida surgiu de trás de uma das bancadas inclinadas. Tinha um cigarro apagado na boca e um cabo pendente conectado a uma interface atrás da orelha direita. A pele era doentiamente pálida.

— Pode. Estou procurando Victor Elliott.

— Lá fora. — O cara fez um gesto para que eu voltasse por onde vim. — Tá vendo o velho na grade? Olhando o navio? É ele.

Olhei para fora, para o anoitecer além da porta, e localizei o vulto solitário no gradil.

— Ele é dono disso aqui, né?

— É. Castigo pelos pecados dele. — O rato de dados abriu um sorrisinho e fez um gesto para indicar a loja em volta. — Não tem muita necessidade de ele ficar no escritório, do jeito que vão os negócios.

Eu agradeci e voltei para a rua. A luz começava a sumir, e o rosto holográfico de Ancana Salomão parecia ficar ainda mais dominante na penumbra crescente. Atravessei por debaixo de um dos anúncios, parei ao lado do homem no parapeito e me inclinei, apoiando meus braços no ferro negro. Ele olhou em volta quando me aproximei e me deu um aceno de cabeça em reconhecimento à minha chegada, para em seguida voltar a contemplar o horizonte como se procurasse uma rachadura na solda que ligava mar e céu.

— Isso é que é estacionar mal — comentei, indicando o navio encalhado.

Isso me rendeu uma olhada especulativa antes que ele me respondesse.

— Dizem que foram terroristas. — A voz dele soava vazia, desinteressada, como se ele um dia tivesse investido esforço demais para usá-la e algo tivesse quebrado. — Ou defeito de sonar numa tempestade. Talvez os dois.

— De repente fizeram pelo dinheiro do seguro — disse eu.

Elliott me olhou de novo, com mais atenção.

— Você não é daqui? — indagou ele, com uma fração a mais de interesse desta vez.

— Não, só estou de passagem.

— Veio do Rio? — O velho apontou Ancana Salomão ao falar. — É artista?

— Não.

— Ah. — Elliott pareceu ponderar isso por um momento. Era como se conversar fosse uma habilidade esquecida para ele. — Você se movimenta como um artista.

— Passou raspando. É neuroquímica militar.

Ele entendeu então, mas o choque pareceu não passar de um breve tremular em seus olhos. Ele me examinou devagar de cima a baixo, depois se virou de volta para o mar.

— Você veio me procurar? Bancroft te mandou?

— Pode-se dizer que sim.

Elliott umedeceu os lábios.

— Veio me matar?

Tirei a cópia impressa do meu bolso e a entreguei a ele.

— Vim fazer algumas perguntas. Você transmitiu isto?

Ele leu, lábios se movendo sem palavras. Dentro da minha cabeça, eu ouvia as palavras que ele degustava outra vez: *... por ter tirado minha filha de mim... vou incinerar a carne da sua cabeça... nunca vai saber a hora ou o dia... nenhum lugar seguro nesta vida...* Não era lá muito original, mas era sincero e articulado de um jeito mais preocupante do que qualquer outra amostra de veneno que Prescott me mostrara no cartucho de Raivoso & Desconexo. Também especificava exatamente a morte que Bancroft tinha sofrido. O raio de partículas teria calcinado a carne em volta do crânio de Bancroft antes de explodir o conteúdo superaquecido por todo o recinto.

— É, isso é meu — admitiu Elliott em voz baixa.

— Você está ciente de que alguém assassinou Laurens Bancroft no mês passado?

Ele me devolveu o papel.

— É mesmo? Pelo que eu fiquei sabendo, o desgraçado torrou a própria cabeça.

— Bem, é uma possibilidade — concedi, amassando o papel e jogando-o numa caçamba lotada de lixo lá embaixo na praia. — Mas não é uma possibilidade que fui pago para levar a sério. Infelizmente para você, a causa da morte é desconfortavelmente próxima ao seu estilo de prosa aqui.

— Não fui eu — afirmou Elliott secamente.

— Imaginei que você diria isso. Posso até acreditar em você, exceto que, quem quer que tenha matado Bancroft atravessou alguns sistemas de segurança bem barra-pesada, e você era sargento dos fuzileiros táticos. Agora, eu conhecia alguns desses lá no Mundo de Harlan, e alguns deles eram preparados para serviços de eliminação secreta.

Elliott me encarou, curioso.

— Você é um gafanhoto?

— Um o quê?

— Gafanhoto. De fora da Terra.

— Sou. — Se Elliott em algum momento tivera medo de mim, esse medo estava desaparecendo depressa. Pensei em usar a cartada de Emissário, mas não parecia valer a pena. O sujeito ainda estava falando.

— Bancroft não precisa trazer capangas de fora. Qual é seu lance nessa história?

— Prestação de serviço autônoma — respondi. — Procurando o assassino.

Elliott fungou.

— E você acha que fui eu.

Não tinha achado isso, mas não o corrigi, pois o engano lhe dava um sentimento de superioridade que mantinha a conversa rolando. Algo como uma faísca surgiu nos olhos dele.

— Você acha que eu poderia ter entrado na casa de Bancroft? Eu sei que não, porque eu examinei as especificações. Se tivesse qualquer jeito de entrar, eu o teria aproveitado faz um ano, e você teria encontrado pedacinhos do sujeito espalhados pelo gramado.

— Por causa da sua filha?

— Sim, por causa da minha filha. — A raiva ia alimentando a disposição dele. — Minha filha e todas as outras como ela. Era só uma menina.

Elliott se interrompeu e fitou o mar novamente. Depois de um momento, gesticulou para o *Defensor do Livre Mercado*, onde eu agora via pequenas luzes cintilando em volta do que só podia ser um palco montado no convés inclinado.

— Era aquilo que ela queria. Tudo que ela queria. Teatro de Corpo Total. Ser como Ancana Salomão ou Rhian Li. Foi para Bay City porque ouviu que havia um contato por lá, alguém que poderia...

Ele parou abruptamente e me encarou. O rato de dados o tinha chamado de velho, e agora, pela primeira vez, eu via o motivo. Apesar do físico de sargento e a cintura que mal começara a inchar, o rosto era envelhecido, esculpido nas linhas ásperas de uma dor duradoura. Ele estava prestes a chorar.

— Ela poderia ter conseguido, também. Era bonita.

Elliott procurava alguma coisa no bolso. Peguei meus cigarros e ofereci um. O sujeito aceitou automaticamente e o acendeu na faixa de ignição estendida no maço, mas continuou remexendo nos bolsos até pescar um pequeno Kodakristal. Eu não queria de fato ver aquilo, mas ele o ativou antes que eu pudesse dizer qualquer coisa, e uma pequena imagem cúbica saltou no ar entre nós.

Ele tinha razão. Elizabeth Elliott era uma garota bonita, loira, atlética e só alguns anos mais jovem que Miriam Bancroft. Se ela realmente teria a determinação implacável e o vigor equino necessário para o Teatro de Corpo Total, a imagem não mostrava, mas a garota provavelmente poderia ter tentado.

A holofoto a mostrava espremida entre Elliot e uma mulher que era quase uma perfeita edição mais velha de Elizabeth. Os três tinham sido capturados sob um sol brilhante, em algum lugar com grama, e a imagem era maculada por uma barra de sombra lançada por uma árvore além do enquadramento do gravador sobre o rosto da mulher mais velha. Esta franzia a testa, como se tivesse percebido a falha na composição, mas era um franzir pequeno, um reforçar minúsculo das linhas entre as sobrancelhas. Um reluzir palpável de felicidade abafava aquele detalhe.

— Ela se foi — comentou Elliott, como se tivesse adivinhando em quem eu tinha concentrado a atenção. — Quatro anos atrás. Você sabe o que é devassar?

Balancei a cabeça. *As cores locais,* disse Virgínia Vidaura no meu ouvido. *Absorva.*

Elliott ergueu o olhar, e por um momento achei que fosse para o holo de Ancana Salomão, mas então percebi que a cabeça dele estava virada para o céu além.

— Lá em cima — disse ele, parando de repente como tinha feito ao mencionar a juventude da filha.

Eu esperei.

— Lá em cima, ficam os satélites de comunicação. Despejando uma chuva de dados. Dá pra ver em alguns mapas virtuais; é como se alguém estivesse tricotando um cachecol pro mundo. — Ele me encarou de novo, com olhos brilhantes. — Irene que disse isso. Tricotando um cachecol pro mundo. Partes desse cachecol são pessoas. Gente rica digitalizada, em trânsito entre corpos. Novelos de memória e sentimento e pensamento, empacotados em números.

Neste momento, pensei que já sabia o que ele iria falar, mas continuei calado.

— Se você for bom, como ela era, e tiver o equipamento, você pode tomar amostras desses sinais. São chamadas de iscas mentais. Momentos na cabeça de uma princesa de casa de moda, as ideias de um teórico de partículas, memórias de infância de um rei. Tem um mercado para essas coisas. Ah, as revistas da alta sociedade publicam tours de cabeça desse tipo de gente, mas é tudo autorizado, esterilizado. Editado para o consumo público. Nenhum momento vulnerável, nada que possa envergonhar alguém ou manchar alguma reputação; sorrisos de plástico estampados em tudo. Não é isso que o público realmente quer.

Eu tinha cá minhas dúvidas quanto a isso. As revistas de tour de cabeça eram populares no Mundo de Harlan também, e seus consumidores só protestavam quando um dos notáveis retratados era flagrado em um momento de fraqueza. Infidelidade e linguagem abusiva eram geralmente os maiores provocadores de reclamações. Fazia sentido. Qualquer pessoa patética o bastante para passar tanto tempo fora da própria cabeça não ia querer ver as mesmas realidades básicas humanas refletidas nos crânios dourados dos seus ídolos.

— Com iscas mentais, você recebe tudo — explicou Elliott com entusiasmo peculiar, que eu suspeitava ser derivado das opiniões da esposa. — A dúvida, o lodo, a humanidade. As pessoas pagam uma fortuna por isso.

— Mas elas são ilegais?

Elliot fez um gesto para a fachada com o nome dele.

— O mercado de dados estava em baixa. Corretores demais. Saturou. Tínhamos uma apólice de clonagem e reencapamento para pagar para cada um de nós, além de Elizabeth. Minha pensão militar não seria suficiente. O que poderíamos fazer?

— Quanto tempo ela pegou? — perguntei baixinho.

Elliott contemplou o mar.

— Trinta anos.

Depois de algum tempo, olhos ainda fixados no horizonte, Elliott continuou:

— Eu fiquei bem por seis meses, então liguei a tela e vi uma negociadora corporativa vestindo o corpo de Irene. — Ele meio que se virou na minha direção e tossiu alguma coisa que pode ter sido uma risada. — A empresa comprou o corpo direto do complexo de armazenagem de Bay City. Pagou cinco vezes o que eu poderia ter gasto. Dizem que a vaca só o usa em meses alternados.

— Elizabeth sabe disso?

Ele assentiu uma vez, como um machado golpeando.

— Ela arrancou a informação de mim, uma noite. Eu estava doido de conexão. Tinha rodado os cartuchos o dia inteiro, procurando serviço. Nenhuma ideia de onde eu estava ou o que estava acontecendo. Você quer saber o que ela disse?

— Não — murmurei.

Elliott não me ouviu. Os punhos cerrados no corrimão estavam brancos.

— Ela disse "não se preocupe, papai; quando eu for rica, eu compro a mamãe de volta".

Aquilo estava saindo de controle.

— Olha, Elliott, eu lamento pela sua filha, mas, pelo que eu ouvi, ela não trabalhava no tipo de lugar que Bancroft frequenta. A Alcova do Jerry não é exatamente uma das Casas, né?

O ex-militar girou para mim sem aviso, e havia violência cega nos olhos e nas mãos tortas dele. Eu não podia culpá-lo. Tudo o que ele via à frente era um capanga de Bancroft.

Só que você não *pode* pegar um Emissário de surpresa; o condicionamento não deixa isso acontecer. Eu vi o ataque se aproximando quase antes que ele mesmo soubesse o que ia fazer, e a neuroquímica da minha capa emprestada se ativou frações de segundo depois. Ele socou baixo, golpeando por sob a guarda que ele achou que eu ergueria, buscando quebrar minhas costelas. A guarda não estava lá, nem eu. Em vez disso, eu avancei para dentro dos ganchos dos socos, desequilibrei Elliott com meu peso e prendi uma perna em meio às dele. O velho cambaleou para trás, contra o corrimão, e eu cravei um cruel *uppercut* de cotovelo no plexo solar dele. O rosto do sujeito ficou pálido com o choque. Eu me inclinei para a frente, o prendi contra o corrimão e meti a curva entre o dedão e o indicador na garganta dele.

— Já chega — ralhei, um pouco instável. As conexões da neuroquímica na minha capa tinham sido executadas de forma um pouco mais grosseira do que nos sistemas do Corpo que eu usara no passado e, sobrecarregado, a impressão que eu sentia mais forte do que todas as outras era a de estar sendo arrastado numa bolsa subcutânea de arame trançado.

Dei uma olhada em Elliott.

Os olhos do sujeito estavam a um palmo dos meus e, apesar da minha mão na garganta dele, eles ainda ardiam de raiva. O fôlego sibilava entre os dentes enquanto Elliott reunia a força para romper meu domínio e me machucar.

Tirei Elliot do corrimão com um puxão e o mantive afastado com o braço estendido.

— Escuta, não estou julgando ninguém aqui. Só quero saber. Por que você pensa que Elizabeth tinha alguma conexão com Bancroft?

— Porque ela me *contou*, seu filho da puta. — A frase foi dita num sibilar. — Ela me disse o que ele fez.

— E o que foi que ele fez?

Elliott piscou rapidamente, a raiva não extravasada se condensando em lágrimas.

— Coisas sujas — respondeu ele. — Ela me disse que o cara *precisava* delas. O bastante para voltar. O bastante para pagar.

Galinha dos ovos de ouro. *Não se preocupe, papai, quando eu for rica, eu compro a mamãe de volta*. Um erro fácil de cometer quando se é jovem. Só que nada vem fácil assim.

— Você acha que foi por isso que ela morreu?

Elliott se virou para me encarar como se eu fosse uma espécie particularmente peçonhenta de aranha no chão da cozinha dele.

— Ela não *morreu*, colega. Alguém a matou. Alguém pegou uma navalha e cortou ela.

— A transcrição do julgamento disse que foi um cliente. Não Bancroft.

— Como eles podem saber? — respondeu ele, moroso. — Eles identificam um corpo, e quem sabe quem está lá dentro, quem está pagando pela coisa toda?

— E já encontraram o cara?

— Matador de puta de biocabine? O que você acha? Não é como se ela trabalhasse para as Casas, né?

— Não foi isso que eu quis dizer, Elliot. Se você me diz que ela recebia Bancroft na Alcova do Jerry, eu acredito. Só que você tem que admitir que isso não faz o estilo dele. Eu conheci o cara. Baixo meretrício? — Balancei a cabeça. — Isso não encaixa na leitura que eu fiz dele.

Elliott me deu as costas.

— Carne — retrucou ele. — O que você vai ler na carne de um Matusa?

A noite já tinha quase caído por completo. Lá no mar, no convés oblíquo da belonave, o show tinha começado. Nós dois contemplamos as luzes por um tempo, ouvimos os trechos animados de música, como transmissões de um mundo do qual tínhamos sido permanentemente banidos.

— Elizabeth ainda está no cartucho — falei em voz baixa.

— Tá, e daí? Nossa apólice de reencapamento venceu há quatro anos, quando demos toda nossa grana pra um advogado que disse que conseguiria livrar a cara de Irene. — Ele fez outro gesto para a vitrine escura dos escritórios. — Eu lá tenho cara que quem está prestes a faturar uma grana preta em breve?

Não havia mais nada a dizer depois disso. Eu deixei Elliott contemplando as luzes e voltei ao carro. Ele ainda estava lá quando eu passei de novo a caminho da saída da cidadezinha. Ele não olhou para trás.

PARTE DOIS: REAÇÃO
[CONFLITO DE INTRUSÃO]

CAPÍTULO 9

Liguei para Prescott do carro. Ela parecia um pouco irritada conforme seu rosto era projetado na telinha poeirenta do painel.

— Kovacs. Encontrou o que estava procurando?

— Na verdade, eu ainda não sei o que estou procurando — respondi alegremente. — Acha que Bancroft frequenta as biocabines?

Ela fez uma careta.

— Ah, fala sério.

— Tudo bem, lá vai outra: sabe se Leila Begin já trabalhou nessas biocabines?

— Eu não faço a mínima ideia, Kovacs.

— Bem, pesquise, então. Eu espero. — Minha voz soou gélida. O desprezo típico da elite de Prescott não caía muito bem com a angústia de Elliott causada pelo destino da filha.

Tamborilei os dedos no volante enquanto a advogada saía da tela e me vi murmurando um canto de marinheiro de Porto Fabril no ritmo da batucada. Lá fora, a costa deslizava pela noite, mas os cheiros e sons do mar de repente ficaram completamente errados. Muito tênues, sem um traço de belalga no vento.

— Encontrei. — Prescott se pôs de volta ao alcance da câmera do telefone, parecendo ligeiramente constrangida. — Os registros de Begin em Oakland incluem duas temporadas em biocabines, antes de ser efetivada por uma das Casas de San Diego. Ela deve ter sido indicada, a não ser que tenha sido descoberta por um caça-talentos.

Bancroft certamente seria uma baita indicação a qualquer lugar. Resisti à tentação de dizer isso.

— Você tem uma imagem dela?

— De Begin? — Prescott deu de ombros. — Só uma 2D. Você quer que eu mande?

— Por favor.

Houve um pouco de interferência conforme o antiquíssimo telefone do carro se ajustava à mudança de sinal, e então os traços de Leila Begin emergiram da estática. Eu me inclinei para mais perto da tela, esquadrinhando aquele rosto em busca da verdade. Levou um momento ou dois para que ficasse discernível, mas lá estava ela.

— Certo. Agora você poderia me arranjar o endereço daquele lugar onde Elizabeth Elliott trabalhava? Alcova do Jerry. Fica numa rua chamada Mariposa.

— Mariposa com a San Bruno — disse a voz desencarnada de Prescott, vinda de trás do biquinho serviço completo de Leila Begin. — Jesus, é logo embaixo da velha via expressa. *Só pode ser* uma violação de segurança.

— Tem como me mandar um mapa, com uma rota que passe pela ponte?

— Você vai lá? Esta noite?

— Prescott, esses lugares geralmente não funcionam de dia — expliquei pacientemente. — É claro que eu vou lá esta noite.

Houve uma leve hesitação do outro lado da linha.

— Não é uma área recomendada, Kovacs. Você vai ter que tomar cuidado.

Desta vez, eu não me dei ao trabalho de sufocar uma fungada de divertimento. Era como ouvir alguém dizer a um cirurgião que tomasse cuidado para não sujar as mãos de sangue. Ela deve ter percebido.

— Estou enviando o mapa — disse rigidamente.

O rosto de Leila Begin sumiu, e um rabisco de ruas distribuídas em grade se desenhou no lugar. Eu não precisava mais daquela mulher. Eu vira cabelos de um escarlate iridescente, a garganta apertada por uma coleira de aço, olhos maquiados com linhas negras, mas foram as feições sob tudo isso que ficaram comigo. As mesmas que emergiam levemente no Kodakristal que Victor Elliott me mostrou da filha dele. A semelhança era discreta, mas inegável.

Miriam Bancroft.

Chovia quando eu cheguei de volta à cidade, uma garoa fina que se filtrava do céu escuro. Estacionado do outro lado da rua diante da Alcova, eu observei o piscar do letreiro em neon do clube em meio aos filetes e gotas de água no para-brisa do carro terrestre. Em algum ponto da penumbra jogada pelos ossos de concreto da via expressa, o holo de uma mulher dançava dentro de uma taça de coquetel, mas o projetor era defeituoso e a imagem ficava tremendo e se desfazendo.

Eu tinha me preocupado com a possibilidade de o carro terrestre chamar atenção, mas, aparentemente, eu tinha ido à parte certa da cidade. A maioria dos veículos nos arredores da Alcova era incapaz de voar; as únicas exceções eram os autotáxis que ocasionalmente desciam em espirais para embarcar ou desembarcar passageiros e então saltavam de volta ao fluxo do tráfego aéreo com velocidade e precisão inumanas. Com seus conjuntos de luzes de navegação vermelhas, azuis e brancas, eles pareciam visitantes preciosos de outros mundos, mal tocando o pavimento sujo e malconservado enquanto passageiros entravam ou saíam.

Observei o local por uma hora. O clube era bem movimentado e tinha uma clientela variada, mas majoritariamente masculina. Eles eram revistados à porta por um robô de segurança que parecia muito um polvo sanfonado pendurado na viga da entrada principal. Alguns dos clientes tiveram que se desfazer de alguns itens ocultos, provavelmente armas, e um ou dois deles foram barrados. Não houve protestos; não dá para discutir com um robô. Do lado de fora, as pessoas estacionavam, entravam e saíam de carros para negociar mercadorias pequenas demais para se distinguir daquela distância. Num dado momento, dois homens começaram uma briga de facas nas sombras entre dois dos pilares da via expressa, mas não deu em nada. Um dos combatentes saiu mancando, segurando um braço ferido, e o outro voltou ao clube como se não tivesse feito nada além de se aliviar num beco.

Desci do carro, chequei se o alarme estava ligado e atravessei devagar a rua. Dois dos traficantes estavam sentados de pernas cruzadas no capô de um carro, protegidos da chuva por uma unidade de repulsão estática armada entre os pés deles, e ambos me olharam conforme me aproximei.

— Quer comprar um disco, cara? Gostosas de Ulan Bator, nível Casa.

Dei uma olhada suave nos dois, neguei com a cabeça sem pressa.

— Presunto?

Neguei de novo. Alcancei o robô, parei conforme ele baixava os múltiplos braços para me revistar e em seguida tentei passar pela porta quando a voz de sintetizador barato disse "limpo". Um dos braços me empurrou gentilmente para trás, na altura do peito.

— Você quer cabines ou bar?

Eu hesitei, fingindo considerar a questão.

— Como funciona o esquema no bar?

— Rá, rá, rá — alguém tinha programado uma risada no robô. Soava como um gordo se afogando em xarope. Parou abruptamente. — O bar é *olhe*, mas não *toque*. Se não gastar, não vai encostar. Regra da casa. Aplica-se aos outros clientes também.

— Cabines — disse, ansioso para me livrar do software do porteiro mecânico. Os camelôs no carro tinham sido bem acolhedores em comparação.

— Desça as escadas, à esquerda. Pegue uma toalha na pilha.

Desci pelo curto lance com corrimão de metal e virei à esquerda num corredor iluminado por luzes vermelhas giratórias parecidas com as dos autotáxis lá fora. Música ruim com uma incessante batida martelava o ar como se aquele fosse o ventrículo de um imenso coração virado em tetrameta. Como prometido, havia uma pilha de toalhas brancas limpas num nicho e, mais além, as portas para as cabines. Passei pelas quatro primeiras, duas das quais ocupadas, e entrei na quinta.

O piso era estofado com um brilho acetinado, de uns dois por três metros. Não dava para saber se estava manchado, pois a única iluminação vinha de uma luz giratória como as do corredor. O ar era morno e viciado. Havia um console de crédito surrado num canto, sob as longas sombras da luz solitária, com a haste pintada de preto fosco e mostrador digital de LED vermelho no topo. Tinha uma fenda para cartões e dinheiro. Nada de leitor para pagamentos por DNA. A parede oposta era de vidro jateado.

Eu já tinha noção de que seria assim e, portanto, tinha sacado um maço de cédulas num autobanco enquanto atravessava a cidade. Selecionei uma das notas plastificadas de valor alto e inseri na fenda. Apertei o botão de começar. Meu crédito piscou em LEDs vermelhos. A porta se fechou silenciosamente atrás de mim, abafando a música, e um corpo se chocou contra o vidro jateado de forma tão abrupta que eu quase levei um susto. Os dígitos do mostrador ganharam vida. Gasto mínimo até agora. Estudei o corpo apertado contra o vidro. Seios pesados achatados ali, um perfil de mulher e as linhas indistintas de quadris e coxas. Gemidos encanados soaram suavemente em alto-falantes ocultos. Uma voz soou:

— Você quer me ver me ver me ver...?

Caixa de eco barata no vocoder.

Apertei o botão de novo. O vidro ficou transparente, e a mulher do outro lado ficou visível. Ela se deslocava, de um lado ao outro, se exibindo para mim, corpo sarado, seios turbinados; inclinou-se para frente e lambeu o vidro com a ponta da língua, e o hálito dela o nublou outra vez. Os olhos dela se fixaram nos meus.

— Você quer me tocar me tocar me tocar me...?

Não sei se as cabines usavam subsons ou não, mas eu estava claramente reagindo. Meu pênis engrossou e ganhou vida. Eu travei o latejar, forcei o sangue a sair dali e voltar aos meus músculos como um chamado de combate faria. Eu precisava estar mole para aquela cena. Pressionei o botão de débito mais uma vez. A divisória de vidro correu para o lado, e a mulher a atravessou como alguém saindo do chuveiro. Veio até mim, e uma das mãos se adiantou, curvada em concha.

— Me diz o que você quer, meu bem — disse ela em algum lugar na base da garganta. A voz parecia mais dura, desprovida dos efeitos do vocoder.

Eu pigarreei.

— Qual é seu nome?

— Anêmona. Quer saber por que sou chamada assim?

A mão dela trabalhava. Atrás dela, o medidor clicava baixinho.

— Você se lembra duma garota que trabalhava aqui? — perguntei.

Ela agora já mexia no meu cinto.

— Meu bem, qualquer garota que *trabalhava* aqui não vai fazer por você a mesma coisa que eu. Agora, como você vai...

— O nome dela era Elizabeth. O nome real. Elizabeth Elliott.

As mãos dela se afastaram abruptamente, e a máscara de excitação escorreu rápido daquele rosto como se houvesse óleo por baixo.

— Mas que porra é essa? Tu é da Sia?

— Sou do *quê*?

— Sia. Polícia. — Ela estava levantando a voz; afastou-se de mim. — Cara, a gente já *passou*...

— Não. — Dei um passo à frente, e Anêmona se posicionou num agachamento defensivo competente. Recuei de novo, mantendo a voz baixa. — Não, eu sou a mãe dela.

Silêncio tenso. Ela me encarava com raiva.

— Mentira. A mãe da Lizzie tá na prateleira.

— Não. — Puxei a mão dela de volta para a minha virilha. — Sinta. Não tem nada aí. Eles me encaparam nisto aqui, mas sou uma mulher. Eu não, eu não poderia...

Ela se endireitou, e as mãos deram puxões quase de má vontade.

— Isso aí parece carne de tanque de primeira — disse ela, desconfiada. — Se tu acabou de sair da geladeira, como é que não tá de condicional na capa surrada de um viciado qualquer?

— Não é condicional. — O treinamento de infiltração profunda veio voando como um rojão pela minha mente, como uma revoada de jatos de ataque de baixa altitude, tecendo mentiras em rastros de vapor no limiar da plausibilidade e detalhes semidesconhecidos. Algo em mim se agitou com a felicidade da missão. — Você sabe por que eu fui presa?

— Lizzie falou de iscas mentais, alguma coisa...

— É, devassamento. Você sabe *quem* eu devassei?

— Não. A Lizzie nunca falou muito sobre...

— Elizabeth não sabia. E isso nunca saiu nas redes.

A garota peituda colocou as mãos na cintura.

— Então quem...

Sorri para ela.

— Melhor você não saber. Alguém poderoso. Alguém com influência suficiente para me tirar do gelo e me dar isto.

— Só que não poderoso suficiente para te botar nalguma coisa com uma boceta, né. — A voz de Anêmona ainda soava duvidosa, mas a convicção brotava rápido, surgindo como um cardume de *bottlebacks* embaixo de um recife. Ela *queria* acreditar que aquela mãe de conto de fadas tinha ido procurar a filha perdida. — Como é que você acabou transencapada?

— Fizemos um acordo — expliquei a ela, aproximando-me da verdade para dar força à história. — Essa... pessoa... me tira da prateleira, e em troca eu tenho que fazer uma coisa para ela. Uma coisa que precisa de um corpo de homem. Se eu conseguir, ganho uma capa nova para mim e para Elizabeth.

— É mesmo? Então por que você tá aqui? — Havia uma nota de amargura que me dizia que os pais dela jamais iriam àquele lugar à sua procura. E que ela acreditava em mim. Encaixei, então, as últimas peças da mentira no lugar.

— Houve um problema com o reencapamento de Elizabeth. Tem alguém bloqueando o procedimento. Quero saber quem é e por que está fazendo isso. Você sabe quem foi que a cortou?

Anêmona balançou a cabeça, olhando para baixo.

— Muitas meninas se machucam — disse ela em voz baixa. — Só que o Jerry tem um seguro pra isso. Ele é muito bacana com essas coisas, até bota a gente no armazenamento se for demorar muito para sarar. Mas, quem quer que tenha ferrado Lizzie, não era um cliente fixo.

— Elizabeth tinha clientes fixos? Alguém importante? Alguém estranho?

Ela me encarou, com pena nos cantos dos olhos. Eu tinha incorporado Irene Elliott até o talo.

— Sra. Elliott, todo mundo que vem aqui é estranho. Não viriam para cá se não fossem.

Me fiz estremecer.

— Alguém. Importante?

— Eu não sei. Olha só, Sra. Elliott, eu gostava da Lizzie, ela foi muito legal comigo umas vezes que eu fiquei pra baixo, mas nunca fomos próximas. Ela era colada na Chloe, e... — Ela fez uma pausa e acrescentou, apressada: — Não era nada de mais, só que ela e a Chloe, e a Mac, elas viviam compartilhando coisas, sabe, conversavam e tudo.

— Eu posso falar com elas?

Os olhos de Anêmona dardejaram para os cantos da cabine, como se ela tivesse acabado de ouvir um barulho inexplicável. Parecia assustada.

— Seria melhor se você... não falasse. O Jerry, sabe, não gosta que a gente fale com o público. Se ele pegar a gente...

Coloquei cada gota de persuasão de Emissário na minha postura e tom.

— Bem, talvez você pudesse perguntar por mim...

O olhar assustado se aprofundou, mas a voz dela se firmou.

— Claro. Vou dar uma perguntada. Mas não. Não agora. Você tem que ir embora. Volte amanhã. Mesmo horário, mesma cabine. Vou estar livre. Dizer que você marcou hora.

Segurei a mão dela.

— Obrigada, Anêmona.

— Meu nome não é Anêmona — disse ela, de repente. — Meu nome é Louise. Me chama de Louise.

— Obrigada, Louise. — Continuei segurando a mão dela. — Obrigada por fazer isso...

— Olha, eu não tô prometendo nada — afirmou ela, tentando parecer durona. — Como eu te disse, vou perguntar. Só isso. Agora, vai embora. Por favor.

Ela me mostrou como cancelar o restante do meu pagamento no console de crédito, e a porta se abriu imediatamente. Nada de troco. Eu não disse mais nada. Não tentei tocá-la de novo. Saí pela porta aberta e a deixei parada ali, abraçando os seios, cabeça baixa, encarando o piso estofado de cetim da cabine como se o visse pela primeira vez.

Iluminado em vermelho.

Na rua, tudo continuava igual. Os dois traficantes ainda estavam lá, imersos em negociações com um enorme mongol que se inclinava sobre o capô do carro, espiando alguma coisa que tinha nas mãos. O polvo arqueou os braços para me deixar passar, e eu saí rumo à garoa. O mongol ergueu o olhar quando eu passei, e um reconhecimento lampejou por seu rosto.

Eu parei, girando no meio do passo, e ele baixou o olhar novamente, murmurando algo para os traficantes. A neuroquímica se ativou como um calafrio em mim. Atravessei o espaço até o carro, e a conversa esparsa entre os três homens cessou imediatamente. Mãos se meteram em bolsos e bolsas. Havia algo me impelindo, algo que não tinha quase nada a ver com o olhar que o mongol me lançara. Algo sombrio que tinha aberto as asas na miséria discreta da cabine, algo descontrolado que teria feito Virgínia Vidaura berrar comigo. Eu ouvia Jimmy de Soto sussurrando no meu ouvido.

— Tava me esperando? — perguntei às costas do mongol, e vi como os músculos ali ficaram tensos.

Talvez um dos traficantes tivesse sentido o que estava para acontecer. Ele ergueu a mão num gesto apaziguador.

— Olha, cara — começou ele, fracamente.

Lancei-lhe um olhar de canto de olho, e ele se calou.

— Eu perguntei...

Foi aí que tudo desmoronou. O mongol tomou impulso no capô do carro com um rugido e brandiu um braço do tamanho de um pernil. O golpe nunca chegou a atingir o alvo, mas, mesmo tendo aparado a porrada, eu cambaleei um passo atrás. Os traficantes sacaram as armas, pequenas chapas letais de metal preto e cinzento que cuspiram e ganiram na chuva. Eu me contorci, evitando as trilhas de fogo cruzado e usando o mongol como escudo, e disparei a base de uma mão contra a cara contorcida dele. Houve um estalo de osso, e eu contornei o sujeito, alcançando o carro enquanto os traficantes ainda tentavam descobrir onde eu estava. Minha neuroquímica deixava os movimentos deles com o aspecto letárgico de mel espesso escorrendo. Um punho armado girou para mirar em mim, e eu esmaguei os dedos que envolviam o metal com um chute de lado. O dono uivou, e a borda da minha mão acertou a têmpora do outro traficante. Os dois homens desabaram do carro, um ainda gemendo, o outro desmaiado ou morto. Eu me agachei.

O mongol disparou a fugir.

Saltei sobre o teto do carro terrestre e fui atrás dele sem pensar. O concreto martelou meus pés quando aterrissei, lançando estilhaços de dor pelas minhas canelas, mas a neuroquímica atenuou a sensação num instante, e eu estava apenas pouco mais de dez metros atrás do sujeito. Estufei o peito e saí correndo.

À minha frente, o mongol quicava pelo meu campo de visão como um caça tentando escapar de fogo inimigo. Para um sujeito daquele tamanho, ele era extraordinariamente rápido, dardejando em meio aos suportes enfileirados da via expressa para as sombras uns bons vinte metros adiante, agora. Acelerei, estremecendo com as dores agudas no peito. A chuva estapeava meu rosto.

Cigarros de merda.

Saímos de baixo dos pilares do outro lado de um cruzamento deserto onde os sinais de trânsito se inclinavam em ângulos aparentemente sem sentido. Um deles despertou debilmente, fechando enquanto o mongol passava. Uma voz robótica senil me dizia roucamente: *atravesse agora. Atravesse agora. Atravesse agora.* Eu já tinha atravessado. Os ecos me seguiram suplicantes rua acima.

Passei pelas carcaças arruinadas de veículos que não se moviam de suas vagas ao meio-fio havia anos. Fachadas gradeadas e com portas de aço baixadas que poderiam ou não ser abertas para os negócios durante o horário comercial. Vapor emergindo de uma grade na lateral da rua como uma coisa viva. O calçamento sob meus pés estava escorregadio com a chuva e com um lodo cinzento destilado do lixo em decomposição. Os sapatos que haviam acompanhado o terno de verão de Bancroft tinham solas finas e não ofereciam tração nenhuma. Só o equilíbrio perfeito da neuroquímica me mantinha de pé.

O mongol de uma olhada para trás ao passar por duas carcaças estacionadas, viu que eu ainda estava lá e guinou para a esquerda, atravessando a rua assim que passou pelo último veículo. Tentei ajustar minha trajetória para interceptá-lo, atravessando a rua num ângulo antes de alcançar os carros, mas minha presa tinha calculado bem a finta. Já no primeiro carro, derrapei numa tentativa de parar a tempo e quiquei no capô do veículo enferrujado para uma porta de aço de loja. O metal tilintou e faiscou; uma carga antimendigo de baixa amperagem ferroou minhas mãos. Do outro lado da rua, o mongol ampliava a distância entre nós em mais dez metros.

O trânsito era uma pequena massa instável se movendo no céu acima de mim. Avistei o vulto fugitivo na calçada oposta e dei a largada do meio-fio, amaldiçoando o impulso que me fizera rejeitar a oferta de Bancroft de me dar uma arma. Àquela distância, uma pistola de raios teria decepado as pernas do mongol com facilidade. Em vez disso, parti atrás dele, tentando invocar de algum lugar a capacidade pulmonar para reduzir a vantagem do cara. Talvez eu pudesse deixá-lo em pânico e fazê-lo tropeçar.

Não foi isso que aconteceu, mas foi quase. Os prédios à nossa esquerda deram lugar a um terreno baldio delimitado por uma cerca fragilizada. O mongol olhou para trás de novo e cometeu seu primeiro erro: ele parou, se jogou contra a cerca, que prontamente desabou, e saiu correndo para dentro da escuridão. Eu sorri e o segui. Finalmente eu tinha a vantagem.

Talvez ele esperasse me despistar nas trevas ou torcesse para que eu me contundisse no piso irregular. Só que o condicionamento de Emissário alargou minhas pupilas numa dilatação instantânea naquele ambiente de baixa iluminação e mapeou meus passos pela superfície do chão com velocidade extrema, enquanto a neuroquímica colocava meus pés nos lugares com rapidez equivalente. O chão se movia fantasmagoricamente sob mim como tinha feito com Jimmy de Soto no meu sonho. Com algumas centenas de metros assim, eu ultrapassaria meu amigo mongol, a não ser que ele também tivesse visão aprimorada.

De qualquer maneira, o terreno baldio acabou antes disso, mas, a essa altura, mal restavam os metros originas entre nós dois quando alcançamos a cerca do lado oposto. Ele escalou o arame, pulou para o chão e começou a seguir a rua enquanto eu ainda subia, só que então, de repente, ele pareceu tropeçar. Passei pelo topo da cerca e saltei para o chão com leveza. O cara devia ter me ouvido, porém, porque girou e se endireitou, sem ter terminado de montar a coisa que tinha em mãos. O cano subiu, e eu mergulhei para a rua.

Caí mal, ralando as mãos, e depois rolei. Um raio calcinou a noite onde eu estivera. O fedor de ozônio inundou os arredores, e o crepitar de ar deslocado se enroscou nos meus ouvidos. Continuei rolando, e o raio de partículas soou de novo, queimando além do meu ombro. A rua úmida sibilava com vapor no rastro da arma. Eu me apressei para uma cobertura que não estava lá.

— BAIXE A ARMA!

Um aglomerado de luzes pulsantes desceu verticalmente, o alto-falante gritando ordens na noite como a voz de um deus robótico. Um holofote de busca jogou sua luz ofuscante na rua, inundando-nos com fogo branco. De onde eu estava caído, apertei meus olhos e consegui divisar o transporte policial, uma unidade padrão de controle de multidão cinco metros acima do asfalto, as luzes piscando. A tempestade suave das turbinas varreu asas agitadas de papel e plástico contra as paredes dos prédios próximos, prendendo-as lá como mariposas moribundas.

— FIQUEM ONDE ESTÃO! — trovejou outra vez o alto-falante. — BAIXE A ARMA!

O mongol ergueu a pistola de partículas num arco calcinante, e o transporte corcoveou conforme o piloto tentava evitar o raio. Faíscas choveram de uma turbina atingida pela arma, e o transporte deslizou feio para o lado. Uma rajada de metralhadora soou em resposta, vinda de algum lugar abaixo do nariz do veículo, mas a essa altura o mongol já estava do outro lado da rua, tendo torrado uma porta e entrado pelo buraco fumegante.

Gritos soaram no interior.

Eu me levantei lentamente e observei o transporte baixar a um metro do chão. Um sistema extintor ganhou vida no compartimento fumegante do motor e pingou espuma branca na rua. Logo atrás da janela do piloto, uma escotilha se abriu com um gemido, e Kristin Ortega surgiu emoldurada pela abertura.

CAPÍTULO 10

O transporte era uma versão simplificada daquele que tinha me dado uma carona até a Casa Toque do Sol. Fazia muito barulho na cabine. Ortega tinha que gritar para ser ouvida com o barulho dos motores.

— Vamos mandar um esquadrão de farejadores, mas, se ele tiver conexões, vai poder arranjar materiais para mudar a assinatura química do corpo antes do amanhecer. Depois disso, só vai nos restar relatos de testemunhas. Coisa do tempo das cavernas. E, nesta parte da cidade...

O transporte se inclinou, e ela apontou o emaranhado de ruas abaixo.

— Olhe só isso. Licktown, é como chamam. Era conhecido como Potrero nos velhos tempos. Dizem que era uma vizinhança tranquila.

— Então, o que aconteceu?

Ortega deu de ombros em seu assento de aço.

— Crise econômica. Sabe como é. Num dia você tem uma casa e sua apólice de capa está paga, no outro você está na rua só com uma única vida para viver.

— Dureza.

— É mesmo, né? — disse a detetive, desinteressada. — Kovacs, mas que *porra* você estava fazendo na Alcova?

— Suprindo umas necessidades — grunhi. — Alguma lei contra isso?

Ela me encarou.

— Você não tava se dando bem na Alcova. Você não ficou nem dez minutos lá dentro.

Ergui os ombros e fiz uma cara de desculpas.

— Se você um dia for baixada para um corpo masculino direto do tanque, vai entender como é. Hormônios. Você acaba resolvendo bem rápido. Em lugares como a Alcova, essa performance não é problema.

Os lábios de Ortega se curvaram num quase sorriso. Ela se inclinou para frente, se aproximando de mim.

— Mentira, Kovacs. Uma. Puta. Mentira. Eu acessei o material que eles têm sobre você em Porto Fabril. Perfil psicológico. Eles chamam de escala Kemmerich, e a sua é tão íngreme que seria necessário equipamento de escalada para chegar no topo. Em tudo que você faz, liga bastante para performance.

— Bem... — Eu me servi de um cigarro, acendendo-o enquanto falava. — Você sabe que tem muita coisa que dá para fazer por uma mulher em dez minutos.

Ortega revirou os olhos e dispensou o comentário com um aceno, como se fosse uma mosca zumbindo em volta do rosto dela.

— Certo. E você está me dizendo que, com todo crédito de Bancroft, a Alcova foi o melhor que você pôde pagar?

— Não é uma questão de preço — respondi, perguntando-me então se era a mesma explicação que levava gente como Bancroft até Licktown.

Ortega encostou a cabeça no vidro e espiou a chuva. Não olhou para mim.

— Você está seguindo pistas, Kovacs. Você foi até a Alcova para investigar alguma coisa que Bancroft fez por lá. Com tempo, eu poderia descobrir o que foi, mas seria bem mais fácil se você simplesmente me contasse.

— Por quê? Você me disse que o caso Bancroft está fechado. Qual é o seu interesse?

Isso trouxe os olhos dela de volta aos meus; havia uma luz neles.

— Meu interesse é manter a paz. Talvez você não tenha notado, mas toda vez que nos encontramos é ao som de artilharia pesada.

Eu espalmei as mãos.

— Ei, estou desarmado. Só estava fazendo perguntas. E, falando em perguntas... Como foi que você estava bem no meu rastro quando a diversão começou?

— Pura sorte, eu acho.

Deixei essa passar. Ortega estava me seguindo, disso eu tinha certeza. E isso, por sua vez, significava que o caso Bancroft era mais complexo do que ela admitia.

— O que vai acontecer com o meu carro? — perguntei.

— Vamos mandar buscar. Notificar a locadora. Alguém pode vir e pegar no depósito. A não ser que você o queira.

Neguei com a cabeça.

— Me diz uma coisa, Kovacs. Por que alugar um carro terrestre? Com o tanto que Bancroft está pagando, você poderia ter um destes. — Ela bateu no casco ao lado.

— Gosto de ir de um lugar a outro pela superfície — expliquei. — Dá uma noção melhor da distância. E, no Mundo de Harlan, a gente não vai muito no ar.

— Jura?

— Juro. Escuta, o cara que quase derrubou vocês lá atrás...

— Como é que é? — Ela ergueu uma das sobrancelhas naquela expressão que, àquela altura, eu começava a desconfiar que era a marca registrada dela. — Me corrija se eu estiver enganada, mas eu acho que nós salvamos sua capa lá atrás. Era você quem estava do lado errado da arma.

Fiz um gesto.

— Tanto faz. Ele estava me esperando.

— Esperando você? — Ortega fez uma expressão cética, qualquer que fosse a real opinião dela. — De acordo com aqueles traficantes de Presunto que metemos no camburão, ele estava comprando bagulho. Um velho cliente, disseram.

Balancei a cabeça.

— O sujeito estava me esperando. Quando eu fui falar com ele, o cara saiu correndo.

— Talvez ele não tenha gostado da sua cara. Um dos traficantes, acho que foi aquele que você deixou com a cabeça rachada, disse que você parecia trincado para matar alguém. — Ela deu de ombros outra vez. — Dizem que foi você quem começou, e realmente parece ser o caso.

— Nesse caso, por que você não me indicia?

— Ah, pelo quê? — Ela soprou uma pluma imaginária de fumaça. — Dano orgânico reparável por cirurgia a um par de traficantes de Presunto? Risco de dano a propriedade policial? Perturbação da paz em Licktown? Fala sério, Kovacs. Esse tipo de coisa acontece toda noite na frente da Alcova. E eu tô cansada demais para lidar com a papelada.

O transporte se inclinou, e pela janela pude discernir a silhueta indistinta da torre do Hendrix. Eu havia aceitado a oferta de Ortega de uma carona para casa no mesmo espírito em que tinha aceitado o transporte policial até a Casa Toque do Sol; para ver aonde aquilo me levaria. Sabedoria de Emissário. Siga com a correnteza e veja o que ela revela. Não tinha por que achar que Ortega tinha mentido quanto ao nosso destino, só que ainda assim uma parte de mim ficou surpresa ao ver aquela torre. Emissários não são muito de confiar nos outros.

Depois de uma discussão inicial com o Hendrix quanto às permissões de aterrissagem, o piloto nos deixou numa plataforma bem encardida no alto da torre. Eu sentia o vento fustigando o casco leve do transporte enquanto pousávamos, e, quando a escotilha se abriu para cima, o frio entrou com força. Eu me levantei para desembarcar. Ortega ficou onde estava, me vendo partir com um olhar assimétrico que eu ainda não conseguia decifrar. A energia que eu tinha sentido na noite anterior estava de volta. Eu sentia a necessidade de dizer algo me pressionando como um espirro iminente.

— Ei, como vai a história do Kadmin?

Ela se ajeitou no assento e estendeu uma longa perna para descansar a bota na cadeira que eu tinha deixado. Um sorriso fino.

— Está sendo mastigada pelo sistema — respondeu ela. — Vamos chegar lá.

— Ótimo. — Saltei para a chuva e o vento, levantando a voz. — Obrigado pela carona.

Ela assentiu gravemente, depois inclinou a cabeça para trás, para dizer alguma coisa ao piloto. O lamento das turbinas cresceu, e eu saí abaixado e apressado de sob a escotilha que começava a se fechar. Assim que eu me afastei, o transporte se descolou da plataforma e subiu com luzes lampejantes. Tive um último relance do rosto de Ortega pela janela atingida pela chuva, então o vento pareceu soprar o pequeno veículo para longe, como a uma folha outonal, girando a distância e para baixo, em direção às ruas. Bastaram segundos para que ficasse indistinguível dos milhares de outros veículos que salpicavam o céu noturno. Dei meia-volta e avancei contra o vento até a escadaria de acesso da plataforma. Meu terno estava encharcado. Eu não fazia ideia do que tinha passado pela cabeça de Bancroft para me vestir para o verão no sistema climático bagunçado que Bay City tinha exibido até então. No Mundo de Harlan, quando é inverno, continua inverno por tempo suficiente para que você tome decisões sobre seu guarda-roupa.

Os níveis superiores do Hendrix estavam imersos em escuridão, rompida apenas pelo brilho ocasional de placas moribundas de ilumínio, mas o hotel fez a gentileza de iluminar meu caminho com lâmpadas neon que ganhavam vida tremeluzente à minha frente e apagavam de novo atrás de mim. Era um efeito estranho, que me dava uma sensação de estar carregando uma vela ou tocha.

— O senhor tem uma visitante — informou o hotel, assim que eu entrei no elevador e as portas se fecharam.

Bati com a mão no botão de parada de emergência, a carne viva ardendo onde eu tinha esfolado a palma.

— O quê?

— O senhor tem uma visi...

— Sim, eu ouvi. — Por um momento me perguntei se a inteligência artificial ficaria ofendida com o meu tom. — Quem é e onde está?

— Ela se identificou como Miriam Bancroft. Uma busca subsequente pelos arquivos da cidade confirmou a identidade da capa. Eu permiti que ela esperasse no seu quarto, já que está desarmada e o senhor não deixou nada de importante lá esta manhã. Além de bebida, ela não tocou em nada.

Sentindo minha irritação crescer, concentrei minha atenção num pequeno amassado no metal da porta do elevador e fiz uma tentativa de me acalmar.

— Mas que interessante. Você toma decisões arbitrárias assim por todos os seus hóspedes?

— Miriam Bancroft é esposa de Laurens Bancroft — afirmou o hotel, repreensivo. — Que, por sua vez, é quem paga as suas diárias. Considerando as circunstâncias, achei melhor não criar tensão desnecessária.

Olhei para o teto do elevador.

— Você andou me checando?

— Uma verificação de histórico é parte do contrato sob o qual eu opero. Quaisquer informações retidas são inteiramente confidenciais, a menos que sejam requisitadas por ordem judicial, de acordo com a Diretiva da ONU 231.4.

— É mesmo? Então o que mais você sabe?

— Tenente Takeshi Lev Kovacs — disse o hotel. — Também conhecido como Lev Mamba, Lacerador, o Pica-Gelo, nascido em Novapeste, Mundo de Harlan, em 35 de maio de 187, calendário colonial. Recrutado para as forças do Protetorado da ONU em 11 de setembro de 204, selecionado para aprimoramento do Corpo de Emissários em 31 de junho de 211, durante avaliação de rotina...

— Tá, tá bom. — Por dentro, eu estava um tanto surpreso com a profundidade da pesquisa da IA. Os registros da maioria das pessoas se perdem assim que o rastreio sai do mundo. Transmissões em feixe interestelar são caras. A não ser que o Hendrix tivesse invadido os registros do diretor Sullivan, o que era ilegal. Lembrei-me do comentário de Ortega sobre a ficha criminal do hotel. Que tipo de crimes uma IA cometeria?

— Também me ocorreu que a presença da Sra. Bancroft provavelmente está ligada à questão da morte do marido, que o senhor está investigando. Achei que o senhor preferiria falar com ela, se possível, e ela não estava receptiva à ideia de esperar no saguão.

Suspirei, tirando a mão do botão de parada do elevador.

— É, aposto que não.

Ela estava sentada à janela, com um copo alto e cheio de gelo na mão, e observava as luzes do tráfego abaixo. O aposento estava imerso em sombras interrompidas apenas pelo brilho suave da escotilha de serviço e a moldura de neon tricolor do armário de bebidas. Era luz suficiente para ver que a minha visitante vestia algum tipo de xale sobre calças cargo e um colã. Ela não virou a cabeça quando eu entrei, então avancei pela sala até entrar em seu campo de visão.

— O hotel me avisou que você estava aqui — falei. — Para o caso de você estar se perguntando por que eu não me desencapei de susto.

Ela me olhou e afastou o cabelo do rosto.

— Muito sarcástico, Sr. Kovacs. É para eu aplaudir?

Dei de ombros.

— Poderia me agradecer pelo drinque.

A mulher examinou o copo por um momento, pensativa, depois me fitou novamente.

— Obrigada pelo drinque.

— Não há de quê. — Fui até o armário e examinei as garrafas lá enfileiradas. Um uísque puro malte de quinze anos se insinuou. Abri a garrafa, inspecionei o gargalo com o nariz e escolhi um copo adequado. Mantendo os olhos fixos em minhas mãos enquanto servia, perguntei:

— Está me esperando há muito tempo?

— Mais ou menos uma hora. Oumou Prescott me disse que você tinha ido a Licktown, então presumi que você voltaria tarde. Teve algum problema?

Segurei o primeiro gole de uísque na boca, sentindo o líquido queimar os cortes internos feitos pela bota de Kadmin, e engoli apressadamente. Fiz uma careta.

— Mas por que você pensaria isso, Sra. Bancroft?

Ela fez um gesto elegante com uma das mãos.

— Nenhum motivo em particular. Não quer falar a respeito?

— Não particularmente. — Eu me afundei num enorme pufe ao pé da cama escarlate, de onde a fitava do outro lado do quarto. Fez-se silêncio. Daquele ângulo, a visitante estava iluminada pela janela atrás dela, e seu rosto estava imerso em sombras profundas. Mantive o olhar fixo no leve brilho do que poderia ser o olho esquerdo de Miriam. Depois de um tempo, ela mudou de posição, e o gelo no copo tilintou.

— Bem. — Ela pigarreou. — Sobre o que você gostaria de conversar?

Acenei com meu copo para ela.

— Vamos começar com o motivo da sua visita.

— Quero saber sobre o seu progresso até agora.

— Você pode receber um relatório de progresso meu amanhã de manhã. Vou mandar um para Oumou Prescott antes de sair. Fala *sério*, Sra. Bancroft. Está tarde. Você pode fazer melhor que isso.

Por um momento, achei que ela poderia ir embora, pelo jeito que estremeceu. Porém, Miriam Bancroft segurou o copo com as duas mãos, curvou a cabeça sobre ele como se buscasse inspiração e, depois de um longo momento, ergueu o olhar de novo.

— Quero que você pare — disse ela.

Deixei as palavras se dissiparem no quarto escuro.

— Por quê?

Vi os lábios dela se abrirem num sorriso; ouvi o som que fizeram ao se separarem.

— Por que não? — perguntou ela de volta.

— Bem. — Tomei um gole do meu drinque, correndo o álcool pelos cortes na minha boca para sufocar os hormônios. — Para começar, tem o seu marido. Ele deixou bem claro que desistir e fugir poderia ocasionar graves danos à minha saúde. Em segundo lugar, tem os cem mil dólares. E, depois deles, bem, entramos no reino etéreo de coisas como promessas e a minha palavra. E, para ser honesto, eu estou *curioso*.

— Cem mil não é tanto dinheiro assim — argumentou ela cautelosamente. — E o Protetorado é vasto. Eu posso lhe dar o dinheiro. Conseguir um lugar para você onde Laurens jamais o encontrará.

— Sim. Isso ainda faz restar minha palavra e minha curiosidade.

Ela se inclinou para frente, sobre o próprio drinque.

— Não vamos nos enganar aqui, Sr. Kovacs. Laurens não o contratou, ele o arrastou até aqui. Prendeu você num acordo que você não teria escolha senão aceitar. Ninguém poderia dizer que você está preso a uma palavra de honra.

— Eu ainda estou curioso.

— Talvez eu possa satisfazer sua curiosidade — disse ela em voz baixa.

Engoli mais uísque.

— É mesmo? Você matou seu marido, Sra. Bancroft?

Ela fez um gesto de impaciência.

— Não estou falando da sua brincadeira de detetive. Você está... curioso sobre outras coisas, não está?

— Como assim? — Eu a contemplei por sobre a borda do meu copo.

Miriam Bancroft desceu do parapeito da janela e apoiou o quadril contra ela. Pousou o copo com cuidado exagerado e se reclinou para trás sobre as mãos de modo que os ombros subiram. Isso mudou o formato de seus seios, movendo-os sob o material diáfano do colã.

— Você sabe o que é Mescla Nove? — indagou ela, um tanto insegura.

— Empatina? — Escavei o nome de algum lugar da memória. Alguma gangue de assaltantes fortemente armada que eu conhecia lá no Mundo de Harlan, amigos de Virgínia Vidaura. Os Besourinhos Azuis. Faziam qualquer serviço dopados com Mescla Nove. Diziam que a parada os vinculava numa equipe mais unida. Bando de psicóticos da porra.

— Sim, empatina. Derivados de empatina, seguidos com estimulantes Satyron e Ghedin. Esta capa... — Ela fez um gesto para baixo, indicando o próprio corpo, com dedos abertos tocando as curvas. — Isto é tecnobioquímica de última geração, dos Laboratórios Nakamura. Eu secreto Mescla Nove quando estou... sexualmente excitada. No meu suor, na minha saliva, na minha boceta, Sr. Kovacs.

E então ela deixou a plataforma, o xale escorrendo dos ombros para o chão. Ele se empoçou sedoso aos pés de Miriam Bancroft, que passou por cima dele vindo em minha direção.

Bem, tem o Alain Marriott, honrado e forte em todas suas incontáveis encarnações de expéria; e então tem a realidade. Na realidade, independentemente do custo, há certas coisas que você simplesmente não rejeita.

Nós nos encontramos no meio do caminho. A Mescla Nove já estava no ar, no cheiro do corpo dela e em seu hálito. Inspirei fundo e senti os gatilhos químicos disparando como cordas dedilhadas no fundo do meu estômago. Meu drinque se fora, abandonado em algum lugar, e a mão que o segurara estava moldada num dos seios arrebitados de Miriam Bancroft. Ela levou minha cabeça para baixo com mãos nas têmporas, e lá estava também, Mescla Nove nas gotas de suor entremeadas na penugem suave que descia numa linha pelo decote. Puxei o colã, libertando os seios apertados lá dentro, deslizando e encontrando um mamilo com minha boca.

Acima eu senti a boca de Miriam se abrir, ofegante, e soube que a empatina abria caminho até o cérebro da minha capa, disparando instintos dormentes de telepatia e lançando antenas sensíveis em busca da aura de excitação que aquela mulher gerava. Sabia igualmente que ela estaria começando a sentir o gosto da pele do próprio seio em minha boca. Uma vez disparada, a onda de empatina era como uma bola de tênis num jogo acirrado, ganhando intensidade com cada rebatida de um sensório inflamado ao outro, até que a mescla, a mistura, alcançava um clímax quase insuportável.

Miriam Bancroft começava a gemer, enquanto caíamos no chão e eu me movia de um lado ao outro entre seus seios, esfregando a elasticidade firme deles em meu rosto. As mãos dela estavam vorazes, agarrando e arranhando de leve minhas costas e o arder intumescido entre minhas pernas. Atacamos febrilmente as roupas um do outro, bocas trêmulas com a necessidade de serem preenchidas, e, quando nos livramos de tudo que vestíamos, o tapete sob nós parecia aplicar fibras individuais de calor em nossa pele. Fiquei em cima dela, e minha barba por fazer arranhou de leve a lisura tesa de sua barriga, minha boca fazendo círculos úmidos no caminho para baixo. Então senti o gosto salgado ao passar minha língua pelas dobras da boceta dela, fartando-me em Mescla Nove com os sucos de Miriam e voltando para pressionar e estimular o pequeno botão que era o clitóris. Em algum lugar, do outro lado do mundo, meu pênis pulsava na mão dela. Uma boca se fechou sobre a cabeça e chupou com delicadeza.

Misturando-se, nossos orgasmos chegaram rapidamente e com simultaneidade infalível, os sinais amalgamados da união da Mescla Nove se embaralhando até eu não perceber mais distinção entre a dureza excruciante do pau entre os dedos dela e a pressão da minha própria língua em algum lugar indistinto e além do alcance plausível dentro dela. As coxas de Miriam apertaram minha cabeça. Houve um som de grunhidos, mas de qual garganta eles brotaram eu não sabia mais. A separação se desfez, derretendo-se numa sobrecarga sensorial mútua, a tensão se acumulando camada por camada, pico por pico, e então de repente Miriam estava rindo do borrifo quente e salgado no rosto e nos dedos dela, e eu estava agarrado ao seu quadril rodopiante conforme seu próprio gozo simultâneo a levava para longe.

Por um tempo restou aquela libertação trêmula e tensa, na qual o menor movimento, o menor deslizar de carne contra carne provocava espasmos convulsivos em nós dois. Então, como um presente do longo período que minha capa tinha passado no tanque e das imagens suadas de Anêmona pressionada contra o vidro da biocabine, meu pênis estremeceu e começou a endurecer de novo. Miriam Bancroft deu uma cutucada nele com o nariz e correu a ponta da língua ao longo e em volta, lambendo sua viscosidade até ele ficar rijo e liso contra a bochecha dela, depois girou e me montou. Estendeu as mãos para trás para se equilibrar e se segurar, então afundou, empalando-se ali com um longo e caloroso grunhido. Ela se inclinou sobre mim, os seios balançando, e eu estiquei o pescoço para sugar vorazmente aquelas esferas em movimento. Minhas mãos se ergueram para segurar-lhe as coxas no ponto em que se abriam para cada lado do meu corpo.

E, então, o movimento.

A segunda vez demorou mais, a empatina lhe concedendo um ar que era mais estético que sexual. Orientando-se pelos sinais que sopravam em rajadas do meu sensório, Miriam Bancroft se assentou num movimento de lenta turbulência enquanto eu contemplava a barriga tesa e os seios erguidos com uma lascívia distante. Sem nenhum motivo que eu pudesse especificar, o Hendrix tocou uma batida lenta e grave de ragga dos cantos do quarto, estampando um padrão luminoso no teto acima com manchas vermelhas e roxas. Quando esse efeito se deslocou, e as estrelas rodopiantes vieram salpicar nosso corps, senti minha mente se deslocando junto, e minhas percepções deslizaram para os lados e saíram de foco. Havia apenas o bombear do quadril de Miriam Bancroft sobre mim, relances fragmentados do corpo e do rosto dela embrulhados em luz colorida. Quando eu gozei, foi uma explosão distante que parecia ter mais a ver com a mulher que estremecia até parar, montada em mim, do que com a minha própria capa.

Mais tarde, enquanto estávamos deitados lado a lado, mãos ordenhando um ao outro por mais outros picos e vales inconclusivos, ela perguntou:

— O que você acha de mim?

Desci os olhos pela extensão do meu corpo até o que a mão dela estivesse fazendo e pigarreei.

— É uma pegadinha?

Ela riu, a mesma risada gutural que tinha me cativado na sala de mapas da Casa Toque do Sol.

— Não. Eu quero mesmo saber.

— E você se importa? — Isso não foi dito com aspereza e, de alguma forma, a Mescla Nove sugou fora as insinuações brutais.

— Você acha que é isso que significa ser uma Matusa? — A palavra soava estranha nos lábios dela, como se não estivesse falando sobre si mesma. — Você acha que não nos importamos com nada que seja jovem?

— Eu não sei — respondi com sinceridade. — É um ponto de vista que eu já escutei. Viver trezentos anos não tem como não mudar a sua perspectiva.

— É, não tem. — Ela ofegou de leve quando meus dedos deslizaram para dentro dela. — Isso, assim. Só que você não para de se importar. Você vê as coisas. Tudo deslizando para longe de você. E você só quer agarrar, se segurar a alguma coisa, parar tudo. Escorrendo pelo ralo.

— É assim mesmo?

— É, é sim. Então, o que você acha de mim?

Eu me curvei sobre ela e contemplei o corpo jovem de mulher que ela habitava, os belos traços do rosto e os olhos muito, muito velhos. Ainda chapado de Mescla Nove, não consegui encontrar nenhum defeito em nenhuma parte dela. Miriam Bancroft era a coisa mais bonita que eu jamais vira. Desisti da luta por objetividade e baixei a cabeça para beijar um dos seios.

— Miriam Bancroft, você é uma maravilha de se contemplar, e eu trocaria de bom grado minha alma para possuir você.

Ela conteve uma risada.

— Estou falando sério. Você gosta de mim?

— Mas que tipo de pergunta...

— Estou falando sério. — As palavras estavam fundamentadas além da empatina. Recuperei um pouco de controle e olhei nos olhos dela.

— Sim — disse, simplesmente. — Eu gosto de você.

A voz dela ficou mais grave.

— Você gostou do que fizemos?

— Sim, eu gostei do que fizemos.

— Você quer mais?

— Sim, eu quero mais.

Ela se sentou para me encarar. Os movimentos de ordenha da mão dela ficaram mais fortes, mais exigentes. A voz dela se endureceu igualmente.

— Diga de novo.

— Eu quero mais. De você.

Ela me empurrou para baixo com a mão espalmada em meu peito e se inclinou sobre mim. Eu chegava cada vez mais perto de uma ereção total. A mulher começou a controlar o tempo do bombear, lento e forte.

— A oeste — murmurou ela. — A umas cinco horas de cruzador, tem uma ilha. Ela é minha. Ninguém vai lá; há uma zona de exclusão de cinquenta quilômetros, patrulhada por satélite, mas é linda. Construí um complexo lá, com um banco de clones e uma instalação de reencapamento. — A voz dela ganhou aquele tom desigual de novo. — Às vezes, eu decanto os clones. Capas cópias de mim mesma. Para brincar. Você entende o que eu estou oferecendo?

Eu fiz um barulho. A imagem que ela tinha plantado, ser o foco de uma matilha de corpos como aquele ali, tudo orquestrado pela mesma mente, enrijeceu os últimos graus da minha ereção, e a mão dela subia e descia por todo o comprimento como se fosse parte dela.

— O que foi que você disse? — Ela se inclinou sobre mim, roçando os mamilos pelo meu peito.

— Por quanto tempo? — consegui dizer, em meio à contração e ao relaxamento dos músculos da minha barriga, em meio aos tons de carne e névoa da Mescla Nove. — Vale esse convite ao parque de diversões?

Ela sorriu, então; um sorriso de pura lascívia.

— Passeios ilimitados — respondeu ela.

— Mas só por um tempo limitado, né?

Ela balançou a cabeça.

— Não, você não me entendeu. O lugar é meu. Tudo, a ilha, o mar em volta, tudo que há nela. É meu. Eu posso manter você por lá pelo tempo que você quiser ficar. Até se cansar.

— Pode demorar um bom tempo.

— Não. — Havia um tom de tristeza na forma como ela balançou a cabeça desta vez, e seu olhar baixou um pouco. — Não vai demorar.

O movimento em pistão no meu pênis se afrouxou um pouco. Grunhi e agarrei a mão dela, forçando-a a se mexer de novo. O gesto pareceu reanimá-la, e Miriam Bancroft voltou ao trabalho com dedicação, acelerando e reduzindo, curvando-se para me servir os seios ou complementando os golpes com chupadas e lambidas. Minha percepção de tempo desapareceu numa espiral e foi substituída por um gradiente infinito de sensação que se acumulava com lentidão excruciante em direção a um pico pelo qual eu me ouvia implorando em tons dopados em algum lugar distante.

Quando o orgasmo se aproximou, eu fiquei vagamente ciente, pela conexão de Mescla Nove, que Miriam estava metendo os dedos em si mesma, esfregando com um desejo incontrolável que ia completamente ao contrário do cálculo com o qual ela me manipulava. Bem sintonizada pela empatina, ela provocou o próprio gozo alguns segundos antes do meu e, quando comecei a ejacular, ela esfregou os próprios líquidos com força sobre meu rosto e meu corpo, que se debatia.

Apaguei.

Quando acordei, muito mais tarde, com a ressaca da Mescla Nove caindo sobre mim como um peso de chumbo, ela tinha ido embora como um sonho febril.

CAPÍTULO 11

Quando você não tem amigos, e a mulher com quem você dormiu na noite anterior deixou você sem aviso com uma dor de cabeça lancinante, você tem um número limitado de opções. Quando eu era mais jovem, saía procurando brigas sórdidas pelas ruas de Novapeste. Isso fez que um par de pessoas acabasse esfaqueado, nenhuma delas eu, e levou à minha introdução a uma das gangues do Mundo de Harlan (na filial de Novapeste). Mais tarde, eu dei uma refinada nesse tipo de retiro ao me alistar nas forças armadas; brigas com um propósito e com armas mais caras; porém, como eu acabei descobrindo, igualmente sórdidas. Acho que eu não deveria ter ficado tão surpreso como fiquei; a única coisa que os recrutadores do corpo de fuzileiros tinham perguntado com afinco fora quantas brigas eu havia vencido.

Mais recentemente, eu tinha desenvolvido uma reação um pouco menos destrutiva ao mal-estar químico geral. Depois que quarenta minutos de natação na piscina subterrânea do Hendrix fracassaram em afastar o desejo pela tórrida companhia de Miriam Bancroft ou a ressaca da Mescla Nove, fiz a única coisa para a qual me sentia capaz. Pedi analgésicos para o serviço de quarto e fui fazer compras.

Bay City já tinha se assentado nos ritmos do dia quando eu finalmente saí para a rua, e o centro comercial estava lotado de pedestres. Fiquei às margens alguns minutos, depois mergulhei na multidão e comecei a olhar as vitrines.

Uma sargento loira dos fuzileiros com o inesperado nome de Serenity Carlyle tinha me ensinado a fazer compras lá no Mundo. Antes disso, eu sempre tinha empregado uma técnica melhor descrita como aquisição de precisão. Você identifica seu alvo, penetra, obtém o item e escapa. Se não puder conseguir o que quer, você limita suas perdas e cai fora igualmente rápido. Durante a época que ficamos juntos, Serenity me fez desapegar dessa abordagem e me converteu à filosofia dela de consumidor ruminante.

— Olha só — disse-me ela um dia, num café de Porto Fabril. — As compras, quer dizer, o ato físico de comprar, poderiam ter sido extintas séculos atrás se elas quisessem.

— Elas quem?

— As pessoas. A sociedade. — Ela acenou impaciente. — Qualquer um. Elas já tinham capacidade para isso naqueles tempos. Pedidos pelo correio, supermercados virtuais, sistemas de débito automatizados. Poderiam ter acabado com tudo, mas isso nunca aconteceu. O que isso lhe diz?

Aos 22 anos, como recruta do corpo de fuzileiros e ex-membro das gangues de rua de Novapeste, aquilo não dizia nada. Carlyle percebeu meu olhar vazio e suspirou.

— Diz que as pessoas *gostam* de fazer compras. Que o ato satisfaz uma necessidade básica de aquisição num nível genético. Algo que herdamos dos nossos ancestrais caçadores-coletores. Ah, temos compras automatizadas de conveniência para itens básicos de casa, sistemas mecânicos de distribuição de comida para os pobres e marginalizados. Porém, também temos uma imensa proliferação de colmeias comerciais e mercados especializados de comida e artesanato que as pessoas têm que *visitar* fisicamente. Agora, por que as pessoas fariam isso se não gostassem?

Eu provavelmente dei de ombros, mantendo minha frieza de jovem *cool*.

— Comprar é uma interação física, exercício de capacidade de tomada de decisões, satisfação do desejo de adquirir e um impulso para mais aquisições, uma ânsia de fazer reconhecimento de terreno. É tão basicamente humano, quando se para pra pensar. Você tem que aprender a amar as compras, Tak. Tipo, você pode atravessar o arquipélago inteiro num hover, não precisa nem se molhar. Mas isso não elimina o prazer básico da natação, né? Aprenda a comprar *bem*, Tak. Seja flexível. Curta a incerteza.

Curtição não era bem o que eu sentia naquele momento, mas me concentrei no sentimento e me mantive flexível, fiel ao credo de Serenity Carlyle. Comecei procurando vagamente por um casaco impermeável pesado, mas o item que finalmente me fez entrar numa loja foi um par de botas de caminhada para todos os terrenos.

Depois das botas, vieram calças pretas folgadas e uma camisa com isolamento, além de selos de enzimas que corriam da cintura até a gola rolê.

Já tinha avistado variações do traje umas cem vezes nas ruas de Bay City. Assimilação superficial. Dava para o gasto. Depois de uma rápida reflexão de ressaca, acrescentei uma desafiadora bandana vermelha amarrada na testa, ao estilo das gangues de Novapeste. Não era exatamente assimilativa, mas combinava com a irritação vagamente rebelde que vinha crescendo em mim desde o dia anterior. Larguei o terno de verão de Bancroft numa caçamba da rua e deixei os sapatos ao lado.

Antes de deixá-los lá, vasculhei os bolsos do paletó e encontrei dois cartões: o do médico de Bay City Central e o do armeiro de Bancroft.

Larkin e Green acabaram sendo os nomes não de dois fabricantes de armas, mas de ruas que se cruzavam numa colina arborizada chamada Russian Hill. O autotáxi se dispôs a apresentar um guia turístico sobre a área, mas eu o dispensei. Larkin & Green, Armeiros desde 2203, era uma discreta fachada de esquina que se estendia por menos de seis metros ao longo de cada rua, mas que ficava lado a lado com imóveis de janelas fechadas que provavelmente tinham sido anexados. Passei pelas muitas portas de madeira bem-cuidadas e adentrei o interior fresco e com cheiro de óleo.

O estabelecimento me lembrava da sala de cartografia da Casa Toque do Sol. Era amplo, e a luz inundava o espaço, vinda de duas fileiras de janelas altas, cobrindo dois andares. O de cima tinha sido removido e substituído por uma larga passarela que corria ao longo dos quatro lados e dava vista para o térreo. As paredes eram decoradas com expositores planos de vidro, e o espaço sob as passarelas abrigava pesados carrinhos com expositores no tampo. Havia um leve toque de modificador ambiental no ar, o perfume de velhas árvores sob o odor de óleo de arma, e o piso sob minhas novas botas era acarpetado.

Um rosto de aço negro surgiu sobre o corrimão da passarela. Fotorreceptores verdes ardiam no lugar de olhos.

— Como posso servi-lo, senhor?

— Meu nome é Takeshi Kovacs. Estou aqui por indicação de Laurens Bancroft — respondi, levantando de leve o queixo para devolver o olhar ao androide. — Estou procurando algumas peças de equipamento.

— É claro, senhor. — A voz era suavemente masculina, e despida de subtons de vendas, pelo que eu podia detectar. — O Sr. Bancroft nos avisou que o senhor apareceria. Estou com um cliente no momento, mas irei atendê-lo muito em breve. Por favor, fique à vontade. Há cadeiras à esquerda, além de um armário de refrescos. O senhor pode se servir como quiser.

A cabeça desapareceu, e uma conversa murmurada, que eu tinha registrado vagamente ao entrar, continuou. Localizei o armário, descobri que estava recheado de álcool e tabaco e o fechei depressa. Os analgésicos tinham suavizado o pior da ressaca de Mescla Nove, mas eu não estava em condições de abusar mais. Com um choque leve, percebi que tinha passado o dia inteiro até ali sem um cigarro. Perambulei até o expositor mais próximo e dei uma olhada numa seleção de espadas de samurai. As bainhas estavam etiquetadas com as datas. Algumas delas eram mais velhas que eu.

O expositor seguinte continha uma estante de armas de fogo marrons e cinzentas que pareciam ter sido cultivadas em vez de fabricadas. Os canos brotavam de revestimentos com curvas orgânicas que se alargavam gentilmente na coronha. Elas também datavam do século passado. Eu estava tentando decifrar os entalhes curvos num cano quando ouvi passos metálicos na escada atrás de mim.

— O senhor encontrou algo do seu agrado?

Eu me virei para encarar o androide. Tinha o corpo inteiro do mesmo metal negro polido, moldado na configuração muscular de um homem comum. Só a genitália estava ausente. O rosto era longo e estreito, com feições belas o bastante para prender a atenção apesar de sua imobilidade. A cabeça era esculpida em sulcos que representavam uma farta cabeleira penteada para trás. O peito tinha sido estampado com uma legenda, já quase apagada, que dizia *Expo Marte 2076*.

— Estou só olhando — respondi, indicando as armas atrás de mim. — Elas são feitas de madeira?

O olhar de fotorreceptores verdes me contemplou com gravidade.

— Correto, senhor. As coronhas são de um híbrido de faia. Todas as armas são produzidas à mão. Kalashnikov, Purdey e Beretta. Oferecemos exemplares de todas as casas europeias. Em qual o senhor estaria interessado?

Olhei para trás. Havia uma curiosa poesia nas formas, algo suspenso entre objetividade funcional e graça orgânica; algo que implorava para ser aninhado. Para ser usado.

— Essas são um pouco ornadas demais para mim. Eu tinha em mente algo um pouco mais prático.

— Certamente, senhor. Podemos presumir que o senhor não é inexperiente no ramo?

Sorri para a máquina.

— Podemos, sim.

— Nesse caso, porventura o senhor gostaria de me informar quais foram suas preferências passadas?

— Smith & Wesson Magnum, 11mm. Pistola de dardos Ingram 40. Lança-partículas Jato Solar. Só que não era com esta capa.

Os receptores verdes reluziram. Sem comentário. Talvez ele não tivesse sido programado para jogar papo fora com Emissários.

— E o que exatamente o senhor estaria procurando para esta capa?

Dei de ombros.

— Algo que seja sutil. Algo que não seja. Armas de projéteis. E uma lâmina. A pesada tem que ser parecida com a Smith.

O androide ficou completamente imóvel. Eu quase podia ouvir as engrenagens de recuperação de dados. Eu me perguntei brevemente como uma máquina daquela tinha acabado ali. Claramente não fora criada para aquele serviço. No Mundo de Harlan, androides não são muito comuns. São caros de se construir, em comparação a um sintético ou mesmo a um clone, e a maioria dos serviços que exigem uma forma humana são mais bem executados por essas alternativas orgânicas. A verdade é que um humano robô é uma colisão desnecessária de duas funções díspares. Inteligência Artificial, que funciona muito melhor conectada a um mainframe, e lataria pesada e à prova de danos que a maioria das firmas de ciberengenharia projeta com formas específicas adequadas à função final. O último robô que eu vira no Mundo havia sido um caranguejo de jardinagem.

Os fotorreceptores se iluminaram um pouco mais, e a postura da coisa destravou.

— Se o senhor puder me acompanhar, acredito ter a combinação adequada.

Segui a máquina por uma porta, que se misturava tão bem à decoração da parede dos fundos que eu nem a tinha percebido, e fomos por um curto corredor, chegando a um longo e baixo salão com paredes de gesso sem pintura. Ali, caixotes de fibra de vidro crua estavam enfileirados dos dois lados ao longo de todo o comprimento. Várias pessoas espalhadas pelo aposento trabalhavam em silêncio, o estrépito de equipamento manejado por mãos habilidosas ressoava pelo ar. O androide me levou até um pequeno homem grisalho que vestia um macacão sujo de graxa e desmontava um lança-varas eletromagnético como se fosse um frango assado. Ele ergueu o olhar quando nos aproximamos.

— Chip. — Ele acenou com a cabeça para a máquina e me ignorou.

— Clive, este é Takeshi Kovacs. É um amigo do Sr. Bancroft em busca de equipamento. Eu gostaria que você lhe mostrasse a Nemex e uma pistola Philips e depois o encaminhasse a Sheila para ele obter uma arma branca.

Clive assentiu de novo e pôs o eletromagnético de lado.

— Por aqui — disse ele.

O androide tocou meu braço de leve.

— Caso o senhor necessite de qualquer outra coisa, estarei na sala de exposição.

Ele se curvou minimamente e partiu. Segui Clive ao longo de fileiras de caixotes até onde uma variedade de pistolas estava espalhada sobre pilhas de confete plástico. Clive escolheu uma e se virou para mim com ela nas mãos.

— Nemesis X, segunda série — anunciou, estendendo a arma. — A Nemex. Fabricada sob licença para Mannlicher-Schoenauer. Dispara um projétil encamisado com propelente personalizado chamado Druck 31. Muito poderosa, muito precisa. O carregador bifilar contém dezoito cartuchos. Meio volumosa, mas vale a pena num tiroteio. Sinta o peso.

Peguei a arma e a revirei. Era uma pistola grande, com cano pesado, um pouco mais longa que a Smith & Wesson, só que bem equilibrada. Passei-a de uma mão à outra algumas vezes, sentindo o peso e o jeito da arma. Espiei pela mira. Clive aguardou ao meu lado, paciente.

— Muito bem. — Eu devolvi a arma. — E a coisa sutil?

— Pistola de palma Philips. — Clive meteu a mão num dos caixotes e remexeu no confete até tirar uma esguia pistola cinzenta com quase a metade do tamanho da Nemex. — Carga sólida de aço. Usa um acelerador eletromagnético. Completamente silenciosa, precisa até uns vinte metros. Sem coice, e o gerador tem uma opção de campo reverso, de modo que você pode recuperar os projéteis do alvo depois. Carrega dez.

— Baterias?

— As especificações preveem entre quarenta e cinquenta disparos. Depois disso, você vai perder velocidade de projétil com cada disparo. Você recebe duas baterias extras incluídas no preço, além de um carregador compatível com tomadas domésticas.

— Vocês têm um estande de tiro? Algum lugar onde eu possa testá-las?

— Lá nos fundos. Só que essas duas belezas vêm com um disco de prática de combate virtual, com paridade perfeita entre virtualidade e performance real. Incluída na garantia.

— Certo, tudo bem. — Cobrar uma garantia dessas poderia ser um processo lento, caso algum caubói se aproveitasse daquela falta de agilidade para meter uma bala na sua cabeça. Nunca se sabe quando você será reencapado, isso se você chegar a sê-lo. Porém, a dor na minha cabeça estava começando a vencer os analgésicos. Talvez tiro ao alvo não fosse a melhor atividade para aquele momento. Também não me dei ao trabalho de perguntar o preço. Não era o meu dinheiro que eu estava gastando. — Munição?

— Vem em caixas de cinco carregadores, para cada arma, mas você ganha um grátis com a Nemex. Tipo uma promoção para a nova coleção. É o suficiente?

— Na verdade, não. Me vê duas caixas para cada arma.

— Dez carregadores, cada? — Havia um respeito hesitante na voz de Clive. Dez carregadores é muita munição para uma pistola, mas eu já tinha descoberto que havia momentos em que ser capaz de encher o ar com balas era muito mais importante do que de fato acertar alguma coisa. — E você queria uma lâmina, certo?

— Isso mesmo.

— Sheila! — Clive se virou para o lado oposto do longo salão e chamou uma mulher alta, com cabelo loiro em corte militar, sentada de pernas cruzadas num caixote, com as mãos no colo e o cinza fosco de uma máscara virtual cobrindo o rosto. Ela olhou em volta ao ouvir o próprio nome, então se lembrou da máscara e a ergueu, piscando. Clive acenou para ela, e a mulher se levantou do caixote, um tanto oscilante com a transição de volta à realidade.

— Sheila, este cara está atrás de aço. Quer dar uma mão?

— Claro. — A mulher estendeu o braço magricela. — Sheila Sorenson. Que tipo de aço você quer?

Devolvi o aperto de mão dela com a mesma força.

— Takeshi Kovacs. Preciso de alguma coisa que eu possa atirar na pressa, mas tem que ser pequena. Algo que dê para eu atar ao antebraço.

— Tudo bem — respondeu ela, amistosa. — Quer vir comigo? Já terminou aqui?

Clive assentiu para mim.

— Vou levar essas coisas pro Chip, e ele embrulha tudo para você. Vai querer entrega em domicílio ou vai levar?

— Vou levar.

— Achei que fosse.

O canto de trabalho de Sheila era uma pequena sala retangular com um par de alvos em cortiça numa parede e uma seleção de armas que ia de punhais a facões distribuída pelas outras três. Ela escolheu uma faca preta com uma lâmina de metal cinzento e uns quinze centímetros de comprimento e a tirou da parede.

— Faca Tebbit — disse ela, como se não fosse nada. — Muito sinistra.

E, o mais casualmente possível, ela se virou e atirou a faca no alvo da esquerda. A arma voou pelo ar como se estivesse viva e se cravou na cabeça da silhueta.

— Lâmina de liga de aço tântalo, cabo de carbono resistente. Tem uma peça de sílex no pomo para dar um pouco de peso, e, é claro, você pode bater com ela na cabeça dos outros, caso não os acerte com a ponta.

Fui até o alvo e puxei a faca. A lâmina era estreita e afiada como navalha dos dois lados. Uma reentrância rasa corria pelo centro, contornada com uma fina linha vermelha entalhada com minúsculos caracteres intrincados. Inclinei a arma numa tentativa de ler os entalhes, mas era um código que eu não conhecia. A luz tênue se refletia no metal cinzento.

— O que é isto?

— O quê? — Sheila veio até mim. — Ah, é. Código de arma biológica. O sulco está revestido com C-381. Produz compostos de cianureto quando entram em contato com hemoglobina. Bem longe dos gumes, então não tem problema caso se corte sem querer, mas, se você enfiar isso em alguma coisa com sangue...

— Que amor.

— Eu disse que era sinistra, não disse? — Havia orgulho na voz dela.

— Vou levar.

De volta à rua, carregado com as minhas novas compras, eu me toquei de que acabaria afinal precisando de um paletó, para ao menos esconder meu recém-adquirido arsenal. Dei uma olhada para cima em busca de um autotáxi, mas acabei decidindo que havia sol suficiente no céu para justificar uma caminhada. Senti que, finalmente, minha ressaca estava começando a dar uma trégua.

Já tinha descido três quarteirões quando percebi que estava sendo seguido.

Foi o condicionamento de Emissário, despertando lentamente com o recuo da Mescla Nove, que me fez notar. Senso amplificado de proximidade, o mais leve estremecer e um vulto no canto do meu olho uma vez a mais que o normal. Aquele cara era bom. Numa parte mais movimentada da cidade ele poderia ter me enganado, mas ali havia pedestres de menos para oferecer muita camuflagem.

A faca Tebbit estava atada ao meu antebraço esquerdo numa bainha de couro macio com uma mola de ativação neural, mas eu não conseguiria pegar nenhuma das pistolas sem deixar óbvio que eu havia percebido o perseguidor. Considerei tentar despistá-lo, mas abandonei a ideia quase no mesmo momento. Aquela não era a minha cidade, eu me sentia lerdo por causa das drogas e estava carregando coisas demais. Deixei que quem quer que fosse fizesse compras comigo. Acelerei o passo um pouco e fui seguindo pelas ruas até chegar à região comercial. Lá encontrei um caro e longo casaco de lã vermelha e azul, estampado com figuras de totem inuíte perseguindo-se mutuamente em linhas. Não era bem o que eu tinha em mente, mas era quentinho e tinha muitos bolsos espaçosos. Paguei por ele virado para a fachada de vidro da loja, de modo que vi um relance do rosto do meu seguidor. Jovem, caucasiano, cabelos escuros. Eu não o conhecia.

Nós dois atravessamos a Union Square, parando para contemplar mais um protesto contra a Resolução 653 que tinha empacado numa esquina e ficava cada vez menor. Os cânticos vacilavam, pessoas se afastavam, e os comandos metálicos no sistema de som soavam cada vez mais lastimosos. Eu teria uma boa chance de desaparecer na multidão, mas àquela altura já não valeria mais o esforço. Se o meu seguidor quisesse fazer qualquer coisa além de me vigiar, já teria tido a chance lá nas colinas frondosas. Tinha muita coisa acontecendo ali para um assassinato. Naveguei em meio aos resquícios da manifestação, afastando um ou outro folheto, e segui para o sul, em direção à Mission Street e ao Hendrix.

A caminho da Mission, entrei acidentalmente no raio de transmissão de um camelô. No mesmo instante, minha cabeça foi inundada por imagens. Eu avançava por um beco cheio de mulheres cujas roupas tinham sido projetadas para mostrar mais do que estaria visível se elas estivessem nuas. Botas que transformavam pernas em fatias de carne para consumo acima do joelho, coxas com cintas-liga em forma de seta, indicando o caminho para o cliente, suportes estruturais que erguiam e pressionavam os seios para que fossem vistos; pingentes pesados e redondos aninhados como glandes em decotes suados. Línguas tremulavam e lambiam lábios pintados de vermelho-cereja ou de um preto tumular, dentes eram exibidos em desafio.

Uma maré de calma me arrebatou, apagando o desejo suado e transformando os corpos e suas poses numa expressão abstrata de feminilidade. Eu me flagrei passando os olhos pelos ângulos e pelas circunferências daqueles volumes como uma máquina, mapeando a geometria da carne e osso como se as mulheres fossem uma espécie de planta.

Betatanatina. O Ceifador.

Rebento final de uma família química desenvolvida para projetos de pesquisa de quase-morte no começo do milênio, a betatanatina levava o corpo humano o mais próximo possível de um estado de morte sem dano celular grave. Ao mesmo tempo, estimulantes de controle na molécula do Ceifador levavam a um funcionamento clínico do intelecto que havia permitido aos pesquisadores passar por experiências de morte induzidas artificialmente sem o senso incontrolável de emoção e maravilha capaz de macular a percepção de dados. Usado em doses menores, o Ceifador produzia uma camada de fria indiferença a coisas como dor, excitação, alegria e tristeza. Todo o distanciamento que os homens tinham fingido por séculos diante da forma feminina nua estava disponível para quem quisesse, armazenado numa cápsula. Era quase feito sob medida para o mercado de rapazes adolescentes.

Também era uma droga militar perfeita. Dopado de Ceifador, um monge abdicante do Sonho de Godwin poderia calcinar uma aldeia cheia de mulheres e crianças sem sentir nada além de fascínio pela forma como as chamas derretiam a carne nos ossos.

A última vez que eu tinha usado betatanatina fora nas batalhas urbanas em Xária. Uma dose completa, projetada para baixar a temperatura corporal à média do ambiente e reduzir meus batimentos cardíacos a uma fração do normal. Truques necessários para despistar os detectores de pessoas dos tanques-aranha xarianos. Sem aparecer no infravermelho, você poderia chegar bem perto, escalar uma das pernas e arrombar as escotilhas com granadas de termita. Abalados pela explosão, os tripulantes eram geralmente massacrados, indefesos como gatinhos recém-nascidos.

— Tenho Presunto, cara — anunciou uma voz rouca, redundante. Pisquei para dissipar a transmissão e me deparei com um pálido rosto caucasiano oculto sob um capuz cinzento. A unidade emissora estava no ombro dele, luzinhas vermelhas piscando para mim como olhos de morcego. Lá no Mundo, há leis muito severas regulando o uso de disseminação mental direta, e mesmo transmissões acidentais podem gerar o mesmo tipo de violência que derrubar o drinque de alguém num boteco cheio de estivadores. Estiquei o braço e dei um empurrão forte no peito do traficante. Ele cambaleou até uma vitrine de loja.

— Ei...

— Não mije na minha cabeça, parceiro. Eu não gosto disso.

Vi a mão dele deslizar até uma unidade na cintura e adivinhei o que viria em seguida. Troquei de alvo, pondo meus dedos enrijecidos sobre a maciez dos olhos dele...

Eu me via cara a cara com uma montanha sibilante de carne úmida e membranosa com quase dois metros de altura. Tentáculos se contorciam para mim, e minha mão estava enfiada num oco catarrento emoldurado com grossos cílios negros. Minha garganta se encheu e se fechou. Controlei a onda de repugnância, empurrei minhas mãos para dentro dos cílios efervescentes e senti a carne gosmenta ceder.

— Se você quiser continuar enxergando, vai desligar essa merda — falei, irritado.

A montanha de carne desapareceu, e eu estava de volta com o traficante, com os dedos ainda bem apertados contra as curvas superiores dos globos oculares do sujeito.

— Beleza, cara, beleza. — Ele levantou as mãos com a palma para a frente. — Se tu não quer o bagulho, não compra. Tô só tentando ganhar meu sustento aqui.

Dei um passo para trás e dei espaço para que ele se desencostasse da vitrine.

— Lá de onde eu venho, você não entra na cabeça das pessoas no meio da rua — expliquei. Mas ele já tinha sentido minha retirada do confronto e simplesmente fez um gesto com o polegar que eu presumi que fosse obsceno.

— Eu caguei pro lugar de onde você veio! Porra de gafanhoto! Cai fora daqui.

Eu o deixei ali, perguntando-me distraidamente enquanto atravessava a rua se havia qualquer diferença moral entre ele e os designers genéticos que tinham embutido Mescla Nove na capa de Miriam Bancroft.

Parei numa esquina e baixei a cabeça para acender um cigarro.

Meio da tarde. Meu primeiro do dia.

CAPÍTULO 12

Enquanto me vestia diante do espelho naquela noite, tive a nítida convicção de que outra pessoa vestia a minha capa e que eu tinha sido reduzido ao papel de um passageiro, observando por trás dos olhos.

Rejeição de psicototalidade, é como chamam. Ou simplesmente fragmentação. Não é incomum sofrer alguns tremores, mesmo quando se é um troca-capas experiente, mas este era o pior caso que eu tinha em anos. Por longos momentos eu fiquei aterrorizado com a possibilidade de ter um pensamento mais complexo, temendo que o homem no espelho pudesse perceber minha presença. Paralisado, eu assisti enquanto ele ajustava a faca Tebbit na bainha de neuroativação, pegava a Nemex e a pistola Philips, uma de cada vez, e conferia a munição comprada. As duas armas tinham vindo equipadas com coldres baratos de Colafibra com enzimas que aderiam à roupa onde quer que fossem pressionadas. O homem no espelho posicionou a Nemex sob o braço esquerdo, onde ficaria escondida pelo casaco, e guardou a Philips na parte baixa das costas. Praticou o saque das pistolas de seus coldres algumas vezes, apontando-as para o reflexo, mas não havia necessidade. Os discos de treino virtual tinham cumprido as promessas de Clive. O homem estava pronto para matar alguém com qualquer uma das armas.

Eu me mexi atrás dos olhos dele.

Relutante, ele sacou as pistolas e a faca e as colocou de volta na cama. Então, ficou parado por um tempo, até o sentimento irracional de nudez passar.

Era a fraqueza das armas, fora como Virgínia Vidaura tinha chamado, e desde o primeiro dia de treinamento de Emissário era considerado um pecado mortal cair nela.

Uma arma, qualquer arma, é uma ferramenta, dizia ela, com um lança-partículas Jato Solar nos braços. *Projetada para uma finalidade específica, como qualquer outra ferramenta, e útil apenas em tal finalidade. Vocês chamariam um sujeito de tolo se ele carregasse um martelo de força por toda parte só por ser um engenheiro. E, assim como isso vale para os engenheiros, vale duplamente para os Emissários.*

Nas fileiras, Jimmy de Soto tossiu para demonstrar divertimento. Estava falando por quase todos nós naquele momento. Noventa por cento dos recrutas Emissários vinham das forças convencionais do Protetorado, onde as armas eram vistas como sendo algo entre brinquedos e fetiches. Fuzileiros da ONU andavam sempre armados, mesmo em licença.

Virgínia Vidaura ouviu a tosse e olhou para Jimmy.

— Sr. de Soto. Vejo que o senhor não concorda.

Jimmy se ajeitou, um pouco envergonhado de ter sido identificado tão facilmente.

— Bem, senhora. Minha experiência me diz que, quanto mais poder de fogo você carrega, melhor é a impressão que você passa.

Houve um leve murmúrio de concordância nas fileiras. Virgínia Vidaura esperou que se aquietasse.

— De fato — respondeu ela, estendendo o lança-partículas nas duas mãos. — Este... dispositivo conta com um poder de fogo razoável. Por favor, venha até aqui e o pegue.

Jimmy hesitou um pouco, mas então abriu caminho até a frente das fileiras e recebeu a arma. Virgínia Vidaura recuou, deixando Jimmy no centro diante dos recrutas reunidos, e tirou a jaqueta do Corpo. Com o macacão sem mangas e suas sapatilhas espaciais, ela parecia magra e vulnerável.

— Você vai ver — disse ela — que a arma está configurada na potência de teste. Se me acertar, vai causar uma pequena queimadura de primeiro grau e nada mais. Estou a uma distância de aproximadamente cinco metros. Desarmada. Sr. de Soto, o senhor gostaria de tentar me marcar? Você diz quando.

Jimmy parecia espantado, mas ergueu a Jato Solar vagarosamente para confirmar a configuração, abaixando-a em seguida e encarando a mulher à sua frente.

— Diga quando.

— *Agora* — exclamou ele.

Foi quase impossível de acompanhar. Jimmy já girava a Jato Solar assim que as palavras deixaram sua boca e, com a adequada etiqueta para tiroteios, ele disparou antes que o cano sequer estivesse na horizontal. O característico crepitar raivoso do lançador de partículas trovejou no ar. O raio voou. Virgínia Vidaura não estava lá. De alguma forma, ela tinha julgado perfeitamente o ângulo do raio e se esquivado dele. De alguma outra forma, ela tinha reduzido os cinco metros de distância à metade, e a jaqueta em sua mão direita estava em movimento. Então a jaqueta estava enrolada no cano da Jato Solar, e Virgínia puxou a arma para o lado com força. Estava diante de Jimmy antes que ele percebesse o que tinha acontecido, atirando o lança-partículas para o outro lado do salão de treinamento, derrubando Jimmy no chão e colocando a base da palma gentilmente sob o nariz dele.

O momento se estendeu e depois se rompeu quando o sujeito ao meu lado franziu os lábios e soltou um longo e baixo assovio de apreciação. Virgínia Vidaura fez uma saudação discreta com a cabeça na direção do som, depois se ergueu num salto e ajudou Jimmy a se levantar.

— Uma arma é uma ferramenta — repetiu ela, um pouco sem fôlego. — Uma ferramenta de morte e destruição. E haverá momentos quando, como Emissários, vocês terão que matar e destruir. Então, vocês escolherão e se equiparão com as ferramentas que forem necessárias. Mas lembrem-se da fraqueza das armas. Elas são uma extensão; *vocês* são os matadores e destruidores. Vocês são inteiros, com ou sem elas.

O homem vestiu o casaco inuíte e encontrou os próprios olhos no espelho mais uma vez. O rosto com o qual se deparou era tão inexpressivo quanto o rosto do androide em Larkin & Green. Ele encarou o reflexo impassível por um momento, depois ergueu a mão para esfregar a cicatriz sob o olho esquerdo. Depois de uma última olhada de cima a baixo, deixei o quarto com o súbito e gélido ressurgimento do controle inundando meus nervos. Descendo no elevador, longe do espelho, forcei um sorriso.

Tô fragmentado, Virgínia.

Respire, disse ela. *Mexa-se. Controle-se.*

E saímos para a rua. O Hendrix me ofereceu um boa-noite cortês enquanto eu passava pelas portas principais, e, do outro lado da rua, meu seguidor emergiu de uma casa de chá e veio perambulando paralelamente a mim. Caminhei por mais uns dois quarteirões, sentindo o anoitecer e me perguntando se deveria despistá-lo. A luz tênue do sol tinha persistido pela maior parte do dia, e o céu estava mais ou menos sem nuvens, só que mesmo assim não havia esquentado. De acordo com um mapa que eu tinha estudado no Hendrix, Licktown ficava uns bons doze quarteirões e meio para o sul. Parei numa esquina, chamei um autotáxi da faixa de ronda logo acima e vi minha sombra fazendo o mesmo enquanto eu embarcava.

Ele estava começando a me deixar irritado.

O táxi fez a curva para o sul. Eu me inclinei para a frente e passei a mão sobre a tela de atendimento aos passageiros.

— Boas-vindas aos serviços Urbline — disse uma voz feminina branda. — Você está conectado ao banco de dados central da Urbline. Por favor, diga qual informação é necessária.

— Tem alguma região perigosa em Licktown?

— A zona designada como Licktown é considerada perigosa em sua totalidade — respondeu o banco de dados, sem entonação. — Entretanto, os serviços Urbline garantem transporte a qualquer destino dentro dos limites de Bay City e...

— Certo. Você pode me dar uma referência de rua com a maior incidência de criminalidade violenta na área de Licktown?

Houve uma breve pausa enquanto o agente de dados vasculhava canais raramente usados.

— Nineteen Street, os quarteirões entre Missouri e Wisconsin registram 53 incidências de dano orgânico nos últimos doze meses, além de 177 prisões por posse de substância proibida, 122 com incidência de dano orgânico leve, duzen...

— Tudo bem. Qual é a distância desse ponto até a Alcova do Jerry, Mariposa com San Bruno?

— A distância em linha reta é de aproximadamente um quilômetro.

— Tem um mapa?

O console se iluminou com uma grade de ruas, completa com um marcador na Alcova e os nomes das ruas iluminados em verde. Eu o estudei por alguns momentos.

— Perfeito. Me deixe lá. Nineteen com a Missouri.

— Como parte do nosso compromisso com os clientes, é meu dever adverti-lo de que esse não é um destino aconselhável.

Eu me reclinei e senti o sorriso voltando ao meu rosto, desta vez nem um pouco forçado.

— Obrigado.

O táxi me deixou, sem mais protestos, na esquina da Nineteen com a Missouri. Dei uma olhada em volta enquanto saltava e sorri de novo. Destino não aconselhável era um típico eufemismo de computador.

Enquanto as ruas por onde eu havia perseguido o mongol na noite anterior estavam desertas, aquela parte de Licktown se mostrava viva, e seus habitantes faziam os clientes da Alcova parecerem quase respeitáveis. Enquanto eu pagava o autotáxi, uma dúzia de cabeças se virou para me fitar, nenhuma delas cem por cento humana. Eu quase sentia os olhos mecânicos fotomultiplicadores se ajustando para focalizar de longe a minha forma de pagamento, vendo as cédulas num verde luminescente fantasmagórico; narinas com aprimoramentos caninos farejando o perfume do gel de banho do hotel, a multidão inteira captando o sinal de riqueza em seu sonar de rua, como o rastro de um cardume de bottlebacks na tela de um capitão de Porto Fabril.

O segundo táxi descia numa espiral atrás de mim. Um beco escuro me chamava a menos de uma dúzia de metros. Eu mal pisei nele quando o primeiro dos nativos fez sua jogada.

— Tá procurando alguma coisa, turista?

Havia três deles. O que tinha falado era um gigante de dois metros e meio, com o torso nu até a cintura e um ano inteiro do estoque de implantes musculares da Nakamura instalado nos braços e no tronco. Ele tinha tatuagens de ilumínio sob a pele dos peitorais, de modo que parecia uma brasa de carvão, e uma cobra com cabeça parecida com uma glande se erguendo sobre os músculos proeminentes da barriga a partir da cintura. As mãos que pendiam abertas ao lado do corpo terminavam em garras afiladas. O rosto parecia retalhado com cicatrizes das lutas bizarras que ele havia perdido, e uma prótese barata de amplilente estava atarraxada sobre um dos olhos. A voz era surpreendentemente suave e melancólica.

— Acho que ele veio fazer um passeio para se misturar com os pobres — afirmou maldosamente o sujeito à direita. Era jovem e magro e pálido, com longos cabelos delicados caindo sobre o rosto, e tinha um jeito agitado, cheio de tiques, que denunciava neuroquímica barata. Seria o mais rápido.

O terceiro membro do comitê de boas-vindas não disse nada, mas os lábios se repuxaram de um focinho canino para exibir presas transplantadas de predador e uma língua desagradavelmente longa. Sob a cabeça cirurgicamente aprimorada, havia um corpo de homem embrulhado em couro apertado.

O tempo estava acabando. Minha sombra deveria estar pagando o táxi e se orientando. Isso é, se é que tinha decidido assumir o risco. Eu pigarreei.

— Estou só de passagem. Se vocês forem espertos, vão me deixar ir. Tem um cidadão pousando ali atrás que vocês acharão mais fácil de encarar.

Houve uma breve pausa atônita. Então, o gigante tentou me pegar. Eu afastei a mão dele com um tapa, recuei um passo e disparei um rápido padrão de golpes mortais óbvios no ar entre nós. O trio ficou paralisado, e o aprimorado canino rosnou. Eu respirei fundo.

— Como eu disse, vocês seriam espertos se me deixassem passar.

O gigante estava pronto para desistir. Dava para ver na cara estragada dele. Já era lutador por tempo suficiente para identificar treinamento de combate, e os instintos de uma vida inteira no ringue lhe diziam que as chances lhe eram desfavoráveis. Os dois companheiros, por sua vez, eram mais jovens e tinham menos experiência de derrota. Antes que ele pudesse dizer alguma coisa, o moleque pálido com neuroquímica me atacou com alguma coisa afiada, e o aprimorado investiu contra meu braço direito. Minha própria neuroquímica, já ativada e provavelmente mais refinada, foi mais rápida. Peguei o braço do moleque e o quebrei no cotovelo, girando o garoto e atirando-o contra os outros dois. O aprimorado se esquivou e eu chutei, acertando forte o nariz e a boca. Com um ganido, ele desmoronou. O moleque caiu de joelhos, uivando e aninhando o cotovelo estilhaçado. O gigante se lançou adiante e se deteve com os dedos enrijecidos da minha mão direita a um centímetro dos olhos dele.

— Não — falei baixinho.

O moleque gemeu no chão aos nossos pés. Atrás dele, o aprimorado jazia onde o chute o tinha atirado, remexendo-se debilmente. O gigante se agachou entre eles, estendendo as enormes mãos como se quisesse confortá-los. Ele me encarou, com uma acusação muda estampada no rosto.

Recuei pelo beco por uns doze metros, depois girei e saí correndo. Deixei que ele se virasse para atravessar aquela confusão e me alcançar.

O beco fazia uma curva de noventa graus antes de desembocar noutra rua movimentada. Virei a esquina e me deixei desacelerar até emergir na rua numa caminhada acelerada. Virei à esquerda e me enfiei no meio da multidão, procurando placas com o nome das ruas.

Diante da Alcova, a mulher ainda dançava, aprisionada dentro do coquetel. O luminoso do clube estava aceso, e os negócios pareciam ainda mais promissores que na noite anterior. Pequenos grupos chegavam e se punham sob os braços do robô porteiro, e os traficantes que eu tinha ferido durante a luta com o mongol haviam sido substituídos por inúmeros mais.

Atravessei a rua e parei diante do robô enquanto ele me revistava, e a voz sintética disse:

— Limpo. Você quer cabines ou bar?

— Como funciona o esquema no bar?

— Rá, rá, rá — veio a risada protocolar. — O bar é *olhe*, mas não *toque*. Se não gastar, não vai encostar. Regra da casa. Se aplica aos outros clientes também.

— Cabines.

— Desça as escadas, à esquerda. Pegue uma tolha na pilha.

Desci as escadas, segui o corredor com luzes vermelhas giratórias, passei pelo nicho das toalhas e pelas quatro primeiras portas fechadas. O trovão retumbante do ritmo da música no ar. Fechei a quinta porta atrás de mim, inseri algumas notas no console de crédito para manter as aparências e parei diante da tela de vidro fosco.

— Louise?

As curvas do corpo dela se lançaram contra o vidro, seios achatados. A lâmpada giratória da cabine lançava tiras de luz sobre a mulher.

— Louise, sou eu. Irene. A mãe da Lizzie.

Havia uma mancha de alguma coisa escura entre os seios dela, atrás do vidro. A neuroquímica se avivou dentro de mim. Então a porta de vidro deslizou para o lado, e o corpo da garota desabou em meus braços. Uma arma com cano grosso apareceu sobre o ombro de Louise, apontada para a minha cabeça.

— Parado aí, seu puto — disse uma voz irritada. — Isto é uma torradeira. No primeiro vacilo, arranco sua cabeça do corpo e transformo seu cartucho em solda.

Fiquei paralisado. Havia uma urgência na voz não muito distante do pânico. Muito perigosa.

— É isso aí. — A porta atrás de mim se abriu, deixando entrar o pulso da música no corredor, e um segundo cano de arma se cravou nas minhas costas. — Agora coloque ela no chão, bem devagar, e se afaste.

Eu baixei o corpo nos meus braços gentilmente para o piso estofado de cetim e me levantei de novo. Uma forte luz branca surgiu na cabine, e a lâmpada vermelha giratória piscou em rosa duas vezes e se apagou. A porta se fechou de novo, bloqueando a música, enquanto à minha frente um loiro alto com roupas pretas justas avançava, com os nós dos dedos lívidos no gatilho da pistola de partículas. Ele estava com os lábios crispados, e os brancos dos olhos pareciam arder em volta de pupilas estouradas de estimulante. A arma nas minhas costas me empurrou para a frente, e o loiro continuou avançando até o cano da pistola dele estar apertando meu lábio inferior contra os dentes.

— Agora quem é você, caralho? — sibilou ele para mim.

Virei a cabeça de lado o suficiente para abrir a boca.

— Irene Elliott. Minha filha trabalhava aqui.

O loiro deu um passo à frente, a boca do cano traçando uma linha pelo meu rosto até o queixo.

— Isso é mentira — respondeu ele em voz baixa. — Tenho um amigo no complexo de Justiça de Bay City, e ele me contou que Irene Elliot ainda está no cartucho. Viu, nós conferimos as merdas que você falou para essa puta.

Ele chutou o corpo inerte no chão, e eu espiei com o canto do meu olho mais próximo. Na dura luz fria, as marcas de tortura apareciam pálidas na carne da garota.

— Agora eu quero que você pense com muito cuidado na sua próxima resposta, quem quer que você seja. Por que você está perguntando sobre Lizzie Elliott?

Olhei de volta por cima do cano da pistola para o rosto contraído além. Não era a expressão de alguém que tinha sido botado por dentro da história toda. Assustado demais.

— Lizzie Elliott é minha filha, seu merda, e se o seu amigo lá no armazém da cidade tivesse acesso real, você saberia por que os registros ainda dizem que eu estou nos cartuchos.

A arma nas minhas costas deu um empurrão mais forte, mas, inesperadamente, o loiro pareceu relaxar. A boca se curvou num ricto de resignação. Ele baixou a pistola.

— Tá certo. Deek, vá buscar Oktai.

Alguém atrás de mim saiu da cabine. O loiro acenou com a arma para mim.

— Você. Sente-se no canto. — O tom dele era distraído, quase casual.

Senti a arma sendo retirada das minhas costas e obedeci a ordem. Enquanto eu me sentava no chão de cetim, considerei minhas chances. Com Deek fora da jogada, ainda restavam três deles. O loiro, uma mulher no que me parecia uma capa sintética asiática, brandindo a pistola de partículas cujo cano eu ainda sentia na minha espinha, e um homem negro e grande armado apenas com um cano de ferro. Sem chance. Aqueles não eram os valentões de rua que eu tinha encarado na Nineteen Street. Havia um propósito frio encarnado neles, como uma versão barata do que Kadmin exibira lá no Hendrix.

Por um momento eu olhei a mulher sintética e me perguntei se era possível, mas poderia ser. Mesmo que tivesse de alguma forma conseguido escapar das acusações listadas por Kristin Ortega e então sido reencapado, Kadmin estava por dentro. Ele sabia quem o contratara e quem eu era. Os rostos que me espiavam naquela biocabine tinham admitido não saber de nada.

Vamos manter isso assim.

Meu olhar se deslocou para a capa surrada de Louise. Parecia que eles tinham cortado fendas na pele das coxas dela e forçado a abertura dos ferimentos até que rasgassem. Simples, grosseiro e muito eficaz. Eles teriam obrigado ela a assistir enquanto eles o faziam, piorando a dor com o terror. É uma experiência grotesca ver uma coisa dessas acontecendo com seu corpo. Era algo que a polícia religiosa fazia muito em Xária. Louise provavelmente precisaria de psicocirurgia para superar o trauma.

O loiro percebeu para onde eu olhava e me ofereceu um aceno de cabeça sinistro, como se eu tivesse sido um cúmplice do ato.

— Quer saber por que ela ainda está com a cabeça no lugar, é?

Eu o encarei com frieza do outro lado da cabine.

— Não. Você parece ser um sujeito ocupado, mas acho que logo vai cuidar disso.

— Não vou precisar — respondeu ele causalmente, curtindo o momento. — A velha Anêmona é católica. Terceira ou quarta geração, as garotas me contam. Tem uma declaração juramentada em disco e um Voto de Abstenção pra valer arquivado no Vaticano. A gente recebe muitas garotas assim. É muito conveniente, às vezes.

— Você fala demais, Jerry — afirmou a mulher.

Os olhos do loiro se incendiaram para ela, mas a resposta que ele preparava atrás daqueles lábios franzidos acabou silenciada quando dois homens, provavelmente Deek e Oktai, entraram no minúsculo aposento sob mais uma onda de música do corredor. Meus olhos avaliaram Deek e o colocaram na mesma categoria — capanga — que o cara com o cano, depois se voltaram ao colega dele, que me encarava fixamente. Meu coração pulou. Oktai era o mongol.

Jerry acenou com a cabeça na minha direção.

— É ele? — perguntou.

Oktai assentiu lentamente, um sorriso selvagem de triunfo rasgado no rosto largo. As mãos imensas se fechavam e abriam. Ele lidava com um ódio tão profundo que o sufocava. Dava para ver o calombo onde alguém incompetente tinha consertado o nariz quebrado com solda de tecido, mas isso não parecia suficiente para provocar toda a fúria que eu via ali.

— Muito bem, Ryker. — O loiro se inclinou um pouco para a frente. — Vai querer mudar sua história? Você quer me dizer por que está me enchendo o saco aqui embaixo?

Ele estava falando comigo.

Deek cuspiu num canto da cabine.

— Eu não sei — retruquei claramente — de que porra você está falando. Você transformou minha filha em prostituta, depois matou ela. E, por isso, vou matar você.

— Duvido que você vá ter uma chance pra isso — disse Jerry, agachando-se à minha frente e olhando para o chão. — Sua filha era uma putinha burra e deslumbrada que achou que poderia me botar numa coleira e...

Ele parou e balançou a cabeça, incrédulo.

— Mas com que porra eu tô falando? Eu tô te *vendo* aí, e ainda caio nessa conversa furada. Você é bom, Ryker, tenho que admitir. — Ele fungou. — Agora, vou perguntar mais uma vez, com educação. Talvez ver se a gente pode fazer um acordo. Depois disso, vou te mandar para falar com alguns amigos meus, muito sofisticados. Tá me entendendo?

Assenti uma vez, lentamente.

— Ótimo. Então vamos lá, Ryker. O que você está fazendo em Licktown?

Olhei na cara dele. Peixe pequeno com mania de grandeza. Eu não ia aprender nada ali.

— Quem é Ryker?

O loiro baixou a cabeça de novo e contemplou o chão entre meus pés. Parecia infeliz com o que aconteceria em seguida. Finalmente, lambeu os lábios, assentiu de leve para si mesmo e fez um gesto de limpar os joelhos enquanto se levantava.

— Muito bem, durão. Mas eu quero que você lembre que teve uma escolha. — Ele se virou para a mulher sintética. — Leva ele daqui. Não quero rastros. E diga a eles: o cara tá atochado de neuroquímica, não vão tirar nada dele nessa capa.

A mulher fez que sim com a cabeça e gesticulou com a pistola para que eu me levantasse. Ela cutucou o cadáver de Louise com a bota.

— E isso?

— Pode se livrar dela. Milo, Deek, vocês levam.

O cara do cano meteu a arma no cinto e se abaixou para alçar o corpo por sobre o ombro como se fosse um feixe de lenha. Deek, logo atrás, deu um tapa afetuoso numa nádega cheia de hematomas.

O mongol fez um barulho com a garganta. Jerry deu uma olhada para ele com leve nojo.

— Não, você não. Eles vão a lugares que eu não quero que você veja. Não se preocupe; vai ter um disco.

— Certeza, cara — disse Deek, olhando para trás. — Vamos trazer pra já.

— Muito bem, chega — disse a mulher agressivamente, parando na minha frente. — Vamos deixar algumas coisas bem claras aqui, Ryker. Você tem neuroquímica, eu também. E este é um chassi de alto impacto. Nível piloto de testes da Lockheed-Mitoma. Você não pode me causar nenhum estrago. E eu ficarei feliz em torrar suas tripas se você me olhar feio. Eles não ligam para qual estado você estará ao chegar. Você me entendeu, Ryker?

— Meu nome não é Ryker — retruquei, irritado.

— Certo.

Passamos pela porta de vidro fosco para um pequeno espaço contendo uma mesa de maquiagem e um chuveiro, e então para um corredor paralelo àquele que levava às cabines. Ali a iluminação era bem funcional, não havia música, e o corredor levava a camarins maiores e parcialmente cortinados onde jovens dos dois sexos aguardavam, fumando ou contemplando o nada como sintéticos vazios. Se qualquer um deles viu nossa pequena procissão passar, não deu sinal. Milo ia na frente com o cadáver. Deek se postava atrás de mim, e a mulher sintética fechava o cortejo, brandindo casualmente a pistola. Meu último vislumbre de Jerry foi de um vulto senhorial parado com as mãos na cintura no corredor atrás de nós. Então Deek me deu uma porrada no lado da cabeça e eu me virei para a frente de novo. Entrei numa garagem coberta sombria precedido pelas pernas mutiladas de Louise, e lá um carro aéreo completamente preto nos aguardava.

A sintética abriu o porta-malas do veículo e acenou para mim com a pistola.

— É bem espaçoso. Fique à vontade.

Entrei no porta-malas e descobri que ela tinha razão. Depois Milo despejou o cadáver de Louise lá dentro comigo e bateu a porta, deixando nós dois juntos no escuro. Ouvi os baques surdos das outras portas sendo abertas e fechadas, o sussurro dos motores e o leve solavanco do momento em que deixamos o solo.

A jornada foi curta e mais suave do que uma por terra teria sido. Os amigos de Jerry dirigiam com cuidado; quando você tem passageiros no porta-malas, não quer ser parado por um policial rodoviário entediado ao trocar de faixa sem sinalizar. Aquela poderia ter sido uma experiência agradável e uterina ali no escuro, se não fosse pelo leve fedor de fezes vindo do cadáver. Louise tinha soltado as tripas durante a tortura.

Passei a maior parte da viagem sentindo pena da garota e remoendo aquela loucura católica como um cachorro roendo um osso. O cartucho daquela mulher estava perfeitamente intacto. Ignorando as questões financeiras, ela poderia ser trazida de volta à vida com um simples girar de um disco. No Mundo de Harlan, ela seria reencapada temporariamente para a audiência no tribunal, se bem que provavelmente numa capa sintética. Uma vez que a sentença saísse, um complemento de Apoio à Vítima por parte do Estado seria somado a qualquer apólice que a família já tivesse. Em nove de cada dez casos, isso dava dinheiro suficiente para garantir algum tipo de reencapamento. "Onde está, ó morte, o seu aguilhão?"

Eu não sabia se eles tinham complementos de Apoio à Vítima na Terra. O monólogo raivoso de Kristin Ortega duas noites antes parecia sugerir que não, mas pelo menos havia a possibilidade de trazer aquela garota de volta à vida. Em algum lugar deste planeta fodido, um guru tinha decretado que isso não poderia ser feito, e Louise, ou melhor, Anêmona, tinha entrado na fila com mais um monte de gente para ratificar essa insanidade.

Seres humanos. Nunca os entendi.

O carro se inclinou, e o cadáver rolou desagradavelmente contra mim conforme descemos numa espiral. Algo úmido se infiltrou pela perna da minha calça. Percebi que estava começando a suar de medo. Eles iriam me decantar para alguma carne desprovida de toda a resistência à dor que minha capa atual tinha. E eles poderiam fazer qualquer coisa que quisessem enquanto eu estivesse nela, inclusive matá-la fisicamente.

Para então começar de novo, num corpo fresco.

Ou, se fossem realmente sofisticados, eles poderiam plugar minha consciência numa matriz virtual semelhante àquelas usadas em psicocirurgia e fazer a coisa toda num meio eletrônico. Subjetivamente, não haveria diferença, mas o que poderia levar dias no mundo real poderia ser feito em questão de minutos.

Engoli em seco, usando a neuroquímica para sufocar o medo enquanto eu ainda a tinha. O mais gentilmente possível, afastei o abraço frio de Louise da minha cara e tentei não pensar no motivo da morte dela.

O carro pousou e taxiou por alguns momentos antes de parar. Quando o porta-malas se abriu de novo, eu só conseguia ver o teto de outro estacionamento coberto, ladeado por barras de ilumínio.

Eles me tiraram do porta-malas com cautela profissional, a mulher bem afastada, Deek e Milo para os lados, oferecendo uma linha de tiro livre. Passei desajeitadamente por sobre Louise, atingindo um chão de concreto negro. Esquadrinhei as trevas discretamente e vi mais uma dúzia de outros veículos, todos genéricos, com códigos de barra de registro ilegíveis àquela distância. Uma curta rampa no extremo oposto levava ao que parecia ser a plataforma de pouso. Era indistinguível de um milhão de outras instalações semelhantes. Suspirei e, enquanto me endireitava, senti o molhado na minha perna de novo. Dei uma olhada nas minhas roupas. Havia uma mancha escura não identificada na minha coxa.

— Então, onde estamos? — perguntei.

— No fim da linha, é onde você está — grunhiu Milo, retirando Louise do porta-malas. Ele deu uma olhada para a mulher. — Isso aqui vai pro lugar de sempre?

Ela assentiu, e o capanga partiu em direção a um par de portas. Eu fiz menção de segui-lo quando um gesto da pistola da mulher me fez parar.

— Você não. Pra lá fica o tubo da lixeira, a saída fácil. Temos gente querendo falar com você antes que desça pelo tubo. Você vem por aqui.

Deek sorriu e tirou uma pequena arma do bolso de trás.

— É isso mesmo, Sr. Policial Fodão. Você vem por aqui.

Eles me fizeram marchar por outro par de portas para um elevador de carga que, de acordo com o LED piscante, desceu mais de vinte andares até pararmos. Ao longo da viagem, Deek e a mulher ficaram em cantos opostos da cabine, armas em punho. Eu os ignorei e observei o contador digital.

Quando as portas se abriram, havia uma equipe médica nos aguardando com uma maca equipada com correias. Meus instintos gritaram para que eu tentasse atacá-los, mas eu me mantive imóvel enquanto os dois homens vestidos de azul-claro se adiantaram para segurar meus braços e a médica me injetou alguma coisa no pescoço com um spray hipodérmico. Senti uma picada gélida, uma onda de frio, e então os cantos da minha visão desapareceram em teias de cinza. A última coisa que eu vi claramente foi o rosto sem curiosidade da médica enquanto ela observava minha perda de consciência.

CAPÍTULO 13

Acordei ao som do clamor do azan em algum lugar próximo, poesia que ficava lamuriosa e metálica nas múltiplas gargantas dos alto-falantes da mesquita. Era um som que eu tinha ouvido pela última vez nos céus sobre Zihice em Xária, seguido pelos estridentes berros aéreos das bombas de assalto. Acima, a luz se infiltrava pela treliça de uma janela cheia de enfeites. Eu sentia um inchaço desagradável no abdome que me dizia que minha menstruação estava chegando.

Eu me sentei no chão de madeira e olhei para mim mesmo. Tinham me encapado num corpo de mulher, jovem, de no máximo uns 20 anos, com pele morena e uma farta cabeleira negra que, ao toque, parecia escorrida e suja com a chegada da menstruação. Minha pele estava um tanto oleosa, e de alguma forma tive a impressão de que não tomava banho havia dias. Estava com uma camisa de sarja grande demais para minha capa e nada mais. Debaixo dela, meus seios estavam inchados e sensíveis. Estava descalço.

Levantei-me e fui até a janela. Não tinha vidro, mas ficava bem acima da altura de minha nova cabeça, de modo que me ergui pelas barras e espiei o exterior. Uma paisagem ensolarada de telhados malfeitos se estendia até onde a vista alcançava, repleta de antenas capengas e parabólicas antiquíssimas. Um aglomerado de minaretes se erguia no horizonte à esquerda, e uma aeronave ascendente riscava um rastro de vapor branco em algum lugar além. A brisa que entrava pela janela era quente e úmida.

Meus braços começavam a doer, então eu me baixei de volta ao chão e atravessei a sala até a porta. Como era de se esperar, estava trancada.

O azan parou.

Virtualidade. Eles tinham acessado minhas memórias e bolado aquilo a partir delas. Eu tinha visto algumas das coisas mais desagradáveis numa longa carreira de dor humana em Xária. E a polícia religiosa xariana era tão popular em programas de interrogação quanto Angin Chandra tinha sido na pornografia piloto. E, agora, nesta áspera Xária virtual, eles tinham me encapado numa mulher.

Bêbada, uma certa noite, Sarah tinha me dito: *As mulheres são a raça humana, Tak. Não há dúvidas quanto a isso. Os homens são só uma mutação com mais músculos e metade dos nervos. Máquinas de lutar e foder.* Meus próprios transencapamentos tinham comprovado aquilo. Ser uma mulher era uma experiência sensorial além do masculino. O toque e a textura iam mais fundo, uma interface com o ambiente que a carne masculina parecia isolar instintivamente. Para um homem, a pele era uma barreira, uma proteção. Para uma mulher, era um órgão de contato.

O que tinha suas desvantagens.

Em geral, e talvez por causa disso, a resistência à dor das mulheres era mais elevada que a dos homens, mas o ciclo menstrual a arrastava para seu ponto mínimo uma vez por mês.

Sem neuroquímica. Eu conferi.

Sem condicionamento de combate, sem reflexo de agressão.

Nada.

Nem mesmo calos na carne jovem.

A porta se abriu com um estrondo, e eu pulei de susto. O suor fresco brotou na minha pele. Dois homens barbudos com olhos de azeviche quente entraram. Ambos vestiam linho largo por conta do calor. Um tinha um rolo de fita adesiva na mão, e o outro trazia um pequeno maçarico. Eu me atirei contra eles, só para desbloquear o reflexo de pânico paralisante e ganhar algum controle sobre meu desamparo intrínseco.

Aquele com a fita afastou meus braços esguios e desferiu uma bofetada que me atirou no chão. Fiquei ali deitado, com o rosto dormente, sentindo o gosto de sangue. Um deles me levantou com um puxão pelo braço. Ao longe, vi o rosto do outro, o que tinha me batido, e tentei me focar nele.

— Então — disse o sujeito. — Vamos começar.

Investi contra os olhos dele com as unhas da mão livre. O treinamento de Emissário me concedeu a velocidade para chegar lá, mas, não tendo controle, eu errei. Duas das minhas unhas tiraram sangue da bochecha dele. O homem se encolheu e deu um pulo para trás.

— Vaca escrota — disse ele, levando a mão aos arranhões e examinando o sangue nos dedos.

— Ah, por favor — consegui dizer com o lado não dormente da boca. — Temos que seguir o script também? Só porque eu estou *vestindo* isto...

Eu parei de repente. Ele parecia satisfeito.

— *Não* é Irene Elliott, então — apontou ele. — Já estamos progredindo.

Desta vez ele me acertou logo abaixo da caixa torácica, expulsando todo o ar do meu corpo e paralisando meus pulmões. Eu me dobrei sobre o braço dele como um casaco e escorreguei para o chão, tentando puxar fôlego. Tudo que saiu de mim foi um leve rangido. Eu me contorci no piso de madeira enquanto, em algum lugar muito acima, ele pegou a fita adesiva com o outro homem e puxou uma tira de uns 25 centímetros. Fez um barulho obsceno de rasgar, como pele sendo arrancada. O homem cortou a fita com os dentes, se agachou ao meu lado e colou meu pulso direito no chão acima da minha cabeça. Eu me debati como se tivesse levado um choque, e demorou um momento para que ele segurasse meu outro braço por tempo suficiente para repetir o processo. Uma ânsia de gritar que não era minha emergiu, e eu a sufoquei. Inútil. Conserve sua energia.

O piso era duro e desconfortável sob a pele macia dos meus cotovelos. Ouvi um som de algo sendo arrastado e virei a cabeça. O outro homem trazia um par de bancos do canto da sala. Enquanto aquele que tinha me batido colava minhas pernas afastadas no chão, o espectador se sentou em um dos bancos e pegou um maço de cigarros, que ele chacoalhou para tirar um. Com um largo sorriso aberto para mim, ele botou o cigarro na boca e pegou o maçarico. Quando o colega se afastou para admirar o trabalho realizado, o outro lhe ofereceu o maço, que foi recusado. O fumante deu de ombros, ligou o maçarico e inclinou a cabeça para acender o fumo.

— Você vai nos contar — afirmou ele, gesticulando com o cigarro e soltando plumas de fumaça no ar — tudo que você sabe sobre a Alcova do Jerry e Elizabeth Elliott.

O maçarico sibilou e riu baixinho consigo mesmo no quarto silencioso. A luz do sol se derramava pela janela alta, trazendo consigo os sons infinitamente leves de uma cidade cheia de gente.

Eles começaram pelos meus pés.

Os gritos continuam e continuam, mais agudos e mais altos do que eu achava que gargantas humanas seriam capazes de produzir, retalhando minha audição. Arabescos vermelhos correm pela minha visão.

Inneninenninenninin...

Jimmy de Soto aparece cambaleante, sem a Jato Solar, as mãos ensanguentadas coladas ao rosto. Os berros emergem de sua forma trôpega, e, por um momento, eu mal posso acreditar que o barulho vem do alarme de contaminação dele. Confiro meu próprio medidor no ombro por reflexo, depois o rastro semissubmerso de uma palavra inteligível se ergue no mar de agonia, e eu entendo que é ele.

Jimmy está de pé quase ereto, um alvo perfeito para um franco-atirador mesmo em meio ao caos do bombardeio. Eu me atiro pelo campo aberto e o derrubo detrás da cobertura de uma parede em ruínas. Quando viro Jimmy de frente para mim para ver o que aconteceu com seu rosto, ele ainda está gritando. Arranco as mãos de Jimmy do seu rosto à força, e é a órbita nua e crua do olho esquerdo que me encara na lama. Ainda é possível ver os fragmentos do revestimento mucoso do globo ocular nos dedos dele.

— Jimmy, JIMMY, mas que merda...

Os gritos continuam castigando minha audição sem cessar. Preciso de toda a minha força para evitar que ele acabe com o outro olho, intacto, que ainda gira e se revira na órbita. Minha espinha dorsal gela quando eu entendo o que está acontecendo.

Ataque viral.

Paro de gritar com Jimmy e berro linha abaixo.

— Médico! Médico! Cartucho abatido! Ataque viral!

E o mundo desmorona enquanto eu ouço meus gritos ecoando por toda a cabeça de ponte de Innenin.

Depois de um tempo, eles deixam você sozinho, encolhido em volta dos próprios ferimentos. Sempre deixam. Assim você tem tempo para pensar no que eles lhe fizeram e, mais importante, no que mais ainda não fizeram. A imaginação fervorosa do que ainda está por vir é uma ferramenta quase tão potente nas mãos deles quanto os próprios ferros em brasa e lâminas.

Quando você os ouve voltando, o eco dos passos causa um medo tão grande que você vomita o pouco de bile que ainda lhe resta no estômago.

Imagine uma imagem de satélite de uma cidade num mosaico, escala de 1:10.000. Vai ocupar a maior parte de uma parede interna de bom tamanho, então a imagem é bem distante. Há algumas coisas óbvias que você pode notar de relance. Seria uma cidade planejada ou teria crescido organicamente a partir de séculos de demandas diferentes? Ela é ou já foi fortificada? Tem um litoral? Olhando mais de perto, você aprenderá mais. Onde devem ficar as vias principais, se há um espaçoporto, se a cidade tem parques. Talvez, se for um cartógrafo treinado, você possa até aprender alguma coisa sobre os movimentos dos habitantes. Onde ficam as partes desejáveis da cidade, quais são os problemas de tráfego prováveis e se houve danos graves de bombardeio ou tumultos em tempos recentes.

Só que há coisas que você nunca vai aprender a partir daquela imagem. Por mais que você amplie a foto e absorva os detalhes, eles não podem lhe dizer se o crime está em ascensão ou a que hora os cidadãos vão dormir. Não podem lhe dizer se o prefeito planeja demolir o bairro antigo, se a polícia é corrupta, se coisas estranhas andaram acontecendo no Número 51 da Doca dos Anjos. E o fato de que você pode até desmontar o mosaico, carregá-lo em caixotes e remontá-lo em outro lugar não faz a menor diferença. Algumas coisas você só pode descobrir indo até a cidade e falando com os habitantes.

O armazenamento de Humanos Digitalizados não tornou os interrogatórios obsoletos, só os levou de volta ao básico. Uma mente digitalizada é só um instantâneo. Você não captura pensamentos individuais, assim como uma foto de satélite não pode capturar uma vida individual. Um psicocirurgião pode detectar traumas graves num modelo Ellis e tomar algumas decisões básicas quanto ao que precisa ser feito, mas, no fim das contas, ele ainda vai ter que gerar um ambiente virtual onde possa atender o paciente e, então, entrar lá. Interrogadores, cujos requerimentos são tão mais específicos, encontram ainda mais dificuldades.

O que o armazenamento de h.d. *fez* foi possibilitar que um ser humano fosse torturado até a morte e depois começasse tudo de novo. Com essa opção disponível, os interrogatórios baseados em hipnose e drogas foram jogados fora muito tempo antes. Era fácil demais fornecer o contra-condicionamento químico ou mental necessário para aqueles que poderiam se deparar com esse tipo de coisa como um osso do ofício.

Não há nenhum tipo de condicionamento no universo conhecido capaz de preparar você para ter seus pés calcinados. Ou as unhas arrancadas.

Cigarros apagados nos seus seios.

Um ferro em brasa inserido na sua vagina.

A dor. A humilhação.

O estrago.

Treinamento de Psicodinâmica/Integridade.

Introdução.

A mente faz coisas interessantes sob estresse extremo. Alucinações, deslocamento, fuga. Aqui no Corpo, vocês aprenderão a usar todas elas, não como reações cegas à adversidade, mas como lances num jogo.

O metal vermelho incandescente afunda na carne, partindo a pele como se fosse plástico. A dor consome, mas o pior é ver a coisa acontecer. Seu grito, antes de descrença, agora soa grotescamente familiar em seus ouvidos. Você sabe que isso não vai detê-los, mas continua gritando, implorando...

— Mas que porra de jogo, hein parceiro?

Jimmy sorri para mim de sua morte. Innenin ainda está ao nosso redor, mas isso não é possível. Ele ainda estava gritando quando o levaram embora. Na realidade...

O rosto dele se transforma subitamente, ficando sério.

— Mantenha a realidade fora disso, não há nada para você lá. Mantenha-se à parte. Eles causaram algum dano estrutural a ela?

Eu estremeço.

— Os pés. Ela não pode andar.

— Filhos da puta — diz ele, simplesmente. — Por que a gente não conta logo o que eles querem saber?

— A gente não sabe o que eles querem saber. Eles estão atrás desse tal de Ryker.

— E quem é essa porra de Ryker?

— Eu não sei.

Ele dá de ombros.

— Então desembucha sobre o Bancroft. Ou você ainda está se sentindo impedido por uma questão de honra ou coisa assim?

— Eu acho que já desembuchei. Eles não acreditaram. Não era o que queriam ouvir. São uns amadores de merda, cara. Uns açougueiros.

— Se você ficar gritando a verdade, eles vão ter que acreditar mais cedo ou mais tarde.

— Essa não é a porra da questão, Jimmy. Quando essa merda toda acabar, não importando quem eu seja, eles vão meter um rebite no meu cartucho e desmanchar o corpo para vender os pedaços.

— É mesmo. — Jimmy mete um dedo na órbita vazia e coça distraído os destroços coagulados lá dentro. — Entendi o que você quer dizer. Bem, numa situação de construto, o que você precisa fazer é chegar à próxima fase de algum jeito, né?

Durante o período no Mundo de Harlan conhecido, com o típico humor negro, como Descolonização, os guerrilheiros nas Brigadas Negras quellistas recebiam implantes cirúrgicos de 250 gramas de explosivos detonados por enzimas, capazes de transformar em poeira os cinquenta metros quadrados em volta e qualquer coisa nesse raio. Foi uma tática que obteve sucesso questionável. A enzima em questão era relacionada à fúria, e o condicionamento necessário para armar o dispositivo era precário. Houve um número de detonações involuntárias.

Ainda assim, ninguém jamais se ofereceu para interrogar um membro das Brigadas Negras. Não depois da primeira vez, de qualquer maneira. O nome dela...

Você achou que eles não poderiam fazer nada pior, mas agora o ferro está dentro de você, e eles estão deixando esquentar lentamente, deixando você com tempo para pensar no assunto. Você implora com balbucios...

Como eu ia dizendo...

O nome dela era Iphigenia Deme, Iffy para os íntimos que ainda não tivessem sido massacrados pelas forças do Protetorado. Segundo relato, as últimas palavras dela, amarrada à mesa de interrogações no andar de baixo do Número Dezoito, na Boulevard Shimatsu, foram: *Já chega dessa porra!*

A explosão derrubou o prédio inteiro.

Já chega dessa porra!

Eu me sentei ao acordar, o último dos meus gritos ainda estrilando dentro de mim, com as mãos tentando cobrir ferimentos relembrados. Em vez disso, encontrei carne jovem e intacta sob o linho fresco, um leve balançar e o som de pequenas ondas batendo ali perto. Acima havia um teto de madeira inclinado e uma escotilha por onde a luz de um sol baixo no horizonte entrava. Eu me sentei na cama estreita e o lençol caiu dos meus seios. A pele acobreada estava lisa e sem marcas, e os mamilos estavam intactos.

De volta ao começo.

Ao lado da cama havia uma simples cadeira de madeira com uma camiseta branca e calças de lona dobradas. Havia sandálias de sisal no chão. A minúscula cabana não continha mais nada de interessante além de outra cama, idêntica à minha, cujas cobertas tinham sido jogadas de forma descuidada, e uma porta. Meio rústico, mas a mensagem era clara. Vesti as roupas e saí para o convés ensolarado de um pequeno barco de pesca.

— Ah, o sonhador. — A mulher sentada na popa do barco juntou as mãos quando eu emergi do interior. Ela era uns dez anos mais velha que a minha capa, bela e morena num terno cortado do mesmo linho das minhas calças. Tinha alpargatas nos pés e óculos escuros largos sobre os olhos. No colo, trazia um bloco de rascunho ilustrado com o que parecia ser uma paisagem de cidade. Enquanto eu continuava ali parado, ela pousou o bloco e se levantou para me saudar. Os movimentos dela eram elegantes, confiantes. Eu me sentia desajeitado em comparação a ela.

Contemplei o mar azul.

— O que vai ser agora? — indaguei com leveza forçada. — Vão me dar de comer aos tubarões?

Ela riu, mostrando dentes perfeitos.

— Não, isso não será necessário desta vez. Só quero conversar.

Fiquei parado com os braços pendentes, encarando.

— Então converse.

— Certo. — A mulher pousou graciosamente de volta no assento à popa. — Você se envolveu em questões que claramente não são assuntos seus e sofreu em consequência disso. Acho que o meu interesse é idêntico ao seu. Isto é, evitar mais assuntos desagradáveis.

— Meu interesse é ver você morrer.

Um sorrisinho.

— É, imagino que seja. Mesmo uma morte virtual provavelmente seria muito satisfatória. Então, a esta altura, deixe-me apontar que a configuração deste constructo inclui proficiência de quinto dan em shotokan. — Ela estendeu a mão para mostrar os calos nos nós dos dedos. Eu dei de ombros.

— Além disso, podemos sempre voltar ao jeito como as coisas estavam antes. — Ela apontou além do mar e, seguindo seu braço, vi no horizonte a cidade que ela estivera esboçando. Estreitando o olhar contra o sol refletido, distingui os minaretes. Quase consegui sorrir perante toda aquela psicologia barata. Um barco. O mar. Fuga. Aquela gente tinha comprado os programas na loja.

— Não quero voltar para lá — respondi com sinceridade.

— Ótimo. Então diga-nos quem é você.

Tentei não deixar que a surpresa aparecesse em meu rosto. O treinamento de inserção profunda tinha acordado, tecendo mentiras.

— Achei que já tivesse dito.

— O que nos disse é um tanto confuso, e você encurtou o interrogatório ao parar o próprio coração. Você não é Irene Elliott, com certeza. E tampouco parece ser Elias Ryker, a não ser que ele tenha passado por um extenso retreinamento. Você afirma ter uma conexão com Laurens Bancroft e também ser um forasteiro, um membro do Corpo de Emissários. Não era isso que esperávamos.

— Aposto que não — murmurei.

— Não queremos nos envolver em assuntos que não nos dizem respeito.

— Mas já estão envolvidos. Sequestraram e torturaram um Emissário. Fazem ideia do que o Corpo vai fazer com vocês por isso? Vão caçá-los e zerar seus cartuchos. Todos vocês. Depois suas famílias e então seus parceiros de negócios, aí as famílias *deles* e qualquer outra pessoa que entrar no caminho. Quando acabarem, vocês não serão nem uma memória. Ninguém fode com o Corpo e vive para contar a história. Vocês serão *erradicados*.

Aquele era um blefe colossal. O Corpo e eu não nos falávamos mais havia pelo menos uma década da minha vida subjetiva, quase um século inteiro em tempo objetivo. Porém, por todo Protetorado, os Emissários eram uma ameaça que poderia ser aplicada contra qualquer um, incluindo presidentes planetários, com a mesma segurança com que crianças pequenas são ameaçadas com o Bicho-Papão.

— Que eu sabia — respondeu a mulher em voz baixa. — O Corpo de Emissários tinha sido proibido de operar na Terra sem autorização da ONU. Talvez você tenha tanto a perder com essa revelação quanto nós.

O Sr. Bancroft exerce uma influência não declarada sobre o Tribunal da ONU que é mais ou menos de conhecimento comum. As palavras de Oumou Prescott voltaram a mim, e eu aproveitei a chance para contra-atacar.

— Talvez *você* gostaria de levar essa questão a Laurens Bancroft e o Tribunal da ONU — sugeri, cruzando os braços.

A mulher me fitou por um tempo. O vento agitava meu cabelo, trazendo consigo o leve rumor da cidade. Por fim, ela respondeu.

— Você está ciente de que nós poderíamos apagar seu cartucho e desmantelar sua capa em pedaços tão pequenos que não restariam rastros. Não haveria, no fim, nada a ser encontrado.

— Eles encontrariam vocês — afirmei, com a confiança oferecida pelo fiapo de verdade no coração da mentira. — Ninguém se esconde do Corpo. Vão achar vocês, não importa o que vocês fizerem. A única escapatória agora é tentar fazer um acordo.

— Que acordo? — indagou ela, rigidamente.

Nas frações de segundo antes que eu falasse, minha mente entrou em aceleração máxima, medindo o viés e o poder de cada sílaba escolhida antes de lançá-la. Ali estava a janela de escape. Não haveria outra chance.

— Tem uma operação de biopirataria transferindo customizações militares pela costa oeste — expliquei com cuidado. — E usam lugares como a Alcova como fachada.

— E chamaram os Emissários? — O tom da mulher era desdenhoso. — Para pegar biopiratas? Fala sério, Ryker, isso é o melhor que pode fazer?

— Eu não sou Ryker — retruquei. — Esta capa é um disfarce. Olha, você tem razão. Em noventa por cento das vezes, a gente não se mete em coisas como essas. O Corpo não foi criado para combater criminalidade nesse nível. Mas essas pessoas puseram as mãos em alguns itens que nunca deveriam ter tocado. Bioware diplomático de reação rápida. Coisas que não deveriam nem ter visto. Alguém está puto com isso; alguém no nível da Junta Governativa da ONU; então, nós fomos chamados.

A mulher franziu as sobrancelhas.

— E o acordo?

— Bem, primeiro você me solta, e ninguém fala disso para qualquer outra pessoa. Vamos chamar de mal-entendido profissional. E então vocês abrem alguns canais para mim. Me dão alguns nomes. Uma clínica clandestina como essa deve ser um bom ponto de circulação de informação. Isso deve valer alguma coisa para mim.

— Como eu disse antes, nós não queremos nos envolver...

Eu perdi a linha, deixando transparecer a quantidade exata de raiva.

— Não me sacaneia, cara. Vocês *estão* envolvidos. Gostando ou não, deram uma bela mordida em uma coisa que não era da sua conta e agora vão ter que engolir ou cuspir. O que vai ser?

Silêncio. Só a brisa do mar entre nós e o leve balançar do barco.

— Vamos considerar sua proposta — respondeu a mulher.

Alguma coisa aconteceu ao brilho da luz na água. Transferi meu olhar para além do ombro da mulher e vi como ele se descosturou das ondas e os subiu ao céu em um movimento irregular, crescendo. A cidade sumiu num branquear como um clarão nuclear, e as bordas do barco se desfizeram como se entrássemos em névoa marinha. A mulher à minha frente foi junto. Tudo ficou muito quieto.

Ergui a mão para tocar a névoa onde os parâmetros do mundo terminavam, e meu braço pareceu se mover em câmera lenta. Havia um sibilar de estática como chuva crescente se acumulando sob o silêncio. As pontas de meus dedos ficaram transparentes, então brancas como os minaretes da cidade sob o clarão. Perdi a capacidade de me mexer, e o branco subiu pelo meu braço. A respiração se deteve em minha garganta, meu coração parou na metade da batida. Eu não.

Era.

CAPÍTULO 14

Acordei novamente, dessa vez com uma dormência áspera na superfície da pele, como a sensação nas mãos depois de limpá-las com detergente ou aguarrás, só que espalhada pelo corpo todo. Reentrada numa capa masculina. A sensação passou rapidamente conforme minha mente se ajustou ao novo sistema nervoso. O leve arrepio do ar condicionado na pele exposta. Eu estava nu. Ergui a mão esquerda e toquei a cicatriz sob o olho.

Eles tinham me colocado de volta.

Acima de mim o teto era branco, com luzes fortes. Eu me ergui sobre os cotovelos e olhei em volta. Outro leve arrepio, este interno, me atravessou quando eu vi que estava numa sala de operação. Do outro lado da sala havia uma plataforma cirúrgica de aço, completa com calhas para o sangue e os braços dobrados do autocirurgião suspensos como os de uma aranha. Nenhum dos sistemas estava ativo, mas havia pequenas telas nas paredes piscando com a palavra STANDBY, e a mesma coisa aparecia no monitor ao meu lado. Eu me aproximei para ler melhor e vi uma lista de funções correndo a tela. Eles vinham programando o autocirurgião para me desmantelar.

Eu estava içando minhas pernas para fora da maca quando a porta se abriu e a mulher sintética entrou com um par de médicos. A pistola de partículas estava guardada à cintura, e ela carregava um fardo reconhecível.

— Roupas. — Ela as atirou para mim de cara fechada. — Vista-se.

Um dos médicos pousou a mão no braço dela.

— Os procedimentos exigem que...

— É — zombou a mulher. — Que ele nos processe. Se vocês não acham que este lugar está atura de procedimentos simples como um De- e Re-, então talvez eu devesse aconselhar Ray a levar nossas operações a outro lugar.

— Ele não está falando do reencapamento — observei, vestindo as calças. — Ele quer verificar se há trauma do interrogatório.

— E quem te perguntou?

Dei de ombros.

— Você que sabe. Aonde vamos?

— Conversar com alguém — retrucou ela rispidamente, então se virou de volta aos médicos. — Se ele é mesmo quem diz ser, o trauma não será problema. E, se não for, vai voltar direto para cá, de qualquer maneira.

Continuei me vestindo com o máximo de tranquilidade. Ainda não tinha escapado da frigideira, então. Minha túnica e jaqueta estavam intactas, mas a bandana havia sumido, o que me irritou desproporcionalmente. Fora comprada havia apenas algumas horas. Nada do meu relógio também. Decidi não criar caso, fechei minhas botas e me levantei.

— Então, quem vamos ver?

A mulher me lançou um olhar azedo.

— Uma pessoa que tem informação suficiente para checar a sua mentirada. E depois, cá entre nós, acho que vamos trazer você para cá de novo, para um desmanche bem organizado.

— Quando isto tudo acabar — retruquei com frieza —, talvez eu possa persuadir um dos nossos esquadrões a lhe prestar uma visita. Na sua capa verdadeira, aliás. Eles vão querer agradecer o apoio.

A pistola voou do coldre com um sibilo suave e surgiu sob o meu queixo. Mal vi acontecer. Meus sentidos recém-reencapados tentaram reagir, com eras de atraso. A mulher sintética chegou bem perto do meu rosto.

— Você nunca mais me ameace, seu merdinha — disse ela baixinho. — Você pode ter botado medo nesses palhaços; eles estão ancorados num lugar e acham que você é o peso que vai afundá-los. Isso não funciona comigo, entendeu?

Olhei para ela com o canto do olho, o melhor que dava para fazer com a arma apertada contra a minha cabeça.

— Entendi.

— Ótimo — disse ela, tirando a pistola de perto de mim. — Se sua ladainha for confirmada, eu entro na fila e peço desculpas com todo mundo mais. Mas, até lá, você é só mais um fracassado em potencial tagarelando para não perder o cartucho.

Passamos acelerados por corredores que tentei memorizar e descemos por um elevador idêntico àquele que tinha me levado à clínica. Contei os andares novamente, e, quando saímos para o estacionamento, meus olhos se voltaram involuntariamente para a porta por onde tinham levado Louise. Minhas lembranças do tempo que passei sob tortura eram nebulosas — o condicionamento de Emissário estava deliberadamente isolando a experiência para evitar trauma —, mas, mesmo que a tortura tivesse durado uns dois dias sob a minha perspectiva, isso dava uns dez minutos de tempo real. Eu provavelmente só tinha ficado uma ou duas horas na clínica, e o corpo de Louise poderia ainda estar esperando o corte da faca atrás daquela porta, sua mente ainda encartuchada.

— Entra no carro — ordenou a mulher, lacônica.

Desta vez meu transporte era uma máquina maior e mais elegante, similar à limusine de Bancroft. Já havia um motorista na cabine dianteira, uniformizado e de cabeça raspada, com o código de barras do empregador impresso acima da orelha esquerda. Eu já tinha visto um monte desses pelas ruas de Bay City, sempre me perguntando por que alguém se submeteria a isso. No Mundo de Harlan, ninguém fora das forças armadas jamais seria visto com listras de autorização. Era parecido demais com o sistema de servidão dos anos de Colonização para que qualquer um ficasse à vontade com isso.

Havia um segundo homem parado ao lado da porta da cabine traseira, com uma pistola-metralhadora das feias pendendo negligentemente da mão. Ele também tinha a cabeça raspada e o código de barras. Dei uma boa olhada ao passar por ele, entrando na cabine de trás. A mulher sintética se abaixou para falar com o motorista, e eu aumentei a potência da neuroquímica para escutar.

— ... Cabeça nas Nuvens. Eu quero estar lá antes da meia-noite.

— Sem problema. A Litorânea tá com pouco tráfego hoje, e...

Um dos médicos bateu a porta ao meu lado, e o baque sólido sob amplificação máxima quase estourou meus tímpanos. Fiquei sentado em silêncio, até que a mulher e o pistoleiro abriram as outras portas e se sentaram ao meu lado.

— Feche os olhos — instruiu a mulher, tirando minha bandana de algum lugar. — Vou vendar você por alguns minutos. Se acabarmos soltando você, esses caras não vão querer que saiba onde encontrá-los.

Olhei em volta, para as janelas.

— Elas parecem polarizadas para mim.

— É, mas não dá para saber quão boa é essa sua neuroquímica, né? Agora fique quieto.

Ela amarrou o pano vermelho com eficiência e prática, deixando a faixa um tanto larga para cobrir completamente meu campo de visão. Eu me reclinei no assento.

— Alguns minutos. Você fica aí sentado, sem espiar. Eu aviso quando for para tirar.

O carro acelerou para cima e, presumivelmente, para o exterior, pois ouvi o tamborilar da chuva na lataria. Havia um odor suave do couro do estofado, bem melhor que o fedor de fezes da ida, e o banco se moldou de forma confortável e ergonômica ao meu corpo. Parecia que eu havia subido na ordem das coisas.

Estritamente temporário, cara. Sorri um pouco enquanto a voz de Jimmy ecoava no fundo do meu crânio. Ele tinha razão. Havia algumas coisas claras sobre quem quer que a gente fosse ver. Era alguém que não queria ir à clínica, que não queria nem ser visto perto dela. Isso indicava uma pessoa respeitável, que também detinha poder — o poder de acessar dados extraplanetários. Muito em breve eles saberiam que a ameaça do Corpo de Emissários era vazia, e logo em seguida eu estaria morto. Morto pra valer.

Isso meio que determina sua ação, camarada.

Valeu, Jimmy.

Depois de alguns minutos, a mulher me mandou tirar a venda. Eu a empurrei até minha testa e a amarrei ali como de costume. Ao meu lado, o capanga com a pistola-metralhadora deu um sorrisinho. Eu o encarei com curiosidade.

— Tem algo engraçado?

— Tem — respondeu a mulher, sem desviar o olhar das luzes da cidade além da janela. — Você parece um idiota do caralho.

— Não de onde eu venho.

Ela se virou para me fitar com pena.

— Você não está no lugar de onde você veio. Está na Terra. Tente agir de acordo.

Olhei de um para o outro, o pistoleiro ainda sorrindo, a sintética com uma expressão de desprezo educado, então ergui as mãos para desamarrar a bandana. A mulher voltou a observar as luzes da cidade abaixo. A chuva parecia ter parado.

Golpeei violentamente da altura da cabeça, à esquerda e à direita. Meu punho esquerdo acertou a têmpora do pistoleiro com força suficiente para quebrar o osso, e ele desmoronou para o lado com um só grunhido. Nem viu o golpe chegando. Meu braço direito ainda estava em movimento.

A sintética girou, provavelmente mais rápido do que eu poderia ter socado, mas entendendo errado minha intenção. Tinha erguido o braço para bloquear e proteger a cabeça, e eu estava sob a guarda dela, agarrando. Minha mão se fechou na pistola que ela tinha no cinto, desativou a trava e apertou o gatilho. O feixe ganhou vida, cortando para baixo, e uma grande parte da perna direita da mulher estourou em cordas molhadas de carne antes que os circuitos de retorno da arma interrompessem o disparo. Ela uivou, um grito mais de raiva que dor, e eu levei o cano da arma para cima, disparando outra vez diagonalmente pelo corpo dela. A pistola escavou um canal de um palmo por dentro da mulher e do assento. Sangue explodiu pela cabine.

A pistola se desativou de novo, e a cabine ficou subitamente escura quando o clarão da arma se apagou. Ao meu lado, a sintética borbulhou e suspirou, e então a parte do torso com a cabeça deslizou, se afastando do lado esquerdo do corpo. A testa ficou apoiada na janela pela qual ela ficara olhando. Dava uma estranha impressão de que ela refrescava a cabeça no vidro marcado de chuva. O resto do corpo continuou sentado, rígido, o imenso ferimento diagonal cauterizado pelo raio. O fedor misto de carne cozida e componentes sintéticos fritos inundava o ambiente.

— Trepp? *Trepp?* — grasnou o interfone do motorista. Eu limpei o sangue dos meus olhos e fitei a tela montada na divisória dianteira.

— Ela está morta — disse eu ao rosto chocado, erguendo a pistola. — Os dois estão. E você é o próximo, se não botar a gente no chão agora mesmo.

O motorista se recuperou.

— Estamos quinhentos metros acima da baía, camarada, e eu estou pilotando este carro. O que pretende fazer quanto a isso?

Selecionei um ponto central na parede entre as duas cabines, desativei o sistema de interrupção da pistola e protegi meu rosto com uma das mãos.

— Ei, o que você...

Disparei contra o compartimento do motorista com foco estreito. O raio abriu um furo derretido de mais ou menos um centímetro, e, por um momento, fagulhas choveram para trás da cabine com a resistência da blindagem sob o plástico. Então as fagulhas morreram quando o feixe atravessou, e ouvi alguma coisa elétrica entrar em curto no compartimento dianteiro. Parei de atirar.

— O próximo vai direto pelo seu banco — ameacei. — Tenho amigos que vão me reencapar depois que pescarem a gente na Baía. Já você eu vou fatiar todinho e deixar espalhado por essa porra de parede. Mesmo que eu erre seu cartucho, vão ter muito trabalho para achar em qual parte sua ele foi parar. Então me *bota na porra do chão, agora.*

A limusine guinou de repente para um lado, perdendo altitude. Eu me reclinei em meio ao massacre e limpei mais um pouco de sangue do meu rosto com a manga.

— Muito bem — falei, um pouco mais calmo. — Agora me deixe perto da Mission Street. E, se estiver pensando em pedir ajuda, pense nisso: se houver um tiroteio, você morre primeiro. Entendeu? Você morre primeiro. Estou falando de morte real. Vou fazer questão de queimar seu cartucho mesmo que seja a última coisa que eu faça antes de me abaterem.

O rosto dele me fitava na tela, pálido. Amedrontado, mas não o suficiente. Ou, talvez, com medo de outra pessoa. Um sujeito que bota códigos de barra nos empregados não deve ser do tipo que perdoa, e o reflexo da obediência duradoura geralmente é bastante para superar o medo da morte em combate. É assim que se faz guerras, afinal, com soldados que sentem mais medo de sair da linha do que morrer no campo de batalha.

Eu já fui assim também.

— Que tal a gente fazer assim? — ofereci rapidamente. — Você viola o protocolo de tráfego ao descer. A Sia aparece, te pega em flagrante e te prende. Você não diz nada. Eu sumo, e eles não têm nada contra você exceto a infração de trânsito. Sua história é que você é só o motorista, seus passageiros tiveram um desentendimento no banco de trás, e então eu sequestrei você e te fiz pousar. Enquanto isso, quem quer que te emprega paga tua fiança rapidinho e você ganha um bônus por não ter desembuchado na detenção virtual.

Observei a tela. A expressão do motorista vacilou, e ele engoliu em seco. Chega do policial bom; era hora do mau. Travei o circuito de interrupção de novo, ergui a pistola para que ele pudesse vê-la e a encaixei na nuca de Trepp.

— Eu diria que você vai se dar bem, no geral.

À queima-roupa, o raio vaporizou espinha, cartucho e tudo mais ao redor. Eu me virei de volta à tela.

— É você quem sabe.

O rosto do motorista se contorceu, e a limusine começou a perder altitude irregularmente. Observei o fluxo de tráfego pela janela, depois me inclinei para a frente e bati na tela.

— Não se esqueça da infração, hein?

Ele engoliu seco e assentiu. A limusine desceu como um elevador em meio às faixas empilhadas de tráfego e quicou duramente pelo solo, sob um coro furioso de guinchos de alerta de colisão vindo dos carros à nossa volta. Pela janela, reconheci a rua por onde eu tinha passado com Curtis na outra noite. Nossa velocidade diminuiu um pouco.

— Destranque a porta pra calçada — instruí, enfiando a pistola dentro da jaqueta. Outro assentimento desajeitado, e a porta em questão se abriu com um estalo, ficando entreaberta. Eu girei e a abri com um chute. Ouvi sirenes de polícia uivando em algum lugar acima. Meus olhos se encontraram com os do motorista na tela por um momento, e eu sorri.

— Sujeito esperto — comentei, então me atirei do veículo.

O chão me acertou no ombro e nas costas enquanto eu rolava em meio aos gritos espantados dos transeuntes. Rolei duas vezes, bati com força contra uma fachada de pedra e me levantei com cuidado. Um casal que passava me encarou, e eu lhes mostrei os dentes num sorriso que acelerou o passo dos dois, parecendo encontrar coisas interessantes em outras vitrines.

Uma rajada rançosa de ar foi soprada em mim quando a viatura de um guarda de trânsito desceu, seguindo o rastro da limusine infratora. Fiquei onde estava, devolvendo o punhado cada vez menor de olhares curiosos dos pedestres que tinham presenciado minha chegada pouco convencional. O interesse em mim ia se reduzindo. Um por um, os olhares se desviavam, atraídos pelas luzes piscantes da viatura, agora pairando com hostilidade acima e atrás da limusine parada.

— Desligue os motores e fique onde está — crepitou o sistema de som.

Uma multidão começou a se acumular conforme as pessoas passavam apressadamente por mim, tentando ver o que estava acontecendo. Eu me encostei na fachada, verificando o estrago do pulo. Pela sensação de dormência no meu ombro e pelas minhas costas, eu tinha feito certo daquela vez.

— Levante as mãos sobre a cabeça e se afaste do veículo — ordenou a voz metálica do guarda de trânsito.

Acima das cabeças agitadas dos espectadores, eu distingui o motorista, que saía da limusine na posição recomendada. Ele parecia aliviado em estar vivo. Por um momento eu me flagrei me perguntando por que esse tipo de impasse não era mais popular nos círculos que eu frequentava.

Acho que o desejo de morte era simplesmente arraigado demais.

Recuei alguns metros na confusão formada pela turba, depois dei meia-volta e sumi no anonimato sob as luzes brilhantes da noite de Bay City.

CAPÍTULO 15

"O lado pessoal, como todo mundo adora dizer, é político. Então, se algum político idiota, algum manipulador do poder, tentar colocar em prática políticas que prejudicam você ou os seus entes queridos, leve para o lado pessoal. Sinta fúria. As Engrenagens da Justiça não servirão aqui; são lentas e frias e pertencem a eles, em hardware e software. Só os pouco significantes sofrem nas mãos da Justiça; as criaturas do poder se esquivam com uma piscadela e um sorriso. Se você quiser justiça, terá que fazer isso com as próprias mãos. Leve para o lado pessoal. Cause o máximo de estrago que puder. Deixe sua mensagem bem clara. Assim será bem mais provável que levem você a sério. De que considerem você uma pessoa perigosa. E não se engane: isso é o que marca a diferença; a única diferença, nos olhos deles; entre alguém que é ou não significante. Com alguém que é, eles farão acordos. Os que não são, eles liquidam. E repetidamente pioram a liquidação, a destituição, a tortura e execução brutal com o insulto supremo de que se trata apenas de negócios, de política, que é apenas o jeito como as coisas são, que a vida é difícil e que não é nada pessoal. Bem, eles que se fodam. Faça com que seja."

QUELLCRIST FALCONER
Coisas que eu já deveria ter aprendido
Volume II

Havia uma gélida aurora azul sobre a cidade quando eu cheguei de volta em Licktown, e tudo tinha o reluzir metálico úmido que indicava chuva recente. Parei à sombra de um dos pilares da via expressa e vigiei a rua em busca de qualquer sinal de movimento. Havia um sentimento de que eu precisava, mas que não era fácil de encontrar na luz fria do dia nascente. Minha cabeça zumbia com uma assimilação veloz de dados, e Jimmy de Soto flutuava em algum lugar no fundo da minha consciência como um demônio de estimação inquieto.

Aonde você está indo, Tak?

Fazer um estrago.

O Hendrix não havia conseguido achar nada sobre a clínica aonde eu fora levado. Pela promessa que Deek fizera de levar um disco da minha tortura ao mongol, deduzi que o lugar tinha que ser do outro lado da baía, provavelmente em Oakland, mas essa informação sozinha não ajudava muito, mesmo a uma IA. Toda a região da baía parecia estar infestada de atividades biotecnológicas ilegais.

A Alcova do Jerry.

Nesse caso o Hendrix foi bem mais útil. Depois de um breve confronto com alguns sistemas anti-intrusão baratos, ele expôs as entranhas do clube de biocabines para mim na tela do quarto. Planta de construção, equipes de segurança, horários e escalas de trabalho. Assimilei a coisa toda em segundos, acelerado pela fúria latente deixada pelo interrogatório. Com o céu começando a empalidecer na janela às minhas costas, coloquei a Nemex e a Philips nos respectivos coldres, atei a faca Tebbit e saí para fazer uns interrogatórios eu mesmo.

Não vi sinal da minha sombra quando cheguei no hotel, e ele também não parecia estar por perto quando saí. Sorte a dele, eu acho.

A Alcova de Jerry sob a luz da alvorada.

A aura fajuta de erotismo que cercava o lugar à noite tinha desaparecido. O neon e o holograma pareciam lavados, afixados ao prédio como broches cafonas num velho vestido. Encarei friamente a dançarina, ainda presa na taça de coquetel, e pensei em Louise, também conhecida como Anêmona, torturada até uma morte de que a religião dela não permitiria retorno.

Leve para o lado pessoal.

A Nemex estava na minha mão direita como uma decisão tomada. Caminhando até o clube, puxei o ferrolho da arma, e o estalo metálico soou forte na quietude da manhã. Uma fúria fria e lenta começava a me preencher.

O robô porteiro se ativou com minha aproximação e ergueu os braços num gesto para que eu me afastasse.

— Estamos fechados, amigo — disse a voz sintética.

Ergui a Nemex e atirei no domo cerebral do robô. O invólucro poderia ter detido calibres menores, mas os projéteis da Nemex obliteraram a unidade. Fagulhas voaram para todos os lados, e a voz sintética soltou um berro agudo. Os braços de polvo da sanfona se debateram violentamente, depois penderam frouxos. Fumaça subia do casulo destroçado.

Cauteloso, afastei um dos tentáculos pendurados para o lado com a Nemex, entrei e dei de cara com Milo subindo a escada para descobrir o que havia causado aquela barulheira toda. Ele arregalou os olhos ao me ver.

— Você. O quê...

Dei um tiro na garganta dele, fiquei olhando ele agitar os braços e rolar pelos degraus e, quando ele tentou se levantar, dei-lhe outro tiro na cara. Quando desci as escadas atrás de Milo, um segundo capanga apareceu na penumbra mais abaixo, deu uma olhada no cadáver do colega e tentou sacar do cinto uma tosca pistola de raios. Meti duas balas no peito dele antes que seus dedos sequer tocassem a arma.

Parei ao pé da escada, saquei a Philips com a mão esquerda e fiquei imóvel em silêncio por um momento, deixando os ecos dos disparos morrerem nos meus ouvidos. O ritmo pesado de artilharia tradicional da Alcova ainda tocava, mas a Nemex falava bem alto. À minha esquerda estava a iluminação pulsante e vermelha dos corredores que levavam às cabines, e à direita havia um holograma de teia de aranha carregada com uma variedade de cachimbos e garrafas, a palavra BAR aplicada em ilumínio às portas negras além. Os dados que eu havia assimilado indicavam uma presença mínima de seguranças para as cabines; três, no máximo, e provavelmente dois àquela hora da manhã. Milo e o capanga sem nome na escada já não eram mais problema, o que deixava a possibilidade de mais um. O bar era acusticamente isolado, conectado a um sistema de som separado e empregava de dois a quatro guardas armados que também serviam bebidas.

Jerry, o pão-duro.

Ouvi atentamente, intensificando a neuroquímica. No corredor da esquerda, ouvi uma das portas das cabines sendo aberta furtivamente e, em seguida, o arrastar leve de alguém deslizando os pés no chão, na crença errônea de que isso faria menos barulho que passos. Com os olhos fixos nas portas do bar à minha direita, meti a Philips pela esquina esquerda e, sem me dar o trabalho de olhar, disparei uma rajada silenciosa de balas pelo ar vermelho do corredor. A arma parecia soprar os projéteis como galhos balançando numa brisa. Houve um grunhido estrangulado seguido pelo baque e estrépito de um corpo e uma arma caindo no chão.

As portas do bar continuaram fechadas.

Espiei pelo ângulo da parede e, sob as listras escarlates lançadas pelas luzes giratórias, vi uma mulher atarracada em trajes militares agarrando o flanco com um dos braços e tentando pegar uma arma caída com o outro. Fui rapidamente até a arma e a chutei para bem longe da dona, depois me ajoelhei ao lado dela. Eu devia ter acertado vários tiros; havia sangue nas pernas, e a camisa estava ensopada. Coloquei o cano da Philips na testa dela.

— Você é segurança do Jerry?

Ela assentiu, os olhos reluzindo em branco ao redor da íris.

— Só uma chance. Cadê ele?

— Bar — sibilou ela entre dentes, enfrentando a dor. — Mesa. Canto no fundo.

Assenti, me levantei e mirei cuidadosamente entre os olhos dela.

— Espera, você...

A Philips suspirou.

Estrago.

Eu estava no meio do holo de teia de aranha, estendendo a mão para abrir as portas do bar, quando elas se abriram e eu me deparei cara a cara com Deek. Ele teve ainda menos tempo para reagir que Milo. Dei-lhe a menor das mesuras, pouco mais de uma inclinação da cabeça, e então libertei a fúria que havia em mim e atirei repetidamente à altura da cintura com a Nemex e a Philips. Ele cambaleou para trás pelas portas sob os impactos múltiplos, e eu entrei no seu rastro, ainda atirando.

Era um espaço vasto, mal iluminado pelas lâmpadas dispostas em ângulos e pelas luzes-guia discretas da passarela das dançarinas, agora abandonada. Ao longo de uma das paredes, uma luz azul fria emergia atrás do bar, como se este escondesse uma escadaria que descia para o paraíso. No fundo havia prateleiras com cachimbos, portas de dados e garrafas em oferta. O guardião deste tesouro angelical olhou de relance para Deek, que recuava ainda tentando se agarrar às tripas arruinadas, e tentou pegar a arma sob o bar numa velocidade que realmente chegava a ser quase divina.

Ouvi o copo largado se quebrar, ergui a Nemex e martelei o sujeito contra os produtos exibidos na parede como se fosse uma crucificação improvisada. Ele ficou colado ali por um instante, curiosamente elegante, depois se virou e arrastou com as mãos um estardalhaço de garrafas e cachimbos em seu caminho para o piso. Deek desabou também, ainda se mexendo, e um vulto sombrio e volumoso que estivera encostado à beira da pista saltou para a frente, puxando uma arma da cintura. Deixei a Nemex focada no bar, sem tempo para girar e mirar, e atirei de chofre com a Philips meio erguida. A figura grunhiu e cambaleou, perdendo a arma e caindo na pista. Meu braço esquerdo subiu e se endireitou, e o tiro na cabeça socou o cara de volta à plataforma de dança.

Os ecos da Nemex estavam ainda morrendo nos cantos do salão.

A essa altura eu avistei Jerry. Ele estava a dez metros, erguendo-se detrás de uma mesinha frágil quando apontei a Nemex. Ele estacou no lugar.

— Esperto. — A neuroquímica cantava como cordas de aço, e havia um sorriso de adrenalina desvairado estampado no meu rosto. Minha mente fez a contagem num chocalhar. Um projétil restante na Philips, seis na Nemex. — Deixe as mãos aí mesmo, e bote o resto de você sentado. Mexa um dedinho sequer, e eu arranco ele fora na altura do pulso.

Jerry afundou de volta na cadeira, o rosto agitado. Uma varredura periférica me disse que não havia mais ninguém em movimento no salão. Fui com cuidado até Deek, que tinha se enrolado em posição fetal em volta do estrago nas tripas e soltava uivos profundos e agonizantes. Mantendo a Nemex apontada à mesa diante da virilha de Jerry, baixei o outro braço até a Philips ficar apontada direto para baixo e puxei o gatilho. O barulho de Deek cessou.

Diante disso, Jerry irrompeu.

— Porra, você tá *maluco, Ryker? Para com isso! Você não pode...*

Agitei o cano da Nemex para ele e esse gesto ou alguma coisa na minha cara calou a boca dele. Nada se mexeu atrás das cortinas no fim da pista, nada atrás do bar. As portas ficaram fechadas. Cruzei o resto da distância até a mesa do Jerry, chutei uma das cadeiras para que desse uma meia-volta e me sentei de pernas abertas, encarando o sujeito.

— Você, Jerry — falei calmamente —, tem que escutar as pessoas de vez em quando. Eu já te disse que meu nome não é Ryker.

— Seja lá quem caralho você seja, eu tenho conexões. — Havia tanto veneno naquele rosto à minha frente que era de espantar que ele não morresse sufocado. — Eu tô ligado na porra da máquina, entendeu? Isso aqui. Tudo isso. Você vai pagar, porra. Vai desejar...

— Que nunca tivesse te conhecido — terminei para ele. Guardei a Philips vazia no coldre de Colafibra. — Jerry, eu já desejo nunca ter te conhecido.

Seus amigos sofisticados foram suficientemente sofisticados pra me convencer disso. Mas eu percebi que eles não lhe contaram que eu estava nas ruas de novo. Não tá mais tão parceirão desse Ray, não é?

Eu estava de olho no rosto dele, e o nome não provocou reação. Ou ele sabia muito bem manter a postura sob fogo pesado ou não estava mesmo em conluio com os figurões. Tentei de novo.

— A Trepp morreu — comentei casualmente. Os olhos deles se moveram uma mera fração. — A Trepp e mais alguns. Quer saber por que você ainda está vivo?

Ele apertou os lábios, mas ficou calado. Eu me inclinei sobre a mesa empurrei o cano da Nemex contra o olho esquerdo dele.

— Eu fiz uma pergunta.

— Vai se foder.

Acenei e recostei no assento.

— Durão, hein? Então, vou te contar uma coisa, preciso de respostas, Jerry. Você pode começar me dizendo o que aconteceu com Elizabeth Elliot. Deve ser fácil, já que imagino que você mesmo a tenha cortado. Depois quero saber quem é Ryker; pra quem Trepp trabalha e onde fica a clínica para onde você me mandou.

— Vai se foder.

— Você não acha que eu estou falando sério? Ou está só esperando que a polícia apareça para salvar seu cartucho?

Catei a pistola de raios capturada no meu bolso com a mão esquerda e mirei cuidadosamente o segurança morto na passarela. A distância era curta, e o raio torrou a cabeça dele numa única explosão. O fedor de carne queimada atravessou o salão até nós. Mantendo um olho em Jerry, mexi o raio um pouco até ter certeza de que tinha destruído tudo dos ombros para cima, depois desliguei a arma e a baixei. Jerry me encarava do outro lado da mesa.

— Seu filho da puta, ele só *trabalhava pra mim como segurança!*

— Nada mais justo. Essa acabou de se tornar uma profissão proscrita, no que me diz respeito. O Deek e os outros vão todos acompanhar esse aí já, já. E você também, se não me contar o que eu quero saber. — Ergui a pistola de raios. — Uma chance.

— *Tá bom.* — A derrota era notável na voz dele. — Tá bom, tá bom. Elliot tentou dar uma chave de boceta num cliente; ela arrumou um figurão Matusa que vinha se misturar com os pobres aqui em baixo e achou que tinha cacife para tentar tirar uma grana dele. A vaca idiota tentou fazer um acordo comigo, achando que eu poderia espremer esse Matusa. Não fazia a menor porra de ideia de onde tava se metendo.

— Não. — Eu o encarei gelidamente. — Acho que não.

Ele percebeu o olhar.

— Olha, cara, eu sei o que você tá pensando, mas as coisas não são assim. Eu tentei avisar, fazer a menina desistir, então ela decidiu fazer contato direto. Com uma porra de Matusa. Você acha que eu queria esse lugar demolido comigo enterrado embaixo? Eu tinha que dar um jeito nela, cara. Tinha.

— Você a matou?

Jerry balançou a cabeça.

— Eu tomei uma decisão — respondeu ele numa voz branda. — É assim que as coisas funcionam aqui.

— Quem é o Ryker?

— O Ryker é um... — Ele engoliu seco. — Um policial. Trabalhava no departamento de Roubo de Capas e depois foi promovido pra Divisão de Dano Orgânico. Tava trepando com aquela vaca da Sia, aquela que apareceu aqui na noite que você perseguiu o Oktai.

— Ortega?

— Isso, Ortega. Todo mundo sabia, dizem que foi assim que ele faturou a promoção. Foi por isso que a gente deduziu que você estava... digo, que *ele* estava de volta nas ruas. Quando o Deek viu você falando com a Ortega, a gente achou que ela tinha falado com alguém, feito um acordo.

— De volta nas ruas? De volta de onde?

— O Ryker era sujo, cara. — Agora que o fluxo tinha começado, estava virando uma inundação. — Ele emerreou um par de traficantes de capa, lá em Seattle...

— Emerreou?

— É, emerreou. — Jerry parecia momentaneamente confuso, como se eu tivesse acabado de perguntar a cor do céu.

— Eu não sou daqui — expliquei, paciente.

— MR. Morte Real. Ele moeu os dois, cara. Uns outros sujeitos tombaram com os cartuchos inteiros, então o Ryker pagou um devassador para registrar o grupo como católicos. Ou o hack não colou, ou alguém no Dano Orgânico percebeu. Pegaram pesado com ele. Duzentos anos, sem indulto. Dizem que foi a Ortega que comandou o esquadrão que enfim capturou o sujeito.

Ora, ora. Eu balancei a Nemex de forma encorajadora.

— É isso, cara. É tudo que eu tenho. Coisa da rede. Papo das ruas. Olha, o Ryker nunca veio extorquir a gente, mesmo quando trabalhava no RC. Eu toco uma casa limpa. Nunca nem encontrei o cara.

— E o Oktai?

Jerry fez que sim com a cabeça vigorosamente.

— É isso, o Oktai. Ele negociava partes sobressalentes lá em Oakland. Você, quer dizer, o Ryker extorquia ele o tempo todo. Espancou o cara para valer uns anos atrás.

— Então o Oktai vem correndo falar com você...

— Isso mesmo. Ele tá tipo, doido, dizendo que o Ryker deve estar armando alguma aqui embaixo. Então a gente reviu as fitas das cabines, viu você conversando com a...

Jerry se calou ao perceber aonde estava chegando. Fiz outro gesto com a arma.

— É só essa merda. — Havia um tom de desespero na voz dele.

— Tudo bem. — Eu me afastei um pouco e tateei meus bolsos em busca de cigarros. Lembrei que não tinha nenhum. — Você fuma?

— Fumar? Eu tenho cara de idiota?

Suspirei.

— Deixa pra lá. E quanto à Trepp? Ela parecia um pouco demais para o seu nível. De quem você pegou ela emprestada?

— A Trepp é independente. Trabalha freelance para qualquer um. Me faz uns favores de vez em quando.

— Não mais. Você já viu a capa real dela?

— Não. Dizem que ela guarda a capa no gelo em Nova York a maior parte do tempo.

— Isso é longe daqui?

— Dá uma hora, de suborbital.

Pelas minhas contas, isso a colocava na mesma categoria que Kadmin. Mercenários globais, talvez até interplanetários. A Frota Sênior.

— E para quem dizem que ela anda trabalhando agora?

— Não sei.

Estudei o cano da pistola de raios como se fosse uma relíquia marciana.

— Sabe sim, senhor. — Ergui o olhar e ofereci um sorriso sombrio. — A Trepp já era. Descartuchada, a coisa toda. Você não precisa se preocupar em vender ela. Só tem que se preocupar comigo.

Jerry me encarou com desafio no olhar por uns momentos, depois baixou os olhos.

— Ouvi dizer que ela estava fazendo uns lances para as Casas.

— Ótimo. Agora, me conte sobre a clínica. Seus amigos sofisticados.

O treinamento de Emissário deveria estar mantendo minha voz constante, mas acho que estava meio enferrujado, pois Jerry percebeu algo ali. Ele umedeceu os lábios.

— Escuta, essa gente é perigosa. Você escapou; é melhor deixar por isso mesmo. Você não faz a menor ideia do que eles...

— Eu faço uma ideia muito boa, na verdade. — Apontei a pistola para a cara dele. — A clínica.

— Meu Deus, são só uns conhecidos meus. Sabe, parceiros de negócios. Às vezes precisam de peças sobressalentes, e eu... — Jerry mudou de abordagem de repente, ao ver minha expressão. — Eles fazem uns lances para mim de vez em quando. São só negócios.

Pensei em Louise, Anêmona, e na jornada que tínhamos feito juntos. Senti um músculo se contrair sob o meu olho e fiz um esforço imenso para não puxar o gatilho ali mesmo. Recuperei minha voz, em vez disso, e a usei. Soava mais mecânico que o robô porteiro.

— Vamos dar uma volta, Jerry. Só você e eu, para visitar seus parceiros de negócios. E não tente gracinha nenhuma. Eu já calculei que fica do outro lado da baía. E tenho uma ótima memória para lugares. Se você tentar me enrolar, eu te emerreio na hora. Entendeu?

Pela cara dele, concluí que tinha entendido sim.

Porém, só para garantir, à caminho da saída do clube eu parei ao lado de cada cadáver e calcinei a cabeça até os ombros. A cremação deixou um fedor acre que nos seguiu pela penumbra até a rua sob a alvorada como um fantasma da ira.

Existe uma vila lá no braço norte do arquipélago de Porto Fabril na qual, quando um pescador sobrevive a um quase afogamento, tem que nadar até um recife raso a mais ou menos meio quilômetro da costa, cuspir no oceano além e voltar. Sarah é de lá e, uma vez, quando estávamos escondidos num hotel barato no pântano, tentando fugir do calor e de fogo cruzado, ela tentou me explicar o motivo. Sempre tinha soado como babaquice de machão para mim.

Agora, marchando pelos corredores brancos estéreis da clínica mais uma vez, com o cano da minha própria pistola Philips colado na minha nuca, eu comecei a entender um pouco melhor a força necessária para se entrar naquele mar de novo. Eu estava sentindo arrepios desde que descemos naquele elevador pela segunda vez, com Jerry apontando a arma atrás de mim. Depois de Innenin, eu tinha mais ou menos esquecido como era estar com medo de verdade, mas os mundos virtuais eram uma exceção notável. Lá, você não tinha nenhum controle, e literalmente qualquer coisa poderia acontecer.

De novo e de novo.

Eles estavam abalados na clínica. As notícias do churrasco da Trepp já deviam tê-los alcançado àquela altura, e o rosto do sujeito abordado por Jerry na tela da discreta porta da frente ficou pálido como um cadáver ao me ver.

— Nós achamos que...

— Esquece — cortou Jerry. — Abre a porra da porta. Temos que tirar esse escroto das ruas.

A clínica fazia parte de um quarteirão da virada do milênio que alguém tinha reformado num estilo neoindustrial, com portas pintadas em Vs invertidos pretos e amarelos, fachadas cobertas de andaimes e varandas decoradas com cabos e polias falsas. A porta à nossa frente se dividiu onde as duas metades do V se encontravam, abrindo-se sem ruído. Com um último olhar para o começo da manhã, Jerry me empurrou para dentro.

O hall de entrada também era neoind, com mais andaimes pelas paredes e áreas com tijolo exposto. Um par de seguranças aguardava na extremidade oposta. Um deles estendeu a mão com nossa aproximação, e Jerry a afastou, rosnando.

— Eu não preciso de porra de ajuda nenhuma. Foram vocês, seus deletados, que deixaram esse filho da puta fugir em primeiro lugar.

Os dois guardas se entreolharam, e a mão estendida se transformou num gesto apaziguador. Eles nos conduziram até uma porta de elevador que acabou sendo o mesmo carro de carga em que eu tinha descido do estacionamento no telhado da última vez. Quando saímos da cabine no final da viagem, a mesma equipe médica aguardava, os implementos de sedação preparados. Eles pareciam estressados, cansados. O finalzinho do turno da noite. Quando a mesma enfermeira veio com a hipo até mim, Jerry fez a careta de raiva de novo. Ele a fazia com perfeição.

— Esquece essa merda. — Ele apertou a Philips ainda mais forte na minha nuca. — Esse cara não vai a lugar nenhum. Eu quero ver o Miller.

— Ele está operando.

— Operando? — Jerry deu uma risada. — Você quer dizer que ele está assistindo enquanto a máquina faz picadinho. Beleza, então me vê o Chung. — A equipe hesitou. — O que foi? Não me diga que todos os seus médicos estão trabalhando de verdade esta manhã.

— Não, é que... — O homem mais perto de mim fez um gesto. — Não está no protocolo levar o paciente acordado.

— Não me venha falar nessa merda de protocolo. — Jerry fez uma boa imitação de um homem prestes a explodir de fúria. — Estava no protocolo deixar esse bosta escapar e destruir meu bar depois que eu mandei ele pra cá? Isso estava no protocolo? *Estava?*

Houve silêncio. Olhei para a pistola de raios e para a Nemex, metidas na cintura dele, e calculei os ângulos. Jerry segurou o meu colarinho com mais força e enfiou a pistola embaixo do meu queixo de novo. Ele olhou com raiva para os médicos e falou com uma espécie de calma azeda.

— Ele não vai se mexer. Entenderam? Não tenho tempo pra essa merda. Vamos falar com o Chung. Agora, *mexam-se.*

Eles engoliram. Qualquer um engoliria. Você acumula a pressão, e a maioria das pessoas recua em reação. Eles cedem à autoridade superior ou ao cara com a arma. Aquela gente estava cansada e assustada. Avançamos à toda pelos corredores. Passamos pelo centro cirúrgico onde eu tinha acordado, ou um igual. Vi de relance as silhuetas reunidas em volta da plataforma de cirurgia, o autocirurgião se movendo como uma aranha acima. Estávamos mais uns doze passos adiante quando alguém saiu para o corredor atrás de nós.

— Só um momento. — A voz era educada, quase inofensiva, mas fez os atendentes e Jerry pararem.

Nós nos viramos e nos deparamos com um homem alto, vestindo um jaleco azul, luvas cirúrgicas aplicadas por spray e manchadas de sangue e uma máscara que ele agora puxava com um movimento delicado de polegar e indicador. As feições abaixo eram genericamente belas, olhos azuis num rosto bronzeado de queixo quadrado — o modelo deste ano de Homem Competente, cortesia de algum salão de beleza chique.

— Miller — disse Jerry.

— O que exatamente está acontecendo aqui? — O homem alto se virou para a enfermeira. — Courault, você já sabe muito bem que não pode trazer pacientes por aqui sem sedação.

— Sim, senhor. O senhor Sedaka insistiu que não haveria risco algum. Disse que estava com pressa. Para ver o diretor Chung.

— Não me importa quanta pressa ele tem. — Miller se virou para Jerry, estreitando os olhos com desconfiança. — Você perdeu o juízo, Sedaka? Onde pensa que estamos, na galeria dos visitantes? Estou com clientes lá dentro, rostos reconhecíveis. Courault, sede esse homem imediatamente.

Ah, pena. Ninguém tem sorte para sempre.

Eu já estava em movimento. Antes que Courault pudesse tirar o hipospray da bolsa na cintura, eu puxei a Nemex e a pistola de raios da cintura de Jerry e girei, atirando. Courault e seus dois colegas desabaram com múltiplos ferimentos. O sangue espirrou no branco antisséptico atrás. Miller teve tempo para um grito de ultraje antes de eu acertar um tiro da Nemex na boca dele. Jerry estava se afastando de mim, a Philips descarregada ainda pendendo da mão. Eu ergui a arma de raios.

— Olha, eu fiz o melhor que pude, eu...

O raio voou, e a cabeça dele explodiu.

No silêncio súbito que se seguiu, refiz meus passos até as portas da sala de cirurgia e entrei. O grupinho de silhuetas, todos os homens e mulheres imaculadamente bem-vestidos, tinha abandonado a mesa onde uma capa de mulher jovem estava estendida, fitando-me boquiaberto por trás de máscaras cirúrgicas esquecidas. Só o autocirurgião continuava a trabalhar imperturbável, fazendo incisões perfeitas e cauterizando ferimentos com pequenos borbulhares súbitos. Nacos indistintos de vermelho cru jaziam em uma variedade de pequenos pratos metálicos reunidos em volta da cabeça da capa. Era horrivelmente semelhante ao começo de uma espécie de banquete secreto.

A mulher na mesa era Louise.

Havia cinco homens e mulheres no centro cirúrgico, e eu matei todos eles enquanto me encaravam. Então fiz o autocirurgão em pedaços com a arma de partículas e rasguei o raio sobre o resto do equipamento na sala. Alarmes gritaram de todas as paredes. Sob a tempestade dos uivos combinados, terminei o serviço, infligindo Morte Real em todos os presentes.

No corredor, havia mais alarmes, e dois dos atendentes ainda estavam vivos. Courault conseguira se arrastar uma dúzia de metros adiante numa larga trilha do próprio sangue, e um dos colegas, fraco demais para escapar, estava tentando se endireitar, apoiado na parede. O chão abaixo estava escorregadio, e ele ficava caindo repetidamente. Eu o ignorei e fui atrás da mulher, que parou ao ouvir meus passos, virou a cabeça para olhar para trás e voltou a se arrastar, agora freneticamente. Dei um pisão entre os ombros para que parasse e depois a chutei para que ficasse de barriga para cima.

Nós nos entreolhamos longamente enquanto eu me lembrava do rosto impassível que ela tinha ao me colocar para dormir a noite anterior. Ergui a arma de raios para que ela visse.

— Morte Real — anunciei. Puxei o gatilho.

Voltei ao último atendente, que tinha visto tudo e agora rastejava desesperadamente para longe de mim. Eu me agachei diante dele. Os gritos dos alarmes se elevavam e baixavam sobre nossas cabeças como almas perdidas.

— Meu Deus — gemeu, enquanto eu apontava a pistola para a cara dele. — Meu Deus, eu só *trabalho* aqui.

— Isso já serve — respondi.

Os raios soaram quase inaudíveis sob o grito dos alarmes.

Trabalhando rapidamente, cuidei do terceiro atendente de forma semelhante, lidei com Miller com uma demora um pouco maior, livrei o cadáver decapitado de Jerry do casaco e meti a peça de roupa debaixo do braço. Por fim, catei a Philips, enfiei na minha cintura e fui embora. Em meu trajeto pelos corredores gritantes da clínica, matei cada pessoa que encontrei, derretendo seus cartuchos por completo.

Pessoal.

A polícia aterrissava no telhado enquanto eu saía pela porta da frente e caminhava sem pressa pela rua. Debaixo do meu braço, a cabeça decepada de Miller começava a vazar sangue pelo forro do casaco de Jerry.

PARTE TRÊS: ALIANÇA

[UPGRADE DE APLICATIVO]

CAPÍTULO 16

O dia estava calmo e ensolarado na Casa Toque do Sol, e o ar cheirava a grama cortada. Das quadras de tênis ouvia-se os leves estalos de uma partida em curso, e ouvi a voz de Miriam Bancroft se elevar em empolgação uma vez. Clarão de pernas bronzeadas sob uma saia branca esvoaçante e um borrifo de poeira avermelhada onde a bola despachada se cravara no fundo da quadra do oponente. Houve uma rodada educada de aplausos dos espectadores sentados. Segui até as quadras, flanqueado por seguranças fortemente armados com rostos inexpressivos.

Os jogadores faziam um intervalo quando eu cheguei, com pés bem separados diante das cadeiras, cabeças abaixadas. Quando meus pés esmagaram o piso exterior de cascalho, Miriam Bancroft ergueu o olhar em meio aos cabelos loiros emaranhados e encontrou meus olhos. Ela não disse nada, mas suas mãos se moveram no cabo da raquete e um sorriso separou-lhe os lábios. O adversário, que também olhou, era um homem jovem e esguio com algo que me sugeria que ele poderia ser genuinamente tão jovem quanto o corpo que tinha. Parecia-me vagamente familiar.

Bancroft estava sentado no meio de uma fileira de espreguiçadeiras, com Oumou Prescott à direita e um homem e uma mulher que eu nunca vira à esquerda. Ele não se levantou quando cheguei até ele; na verdade, ele mal me olhou. Fez um gesto para a cadeira ao lado de Prescott.

— Sente-se, Kovacs. É o último game.

Forcei um sorriso, resistindo à tentação de lhe chutar os dentes garganta abaixo, e me instalei na cadeira. Oumou Prescott se inclinou na minha direção e murmurou por trás da mão.

— O senhor Bancroft recebeu atenção indesejável da polícia hoje. Você está sendo menos sutil do que tínhamos esperado.

— Esse é só o aquecimento — murmurei de volta.

Ao fim de algum limite de tempo pré-estabelecido, Miriam Bancroft e seu adversário largaram as toalhas e assumiram posições. Eu me reclinei e assisti ao jogo, com meus olhos basicamente no corpo em forma da mulher, que se movia e balançava dentro do algodão branco, lembrando-me de como ficava nu, como tinha se contorcido contra mim. Em certo ponto, logo antes de um saque, ela me pegou fitando-a, e sua boca se contorceu em uma fração de sorriso divertido. Miriam ainda aguardava uma resposta minha; agora, achava que a tinha recebido. Quando a partida terminou, numa rajada de pontos disputados duramente, mas visivelmente inevitáveis, ela deixou a quadra, radiante.

Estava conversando com o homem e a mulher que eu não conhecia quando eu me aproximei para dar parabéns. Ela me viu chegando e se virou para me incluir no grupinho.

— Senhor Kovacs. — Os olhos dela se abriram um pouquinho mais. — Gostou de assistir?

— Imensamente — respondi com sinceridade. — Você é bem impiedosa.

Ela inclinou a cabeça para um lado e começou a enxugar os cabelos suados com a toalha, usando só uma das mãos.

— Só quando é necessário — disse ela. — Você não deve conhecer Nalan ou Joseph, é claro. Nalan, Joseph, este é Takeshi Kovacs, o Emissário que Laurens contratou para investigar o assassinato dele. O Sr. Kovacs não é da Terra. Sr. Kovacs, esta é Nalan Ertekin, Chefe de Justiça do Supremo Tribunal da ONU, e Joseph Phiri, da Comissão de Direitos Humanos.

— É um prazer. — Fiz uma breve mesura formal para os dois. — Os senhores estão aqui para debater a Resolução 653, imagino.

Os dois oficiais trocaram um olhar, então Phiri assentiu com a cabeça.

— Você está muito bem informado — observou ele, com seriedade no rosto. — Ouvi muito sobre o Corpo de Emissários, mas ainda estou impressionado. Há quanto tempo você está na Terra, exatamente?

— Mais ou menos uma semana — exagerei, na esperança de desarmar a costumeira paranoia que representantes eleitos exibiam perto de Emissários.

— Uma semana, sim. De fato impressionante. — Phiri era um homem negro atarracado, aparentemente com cerca de 50 anos e cabelos que começavam a ficar grisalhos, além de olhos castanhos cautelosos. Como Dennis Nyman, ele cedia à excentricidade de usar óculos, mas, enquanto as lentes metálicas de Nyman tinham sido desenhadas para intensificar os planos de seu rosto, este homem as usava para desviar a atenção. A grossa armação lhe dava a aparência de um clérigo atrapalhado, mas, detrás das lentes, aqueles olhos não deixavam nada passar.

— E você já fez algum progresso em sua investigação? — indagou Ertekin, uma bela mulher árabe um par de décadas mais jovem que Phiri e que, portanto, já deveria estar pelo menos na segunda capa. Eu sorri para ela.

— O progresso é difícil de definir, meritíssima. Como Quell teria dito, *eles me trazem relatórios de progresso, mas eu só vejo mudança e corpos queimados.*

— Ah, então você veio do Mundo de Harlan — observou Ertekin, educadamente. — E você se considera um quellista, Sr. Kovacs?

Deixei o sorriso se alargar.

— De vez em quando. Eu diria que ela acerta em algumas coisas.

— O Sr. Kovacs anda bem ocupado, na verdade — afirmou Miriam Bancroft, apressada. — Imagino que ele e Laurens tenham muito a conversar. Talvez seja melhor deixarmos eles tratarem desses assuntos.

— Sim, é claro. — Ertekin inclinou a cabeça. — Quem sabe conversamos mais tarde.

Os três se afastaram para consolar o adversário de Miriam, que estava guardando tristemente sua raquete e toalhas numa bolsa. Porém, apesar de toda condução diplomática de Miriam, Nalan Ertekin não parecia particularmente preocupada em se retirar da minha presença. Senti um lampejo momentâneo de admiração por ela. Dizer a uma executiva da ONU, na prática uma oficial do Protetorado, que você é um quellista é um pouco como confessar sacrifícios animais rituais num jantar vegetariano. Não é uma coisa que se faça.

Eu me virei e me deparei com Oumou Prescott ao meu ombro.

— Vamos? — perguntou ela severamente, apontando para a casa. Bancroft já seguia adiante. Fomos atrás dele com o que eu considerei um passo excessivamente acelerado.

— Só uma pergunta — consegui dizer em meio à respiração. — Quem é o garoto? Aquele que a Sra. Bancroft crucificou.

Prescott me lançou um olhar impaciente.

— Segredão, é?

— Não, Sr. Kovacs, não é um segredo, grande ou pequeno. Só acho que você faria bem em ocupar sua mente com outras questões que não os convidados dos Bancroft. Se você precisa mesmo saber, o outro jogador era Marco Kawahara.

— Ah, de fato? — Sem querer, eu tinha assumido os padrões de fala de Phiri. E bota personalidade forte nisso. — Então por isso que eu já tinha visto o rosto dele. Puxou a mãe, não é?

— Eu não teria como saber — respondeu ela, desinteressada. — Nunca conheci a Sra. Kawahara.

— Sorte sua.

Bancroft nos aguardava num conservatório exótico anexado à ala junto ao mar. As paredes de vidro eram um tumulto de cores e formas alienígenas, dentre as quais eu identifiquei um jovem pé de pau-espelho e numerosas frondes de folha-mártir. Bancroft estava parado ao lado de uma dessas últimas, aplicando cuidadosamente um spray de pó branco metálico. Eu não sabia muito a respeito de folha-mártir além dos usos óbvios como dispositivo de segurança, então não fazia ideia do que seria aquele pó.

Bancroft se virou com nossa chegada.

— Por favor, mantenham suas vozes razoavelmente baixas. — A própria voz dele estava curiosamente abafada naquele ambiente absorvente de som. — A folha-mártir é altamente sensível neste estágio de desenvolvimento. Sr. Kovacs, presumo que você esteja familiarizado com ela.

— Sim. — Dei uma olhada nos cálices de folhas com uma vaga forma de mão, onde havia as manchas centrais escarlates que tinham dado aquele nome à planta. — Tem certeza de que estão maduras?

— Completamente. Em Adoración, você as teria visto maiores, mas eu fiz que Nakamura preparasse estas para uso interno. Elas são tão seguras quanto uma cabine Zero-Vibra... e muito mais confortáveis — afirmou ele, indicando um trio de cadeiras de ferro ao lado das plantas em questão.

— Você queria me ver — disse eu, impaciente. — Qual é o assunto?

Por um curto momento, aquele olhar de ferro negro se cravou em mim com a força total dos três séculos e meio de Bancroft, e foi como encarar um demônio. Naquele segundo, aquela alma de Matusa estava exposta, fitando-me, e eu vi refletidas naqueles olhos todas as variedades de vidas individuais ordinárias que ele vira morrer, como os pálidos fulgores de mariposas na chama. Era uma experiência que eu só tivera uma vez antes, quando eu havia me desentendido com Reileen Kawahara. Pude sentir o calor nas minhas asas.

E então aquilo se foi, e restava apenas Bancroft, indo se sentar e pousando o spray numa mesa adjacente. Ele ergueu o olhar para ver se eu me sentaria também. Quando continuei em pé, Bancroft juntou as pontas dos dedos e franziu o cenho. Oumou Prescott pairava entre nós.

— Sr. Kovacs, estou ciente de que, pelos termos do nosso contrato, eu concordei em cobrir todos os gastos razoáveis desta investigação. Porém, quando disse isso, eu não esperava arcar com uma trilha de dano orgânico doloso de um lado a outro da cidade. Passei quase toda a manhã subornando as tríades da Costa Oeste e a polícia de Bay City, duas organizações que já não nutriam uma boa disposição para comigo mesmo antes de você iniciar este massacre. Eu me pergunto se você tem noção de quanto estou gastando apenas para mantê-lo vivo e fora de armazenamento.

Olhei em volta pelo conservatório e dei de ombros.

— Acho que você consegue bancar.

Prescott estremeceu. Bancroft se permitiu um fragmento de sorriso.

— Talvez, Sr. Kovacs, eu não esteja mais disposto a bancar.

— Então acabe com essa porra.

A folha-mártir tremulou visivelmente com a súbita mudança de tom. Eu não dei a mínima. De repente, eu não estava mais a fim de participar dos jogos elegantes de Bancroft. Eu estava cansado. Sem contar o breve período de inconsciência na clínica, eu já estava acordado havia mais de trinta horas, e meus nervos estavam em frangalhos pelo uso contínuo do sistema neuroquímico. Eu tinha passado por um tiroteio. Escapado de um carro voador em movimento. Passado por protocolos de interrogatório que teriam traumatizado muita gente pelo resto da vida. Cometido múltiplos assassinatos em combate. E já estava rastejando para a cama quando o Hendrix deixou a convocação sumária de Bancroft atravessar o bloqueio de chamadas que eu tinha solicitado, segundo ele, "no interesse de manter um sólido relacionamento com o cliente, desta forma assegurando um status ininterrupto de hospedagem." Algum dia alguém teria que reformar aquele idioleto hoteleiro antiquado do Hendrix; considerei a ideia de fazê-lo eu mesmo com a Nemex quando desliguei o telefone, mas a minha irritação com as reações escravizadas do hotel à retenção de hóspedes foi superada pela raiva que senti do próprio Bancroft. Tinha sido essa raiva que tinha me impedido de ignorar o chamado e ir dormir mesmo assim e me levado até a Casa do Toque do Sol vestindo as mesmas roupas amarrotadas que eu vestia desde o dia anterior.

— Perdão, Sr. Kovacs — Oumou Prescott me encarava —, mas você está sugerindo...

— Não, não estou, Prescott. Estou ameaçando. — Voltei meu olhar a Bancroft. — Eu não pedi para entrar nessa porra de dança No. Você me arrastou até aqui, Bancroft. Você me tirou da geladeira no Mundo de Harlan e me enfiou na capa de Elias Ryker só para emputecer a Ortega. Você me mandou para as ruas com algumas dicas vagas e ficou assistindo enquanto eu tropeçava no escuro, arrebentando as canelas nos seus erros passados. Bem, se você não quer mais brincar, agora que a corrente está puxando mais forte, por mim tudo bem. Estou de saco cheio de arriscar meu cartucho por um merda como você. Pode me colocar de volta na caixa, e eu me arrisco com o que pode acontecer daqui a 117 anos. Talvez eu tenha sorte, e quem quer que queira ver você torrado já terá conseguido eliminá-lo da face do planeta a essa altura.

Eu tive que deixar minhas armas no portão principal, mas sentia a flexibilidade perigosa do modo de combate dos Emissários tomar conta de mim enquanto eu falava. Se o demônio Matusa voltasse e saísse do controle, eu ia esganar Bancroft até a morte ali mesmo só pela satisfação.

Curiosamente, o que eu disse só pareceu deixá-lo pensativo. Ele me escutou, inclinou a cabeça como se concordasse e enfim se virou para Prescott.

— Ou, você pode sair por enquanto. Tem algumas coisas que eu e o Sr. Kovacs precisamos discutir em particular.

Prescott parecia em dúvida.

— Quer que eu coloque algum guarda lá fora? — indagou ela, encarando-me com severidade. Bancroft balançou a cabeça.

— Sei que não será necessário.

Prescott saiu, ainda duvidosa, enquanto eu me esforçava para não admirar a frieza do sujeito. Ele tinha acabado de escutar que eu estaria feliz em voltar ao armazenamento, tinha passado a manhã inteira lendo relatórios da minha matança e ainda pensava ter me decifrado bem o bastante para saber se eu representava perigo a ele ou não.

Eu me sentei. Talvez ele tivesse razão.

— Você tem muito o que explicar — falei calmamente. — Pode começar com a capa de Ryker, e depois seguimos em frente. Por que você fez isso e por que escondeu de mim?

— Escondi? — Bancroft arqueou as sobrancelhas. — Nós mal falamos disso.

— Você me disse que encarregou seus advogados da seleção da capa. Fez muita questão de deixar bem claro. Só que Prescott insiste que você mesmo fez a escolha. Deveria tê-la preparado melhor quanto às mentiras que ia contar.

— Bem. — Bancroft fez um gesto de aceitação. — Uma precaução por reflexo, então. É tão raro contar a verdade aos outros, que no fim a omissão se torna um hábito. Só que eu não fazia ideia de que tal questão seria tão importante para você. Depois de sua carreira no Corpo e seu tempo em armazenamento, quero dizer. Você sempre demonstra tanto interesse no histórico das capas que usa?

— Não, não demonstro. Mas, desde que eu cheguei, Ortega está colada em mim como plástico isolante. Achei que fosse por ela ter alguma coisa a esconder. Acontece que está só tentando proteger a capa do namorado enquanto ele continua armazenado. Aliás, você se deu ao trabalho de descobrir por que Ryker está na prateleira?

Desta vez, o movimento da mão aberta de Bancroft comunicava irrelevância.

— Um indiciamento por corrupção. Dano orgânico injustificado, tentativa de falsidade ideológica. Pelo que sei, era reincidente.

— É, isso mesmo. Na verdade, ele era bem conhecido por essas coisas. Bem conhecido e muito impopular, especialmente em lugares como Licktown, que foi onde eu passei os dois últimos dias, seguindo a trilha do seu pau gotejante. Mas vamos voltar a isso mais tarde. Por que eu estou vestindo a capa de Ryker?

Os olhos de Bancroft faiscaram momentaneamente com o insulto, mas ele era um jogador bom demais para morder a isca. Em vez disso, ele puxou o punho da camisa, num gesto de deslocamento que eu reconheci de Diplomacia Básica, e sorriu de leve.

— É sério, eu não fazia ideia de que seria inconveniente. Meu objetivo era fornecer a você uma armadura adequada, e a capa oferece...

— *Por que Ryker?*

Houve um instante de silêncio. Matusas não eram pessoas que você interrompia sem mais nem menos, e Bancroft estava com muita dificuldade em lidar com a falta de respeito. Eu pensei na árvore além das quadras de tênis. Sem dúvida, Ortega, se estivesse ali, teria aplaudido.

— Uma jogada, Sr. Kovacs. Uma mera jogada.

— Uma jogada? Contra Ortega?

— Precisamente. — Bancroft se recostou na cadeira. — A tenente Ortega deixou seus preconceitos bem claros assim que pisou nesta casa. Ela foi extremamente pouco cooperativa. Faltou com respeito. Foi algo de que me lembrei, uma conta a ser acertada. Quando a lista de candidatos fornecida por Oumou incluía a capa de Elias Ryker, indicando Ortega como a responsável pelo pagamento da hipoteca do tanque, vi a jogada como sendo quase cármica. O ato foi inevitável.

— Um pouco infantil para alguém da sua idade, não acha?

Bancroft inclinou a cabeça.

— Talvez. Porém, você se lembra de um General MacIntyre do Comando de Emissários, residente no Mundo de Harlan, que foi encontrado estripado e decapitado no seu jato particular, um ano depois do massacre de Innenin?

— Vagamente. — Fiquei sentado, frio, lembrando. Porém, se Bancroft era capaz de jogar o jogo do autocontrole, eu era também.

— Vagamente? — Bancroft ergueu uma sobrancelha. — Eu pensava que um veterano de Innenin dificilmente poderia deixar de recordar a morte do comandante que conduziu a catástrofe inteira, do homem que é acusado por muitos de ser culpado por negligência e por todas aquelas Mortes Reais.

— MacIntyre foi inocentado de toda culpa pelo Tribunal de Inquérito do Protetorado — respondi em voz baixa. — Você quer chegar a algum lugar?

Bancroft deu de ombros.

— Só que, aparentemente, a morte dele foi um assassinato de vingança, apesar do veredicto determinado pelo tribunal, um ato inútil, na verdade, já que não poderia trazer de volta todos os que morreram. A infantilidade é um pecado muito comum dentre os humanos. Talvez não devêssemos julgar tão rápido.

— Talvez não. — Eu me levantei e fui até a porta do conservatório, olhando para fora. — Bem, então não se sinta como se eu estivesse proferido um julgamento, mas por que exatamente você não me contou que passava tanto tempo em puteiros?

— Ah, a garota Elliott. Sim, Oumou me contou a respeito. Você acha mesmo que o pai dela teve alguma coisa a ver com a minha morte?

Eu me virei de volta.

— Agora não. Na verdade, eu acredito seriamente que ele não teve nada a ver com a sua morte. Mas desperdicei muito tempo para descobrir isso.

Bancroft sustentou meu olhar calmamente.

— Lamento se meu briefing foi inadequado, Sr. Kovacs. É verdade, eu passo parte do meu tempo de lazer em alívio sexual comprado, tanto real quanto virtual. Ou, como você colocou com tanta elegância, puteiros. Não considerei isso particularmente relevante. Da mesma forma, dedico parte do meu tempo às apostas de pequena escala. E, ocasionalmente, às lutas de faca em gravidade zero. Todas essas coisas poderiam me criar inimigos, assim como a maioria dos meus interesses empresariais. Não senti que o seu primeiro dia numa nova capa num novo mundo seria o momento para uma explicação abrangente e detalhada da minha vida. Por onde eu poderia começar? Em vez disso, contei-lhe a situação do crime e sugeri que você falasse com Oumou. Não esperava que você disparasse atrás da primeira pista como um míssil teleguiado. Nem esperava que você fosse devastar tudo o que entrasse em seu caminho. Foi-me dito que o Corpo de Emissários tinha uma reputação de *sutileza*.

Colocado assim, ele tinha razão. Virgínia Vidaura teria ficado furiosa; provavelmente estaria logo atrás de Bancroft, esperando a vez para me esmurrar pela grave falta de finesse. Por outro lado, nem ela nem Bancroft tinham visto o rosto de Victor Elliott na noite em que ele me contou sobre o que havia acontecido à sua família. Engoli uma resposta mal-educada e reuni tudo que sabia, tentando decidir o quanto revelar.

— Laurens?

Miriam Bancroft estava parada logo diante do conservatório, com uma toalha pendurada no pescoço e a raquete debaixo do braço.

— Miriam. — Havia uma deferência genuína no tom de Bancroft, mas não consegui determinar mais nada.

— Vou levar Nalan e Joseph para a Jangada do Hudson para um almoço com mergulho. Joseph nunca fez isso antes, e nós o convencemos. — Ela voltou o olhar de Bancroft para mim e então de volta a ele. — Quer vir conosco?

— Talvez mais tarde — respondeu Bancroft. — Onde vocês estarão?

Miriam deu de ombros.

— Não tinha decidido ainda. Algum lugar nos conveses de estibordo. No Benton, talvez?

— Ótimo. Eu alcanço vocês. Arpoe-me uma cavala, se vir uma.

— Sim, capitão. — Ela tocou a lateral da mão no lado da cabeça numa continência caricata que fez nós dois sorrirmos inesperadamente. O olhar de Miriam vacilou e pousou em mim. — Gosta de frutos do mar, Sr. Kovacs?

— Provavelmente. Tive pouquíssimo tempo para exercitar meu paladar aqui na Terra, Sra. Bancroft. Até agora, só comi o que o hotel tinha a oferecer.

— Bem. Assim que você tiver desenvolvido seu paladar — disse Miriam Bancroft, de forma significativa —, talvez possa encontrar a gente também?

— Eu agradeço, mas não acho provável.

— Bem — repetiu ela, animada. — Tente não demorar muito, Laurens. Eu vou precisar de *um pouco* de ajuda para manter Marco longe de Nalan. Ele está furioso, aliás.

Bancroft grunhiu.

— Do jeito que ele jogou hoje, não estou surpreso. Cheguei a pensar que ele estava fazendo de propósito.

— Não no último game — comentei para ninguém em particular.

Os Bancroft se focaram em mim, ele com uma expressão ilegível e ela com a cabeça inclinada para o lado e um súbito sorriso aberto que a deixou com um inesperado aspecto infantil. Por um momento, nós nos entreolhamos, e uma mão subiu para tocar o cabelo dela com o que parecia uma fração de incerteza.

— Curtis vai trazer a limusine para a entrada — disse ela. — Eu preciso ir. Foi um prazer vê-lo novamente, Sr. Kovacs.

Nós dois a observamos se afastar caminhando pelo gramado, a saia de tênis balançando de um lado ao outro. Mesmo levando em conta a aparente indiferença de Bancroft pela mulher enquanto ser sexual, os jogos de palavras de Miriam estavam chegando perto demais da verdade para o meu gosto. Eu tinha que preencher o silêncio com alguma coisa.

— Me diga uma coisa, Bancroft — comecei, com meus olhos ainda na silhueta que se afastava. — Com todo respeito, por que alguém que está casado com ela, que decidiu continuar casado, gastaria seu tempo nesse alívio sexual comprado?

Eu me virei de volta casualmente e me deparei com ele me observando sem expressão. Bancroft ficou calado por vários segundos; quando falou, sua voz estava cuidadosamente insossa.

— Você já gozou na cara de uma mulher, Kovacs?

Choque cultural é algo que eles lhe ensinam a bloquear bem cedo no Corpo, mas, muito de vez em quando, um impacto atravessa a armadura, e a realidade ao seu redor fica parecendo um quebra-cabeça que não se encaixa lá muito bem. Mal pude controlar meu olhar antes que começasse. Aquele homem, mais velho que a história humana inteira do meu planeta, estava me fazendo aquela pergunta. Era como se tivesse me perguntado se eu já tinha brincado com pistolas de água.

— Hum. Sim. Isso, hum, isso acontece se...

— Uma mulher que você pagou?

— Bem, às vezes. Não particularmente. Eu... — Eu me lembrei da risada espontânea da mulher dele quando eu explodi dentro e em volta da sua boca, o gozo escorrendo pelos dedos como a espuma de uma garrafa de champanhe. — Não é algo que tenha ficado na minha memória. Esse fetiche em particular não é dos meus, e...

— Nem dos meus — retrucou o homem à minha frente, com um pouco de ênfase demais. — Escolhi meramente como exemplo. Há coisas, desejos, em todos nós, que devemos suprimir. Ou que, pelo menos, não podem ser expressados num contexto civilizado.

— Eu dificilmente contraporia civilização a sêmen derramado.

— Você vem de outro lugar — continuou Bancroft, sombrio. — Uma cultura colonial ousada e jovem. Você não tem a capacidade de entender como os séculos de tradição nos moldaram aqui na Terra. Os jovens de espírito, os aventureiros, todos partiram aos montes nas naves. Foram encorajados a partir. Eu vi acontecer. Naquele momento, eu achei bom, pois facilitou muito a construção de um império. Agora, eu me pergunto se valeu a pena o preço que pagamos. A cultura desmoronou sob o próprio peso, desesperada por normas para reger a vida, e escolheu o antigo e familiar. Moralidade rígida, lei rígida. As declarações da ONU se fossilizaram em conformismo global; criou-se um... — ele gesticulou — um tipo de camisa de força supracultural, e, com um medo intrínseco do que poderia ser trazido das colônias, o Protetorado surgiu enquanto as naves ainda estavam a caminho. Quando as primeiras alcançaram os novos planetas, seus povos armazenados acordaram e se depararam com uma tirania preparada.

— Você fala como se estivesse fora de tudo isso. Com tanta visão, você ainda não consegue se libertar?

Bancroft sorriu levemente.

— A cultura é como um nevoeiro de poluição. Para viver dentro dela, você tem que respirá-la um pouco e, inevitavelmente, ser contaminado. E, de qualquer maneira, o que ser livre significa neste contexto? Ser livre para derramar esperma nos seios e rosto da minha mulher? Ser livre para fazê-la se masturbar diante de mim, para compartilhar o uso do corpo dela com outros homens e mulheres? Duzentos e cinquenta anos é um longo tempo, Sr. Kovacs; tempo suficiente para que uma lista muito comprida de fantasias sujas e degradantes infeste a mente e excite os hormônios de cada nova capa que você veste. Enquanto, por outro lado, seus sentimentos mais elevados se tornam mais puros e espiritualizados. Você faz alguma ideia do que acontece aos vínculos emocionais ao longo de um período desses?

Abri minha boca, mas ele ergueu a mão pedindo silêncio, que eu lhe concedi. Não é todo dia que você pode ouvir o derramar de confissões de uma alma multicentenária, e Bancroft estava com as comportas abertas.

— Não — respondeu ele a própria pergunta. — Como poderia? Assim como sua cultura é rasa demais para apreciar como é viver na Terra, sua experiência de vida não tem a menor possibilidade de abranger o que é amar a mesma pessoa por 250 anos. No fim, se você perdurar, se você vencer as armadilhas do tédio e da complacência, no fim o que resta não é amor. É quase veneração. Como então você pode combinar esse respeito, essa veneração, com os sórdidos desejos de qualquer que seja a carne que você veste no momento? Eu lhe digo: você não pode.

— Então, em vez disso, você se alivia com prostitutas?

O sorriso fino retornou.

— Eu não me orgulho, Sr. Kovacs, mas você não pode viver tanto tempo assim sem se aceitar em cada faceta, por mais desagradável que seja. As mulheres estão lá. Elas satisfazem uma demanda do mercado e são recompensadas de acordo. E assim eu me purifico.

— Sua mulher sabe disso?

— É claro. E já sabe há um tempo considerável. Oumou me informou de que você já está ciente dos fatos acerca de Leila Begin. Miriam se acalmou muito desde então. Certamente tem suas próprias aventuras.

— Quão certamente?

Bancroft fez um gesto irritado.

— Isso é relevante? Não mando monitorar minha mulher, se é isso que você quer dizer, mas eu a conheço. Ela tem os próprios apetites para saciar, assim como eu.

— E isso não o incomoda?

— Sr. Kovacs, eu sou muitas coisas, mas hipócrita não é uma delas. Trata-se de carne e nada mais. Miriam e eu entendemos isso. E agora, já que esta linha de questionamento parece não estar nos levando a lugar nenhum, podemos por favor seguir em frente? Na ausência de qualquer culpa da parte de Elliott, o que mais você tem?

Tomei uma decisão ali que veio de níveis de instinto muito abaixo do pensamento consciente. Balancei a cabeça.

— Não tenho nada ainda.

— Mas vai ter?

— Sim. Podemos colocar o envolvimento de Ortega na conta desta capa, mas ainda resta Kadmin. Ele não estava atrás de Ryker. Ele me conhecia. Tem alguma coisa acontecendo.

Bancroft assentiu, satisfeito.

— Você vai falar com Kadmin?

— Se Ortega deixar.

— Por que não deixaria?

— Porque a polícia vai verificar quaisquer vídeos de satélite que tenham conseguido sobre Oakland hoje cedo, o que significa que provavelmente serão capazes de me identificar saindo da clínica. Certamente havia alguma coisa no céu naquela hora. Não acho que eles estarão particularmente cooperativos.

Bancroft se permitiu mais um de seus sorrisos afiados.

— Muito astuto, Sr. Kovacs. Só que você não tem nada a temer nesse aspecto. A Clínica Wei, ou o pouco que você deixou restar dela, está relutante em liberar os vídeos internos ou prestar queixa contra qualquer um. Têm mais a temer em qualquer investigação do que você. É claro, se eles decidirão buscar represália por meios mais particulares é, digamos assim, uma questão mais complexa.

— E a Alcova?

Ele deu de ombros.

— A mesma coisa. Com o proprietário morto, uma sociedade administradora interveio.

— Muito organizado.

— Fico feliz que você aprecie. — Bancroft se levantou. — Como eu disse, foi uma manhã agitada, e as negociações estão longe de acabar. Eu ficaria grato se você pudesse limitar um pouco suas depredações no futuro. Saiu caro.

Ao me levantar, por um curto instante vi os rastros de tiros de Innenin cruzando o fundo da minha visão, as mortes gritantes reverberando num nível que chegava até os meus ossos, e de repente o eufemismo elegante de Bancroft soou doentio e grotesco, como as palavras antissépticas nos relatórios de danos do general MacIntyre... *pela conquista da cabeça de ponte de Innenin, um preço que valeu muito a pena ser pago...* Como Bancroft, MacIntyre tinha sido um homem poderoso e, como todos os homens poderosos, quando ele falava em preços que valiam a pena ser pagos, você poderia ter certeza de uma coisa: era outra pessoa quem pagaria.

CAPÍTULO 17

A delegacia da Fell Street era um quarteirão despretensioso erguido num estilo que eu presumia ser barroco marciano. Se já tinha sido planejada com esse fim, ser uma delegacia de polícia, ou se fora ocupada como tal depois de pronta, era difícil dizer. O lugar era uma fortaleza em potencial. Os adornos de pedra-rubi com erosão simulada e os esteios cobertos ofereciam uma série de nichos naturais onde tinham sido instaladas altas janelas de vitral margeadas pelas protuberâncias discretas de geradores de escudos. Abaixo das janelas, a superfície vermelha abrasiva das pedras fora esculpida em obstruções serrilhadas que capturavam a luz matinal e lhe davam uma tonalidade sangrenta. Eu não sabia dizer se os degraus que levavam até a entrada arqueada eram deliberadamente desiguais ou apenas muito gastos.

Dentro, a luz colorida filtrada por um vitral e uma calma peculiar me atingiram ao mesmo tempo. Subsons, deduzi, passando os olhos pelas ruínas humanas que aguardavam nos bancos, submissas. Se aqueles eram os suspeitos detidos, alguma coisa os deixara notavelmente dóceis, e eu duvidava de que tivessem sido os murais zen populistas que alguém mandara pintar no salão. Atravessei a poça de luz colorida, abri caminho por pequenos grupos que conversavam nos tons baixos mais apropriados a uma biblioteca do que a um centro de detenção e me deparei com o balcão de recepção. Um policial uniformizado, provavelmente o sargento de serviço, piscou gentilmente os olhos de volta para mim; os subsons obviamente o afetavam também.

— Tenente Ortega — disse-lhe eu. — Dano Orgânico.

— E quem quer falar com ela?

— Diga a ela que é Elias Ryker.

Pelo canto do olho, vi outro uniformizado se virar à menção do nome, mas nada foi dito. O sargento de serviço falou no telefone, escutou, depois se virou de volta para mim.

— Ela vai mandar alguém descer. Você está armado?

Assenti e pus a mão dentro do casaco para tirar a Nemex.

— Por favor, entregue sua arma com cuidado — acrescentou ele com um sorriso gentil. — Nosso software de segurança é meio sensível e pode atordoar você se parecer que está sacando uma arma.

Passei a me mover em câmera lenta, larguei a Nemex na mesa e comecei a desatar a faca Tebbit do meu braço. Quando terminei, o sargento sorriu para mim com um aspecto quase de santo.

— Obrigado. Você receberá tudo de volta quando deixar o prédio.

Ele mal acabara de falar quando dois dos moicanos apareceram numa porta nos fundos do salão e vieram rapidamente até mim. Seus rostos tinham carrancas idênticas que pareceram não sofrer nenhum efeito do subsom no curto tempo que levaram para me alcançar. Pararam ao meu lado e tentaram cada um segurar um dos meus braços.

— Eu não faria isso — disse eu.

— Ei, ele não está preso, sabe — observou o sargento de serviço, pacificamente.

Um dos moicanos lhe deu uma olhada e fungou com irritação. O outro só me encarou o tempo todo, como se não comesse carne vermelha fizesse algum tempo. Encarei de volta com um sorriso. Depois da reunião com Bancroft, eu tinha voltado direto ao Hendrix e dormido por quase vinte horas. Eu estava descansado, neuroquimicamente alerta e sentindo um desgosto cordial pela autoridade que deixaria a própria Quell orgulhosa.

Devia estar claro pela minha cara. Os moicanos abandonaram suas tentativas de me agarrar e nós três subimos quatro andares num silêncio só interrompido pelo ranger do elevador antigo.

O escritório de Ortega tinha um dos vitrais, ou, mais precisamente, a metade inferior de um deles, antes que fosse dividido ao meio horizontalmente pelo teto. Provavelmente a outra metade continuava, com a forma de uma ponta de míssil, no piso acima. Comecei a notar alguns indícios de que o prédio original tinha sido convertido para seu uso presente. As outras paredes do escritório tinham sua ambientação formatada com um pôr do sol tropical sobre mar e ilhas. A combinação do vitral e do crepúsculo significava que o escritório estava saturado por uma luz alaranjada suave na qual dava para ver as partículas de poeira flutuantes.

A tenente estava sentada atrás de uma pesada escrivaninha de madeira como se estivesse enjaulada ali. Queixo apoiado em uma mão em concha, uma das canelas e um joelho pressionados com força contra a beira da mesa, ela encarava pensativamente a tela de um antigo laptop quando entramos. Além do computador, os únicos itens na escrivaninha eram uma Smith & Wesson de calibre grosso gasta e um copo plástico de café, com a lingueta de aquecimento ainda no lugar. Ela dispensou os moicanos com um aceno da cabeça.

— Senta, Kovacs.

Dei uma olhada ao redor, vi uma cadeira sob a janela e a trouxe para junto da mesa. A luz de fim de tarde no escritório era desorientadora.

— Você trabalha no turno da noite?

Os olhos dela se incendiaram.

— Que tipo de piada é essa?

— Ei, nada demais. — Ergui minhas mãos e indiquei as luzes baixas. — Só achei que poderia ter selecionado as luzes para isso. Você sabe que são dez da manhã lá fora.

— Ah, isso. — Ortega grunhiu e os olhos dela voltaram à tela do computador. Era difícil dizer no pôr do sol tropical, mas achei que os olhos poderiam ser verdes-acinzentados, como o mar que envolve o redemoinho. — Está fora de sincronia. O departamento comprou barato de algum lugar em El Paso Juarez. Trava completamente às vezes.

— Que dureza.

— É, às vezes eu simplesmente deixo desligado, mas os neons são... — Ela ergueu o olhar de repente. — Mas que merda eu tô... Kovacs, você faz ideia de quão perto está do armazenamento nesse exato instante?

Fiz um gesto deixando meu indicador bem perto do polegar, e olhei para ela entre os dedos.

— Mais ou menos a distância de um testemunho da Clínica Wei, pelo que ouvi falar.

— Nós temos prova de que você esteve lá, Kovacs. Sete e quarenta e três da manhã de ontem, saindo pela porta da frente com total tranquilidade.

Dei de ombros.

— E não fique pensando que suas conexões Matusas vão te manter orgânico para sempre. Tem um motorista de limusine da Clínica Wei contando umas histórias bem interessantes sobre sequestro e Morte Real. Talvez ele tenha alguma coisa a dizer sobre você.

— Vocês rebocaram o veículo dele, foi? — perguntei casualmente. — Ou a Wei o recuperou antes que pudessem fazer testes?

A boca de Ortega se estreitou numa linha fina.

Assenti.

— Foi o que eu pensei. E o motorista vai dizer exatamente nada antes da Wei tirar ele daqui, imagino.

— Escuta aqui, Kovacs. Se eu continuar forçando, alguma coisa vai ceder. É uma questão de tempo, filho da puta. Simples assim.

— Tenacidade admirável — observei. — Pena que você não a tenha demonstrado no caso Bancroft.

— *Não existe porra nenhuma de caso Bancroft.*

Ortega estava de pé, com as mãos espalmadas com força no tampo da mesa, olhos estreitos de raiva e repulsa. Eu esperei; nervos exaltados nas delegacias de polícia em Bay City eram tão dados a causar ferimentos acidentais quanto outros que eu tinha conhecido. Finalmente, a tenente respirou fundo e se baixou junta por junta de volta à cadeira. A raiva tinha deixado o rosto dela, mas a repulsa ainda estava lá, nas linhas finas nos cantos dos olhos e na posição da boca larga. Ela olhou para as próprias unhas.

— Sabe o que nós encontramos na Clínica Wei ontem?

— Peças sobressalentes de mercado negro? Programas de tortura virtual? Ou não deixaram vocês ficarem lá por tempo suficiente?

— Encontramos dezessete corpos com os cartuchos corticais calcinados. Desarmados. Dezessete pessoas mortas. Mortas de verdade.

Ela ergueu o olhar para mim novamente, a repulsa ainda lá.

— Você vai ter que desculpar minha falta de reação — disse eu, friamente. — Vi coisa muito pior quando era eu vestindo uniforme. Na verdade, *fiz* coisa muito pior quando lutava as batalhas do Protetorado para eles.

— Aquilo era guerra.

— Ah, fala *sério.*

Ela não disse nada. Eu me inclinei sobre a mesa.

— E também não venha me dizer que é por conta dos dezessete corpos que você está tão furiosa. — Fiz um gesto para meu próprio rosto. — Este é o seu problema. Você não gosta da ideia de alguém fatiando isso aqui.

Ela ficou sentada em silêncio por um tempo, pensando, depois pegou um maço de cigarros na gaveta. Me ofereceu um automaticamente, e eu balancei a cabeça com determinação sofrida.

— Parei de fumar.

— É mesmo? — Havia uma surpresa genuína na voz dela enquanto colocava o cigarro na boca e acendia. — Que bom. Estou impressionada.

— É, Ryker deve ficar feliz também, quando sair do armazém.

Ela fez uma pausa atrás do véu de fumaça, depois largou o maço na gaveta e a fechou com a palma da mão.

— O que você quer? — perguntou Ortega, sem rodeios.

Os racks de detenção ficavam cinco andares abaixo, num porão de dois níveis onde era mais fácil de regular a temperatura. Comparados à PsychaSec, aquilo era um banheiro.

— Não vejo como vai fazer a menor diferença — comentou Ortega enquanto seguíamos um técnico bocejante pela plataforma de aço até o nicho 3089b. — O que o Kadmin vai contar a você que não tenha contado para a gente?

— *Olha.* — Eu parei e me virei para encará-la, com as mãos espalmadas e baixas. Na passarela estreita nós estávamos desconfortavelmente próximos. Algo químico aconteceu, e as geometrias da postura de Ortega pareceram subitamente fluidas, perigosamente táteis. Senti minha boca secar.

— Eu... — disse ela.

— 3089b — anunciou o técnico, erguendo o pesado disco de trinta centímetros da ranhura. — É esse que você queria, tenente?

Ortega me empurrou e passou apressada.

— É esse, Micky. Você pode nos preparar um virtual?

— Claro. — Micky apontou o dedão para uma das escadas espirais posicionadas em intervalos ao longo da plataforma. — Desçam até a Cinco e ponham os eletrodos. Vai levar uns cinco minutos.

— A questão é que — continuei, enquanto descíamos com um estrépito os degraus de aço — vocês são a Sia. Kadmin conhece vocês, vem lidando com vocês a vida profissional dele inteira. Faz parte do serviço. Eu sou um fator desconhecido. Se ele nunca esteve fora do sistema solar, provavelmente nunca encontrou um Emissário antes. E eles contam histórias sinistras sobre o Corpo em quase todos os lugares por onde passei.

Ortega me lançou um olhar por cima do ombro.

— Você vai arrancar uma declaração dele na base do *medo*? Dimitri Kadmin? Duvido.

— Ele estará desequilibrado, e quando as pessoas estão desequilibradas, elas deixam coisas escapar. Não se esqueça, esse cara está trabalhando para alguém que quer me ver morto. Alguém que *tem* medo de mim, pelo menos superficialmente. Kadmin pode ter sido contaminado.

— E isso é para me convencer de que alguém assassinou Bancroft, afinal?

— Ortega, não faz diferença se você acredita ou não. Já falamos disso. Você quer a capa de Ryker de volta ao tanque o mais rápido possível, fora de perigo. Quanto mais rápido decifrarmos a morte de Bancroft, mais cedo isso acontecerá. E eu correrei um risco muito menor de sofrer dano orgânico substancial se eu não ficar tropeçando na escuridão. Se eu tiver sua ajuda, na verdade. Você não quer que esta capa dê perda total em mais um tiroteio, quer?

— *Mais um* tiroteio? — Tinha levado quase meia hora de discussão exaltada para martelar o sentimento desse novo relacionamento em Ortega, e a policial dentro dela ainda não tinha relaxado comigo.

— É, depois do Hendrix — improvisei rapidamente, amaldiçoando o entrosamento químico cara a cara que tinha me desequilibrado. — Arranjei uns bons hematomas por lá. Poderia ter sido bem mais grave.

Ela me lançou outro olhar mais longo por sobre o ombro.

O sistema de interrogatório virtual ficava numa série de cabines-bolha pré-fabricadas num canto do nível inferior. Micky nos instalou em estofados automoldáveis de aparência desgastada que demoraram a reagir às nossas formas, aplicou os eletrodos e hipnofones, depois ativou tudo com um gesto grandioso de pianista, passando o braço sobre dois dos consoles utilitários. Examinou as telas conforme elas se acenderam.

— Tráfego — comentou, pigarreando em seguida e puxando o catarro no fundo da garganta com nojo. — O comissário tá plugado em alguma porcaria de ambiente de conferência e tá sugando metade do sistema. Vamos ter que esperar até alguma outra pessoa sair. — Ele olhou de volta para Ortega. — Ei, essa é aquela coisa da Mary Lou Hinchley.

— Isso. — Ortega se virou para mim para me incluir na conversa, talvez como prova da nossa nova cooperação. — Ano passado, a Guarda Costeira pescou uma garota no oceano. Mary Lou Hinchley. Não sobrou muito do corpo, mas acharam o cartucho. Puseram para tocar, e adivinha só?

— Católica?

— É isso aí. Esse lance de Absorção Total funciona mesmo, hein? É, a primeira leitura de entrada veio com adesivos de Barrada por Razões de Consciência. Geralmente esse é o fim da linha nesses casos, mas El... — Ela parou. Recomeçou. — O detetive encarregado não queria desistir. Hinchley era do bairro dele, e ele a conhecia desde que ela era criança. Não muito bem, mas... — Ela deu de ombros. — Ele não queria simplesmente desistir.

— Muito tenaz. Elias Ryker?

Ortega assentiu.

— Ele atormentou os laboratórios por um mês. No fim, encontraram provas de que o corpo tinha sido jogado de um carro aéreo. O pessoal do departamento de Dano Orgânico investigou os históricos e encontrou uma conversão com menos de dez meses e um namorado católico linha dura que entendia de TI e que poderia ter falsificado o Voto. A família da garota era limítrofe, oficialmente cristã, mas não exatamente católica. Bem rica, também, com um cofre cheio de antepassados encartuchados que eles desengavetam para os nascimentos e casamentos da família. O Departamento esteve em consulta virtual com eles várias vezes este ano.

— E eis que surge a Resolução 653, né?

— É isso aí.

Voltamos a contemplar o teto acima dos estofados. A cabine-bolha era o modelo mais barato, soprada a partir de um único globo de polifibra como um chiclete na boca de uma criança, portas e janelas cortadas com laser e então reinstaladas com dobradiças de epóxi. O teto curvo e cinzento era absolutamente desprovido de características de interesse.

— Me diga uma coisa, Ortega — perguntei depois de um tempo. — Sobre aquele cara que você botou na minha cola na tarde de terça, quando eu fui fazer compras. Por que ele era tão pior que os outros? Até um cego teria percebido aquilo.

Houve uma pausa antes que ela respondesse. Então, com relutância:

— Era tudo que a gente tinha. Foi uma coisa de momento; tivemos que achar um jeito de deixar você coberto bem rápido, depois que você se livrou das roupas.

— As roupas? — Eu fechei os olhos. — Ah, não. Você marcou o terno? Simples assim?

— Aham.

Lancei minha mente de volta ao primeiro encontro com Ortega. O complexo de justiça, a carona até a Casa Toque do Sol. A memória absoluta atravessou as imagens violentamente aceleradas. Vi nós dois parados no gramado ensolarado com Miriam Bancroft. Ortega indo embora...

— Achei! — Estalei os dedos. — Você me deu um tapão no ombro ao ir embora. Não acredito que sou tão burro.

— Bipe com cola de enzima — explicou Ortega. — Não muito maior que um olho de mosca. Imaginamos que, com o outono já avançado, você não iria a muitos lugares sem seu paletó. É claro, quando você o jogou fora naquela caçamba, deduzimos que você estivesse mandando um recado.

— Não. Nada tão inteligente.

— É isso aí — anunciou Micky, de repente. — Senhoras e senhores, segurem suas espinhas espirais, estamos no cano.

Foi uma jornada bem mais rústica do que eu tinha esperado de uma instalação num departamento governamental, mas não chegou a ser pior que muitos virtuais improvisados que eu tinha usado no Mundo. Primeiro os hipnos, pulsando seus sonocódigos até o tedioso teto cinzento se tornar subitamente fascinante, com espirais de luz e significado drenados do universo como água suja num ralo. E então eu estava...

Em outro lugar.

O mundo se estendia ao meu redor, afastando-se do meu ponto de vista em todas as direções como se não passasse de uma enorme ampliação de um dos degraus espiralados pelos quais tínhamos descido. A cor do aço, marcada de tantos em tantos metros com inchaços similares a mamilos, estendendo-se ao infinito. O céu acima era de um tom mais claro do mesmo cinza com padrões que pareciam sugerir vagamente barras e fechaduras antiquadas. Boa psicologia, presumindo que qualquer um dos criminosos tivesse alguma lembrança real da aparência de uma tranca.

À minha frente, a mobília cinzenta de formas suaves começava a evoluir a partir do piso como uma escultura de uma poça de mercúrio. Uma mesa simples de metal, depois duas cadeiras do lado de cá e uma do lado de lá. As bordas e superfícies continuaram lisas como líquido até os segundos finais do processo, então se tornaram sólidas e geométricas ao assumirem uma existência separada do chão.

Ortega apareceu ao meu lado, inicialmente um pálido esboço a lápis de mulher, em linhas tremeluzentes e sombreamento tímido. Em frente aos meus olhos, cores pastel correram por ela, e seus movimentos ficavam mais definidos. Ortega se virava para falar comigo, com uma das mãos no bolso da jaqueta. Esperei, e o brilho da cor sólida surgiu nas superfícies dela. A tenente pegou cigarros.

— Vai um?

— Não, obrigado. Eu... — Percebi a futilidade de me preocupar com a saúde virtual, aceitei o maço e tirei um cigarro. Ortega acendeu os dois com o isqueiro, e o primeiro trago de fumaça nos meus pulmões foi puro êxtase. Dei uma olhada no céu geométrico.

— Isso é padrão?

— É, por aí. — Ortega espiou o horizonte. — A resolução parece um pouco mais alta que o normal. Acho que Micky está se exibindo.

Kadmin foi rabiscado do outro lado da mesa. Antes mesmo que o programa virtual tivesse acabado de colori-lo direito, ele percebeu nossa presença e cruzou os braços. Se minha aparição na cela o desequilibrava como esperado, ele não demonstrou.

— De novo, tenente? — disse ele quando o programa terminou de formá-lo. — Tem um regulamento da ONU sobre o tempo virtual máximo para uma prisão, sabia?

— É verdade, e ainda estamos bem longe dele — retrucou Ortega. — Por que você não se senta, Kadmin?

— Não, obrigado.

— Eu mandei sentar, filho da puta. — Surgira uma súbita corrente de aço submersa na voz da policial e, magicamente, Kadmin sumiu e reapareceu sentado à mesa. O rosto dele exibiu um clarão de raiva com o deslocamento, mas logo ele se acalmou e descruzou os braços num gesto irônico.

— Tem razão, é muito mais confortável assim. Por que não se juntam a mim?

Nós nos sentamos do jeito mais convencional, e eu encarei Kadmin ao fazê-lo. Era a primeira vez que eu via uma coisa como aquela.

Ele era o Homem-Retalho.

A maioria dos sistemas virtuais recria você com base em autoimagens contidas em sua memória, com uma sub-rotina de senso comum para evitar que suas ilusões tenham influência demais. Eu geralmente apareço um pouco mais alto e com o rosto mais magro do que sou de fato. Neste caso, o sistema parecia ter embaralhado uma coleção de percepções diferentes da presumivelmente longa lista de capas de Kadmin. Eu já vira aquilo antes, como uma técnica, mas a maioria de nós se apega rapidamente a qualquer capa em que estejamos vivendo, e essa forma apaga encarnações prévias. Afinal, nós evoluímos para nos apegarmos ao mundo físico.

O homem diante de mim era diferente. O porte era de um caucasiano nórdico, quase trinta centímetros mais alto que eu, mas o rosto não combinava. Ele começava africano, largo e bem escuro, mas a cor terminava como uma máscara abaixo dos olhos, e a metade inferior era dividida ao longo da linha do nariz; cobre pálido à esquerda, branco cadavérico à direita. O nariz era tanto batatudo quanto aquilino, e mediava bem as metades de cima e de baixo da face, mas a boca era uma mistura não combinante dos dois lados que deixava os lábios peculiarmente retorcidos. Longos cabelos negros e lisos estavam penteados para trás como uma juba a partir da testa, riscados num dos lados com puro branco. As mãos, imóveis na mesa de metal, estavam equipadas com garras parecidas com aquelas que eu tinha visto no bizarro lutador gigante em Licktown, mas os dedos eram longos e sensíveis. Ele tinha seios, impossivelmente fartos num torso tão excessivamente musculoso. Os olhos, cravados na pele de ébano, eram de um verde claro espantoso. Kadmin tinha se libertado das percepções convencionais do físico. Numa era anterior, ele teria sido um xamã; aqui, os séculos de tecnologia o haviam transformado em algo mais. Um demônio eletrônico, um espírito maligno que habitava o carbono alterado e emergia apenas para possuir carne e semear o caos.

Ele teria dado um ótimo Emissário.

— Acho que eu não tenho que me apresentar — disse eu, em voz baixa.

Kadmin sorriu, revelando dentes pequenos e uma língua pontuda.

— Se você é amigo da tenente, não tem que fazer nada que não queira aqui. Só os vagabundos têm sua virtualidade editada.

— Você conhece este homem, Kadmin? — inquiriu Ortega.

— Está esperando uma confissão, tenente? — Kadmin jogou a cabeça para trás e gargalhou musicalmente. — Ah, que precário! Este homem? Esta mulher, talvez? Ou, quem sabe, até mesmo um cão poderia ser treinado para dizer o tanto que ele disse, com a dose necessária de tranquilizantes, lógico. Senão eles tendem a ficar lamentavelmente loucos quando são decantados. Aí a gente se senta aqui, três silhuetas esculpidas de granizo eletrônico na tempestade da diferença, e você vem falar como um romance de época de quinta. Que visão limitada, tenente, que visão limitada. Onde está a voz que disse que o carbono alterado nos libertaria da prisão da nossa carne? Onde está a visão que disse que seríamos *anjos*?

— Me diga você, Kadmin. É você quem tem a reputação profissional elevada. — O tom de Ortega era frio. Ela fez aparecer, com a magia do sistema, um longo impresso numa das mãos e passou os olhos distraidamente por ele. — Cafetão, capanga das tríades, interrogador virtual nas guerras corporativas... tudo trabalho de qualidade. Eu sou só uma policial burra que não consegue ver a luz.

— Não vou discordar de você aí, tenente.

— Diz aqui que você foi um apagador para a MeritCon faz um tempo, espantando os mineiros arqueólogos das posses deles em Syrtis Maior. Massacrando as famílias como incentivo. Bom trabalho. — Ortega atirou o impresso de volta no vazio. — Nós pegamos você com a mão na massa, Kadmin. Vídeo digital do sistema de vigilância do hotel, encapamento simultâneo verificável, os dois cartuchos no gelo. Isso dá apagamento compulsório, e, mesmo que seus advogados consigam rebaixar o acontecido a um Erro de Conformidade na Máquina, o sol será uma anã vermelha antes que você saia do cartucho.

Kadmin sorriu.

— Então para que você está aqui?

— Quem mandou você? — perguntei em voz baixa.

— O Cão fala!

É um lobo que eu escuto?
Uivando sua solitária comunhão
Com as estrelas sem piloto,
Ou meramente a arrogância e servidão
No latido de um cão?

Quantos milênios levou,
Em tortura e tormenta
Do orgulho de um
Para criar uma ferramenta,
O outro?

Puxei um trago e assenti. Como a maioria dos harlanenses, eu sabia os *Poemas e outras Prevaricações* de Quell mais ou menos de cor. Eram ensinados nas escolas no lugar das obras políticas posteriores e mais pesadas, a maioria das quais ainda considerada radical demais para cair nas mãos de crianças. Não era uma grande tradução, mas capturava a essência. Mais impressionante era uma pessoa de fora do Mundo de Harlan conseguir citar um volume tão obscuro.

Eu terminei para ele.

E como medimos a distância de espírito a espírito?
E quem encontramos para culpar?

— Você veio procurar culpa, Sr. Kovacs?

— Entre outras coisas.

— Que decepção.

— Você esperava alguma outra coisa?

— Não — admitiu Kadmin, com outro sorriso nos lábios. — A esperança é nosso primeiro erro. Quis dizer: que decepção para você.

— Talvez.

Ele meneou a cabeçona malhada.

— Com certeza. Você não vai tirar nenhum nome de mim. Se busca a culpa, eu terei que suportá-la por você.

— Isso é muito generoso, mas você lembra o que Quell disse sobre lacaios?

— *Matem-nos no caminho, mas contem suas balas, pois há alvos mais valiosos.* — Kadmin deu uma risada para dentro. — Você está me ameaçando dentro de armazenamento policial monitorado?

— Não. Só estou colocando as coisas em perspectiva. — Bati a cinza do cigarro e a vi sumir antes de chegar no chão. — Tem alguém controlando você, e é esse alguém que eu vou apagar. Com você, eu não gastaria nem cuspe.

Kadmin inclinou a cabeça para trás quando um tremor mais forte correu pelas linhas mutantes do céu, como um relâmpago cubista. Foi refletido na superfície fosca da mesa de metal e pareceu tocar as mãos dele por um instante. Quando o sujeito me encarou de novo, havia uma luz curiosa em seus olhos.

— Não me pediram que o matasse — disse ele sem inflexão. — A não ser que a captura acabasse ficando inconveniente. Mas agora eu vou matá-lo.

Ortega estava sobre ele assim que a última sílaba lhe deixou os lábios. A mesa desapareceu do universo, e ela o chutou da cadeira para trás com o coturno. Quando ele rolou, tentando se levantar, o mesmo coturno o acertou na boca e o jogou ao chão de novo. Corri minha língua pelos cortes quase curados dentro da minha própria boca, sentindo uma nítida falta de solidariedade.

Ortega puxou Kadmin pelos cabelos, o cigarro em sua mão substituído por um porrete assustador por cortesia do mesmo truque do sistema que tinha eliminado a mesa.

— Eu escutei direito? — sibilou ela. — Tá fazendo ameaças, seu escroto?

Kadmin exibiu os dentes num sorriso ensanguentado.

— Brutalidade poli...

— Isso mesmo, filho da puta. — Ortega acertou o porrete no rosto de Kadmin, abrindo uma ferida. — Brutalidade policial numa virtualidade policial monitorada. Sandy Kim e a WorldWeb One fariam a festa, né? Mas você quer saber de uma coisa? Eu duvido que os seus advogados vão querer exibir essa fita.

— Deixa ele, Ortega.

Ela pareceu se tocar do que estava fazendo e recuou. Seu rosto deu uma repuxada, e ela respirou fundo. A mesa ressurgiu; Kadmin subitamente estava sentado de novo, com a boca intacta.

— Você também — disse ele em voz baixa.

— É, tá bom. — Havia desprezo na voz de Ortega, pelo menos metade direcionado a ela mesma. A tenente fez uma nova tentativa de recuperar o controle da respiração, arrumando as roupas desnecessariamente. — Como eu disse, vai ser um dia frio no inferno até você ter uma chance. Talvez eu esteja esperando você lá.

— A pessoa que mandou você tem tanta grana assim, Kadmin? — perguntei suavemente. — Você vai preso em silêncio por lealdade contratual ou está só apavorado mesmo?

Como resposta, o homem composto cruzou os braços e me fitou por trás deles.

— Acabou, Kovacs? — indagou Ortega.

Tentei devolver o olhar distante de Kadmin.

— Kadmin, o meu empregador é muito influente. Essa pode ser sua última chance de fazer um acordo.

Nada. Ele nem piscou.

Dei de ombros.

— Acabei.

— Ótimo — disse Ortega, irritada. — Ficar sentada aqui sentindo o fedor desse merda está desgastando minha natureza tolerante. — Ela abanou a mão diante dos olhos dele. — Até mais ver, babaca.

Com isso, Kadmin ergueu o olhar para encarar Ortega e abriu um sorrisinho peculiarmente desagradável nos lábios retorcidos.

Fomos embora.

De volta ao quarto andar, as paredes do escritório de Ortega tinham se transformado num estonteante meio-dia sobre praias de areia branca. Apertei os olhos contra o brilho forte enquanto Ortega remexia a gaveta e pescava dois pares de óculos escuros; um para mim e um para ela.

— Então, o que você descobriu com aquilo?

Instalei as lentes sobre o nariz sem muito jeito. Os óculos eram pequenos demais.

— Não muito, exceto aquela pequena pepita sobre ele não ter ordens de me apagar. Alguém queria conversar comigo. Eu já tinha deduzido isso, de qualquer maneira; era isso, ou teriam simplesmente explodido meu cartucho no lobby do Hendrix. Ainda assim, quer dizer que alguém queria fazer um acordo por fora, excluindo Bancroft.

— Ou que alguém queria muito interrogar você.

Neguei com a cabeça.

— Sobre o quê? Eu tinha acabado de chegar. Não faz sentido.

— Sobre o Corpo? Assuntos inacabados seus? — Ortega fez gestos como se jogasse uma carta de baralho para mim com cada sugestão. — Talvez um ajuste de contas?

— Não. Já abordamos isso naquela disputa de berros na outra noite. Tem gente que gostaria de me ver apagado, mas nenhuma vive na Terra e nenhuma tem influência suficiente para agir no plano interestelar. Também não há nada que eu saiba sobre o Corpo que não esteja guardado em algum banco de dados de baixa segurança em algum lugar. E, de qualquer maneira, seria uma coincidência do caralho. Não, isso tem a ver com Bancroft. Alguém queria entrar na dança.

— O alguém que o matou?

Inclinei a cabeça para baixo, para encará-la por cima das lentes dos óculos.

— Você acredita em mim, então.

— Não inteiramente.

— Ah, fala *sério*.

Só que Ortega não estava escutando.

— O que eu quero saber — ruminou ela — é por que ele reescreveu o código no fim. Sabe, demos um sufoco nele quase uma dúzia de vezes desde que o baixamos na noite de domingo. Essa foi a primeira vez que o sujeito chegou perto de até mesmo admitir que estava lá.

— Até para os advogados dele?

— Não sabemos o que ele diz aos advogados. São figurões que operam de Ulan Bator e Nova York. Esse tipo de grana envolve um dispositivo de interferência em todas as entrevistas virtuais particulares. Tudo o que conseguimos nas fitas é estática.

Ergui uma sobrancelha mental. No Mundo de Harlan, toda custódia virtual era monitorada como parte natural do processo. Interferência não era permitida, independentemente de quanto dinheiro você tivesse.

— Falando em advogados, os de Kadmin estão aqui em Bay City?

— Fisicamente, você quer dizer? Estão, eles têm um acordo com um escritório no condado de Marin. Um dos sócios está alugando uma capa enquanto o processo corre. — Ortega franziu o lábio. — Reuniões físicas são consideradas um toque de elegância hoje em dia. Só as firmas baratas trabalham eletronicamente.

— Qual é o nome do sujeito?

Houve uma breve pausa enquanto ela considerava omitir a informação.

— Kadmin é a bola da vez agora. Não sei se podemos ir tão longe assim.

— Ortega, nós vamos até o fim. Foi esse o acordo. Caso contrário, eu terei que voltar a arriscar o rostinho bonito do Elias com mais investigações de pressão máxima.

Ela ficou calada por um tempo.

— Rutherford — disse ela, finalmente. — Você quer falar com Rutherford?

— Neste instante, eu quero falar com qualquer um. Talvez eu não tenha sido claro mais cedo, mas eu estou trabalhando no escuro aqui. Bancroft esperou um mês e meio antes de me chamar. Kadmin é tudo que eu tenho.

— Keith Rutherford é um sabonete. Você não vai tirar dele muito mais do que arrancou de Kadmin lá no porão. E, de qualquer maneira, como é que eu vou te apresentar, Kovacs? Oi, Keith, esse aqui é o ex-Emissário descontrolado que o seu cliente tentou apagar no domingo, ele gostaria de fazer algumas perguntas. Ele vai se fechar mais rápido que uma prostituta de folga.

Ela tinha razão. Pensei no problema por um momento, contemplando o mar.

— Tá bom — disse eu, lentamente. — Só preciso de alguns minutos de conversa. Que tal você dizer a ele que eu sou Elias Ryker, seu parceiro no Dano Orgânico? Eu praticamente sou mesmo, afinal.

Ortega tirou os óculos e me encarou.

— Você está tentando ser engraçado?

— Não. Estou tentando ser prático. Rutherford se encapou vindo de Ulan Bator, certo?

— Nova York — respondeu ela, irritada.

— Nova York, certo. Então ele provavelmente não sabe nada sobre você ou Ryker.

— Provavelmente não.

— Então qual é o problema?

— O problema, Kovacs, é que eu não gosto dessa ideia.

Mais silêncio. Baixei o olhar para meu colo e soltei um suspiro que só era parcialmente forçado. Então tirei meus óculos escuros e a fitei de volta. Estava tudo lá, estampado claramente. O medo nu do encapamento e tudo que ele implicava; essencialismo paranoico encurralado contra a parede.

— Ortega — falei com delicadeza —, eu não sou ele. Não estou tentando ser el...

— Você não chegaria nem perto.

— Só estamos falando de umas duas horas de faz de conta.

— E só?

Ela falou numa voz que parecia ferro, colocando os óculos de volta com uma eficiência tão brusca que nem precisei ver os olhos marejando atrás das lentes espelhadas.

— Tudo bem — decidiu ela finalmente, pigarreando. — Eu ajudo você a falar com o cara. Não vejo sentido nisso, mas vou ajudar. E depois?

— Isso é meio difícil de dizer. Eu terei que improvisar.

— Que nem você fez na Clínica Wei?

Dei de ombros, sem me comprometer.

— As técnicas de Emissário são majoritariamente reativas. Não posso reagir a alguma coisa até que ela aconteça.

— Eu não quero outro banho de sangue, Kovacs. Pega mal nas estatísticas da cidade.

— Se houver violência, não serei eu a começar.

— Isso não é lá uma garantia muito boa. Você não faz a *menor* ideia do que vai fazer?

— Eu vou conversar.

— Só conversar? — Ela me olhou com descrença. — E nada mais?

Meti os óculos escuros desajustados de volta no rosto.

— Às vezes, isso basta.

CAPÍTULO 18

Conheci meu primeiro advogado aos 15 anos, um especialista em tumultos juvenis de aparência atormentada que me defendeu, com certa habilidade, num processo de dano orgânico leve envolvendo um oficial da polícia de Novapeste. Empregando um tipo de paciência míope, ele barganhou até reduzir a sentença a Soltura Condicional e onze minutos de terapia psiquiátrica virtual. No corredor do juizado de menores, ele contemplou minha expressão, provavelmente enfurecedora de tão presunçosa, e assentiu como se os piores medos dele sobre o sentido da própria vida tivessem sido confirmados. Então deu meia-volta e foi embora. Esqueci o nome dele.

Minha entrada para a cena das gangues de Novapeste logo em seguida impediu qualquer outro encontro do tipo. As gangues eram sagazes com os assuntos virtuais; viviam conectadas e ou já escreviam os próprios programas de intrusão, ou os compravam de garotos com a metade da idade deles em troca de pornô virtual puxado das redes. Eles não eram pegos com facilidade, e, como recompensa por esse favor, a polícia de Novapeste costumava deixá-los em paz. Qualquer violência entre gangues era altamente ritualizada e excluía gente de fora na maior parte do tempo. Na rara ocasião em que ela transbordava e afetava civis, acontecia uma rápida e brutal série de incursões punitivas que deixavam alguns dos principais heróis de gangues na prateleira e o restante de nós com hematomas para dar e vender. Felizmente, eu nunca escalei a cadeia de comando alto o bastante para ser armazenado, de modo que só me deparei novamente com o interior de um tribunal durante o inquérito de Innenin.

Os advogados que vi ali tinham mais ou menos tanto em comum com o homem que me defendera quanto tiros de fuzil automático têm a ver com um peido. Eram frios, profissional e educadamente secos e bem encaminhados numa trilha profissional que garantiria que, apesar dos uniformes que vestiam, jamais teriam que chegar a menos de mil quilômetros de um tiroteio de verdade. O único problema que tinham, enquanto singravam como tubarões de um lado ao outro do piso de mármore frio do tribunal, era traçar as sutis diferenças entre guerra (homicídio em massa de pessoas usando uniformes diferentes do seu), perda justificável (homicídio em massa das suas tropas, mas com ganhos substanciais) e negligência criminosa (homicídio em massa das suas próprias tropas sem benefício apreciável). Fiquei sentado naquele tribunal por três semanas, ouvindo aqueles sujeitos discorrendo sobre essas questões como se fossem tipos de saladas, e, com cada hora que se passava, as distinções, que antes tinham sido muito claras para mim, iam ficando cada vez mais vagas. Acho que isso prova como eles eram bons.

Depois dessa experiência, criminalidade simples se tornou quase um alívio.

— Tem alguma coisa te incomodando? — Ortega me olhou de soslaio enquanto pousava um cruzador sem pintura policial numa praia de cascalho abaixo dos escritórios duplex com fachada de vidro da firma Prendergast Sanchez, Advogados.

— Eu estava só pensando.

— Tente um banho gelado e um drinque. Funciona para mim.

Assenti e ergui a minúscula bolinha de metal que eu estava rolando entre meu indicador e polegar.

— Isso é legal?

Ortega levantou a mão e desativou propulsores primários.

— Mais ou menos. Ninguém vai reclamar.

— Ótimo. Agora, vou precisar de cobertura verbal no começo. Você fala, eu fico calado, escutando. Assumo daí.

— Beleza. Ryker era assim, de qualquer maneira. Nunca usava duas palavras quando uma bastaria. Na maioria das vezes, com os vagabundos, ele só encarava.

— Uma olhada estilo meio Micky Nozawa, né?

— *Quem?*

— Deixa pra lá. — O chacoalhar de pedrinhas sendo atiradas contra o casco morreu quanto Ortega baixou os motores para marcha neutra. Eu me estiquei no assento e abri a escotilha do meu lado. Ao descer, vi um sujeito enorme descendo a escadaria de madeira que serpenteava do mezanino. Parecia tudo implante. Uma arma de aparência bruta estava pendurada em seu ombro, e ele vestia luvas. Provavelmente não era um advogado.

— Pega leve — instruiu Ortega, subitamente ao meu lado. — Nós temos jurisdição aqui. Ele não vai começar nada.

Ela mostrou o distintivo enquanto o segurança pulava o último degrau para a praia e aterrissava com as pernas flexionadas. Dava para ver o desapontamento na cara dele ao avistar o que Ortega exibia.

— Polícia de Bay City. Estamos aqui para ver Rutherford.

— Vocês não podem estacionar esse negócio aí.

— Já estacionei — respondeu Ortega calmamente. — Você vai deixar o Sr. Rutherford esperando?

Fez-se um silêncio tenso, mas ela tinha avaliado corretamente o sujeito. Contentando-se com um grunhido, o segurança apontou para o topo da escada e nos seguiu a uma distância prudente. Demorou um pouco para que alcançássemos o topo, e fiquei feliz ao ver que Ortega estava consideravelmente mais sem fôlego do que eu. Passamos por um terraço modesto feito da mesma madeira que os degraus da escada e por dois pares de portas de vidro automáticas até chegarmos à recepção, que fora decorada como se fosse uma sala de estar. Havia tapetes no chão, tecidos com os mesmos padrões da minha jaqueta, ilustrações empatísticas nas paredes. Cinco poltronas ofereciam vagas.

— Posso ajudar?

Aquela era uma advogada, sem sombra de dúvida. Uma mulher loira cuidadosamente arrumada, numa saia larga e paletó feito para combinar com o ambiente, mãos confortavelmente aninhadas nos bolsos.

— Polícia de Bay City. Onde está Rutherford?

A mulher lançou uma olhadela de soslaio ao segurança e, depois de receber o aceno de assentimento, não se deu ao trabalho de pedir identificação.

— Temo que Keith esteja ocupado no momento. Está numa virtual com Nova York.

— Bem, então tire-o da virtual — respondeu Ortega, com perigosa suavidade. — E diga a ele que a policial que prendeu o cliente dele está aqui para vê-lo. Sei que o Sr. Rutherford ficará interessado.

— Isso pode demorar um pouco, policial.

— Não pode, não.

As duas mulheres se encararam por um momento, e então a advogada afastou o olhar. Ela assentiu para o segurança, que voltou ao lado de fora, ainda parecendo desapontado.

— Verei o que eu posso fazer — declarou a advogada em tom glacial. — Por favor, espere aqui.

Nós esperamos, Ortega numa janela que cobria a extensão da parede do chão ao teto, contemplando a praia de costas para o aposento, e eu avaliando as ilustrações. Algumas delas eram muito boas. Com nossos hábitos separadamente arraigados de trabalhar em ambientes monitorados, nenhum dos dois disse nada durante os dez minutos necessários para extrair Rutherford do santuário interior.

— Tenente Ortega. — A voz modulada me lembrava do Miller na clínica e, quando tirei o olhar de uma gravura acima da lareira, vi mais ou menos o mesmo tipo de capa.

Talvez fosse um pouco mais velha, com traços patriarcais um tanto mais enrugados, desenvolvidos para inspirar respeito instantâneo em jurados e juízes, mas com o mesmo físico atlético e boa aparência prêt-à-porter. — A que devo essa visita inesperada? Espero que não seja para continuar me assediando.

Ortega ignorou a alegação.

— Sargento detetive Elias Ryker — disse ela, indicando-me com a cabeça. — Seu cliente acabou de admitir sequestro e fez uma ameaça de dano orgânico qualificado sob monitoramento. Quer ver o vídeo?

— Não particularmente. Gostaria de me contar por que você está aqui?

Rutherford era bom. Ele mal tinha reagido, mas tinha o suficiente para que eu captasse com o canto do olho. Minha mente acelerou.

Ortega se apoiou no encosto de uma das poltronas.

— Para um homem defendendo um caso sujeito a apagamento compulsório, o senhor está demonstrando uma séria falta de imaginação.

Rutherford soltou um suspiro dramático.

— Vocês me tiraram de uma conexão importante. Presumo que tenham alguma coisa a dizer.

— Você sabe o que é cumplicidade retroassociativa de terceiros? — perguntei sem desviar os olhos da gravura à minha frente. Quando finalmente ergui o olhar, tinha a atenção total de Rutherford.

— Não, eu não sei — admitiu ele rispidamente.

— É uma pena, porque você e os outros sócios da Prendergast e Sanchez estarão bem na linha de fogo se o Kadmin abrir a boca. Mas, é claro, se isso acontecer... — abri as mãos e dei de ombros — ... terá começado a estação de caça. Na verdade, já deve ter começado.

— Muito bem, já chega. — Rutherford levou a mão com determinação até um emissor de chamada remota preso à lapela. Nossa escolta de volta já estava a caminho. — Não tenho tempo para ficar de brincadeira. Não existe estatuto nenhum com esse nome, e isto já está chegando perigosamente perto de assédio.

Eu levantei a voz.

— Só queria saber de que lado você vai querer estar quando o programa travar, Rutherford. O estatuto existe. Código penal da ONU, passado pela última vez em 4 de maio de 2207. Pode procurar. Eu tive que voltar um bom pedaço para escavar essa legislação, mas ela vai derrubar todos vocês no fim. Kadmin sabe, por isso que está cedendo.

Rutherford sorriu.

— Acho que não, detetive.

Dei de ombros de novo.

— Pena. Como eu disse, pode procurar. Aí decida de que lado você quer jogar. Vamos precisar de corroboração interna. Estamos preparados para pagar por ela. Se não for você, Ulan Bator está cheia de advogados dispostos a nos pagar um boquete pela chance.

O sorriso vacilou um pouco.

— É isso aí. Pense bem. — Indiquei Ortega com um aceno da cabeça. — Você pode me encontrar na Fell Street, assim como a tenente aqui. Elias Ryker, adido extraplanetário. Prometo uma coisa a você: essa bomba vai estourar, aconteça o que acontecer. Quando ela explodir, eu serei um bom amigo a se ter.

Ortega captou a deixa como se tivesse feito aquilo a vida inteira. Como Sarah teria feito. Ela se desapoiou da poltrona e seguiu para a porta.

— A gente se vê, Rutherford — disse, lacônica, enquanto voltávamos ao terraço. O segurança estava lá, com um largo sorriso e flexionando as mãos ao lado do corpo. — E você nem pense nisso.

Me contentei com o olhar silencioso que, pelo que me disseram, Ryker usava com tanto efeito, e desci a escada atrás da minha parceira.

De volta no cruzador, Ortega ligou uma tela e observou os dados de identificação da escuta que corriam por ela.

— Onde você instalou?

— Na gravura sobre a lareira. No canto da moldura.

Ela grunhiu.

— Eles vão detectar e tirar em uma questão de segundos, sabe. E nada disso vai valer como prova aceitável, de qualquer maneira.

— Eu sei. Você já me disse isso duas vezes. Não é essa questão. Se Rutherford tiver sido abalado, ele vai ceder primeiro.

— Você acha que ele foi?

— Um pouco.

— Sei. — Ela me deu uma olhada curiosa. — Então, que porra é cumplicidade retroassociativa de terceiros?

— Não faço ideia. Inventei na hora.

Ela ergueu as sobrancelhas.

— Fala sério!

— Convenci você, né? Sabe, você poderia ter me dado um teste de polígrafo enquanto eu estava improvisando a história, e eu teria convencido o aparelho também. Truques básicos de Emissário. É claro, Rutherford vai descobrir a mentira assim que pesquisar, mas ela já serviu ao propósito.

— Que era?

— Preparar terreno. Conte mentiras e manterá o oponente desequilibrado. É como guerrear em terreno desconhecido. Rutherford estava abalado, mas sorriu quando eu disse que o tal regulamento era a razão para Kadmin começar a falar. — Dei uma olhada pelo para-brisa para a casa acima, tecendo os fiapos de intuição em uma malha de compreensão. — Ele ficou aliviado pra cacete quando ouviu isso. Não acho que ele normalmente teria deixado transparecer tanto, mas o blefe o deixou apavorado, e essa percepção de saber mais do que eu sobre a situação foi o pequeno raio de estabilidade de que ele precisava. E isso significa que o cara sabe de outro motivo para a mudança de comportamento de Kadmin. Rutherford conhece o verdadeiro motivo.

Ortega grunhiu sua aprovação.

— Muito bom, Kovacs. Você deveria ter sido policial. Viu a reação dele quando eu contei as boas notícias do que Kadmin tinha feito? O sujeito não ficou nem um pouco surpreso.

— Não. Ele estava esperando por isso. Ou por algo parecido.

— É. — Ela fez uma pausa. — Era isso mesmo que você fazia da vida?

— Às vezes. Missões diplomáticas, infiltrações. Não era...

Eu me calei quando ela me deu uma cotovelada nas costelas. Na tela, uma série de sequências codificadas se desenrolavam como serpentes de fogo azul.

— Lá vamos nós. Chamadas simultâneas; ele deve estar fazendo em virtual para ganhar tempo. Um, dois, três... Aquele é Nova York. Deve ser para contar as novidades aos sócios superiores. E... ops.

A tela se iluminou e então se apagou de repente.

— Encontraram — falei.

— Sim. A linha de Nova York deve ter um varredor anexado para limpar a área em volta da ligação ao se conectar.

— A de Nova York ou uma das outras.

— É. — Ortega puxou a memória da tela e fitou os códigos de chamada. — Todas as três são roteadas por liberação segura. Vai levar um tempo para localizar. Quer comer?

Saudade de casa não é uma coisa que um Emissário veterano deveria confessar que sente. Se o condicionamento já não a tiver removido, os anos de reencapamentos de um lado ao outro do Protetorado deveriam dar conta do recado. Emissários são cidadãos daquele estado elusivo, o Aqui-e-Agora, um estilo de ser ciumento que não aceita dupla nacionalidade. O passado só é relevante como informação.

Porém, saudade de casa foi o que eu senti quando passamos pela cozinha do Peixe Voador e o aroma de molhos que eu tinha provado pela última vez em Porto Fabril me atingiu como um tentáculo amistoso. Teriyaki, fritura de tempurá e uma base de misô. Fiquei parado, envolvido pelos perfumes por um momento, rememorando aquela época: a época em um bar de lámen onde Sarah e eu tínhamos nos escondido por um tempo enquanto esperávamos a poeira baixar depois do trabalho na Gemini Biosys, nossos olhos colados nas notícias das redes e num videofone com a tela quebrada num canto, prestes a tocar a qualquer minuto. Condensação nas janelas, a companhia de capitães taciturnos de Porto Fabril.

E, voltando ainda mais, eu me lembrei das lanternas de papel cobertas de mariposas na fachada do Watanabe's numa noite de sexta em Novapeste. Minha pele adolescente molhada de suor do vento da selva que soprava do sul, meus olhos cintilando com tetrameta em um dos grandes sinos de vento espelhados. Papo, mais furado que os potes de lámen, sobre grandes golpes e conexões com a yakuza, passagens para o norte e além, novas capas e novos mundos. O velho Watanabe tinha se sentado na varanda com a gente, ouvindo tudo, mas sem falar nada, apenas fumando seus cachimbos e dando uma olhada ocasional no sino-espelho para avaliar os próprios traços caucasianos; sempre com um pouco de surpresa, pelo que me parecia.

Ele nunca nos contou como tinha conseguido aquela capa, assim como jamais negara ou confirmara os rumores sobre aventuras com os fuzileiros, a Brigada Memorial Quell, os Emissários ou qualquer coisa do tipo. Um membro mais velho da gangue contou uma vez que viu Watanabe encarar uma sala cheia de Anjos Sete Por Cento só com um cano nas mãos, e um garoto qualquer das vilas pantanosas apareceu um dia com um trecho borrado de telejornal que ele dizia ser das guerras de Colonização. As imagens eram só em duas dimensões, capturadas apressadamente logo antes de uma equipe de assalto sair da trincheira, mas o sargento sendo entrevistado era identificado como Y. Watanabe, e o jeito como ele inclinava a cabeça ao ouvir uma pergunta fez todos nós resmungarmos em reconhecimento para a tela. Mas, por outro lado, Watanabe era um nome muito comum, e, aliás, o cara que disse que tinha visto a briga com os Anjos também gostava de contar como tinha dormido com uma herdeira da família Harlan quando ela veio fazer turismo de favela, e nenhum de nós acreditou *naquilo*.

Certa vez, numa rara noite em que eu estava sóbrio e sozinho no Watanabe's, engoli uma boa porção do meu orgulho adolescente para pedir conselhos ao velho. Já estava lendo material promocional das forças armadas da ONU havia semanas, mas precisava que alguém me desse um empurrãozinho para um lado ou para outro.

Watanabe só fez sorrir para mim, curvando os lábios ao redor da haste do cachimbo.

— Você quer um conselho? Que eu compartilhe com você a sabedoria que me trouxe até aqui?

Nós dois passamos os olhos pelo barzinho e pelos campos além da varanda.

— Bem, hum, sim.

— Bem, hum, *não* — retrucou ele com firmeza, voltando então às baforadas.

— Kovacs?

Pisquei e me deparei com Ortega diante de mim, fitando meus olhos com curiosidade.

— É alguma coisa que eu precise saber?

Sorri um pouco e dei uma olhada em volta, para os balcões de aço reluzentes da cozinha.

— Nada não.

— A comida é boa — assegurou ela, interpretando mal o meu olhar.

— Vamos lá comer, então.

Ela me tirou do vapor e me levou até uma das passarelas do restaurante. O Peixe Voador era, de acordo com Ortega, um caça-minas aéreo aposentado e posteriormente comprado por um instituto oceanográfico, que agora estava extinto ou tinha seguido adiante. A instalação à beira da baía tinha sido esvaziada, mas alguém tinha estripado o Peixe Voador, reequipado-o como um restaurante, e o prendido com cabos quinhentos metros acima dos prédios decadentes da instalação. Periodicamente, o dirigível inteiro era baixado suavemente de volta ao solo para despejar clientes satisfeitos e receber uma nova leva. Havia uma fila em volta dos dois lados do hangar de atracagem quando chegamos, mas Ortega a furou com o distintivo, de forma que, quando a nau aérea desceu pelo teto aberto do hangar, fomos os primeiros a embarcar.

Eu me sentei de pernas cruzadas em almofadas diante de uma mesa anexada ao casco do dirigível por um braço de metal e que, portanto, não tocava a passarela. A passarela em si era protegida pelo tênue borrão de uma tela de energia que mantinha a temperatura no interior decente e transformava as rajadas de vento em uma brisa agradável. Ao meu redor, o piso de grade hexagonal me permitia uma vista quase desimpedida de além da borda das almofadas até um quilômetro abaixo. Eu me ajeitei, apreensivo. Alturas nunca foram meu ponto forte.

— Eles usavam isso para rastrear baleias e coisa do tipo — explicou Ortega, gesticulando de lado para o casco. — Antigamente, antes que lugares como este tivessem dinheiro para alugar tempo de satélite. É claro, depois do Dia do Entendimento, as baleias de repente valeram grana preta para quem soubesse falar com elas. Sabe, elas nos contaram quase tanto sobre os marcianos quanto quatro séculos de arqueólogos em Marte. Cristo, elas se lembram das visitas deles. Memória racial, quero dizer.

Ela fez uma pausa.

— Eu nasci no Dia do Entendimento — acrescentou, casualmente.

— É mesmo?

— Sim. Nove de janeiro. Fui batizada de Kristin em homenagem a uma cientista de baleias na Austrália que trabalhou na equipe original de tradução.

— Legal.

Ela finalmente pareceu se tocar de com quem realmente estava falando. Deu de ombros, subitamente distante.

— Quando você é criança, não pensa assim. Eu queria ser chamada de Maria.

— Você vem muito aqui?

— Não muito. Mas deduzi que qualquer visitante oriundo do Mundo de Harlan gostaria do lugar.

— Boa sacada.

Um garçom chegou e entalhou o menu no ar entre nós com uma holotocha. Dei uma olhada rápida na lista e escolhi ao acaso uma das tigelas de lámen. Algo vegetariano.

— Boa escolha — disse Ortega. Ela acenou com a cabeça para o garçom. — Vou querer o mesmo. E suco. Quer alguma coisa para beber?

— Água.

Nossas seleções se iluminaram rapidamente em rosa, e o menu desapareceu. O garçom guardou a holotocha no bolso da camisa com um gesto veloz e se retirou. Ortega olhou em volta, procurando um assunto neutro.

— Então, hum... Vocês têm lugares assim em Porto Fabril?

— No chão, sim. Não somos muito fãs de coisas aéreas.

— Não? — Ela ergueu a sobrancelha de sempre. — Porto Fabril é um arquipélago, né? Seria de se esperar que dirigíveis fossem...

— Uma solução óbvia para o problema de falta de terreno firme? Correto, em termos de lógica básica, mas acho que você esqueceu uma coisa. — Dei uma espiada para o alto. — Nós Não Estamos Sozinhos.

A ficha caiu.

— Os orbitais? Eles são hostis?

— Hum. Vamos dizer "caprichosos". Costumam derrubar qualquer coisa voadora com massa maior que um helicóptero. E, como ninguém nunca conseguiu chegar perto o bastante para desativar ou mesmo embarcar em um deles, não temos nenhum jeito de saber quais são os parâmetros exatos de programação. Então pecamos pelo excesso de cuidado e não subimos muito ao ar.

— Deve dificultar o tráfego IP.

Concordei com a cabeça.

— Bem, sim. É claro, não tem lá muito tráfego de qualquer maneira. Nenhum outro planeta habitável no sistema, e ainda estamos ocupados demais explorando os recursos naturais do Mundo para nos darmos ao trabalho de terraformar outros. Algumas sondas exploratórias e transportes de manutenção às Plataformas. Um pouco de mineração de elementos exóticos e só. Também existem umas duas janelas de lançamento ao redor do equador perto do anoitecer, e um horário no raiar da alvorada lá no polo. Parece que dois orbitais se chocaram e queimaram no tempo do arco da velha e deixaram lacunas na rede. — Fiz uma pausa. — Ou talvez alguém os tenha derrubado.

— Alguém? Você quer dizer alguém que não os marcianos?

Espalmei as mãos.

— Por que não? Tudo que foi encontrado em Marte estava demolido ou enterrado. Ou tão bem disfarçado que passamos décadas olhando bem na cara delas antes de percebermos que estavam lá. É a mesma coisa na maioria dos mundos Colonizados. Todos os indícios apontam para algum tipo de conflito.

— Mas os arqueólogos dizem que foi uma guerra civil ou colonial.

— Vai nessa. — Cruzei os braços e me recostei. — Os arqueólogos dizem o que o Protetorado manda dizer, e hoje a moda é deplorar a tragédia do domínio marciano destroçando a si próprio e mergulhando na extinção devido a barbarismo. Grande advertência para os herdeiros: não se rebele contra seus governantes de direito, pelo bem de toda a civilização.

Ortega olhou nervosamente em volta. As conversas em algumas das mesas próximas tinham diminuído até cessar. Dei um sorrisão para os espectadores.

— Você se incomodaria se falássemos de alguma outra coisa? — perguntou Ortega, constrangida.

— Claro. Me fale sobre o Ryker.

O constrangimento desapareceu numa imobilidade gélida. Ortega colocou as mãos na mesa diante de si e as contemplou.

— Não, acho que não — disse ela por fim.

— Justo. — Observei formações de nuvens tremeluzirem na lente da tela de energia por um tempo e evitei olhar para baixo, para o mar sob os meus pés. — Só que eu acho que, na verdade, você quer sim.

— Que masculino da sua parte.

A comida chegou e comemos num silêncio interrompido apenas pelo sorver tradicional do lámen. Apesar do café da manhã de autochef perfeitamente equilibrado do Hendrix, descobri que eu estava faminto. A comida tinha disparado em mim uma fome mais profunda que as meras necessidades do meu estômago. Eu estava drenando os resquícios da minha tigela antes mesmo de Ortega ter vencido metade da dela.

— A comida tá boa? — perguntou ela com tons de ironia enquanto eu me recostava.

Fiz que sim com a cabeça, tentando afastar os traços de memória associados ao lámen, mas indisposto a ativar o condicionamento de Emissário e estragar a sensação de saciedade na minha barriga. Olhando em volta, para as linhas metálicas limpas da plataforma do restaurante e para o céu além, cheguei tão perto do contentamento total como quando Miriam Bancroft me deixara exaurido no Hendrix.

O telefone de Ortega trilou. Ela o tirou no bolso e atendeu, ainda mastigando o último bocado.

— Sim? Aham. Aham, bom. Não, estamos indo. — Os olhos dela dardejaram rapidamente para os meus. — É mesmo? Não, deixe essa também. Vai funcionar. É, obrigada, Zak. Te devo uma.

Ela guardou o telefone e continuou comendo.

— Boas notícias?

— Depende do seu ponto de vista. Eles rastrearam as duas chamadas locais. Uma foi para uma arena de lutas lá em Richmond, um lugar que eu conheço. Vamos lá dar uma olhada.

— E a outra?

Ortega ergueu o olhar da tigela para me encarar, mastigou e engoliu.

— O outro número era residencial. Mansão Bancroft. Casa do Toque do Sol. Agora: o que, exatamente, você conclui disso?

CAPÍTULO 19

A arena de combate de Ortega era um antiquíssimo graneleiro ancorado no extremo norte da baía, ao lado de acres de armazéns abandonados. O navio deveria ter mais de meio quilômetro de comprimento, com seis porões de carga claramente distinguíveis entre a popa e a proa. O último porão parecia estar aberto. Do ar, o corpo do cargueiro tinha um aspecto alaranjado uniforme que eu presumi ser devido à ferrugem.

— Não se deixe enganar — grunhiu Ortega enquanto circulávamos acima. — O casco inteiro foi polimerizado, uma espessura de 25 centímetros da coisa. Só uma carga moldada conseguiria afundá-lo agora.

— Caro.

Ela deu de ombros.

— Eles têm seus patrocinadores.

Pousamos no cais. Ortega desligou os motores e se inclinou por cima de mim para dar uma olhada na superestrutura do navio que, à primeira vista, parecia deserto. Eu me apertei um pouco contra o encosto, embaraçado tanto pela pressão do corpo ágil no meu colo e como pelo meu estômago um tanto estufado. Ela sentiu o movimento, pareceu perceber de repente o que estava fazendo e se endireitou de forma abrupta.

— Ninguém em casa — comentou ela, constrangida.

— É o que parece. Vamos lá dar uma olhada?

Descemos, submetidos ao tradicional vento fustigante da baía, e seguimos para um passadiço de alumínio tubular que levava até o navio, perto da popa. Era terreno desconfortavelmente aberto, e eu o percorri enquanto meus olhos varriam constantemente as linhas de parapeitos e guindastes do convés e ponte do navio. Nada se moveu. Espremi meu braço esquerdo de leve contra meu flanco para checar se o coldre de Colafibra não tinha escorregado, como os exemplares mais baratos frequentemente faziam depois de um ou dois dias de uso. Com a Nemex, eu tinha uma certeza razoável de que conseguiria me livrar de qualquer um que atirasse contra nós dos corrimãos.

Naquele caso, não foi necessário. Alcançamos o fim do passadiço sem nenhum incidente. Uma correntinha exibia, pendurada sobre a entrada aberta, uma placa escrita à mão.

ROSA DO PANAMÁ
LUTA HOJE À NOITE — 22H
PREÇO DE ENTRADA DUPLICADO

Levantei o retângulo de metal fino e contemplei duvidoso as letras toscamente traçadas.

— Você tem *certeza* de que Rutherford ligou pra cá?

— Como eu disse antes, não se deixe enganar. — Ortega estava soltando a corrente do gancho. — É luta-chic. O tosco está na moda. Na temporada passada, o lance era letreiros de neon, mas agora nem isso é bacana o bastante. Tem gente do mundo todo criando um baita *hype* para esse lugar. Só tem três ou quatro assim na Terra, e não permitem cobertura nenhuma nas arenas. Nada de holos, nem mesmo transmissões 2D. Você vem ou não vem?

— Esquisito. — Eu a segui pelo corredor tubular, pensando nas lutas bizarras que eu tinha visto quando era mais novo. No Mundo de Harlan, todas eram transmitidas. Tinham mais audiência do que qualquer outra forma de entretenimento online. — As pessoas não gostam de assistir a esse tipo de coisa?

— Sim, é claro que gostam. — Mesmo com a distorção dos ecos no corredor, pude ouvir o torcer de lábio de Ortega no tom de voz. — Elas não se fartam disso. É assim que o golpe funciona. Seguinte, primeiro eles inventam o Credo...

— Credo?

— É, o Credo de Pureza ou alguma merda assim. Ninguém nunca te disse que é falta de educação interromper? O Credo diz que, se você quiser ver a luta, tem que ir ao vivo. Que é *melhor* que assistir na rede. Mais classudo. Então, audiência limitada, demanda estratosférica. Isso deixa as entradas muito sedutoras, o que por sua vez as deixa muito caras, o que as deixa ainda mais sedutoras, e quem quer que tenha inventado isso surfa essa espiral até a eternidade.

— Esperto.

— É, esperto.

Chegamos ao fim do passadiço e saímos de novo para um convés fustigado pelo vento. De ambos os nossos lados, as coberturas de dois dos compartimentos de carga se inflavam suavemente até a altura da cintura como duas enormes bolhas de aço na pele do navio. Para além do inchaço na traseira, a ponte se erguia inexpressivamente ao céu, parecendo absolutamente desconectada do casco onde estávamos. O único movimento vinha das correntes de um guindaste de carga adiante que oscilavam milimetricamente devido ao vento.

— A última vez que estive por aqui — disse Ortega, elevando a voz para competir com a ventania — foi porque algum jornalistinha de merda da WorldWeb One foi pego tentando entrar com implantes de gravação numa final. Jogaram ele na baía. Depois de removerem os implantes com alicates.

— Bacana.

— Como eu disse, é um lugar classudo.

— Estou lisonjeado, tenente. Eu mal sei como responder.

A voz saiu rouca de um conjunto de cones enferrujados de alto-falantes montados em postos de dois metros de altura ao longo do corrimão. Minha mão voou para a coronha da Nemex, e minha visão circulou numa varredura periférica que chegou a doer, de tão rápida. Ortega me deu um balançar de cabeça quase imperceptível e olhou para a ponte. Esquadrinhamos a superestrutura em busca de movimento em direções opostas, coordenando os gestos inconscientemente. Sob a sensação imediata daquela tensão, senti um arrepio caloroso de prazer com a simetria espontânea.

— Não, não, estou aqui — soou a voz metálica, desta vez dos alto-falantes da popa.

Em frente aos meus olhos, as correntes de um dos guindastes se moveram com um rangido e começaram a subir, presumivelmente para içar alguma coisa do compartimento de carga aberto diante da ponte. Deixei a mão na Nemex. Acima de nós, o sol rompia a cobertura das nuvens.

A corrente terminava num imenso gancho de ferro, que trazia na curva o nosso interlocutor, com uma das mãos ainda segurando um microfone pré-histórico de mestre de cerimônias enquanto a outra agarrava de leve a corrente. Vestindo um terno cinzento esvoaçante que me parecia inadequado, ele se inclinava da corrente num ângulo fastidioso, seus cabelos cintilando sob um raio perdido de luz do sol. Estreitei os olhos para confirmar. Capa sintética. Sintética barata.

O guindaste girou sobre a cobertura curva do porão de carga, e o sintético pousou elegantemente no topo, fitando-nos do alto.

— Elias Ryker — disse ele, com uma voz não muito mais suave do que as dos alto-falantes. Alguém tinha feito um serviço muito porco nas cordas vocais. Ele balançou a cabeça. — Pensávamos que nunca mais o veríamos. Como é curta a memória dos legisladores.

— Massacre? — Ortega levantou a mão para proteger a vista do sol súbito. — É você?

O sintético fez uma leve mesura e guardou o microfone no bolso de dentro do paletó, para então começar a descer cautelosamente pela cobertura em declive.

— MC Massacre ao seu dispor, policiais. E, digam-me, o que fizemos de errado hoje?

Não falei nada. Ao que parecia, eu deveria conhecer aquele Massacre, e não tinha material com o qual trabalhar naquele momento. Lembrando o que Ortega tinha me dito, fixei o sintético que se aproximava com um olhar inexpressivo e torci para que estivesse sendo suficientemente rykeresco.

O sintético chegou à beira da cobertura de compartimento e pulou. De perto, vi que as cordas vocais não eram a única coisa tosca. O corpo dele era tão distante daquele que Trepp usara quando eu a tinha detonado, que mal merecia o mesmo nome. Eu me perguntei brevemente se seria algum tipo de antiguidade. Os cabelos negros eram ásperos e pareciam esmaltados, o rosto era de carne-silicone frouxa, os olhos azuis eram obviamente impressos sobre o branco. O corpo parecia sólido, mas um tanto sólido demais, e os braços estavam meio errados, parecendo mais cobras do que membros. As mãos no extremo dos punhos da camisa eram lisas e desprovidas de linhas. O sintético ofereceu uma palma sem características, como se fôssemos inspecioná-la.

— E aí? — indagou ele, gentilmente.

— Verificação de rotina, Massacre — explicou Ortega, me dando uma força. — Rolaram umas ameaças de bomba para a luta desta noite. Estamos aqui para dar uma olhada.

Massacre soltou uma risada dissonante.

— Como se vocês dessem a mínima.

— Bem, como eu disse — respondeu Ortega, calmamente —, é rotina.

— Ah, bem, melhor vocês me acompanharem então — O sintético suspirou e me indicou com um aceno de cabeça. — Qual é o problema com ele? Perderam as funções de fala dele na prateleira?

Nós o seguimos na direção da popa e contornamos o abismo criado pela cobertura aberta do último compartimento de carga. Dei uma olhada para dentro e vi um ringue de luta branco e circular, cercado por aclives de aço e assentos de plástico. Havia conjuntos de equipamento de iluminação pendurados acima, mas nenhuma das esferas com antenas que eu associava à telemetria. No centro do ringue, alguém ajoelhado pintava à mão alguma coisa no tatame. Ele ergueu o olhar quando passamos.

— Temático — explicou Massacre, ao notar o que eu estava olhando. — Significa alguma coisa em árabe. As lutas desta temporada são todas baseadas nas ações de policiamento do Protetorado. Esta noite será a Xária. Mártires da Mão Direita de Deus contra Fuzileiros do Protetorado. Mano a mano, nenhuma lâmina com mais de dez centímetros.

— Ou seja, um banho de sangue — comentou Ortega.

O sintético deu de ombros.

— O público paga para ver o que quer. Entendo que *seja* possível causar um ferimento imediatamente letal com uma lâmina de dez centímetros, só que é bem difícil. Um verdadeiro teste de habilidade, dizem. Por aqui.

Descemos por uma estreita escadaria até o interior do navio, nossos próprios passos ecoando à nossa volta naquele espaço confinado.

— Arenas primeiro, eu presumo — gritou Massacre para se fazer ouvir sobre os ecos.

— Não, vamos ver os tanques primeiro — sugeriu Ortega.

— Jura? — Era difícil ter certeza com a voz sintética de baixa qualidade, mas Massacre parecia achar aquilo engraçado. — Tem certeza de que é uma bomba que vocês estão procurando, tenente? Me parece que a arena seria o lugar óbvio para...

— Tem alguma coisa a esconder, Massacre?

O sintético se virou de volta para me encarar por um momento, inquisitivo.

— Não, de forma alguma, detetive Ryker. Aos tanques, então. Seja bem-vindo à conversa, aliás. Estava frio na geladeira? É claro, você provavelmente nunca esperou que você mesmo acabaria lá.

— Já chega. — Ortega se interpôs. — Só nos leve logo até os tanques. Deixe a conversa fiada para a luta.

— Mas é claro. Almejamos sempre cooperar com os defensores da lei. Como uma empreendimento legalmente incorporado...

— Sei, sei, que seja. — Ortega dispensou o palavreado com um aceno de impaciência. — É só levar a gente pra merda dos tanques.

Voltei ao meu olhar perigoso.

Seguimos para a área dos tanques num trenzinho eletromagnético de quinta que corria junto ao lado de dentro do casco, passando por mais dois compartimentos de carga equipados com os mesmos ringues de luta e arquibancadas, mas, desta vez, cobertos com plástico. No extremo oposto, desembarcamos e passamos pela tradicional escotilha de limpeza sônica. Muito mais suja que a instalação da PsychaSec e ostensivamente feita de ferro negro, a pesada porta se abriu para fora para revelar um interior imaculadamente branco.

— A partir daqui nós dispensamos a encenação — contou Massacre, descuidado. — Baixa tecnologia simplória fica muito legal para a audiência, mas, nos bastidores, bem — ele indicou a instalação reluzente ao nosso redor —, não dá para se fazer uma omelete quebrar os ovos.

A parte dianteira do cargueiro era enorme e gelada, com uma iluminação tênue e tecnologia agressivamente pesada. Enquanto o escuro mausoléu uterino de Bancroft na PsychaSec tinha exibido os tons suaves e eruditos da riqueza, e a sala de reencapamento da instalação de armazenamento de Bay City tinha ressentidamente revelado verba mínima para quem merecia o mínimo, o banco de corpos da *Rosa do Panamá* era uma brutal mostra de poder. Os tubos de armazenamento estavam pendurados por correntes pesadas uns sobre os outros como torpedos à nossa volta, plugados a um sistema central de monitoramento em um dos cantos do compartimento por meio de grossos cabos pretos que corriam sinuosamente pelo chão como serpentes. A unidade de monitoramento em si estava acocorada pesadamente diante de nós como um altar para algum desagradável deus aracnídeo. Nós nos aproximamos dela num cais de metal elevado 25 centímetros acima do contorcer gélido dos cabos de dados. Logo atrás, à direita e à esquerda, montadas na parede oposta, estavam as laterais quadradas de vidro de dois espaçosos tanques de decantação. O da direita já continha uma capa, que flutuava iluminada e atada em cruz às linhas de monitoramento.

Era como entrar na catedral ândrica em Novapeste.

Massacre foi até o monitor central, virou-se para nós e abriu os braços como a capa acima e atrás dele.

— Por onde você gostaria de começar? Eu *presumo* que você tenha trazido equipamentos sofisticados de detecção de bombas.

Ortega o ignorou. Ela se aproximou um pouco do tanque de decantação e olhou para cima, para a cascata de luz fria e esverdeada que ele lançava na penumbra.

— Essa é uma das putas desta noite? — perguntou Ortega.

Massacre fungou.

— Pegando um pouco mais leve, sim. Eu gostaria muito que vocês compreendessem a diferença entre o que eles servem naquelas biroscas lá na costa e o que temos aqui.

— Eu também — retrucou Ortega, os olhos ainda erguidos para o corpo. — Onde você arranjou esse aí, então?

— E como eu vou saber? — Massacre contemplou as unhas de plástico na mão direita num gesto teatral. — Ah, nós temos a nota fiscal em algum lugar, se você *tiver* mesmo que olhar. Pela cara dele, diria que esse veio da Nippon Organics ou de um dos conglomerados do Círculo de Fogo. Faz diferença?

Fui até a parede e encarei a capa flutuante. Esguio, durão e pardo, com delicados olhos puxados japoneses sobre o ressalto de maçãs do rosto inescalavelmente altas, uma cabeleira impenetravelmente negra e lisa que flutuava como alga no fluido do tanque. Graciosamente flexível, com as mãos longas de um artista, mas com musculatura para combate veloz. Era o corpo de um tecnoninja, o corpo que eu tinha sonhado em ter aos 15 anos, nos tenebrosos dias chuvosos de Novapeste. Não era muito diferente do que tinham me dado para lutar na guerra da Xária. Uma variação da capa que eu tinha comprado com meu primeiro grande pagamento em Porto Fabril, a capa em que eu tinha conhecido Sarah.

Era como olhar para mim mesmo dentro do vidro. O eu que tinha construído em algum lugar nas bobinas da memória, que voltavam até a infância. De repente eu me via ali, exilado em carne caucasiana, do lado errado do espelho.

Massacre veio até mim e deu um tapa no vidro.

— Você aprova, detetive Ryker? — Quando eu continuei calado, ele continuou. — Tenho certeza de que sim, alguém com seu apetite por, bem, brigas. As especificações são bem notáveis. Chassi reforçado, com os ossos todos de liga de tutano cultivado com juntas de ligamentos polivínculo, tendões reforçados com carbono, neuroquímica Khumalo...

— Tenho neuroquímica — comentei, por falta de coisa melhor a dizer.

— Sei tudo sobre sua neuroquímica, detetive Ryker. — Mesmo com a baixa qualidade da voz, achei que ouvi um deleite suave e pegajoso. — A arena escaneou suas especificações durante o seu tempo na prateleira. Consideraram comprar você, sabe? Fisicamente, quero dizer. Pensavam em usar sua capa numa rodada de humilhação. De mentirinha, é claro; nunca sonharíamos em fazer uma delas para valer por aqui. Seria, bem, *criminoso*. — Massacre fez uma pausa dramática. — Mas aí decidiram que lutas de humilhação não combinavam com, hum, o espírito do estabelecimento. Seria baixar o nível, sabem como é. Não seria uma competição de verdade. Uma pena, se quer saber: com todos os amigos que você fez, teria sido um belo sucesso de público.

Eu não estava prestando atenção, mas me toquei de que Ryker estava sendo insultado, portanto, dei as costas ao vidro para encarar Massacre com o olhar furioso apropriado.

— Mas eu estou fugindo do assunto — continuou o sintético, com elegância. — O que eu queria dizer é que a sua neuroquímica está para este sistema aqui como minha voz está para a de Ancana Salomão. *Essa* — ele apontou o tanque novamente — é neuroquímica *Khumalo*, patenteada pela Cabo Neurônica no ano passado. Um avanço de proporções quase espirituais. Não há amplificadores sinápticos químicos, nada de chips servomotores ou implantes de fiação. O sistema é cultivado internamente e reage *diretamente ao pensamento*. Pense só nisso, detetive. Ninguém tem algo assim em outros planetas, e dizem que a ONU está pensando num embargo colonial de dez anos, apesar de eu particularmente duvidar da eficácia de tal...

— Massacre. — Ortega parou atrás dele, impaciente. — Por que vocês ainda não decantaram o outro lutador?

— Mas nós estamos decantando, tenente. — Massacre acenou para a série de tubos de corpos à esquerda. De trás deles vinha o som de maquinaria pesada em movimento. Espiei a penumbra e distingui uma grande empilhadeira automática correndo diante das colunas de contêineres. Enquanto observávamos, ela parou de repente, e uma luz forte e direcionada irrompeu da carroceria. As garras subiram e agarraram um tubo, extraindo-o do ninho de correntes enquanto membros manipuladores menores desconectavam os cabos. Com a separação completa, a máquina recuou um pouco, girou e seguiu paralela às fileiras em direção ao tanque de decantação vazio.

— O sistema é completamente automatizado — explicou Massacre, desnecessariamente.

Abaixo do tanque, percebi uma linha de três aberturas circulares, como as escotilhas de fogo frontal de um couraçado IP. A empilhadeira se ergueu um pouco sobre pistões hidráulicos e inseriu suavemente o tubo em suas garras no orifício central, encaixando-o bem justo, com a ponta visível girando uns noventa graus antes que uma tampa de aço caísse sobre ele. Com a tarefa completa, a empilhadeira se abaixou sobre os pistões e os motores cessaram.

Eu observei o tanque.

Pareceu demorar um tempo, mas, na verdade, deve ter levado menos de um minuto. Uma escotilha se abriu no piso, e uma nuvem prateada de bolhas se ergueu numa erupção. Flutuando atrás dela, veio o corpo. Ele balançou como um feto para cima e para baixo por um momento, virando para um lado e para o outro nas correntezas provocadas pelo ar; em seguida, os braços e as pernas começaram a se desdobrar, auxiliados por puxões suaves dos cabos de monitoramento atados aos pulsos e tornozelos. Tinha uma ossatura mais volumosa que a capa Khumalo, com musculatura mais pesada, mas a cor era parecida. Feições marcantes de nariz aquilino se inclinavam preguiçosamente para nós conforme os finos fios a puxavam para cima.

— Mártir da Mão Direita de Deus xariano — anunciou Massacre, sorrindo orgulhoso. — Não de verdade, é claro, mas o tipo racial é esse mesmo, e ele tem um autêntico sistema de reação melhorada Vontade de Deus. — Ele indicou o outro tanque. — Os fuzileiros em Xária eram multirraciais, mas tinha japas suficientes para que ele seja plausível.

— Não vai ser uma luta muito disputada, né? — comentei. — Neuroquímica de última geração contra biomecânica centenária xariana.

Massacre sorriu com sua cara de silicone frouxo.

— Bem, isso vai depender dos lutadores. Me disseram que o sistema Khumalo exige algum tempo para se acostumar, e, honestamente, não é sempre a melhor capa que vence. Tem mais a ver com o psicológico. Resistência, tolerância à dor...

— Selvageria — acrescentou Ortega. — Falta de empatia.

— Coisas assim — concordou o sintético. — É o que deixa as lutas empolgantes, é claro. Se vocês quiserem vir esta noite, tenente, detetive, tenho certeza que consigo encontrar um par de lugares encalhados lá no fundo.

— Você vai ser o locutor — presumi, já ouvindo o vocabulário técnico dele despencando do alto-falante, o ringue de matança encharcado em luz branca focalizada, a multidão rugindo excitada nas arquibancadas escurecidas, o cheiro de suor e sanguinolência.

— É claro que vou. — Os olhos estampados de Massacre se estreitaram. — Você não passou tanto tempo longe assim, sabia.

— A gente vai procurar essas bombas? — indagou Ortega bem alto.

Levamos uma hora para vasculhar o compartimento, buscando bombas imaginárias, enquanto Massacre nos assistia com divertimento mal disfarçado. Lá em cima, as duas capas destinadas ao abate na arena nos contemplavam de seus úteros esverdeados de vidro, com presenças não menos pesadas por conta dos olhos fechados e feições sonhadoras.

CAPÍTULO 20

Quando Ortega me deixou na Mission Street, a noite caía sobre a cidade. Ela tinha ficado retraída e monossilábica no voo de volta da arena, e eu presumi que o esforço de continuar se relembrando de que eu não era Ryker começava a cobrar seu preço. Porém, quando eu fiz um teatro de tirar a poeira dos ombros ao sair do cruzador, ela riu por impulso.

— Fique por perto do Hendrix amanhã — disse ela. — Tem alguém com quem eu quero que você fale, mas vai levar um tempo para deixar tudo combinado.

— Tudo bem. — Eu me virei para ir.

— Kovacs.

Eu me virei de volta. Ela estava inclinada para me olhar pela porta aberta. Coloquei um braço na porta erguida do cruzador e olhei para baixo. Houve uma longa pausa durante a qual senti meu sangue começando a se carregar levemente de adrenalina.

— Sim?

Ela hesitou por mais um momento, então falou:

— Massacre estava escondendo alguma coisa, né?

— Considerando o tanto que ele falou, eu diria que sim.

— Foi o que eu pensei. — Ela mexeu apressadamente no console de controle e a porta começou a descer. — A gente se vê amanhã.

Fiquei observando o cruzador sumir no céu e suspirei. Tinha uma certeza razoável de que buscar Ortega abertamente fora uma boa ideia, mas eu não esperara que fosse tão complicado. Qualquer que fosse o tempo que ela e Ryker tivessem passado, a química devia ter sido devastadora. Lembro-me de ter lido em algum lugar como os feromônios iniciais da atração entre os corpos pareciam passar por uma forma de codificação enquanto os corpos estivessem próximos, aproximando-os e entrelaçando-os cada vez mais. Nenhum dos bioquímicos entrevistados parecia compreender realmente o processo, mas houve algumas tentativas manipulá-los em laboratório. Acelerar ou interromper o efeito tiveram resultados de eficácia variada, sendo um deles a empatina e seus derivados.

Substâncias químicas. Eu ainda estava me recuperando do coquetel de Miriam Bancroft e não precisava disso. Disse a mim mesmo, com a maior clareza possível: *eu não precisava disso.*

Adiante, acima das cabeças dos pedestres ocasionais do anoitecer, avistei a silhueta holográfica do guitarrista canhoto diante do Hendrix. Suspirei de novo e comecei a andar.

Lá pela metade do quarteirão, um volumoso veículo automatizado passou por mim, colado ao meio-fio. Era bem parecido com os robôs que limpavam as ruas de Porto Fabril, então não lhe dei atenção conforme ele se emparelhava comigo. Segundos depois, estava imerso nas emissões de imagens da máquina.

... das Casas das Casas das Casas das Casas das Casas das Casas...

As vozes gemiam e murmuravam, masculinas, femininas, misturadas. Era como um coro nos estertores do orgasmo. As imagens eram inescapáveis, variando ao longo de um largo espectro de preferências sexuais. Um redemoinho de impressões sensoriais fugazes.

Genuína...

Sem cortes...

Reprodução sensorial total...

Sob medida...

Como se para provar esse último argumento, as imagens aleatórias se reduziram a uma torrente de combinações heterossexuais. Deviam ter escaneado minha reação ao borrão de opções e retornado o resultado direto à unidade de transmissão. Muito *high-tech.*

O fluxo terminou com um número de telefone em numerais luminosos e um pênis ereto nas mãos de uma mulher com longos cabelos negros e um sorriso de lábios carmesim. Ela olhou para a câmera. Eu podia praticamente sentir aqueles dedos.

Cabeça nas Nuvens, sussurrou ela. *Essa é a sensação. Talvez você não tenha dinheiro para vir aqui em cima, mas você certamente pode pagar por isto.*

A cabeça dela baixou, os lábios correndo pelo pênis. Como se estivesse acontecendo comigo. Então os longos cabelos negros se fecharam como cortinas, correndo dos dois lados, e a imagem se encerrou. Eu estava de volta na rua, balançando, recoberto por uma fina camada de suor. O emissor seguiu resmungando rua abaixo atrás de mim, e alguns dos pedestres mais espertos faziam desvios agudos para o lado de modo a escapar do alcance de transmissão.

Descobri que eu me lembrava do número de telefone com claridade reluzente.

O suor se resfriou rapidamente num calafrio. Flexionei os ombros e comecei a andar, tentando não notar os olhares de reconhecimento das pessoas ao meu redor. Eu estava quase de volta ao meu ritmo normal quando um espaço se abriu em meio aos transeuntes adiante e eu vi a longa e baixa limusine estacionada diante das portas do Hendrix.

Nervos abalados lançaram minha mão para a Nemex antes que eu reconhecesse o carro como sendo de Bancroft. Forcei um suspiro e circulei a limusine para me assegurar de que o compartimento do motorista estava vazio. Ainda estava me perguntando o que fazer quando a porta de trás se abriu e Curtis se esticou para fora do assento.

— A gente tem que conversar, Kovacs — afirmou ele, num tipo de voz homem a homem que me deixou à beira de uma risadinha levemente histérica. — É hora da decisão.

Eu o olhei de cima a baixo, reconheci pelas pequenas irregularidades na postura e comportamento que ele estava quimicamente alterado e decidi satisfazer aquele capricho.

— Claro. Na limusine?

— É meio apertado aqui. Que tal você me convidar pro seu quarto?

Meus olhos se estreitaram. Havia uma hostilidade inconfundível na voz do motorista, assim como uma ereção igualmente inconfundível pressionando a braguilha das calças imaculadas. Claro, eu também estava com um volume semelhante, naquele momento já em deflação, mas me lembrei claramente de que a limusine de Bancroft era protegida contra emissões de rua. Aquilo fora provocado por outra coisa.

Indiquei a entrada do hotel.

— Tudo bem, vamos lá.

As portas se separaram para nos dar passagem, e o Hendrix ganhou vida.

— Boa noite, senhor. O senhor não tem nenhum visitante esta noite...

Curtis fungou.

— Decepcionado, é Kovacs?

— ... nem recebeu nenhuma ligação desde que saiu — continuou o hotel com elegância. — O senhor deseja que esta pessoa seja aceita como convidado?

— É, beleza. Você tem um bar aonde a gente possa ir?

— Eu *disse* seu *quarto* — rosnou Curtis atrás de mim, depois ganiu ao bater a canela numa das baixas mesas de metal do lobby.

— O bar Luz da Meia-noite fica localizado neste andar — informou o hotel, com ar de dúvida. — Mas já não é usado há um tempo considerável.

— Eu disse...

— Cale a boca, Curtis. Ninguém nunca lhe disse que é errado apressar um primeiro encontro? O Luz da Meia-noite está ótimo. Ligue ele para a gente.

Do outro lado do lobby, adjacente ao console de check-in, uma larga seção da parede deslizou relutantemente para o lado e luzes se acenderam no espaço além. Com Curtis resmungando atrás de mim, fui até a abertura e espiei o curto lance de degraus que descia para o bar.

— Está ótimo. Vamos lá.

O bar Luz da Meia-noite tinha sido decorado por alguém com uma imaginação excessivamente literal. As paredes, redemoinhos psicodélicos de azuis e roxos noturnos, estavam carregadas com uma variedade de faces de relógio mostrando ou a hora declarada, ou alguns minutos antes, entremeados com todo tipo de fonte de luz conhecido pelo ser humano, desde lampiões pré-históricos feitos de barro até tanques de luz enzimática. Havia bancos contínuos embutidos ao longo das duas paredes, mesas de face de relógio e, no centro do salão, um balcão de bar circular na forma de um leitor de contagem regressiva. Um robô composto exclusivamente de relógios e lâmpadas aguardava imóvel logo ao lado da marca das doze no mostrador.

Ficava tudo muito mais fantasmagórico graças à completa ausência de qualquer outro cliente. Conforme nos aproximamos do robô garçom, senti o humor de Curtis se aquietar um pouco.

— O que vai ser, cavalheiros? — indagou a máquina inesperadamente, sem nenhum aparato vocal visível. O rosto era um mostrador branco de relógio analógico antigo, com ponteiros barrocos e horas inscritas em numerais romanos. Um pouco perturbado, eu me virei para Curtis, cujo rosto exibia sinais de sobriedade indesejada.

— Vodca — disse ele bruscamente. — Abaixo de zero.

— E um uísque. Esse aí que eu tenho bebido do frigobar no meu quarto. À temperatura ambiente, por favor. Tudo na minha conta.

O cara de relógio se inclinou de leve, e um braço com múltiplas articulações girou e subiu para selecionar copos de um rack suspenso. O outro braço, que terminava num abajur com uma floresta de pequenos bocais, gotejou os drinques requisitados nos copos.

Curtis pegou o dele e despejou uma porção generosa da vodca garganta abaixo. Ele puxou forte o ar por entre seus dentes e soltou um grunhido satisfeito. Beberiquei meu uísque de forma um pouco mais circunspecta, me perguntando quanto tempo tinha passado desde que algum líquido fluíra pela última vez pelos tubos e torneiras daquele bar. Meus medos se mostraram pouco embasados, então aprofundei o gole e deixei o uísque descer derretendo tudo até o estômago.

Curtis bateu o copo no balcão.

— *Agora* você tá pronto pra conversar?

— Tá certo, Curtis — respondi lentamente, olhando para o meu drinque. — Imagino que você tenha uma mensagem para mim.

— Pode crer que eu tenho. — A voz dele estava estressada quase ao ponto de ruptura. — A madame mandou dizer que você vai ter que aceitar a oferta generosa dela ou não. Só isso. Tenho ordem de te dar tempo pra decidir, então vou terminar minha bebida.

Fixei meu olhar numa lâmpada de areia marciana pendurada na parede oposta. O humor de Curtis estava começando a fazer sentido.

— Estou invadindo seu território, é?

— Não abusa da sorte, Kovacs. — Uma nota de desespero reverberava naquelas palavras. — Se tu disser a coisa errada aqui, eu vou...

— Você vai o quê? — Pousei meu copo e me virei para encará-lo. Curtis tinha menos da metade da minha vida subjetiva, era jovem e musculoso e quimicamente pilhado com a ilusão de que era perigoso. Me lembrava tanto de mim mesmo com a mesma idade que era de enlouquecer. Eu queria deixá-lo abalado. — Você vai *o quê*?

Curtis engoliu.

— Eu estive nos fuzileiros provinciais.

— Fazendo o quê, posando para fotos? — Fui dar um empurrão nele com a mão enrijecida, mas a baixei, envergonhado. Baixei também o tom da voz. — Escuta, Curtis. Não faça isso a nós dois.

— Você acha que é durão pra caralho, né?

— Não é questão de ser durão, ga-Curtis. — Eu quase o tinha chamado de garoto. Parecia que uma parte de mim queria mesmo uma briga, afinal. — É uma questão de sermos de duas espécies diferentes. O que eles ensinaram a você nos fuzileiros provinciais? Combate desarmado? Vinte e sete jeitos de matar um homem com as mãos? Debaixo disso tudo, você ainda é um homem. Eu sou um Emissário, Curtis. Não é a mesma coisa.

Ele me atacou mesmo assim, abrindo com um jab direto que deveria me distrair enquanto o chute circular que o seguiria riscava o ar na lateral, à altura da cabeça. Seria um racha-crânio se acertasse, mas era irremediavelmente dramático. Talvez fosse por causa das substâncias químicas que ele tinha incorporado naquela noite. Ninguém em sã consciência dá chutes acima da linha da cintura numa luta de verdade. Me abaixei para escapar do soco e do chute no mesmo movimento e agarrei o pé de Curtis. Torci com força, e ele se desequilibrou, cambaleou e se esparramou no balcão do bar. Bati a cara dele contra a superfície dura e o segurei lá com a minha mão agarrada aos seus cabelos.

— Está vendo o que eu quero dizer?

Ele fez barulhos abafados e se debateu, impotente, enquanto o barman com cara de relógio ficava ali, imóvel. Havia sangue do nariz quebrado espirrando pelo tampo do balcão. Estudei os desenhos que o fluido ia criando enquanto eu baixava o ritmo da minha respiração. O controle que eu mantinha sobre meu próprio condicionamento estava me fazendo ofegar. Passei a segurar o braço direito dele e o puxei bem alto para as costas. Curtis parou de se debater.

— Ótimo. Agora fica quieto ou eu quebro seu braço. Não estou com saco. — Enquanto eu falava, revistava rapidamente os bolsos dele. No bolso interno do paletó, encontrei um tubinho de plástico. — Aha. Então, que delicinhas temos correndo pelas suas veias esta noite? Amplificadores de hormônios, a julgar pelo pau duro. — Ergui o tubo contra a luz fraca e vi milhares de minúsculos fragmentos de cristal lá dentro. — Formato Militar. Onde você arranjou esse bagulho, Curtis? Presentinho de baixa dos fuzileiros, foi? — Recomecei a busca e me deparei com o método de consumo: uma minúscula pistola esquelética com uma câmara deslizante e bobina magnética. Após despejar os cristais na culatra e fechá-la, o campo magnético alinha os cristais e o acelerador os cospe com velocidade penetrante. Nada muito diferente da pistola de dardos da Sarah. Para médicos de campo de batalha, elas eram uma alternativa resistente e, consequentemente, muito popular aos hiposprays.

Pus Curtis de pé e o empurrei para longe de mim. Ele conseguiu não cair, segurando o nariz e me encarando com raiva.

— Você tem que inclinar a cabeça para trás para o sangramento parar — expliquei. — Vá em frente. Não vou machucar você de novo.

— Bilho da buda!

Ergui os cristais e a pistolinhas.

— Onde você arranjou isso?

— Juba beu pau, Kovacs. — Curtis inclinou a cabeça para trás um pouco a contragosto, tentando me vigiar ao mesmo tempo. Os olhos dele giraram como os de um cavalo em pânico. — Dão bou de valar borra denhuma.

— É justo. — Coloquei as drogas de volta no balcão do bar e o contemplei com seriedade por alguns segundos. — Então deixa eu te contar uma coisa. Sabe o que é feito pra criar um Emissário? Eles exterminam todos os instintos evoluídos de restrição de violência da psique humana. Reconhecimento de sinais de submissão, dinâmica de hierarquia, lealdade ao grupo. Vai tudo embora, desligando um neurônio de cada vez; e, no lugar, eles colocam uma vontade consciente de ferir.

Ele me encarava em silêncio.

— Você me entendeu? Teria sido mais fácil matar você agora há pouco. Teria sido mais fácil. Eu tive que me controlar. É isso que é um Emissário, Curtis. Um humano remontado. Um artifício.

O silêncio se estendeu. Não tinha como saber se ele estava captando a mensagem ou não. Ao pensar na Novapeste de um século e meio atrás, e no jovem Takeshi Kovacs, eu duvidei de que estivesse. Na idade dele, a coisa toda teria soado como uma fantasia de poder realizada.

Dei de ombros.

— Caso você já não tenha adivinhado, a resposta para a madame é não. Não estou interessado. Pronto, isso deve fazer você feliz. Olha que só lhe custou um nariz quebrado para descobrir. Se você não tivesse se entupido de bagulho, talvez não tivesse custado nem esse tanto. Diga a ela que eu agradeço muito, que a oferta é muito apreciada, mas que tem coisa demais acontecendo aqui para eu simplesmente dar as costas. Diga a ela que estou começando a gostar.

Uma tosse leve soou na entrada do bar. Ergui o olhar e vi uma figura de terno e cabelos escarlates na escada.

— Estou interrompendo alguma coisa? — inquiriu o moicano. A voz era lenta e relaxada. Não era um dos pesos-pesados da Fell Street.

Peguei minha bebida no bar.

— De maneira alguma, policial. Venha se juntar à festa. O que você vai beber?

— Rum encorpado — disse o policial, aproximando-se. — Se eles tiverem. Copo pequeno.

Ergui um dedo para o cara de relógio. O barman catou um copo quadrado em algum lugar e o encheu com um líquido vermelho-escuro. O moicano passou por Curtis, dispensando-lhe uma olhada curiosa no caminho, e aceitou o drinque com seu braço longo.

— Agradecido. — Ele sorveu o rum e inclinou a cabeça. — Nada mal. Queria trocar uma palavra com você, Kovacs. Em particular.

Nós dois olhamos para Curtis. O motorista me encarou de volta com olhos cheios de ódio, mas a chegada do policial havia desarmado o confronto. O moicano acenou com a cabeça na direção da saída. Curtis se foi, ainda segurando o rosto ferido. O recém-chegado fez questão de ver que o motorista havia partido antes de se virar de volta para mim.

— Você fez aquilo? — perguntou casualmente.

Assenti.

— Fui provocado. As coisas saíram um pouco de controle. Ele achou que estava protegendo alguém.

— Bem, estou feliz que ele não esteja me protegendo.

— Como eu disse, as coisas saíram de controle. Eu meio que me empolguei.

— Mas que diabo, você não precisa se explicar para mim. — O policial se apoiou no balcão e olhou em volta com interesse sincero. Me lembrei do rosto dele. Armazenamento de Bay City. Aquele que tinha guardado o distintivo como se ele pudesse ficar maculado no ar. — Se ele se sentir muito prejudicado, pode dar queixa e aí a gente dá uma olhada nas memórias deste lugar.

— Conseguiram o mandado, então? — Fiz a pergunta com uma leveza que não sentia.

— Quase. Sempre leva um tempo com o departamento jurídico. Porras de IAs. Olha, eu queria pedir desculpas em nome do Mercer e do Davidson, pelo jeito como eles se comportaram na delegacia. Eles agem como uma manada de babacas às vezes, mas no fundo eles são gente boa.

Acenei de lado com o copo.

— Esquece isso.

— Ótimo. Sou Rodrigo Bautista, sargento-detetive. O parceiro de Ortega na maior parte do tempo. — Ele esvaziou o copo e sorriu para mim. — Temos uma ligação bem *frouxa,* queria frisar.

— Registrado. — Fiz um sinal para o barman encher os copos. — Me conta uma coisa. Vocês vão todos no mesmo barbeiro, ou é algum tipo de coisa para unir a equipe?

— Mesmo barbeiro. — Bautista deu de ombros tristemente. — Um coroa lá na Fulton. Ex-presidiário. Aparentemente, moicanos estavam na moda quando jogaram o cara no armazém. É a única porra de estilo que ele conhece, mas é um velhinho bacana e cobra pouco. Um de nós começou a ir lá faz uns anos, ele nos deu descontos. O resto é história.

— Mas a Ortega não?

— A Ortega corta o próprio cabelo. — Bautista fez um gesto de o-que-se--pode-fazer. — Ela tem um escanerzinho holográfico. Diz que isso melhora a coordenação espacial dela ou uma merda do tipo.

— Diferente.

— É, ela é. — Bautista pausou, pensativo, o olhar contemplando a distância. Ele tomou um gole distraído do copo novamente cheio. — É por causa dela que estou aqui.

— Oh-oh. Vai ser um aviso amigável?

Bautista fez uma careta.

— Bem, vai ser amigável, seja lá como você queira chamá-lo. Eu não tô a fim de arranjar um nariz quebrado.

Eu ri, apesar do meu humor. Bautista se juntou a mim com um sorriso gentil.

— O lance é que ela fica arrasada em ver você andando por aí com essa cara. Ela e Ryker eram muito próximos. A coitada já vem pagando a hipoteca da capa há um ano, e com um salário de tenente isso não é nada fácil. Nunca achou que alguém faria um lance mais alto, que nem aquele puto do Bancroft fez. Afinal, Ryker não é exatamente jovem e nunca foi lindo.

— Tem neuroquímica — apontei.

— Ah, claro. Tem neuroquímica. — Bautista acenou com um braço com magnanimidade. — Já experimentou?

— Umas vezes.

— É como dançar flamenco numa rede de pesca, né?

— É meio grosseira — admiti.

Dessa vez nós dois rimos. Quando o silêncio voltou, o policial fitou o copo outra vez. Seu semblante ficou sério.

— Não estou tentando te botar pressão. Só estou dizendo para você pegar leve. Não é disso que ela precisa agora.

— Nem eu — respondi, ressentido. — Este não é nem a porra do meu planeta.

Bautista me olhou com solidariedade, ou talvez só um pouco bêbado.

— Imagino que o Mundo de Harlan seja bem diferente daqui.

— Imaginou certo. Olha, não quero ser grosso, mas ninguém contou para a Ortega que Ryker está praticamente tão fora de alcance quanto se tivesse morrido morte real? Ela não acha que vai conseguir esperar por duzentos anos, acha?

O policial me fitou com olhos semicerrados.

— Você ficou sabendo do Ryker, né?

— Sei que ele pegou o duplo zero. Sei pelo que ele foi preso.

Bautista tinha alguma coisa nos olhos que parecia ser fragmentos de uma velha dor. Não deve ser muito divertido conversar sobre os colegas corruptos. Por um momento, me arrependi do que disse.

As cores locais. Absorva.

— Você quer se sentar? — perguntou o policial um tanto tristemente, procurando em volta os bancos de bar que claramente tinham sido removidos em certo ponto da história do hotel. — Nas cabines, talvez? Essa história vai levar um tempo pra contar.

Acabamos numa das mesas de relógio, Bautista procurando um maço de cigarro nos bolsos. Eu tive um tique, mas, quando ele me ofereceu um, eu balancei a cabeça. Assim como Ortega, ele ficou surpreso.

— Eu parei.

— Nessa capa? — As sobrancelhas de Bautista foram erguidas respeitosamente detrás de um véu de fumaça aromática azul. — Meus parabéns.

— Obrigado. Você ia me contar sobre o Ryker.

— Ryker — o policial ejetou fumaça pelas narinas e se reclinou — estava trabalhando com os caras de Roubo de Capas até uns anos atrás. São uma turma bem sofisticada se comparada à gente. Não é tão fácil roubar uma capa inteira intacta, e isso acaba criando uma classe mais inteligente de criminoso. A jurisdição deles tem alguma interseção com o Dano Orgânico, principalmente quando se começa a desmanchar os corpos. Em lugares tipo a Clínica Wei.

— Ah? — comentei, neutro.

Bautista assentiu.

— É, alguém nos poupou uma montanha de tempo e esforço por lá ontem. Transformou o lugar numa liquidação de peças sobressalentes. Mas eu imagino que você não saiba nada a respeito.

— Deve ter acontecido assim que eu botei o pé pra fora dali.

— É, bem, de qualquer maneira. No inverno de 09, Ryker estava correndo atrás de uma fraude de seguro qualquer, você sabe, quando clones de apólices de reencapamento se revelam tanques vazios e ninguém sabe aonde os corpos foram parar. Ele foi fundo nessa história e aconteceu de os corpos estarem sendo usados em alguma guerrinha suja lá no sul. Corrupção de alto nível. Chegou até o escalão mais elevado da ONU e voltou. Algumas cabeças simbólicas rolaram, e Ryker virou herói.

— Legal.

— No curto prazo, sim. Aqui na Terra os heróis ficam muito conhecidos, e isso trouxe o pacote completo para o Ryker. Entrevistas na WorldWeb One, até um rolo com a Sandy Kim bem comentado na mídia. Antes que o tempo dele sob os holofotes acabasse, Ryker aproveitou a chance. Pediu transferência para DanOrg. Tinha trabalhado com a Ortega algumas vezes antes, já que, como eu disse, a gente se esbarra aqui e ali, e sabia como era o sistema. Não teria como o departamento rejeitá-lo, especialmente depois do discurso sem vergonha que ele fez sobre querer ir para onde ele faria a diferença.

— E ele fez? A diferença, quero dizer?

Bautista inflou as bochechas.

— Ele era um bom policial. Talvez. Um mês depois, você poderia ter feito essa pergunta à Ortega, mas depois os dois começaram um caso e o bom senso dela foi pro espaço.

— Você não aprovava?

— Ei, o que que tem para aprovar? Quando você tem um sentimento desses por alguém, você segue o coração. Só que assim fica difícil ter qualquer objetividade no assunto. Quando o Ryker fodeu tudo, a Ortega certamente tenderia a ficar do lado dele.

— E ficou? — Levei nossos copos até o bar para um refil, ainda falando. — Achei que ela que tivesse prendido o cara.

— Onde você ouviu isso?

— Numa conversa. Não era exatamente uma fonte lá incrivelmente confiável. É mentira, então?

— É, tem uns lixos nas ruas que gostam de contar essa história. Acho que a ideia de nós dedurando uns aos outros deixa esses ratos molhadinhos. O que aconteceu foi que a Corregedoria pegou o Ryker no apartamento dela.

— Ahhh.

— Pois é, que laser no rabo, hein. — Bautista me olhou quando eu lhe entreguei o novo drinque. — Ela nunca nem exibiu reação, sabe. Foi direto trabalhar contra as acusações.

— Pelo que eu ouvi, eles tinham um caso perfeito.

— É, nessa a sua fonte acertou. — O moicano contemplou o copo, pensativo, como se não tivesse certeza se deveria continuar. — A teoria da Ortega era que o Ryker tinha sido enquadrado por algum escroto do alto nível ferrado no lance de 09. E é verdade que ele fez muitos inimigos.

— Só que você não engole essa?

— Eu bem que gostaria. Como eu disse, ele era um bom policial. Porém, como eu também disse, Roubo de Capas lidava com uma classe mais inteligente de criminosos, e isso quer dizer que você precisa ser cuidadoso. Criminosos inteligentes têm advogados inteligentes, e não dá para simplesmente dar um sacode neles sempre que estiver a fim. Dano Orgânico lida com todo mundo, do lixo em diante. Geralmente, temos um pouco mais de margem. Era isso que você, desculpa, o que Ryker queria quando foi transferido. A margem. — Bautista entornou o copo e depois o pousou com um pigarro. Me encarou com olhar firme. — Acho que Ryker se deixou levar.

— Bang, bang, bang?

— Por aí. Eu já tinha visto ele interrogando antes, e o cara ia até o limite na maioria das vezes. Um deslize. — Havia um terror antigo nos olhos de Bautista naquele momento. O medo com que ele vivia todos os dias. — Com alguns desses merdas, é muito fácil perder a calma. Fácil demais. Acho que foi isso que aconteceu.

— Minha fonte diz que ele emerreou dois e deixou outros dois com os cartuchos inteiros. Isso soa descuidado pra caralho.

Bautista assentiu bruscamente com a cabeça.

— É o que Ortega diz. Mas não cola. Sabe, toda essa história aconteceu numa clínica clandestina lá em Seattle. Os dois intactos escaparam do prédio respirando, cataram um cruzador e fugiram. Ryker meteu 124 balas naquele cruzador quando ele decolou. Sem falar no trânsito ao redor. Os intactos se jogaram no oceano. Um deles morreu no volante, o outro com o impacto. Foram parar a uns duzentos metros de profundidade. Ryker estava fora da própria jurisdição, e os policiais de Seattle não são lá muito fãs de colegas de outra cidade metralhando o trânsito, então as equipes de resgate nunca nem deixaram ele chegar perto dos corpos.

"Todo mundo ficou muito surpreso quando os cartuchos apareceram como católicos, e alguém na polícia de Seattle não engoliu a história. Cavou um pouco mais fundo e acabou que os decalques de 'razões de consciência' eram falsos. Tinham sido colados num devassamento muito descuidado.

— Ou muito apressado.

Bautista estalou os dedos e apontou para mim. Ele definitivamente estava meio bêbado.

— É isso aí. A interpretação da corregedoria foi que o Ryker fez uma cagada ao deixar as testemunhas escaparem, e a única esperança era estampar um sinal de "não perturbe" nos cartuchos. Claro, quando os intactos foram trazidos de volta, os dois juraram de pés juntos que o Ryker apareceu lá sem mandado, blefou e depois entrou na clínica na base da porrada. Aí, quando ninguém respondeu às perguntas dele, começou a brincar de unidunitê com uma pistola de plasma.

— E é verdade?

— A parte do mandado? Sim. O Ryker não tinha nada que fazer lá em primeiro lugar. Quanto ao resto... Quem sabe?

— O que o Ryker disse?

— Disse que não tinha feito nada disso.

— E foi só?

— Não, foi uma longa história. Disse que tinha ido lá seguindo uma dica, entrou com um blefe só para ver até onde conseguiria ir, e de repente estavam atirando nele. Dizia que sim, podia ter acertado alguém, mas provavelmente não na cabeça, e que a clínica devia ter trazido dois empregados para sacrificar e os torrou antes que ele chegasse. Afirma que não sabe nada sobre o devassamento que aconteceu. — Bautista deu de ombros, com olhos cansados. — Eles encontraram o devassador, e o sujeito disse que o Ryker pagou ele para fazer o serviço. Testado com polígrafo. Mas ele também disse que o Ryker só telefonou, não se falaram pessoalmente. Link virtual.

— Que pode ser falsificado. Muito facilmente.

— Isso. — Bautista parecia satisfeito. — Mas então, esse cara disse que já trabalhou para o Ryker antes, desta vez cara a cara, e foi poligrafado nessa também. O Ryker conhece o cara, isso é indiscutível. E aí, é claro, a Corregedoria queria saber por que Ryker não levou nenhum reforço junto. Eles pegaram testemunhas na rua dizendo que Ryker parecia um maníaco atirando às cegas e tentando derrubar aquele cruzador. A polícia de Seattle não ficou nada feliz com isso, como eu comentei.

— Cento e vinte e quatro buracos — murmurei.

— Pois é. Isso é tiro pra caramba. O Ryker queria muito derrubar aqueles dois intactos.

— *Pode* ter sido armação.

— Sim, pode ter sido. — Bautista ficou um pouco sóbrio, e havia raiva na voz dele. — Pode ter sido um monte de coisa. Mas o fato é que você, *merda*, desculpa, o fato é que o *Ryker* foi longe demais, e, quando a casa caiu, não havia ninguém lá para salvar o cara.

— Então a Ortega engoliu a história da armação, ficou do lado dele e, quando eles perderam... — Assenti. — Quando eles perderam, ela começou a pagar a hipoteca da capa para manter Ryker fora da casa de leilão municipal. E foi atrás de novas provas?

— Acertou de primeira. Ela já deu entrada num recurso, mas tem um prazo mínimo de dois anos desde o começo da sentença antes que ela possa botar o disco para girar. — Bautista soltou um suspiro do fundo das tripas. — Como eu disse, isso está acabando com ela.

Ficamos sentados em silêncio por um tempo.

— Quer saber — disse Bautista, por fim —, acho que vou partindo. Ficar aqui falando sobre o Ryker frente a frente com o rosto do Ryker está ficando meio esquisito. Não sei como a Ortega consegue.

— É só mais uma realidade da vida moderna — respondi, virando meu drinque.

— É, deve ser. Era de se pensar que eu já teria aprendido. Passei metade da vida falando com vítimas vestindo o rosto de outras pessoas. Sem falar nos vagabundos.

— Então, qual dos dois você acha que o Ryker é? Vítima ou vagabundo?

Bautista franziu a testa.

— Essa não é uma pergunta muito legal. O Ryker era um bom policial que cometeu um erro. Isso não faz dele um vagabundo. Também não faz dele uma vítima. Só alguém que vacilou. Eu, eu mesmo, moro a um quarteirão dessa situação.

— Claro. Desculpa. — Esfreguei a lateral do rosto. Conversas de Emissário não deviam poder vacilar assim. — Estou meio cansado. Esse quarteirão onde você mora me parece bem familiar. Acho que vou dormir. Se quiser mais um drinque antes de sair, fique à vontade. É por minha conta.

— Não, obrigado. — Bautista terminou de esvaziar o copo. — É uma regra de velhos policiais. Nunca beba sozinho.

— Parece que eu deveria ter sido um velho policial. — Eu me levantei, oscilando um pouco. Ryker até fora uma chaminé suicida quanto a cigarros, mas não tinha lá muita tolerância para álcool. — Você consegue achar a saída sem problemas, acho.

— Claro. — Bautista se levantou e conseguiu dar uns seis passos antes de se virar de volta. Franziu as sobrancelhas, concentrado. — Ah, sim. Nem preciso dizer que nunca estive aqui, né?

Eu o dispensei com um aceno.

— Você nunca esteve aqui — assegurei.

Ele sorriu, perplexo, e o rosto dele pareceu subitamente muito jovem.

— Certo. Bom. A gente se vê por aí, provavelmente.

— A gente se vê.

Observei enquanto ele ia embora, depois, lamentavelmente, deixei o processo gélido de controle de Emissário escorrer pelos meus sentidos embotados. Quando estava desagradavelmente sóbrio de novo, peguei os cristais de droga de Curtis no bar e fui conversar com o Hendrix.

CAPÍTULO 21

— Você sabe alguma coisa sobre sinamorfesterona?

— Já ouvi falar. — Ortega cavava distraída a areia com a ponta da bota. Os sedimentos ainda estavam úmidos com a retração da maré, e nossas pegadas se enchiam de água atrás de nós. Nas duas direções, a curva da praia estava deserta. Estávamos sozinhos exceto pelas gaivotas que giravam em formações geométricas no céu acima.

— Bem, já que estamos esperando, você poderia me explicar o que é?

— Droga de harém. — Quando eu continuei sem reação, Ortega inflou as bochechas com impaciência. Ela agia como se não houvesse tido uma boa noite de sono.

— Não sou daqui — lembrei.

— Você esteve em Xária, pelo que me disse.

— Sim. Numa tarefa militar. Não tive lá muito tempo para me familiarizar com a cultura. Estávamos ocupados demais matando gente.

Essa última parte não era bem verdade. Depois do saque de Zihicce, os Emissários tinham mergulhado na tarefa de elaborar um regime submisso ao Protetorado. Os encrenqueiros foram eliminados, células de resistência foram infiltradas e esmagadas, e colaboradores, inseridos na infraestrutura política. Enquanto isso, tínhamos aprendido um bom bocado sobre a cultura local.

Eu tinha pedido uma transferência precoce para longe dali.

Ortega protegeu os olhos da luz e esquadrinhou a praia nas duas direções. Nada se movia. Ela suspirou.

— É um amplificador de reação masculina. Estimula agressão, potência sexual, confiança. Nas ruas do Oriente Médio e da Europa, chamam a droga de Garanhão. No sul, Toro. Não encontramos muito por aqui; o clima das ruas é mais relaxado. O que me deixa feliz. Pelo que eu ouço, pode ser bem desagradável. Você encontrou esse negócio ontem à noite?

— Mais ou menos. — Era mais ou menos a mesma coisa que eu tinha aprendido com o banco de dados do Hendrix, só que com mais concisão e menos química. E o comportamento de Curtis se encaixava na lista de checagem de sintomas e efeitos colaterais como um modelo de laboratório. — Suponha que eu quisesse arranjar um pouco desse bagulho, onde eu poderia conseguir? Facilmente, quero dizer.

Ortega me desferiu um olhar cortante, então subiu a praia até a areia mais seca.

— Como eu disse, não temos muito por aqui — respondeu ela no ritmo dos passos cansados e fundos na areia. — Você teria que perguntar por aí. Alguém com conexões além da região. Ou mandar sintetizar localmente. Mas eu não sei. Quando se trata desses hormônios de grife, provavelmente vai ser mais caro que simplesmente importar do sul.

Ela fez uma pausa na crista da duna e olhou em volta de novo.

— Cadê ela?

— Talvez ela não venha — sugeri, taciturno. Também não tinha dormido lá muito bem. A maior parte da noite após a partida de Rodrigo Bautista tinha sido gasta remoendo as peças nada cooperativas e complicadas do quebra-cabeça de Bancroft e combatendo a vontade de fumar. A impressão era que minha cabeça mal tinha batido no travesseiro quando o Hendrix me acordou com a ligação de Ortega. Ainda estava obscenamente cedo.

— Ela virá — assegurou Ortega. — A conexão foi reservada pelo terminal pessoal dela. A chamada provavelmente foi atrasada pela segurança de entrada. Só estamos aqui há uns dez segundos, em tempo real.

Estremeci com um calafrio do vento gelado vindo do mar e não disse nada. Acima, as gaivotas repetiam sua geometria. A virtualidade era barata; não fora criada para estadias longas.

— Tem cigarro?

Eu estava sentado na areia fria, fumando com uma espécie de intensidade mecânica, quando alguma coisa se moveu no extremo direito da baía. Eu me endireitei e estreitei os olhos, depois pousei a mão no braço de Ortega. O movimento se compôs numa pluma de areia ou água, rasgada no ar por um veículo de superfície que vinha pela curva da praia na nossa direção em alta velocidade.

— Eu falei que ela vinha.

— Ou pode ser outra pessoa — murmurei, levantando e tentando pegar a Nemex que, é claro, não estava lá. Não eram muitos os fóruns virtuais que permitiam armas de fogo em seus constructos. Em vez disso, limpei a areia da roupa e segui praia abaixo, ainda tentando me livrar da sensação sombria de que aquilo era perda de tempo.

O veículo estava perto o bastante agora para ser visível, um ponto escuro adiante do rastro em pluma. Dava para ouvir o motor, um lamento agudo sobre os gritos melancólicos das gaivotas. Eu me virei para Ortega, que, sem esboçar reação, observava ao meu lado o veículo que se aproximava.

— Meio exagerado para um telefonema, né? — comentei, irritado.

Ortega deu de ombros e atirou o cigarro rodopiando na areia.

— Riqueza não implica necessariamente bom gosto.

O ponto veloz se tornou um jato terrestre de um passageiro, com nariz achatado e barbatanas e pintado em rosa iridescente. Avançava pela arrebentação rasa à beira-mar, mas o piloto devia ter nos visto a algumas centenas de metros, pois o veículo deu uma guinada para a água mais funda, cortando uma cauda de spray duas vezes mais alta que ele mesmo em seu caminho até nós.

— *Rosa?*

Ortega deu de ombros de novo.

O jato terrestre chegou à areia a uns dez metros de nós e parou com um estremecimento, borrifando punhados de areia molhada ao seu redor. Quando a tempestade causada por sua chegada morreu, uma escotilha foi jogada para trás e uma silhueta de capacete e roupas pretas emergiu. A natureza feminina da silhueta era tornada óbvia pelo traje de voo coladíssimo, que terminava em botas cravejadas de adornos prateados ondulados do salto ao bico.

Suspirei e segui Ortega até o veículo.

A mulher saltou para a água rasa e veio chapinhando até nós, soltando as travas do capacete. Quando ela nos alcançou, o capacete saiu e longos cabelos acobreados se derramaram sobre os ombros do traje. A mulher inclinou a cabeça para trás e balançou a cabeleira, revelando um rosto de ossos largos com grandes olhos expressivos da cor de ônix salpicado, com um nariz delicadamente arqueado e uma boca generosamente esculpida.

Os velhos rastros da beleza de Miriam Bancroft que esta mulher outrora possuíra tinham sido completamente apagados.

— Kovacs, esta é Leila Begin — apresentou Ortega formalmente. — Sra. Begin, este é Takeshi Kovacs, o investigador contratado por Laurens Bancroft.

Os grandes olhos me avaliaram com franqueza.

— Você é estrangeiro? — perguntou ela.

— Correto. Do Mundo de Harlan.

— Isso, a tenente mencionou. — Havia uma rouquidão bem-feita na voz de Leila Begin, além de um sotaque que sugeria que ela não estava acostumada a falar amânglico. — Só espero que isso signifique que você tem uma mente aberta.

— Aberta ao quê?

— À verdade. — Begin me lançou um olhar surpreso. — A tenente Ortega me disse que você está interessado na verdade. Vamos dar uma caminhada?

Sem esperar por uma resposta, ela partiu em um caminho paralelo à linha do mar. Troquei um olhar com Ortega, que gesticulou com o polegar, mas não fez menção de se mover. Hesitei por alguns instantes antes de seguir Begin.

— Que conversa é essa sobre verdade? — indaguei, alcançando-a.

— Você foi contratado para descobrir quem matou Laurens Bancroft — afirmou ela com intensidade, sem olhar em volta. — Você quer saber a verdade do que transcorreu na noite da morte dele. Não é o caso?

— Você não acha que foi suicídio, então?

— Você acha?

— Perguntei primeiro.

Vi um leve sorriso cruzar seus lábios.

— Não, não acho.

— Deixa só eu adivinhar. Você vai botar a culpa na Miriam Bancroft.

Leila Begin parou e girou sobre um dos saltos ornados.

— Você está zombando de mim, Sr. Kovacs?

Havia algo nos olhos dela que drenou na hora o divertimento irritado que eu vinha sentindo. Neguei com a cabeça.

— Não, não estou zombando de você. Mas estou certo, não estou?

— Você já conheceu Miriam Bancroft?

— Brevemente, sim.

— Você a considerou charmosa, sem dúvida.

Dei de ombros em uma evasiva.

— Um tanto áspera às vezes, mas em geral, sim. Charmosa seria uma boa descrição.

Begin olhou nos meus olhos.

— Ela é uma psicopata — falou, com seriedade.

Então voltou a andar. Depois de um momento, eu a segui.

— Psicopata não é mais um termo restrito — disse eu com cuidado. — Já ouvi sendo aplicado a culturas inteiras, em certas ocasiões. Já foi usado para me descrever, uma ou duas vezes. A realidade é tão flexível hoje em dia, que é difícil dizer quem está desconectado dela e quem não está. Dá para se dizer até que se trata de uma distinção fútil.

— Sr. Kovacs. — Havia uma nota de impaciência na voz da mulher agora. — Miriam Bancroft me atacou quando eu estava grávida e assassinou meu filho no ventre. Ela sabia da gravidez. Agiu de propósito. Agiu com intenção. Você já esteve grávido de sete meses?

Balancei a cabeça.

— Não.

— Que pena. É uma experiência que todos deveríamos ser obrigados a passar pelo menos uma vez.

— Uma lei difícil de se passar.

Begin me olhou de esguelha.

— Nessa capa, você parece ser um homem familiarizado com a perda, mas essa é só a superfície. Você é o que parece, Sr. Kovacs? Está familiarizado com a perda? Perda irrecuperável, quero dizer. Você sabe o que é isso?

— Acho que sim — respondi, um pouco mais rigidamente do que queria.

— Então você entenderá meus sentimentos quanto a Miriam Bancroft. Na Terra, os cartuchos corticais são instalados após o nascimento.

— De onde eu venho também é assim.

— Eu perdi aquela criança. Nenhuma quantidade de tecnologia a trará de volta.

Eu não saberia dizer se a maré crescente de emoção na voz de Leila Begin era real ou encenada, mas eu estava perdendo o foco. Decidi voltar ao começo.

— Isso não dá a Miriam Bancroft motivo para matar o marido.

— É claro que dá. — Leila me cedeu uma nova olhada de esguelha, e havia mais um sorriso amargo em seu rosto. — Eu não fui um incidente isolado na vida de Laurens Bancroft. Como você acha que ele me conheceu?

— Em Oakland, pelo que me disseram.

O sorriso brotou numa risada dura.

— Que eufemismo. Sim, ele com certeza me conheceu em Oakland. Me conheceu no que eles chamavam de Seção das Carnes. Não era um lugar muito elegante. Laurens precisa se degradar, Sr. Kovacs. É isso que o deixa de pau duro. Já fazia isso décadas antes de mim, e não vejo por que teria parado depois.

— Então Miriam teria decidido, de repente, que já estava farta e abriu um buraco nele?

— Ela é capaz disso.

— Tenho certeza de que sim. — A teoria de Begin era tão cheia de furos quanto um desertor xariano capturado, mas eu não me daria ao trabalho de elaborar os detalhes do que eu sabia para essa mulher. — Você não nutre nenhum sentimento pelo próprio Bancroft, imagino? Bons ou maus.

O sorriso outra vez.

— Eu era uma puta, Sr. Kovacs. Uma das boas. Uma boa puta sente o que o cliente quer que ela sinta. Não há espaço para mais nada.

— Está me dizendo que pode desligar seus sentimentos simples assim?

— Está me dizendo que você não? — retorquiu ela.

— Tá, e o que Laurens Bancroft queria que você sentisse?

Ela parou e se virou lentamente para me encarar. Fiquei com a sensação desconfortável de como se tivesse acabado de dar um tapa nela. O rosto imerso em lembranças parecia uma máscara.

— Abandono animalesco — disse ela, enfim. — E então gratidão abjeta. E parei de sentir as duas coisas assim que ele parou de me pagar.

— E como você se sente agora?

— Agora? — Leila Begin contemplou o mar, como se comparasse a temperatura da brisa com o que havia dentro dela. — Agora eu não sinto nada, Sr. Kovacs.

— Você concordou em conversar comigo. Deve ter tido um motivo.

Begin fez um gesto desdenhoso.

— A tenente me pediu.

— Muito altruísta da sua parte.

Os olhos da mulher voltaram a mim.

— Você sabe o que aconteceu depois do meu aborto espontâneo?

— Ouvi dizer que você foi indenizada.

— Sim. Soa muito desagradável, né? Mas foi o que aconteceu. Eu aceitei o dinheiro de Bancroft e fiquei calada. Era muito dinheiro. Mas eu não me esqueci de onde eu vim. Ainda volto a Oakland duas ou três vezes por ano, conheço as meninas que trabalham na Seção hoje em dia. A tenente Ortega tem um bom nome por lá. Muitas das meninas lhe devem umas boas. Pode--se dizer que eu estou pagando alguns favores.

— E a vingança contra Miriam Bancroft não entra nessa?

— Que vingança? — Leila Begin deu a dura risadinha dela de novo. — Eu estou lhe dando informações porque a tenente me pediu. Você não poderá fazer nada contra Miriam Bancroft. Ela é uma Matusa. Ela é intocável.

— Ninguém é intocável. Nem mesmo os Matusas.

Begin me fitou com tristeza no rosto.

— Você não é daqui — disse ela. — Isso fica bem claro.

A ligação de Begin tinha sido roteada por um corretor de conexões do Caribe, e o tempo, alugado de um provedor de fóruns em Chinatown. *É barato,* disse Ortega quando entramos, *e provavelmente tão seguro quanto qualquer outro lugar. Quando Bancroft quer privacidade, ele gasta meio milhão em sistemas de discrição. Eu simplesmente vou aonde ninguém está escutando.*

Também era apertado. Encaixado entre um banco com formato de pagode e uma fachada de restaurante com as janelas abafadas de vapor, o espaço era limitadíssimo. A recepção era alcançada subindo uma estreita escadaria de aço e passando por uma passarela afixada a uma das alas da camada do meio do pagode. Luxuosos sete ou oito metros quadrados de piso de areia fundida sob um domo de vidro barato ofereciam aos clientes potenciais uma área de espera, luz natural e dois pares de assentos que pareciam ter sido arrancados de um jato desativado. Adjacente aos assentos, uma senhora asiática de idade avançada estava sentada atrás de uma bateria de equipamentos secretariais, a maioria dos quais pareciam estar desligados, guardando um lance de degraus de acesso às entranhas do prédio. Abaixo, só havia corredores estreitos em curvas fechadas revestidos com condutos de cabos e com encanamento. Em cada trecho de corredor, havia portas para os cubículos de serviço. Os leitos de eletrodos eram instalados nesses cubículos num ângulo vertical de quase noventa graus para economizar espaço e estavam cercados por todos os lados por painéis de instrumentos cheios de poeira e luzes piscantes. Você se amarrava ao leito, ligava os eletrodos e digitava o número de código entregue na recepção no braço ao lado. Era aí que a máquina vinha e levava sua mente.

Voltar dos vastos horizontes abertos da virtualidade de praia foi um choque. Ao abrir os olhos e me deparar com os bancos de instrumentos logo acima da minha cabeça, sofri um breve flashback do meu tempo no Mundo de Harlan. Treze anos de idade, acordando num fliperama virtual depois da minha primeira formatação pornô. Um fórum de baixo coeficiente de tempo, onde dois minutos de tempo real me ofereciam uma hora e meia de experiência na companhia de duas moças de seios pneumáticos com quem brincar, seus corpos mais parecidos com os de desenhos animados que mulheres de verdade. O cenário tinha sido um quarto com cheiro de doce e almofadas rosadas e falsos tapetes de pele com janelas que davam vista para uma paisagem urbana noturna em baixa resolução. Quando comecei a andar com as gangues e a ganhar mais dinheiro, o coeficiente e a resolução aumentaram, e os cenários ficaram mais criativos, mas a coisa que nunca mudava era o cheiro rançoso e a aderência dos eletrodos na sua pele quando você acordava ao fim de tudo entre as paredes estreitas do caixão.

— Kovacs?

Pisquei os olhos e soltei as amarras. Então me espremi pela porta do cubículo apertado e me deparei com Ortega já esperando no corredor adornado por canos.

— Então, o que acha? — perguntou.

— Acho que ela tá falando merda. — Ergui a mão para conter a explosão de Ortega. — Não, escuta, eu acredito que Miriam Bancroft seja assustadora. Não discordo em nada disso. Mas tem umas cinquenta razões para que ela não se encaixe no papel de culpada aqui. Ortega, você poligrafou ela, pelo amor de Deus.

— É, eu sei. — Ortega me seguiu pelo corredor. — Mas era nisso mesmo que eu estava pensando. Sabe, ela se ofereceu para passar pelo teste. Tipo, é obrigatório para todas as testemunhas de qualquer maneira, mas ela estava exigindo o procedimento praticamente assim que eu cheguei no local do crime. Nada de ceninha de esposa chorosa, nem mesmo uma lágrima; ela simplesmente bateu no cruzador de incidentes e pediu os fios.

— E daí?

— E daí que eu estou pensando naquelas coisas que você falou pro Rutherford. Você disse que, se te poligrafassem enquanto você contava aquela história, não registrariam uma mentira, então...

— Ortega, aquilo é condicionamento de Emissário. Pura disciplina mental. Não é físico. Você não pode comprar algo assim nas prateleiras da Só Capas.

— Miriam Bancroft veste uma Nakamura de última geração. Eles usam a cara e o corpo dela para marquetear o material...

— A Nakamura produz alguma coisa capaz de vencer um polígrafo da polícia?

— Não oficialmente.

— Bem, aí está...

— Não se faça de burro, porra. Você nunca ouviu falar em bioquímica customizada?

Parei ao pé da escada que levava à recepção e balancei a cabeça.

— Eu não compro essa história. Torrar o marido com uma arma a que só eles dois têm acesso. Ninguém é tão burro.

Subimos os degraus, Ortega atrás de mim.

— Pensa bem, Kovacs. Não estou dizendo que foi premeditado...

— E quanto ao armazenamento remoto? Foi um crime inútil...

— ... não tô dizendo que foi nem racional, mas você tem que...

— ... tem que ter sido alguém que não sabia...

— Merda! Kovacs!

A voz de Ortega, elevada uma oitava inteira.

Estávamos na área de recepção àquela altura. Ainda havia dois clientes esperando à esquerda, um homem e uma mulher metidos numa discussão, com um grande pacote embrulhado em papel. À direta, um vislumbre periférico de escarlate onde não deveria haver nenhum. Eu estava olhando para sangue

A velha recepcionista asiática estava morta, a garganta cortada por alguma coisa que emitia um reluzir metálico do fundo do ferimento no pescoço. A cabeça repousava numa poça brilhante do próprio sangue na escrivaninha à frente.

Minha mão saltou para a Nemex. Ao meu lado, ouvi o estalo quando Ortega engatilhou o primeiro projétil na Smith & Wesson. Girei para os dois clientes que esperavam e seu pacote de papel.

O tempo se desacelerou a um ponto onírico. A neuroquímica deixava tudo impossivelmente devagar, imagens separadas flutuando até o piso da minha visão como o cair de folhas de outono.

O pacote tinha sido desfeito. A mulher segurava uma Jato Solar compacta, e o homem, uma pistola-metralhadora.

A porta para a passarela se abriu de rompante e outro vulto surgiu no vão, brandindo uma pistola em cada mão.

Ao meu lado, a Smith & Wesson de Ortega trovejou e arremessou o recém-chegado para trás pela porta como se a entrada dele fosse rebobinada.

Meu primeiro tiro destruiu o encosto de cabeça do assento da mulher, fazendo chover enchimento branco sobre ela. A Jato Solar ressoou, e o feixe passou longe. Minha segunda bala explodiu a cabeça dela e tingiu os flocos brancos flutuantes de vermelho.

Ortega urrou de fúria. Ainda estava atirando, para cima, segundo meus sentidos periféricos. Em algum lugar no alto, os tiros dela estilhaçaram vidro.

O metralhador tinha se levantado com dificuldade. Registrei as feições insossas de um sintético e meti um par de tiros nele, que cambaleou para trás, contra a parede, ainda erguendo a arma. Mergulhei para o chão.

O domo acima das nossas cabeças desabou. Ortega gritou alguma coisa, e eu rolei para o lado. Um corpo caiu frouxamente de cabeça no chão ao meu lado.

A pistola-metralhadora abriu fogo cegamente. Ortega gritou de novo e se achatou no chão para evitar os disparos. Eu rolei para o colo da mulher morta e atirei de novo no sintético, três vezes em rápida sucessão. O tiroteio se encerrou.

Silêncio.

Girei a Nemex para a direita e para a esquerda, checando os cantos da sala e a porta principal. As bordas pontiagudas do domo destruído acima. Nada.

— Ortega?

— É, tô bem. — Ela estava esparramada do outro lado da sala, apoiada num cotovelo. Havia uma tensão na voz dela que contrariava as palavras. Eu me levantei com dificuldade e cambaleei até ela, os passos esmagando o vidro quebrado.

— Onde está o ferimento? — perguntei, agachando para ajudá-la a se sentar.

— Ombro. A vaca de merda me acertou com a Jato Solar.

Guardei a Nemex e verifiquei o ferimento. O feixe tinha escavado um longo rombo diagonal nas costas da jaqueta de Ortega e atravessado a ombreira esquerda. A carne sob a ombreira estava assada, calcinada até o osso numa estreita linha no centro.

— Deu sorte — falei com leveza forçada. — Se você não tivesse se abaixado, teria sido sua cabeça.

— Eu não estava me abaixando, eu estava caindo, porra.

— Dá pro gasto. Você quer se levantar?

— O que você acha? — Ortega se ajoelhou, apoiada no braço bom, e então se levantou. Fez uma careta com o movimento da jaqueta contra o ferimento. — *Porra*, isso dói.

— Acho que foi isso que o cara na porta disse.

Apoiada em mim, ela se virou para me encarar, nossos olhos a centímetros de distância. Fiz cara de sério, e o riso irrompeu no rosto dela como uma alvorada. Ela balançou a cabeça.

— Jesus, Kovacs, você é um doente da porra. Eles ensinam a contar piadas pós-tiroteios no Corpo mesmo ou isso é uma coisa sua?

Eu a guiei na direção da saída.

— É uma coisa minha. Vem, vamos tomar um ar fresco.

Atrás de nós, ouvimos um som súbito de algo se debatendo. Girei bruscamente e vi a capa sintética se levantando, cambaleante. A cabeça estava esmagada e desfigurada onde meu último tiro tinha arrancado a lateral do crânio, e a mão da arma estava aberta num espasmo no extremo do braço direito rígido e ensanguentado. O sintético tropeçou contra a cadeira, se endireitou e veio na nossa direção, arrastando a perna direita.

Saquei a Nemex e apontei para ele.

— A luta acabou — alertei.

O rosto frouxo sorriu para mim. Mais um passo hesitante. Franzi a testa.

— Pelo amor de Deus, Kovacs. — Ortega tentava pegar a própria arma. — Acaba logo com isso.

Dei um tiro, e a bala jogou o sintético para trás no chão cheio de vidro. Ele girou umas duas vezes, depois ficou parado, respirando lentamente. Enquanto eu assistia, fascinado, uma risada gorgolejante escapou-lhe da garganta.

— Já chega dessa porra — tossiu ele, e riu de novo. — Hein, Kovacs? Já chega dessa porra.

As palavras me imobilizaram em choque pela duração de uma batida do coração, e em seguida eu girei e corri para a porta, arrastando Ortega comigo.

— O qu...

— Pra fora. Vamos pra fora já. — Empurrei ela pela porta adiante e agarrei o corrimão do lado de fora. O pistoleiro morto jazia contorcido na passarela adiante. Empurrei Ortega de novo e ela saltou sem jeito sobre o corpo. Bati a porta atrás de mim e a segui correndo.

Estávamos quase no fim da passarela quando o domo atrás de nós detonou num gêiser de vidro e aço. Ouvi claramente a porta ser arrancada das dobradiças às nossas costas, e então a onda de choque nos carregou como dois casacos descartados e nos atirou escada abaixo para a rua.

CAPÍTULO 22

A polícia é mais impressionante à noite.

Para começar, tem aquelas luzes piscantes todas lançando cores dramáticas nos rostos de todo mundo, expressões soturnas tingidas alternadamente de vermelho criminoso e azul fumacento. Aí tem também os sons das sirenes na noite, como um elevador descendo pelos andares da cidade, as vozes crepitantes nos rádios, de alguma forma enérgicas e misteriosas ao mesmo tempo, o ir e vir de volumosos vultos mal-iluminados e trechos de conversas crípticas, a tecnologia da lei ativada e posicionada para que os transeuntes possam admirar, a falta de qualquer outro acontecimento oferecendo um vácuo de interesse. Pode não haver absolutamente nada para se ver além disso, e as pessoas ainda assim assistirão por horas.

Nove horas da manhã de um dia de semana, a coisa fica diferente. Um par de cruzadores apareceu em resposta ao chamado de Ortega, mas as luzes e sirenes mal eram notáveis acima do estardalhaço geral da cidade. Os tripulantes uniformizados montaram barreiras de incidente nas duas pontas da rua e pastorearam os clientes para fora dos estabelecimentos vizinhos, enquanto Ortega convencia o segurança privado do banco a não me prender como possível cúmplice do bombardeio. Havia uma recompensa para captura de terroristas, aparentemente. Uma multidãozinha se formou além do tremeluzir quase invisível das barreiras, mas parecia ser composta quase exclusivamente de pedestres irados querendo passar.

Enquanto isso tudo acontecia, fiquei sentado no meio-fio do lado oposto da rua, checando os ferimentos superficiais adquiridos no meu curto voo da plataforma até o asfalto. Era quase tudo hematomas e abrasões. O formato da recepção do provedor de fórum tinha canalizado a maior parte da explosão para cima, pelo teto, e foi essa rota seguida também pela maior parte dos estilhaços. Havíamos tido muita sorte.

Ortega deixou o grupo de fardados reunidos diante do banco e atravessou a rua até mim. Tinha tirado a jaqueta; agora havia uma longa mancha branca de solda de tecido humano endurecendo no ferimento em seu ombro. Ela segurava o coldre de ombro solto numa das mãos, e os seios se moviam sob o algodão fino de uma camiseta branca que dizia: *Você tem o direito de permanecer calado, então por que não faz isso por uns minutos?* Ela se sentou ao meu lado no meio-fio.

— O furgão da polícia técnica está vindo — comentou casualmente. — Acha que vamos tirar algo de útil dos escombros?

Olhei para a ruína fumegante do domo e neguei com a cabeça.

— Vão encontrar corpos, talvez até cartuchos intactos, mas aqueles caras provavelmente eram só capangas locais. E eles só vão contar que o sintético os contratou, provavelmente por meia dúzia de ampolas de tetrameta cada.

— É, eles eram meio desleixados, né?

Senti um sorriso se infiltrar nos meus lábios.

— Mais ou menos. Mas, também, não acho que eles estavam lá para nos pegar.

— Só pra deixar a gente ocupado até o seu amigo explodir, hein?

— Algo do tipo, sim.

— Eu diria que o detonador estava ligado nos sinais vitais dele, concorda? Você apaga o cara e bum, ele leva você junto. Eu também. E os capangas baratos.

— E apaga o próprio cartucho e capa. — Assenti com a cabeça. — Organizado, né?

— Então, o que foi que deu errado?

Esfreguei distraído a cicatriz sob meu olho.

— Ele me superestimou. Eu deveria ter matado ele imediatamente, mas errei. Ele provavelmente teria se matado a essa altura, só que eu estraguei o braço da capa tentando deter a pistola-metralhadora. — *Na visão da minha mente, a arma cai dos dedos abertos e gira no chão.* — Joguei a arma para fora do alcance dele, também. Ele deve ter ficado ali deitado, tentando se fazer morrer por pura força de vontade quando nos ouviu sair. Eu queria saber que marca de sintético ele estava usando.

— Qualquer que fosse, posso atestar a qualidade quando eles quiserem — observou Ortega, animada. — Talvez tenha sobrado alguma coisa para os peritos, no fim das contas.

— Você sabe quem era, não sabe?

— Ele te chamou de Kov...

— Era Kadmin.

Houve um curto silêncio. Fiquei olhando a fumaça subir do domo arruinado. Ortega inspirou, expirou.

— Kadmin está na prateleira.

— Não mais, não. — Dei uma olhada de esguelha nela. — Você tem um cigarro?

Ela me passou o maço sem dizer nada. Chacoalhei para tirar um, coloquei no canto da boca, toquei a faixa de ignição na ponta e inspirei com força. Os movimentos aconteceram como um só, reflexo condicionado ao longo de anos como uma macro de necessidade. Eu não tive que fazer nada conscientemente. A fumaça se espalhando pelos meus pulmões era como um sopro do perfume de uma velha amante.

— Ele me conhecia. — Eu exalei. — Também entendia de história quellista. "Já chega dessa porra" foi o que uma guerrilheira quellista chamada Iffy Deme disse quando morreu sob interrogatório durante a Descolonização no Mundo de Harlan. Ela tinha explosivos internos instalados e derrubou a casa toda. Soa familiar? Agora, quem nós conhecemos que sabe trocar citações quellistas como um nativo de Porto Fabril?

— Ele está na porra da prateleira, Kovacs. Não dá pra tirar alguém do armazém sem...

— Sem uma IA. Com uma IA, dá para fazer. Já vi fazerem isso. O Comando de Núcleo em Adoración fez com os nossos prisioneiros de guerra, simples assim. — Estalei os dedos. — Como fisgar raias-elefante num recife-ninho.

— Tão fácil assim? — disse Ortega, com ironia.

Puxei mais fumaça e a ignorei.

— Você lembra quando estávamos no virtual com o Kadmin, aquele efeito de relâmpago no céu?

— Não vi, não. Espera. Vi, sim. Achei que tinha sido um erro.

— Não foi. Tocou o Kadmin. Refletiu na mesa. Foi quando ele prometeu me matar. — Eu me virei para ela e sorri, enjoado. A memória da entidade virtual de Kadmin estava clara e monstruosa na minha cabeça. — Você quer ouvir um genuíno mito de primeira geração do Mundo de Harlan? Um conto de fadas do outro mundo?

— Kovacs, mesmo com uma IA, eles precisariam...

— Quer ouvir a história?

Ortega deu de ombros, estremeceu e assentiu.

— Claro. Pode me devolver os meus cigarros?

Joguei o maço de volta e esperei enquanto ela acendia um cigarro. Ortega soprou fumaça para o outro lado da rua.

— Vá em frente, então.

— Certo. A minha cidade natal, Novapeste, costumava ser uma cidade têxtil. Tem uma planta no Mundo de Harlan chamada belalga, cresce no mar e na maioria das costas também. Secando ela e tratando com química, dá para fazer um tecido parecido com algodão. Durante a Colonização, Novapeste era a capital de belalgodão do Mundo. As condições nas tecelagens eram bem ruins mesmo naquela época e, quando os quellistas viraram tudo de cabeça para baixo, elas só pioraram. A indústria de belalgodão entrou em declínio, e, com isso, tivemos uma explosão de desemprego, pobreza sem alívio e porra nenhuma que os Descolonizadores pudessem fazer a respeito. Eles eram revolucionários, não economistas.

— Mesma história de sempre, hein?

— Bom, uma história familiar, pelo menos. Algumas lendas bem horríveis nasceram nas favelas têxteis por volta desse período. Coisas como os Espectros Debulhadores ou o Canibal da rua Kitano.

Ortega puxou um trago e arregalou os olhos.

— Que lindo.

— É, bem, era uma época ruim. Assim surge a história de Louca Ludmila, a costureira. Era essa que contavam para as crianças, para que elas fizessem as tarefas e voltassem para casa antes de escurecer. Louca Ludmila tinha uma tecelagem de belalgodão à beira da falência e três filhos que nunca a ajudavam. Eles ficavam fora até tarde da noite, jogando nos fliperamas pela cidade, e dormiam o dia inteiro. Então um dia, conta a história, Ludmila pirou.

— Ela já não era louca, então?

— Não, só um pouco estressada.

— Mas você a chamou de Louca Ludmila.

— Esse é o nome da história.

— Mas se ela não estava louca no começo...

— Você quer ouvir a história ou não?

O canto da boca de Ortega deu uma puxada. Ela acenou com o cigarro para que eu continuasse.

— *Pelo que diz a história,* uma noite, quando os filhos estavam se arrumando para sair, ela batizou o café deles com alguma coisa e, quando eles estavam semiconscientes, mas ainda acordados, veja bem, ela os levou de carro até o Ponto Mitcham e os jogou nos tanques de debulha um de cada vez. Dizem que dava para ouvir os gritos do outro lado do pântano.

— Ahammm...

— É claro, a polícia ficou desconfiada...

— É mesmo?

— ... só que não tinha como provar nada. Dois dos filhos tinham se metido com uns tóxicos sinistros e andavam se metendo com a yakuza local, então ninguém ficou surpreso de verdade quando eles desapareceram.

— Essa história tem alguma razão de ser?

— Tem. Veja bem, Ludmila se livrou dos inúteis dos filhos de merda dela, mas isso não ajudou nada. Ela ainda precisava de alguém para trabalhar nas tinas de cura, para carregar a belalga pra cima e pra baixo das escadas da tecelagem, e ela ainda estava falida. Então, o que foi que ela fez?

— Alguma coisa horrível, eu imagino.

Assenti.

— O que ela fez foi catar os pedaços dos filhos mutilados no debulhador e costurá-los numa enorme carcaça de três metros de altura. E então, numa noite sagrada para os poderes das trevas, ela invocou um Tengu para...

— Um o quê?

— Um Tengu. É tipo uma entidade travessa; acho que você chamaria um demônio. Ela invocou o Tengu para animar a carcaça e então costurou ele lá dentro.

— O quê, quando ele não estava olhando?

— Ortega, é um conto de fadas. Ela costurou a alma do Tengu dentro da carcaça, mas prometeu libertá-lo se ele a servisse por nove anos. Nove é um número sagrado nos panteões harlanianos, então ela estava tão vinculada ao acordo quanto o Tengu. Infelizmente...

— Ah.

— ... os Tengus não são lá conhecidos por serem pacientes, e também não imagino que deva ter sido moleza trabalhar para a velha Ludmila. Certa noite, depois de menos de um terço do contrato já cumprido, o Tengu se voltou contra ela e a fez em pedaços. Há quem diga que foi coisa de Kishimo-jin, que teria sussurrado incitações terríveis no ouvido do Tengu...

— Kishimo Gim?

— Kishimo-jin, a divindade protetora das crianças. Foi vingança dela contra Ludmila pela morte dos meninos. Essa é uma das versões; tem outra que... — Percebi a expressão impaciente de Ortega pelo canto do olho e me apressei. — Bem, de qualquer maneira, o Tengu fez a mulher em pedaços, mas, com isso, ele se prendeu dentro do feitiço e foi condenado a ficar aprisionado dentro da carcaça. E, com a invocadora original do feitiço morta e, pior ainda, traída, a carcaça começou a apodrecer. Um pedaço aqui, outro ali, mas irreversivelmente. E então o Tengu foi forçado a vagar pelas ruas e tecelagens do bairro fabril, procurando carne fresca para substituir as partes apodrecidas do corpo. Sempre matava crianças, porque as partes que ele precisava trocar eram de tamanho infantil, mas, independentemente de quantas vezes ele costurasse carne nova à carcaça...

— Ele aprendeu a costurar, então?

— Tengus têm muitos talentos. Não importava quantas vezes ele se consertasse, depois de alguns dias, as partes novas começavam a se decompor, e ele era obrigado a caçar de novo. No bairro, chamavam ele de Homem-Retalho.

Eu me calei. Ortega formou um O silencioso com a boca, depois soprou fumaça. Ela assistiu à fumaça se dissipar, depois se virou para me encarar.

— Foi sua mãe que te contou essa história?

— Meu pai. Quando eu tinha 5 anos.

Ela fitou a ponta do cigarro.

— Bacana.

— Não, ele não era. Mas essa é outra história. — Eu me levantei e olhei para o lado da rua onde a multidão estava acumulada numa das barreiras de incidente. — Kadmin está solto por aí e está fora de controle. Não sei para quem ele trabalhava antes, mas agora está trabalhando por conta própria.

— Como? — Ortega estendeu as mãos, exasperada. — Tá, uma IA poderia abrir um túnel até o banco de dados da polícia de Bay City. Até engulo essa. Só que estamos falando de uma intrusão de um microssegundo aqui. Mais que isso, e os alarmes tocariam daqui a Sacramento.

— Ela só precisava de um microssegundo.

— Só que o Kadmin não estava *no* banco de dados. Eles teriam que saber quando ele estaria rodando e precisariam saber onde. Eles precisariam...

Ela parou quando a ficha caiu.

— De mim — terminei para ela. — Eles precisariam de mim.

— Mas você...

— Vou precisar de um tempo para dar um jeito nisso, Ortega. — Atirei meu cigarro na sarjeta e fiz uma careta ao sentir o gosto na minha boca. — Hoje, talvez amanhã também. Cheque o banco de dados. Kadmin não está lá. Se eu fosse você, ficaria fora de vista por um tempo.

Ortega fez uma careta azeda.

— Você está me dizendo para me manter escondida na minha própria cidade?

— Não estou lhe dizendo para fazer nada. — Saquei a Nemex e ejetei o carregador meio vazio com ações quase tão automáticas quanto o ato de fumar. O carregador foi para o bolso do casaco. — Estou lhe dando um panorama de situação. Vamos precisar de um ponto de encontro. Não o Hendrix. E não qualquer lugar para o qual você possa ser rastreada também. Não me diga, escreva. — Acenei com a cabeça para a multidão do outro lado das barreiras. — Qualquer um por lá com implantes decentes pode ter focalizado e amplificado esta conversa.

— Jesus — Ela bufou. — Isso é tecnoparanoia, Kovacs.

— Não me diga isso. Era assim que eu costumava ganhar a vida.

Ela ponderou isso por um momento, depois pegou uma caneta e rabiscou na lateral do maço de cigarros. Pesquei um carregador completo do bolso e meti na Nemex, meus olhos ainda esquadrinhando a multidão.

— Toma. — Ortega me jogou o maço. — É um código de destino específico. Insira em qualquer táxi da região e ele te levará lá. Eu estarei lá nas noites de hoje e amanhã. Depois disso, de volta à rotina.

Peguei o maço com a mão esquerda, dei uma olhada rápida nos números e guardei no casaco. Em seguida, puxei o ferrolho da Nemex para colocar a primeira bala na câmara e enfiei a pistola de volta no coldre.

— Me diga isso depois que você tiver verificado o banco de dados — retruquei antes de sair andando.

CAPÍTULO 23

Caminhei para o sul.

Acima, os autotáxis entravam e saíam do trânsito com uma hipereficiência programada e mergulhavam ocasionalmente para o nível do solo, tentando estimular a potencial clientela. O clima acima do tráfego estava mudando, a cobertura cinzenta de nuvens vinha do oeste em alta velocidade, gotas ocasionais de chuva acertavam o meu rosto quando eu olhava para cima. Deixei os táxis em paz. *Torne-se primitivo*, teria dito Virgínia Vidaura. Com uma IA na sua cola, sua única esperança é evitar o plano eletrônico. Claro, em um campo de batalha isso é muito mais fácil de fazer; há muita lama e caos onde se esconder. Uma cidade moderna, não bombardeada, é um pesadelo logístico para esse tipo de evasão. Todos os prédios, veículos e ruas estão conectados à rede, e toda transação que você faz o deixa marcado para os sabujos digitais.

Encontrei um caixa eletrônico surrado e recarreguei meu maço reduzido de cédulas plastificadas. Em seguida, voltei dois quarteirões e segui para o leste até encontrar um telefone público. Vasculhei meus bolsos, achei um cartão, conectei os eletrodos na minha cabeça e disquei.

Não havia imagem. Nem som de conexão. Aquele era um chip interno. A voz falou bruscamente de uma tela negra.

— Quem é?

— Você me deu seu cartão — respondi — para o caso de alguma coisa grave. Bem, agora parece que tem alguma coisa grave para caralho para nós conversarmos, doutora.

Houve um clique audível quando ela engoliu, só uma vez, e então a voz dela estava lá de novo, calma e controlada.

— Temos que nos encontrar. Presumo que você não queira vir às instalações.

— Presumiu certo. Sabe a ponte vermelha?

— O nome dela é Golden Gate — disse a voz, secamente. — Sim, estou familiarizada com ela.

— Esteja lá às onze. Pista sentido norte. Venha sozinha.

Desliguei. Disquei de novo.

— Residência Bancroft, com quem deseja falar? — Uma mulher de roupas severas e um cabelo parecido com os cortes de piloto de Angin Chandra apareceu na tela uma fração de segundo depois de começar a falar.

— Laurens Bancroft, por favor.

— O Sr. Bancroft está em conferência no presente momento.

Assim ficava ainda mais fácil.

— Certo, quando ele estiver disponível, diga que Takeshi Kovacs ligou.

— O senhor gostaria de falar com a Sra. Bancroft? Ela deixou instruções para...

— Não — cortei rapidamente. — Não será necessário. Por favor, diga ao Sr. Bancroft que eu estarei fora de contato por alguns dias, mas que eu ligarei de Seattle. Isso é tudo.

Desliguei outra vez e conferi o relógio. Ainda restava uma hora e quarenta minutos do tempo que eu tinha me dado para estar na ponte. Saí atrás de um bar.

Tô armado, aliado e pegando um atalho
E não tô com medo do Homem-Retalho.

A pequena invenção de uma rima de pivete reluziu para mim da cama empoeirada da minha infância.

Mas eu estava com medo.

A chuva ainda não tinha começado de verdade quando pegamos o acesso à ponte, mas as nuvens se acumulavam mal-humoradas acima, e o para-brisa estava salpicado com gotas grossas, mas raras demais para ativar os limpadores do caminhão. Fitei a estrutura cor de ferrugem se erguendo adiante através da distorção dos pingos estourados e soube que ia acabar encharcado.

Não havia trânsito na ponte. As torres de suspensão se erguiam como os ossos de algum dinossauro incalculavelmente grande sobre as faixas desertas de asfalto e passarelas laterais decoradas com detritos não identificáveis.

— Reduza — falei ao meu companheiro quando passamos sob a primeira torre, e o veículo pesado freou com força desnecessária. Eu dei uma espiada de lado. — Pega leve. Já disse, é um serviço sem risco. Vou só encontrar alguém.

Enxerto Nicholson me deu uma olhada cansada e melancólica do banco do motorista, acompanhada por um hálito de álcool velho.

— É, claro. Você gosta de distribuir esse monte de plástico para motoristas toda semana, né? Fica pegando eles em bares de Licktown por pura caridade?

Dei de ombros.

— Acredite no que quiser. É só você rodar devagar. Pode dirigir tão rápido quanto quiser depois que eu descer.

Nicholson balançou a cabeça emaranhada.

— Essa porra é esquisita, cara...

— Ali. Parada na passarela. Me deixa ali. — Havia uma figura solitária inclinada sobre o corrimão adiante, aparentemente contemplando a vista da baía. Nicholson franziu a testa, concentrado, e encolheu os ombros ridiculamente grandes que, presumivelmente, tinham lhe valido o apelido. O caminhão surrado trocou lenta, mas não suavemente, de pista e parou com um solavanco ao lado da barreira da direita.

Saltei, olhei em volta à procura de transeuntes, não achei nenhum e voltei pela porta aberta.

— Tá, agora presta atenção. Vou levar pelo menos uns dois dias para chegar a Seattle, talvez três, então você só se entoca no primeiro hotel dentro do banco de dados do limite urbano e me espere lá. Pague em dinheiro, mas registre no meu nome. Vou entrar em contato entre as dez e as onze da manhã, então esteja no hotel nesses horários. No resto do tempo, faça o que quiser. Acho que te dei dinheiro suficiente para você não ficar entediado.

Enxerto Nicholson exibiu os dentes num sorriso sabido que me deu um pouco de pena de qualquer pessoa trabalhando na indústria do prazer em Seattle naquela semana.

— Não se preocupa comigo, cara. O velho Enxerto aqui sabe como agarrar a diversão pelas tetas.

— Que bom. Só não fique confortável demais. Talvez a gente precise sair na pressa.

— Tá bem, tá bem. E quanto ao resto do plástico, cara?

— Eu já disse. Te pago quando acabarmos.

— E se você não aparecer em três dias?

— Nesse caso — respondi agradavelmente —, eu vou estar morto. Se isso acontecer, melhor você ficar escondido por umas semanas. Eles não vão perder tempo procurando você. Se me encontrarem, já ficarão felizes.

— Cara, não acho que...

— Você vai ficar bem. Te vejo em três dias. — Pulei de volta ao chão, bati a porta e dei duas pancadas nela. O motor ganhou vida, e Nicholson levou o caminhão de volta à pista do meio.

Enquanto observava o caminhão partindo, me perguntei rapidamente se ele realmente iria a Seattle. Eu tinha lhe dado uma bela grana, afinal, e, mesmo com a promessa de um segundo pagamento caso ele seguisse as instruções, a tentação ainda seria de dar meia-volta em algum ponto costa acima e voltar direto ao bar onde eu o tinha arranjado. Ou poderia ficar nervoso, sentado no hotel esperando minha chegada, e daria no pé antes do fim dos três dias. Eu realmente não poderia culpá-lo por essas possíveis traições, já que eu mesmo não tinha a menor intenção de aparecer. O que quer que ele fizesse estaria ótimo para mim.

Na evasão de sistemas, você precisa bagunçar as suposições do inimigo, disse Virgínia Vidaura no meu ouvido. *Crie o máximo de interferência possível sem reduzir seu passo.*

— Amigo seu, Sr. Kovacs? — A doutora tinha vindo à barreira e observava o caminhão se afastando.

— Conheci num bar — respondi honestamente, pulando a barreira para o lado dela, e seguindo para o anteparo da ponte. Era a mesma vista que eu tivera quando Curtis me havia trazido de volta da Casa Toque do Sol no dia da minha chegada. Na penumbra do dia nublado, o tráfego aéreo cintilava acima dos prédios do outro lado da baía como um enxame de vagalumes. Estreitando os olhos, consegui ver os detalhes da ilha de Alcatraz, a casamata de muros cinzentos e janelas alaranjadas da PsychaSec S.A. Além, ficava Oakland. Atrás de mim, havia mar aberto e, ao norte e sul, um sólido quilômetro de ponte vazia. Razoavelmente certo de que não poderia se surpreendido ali por nada menor que artilharia tática, eu me virei de volta à doutora.

Ela pareceu estremecer quando meus olhos recaíram sobre ela.

— Qual é o problema? — perguntei baixinho. — A ética médica está ardendo um pouco?

— Não foi ideia minha...

— Eu sei. Você só assinou os papéis, fez vista grossa, essas coisas. Então quem foi?

— Eu não sei — disse ela, não muito firme. — Alguém veio falar com Sullivan. Uma capa artificial. Asiática, acho.

Assenti com a cabeça. Trepp.

— Quais foram as instruções de Sullivan?

— Localizador virtual de rede, instalado entre o cartucho cortical e a interface neurológica. — Os detalhes clínicos pareciam fortalecê-la. A voz se firmou. — Fizemos a cirurgia dois dias antes do seu fretamento. Microbisturi para abrir a vértebra ao longo da linha da incisão original de cartucho, tampado com enxerto de tecido. Seria necessário rodar um neuroelétrico completo para encontrar. Como você adivinhou?

— Não tive que adivinhar. Alguém usou para localizar e libertar um assassino de aluguel do banco de detenção da polícia de Bay City. Isso é instigação e cumplicidade. Você e Sullivan vão passar pelo menos uns vinte anos na prateleira.

Ela fez uma encenação de olhar para os dois lados da ponte vazia.

— Nesse caso, por que a polícia não está aqui, Sr. Kovacs?

Pensei na folha corrida e registros militares que deviam ter vindo à Terra comigo e em qual seria a sensação de estar ali parada com alguém que havia feito tudo aquilo escrito. A coragem necessária para ir ali sozinha. Lentamente, um sorriso relutante se esboçou num canto da minha boca.

— Muito bem, estou impressionado — admiti. — Agora me conte como neutralizar essa coisa maldita.

Ela me encarou com seriedade, e a chuva começou a cair. Gotas pesadas, umedecendo os ombros do casaco dela. Senti a água no meu cabelo. Nós dois olhamos para cima, e eu praguejei. Um momento depois, ela se aproximou de mim e tocou um broche pesado numa das abas do casaco. O ar acima de nós tremeluziu, e a chuva parou de cair em mim. Olhei para cima de novo e vi os pingos rebatendo no domo do campo de repulsão sobre nossas cabeças. Ao redor dos nossos pés, o cimento escureceu em manchas e depois uniformemente, mas um círculo mágico em volta de nossos sapatos continuou seco.

— Para remover completamente o localizador, seria necessária uma microcirurgia semelhante à de instalação. Dá para ser feito, mas só com uma instalação completa de micro-operações. Qualquer coisa mais precária faria você correr o risco de danificar a interface neurológica ou até os canais de nervos espinhais.

Eu me remexi um pouco, constrangido com aquela proximidade.

— É, foi o que imaginei.

— Bem, então você provavelmente também *imaginou* — continuou ela, imitando meu sotaque — que dá para digitar um sinal misturador ou um código de espelhamento no receptor de cartucho para neutralizar a assinatura de transmissão.

— Se você tiver a assinatura original.

— Se, como você disse, você tiver a assinatura original. — Ela colocou a mão no bolso, tirou um pequeno disco num envelope de plástico, sentiu o peso na palma por um momento e finalmente me ofereceu o objeto. — Bem, agora você tem.

Recebi o disco e o olhei especulativamente.

— É genuíno. Qualquer clínica neuroelétrica vai confirmar para você. Se duvidar, posso recomendar...

— Por que você está fazendo isso por mim?

Ela me olhou nos olhos, desta vez sem estremecer.

— Não estou fazendo por você, Sr. Kovacs. Estou fazendo por mim mesma.

Eu esperei. Ela afastou o olhar por um momento, para o outro lado da baía.

— A corrupção não é algo que eu desconheça, Sr. Kovacs. Qualquer um que trabalha por tempo suficiente numa instalação de justiça aprende a reconhecer um gangster. A sintética era de um tipo único. O diretor Sullivan já fazia negócios com esse tipo de gente quando eu comecei a trabalhar lá. A jurisdição policial termina na nossa porta, e os salários da administração não são muito altos.

Ela se virou de volta para mim.

— Eu nunca aceitei dinheiro dessa gente, nem, até hoje, agi em nome deles. Porém, da mesma forma, nunca me opus a eles também. Sempre foi muito fácil me enterrar em trabalho e fingir que não via o que estava acontecendo.

— "O olho humano é um dispositivo maravilhoso" — citei distraidamente de *Poemas e outras prevaricações*. — "Com um pouco de esforço, ele pode deixar de ver mesmo as injustiças mais gritantes."

— Muito apropriado.

— A frase não é minha. Então, como você fez a cirurgia?

Ela assentiu com a cabeça.

— Como eu disse, até agora eu tinha conseguido evitar contato real com essa gente. Sullivan tinha me colocado no Encapamento Extraplanetário porque não são muito frequentes, e os favores que ele fazia eram todos locais. Assim ficava mais fácil para nós dois. Ele é um bom gerente, nesse sentido.

— Pena que eu apareci, então.

— Sim, isso criou um problema. Ele sabia que ficaria estranho se eu fosse substituída no procedimento por um dos médicos mais flexíveis dele, e Sullivan queria fazer tudo sem alarde. Aparentemente aquele era um negócio *dos grandes*. — Ela colocou a mesma ênfase irônica nas palavras que tinha feito com o meu *imaginado* antes. — Essas pessoas tinham conexões de altíssimo nível, e tudo tinha que correr bem. Mas ele não era burro, então já tinha uma racionalização toda pronta para mim.

— Que era?

Ela me lançou outro olhar sincero.

— Que você era um psicopata perigoso. Uma máquina assassina que perdeu o controle. E que, independentemente do motivo, não seria uma boa ideia deixar você nadar pelas torrentes de dados sem um marcador. Não teríamos como saber para onde você poderia mandar um feixe depois que estivesse solto no mundo real. E eu acreditei. Sullivan me mostrou os arquivos que eles têm sobre você. Ah, ele não foi burro. Não. *Eu* fui.

Pensei em Leila Begin e nossa conversa sobre psicopatas na praia virtual. Nas minhas próprias respostas irreverentes.

— Sullivan não seria a primeira pessoa a me chamar de psicopata. E você também não seria a primeira a acreditar. Os Emissários, bem, é... — Dei de ombros e afastei o olhar. — É um rótulo. Simplificação para consumo público.

— Dizem que muitos de vocês viram a casaca. Que vinte por cento dos crimes graves no Protetorado são causados por Emissários renegados. É verdade?

— A porcentagem? — Virei o rosto, contemplando a chuva. — Eu não saberia dizer. Tem muitos de nós lá fora, sim. Não há muito mais o que fazer depois que você é dispensado do Corpo. Não vão deixar você entrar em nada que possa levar a uma posição de poder ou influência. Na maioria dos mundos, você é proibido de assumir cargos públicos. Ninguém confia em Emissários, o que por sua vez significa nada de promoções. Nenhuma perspectiva. Nada de empréstimo ou de crédito.

Eu me virei de volta para ela.

— E as coisas que fomos treinados para fazer são tão próximas de crimes que quase não há diferença. Só que crimes são mais fáceis. A maioria dos criminosos é burra, você provavelmente sabe disso. Mesmo as máfias organizadas são como gangues de crianças comparadas ao Corpo. É fácil ganhar respeito. E, depois de passar a última década da sua vida entrando e saindo de capas, esfriando a cabeça na prateleira e vivendo virtualmente, as ameaças oferecidas pelas instituições de justiça parecem bem irrelevantes.

Ficamos parados juntos em silêncio por algum tempo.

— Me desculpe — disse ela, enfim.

— Deixe para lá. Qualquer um que lesse aqueles arquivos sobre mim teria...

— Não foi isso que eu quis dizer.

— Ah. — Fitei o disco nas minhas mãos. — Bem, se você queria se redimir por alguma coisa, eu diria que você acabou de conseguir. E, acredite em mim, ninguém fica cem por cento limpo. O único lugar onde dá para fazer isso é na prateleira.

— Sim. Eu sei.

— É, bem. Tem só mais uma coisa que eu queria saber.

— Sim?

— O Sullivan está em Bay City Central agora?

— Estava quando eu saí.

— E a que horas ele deve ir embora esta noite?

— Ele geralmente sai por volta das sete. — Ela pressionou os lábios. — O que você vai fazer?

— Vou fazer a ele umas perguntas — respondi honestamente.

— E se ele não responder?

— Como você disse, o Sullivan não é burro. — Guardei o disco no bolso do casaco. — Agradeço a ajuda, doutora. Sugiro que você tente não estar perto da instalação por volta das sete. E obrigado.

— Como eu disse, Sr. Kovacs, estou fazendo isso por mim mesma.

— Não foi isso que eu quis dizer, doutora.

— Ah.

Coloquei a mão levemente no braço dela, então me afastei e voltei à chuva.

CAPÍTULO 24

A madeira do banco tinha sido desgastada por décadas de ocupantes numa série de confortáveis depressões em forma de nádegas, e os braços tinham sido similarmente esculpidos. Eu me moldei longitudinalmente nas curvas, apoiei minhas botas na ponta do banco mais próximo das portas que eu vigiava e comecei a ler os rabiscos entalhados na madeira. Eu estava encharcado pela longa caminhada de volta pela cidade, mas o saguão estava agradavelmente aquecido, e a chuva tamborilava impotente nos longos painéis transparentes do teto inclinado acima da minha cabeça. Depois de um tempo, um dos robôs faxineiros do tamanho de um cachorro veio limpar minhas pegadas enlameadas do piso de vidro fundido. Observei distraído até o serviço ser terminado e o registro da minha chegada ao banco ser completamente apagado.

Teria sido legal pensar que meus rastros eletrônicos pudessem ser apagados da mesma forma, mas esse tipo de fuga pertencia aos heróis lendários de eras passadas.

O robô faxineiro foi embora e eu voltei aos rabiscos. A maioria era em amânglico ou espanhol, velhas piadas que eu já vira antes em centenas de lugares parecidos; *Cabron Alterado!* e *Rebelde sem Capa!*, o velho chiste *O Nativo Alterado Esteve Aqui!*, porém, no alto do encosto do banco e entalhado de cabeça para baixo, como uma pequena fonte de calma invertida em meio à toda raiva e orgulho desesperado, encontrei um curioso haiku em kanji:

Vista a nova carne como luvas emprestadas
E queime seus dedos outra vez.

O autor deveria estar inclinado sobre as costas do banco quando cortou a madeira, mas ainda assim cada caractere tinha sido executado com cuidado elegante. Contemplei a caligrafia pelo que devia ter sido um longo tempo, enquanto memórias do Mundo de Harlan ecoavam na minha cabeça como o ruído de cabos de alta-tensão.

Uma súbita erupção de choro à minha direita me sacudiu do meu sonho acordado. Uma jovem negra e seus dois filhos, também negros, encaravam o homem branco de meia idade parado diante deles num esfarrapado uniforme excedente da ONU. Reunião de família. O rosto da mulher era uma máscara de choque, a ficha ainda não tinha caído direito, e a criança menor, com provavelmente não mais que 4 anos, simplesmente não estava entendendo. Ela olhava direto através do homem branco, a boca formando repetidamente a pergunta: *Cadê o papai? Cadê o papai?* As feições do homem reluziam à luz chuvosa do teto; ele parecia ter chorado desde que o arrastaram para fora do tanque.

Rolei minha cabeça para fitar um quadrante vazio do salão. Meu próprio pai tinha passado direto pela família que o esperava e saído de nossas vidas ao ser reencapado. Nós nem chegamos a ficar sabendo qual das capas era ele, ainda que eu às vezes me pergunte se minha mãe não tinha captado um fragmento de reconhecimento num olhar desviado, algum eco de postura ou maneirismo quando ele passou por nós. Não sei se estava envergonhado demais para nos encarar ou, mais provavelmente, muito encantado com a sorte de ter arranjado uma capa mais saudável que o próprio corpo devastado pelo álcool, já traçando uma nova rota para outras cidades e mulheres mais jovens. Eu tinha 10 anos, na época. Só fui entender o que havia acontecido quando os atendentes nos conduziram para fora da instalação para poderem encerrar o expediente. Já estávamos ali desde o meio-dia.

O atendente chefe era um senhor de idade, conciliatório e muito bom com crianças. Ele pôs a mão no meu ombro e falou gentilmente comigo antes de nos levar para fora. Para minha mãe, ele fez uma curta mesura e murmurou alguma coisa formal que permitiu a ela manter a represa de seu autocontrole intacta.

Ele provavelmente via algumas famílias como a nossa toda semana.

Memorizei o código de destino individual de Ortega, para ter algo para fazer com minha mente, depois picotei aquele painel do maço de cigarros e comi os pedaços.

Minhas roupas estavam quase secas quando Sullivan saiu pelas portas da instalação e começou a descer os degraus. Seu físico magro estava recoberto por um longo sobretudo cinzento, e ele usava um chapéu, algo que eu ainda não tinha visto em Bay City. Emoldurado no V entre meus pés apoiados e aproximado num close-up pela neuroquímica, o rosto dele parecia pálido e cansado. Eu me ajeitei um pouco no banco e toquei o coldre da pistola Philips com as pontas dos dedos. Sullivan estava vindo direto na minha direção, mas, ao ver minha forma esparramada no banco, ele franziu os lábios com desaprovação e alterou o curso para evitar o que ele provavelmente tinha considerado ser um mendigo emporcalhando o complexo. Passou sem me olhar de novo.

Dei a ele alguns metros de vantagem e depois me levantei silenciosamente e fui atrás, tirando a Philips do coldre e a segurando sob o casaco. Alcancei Sullivan assim que ele chegou à saída. Quando as portas se abriram, eu o empurrei rudemente na altura da cintura e saí com rapidez no rastro dele. Sullivan estava se virando para me encarar, com as feições contorcidas de raiva, quando as portas começaram a se fechar.

— O que você acha que está... — O resto morreu nos lábios do diretor quando ele percebeu quem era.

— Diretor Sullivan — falei afavelmente, exibindo um relance da Philips sob o casaco. — Essa arma é silenciada, e eu não estou de bom humor. Por favor, faça exatamente o que eu mandar.

Ele engoliu seco.

— O que você quer?

— Quero conversar sobre Trepp, entre outras coisas. E não quero fazê-lo na chuva. Vamos.

— Meu carro...

— É uma péssima ideia. — Assenti com a cabeça. — Então vamos caminhar. E, diretor Sullivan, se você sequer piscar para a pessoa errada, eu te encho de chumbo. Você não vai ver a arma; ninguém vai. Mas ela vai estar lá do mesmo jeito.

— Você está cometendo um erro, Kovacs.

— Não acho, não. — Inclinei a cabeça na direção das fileiras reduzidas de carros no estacionamento ao lado. — Atravesse direto, depois vire à esquerda na rua. Continue até eu mandar parar.

Sullivan começou a dizer mais alguma coisa, mas eu fiz um gesto brusco com o cano da Philips e ele se calou. A princípio de lado, ele desceu os degraus até o estacionamento e, então, com olhadelas ocasionais para trás, atravessou o piso irregular até o portão duplo que tinha se enferrujado na posição de aberto aparentemente séculos antes.

— Olhos para a frente — ordenei sobre o espaço crescente entre nós. — Ainda estou aqui atrás, não se preocupe.

Na rua, deixei o espaço crescer até uns doze metros e fingi completa dissociação da pessoa à minha frente. Não era um bairro lá dos melhores, e não tinha muita gente andando na chuva. Sullivan seria um alvo fácil para a Philips mesmo com o dobro da distância.

Cinco quadras adiante, avistei as vitrines embaçadas da casa de lámen que eu estava procurando. Acelerei o passo e emparelhei com Sullivan, entre ele e a rua.

— Entre ali. Vá para uma das mesas no fundo e se sente.

Dei uma única olhada atenta pela rua, não vi ninguém óbvio e segui Sullivan restaurante adentro.

O lugar estava quase vazio; os comensais diurnos já haviam partido muito antes, e o movimento da noite ainda não tinha começado. Duas senhoras chinesas de idade avançadíssima estavam sentadas num canto com a elegância murcha de buquês secos, assentindo em uníssono. Do outro lado, quatro jovens com ternos pálidos se refestelavam perigosamente e brincavam com peças de hardware de aparência cara. Numa das mesas perto da vitrine, um caucasiano gordo devorava uma imensa tigela de *chow mein* ao mesmo tempo que folheava uma revista em quadrinhos de holopornô. Uma tela de vídeo instalada no alto de uma das paredes oferecia cobertura de algum esporte local incompreensível.

— Chá — pedi ao jovem garçom que veio nos atender, enquanto me sentava diante de Sullivan.

— Você não vai se safar dessa — afirmou ele, nada convincente. — Mesmo se você me matar, com morte real mesmo, eles vão checar os reencapamentos mais recentes e rastrear você mais cedo ou mais tarde.

— É, pode ser que eles achem até a cirurgia clandestina que essa capa sofreu antes de eu chegar.

— Aquela vaca. Ela vai...

— Você não está em posição de fazer ameaças — afirmei suavemente. — Na verdade, você não está em posição de fazer nada além de responder às minhas perguntas e torcer para que eu acredite nas respostas. Quem foi que mandou você me grampear?

Silêncio, exceto pelo jogo na tela da parede. Sullivan só me encarou de cara emburrada.

— Tá certo, vou facilitar para você. Simples sim ou não. Uma capa sintética chamada Trepp veio falar com você. Foi a primeira vez que você fez negócios com ela?

— Não sei do que você está falando.

Com raiva controlada, dei uma pancada com as costas da mão na boca dele. Sullivan desabou de lado contra a parede, e o chapéu caiu. A conversa dos rapazes de roupas de seda parou de repente, sendo retomada com animação excessiva assim que eu lhes lancei um olhar de esguelha. As duas senhoras asiáticas se levantaram rigidamente e saíram por uma porta dos fundos. O gordo nem ergueu o olhar do holopornô. Eu me inclinei sobre a mesa.

— Diretor Sullivan, você não está entendendo o espírito da coisa. Estou muito interessado em saber a quem foi que você me vendeu. Não vou embora só porque você tem algum escrúpulo residual sobre confidencialidade de cliente. Acredite em mim, eles não te pagaram o suficiente para esconder nada de mim.

Sullivan se sentou de novo, limpando o sangue que escorria do canto da boca. Com esforço, o sujeito conseguiu abrir um sorriso com a parte intacta dos lábios.

— Você acha que eu nunca fui ameaçado antes, Kovacs?

Examinei a mão que tinha usado para bater nele.

— Acho que você teve pouquíssima experiência com violência física, o que vai ser uma desvantagem para você. Vou te dar a chance de dizer o que eu quero saber aqui e agora. Depois disso, vamos a algum lugar com isolamento acústico. Então: quem mandou Trepp?

— Você não passa de um brutamontes, Kovacs. Nada além...

Golpeei o olho esquerdo dele com dedos dobrados. Fez menos barulho que o tapa. Sullivan grunhiu em choque e recuou para longe, encolhendo-se no assento. Havia alguma coisa fria crescendo dentro de mim, nascida nos bancos do complexo de justiça de Novapeste e temperada pelos anos de dissabores fúteis que eu tinha testemunhado. Eu torcia para que Sullivan não fosse tão durão quanto estava tentando parecer, para o bem de nós dois. Então, me inclinei para a frente de novo.

— Falou e disse, Sullivan: eu sou um brutamontes. Não um criminoso respeitável como você. Não sou um Matusa nem um homem de negócios.

Não tenho direitos adquiridos, conexões sociais ou respeitabilidade comprada. Sou só eu, e você está no meu caminho. Então, vamos começar de novo. Quem mandou Trepp?

— Ele não sabe, Kovacs. Você está perdendo seu tempo.

A voz da mulher era leve e animada, um pouco alta demais para que pudéssemos ouvi-la da porta onde ela estava, com as mãos nos bolsos de um longo casaco preto. Ela era magra e pálida com cabelos bem curtos e uma postura que indicava habilidades de combate. Sob o casaco, ela vestia uma túnica cinzenta acolchoada, que parecia resistente a impactos, e calças cargo da mesma cor enfiadas nas botas. Um solitário brinco prateado, na forma de um eletrodo descartado, pendia da orelha esquerda. Ela parecia estar sozinha.

Baixei a pistola Philips lentamente, e, sem mostrar reconhecimento de que a arma estivera apontada para ela, a mulher aproveitou a deixa para avançar casualmente pelo restaurante. Os rapazes vestindo seda observaram cada passo, mas, se ela percebeu os olhares, não deu sinal. Quando estava a uns cinco passos da mesa, ela me deu um olhar inquisidor e começou a tirar lentamente as mãos dos bolsos. Assenti, e ela completou o movimento, revelando palmas abertas e dedos decorados com anéis de vidro negro.

— Trepp?

— Bom palpite. Vai me deixar sentar?

Acenei a pistola Philips para o assento oposto, onde Sullivan levava as duas mãos ao olho.

— Se você puder convencer seu associado a chegar para o lado. É só ficar com as mãos em cima da mesa.

A mulher sorriu e inclinou a cabeça. Deu uma olhada de relance em Sullivan, que já estava se espremendo até a parede para abrir espaço, e, então, mantendo as mãos ao lado do corpo, ela se sentou num giro elegante. A economia de movimento era tanta que o pingente do brinco mal se moveu. Uma vez sentada, ela pressionou as duas mãos com as palmas para baixo na mesa à frente.

— Assim você se sente mais seguro?

— Dá para o gasto — respondi, notando que os anéis de vidro negro, como o brinco, eram uma brincadeira corporal. Cada anel mostrava, como em uma radiografia, uma seção azul fantasmagórica dos ossos dos dedos dela. O estilo de Trepp, pelo menos, era algo de que eu poderia aprender a gostar.

— Eu não contei nada para ele — exclamou Sullivan.

— Você não sabia nada que valesse porcaria nenhuma — comentou Trepp, desinteressada. Ela não tinha nem se virado para ele. — Sorte sua que eu apareci, eu diria. O Sr. Kovacs não parece uma pessoa disposta a aceitar "eu não sei" como resposta. Não é?

— O que você quer, Trepp?

— Eu vim dar uma mão. — Trepp ergueu o olhar quando algo fez barulho no restaurante. O garçom chegou trazendo uma bandeja com uma grande chaleira e duas xícaras sem alça. — Você pediu isso?

— Sim. Pode se servir.

— Obrigada, adoro esse negócio. — Trepp esperou enquanto o garçom dispunha os itens na mesa, depois se serviu da chaleira. — Sullivan, quer uma xícara também? Ei, traga mais uma xícara para ele, por favor. Obrigada. Agora, onde eu estava?

— Você veio dar uma mão — relembrei.

— Isso. — Trepp provou do chá verde e me fitou por sobre a borda da xícara. — Isso mesmo. Estou aqui para esclarecer algumas coisas. Veja bem, você está tentando arrancar informações do Sullivan aqui. E ele não sabe porra nenhuma. O contato dele era eu, então aqui estou. Fale comigo.

Eu a encarei com seriedade.

— Eu matei você semana passada, Trepp.

— É, foi o que me disseram. — Trepp pousou o chá e fitou os ossos dos dedos com ar crítico. — Claro, não me lembro disso. Na verdade, nem conheço você, Kovacs. A última coisa de que eu me lembro sou eu me colocando no tanque um mês atrás. Tudo depois disso se foi. O eu que você torrou naquele cruzador está morto. Aquela não era eu. Então, sem ressentimento, né?

— Nada de armazenamento remoto, Trepp?

Ela fungou.

— Tá de brincadeira? Eu ganho a vida fazendo essas coisas que nem você, mas não ganho tanto assim. E, de qualquer jeito, quem precisa dessas merdas remotas? Ao meu ver, se você fizer merda, tem que pagar alguma conta por ela. Eu fiz merda com você, né?

Bebi do meu próprio chá e repassei a luta no carro aéreo, considerando os ângulos.

— Você foi um pouco lenta — admiti. — Um pouco descuidada.

— É, descuidada. Tenho que tomar cuidado com isso. Vestir sintéticas faz isso com você. Muito antizen. Tenho um sensei em Nova York que fica puto com isso.

— É uma pena — respondi com paciência. — Agora você vai me contar quem te mandou?

— Ei, melhor ainda. Você está convidado a conhecer o Cara. — Ela assentiu diante da minha expressão. — É, Ray quer falar contigo. A mesma coisa da última vez, só que esta é uma carona voluntária. Parece que a coerção não funciona muito bem com você.

— E o Kadmin? Está nessa também?

Trepp puxou ar por entre dentes.

— O Kadmin, bem, o Kadmin é meio que um problema secundário agora. Meio que dá vergonha, na verdade. Mas acho que podemos conversar sobre essa questão também. Eu realmente não posso lhe dizer muito mais agora. — Ela deu uma olhada de lado para Sullivan, que estava começando a se endireitar e prestar atenção. — Vai ser melhor se nós formos a algum outro lugar.

— Tudo bem — concordei. — Vou seguir você até a rua. Mas vamos estabelecer umas regras antes de sairmos. Um: nada de virtuais.

— Já estou adiantada nisso. — Trepp terminou o chá e começou a se levantar. — Minhas instruções são de conduzi-lo diretamente. Em carne e osso.

Pus a mão no braço dela, e Trepp parou de se mover de repente.

— Dois. Nada de surpresas. Você me diz exatamente o que vai acontecer bem antes que aconteça. Qualquer coisa inesperada, e você provavelmente vai acabar decepcionando seu sensei de novo.

— Certo. Nada de surpresas. — Trepp abriu um sorriso forçado que me dizia que ela não estava acostumada a ser agarrada pelo braço. — Vamos sair do restaurante e pegar um táxi. Tudo bem por você?

— Desde que ele esteja vazio. — Soltei o braço dela, e Trepp continuou o movimento, erguendo-se fluidamente, as mãos ainda bem longe do resto do corpo. Meti a mão no bolso e joguei um par de notas de plástico para Sullivan. — Você fica aqui. Se eu vir sua cara saindo pela porta antes de partirmos, vou abrir um buraco nela. O chá é por minha conta.

Enquanto eu seguia Trepp até a porta, o garçom chegou com a xícara de Sullivan e um grande lenço branco, provavelmente para o lábio ferido do diretor. Bom garoto. Ele praticamente tropeçou tentando se manter fora do meu caminho, e o olhar que me deu era de repulsa misturada a espanto. No rastro da fúria gelada que tinha me possuído mais cedo, me senti mais solidário do que ele poderia imaginar.

Os rapazes vestindo seda nos assistiram partir com a concentração precisa de serpentes.

Do lado de fora, ainda estava chovendo. Levantei meu colarinho e observei enquanto Trepp pegava um sinalizador de transporte e acenava casualmente com ele acima da cabeça.

— Só vai levar um minuto — comentou ela, lançando um olhar de esguelha curioso. — Você sabe de quem é esse restaurante?

— Eu tive um palpite.

Ela balançou a cabeça.

— Casa de lámen da tríade. Um puta lugar para um interrogatório. Ou você só gosta de viver perigosamente?

Dei de ombros.

— Lá de onde eu venho, os criminosos ficam fora das brigas dos outros. Eles são uma turma frouxa, geralmente. Muito mais provável sofrer interferência de um cidadão de bem.

— Aqui é diferente. A maioria dos cidadãos de bem por aqui são um pouco de bem demais para se meter numa briga por algum estranho. Eles pensam que é para isso que serve a polícia. Você veio do Mundo de Harlan, certo?

— Isso mesmo.

— Talvez seja toda aquela coisa quellista, então. O que você acha?

— Pode ser.

Um autotáxi desceu numa espiral pela chuva em resposta ao sinalizador. Trepp chegou para o lado diante da escotilha aberta e fez um gesto irônico demonstrando o compartimento vazio. Eu abri um sorriso fino.

— Depois de você.

— Você que sabe. — Ela entrou e chegou para o lado para me dar espaço. Me sentei no assento diante do de Trepp e observei as mãos dela. Quando percebeu o que eu estava olhando, ela sorriu e abriu os braços em cruz no encosto do banco. A porta se fechou, derrubando chuva em lençóis.

— Bem-vindos aos serviços Urbline — saudou o táxi suavemente. — Por favor, informe o destino.

— Aeroporto — respondeu Trepp, reclinando-se no banco e espiando minha reação. — Terminal de voos privados.

O táxi decolou. Olhei pela janela de trás além de Trepp, para a chuva que caía.

— Não é uma viagem local, então — comentei, sem esboçar expressão.

Ela recolheu os braços de novo, com as palmas para cima.

— Bem, nós concluímos que você não aceitaria um virtual, então agora temos que fazer do jeito mais difícil. Suborbital. Leva umas três horas.

— Suborbital? — Respirei fundo e toquei a Philips de leve no coldre. — Olha, vou ficar muito chateado se alguém me pedir para entregar isso aqui antes de voarmos.

— É, pensamos nisso também. Relaxe, Kovacs, você me ouviu dizendo terminal privado. É um voo particular, só para você. Pode levar uma merda duma bomba atômica a bordo se quiser, está bem?

— Aonde nós vamos, Trepp?

Ela sorriu.

— Europa.

CAPÍTULO 25

Qualquer que fosse o lugar da Europa em que pousamos, o tempo estava melhor. Deixamos o suborbital atarracado e sem janelas na pista de vidro fundido e fomos andando até o terminal sob um sol brilhante que chegava a exercer uma pressão física no meu corpo, mesmo por baixo do casaco. O céu acima era de um azul implacável de horizonte a horizonte, e o ar estava duro e seco. De acordo com o anúncio do piloto, ainda estávamos no meio da tarde. Dei de ombros para tirar o casaco.

— Deve ter uma limusine esperando a gente — anunciou Trepp por sobre o ombro.

Entramos sem cerimônia no terminal e atravessamos uma zona de microclima onde palmeiras e outras plantas tropicais menos reconhecíveis apostavam corrida até o imenso teto de vidro. Uma chuva finíssima caía em câmera lenta do sistema de borrifadores, deixando o ar agradavelmente úmido depois da aridez do exterior. Ao longo das alamedas entre as árvores, crianças brincavam e gritavam e idosos repousavam sentados em bancos de ferro batido numa coexistência aparentemente impossível. As gerações intermediárias estavam reunidas em grupinhos nas barracas de café, conversando com mais gesticulação do que eu vira em Bay City, aparentemente ignorantes dos fatores de tempo e itinerários que geralmente governam a maioria dos terminais.

Ajustei o casaco sobre o ombro para cobrir as armas o melhor possível e segui Trepp em meio ao bosque. Não fui suficientemente rápido a ponto de despistar o olhar de dois seguranças sob uma palmeira próxima ou o de uma garotinha que arrastava os pés na beira da alameda em nossa direção. Trepp fez um sinal para os seguranças quando eles se enrijeceram, e os dois voltaram às posturas relaxadas de antes, assentindo. Ficou claro que estávamos sendo esperados. A garotinha não foi conquistada com tanta facilidade: ela me encarou de olhos arregalados até que eu fiz uma pistola com os dedos e atirei nela com efeitos sonoros feitos com a boca. Então ela exibiu os dentes num sorriso enorme e se escondeu atrás do banco mais próximo. Ouvi ela atirando de volta nas minhas costas por todo o resto do caminho através da alameda.

No exterior de novo, Trepp me conduziu através de uma multidão de táxis até um cruzador preto anônimo que aguardava na zona de parada proibida. Entramos para o frescor do ar-condicionado e assentos automoldáveis de um cinza pálido.

— Dez minutos — prometeu ela, enquanto subíamos ao ar. — O que você achou do microclima?

— Muito agradável.

— Está espalhado por todo aeroporto. Nos fins de semana, as pessoas vêm do centro para passar o dia aqui. Esquisito, né?

Eu grunhi e olhei pela janela enquanto traçávamos uma curva sobre os padrões em espiral de ocupação de uma cidade grande. Mais adiante, uma planície poeirenta se estendia ao horizonte e ao céu quase dolorosamente azul. À esquerda, era possível divisar montanhas na distância.

Trepp pareceu captar minha indisposição em falar e se ocupou com um conector de telefone que plugou atrás da orelha com o pingente irônico. Outro chip interno. Os olhos dela se fecharam quando a chamada se completou, e eu fiquei com a sensação peculiar de solidão provocada quando alguém usava uma dessas coisas.

Solidão estava ótimo, para mim.

A verdade era que eu tinha sido um companheiro de viagem ruim para Trepp pela maior parte da jornada. Na cabine do suborbital, me mantive firmemente retraído apesar do interesse óbvio de Trepp pelo meu histórico. Passado um tempo, ela desistiu de tentar extrair histórias sobre o Mundo de Harlan e o Corpo e em vez disso tentou me ensinar alguns jogos de carta que ela conhecia. Impelido por algum fantasma de cortesia cultural, eu retribuí, mas dois jogadores não é um número ideal para baralho, e nenhum de nós estava muito empolgado para começo de conversa. Aterrissamos na Europa em silêncio, cada um navegando pela própria seleção do banco de mídia do jato. Apesar da aparente falta de preocupação de Trepp com o assunto, eu estava com dificuldades para esquecer as circunstâncias de nossa última viagem juntos.

Abaixo, a planície deu lugar a terras altas cada vez mais verdes e então um vale em particular, onde penhascos verdejantes pareciam se fechar em volta de uma estrutura artificial. Quando começamos a descer, Trepp se desplugou com um movimento rápido de pálpebras que significava que ela não tinha se dado ao trabalho de desconectar as sinapses do chip antes. Era algo que a maioria dos fabricantes dizia ser perigoso, mas talvez ela estivesse apenas se mostrando. Eu mal percebi; estava absorto na coisa ao lado da zona de pouso.

Era uma imensa cruz de pedra, maior do qualquer outra que eu tivesse visto antes e manchada pelo clima e pela passagem do tempo. Conforme o cruzador descia numa espiral em direção à base da estrutura e então passando por ela, percebi que quem quer que tivesse construído o monumento o havia feito sobre um imenso contraforte central de pedra, dando-lhe o aspecto de uma titânica espada cravada na terra por algum deus guerreiro aposentado. Era perfeitamente proporcional às dimensões das montanhas em volta, como se nenhuma iniciativa humana pudesse ter colocado aquilo ali. Os terraços concêntricos de pedra e prédios afluentes abaixo do contraforte, eles mesmos de tamanho monumental, pareciam quase insignificantes diante da presença sinistra daquele único artefato.

Trepp me observava com um brilho nos olhos.

A limusine pousou numa das áreas de pedra, e eu saltei, piscando sob o sol em direção à cruz.

— Isso pertence aos católicos? — arrisquei.

— Já pertenceu. — Trepp seguiu para um par de imensas portas de aço embutidas na rocha adiante. — Quando isso era novo. Agora é propriedade particular.

— Como assim?

— Ray pode responder. — Agora era Trepp quem parecia sem vontade de conversar. Era quase como se alguma coisa na vasta estrutura fizesse aflorar uma parte diferente da personalidade dela. Trepp seguiu para as portas como se fosse atraída por magnetismo.

Quando alcançamos os portais, eles se abriram lentamente com o zumbido monótono de dobradiças mecânicas, até parar com uma abertura de dois metros. Fiz um gesto para Trepp, que passou pela entrada com um dar de ombros. Alguma coisa grande se mexeu com um movimento aracnídeo, descendo as paredes na penumbra de ambos os lados da entrada. Pus a mão na coronha da Nemex, percebendo a futilidade do gesto assim que o fiz. Estávamos, naquele momento, na terra dos gigantes.

Canos de armas do comprimento de um homem e aspecto esquelético emergiram das sombras quando dois sistemas de sentinelas robóticas nos perceberam. Julgando o calibre como sendo mais ou menos o mesmo do sistema de defesa no lobby do Hendrix, entreguei minhas armas. Com um chilrear vagamente similar ao de um inseto, as unidades automatizadas assassinas se recolheram e escalaram a parede de volta aos seus alojamentos. À base das duas alcovas onde elas viviam, discerni dois imensos anjos de ferro com espadas.

— Vamos lá. — A voz de Trepp estava artificialmente alta naquele silêncio de catedral. — Você acha que, se quiséssemos matá-lo, teríamos trazido você até aqui?

Eu a segui por um lance de escadas que descia para a área central da câmara. Estávamos numa imensa basílica que parecia cobrir o comprimento do contraforte rochoso sob a cruz, o teto desaparecendo nas sombras acima. Adiante havia outro conjunto de degraus, que levavam a uma seção elevada e um pouco mais estreita na qual a iluminação era mais forte. Quando chegamos lá, vi que o teto ali era abobadado sobre as estátuas de pedra de guardiões encapuzados, cujas mãos estavam pousadas em espadas grossas e cujos lábios se curvavam em sorrisos levemente desdenhosos sob os capuzes.

Senti meus próprios lábios se torcerem numa reação parcial, meus pensamentos se voltando para explosivos de alta potência.

No fundo da basílica havia coisas cinzentas pendendo no ar. Por um momento, pensei que estivesse olhando para uma série de monólitos moldados e cobertos por um campo de força permanente; então, uma das coisas cinzentas se moveu levemente em resposta a uma corrente perdida do ar frio, e de súbito percebi do que se tratava.

— Está impressionado, Takeshi-san?

A voz, o japonês elegante com o qual fui saudado, me atingiram como cianureto. Minha respiração travou por um momento com a força das minhas emoções, e senti um choque ardente correr pelo sistema de neuroquímica quando ele reagiu. Eu me permiti me virar para a voz, lentamente. Em algum lugar sob meu olho, um músculo se repuxou com a vontade suprimida de cometer violência.

— Ray — respondi, em amânglico. — Eu deveria ter adivinhado essa merda na plataforma de lançamento.

Reileen Kawahara saiu de uma passagem lateral da câmara circular na qual a basílica terminava e fez uma mesura irônica. Ela me seguiu no amânglico sem vacilar.

— Talvez você devesse ter adivinhado, sim — ruminou ela. — Porém, se há algo que eu gosto em você, Kovacs, é sua capacidade infinita de ficar surpreso. Mesmo com toda sua postura de veterano de guerra, continua no fundo sendo um inocente. E, nestes tempos modernos, isso não é um feito a se desprezar. Como você consegue?

— Segredo profissional. Você teria que ser um ser humano para entender.

O insulto foi ignorado. Kawahara fitou o piso de mármore como se pudesse vê-lo caído ali.

— Sim, acho que já conversamos sobre isso antes.

Minha mente disparou de volta a Nova Beijing, às estruturas de poder cancerosas que os interesses de Kawahara haviam construído ali, aos gritos dissonantes dos torturados que eu tinha passado a associar ao nome dela.

Cheguei mais perto de um dos recipientes cinzentos e dei um tapa. A áspera superfície cedeu sob minha mão, e a coisa balançou um pouco nos cabos de sustentação. Alguma coisa se mexeu lentamente ali dentro.

— À prova de balas, certo?

— Humm. — Kawahara inclinou a cabeça para o lado. — Depende da bala, eu diria. Mas é resistente a impacto, com certeza.

Produzi uma risada de algum lugar de dentro de mim.

— Revestimento uterino à prova de balas! Só você, Kawahara. Só você para precisar blindar seus clones e depois enterrá-los embaixo de uma montanha.

Ela avançou para a luz então, e a força do meu ódio subiu e me acertou na boca do estômago àquela visão. Reileen Kawahara afirmava ter crescido em meio às favelas contaminadas da Vila Fissão, na Austrália Ocidental, mas, se isso era verdade, ela já tinha deixado para trás qualquer traço de suas origens muito tempo antes. A pessoa diante de mim tinha a pose de uma dançarina, formas corporais que eram sutilmente atraentes sem suscitar nenhuma reação hormonal imediata, e um rosto de aspecto élfico e inteligente. Era a capa que ela vestira em Nova Beijing, cultivada, personalizada e intocada por qualquer tipo de implante. Puro organismo, elevado ao nível de arte. Kawahara havia vestido a capa com rígidas saias pretas com camadas que modelavam a silhueta até metade da batata da perna, além de uma blusa de seda maleável que se assentava sobre o torso como água negra. Os sapatos em seus pés eram baseados em sapatilhas para uso em nave espacial, só que com um salto modesto, e os cabelos castanhos-avermelhados eram curtos e estavam penteados para trás do rosto de traços limpos. Ela parecia uma habitante de um anúncio para algum fundo de investimentos ligeiramente sexy.

— O poder fica geralmente enterrado — disse ela. — Pense nas casamatas do Protetorado no Mundo de Harlan. Ou as cavernas onde o Corpo de Emissários o escondeu enquanto você era refeito à imagem deles. A essência do controle é ficar fora de vista, não é?

— A julgar pela forma como fui arrastado para todos os lados nessa semana, eu diria que sim. Agora, aonde você quer chegar com essa conversa de vendedor?

— Muito bem. — Kawahara lançou um olhar para Trepp, que se afastou em direção à penumbra, o pescoço virado para o teto como se ela fosse uma turista. Olhei em volta à procura de um assento, não encontrei nenhum. — Sem dúvida você está ciente de que eu o recomendei a Laurens Bancroft.

— Ele mencionou.

— Sim, e, se o seu hotel tivesse sido um pouco menos psicótico, a situação não teria saído de controle tanto quanto acabou saindo. Poderíamos ter tido esta conversa há uma semana e poupado todos de muita dor desnecessária. Não era minha intenção que Kadmin o machucasse. As instruções eram para que o trouxesse vivo.

— Houve uma mudança no programa — comentei, caminhando ao longo da curva daquela câmara. — Kadmin não está seguindo as instruções. Tentou me matar esta manhã.

Kawahara gesticulou com irritação.

— Eu sei disso. Por isso você foi trazido até aqui.

— Você o soltou?

— Sim, é claro.

— Ele ia abrir o bico sobre você?

— Ele disse a Keith Rutherford que sentia que não estava sendo aproveitado ao máximo na detenção. Que seria difícil honrar o contrato comigo naquela posição.

— Sutil.

— Não é? Nunca consigo resistir à negociação sofisticada. Sinto que ele fez por merecer o reinvestimento.

— Então você me usou como sinalizador até a cadeia, tirou Kadmin de lá e despachou ele para o Massacre para reencapamento, certo? — Tateei meus bolsos e encontrei os cigarros de Ortega. No crepúsculo tenebroso da basílica, o maço familiar era como um cartão-postal de um lugar diferente. — Não é de espantar que o *Rosa do Panamá* não tivesse decantado o segundo lutador quando chegamos lá. Ele provavelmente tinha acabado de encapar Kadmin. Aquele filho da puta saiu de lá num mártir da Mão Direita de Deus.

— Mais ou menos ao mesmo tempo em que você embarcava — concordou Kawahara. — Na verdade, ele estava posando como servente e você passou bem ao lado dele. Eu preferiria que você não fumasse aqui.

— Kawahara, eu preferiria que você morresse de hemorragia interna, mas não imagino que você vá me fazer esse favor. — Toquei o cigarro na faixa de ignição e traguei para acendê-lo, relembrando.

O homem ajoelhado no ringue. Repassei a memória lentamente. No convés do navio arena de luta, espiando o desenho sendo pintado no abatedouro. O rosto virado para cima enquanto passávamos. Sim, ele até sorriu. Fiz uma careta ao lembrar.

— Você está sendo muito menos cortês do que seria condizente a um homem na sua situação. — Pensei ter detectado uma aresta áspera na voz dela sob toda aquela calma. Apesar do tal autocontrole de que ela tanto se gabava, Reileen Kawahara não lidava muito melhor com desrespeito do que Bancroft, o general MacIntyre ou qualquer outra criatura de poder com a qual eu já tinha lidado. — Sua vida está em perigo, e eu estou em posição de salvaguardá-la.

— Minha vida já esteve em perigo antes — respondi. — Geralmente como resultado das decisões de grande escala que algum merda como você tomou sobre como deveria ser a realidade. Você já deixou Kadmin chegar bem mais perto do que eu gostaria. Na verdade, ele provavelmente até usou a sua porra de localizador virtual para me achar.

— Eu o mandei — retrucou Kawahara entre dentes — para buscá-lo. E mais uma vez ele me desobedeceu.

— Mas que danado. — Esfreguei o hematoma no meu ombro. — Então por que eu deveria acreditar que você se daria melhor numa próxima vez?

— Porque você sabe que eu sou capaz. — Kawahara atravessou o centro da câmara, abaixando a cabeça para evitar os sacos de clones de couro cinzento e interceptando meu caminho ao redor do perímetro. O rosto dela estava tenso de raiva. — Sou um dos sete seres humanos mais poderosos no sistema solar. Tenho acesso a poderes que o General Comandante de Campo da ONU mataria para ter.

— Esta arquitetura toda aqui está subindo à sua cabeça, Reileen. Você não teria nem *me* encontrado se não tivesse ficado de olho no Sullivan. Como você vai achar o Kadmin, caralho?

— Kovacs, Kovacs. — Havia um tremor claro na risada dela, como se estivesse controlando um impulso de cravar os polegares nos meus olhos. — Você faz alguma ideia do que acontece nas ruas de qualquer cidade na Terra, se eu mandar encontrar alguém? Você faz *alguma ideia* de como seria fácil apagar você aqui e agora?

Dei uma tragada deliberada no cigarro e soprei a fumaça na cara dela.

— Como a sua fiel servidora disse há meros dez minutos, por que me trazer aqui só para me apagar? Você quer alguma coisa de mim. Agora, o que é?

Ela inspirou forte pelo nariz. Um pouco de calma surgiu no rosto de Kawahara, que recuou uns dois passos, dando as costas ao confronto.

— Você tem razão, Kovacs. Quero você vivo. Se você desaparecer agora, Bancroft vai pensar a coisa errada.

— Ou a coisa certa. — Esfreguei o pé nas letras entalhadas na pedra. — Você torrou ele?

— Não. — Kawahara parecia quase achar graça. — Ele se matou.

— Sei, vai nessa.

— Se você acredita ou não é irrelevante para mim, Kovacs. O que eu quero de você é um fim para essa investigação. Um fim limpo.

— E como você sugere que eu consiga isso?

— Não dou a mínima. Invente alguma coisa. Você é um Emissário, afinal. Convença Bancroft. Diga a ele que você acha que a conclusão da polícia está correta. Arranje um culpado, se precisar. — Um sorriso tenso. — Não me incluo nessa categoria, é claro.

— Se você não o matou e ele torrou a própria cabeça, por que você dá a mínima para o que acontece? Qual é o seu interesse nisso?

— Essa não é a questão.

Assenti lentamente.

— E o que eu ganho em troca desse fim limpo?

— Além dos cem mil dólares? — Kawahara inclinou a cabeça, intrigada. — Bem, pelo que sei, você recebeu uma oferta recreativa muito generosa de outras partes. E, quanto a mim, manterei Kadmin fora da sua cola custe o que custar.

Contemplei as letras sob meus pés e ponderei a situação, ponto a ponto.

— Francisco Franco — explicou Kawahara, confundindo a direção do meu olhar com interesse focado. — Um tirano desprezível de muito tempo atrás. Ele construiu este lugar.

— Trepp disse que pertencia aos católicos.

Kawahara deu de ombros.

— Um tirano desprezível com ilusões de religião. Católicos se dão bem com tirania. É parte da cultura deles.

Dei uma olhada em volta, exageradamente casual, procurando sistemas de segurança robotizados.

— É, é o que parece. Então, deixa eu ver se entendi direito. Você quer que eu venda uma história cheia de besteira para o Bancroft, e em troca disso você dá um jeito no Kadmin, que foi você quem mandou atrás de mim em primeiro lugar. É esse o acordo?

— É esse, como você colocou, o acordo.

Traguei uma última baforada do cigarro, a saboreei e expirei.

— Você pode ir se foder, Kawahara. — Larguei o cigarro na pedra trabalhada e o amassei com o calcanhar. — Pode deixar que eu me viro com o Kadmin e conto ao Bancroft que provavelmente foi você quem mandou dar um fim nele. Então. Mudou de ideia quanto a me deixar vivo?

Minhas mãos pendiam abertas junto ao corpo, ansiosas para serem preenchidas pelo volume áspero e texturizado de uma coronha. Eu ia meter três balas da Nemex pela garganta de Kawahara, na altura do cartucho, depois meter a arma na minha boca e explodir meu próprio cartucho. Kawahara quase certamente tinha armazenamento remoto, de qualquer maneira, mas foda-se, você tem que opor resistência algum dia. E é impossível um homem suprimir seu desejo de morte para sempre.

Poderia ter sido pior. Poderia ter sido Innenin.

Kawahara balançou a cabeça num lamento. Estava sorrindo.

— Sempre o mesmo Kovacs. Cheio de som e fúria, tudo sem significado. Niilismo romântico. Você não aprendeu *nada* desde Nova Beijing?

— *Há algumas arenas tão corruptas que os únicos atos justos possíveis são niilistas.*

— Ah, isso é Quell, não é? A minha foi Shakespeare, mas não acho que a cultura colonial volte tão longe, não é? — Ela ainda sorria, posando como uma ginasta de teatro de corpo total prestes a se lançar numa ária. Por um momento tive a convicção quase alucinatória de que ela ia começar a executar uma dancinha, coreografada para um ritmo eletrônico emitido por alto-falantes escondidos no domo acima.

— Takeshi, de onde você tirou essa crença de que tudo pode ser resolvido com uma simplicidade tão bruta? Com certeza não foi com os Emissários, foi? Teriam sido as gangues de Novapeste? As surras que seu pai lhe deu na sua infância? Você achou mesmo que eu permitiria que você me intimidasse? Você achou mesmo que eu viria à mesa de mãos tão vazias? Pense bem. Você me conhece. Acreditou mesmo que seria assim tão fácil?

A neuroquímica estava fervendo dentro de mim. Eu a engoli, pendurado no momento como um paraquedista se segurando na escotilha de salto.

— Muito bem — falei calmamente. — Me impressione.

— Com prazer. — Kawahara pôs a mão no bolso da blusa preta líquida. Tirou um minúsculo holoarquivo e o ativou com a unha. Quando as imagens começaram a se expandir no ar acima da unidade, ela a passou para mim. — Muitos dos detalhes são jurídicos, mas você vai certamente reconhecer os pontos principais.

Recebi a pequena esfera de luz como se fosse uma flor venenosa. O nome me atingiu de cara, saltando do texto.

—*Sarah Sachilowska...*

... e então a terminologia do contrato, como um prédio desmoronando sobre mim em câmera lenta.

... *liberada para armazenamento particular...*

... *provisão para custódia virtual...*

... *período ilimitado...*

... *sujeita a revisão a critério da ONU...*

... *sob autoridade investida do complexo de justiça de Bay City...*

A informação correu por minhas veias como uma doença. Eu deveria ter matado Sullivan quando tive a chance.

— Dez dias. — Kawahara observava atentamente minhas reações. — É o que você tem para convencer Bancroft de que a investigação está encerrada e ir embora. Depois disso, Sachilowska entra em virtual, cortesia de uma das minhas clínicas. Existe toda uma nova geração de software de interrogatório virtual saindo, e eu providenciarei pessoalmente para que ela seja a pioneira em todos eles.

O holoarquivo caiu no chão de mármore com um estalo quebradiço. Avancei contra Kawahara, trêmulo, lábios se contraindo para exibir os dentes. Havia um rosnado grave subindo da minha garganta que não tinha nada a ver com nenhum treinamento de combate pelo qual eu havia passado, e minhas mãos estavam torcidas em garras. Eu já sabia qual seria o gosto do sangue dela.

O cano frio de uma arma tocou meu pescoço antes que eu cruzasse metade da distância.

— Eu não faria isso, se fosse você — disse Trepp no meu ouvido.

Kawahara chegou mais perto.

— Bancroft não é o único que pode comprar criminosos problemáticos de armazéns coloniais. O complexo de justiça de Kanagawa ficou exultante quando eu apareci dois dias depois dele com uma oferta por Sachilowska. Do ponto de vista daquele pessoal, se você é fretado para outro planeta, as chances de algum dia ter dinheiro suficiente para comprar um feixe de volta são muito pequenas. E, é claro, eles ainda são pagos pelo privilégio de lhe dar tchauzinho. Deve parecer bom demais para ser verdade. Imagino que estejam torcendo para que vire uma tendência. — Ela tocou a lapela do meu casaco, pensativa. — E, de fato, do jeito que os mercados virtuais andam no momento, pode ser uma tendência interessante de se começar.

O músculo sob meu olho se contraiu violentamente.

— Eu vou te matar — sussurrei. — Vou arrancar a porra do seu coração e comer. Vou derrubar este lugar em volta de você...

Kawahara se inclinou para a frente até nossos rostos estarem quase se tocando. Seu hálito tinha o cheiro tênue de menta e orégano.

— Não vai, não — disse ela. — Você fará exatamente o que eu mandar e fará em dez dias. Porque, se não fizer, sua amiga Sachilowska vai começar sua própria temporada no inferno, sem redenção.

Ela recuou e ergueu as mãos.

— Kovacs, você deveria é agradecer a quaisquer que sejam as divindades do Mundo de Harlan pelo fato de eu não ser uma sádica. Quero dizer, eu estou só ameaçando, por enquanto. Poderíamos muito bem estar negociando exatamente quanta agonia Sachilowska teria que sofrer. Por exemplo, poderia começar agora. Isso lhe daria um incentivo para encerrar o assunto bem depressa, não daria? Dez dias na maioria dos virtuais dá uns três ou quatro anos. Você esteve na Clínica Wei; acha que ela aguentaria três anos daquilo? Eu acho que ela provavelmente enlouqueceria, e você?

O esforço que tive que fazer para conter meu ódio era como uma ruptura que ia de trás dos meus olhos até meu peito. Forcei algumas palavras:

— Termos. Como eu vou saber que você vai soltá-la?

— Eu lhe dou minha palavra. — Kawahara deixou os braços caírem para os lados do corpo. — Acredito que você já teve alguma experiência com a validade dela no passado.

Assenti lentamente.

— Subsequentemente à aceitação de Bancroft do fechamento do caso e ao seu desaparecimento, eu fretarei Sachilowska de volta ao Mundo de Harlan para cumprir o resto da sentença. — Kawahara se abaixou para pegar o holoarquivo que eu tinha largado e o ergueu. Ela o inclinou habilmente duas vezes para folhear as páginas. — Acho que você pode ver aqui que há uma cláusula de reversão incluída no contrato. Claro, vou abrir mão de uma grande porção da tarifa paga originalmente, mas, sob as circunstâncias, estou disposta a isso. — Kawahara abriu um leve sorriso. — Porém, tenha em mente que uma reversão pode funcionar nos dois sentidos. O que eu devolver, posso sempre comprar de novo. Então, se você está considerando se esconder nas sombras por um tempo e depois voltar correndo para Bancroft, peço que por favor abandone a ideia agora. Essa é uma jogada que você não tem como vencer.

O cano de arma se descolou da minha nuca e Trepp deu um passo para trás. A neuroquímica me manteve de pé como o traje de mobilidade de um paraplégico. Encarei Kawahara, semientorpecido.

— Por que você fez isso tudo, caralho? — sussurrei. — Por que me envolver nisso, se você não queria que Bancroft encontrasse respostas?

— Porque você é um Emissário, Kovacs. — Kawahara falava devagar, como se estivesse explicando a situação a uma criança. — Porque, se há alguém capaz de convencer Laurens Bancroft de que ele morreu pela própria mão, esse alguém é você. Eu providenciei que você fosse trazido até mim quase assim que chegou, mas o hotel interveio. E, quando o acaso levou você à Clínica Wei, tentei trazer você aqui de novo.

— Eu blefei para escapar da Clínica Wei.

— Ah, sim. Sua história de biopirataria. Você acha mesmo que os convenceu com aquele lixo de expéria de quinta categoria? Seja razoável, Kovacs. Você pode ter feito eles recuarem uns dois passos para pensar no assunto, mas o motivo, o *único* motivo para você ter saído intacto da Clínica Wei foi a minha ordem de que fosse trazido para cá. — Ela deu de ombros. — Mas então você insistiu em escapar. Foi uma semana complicada, e eu me culpo tanto quanto a qualquer outra pessoa. Eu me sinto como uma behaviorista que criou um labirinto ruim para o rato.

— Tudo bem. — Notei vagamente que eu estava tremendo. — Eu aceito.

— Sim. É claro que aceita.

Busquei alguma outra coisa para dizer, mas me sentia como se tivesse sido clinicamente drenado de qualquer potencial de resistência. O frio da basílica parecia estar se infiltrando nos meus ossos. Controlei o tremor com esforço e me virei para partir. Trepp avançou silenciosamente para me acompanhar. Tínhamos dado uns doze passos quando Kawahara chamou atrás de mim.

— Ah, Kovacs...

Eu me virei como num sonho. Ela sorria.

— Se você conseguir encerrar o caso de uma forma limpa, além de bem rápida, eu poderia considerar algum tipo de incentivo monetário. Um bônus, por assim dizer. Negociável. Trepp vai lhe dar um número de contato.

Eu me virei de novo, entorpecido a um grau que eu não tinha sentido desde as ruínas fumegantes de Innenin. Vagamente, senti Trepp pousar a mão no meu ombro.

— Venha — disse ela, com companheirismo. — Vamos cair fora daqui.

Eu a segui por debaixo daquela arquitetura esmagadora, sob os sorrisos zombeteiros dos guardiões encapuzados, e soube que, em meio aos clones em seus úteros cinzentos, Kawahara estava me observando o caminho inteiro com um sorriso semelhante. Pareceu levar uma eternidade para deixarmos o salão, e, quando as imensas portas de aço se separaram para revelar o mundo exterior, a luz que se derramou para dentro foi como uma infusão de vida à qual eu me agarrei como um homem prestes a morrer afogado. De repente, a basílica era uma profundidade vertical de oceano frio em que eu erguia a mão para o sol na superfície ondulada. Conforme deixávamos as sombras, meu corpo sugava todo calor oferecido como se fosse sustento sólido para mim. Muito gradualmente, o tremor começou a me deixar.

Porém, conforme eu me afastava, sob o poder tenebroso da cruz, ainda sentia a presença daquele lugar como uma mão fria na minha nuca.

CAPÍTULO 26

Aquela noite foi um borrão. Mais tarde, quando tentei recordá-la, até mesmo a memória de Emissário só me ofereceu fragmentos.

Trepp queria uma noitada na cidade. A melhor vida noturna da Europa, insistiu ela, estava a apenas alguns minutos de distância, e ela tinha todos os endereços certos.

Já eu só queria que meus processos de pensamento parassem completamente.

Começamos num quarto de hotel numa rua cujo nome eu não conseguia pronunciar. Alguma droga análoga à tetrameta disparada no branco dos nossos olhos por agulha-spray. Fiquei sentado passivamente numa cadeira junto à janela e deixei Trepp me injetar, tentando não pensar em Sarah e no quarto em Porto Fabril. Tentando não pensar em nada. Hologramas de dois tons do lado de fora tingiam as feições concentradas de Trepp de vermelho e bronze, um demônio no ato de selar o pacto. Senti o desequilíbrio insidioso surgindo nos cantos da percepção conforme a tetrameta corria desenfreada pelas minhas sinapses e, quando foi minha vez de injetar em Trepp, quase me perdi nas geometrias do rosto dela. Aquele bagulho era dos bons...

Havia murais representando o inferno cristão, chamas saltando como garras sobre uma procissão de pecadores nus a gritar. Em um dos extremos do salão, onde as figuras na parede pareciam se misturar aos ocupantes do bar em fumaça e barulho, uma garota dançava numa plataforma giratória. Uma pétala côncava de vidro negro cortava o ar ao girar com a plataforma, e, cada vez que passava entre o público e a dançarina, a garota sumia e um esqueleto dançava sorridente em seu lugar.

— Este lugar se chama "Toda a carne perecerá" — gritou Trepp por sobre todo o ruído enquanto abríamos caminho em meio à multidão. Ela apontou para a garota e então para os anéis de vidro negro que tinha nos dedos.

— Foi daí que eu tirei a ideia. Efeito legal, né?

Peguei bebidas, depressa.

A raça humana tem sonhado com céu e inferno há milênios. Prazer ou dor sem fim, sem redução e sem as restrições da vida ou da morte. Graças à formatação virtual, essas fantasias podem agora existir. Basta ter um gerador de energia com capacidade industrial. Nós de fato fizemos o inferno, e o céu, na Terra.

— Soa meio épico, tipo o discurso de despedida de Angin Chandra — gritou Trepp. — Mas eu entendo seu ponto de vista.

Evidentemente, as palavras que vinham correndo pela minha mente também corriam para fora da minha boca. Se era uma citação, eu não sabia de quem tinha vindo. Certamente não seria um quellismo; ela teria dado um tapa em qualquer um que fizesse aquele tipo de discurso.

— A questão é — ainda gritava Trepp — que você tem dez dias.

A realidade se inclina e flui de lado em glóbulos de luz da cor de chamas. Música. Movimento e riso. A borda de um copo sob meus dentes. Uma coxa quente pressionada contra a minha, e eu acho que é de Trepp, mas, quando me viro, outra mulher com longos cabelos negros e lisos e lábios escarlates está sorrindo para mim. O olhar de convite aberto me lembrou vagamente de algo que eu tinha visto recentemente...

Cena de rua:

Varandas enfileiradas dos dois lados, línguas de luz e som esparramadas nos pisos de uma infinidade de bares minúsculos, a rua em si abarrotada de gente. Eu caminhava ao lado da mulher que havia matado na semana anterior e tentava defender meu ponto de vista em uma conversa sobre gatos.

Havia alguma coisa que eu tinha esquecido. Alguma coisa anuviada. Alguma coisa impor...

— Você não pode acreditar numa porra dessas — exclamou Trepp, botando suas opiniões para fora com ênfase. Ou para dentro, dentro da minha cabeça, no momento que eu tinha quase cristalizado o que eu...

Estaria ela fazendo de propósito? Eu não conseguia lembrar qual tinha sido aquela opinião tão forte sobre gatos um momento antes.

Dançando, em algum lugar.

Mais meta, injeção ocular numa esquina, encostado contra a parede. Alguém passou por perto, gritou alguma coisa para nós. Pisquei e tentei olhar.

— Porra, fica parado, cara!

— O que foi que ela disse?

Trepp puxou minhas pálpebras para trás, franzindo a testa de concentração.

— Chamou nós dois de bonitos. Viciada de merda, provavelmente querendo filar o nosso bagulho.

Num banheiro com revestimento de madeira em algum lugar, eu encarava no espelho fragmentado o rosto que eu vestia como se ele tivesse cometido um crime contra mim. Ou como se eu esperasse que alguma outra pessoa emergisse de trás das feições remendadas. Minhas mãos estavam apoiadas na pia de metal imunda, e as tiras de epóxi que prendiam a coisa à parede emitiram minúsculos sons de rasgado sob o meu peso.

Eu não fazia a menor ideia de quanto tempo já tinha passado ali.

Eu não fazia nenhuma ideia de onde ali era. Ou em quantos alis já tínhamos estado naquela noite.

Nada disso parecia importar, porque...

O espelho não servia na moldura; havia pontas espetadas nas bordas de plástico que seguravam precariamente o centro em formato de estrela.

Bordas demais, murmurei para mim mesmo. Nenhuma parte dessa merda se encaixa.

As palavras pareciam significantes, como um ritmo e rima acidentais em uma fala normal. Eu não achava que seria capaz de consertar aquele espelho. Acabaria despedaçando meus dedos só na tentativa. Foda-se o espelho.

Deixei o rosto de Ryker ali e cambaleei de volta até uma mesa cheia de velas onde Trepp tragava um longo cachimbo de marfim.

— Micky Nozawa? É sério?

— Pra cacete. — Trepp assentiu vigorosamente. — *O Punho da Frota*, né? Vi pelo menos quatro vezes. As redes de expéria de Nova York recebem muita coisa importada das colônias. Tá ficando chique pacas. Aquela hora que ele detona o arpoador c|om a voadora. Dá pra sentir nos ossos o jeito que ele acerta aquela porra de chute. Lindo. Poesia em movimento. Ei, você sabia que ele fez uns lances de holopornô quando era mais novo?

— Mentira. Micky Nozawa nunca fez pornô. Ele nunca precisou.

— Quem foi que falou em precisar? O par de periguetes em que ele deu uns pegas eu teria pegado de graça.

— Men. Tira.

— Eu juro por Deus. Foi com aquela capa com o nariz e os olhos meio caucasianos, aquela que ele perdeu no acidente de cruzador. Bem no comecinho da carreira.

Havia um bar onde as paredes e o teto eram decorados com instrumentos musicais híbridos absurdos e as prateleiras estavam cheias de garrafas antigas, estatuetas detalhadas e outras porcarias indistinguíveis. O nível de barulho era relativamente baixo, e o que eu bebia não tinha gosto de algo que causaria muito estrago imediato. Havia um cheiro leve no ar e pequenas bandejas de bombons nas mesas.

— Por que você faz essa merda?

— O quê? — Trepp balançou a cabeça, confusa. — Ter gatos? Eu gosto de ga...

— Trabalhar pra porra da Kawahara. Ela é um aborto de ser humano de merda, uma Matusa fodida da cabeça que não vale o plástico de um cartucho, por que você...

Trepp segurou o braço que eu estava usando para gesticular e, por um momento, achei que fosse rolar violência. A neuroquímica despertou, pesada.

Em vez disso, ela pegou o meu braço e o passou afetuosamente sobre os próprios ombros, puxando meu rosto para mais perto do dela. Trepp piscou os olhos para mim.

— Escuta.

Houve uma longa pausa. Fiquei escutando enquanto Trepp franzia a sobrancelha, concentrada, tomava um longo gole da bebida e pousava o copo com cuidado exagerado. Balançou o dedo para mim.

— Não julgue para não ser julgado — disse ela.

Outra rua, num declive. Andar subitamente ficou mais fácil.

Acima, as estrelas tinham aparecido com força total, mais claras do que eu tinha visto a semana inteira em Bay City. Parei de repente ao olhar para o céu, procurando o Cavalo de Chifre.

Alguma coisa. Errada aqui.

Alienígena. Nem um único padrão que eu reconhecesse. Um suor frio brotou ao longo dos meus braços, e subitamente os pontos claros de fogo pareciam uma armada do Exterior, aglomerando-se para um bombardeio planetário. Os marcianos estavam de volta. Achei que podia vê-los movendo-se lentamente pela estreita fatia de céu acima de nós...

— Opa. — Trepp me segurou, rindo, quando eu quase caí. — O que você está procurando lá em cima, gafanhoto?

Não era o meu céu.

Está ficando ruim.

Em outro banheiro, com iluminação dolorosamente brilhante, estou tentando enfiar no meu nariz algum pó que Trepp tinha me dado. Minhas passagens nasais já estão secas e calcinadas, e o pó fica caindo, como se este corpo definitivamente já estivesse farto. Alguém dá descarga num cubículo atrás de mim e eu dou uma olhada no grande espelho.

Jimmy de Soto emerge do cubículo, uniforme de combate manchado com lama de Innenin. Na luz forte do banheiro, o rosto dele parece particularmente destruído.

— Tudo bem, chapa?

— Não muito. — Coço dentro do meu nariz, que está começando a arder com a inflamação. — E você?

Ele faz um gesto de "não posso reclamar" e avança pelo espelho até parar ao meu lado. A água brota da torneira sensível à luz quando ele se inclina sobre a pia e começa a enxaguar as mãos. Lama e sangue se dissolvem da pele, formando uma sopa abundante, que escoa pelo pequeno redemoinho do ralo. Sinto a presença dele ao meu ombro, mas o olho restante de Jimmy me mantém preso à imagem no espelho, e eu não posso, ou não quero, me virar.

— Isto é um sonho?

Ele dá de ombros e continua esfregando as mãos.

— É o limiar — diz Jimmy.

— O limiar do quê?

— De tudo. — A expressão dele sugere que pelo menos isso era óbvio.

— Achei que você só aparecesse nos meus sonhos — retruco, dando uma olhada casual nas mãos dele. Há algo de errado com elas; ainda que Jimmy

continue esfregando, mais e mais camadas de sujeira aparecem por baixo. A cuba da pia está toda manchada.

— Bem, esse é um jeito de explicar, chapa. Sonhos, alucinações de alto estresse, ou só quando você deixa sua cabeça fodida assim. É tudo o limiar, sabe. As rachaduras nas laterais da realidade. Onde escrotos como eu acabam.

— Jimmy, você morreu. Estou ficando cansado de lhe dizer isso.

— Aham. — Ele balança a cabeça. — Mas você tem que se enfiar bem nessas rachaduras para me acessar.

A sopa de sangue e terra na pia está ficando mais rala, e eu sei de repente que, quando ela se for, Jimmy irá também.

— Você está dizendo...

Ele balança a cabeça, entristecido.

— Complicado pra caralho para explicar agora. Você acha que a gente saca a realidade, só porque a gente pode gravar alguns pedaços dela. Só que ela vai além disso, meu chapa. Ela vai além disso.

— Jimmy — eu faço um gesto de impotência —, que porra eu vou fazer?

Ele se afasta da pia, e o rosto devastado sorri para mim com extravagância.

— Ataque Viral — diz ele com clareza. Eu gelo ao me lembrar do meu próprio grito sendo repetido pela cabeça de ponte. — Lembra daquela desgraça?

E, sacudindo a água das mãos, ele desaparece como um truque de mágica.

— Olha — disse Trepp, razoável —, Kadmin teve que entrar no tanque para ser encapado numa artificial. Calculo que isso lhe dê um dia quase inteiro antes que ele saiba se matou você ou não.

— Isso se ele já não estivesse com capa dupla de novo.

— Não. Pensa bem. Ele rompeu com o esquema da Kawahara. Cara, o sujeito não tem mais recursos para esse tipo de coisa, agora. Está lá fora completamente sozinho e, com Kawahara querendo foder ele, é um item estritamente limitado. A data de validade de Kadmin está chegando, você vai ver.

— Kawahara vai guardar o cara no bolso enquanto precisar dele para me pressionar.

— É, bem. — Trepp fitou o drinque, constrangida. — Talvez.

Houve mais um lugar, chamado Cabo ou algo do tipo, onde as paredes eram revestidas com conduítes coloridos, com rachaduras artificiais, feitas por designers, de onde brotavam fios como cabelos duros de cobre. Ao longo do balcão do bar, em intervalos, havia ganchos segurando cabos finos de aparência letal que terminavam em miniplugues prateados e reluzentes. No ar acima do balcão, um enorme holograma de um plugue e um encaixe se conectavam e desconectavam espasmodicamente ao ritmo de uma música alternativa que preenchia o lugar feito água. Às vezes, os componentes pareciam se transformar em genitais, mas pode ter sido uma alucinação induzida pela tetrameta.

Eu estava sentado ao balcão, com alguma coisa doce fumegando num cinzeiro junto ao meu cotovelo. Pela sensação gosmenta nos meus pulmões e garganta, eu estivera fumando aquilo. O bar estava lotado, mas eu sofria da estranha convicção de que estava sozinho.

Dos meus dois lados, os outros clientes no balcão estavam plugados nos cabos finos, olhos estremecendo sob pálpebras que pareciam roxas, bocas se retorcendo em meio-sorrisos sonhadores. Um deles era Trepp.

Eu estava sozinho.

Coisas que poderiam ter sido pensamentos cutucavam o ventre esfolado da minha mente. Peguei o cigarro e traguei, soturno. Aquela não era hora de pensar.

Não era hora de...

Ataque Viral!!!

... pensar.

Ruas passando sob meus pés como os escombros de Innenin passavam sob as botas de Jimmy conforme ele caminhava ao meu lado nos meus sonhos. *Então é assim que ele faz.*

A mulher de lábios escarlates que...

Talvez você não possa...

O quê? *O quê???*

Plugue e encaixe.

Tentando lhe dizer algu...

Não era hora de...

Não era hora...

Não...

E se foi, como água no turbilhão, como a sopa de lama e sangue que brotava das mãos de Jimmy e seguia para o buraco no fundo da pia...

Se foi de novo.

Mas pensamentos, como a alvorada, eram inevitáveis. Eles me encontraram, junto à alvorada, num conjunto de degraus de pedra branca que levava a uma água turva. Arquitetura grandiosa se erguia vagamente atrás de nós, e do lado oposto da água eu distinguia árvores na escuridão cada vez mais cinzenta. Estávamos num parque.

Trepp se inclinou sobre meu ombro e me ofereceu um cigarro aceso. Eu aceitei por reflexo, traguei uma vez e deixei a fumaça fluir para cima pelos meus lábios frouxos. Trepp se assentou agachada ao meu lado. Um peixe ridiculamente grande se mexeu na água aos meus pés. Eu estava erodido demais para reagir.

— Mutante — disse Trepp casualmente.

— Pra você também.

Os pequenos retalhos de conversa flutuaram para longe sobre a água.

— Vai precisar de analgésicos?

— Provavelmente. — Tentei sentir minha cabeça. — Vou sim.

Ela me entregou uma cartela de cápsulas de cores impressionantes sem comentário.

— O que você vai fazer?

Dei de ombros.

— Vou voltar. Vou fazer o que mandaram.

PARTE QUATRO: PERSUASÃO

[CORRUPTO VIRAL]

CAPÍTULO 27

Mudei de táxi três vezes na volta do aeroporto, pagando cada um deles em dinheiro vivo, e em seguida me hospedei numa pensão 24 horas em Oakland. Qualquer um que estivesse me perseguindo eletronicamente levaria algum tempo para me alcançar, e eu tinha certeza razoável de que não fora seguido. Parecia um pouco de paranoia; afinal, eu estava trabalhando para os bandidos agora, então não tinha por que eles me seguirem. Mas eu não tinha gostado do *mantenha contato* irônico de Trepp quando ela se despediu no terminal de Bay City. Além disso, eu não sabia exatamente o que fazer e, se eu não sabia, certamente não queria que ninguém mais soubesse.

O quarto da pensão tinha 786 canais de TV, com holopornô e notícias, ambos anunciados em cores dramáticas na tela de standby; uma cama de casal levadiça autolimpante que fedia a desinfetante e um chuveiro autocontido que começava a se soltar da parede onde fora fixado. Espiei pela única e fuliginosa janela no cômodo. Era plena noite em Bay City, e uma chuva fina caía. Meu prazo com Ortega estava acabando.

A janela dava vista para um telhado inclinado de fibracreto uns dez metros abaixo. A rua estava mais uns dez metros abaixo dele. Acima, um andar em forma de pagode cobria o telhado mais baixo e a rua com longos beirais. Espaço coberto. Depois de um momento de debate, tirei a última das cápsulas de ressaca de Trepp da cartela e a engoli, depois abri a janela o mais silenciosamente possível, saí e me pendurei no peitoril pelos dedos. Mesmo comigo completamente esticado, ainda havia quase oito metros de queda.

Torne-se primitivo. Bem, nada mais primitivo que pular de janelas de hotel no meio da madrugada.

Torcendo para que o telhado fosse firme como parecia, eu soltei.

Atingi a superfície inclinada da forma adequada, rolei para um lado e me deparei subitamente com as minhas pernas pendendo sobre o vazio novamente. A superfície era firme, mas escorregadia como belalga fresca, e eu estava deslizando rapidamente para a beira. Arrastei meus cotovelos numa tentativa de frear, fracassei e consegui segurar a borda afiada do telhado com uma das mãos ao passar.

Dez metros até a rua. Com a borda do telhado cortando minha palma, pendi em um só braço por um momento, tentando identificar possíveis obstáculos à minha queda, como latas de lixo ou veículos estacionados, então desisti e caí de qualquer jeito. O piso abaixo subiu e me acertou com força, mas não havia nada afiado para piorar o impacto e, quando eu rolei, não foi para cima da temida reunião de latas de lixo. Me levantei e segui para as sombras mais próximas.

Depois de dez minutos e uma seleção aleatória de ruas, me deparei com uma fileira de autotáxis desocupados, saí rapidamente de debaixo da minha cobertura e entrei no quinto da linha. Recitei o código individual de Ortega enquanto subíamos no ar.

— Código recebido. Tempo aproximado de chegada, 35 minutos.

Seguimos sobre a baía, depois mar adentro.

Bordas demais.

O conteúdo fragmentado da noite anterior borbulhava no meu cérebro como um ensopado de peixe malfeito. Nacos indigeríveis surgiam na superfície, balançavam nas correntezas de memória e afundavam outra vez. Trepp plugada no balcão do Cabo, Jimmy de Soto lavando as mãos ensanguentadas, o rosto de Ryker me encarando de volta da estrela esparramada do espelho. Kawahara estava lá em algum lugar, afirmando que a morte de Bancroft tinha sido suicídio, mas querendo um fim para a investigação, assim como Ortega e a polícia de Bay City. Kawahara, que sabia de coisas sobre meu contato com Miriam Bancroft, sobre Laurens Bancroft, sobre Kadmin.

A extremidade da minha ressaca se agitou, como um escorpião, lutando contra o peso lentamente crescente dos analgésicos de Trepp. Trepp, a assassina zen e conciliatória que eu tinha matado e que aparentemente havia voltado dos mortos sem nenhum ressentimento porque não tinha como lembrar; porque, segundo ela própria, não havia acontecido com ela.

Se há alguém capaz de convencer Laurens Bancroft de que ele morreu pela própria mão, esse alguém é você.

Trepp, plugada no Cabo.

— *Ataque Viral. Lembra daquela desgraça?*

Os olhos de Bancroft cravados nos meus no terraço da Casa Toque do Sol. *Eu não sou o tipo de homem que tira a própria vida e*, mesmo que fosse, *não teria fracassado assim. Se eu tivesse a intenção de morrer, você não estaria falando comigo agora.*

E então, ofuscantemente, eu soube o que ia fazer.

O táxi começou a descer.

— O piso é instável — disse a máquina desnecessariamente ao pousarmos num convés em alto mar. — Por favor, tome cuidado.

Inseri dinheiro na fenda, e a porta se abriu para a zona segura de Ortega. Uma pequena área de pouso cinza-chumbo, corrimãos de cabos de aço e o mar além, todo montanhas negras de água em movimento sob um céu noturno abarrotado de nuvens e garoa forte. Saltei com cautela e me segurei no corrimão mais próximo enquanto o táxi decolava e era engolido rapidamente pelos lençóis esvoaçantes de chuva. Quando as luzes de navegação sumiram, voltei minha atenção à embarcação na qual eu me encontrava.

A plataforma de pouso ficava na popa, e, de onde eu me segurava ao corrimão, conseguia ver toda a extensão do barco. Ele parecia ter uns vinte metros, algo como dois terços de uma traineira de Porto Fabril, só que mais estreito. Os módulos do convés tinham a configuração plana e autosselante de algo projetado para sobreviver a tempestades, mas, apesar da aparência pragmática no geral, ninguém jamais confundiria aquele com um barco de trabalho. Mastros telescópicos delicados se erguiam ao que parecia ser apenas meia altura em dois pontos do convés, e havia um gurupês pontudo se projetando adiante da esguia proa. Aquele era um iate. O lar flutuante de alguém rico.

Uma luz surgiu derramando-se de uma escotilha aberta no convés traseiro, e Ortega emergiu o suficiente para me chamar para descer da plataforma. Enganchei meus dedos com firmeza no cabo, me inclinei contra o movimento e o balanço do barco e desci cuidadosamente uma curta escadaria em um dos lados da plataforma, atravessando em seguida o convés posterior em direção à escotilha. Redemoinhos de garoa varriam o barco, apressando-me contra a minha vontade. No facho de luz da escotilha aberta, vi outro conjunto de degraus mais íngremes e segui com as mãos pela passagem estreita até o calor que me era oferecido. Acima da minha cabeça, a escotilha se fechou com um zumbido suave.

— Por onde você andou, caralho? — ralhou Ortega.

Tomei um momento para esfregar um pouco de água do meu cabelo e olhei os arredores. Se aquele era o lar flutuante de um alguém rico, o rico em questão não aparecia em casa já fazia algum tempo. A mobília estava armazenada nas laterais do aposento em que eu tinha descido, coberta por plástico translúcido, e as prateleiras do pequeno bar de nicho estavam vazias. As escotilhas sobre as janelas se encontravam todas fechadas. As portas nos dois extremos do aposento estavam abertas, dando em espaços aparentemente naquele mesmo estado.

Ainda assim, o iate demonstrava a riqueza que lhe dera origem. As cadeiras e mesas sob o plástico eram de madeira escura e polida, assim como os painéis das anteparas e portas, e havia tapetes sobre o assoalho encerado aos meus pés. O resto da decoração era similarmente sóbria, com o que pareciam ser pinturas autênticas nas paredes das anteparas. Uma da escola empatística, ruínas esqueléticas de um estaleiro marciano ao pôr do sol; outra, uma obra abstrata que eu não conseguia interpretar por falta de repertório cultural.

Ortega estava parada no meio da cena, com cabelos desgrenhados e cara fechada, vestida num quimono de seda crua que presumi ter vindo de um guarda-roupa à bordo.

— É uma longa história. — Passei por ela para espiar pela porta mais próxima. — Eu queria um café, se a galé estiver aberta.

Quarto. Uma grande cama oval em meio a espelhos não tão elegantes, colcha embolada e jogada apressadamente para o lado. Eu já estava me dirigindo para a outra porta quando Ortega me acertou com um tapa.

Cambaleei para o lado. Não fora um golpe tão forte quanto o que eu tinha aplicado em Sullivan na casa de lámen, mas fora dado de pé com muito mais giro, e eu tinha que lidar com a inclinação do convés. O coquetel de ressaca e analgésicos não ajudou. Eu não cheguei a cair, mas foi por pouco. Tropicando de volta ao equilíbrio, levei a mão à bochecha e encarei Ortega, que me encarava de volta com raiva e dois pontos gêmeos de cor ardendo em cada lado do rosto.

— Olha, me desculpa se eu acordei você, mas...

— Seu filho da puta — sibilou ela para mim. — Seu filho da puta mentiroso.

— Eu não sei bem...

— Eu deveria mandar prender você, Kovacs. Eu deveria botar você numa porra de prateleira pelo que fez.

Eu comecei a perder a paciência.

— Fiz *o quê*? Dá para você ficar calma, porra, e me dizer o que está acontecendo?

— Recebemos acesso à memória do Hendrix hoje — respondeu Ortega com frieza. — O mandado preliminar chegou ao meio-dia. A memória da semana passada inteira. Eu estava assistindo.

A raiva e a irritação crescentes escoavam completamente dentro de mim conforme as palavras deixavam os lábios de Ortega. Era como se ela tivesse derramado um balde de água do mar na minha cabeça.

— Ah.

— Sim, não tinha muita coisa. — Ortega me deu as costas, abraçando os ombros no quimono, e passou por mim até a porta inexplorada. — Você é o único hóspede no momento. Então é só você. E as suas visitas.

Eu a segui até um segundo cômodo acarpetado onde dois degraus levavam a uma estreita galé rebaixada atrás de uma partição baixa e revestida de madeira num dos lados. As outras paredes estavam cobertas de mobília similarmente ao primeiro aposento, exceto pelo canto mais distante, onde os plásticos tinham sido puxados de uma tela de vídeo de um metro quadrado e dos módulos de recepção e reprodução. Uma única cadeira de costas altas estava posicionada diante da tela, que estampava a imagem inconfundível do rosto de Ryker mergulhando entre as coxas abertas de Miriam Bancroft.

— Tem um controle remoto na cadeira — disse Ortega, parecendo ela mesma remota. — Por que você não assiste a um pedaço enquanto eu faço um café? Refresque sua memória. Então você pode me explicar umas coisas.

Ela desapareceu na galé sem me dar uma chance de responder. Avancei até a tela congelada, sentindo um pouco de líquido se mexendo nas minhas entranhas conforme a imagem trazia de volta memórias marcadas por Mescla Nove. No redemoinho caótico e insone das últimas 36 horas, eu tinha praticamente esquecido Miriam Bancroft, mas agora ela me voltou em carne e osso, irresistível e intoxicante como tinha sido naquela noite. Eu também me esquecera do comentário de Rodrigo Bautista de que a polícia estivera quase superando os imbróglios legais com os advogados do Hendrix.

Meu pé bateu em alguma coisa e eu baixei os olhos para o tapete. Havia uma xícara de café no chão ao lado da cadeira, ainda um terço cheia. Eu me perguntei quanto da memória do hotel Ortega tinha assistido. Dei uma olhada na imagem. Será que não tinha passado daquele ponto? O que mais ela teria visto? Como lidar com aquilo, então? Peguei o controle remoto e o girei nas minhas mãos. A cooperação de Ortega tinha sido parte integral do meu plano até ali. Se eu a perdesse agora, estaria encrencado.

Tinha alguma outra coisa me arranhando por dentro. Um crescendo emocional que eu não queria reconhecer, porque fazê-lo seria um absurdo clínico. Um sentimento que, apesar da minha preocupação com fatores posteriores na memória do hotel, estava conectado intimamente à imagem na tela naquele momento.

Constrangimento. Vergonha.

Absurdo. Eu balancei a cabeça. Que porra *ridícula.*

— Você não está assistindo.

Eu me virei de volta e vi Ortega com uma xícara fumegante em cada mão. Um aroma misto de café e rum flutuou até mim.

— Obrigado. — Aceitei uma das canecas e provei, tentando ganhar tempo. Ela se afastou de mim e cruzou os braços.

— Então. Umas cinquenta razões para que Miriam Bancroft não se encaixe no papel. — Ela indicou a tela com a cabeça. — Quantas dessas razões estão ali?

— Ortega, isso não tem nada a ver com...

— Eu acredito que Miriam Bancroft seja assustadora, foi o que você me disse. — Ela balançou a cabeça em julgamento e bebeu do café. — Sei não, aquilo ali na sua cara não me parece exatamente medo.

— Ortega...

— "Quero que você pare", diz ela. Ela realmente diz isso, você pode rebobinar se não lembrar...

Puxei o controle para longe de Ortega.

— Eu lembro o que ela disse.

— Então você também se lembra do acordinho maravilhoso que ela lhe ofereceu para encerrar o caso, as múltiplas...

— Ortega, você também não me queria no caso, lembra? Suicídio puro e simples, como disse. Isso não quer dizer que você o matou, quer...

— Cale a boca. — Ortega me circulou como se nós estivéssemos segurando facas, não canecas. — Você estava acobertando ela. Essa porra de tempo todo, você tava com o nariz enfiado na virilha dela como uma porra de cachorro f...

— Se você tivesse visto o resto das memórias, saberia que não é verdade. — Tentei usar um tom de calma que os hormônios de Ryker não me deixavam ter. — Eu falei pro Curtis que não estava interessado, porra, eu falei isso pra ele faz dois dias.

— Você tem ideia do que um promotor vai fazer com esses vídeos? Miriam Bancroft tentando comprar o investigador do marido com favores sexuais ilegais. Ah, sim, admissão de encapamento múltiplo, mesmo sem comprovação, vai pegar muito mal para ela no tribunal.

— Ela vai vencer a acusação. Você sabe que vai.

— Isso se o marido Matusa quiser jogar do lado dela. O que talvez ele não faça, depois que vir isso. Esse não seria o caso Leila Begin de novo, sabe. A moral está pesando do outro lado, desta vez.

A alusão à moralidade passou rasgando pelas bordas exteriores da discussão, mas, com a passagem dela, percebi o fato desagradável de que, na verdade, a questão da moralidade era essencial àquilo tudo. Eu me lembrei da avaliação crítica que Bancroft fez da cultura moral na Terra e me perguntei se ele realmente seria capaz de ver minha cabeça entre as coxas da mulher dele sem se sentir traído.

Eu ainda estava tentando decidir o que eu mesmo sentia quanto ao assunto.

— E, já que estamos falando de acusação, Kovacs, aquela cabeça decepada que você trouxe da Clínica Wei também não vai lhe conquistar nenhuma simpatia. Retenção ilegal de uma personalidade h.d. pega de cinquenta a cem anos na Terra, ainda mais se conseguirmos provar que foi você quem cortou a cabeça fora pra começo de conversa.

— Eu pretendia lhe contar sobre isso.

— Não, não pretendia porra nenhuma — rosnou Ortega. — Você não pretendia me contar uma única porra de coisa que não precisasse contar.

— Olha, a clínica não vai ousar dar queixa, de qualquer maneira. Eles têm muito a...

— Seu filho da puta arrogante. — A xícara de café caiu no tapete, e Ortega cerrou os punhos. Havia fúria real nos olhos dela agora. — Você é que nem ele, você é *igualzinho* ao filho da puta. Você acha que precisamos da porra da clínica, com imagens de você colocando uma cabeça cortada no freezer do hotel. Não é um crime de onde você vem, Kovacs? Decapitação sumária...

— Espera aí. — Pousei meu café na cadeira ao meu lado. — Que nem quem, eu sou igualzinho a quem?

— O quê?

— Você acabou de dizer que eu sou igualzinho a...

— Foda-se o que eu acabei de dizer. Você entendeu o que fez aqui, Kovacs?

— A única coisa que eu enten... — De repente, a tela atrás de mim começou a emitir som, grunhidos líquidos e o barulho de sucção orgânica. Dei uma olhada no controle que eu apertava na mão esquerda, tentando ver como eu tinha acidentalmente despausado o vídeo, e um profundo gemido feminino fez o sangue acelerar dentro de mim. Então, quando me dei conta, Ortega estava em cima de mim, tentando arrancar o controle da minha mão.

— Me dá isso, desliga essa porra de...

Por um momento, lutei com ela, e nossa briga só acabou aumentando o volume. Então, de repente, montado numa corrente ascendente e solitária de sanidade, eu soltei o controle, e ela desabou contra a cadeira, apertando botões.

— ... vídeo.

Houve um longo silêncio, pontuado apenas pela nossa própria respiração ofegante. Fixei meu olhar numa das janelinhas fechadas do aposento, Ortega, caída entre minha perna e a cadeira, provavelmente ainda estava olhando a tela. Me pareceu que, por um momento, nossa respiração ficou sincronizada.

Quando eu me virei e me curvei para ajudá-la a se levantar, Ortega já estava se erguendo na minha direção. Nossas mãos se encontraram, acho, antes de qualquer um de nós entender o que estava acontecendo.

Foi como resolução. Os antagonismos circulantes desmoronaram para dentro como orbitais desabando em chamas, rendendo-se a uma gravidade mútua que nos arrastara como correntes enquanto durara, mas, ao ser liberada, se mostrou como uma linha de fogo atravessando nossos nervos. Estávamos os dois tentando beijar o outro e rindo ao mesmo tempo. Ortega ofegou com excitação conforme minhas mãos deslizaram para dentro do quimono, palmas derrapando sobre mamilos ásperos tão largos e rijos como pontas de corda e sobre seios que se encaixavam nas minhas mãos como se projetados para se aninhar nelas. O quimono se foi, deslizando primeiro e depois puxado com insistência para soltar um ombro de cada vez. Tirei o casaco e a camisa de uma vez, enquanto as mãos de Ortega desvelavam freneticamente o meu cinto, abriam a braguilha e passavam seus longos dedos pela abertura. Senti os calos na base de cada dedo roçando em mim.

De alguma forma deixamos a sala com a tela e chegamos à cabine de popa que eu tinha visto mais cedo. Segui o balanço teso dos passos de Ortega pelo cômodo entre os dois, as linhas musculosas das longas coxas, e deve ter sido tanto Ryker quanto eu, pois eu me sentia como um homem voltando para casa. Ali, naquele quarto cheio de espelhos, ela se jogou de cabeça para trás nos lençóis bagunçados e se ergueu, enquanto eu me via deslizar para dentro dela até o fim, com um ofegar de espanto porque ela estava ardendo de calor. Ela ardia por dentro, me prendendo com a totalidade de um banho escaldante, e as formas aquecidas de suas nádegas queimavam meu quadril com o impacto de cada estocada. À minha frente, a coluna dela se erguia e se curvava como uma serpente, os cabelos cascateando da cabeça curvada com uma elegância caótica. Nos espelhos à minha volta, eu via Ryker estendendo as mãos para segurar os seios, depois a forma das costelas, a curva dos ombros, o tempo todo ela se erguendo e se curvando como o oceano ao redor do barco. Ryker e Ortega, se contorcendo um contra o outro como os amantes reunidos de um épico imemorial.

Senti o primeiro clímax passando por Ortega, mas foi a visão dela me fitando de volta por trás dos cabelos bagunçados, com lábios entreabertos, que soltou as últimas travas do meu autocontrole e me moldou aos contornos das costas e da bunda dela até meus espasmos terem sido todos descarregados dentro dela e desabarmos na cama. Eu me senti deslizando para fora de Ortega como algo sendo parido. Acho que ela ainda estava gozando.

Ficamos calados por um longo tempo. O barco seguia seu caminho automatizado, enquanto à nossa volta o frio perigoso dos espelhos invadia o cômodo como uma maré gelada, ameaçando macular e em seguida afogar a intimidade. Em alguns momentos nós fixaríamos nossos olhares cuidadosamente na nossa imagem refletida de nós mesmos, em vez de um no outro.

Passei um braço em volta do flanco de Ortega e a inclinei gentilmente para um lado, de modo a ficarmos de conchinha. No espelho, encontrei o olhar dela.

— Aonde estamos indo? — perguntei gentilmente.

Um dar de ombros, mas ela o usou para se aconchegar mais contra mim.

— Ciclo programado, descendo a costa, partindo até o Havaí, dando a volta e vindo pra cá de novo.

— E ninguém sabe que estamos aqui?

— Só os satélites.

— Que pensamento bonito. Quem é o dono disso tudo?

Ela se torceu para me olhar por cima do ombro.

— Ryker.

— Ops. — Afastei o olhar exageradamente. — Nossa, mas que belo carpete.

Contra todas as expectativas, isso provocou uma risada nela. Ortega se virou completamente para ficar de frente para mim na cama. A mão se ergueu para tocar meu rosto de leve, como se ela achasse que minha cara fosse fácil de marcar ou que talvez pudesse desaparecer.

— Eu disse a mim mesma — murmurou ela — que era maluquice. Foi só o corpo, sabe.

— A maioria das coisas é assim. O pensamento consciente não tem muito a ver com isso aqui. Não tem muito a ver com o jeito como vivemos nossas vidas, ponto, se você acreditar nos psicólogos. Algumas racionalizações, quase todas em retrospecto. Ponha o resto na conta dos impulsos hormonais, instintos genéticos e feromônios para o ajuste fino. Triste, mas verdadeiro.

O dedo dela seguiu uma linha no meu rosto.

— Não acho que isso seja triste. O que fizemos com o resto de nós mesmos, isso sim é triste.

— Kristin Ortega. — Peguei o dedo dela e apertei com carinho. — Você é uma porra duma ludita, não é? Como em nome de Deus você acabou nessa linha de trabalho?

Ela deu de ombros de novo.

— Família de policiais. Meu pai era. Minha avó era. Sabe como e.

— Não por experiência.

— Não. — Ela estendeu uma longa perna languidamente para o teto espelhado. — Acho que não.

Estiquei o braço acima da planície da barriga dela e escorreguei minha mão ao longo da coxa até o joelho, erguendo-a gentilmente até mim e movendo minha boca para beijar delicadamente o ponto onde uma barra depilada de pelos púbicos ia se transformando numa fenda. Ortega resistiu minimamente, talvez pensando na tela no outro quarto ou talvez só em nossos líquidos misturados lhe escorrendo do corpo, mas logo cedeu e se espalhou sob mim. Coloquei a outra coxa dela sobre meu ombro e baixei meu rosto nela.

E, desta vez, quando ela gozou, foi com gritos cada vez mais altos que ela trancava na boca com poderosas flexões dos músculos na base do estômago enquanto o corpo inteiro dela serpenteava de um lado ao outro pela cama e os quadris se lançaram para cima, esfregando a carne macia na minha boca. Em algum momento ela tinha passado a balbuciar baixinho em um espanhol cujos tons alimentaram minha excitação, e, então, quando ela finalmente se deixou cair imóvel, pude penetrá-la diretamente, envolvendo-a nos meus braços e mergulhando minha língua em sua boca no primeiro beijo que compartilhamos desde que tínhamos chegado à cama.

Nos mexemos lentamente, tentando simular o ritmo do mar lá fora e da risada do nosso primeiro abraço. Pareceu durar muito tempo, tempo para conversar, subindo a escala dos murmúrios lânguidos ao tagarelar excitado, para mudanças de postura e mordidas leves, para o entrelaçar de mãos, e todo esse tempo uma sensação de estar enchendo até transbordar fazia arder meus olhos. Foi a partir desta última e insuportável pressão, tanto quanto de qualquer outra coisa, que eu finalmente me soltei e gozei dentro dela, sentindo-a perseguir os resquícios da minha ereção evanescente até sua própria trêmula conclusão.

No Corpo de Emissários, tome o que lhe é oferecido, disse Virgínia Vidaura, em algum lugar nos corredores da minha memória. *E isso às vezes tem que bastar.*

Quando nos separamos pela segunda vez, o peso daquelas últimas 24 horas desabaram em mim como um dos tapetes pesados no outro quarto, e minha consciência escorregou gradualmente para longe do calor crescente abaixo. Minhas últimas impressões claras foram do longo corpo ao meu lado com seios pressionados contra as minhas costas, um braço pendurado sobre mim e um entrelaçar peculiarmente confortável de pés, os meus nos dela, como mãos. Meus processos mentais estavam ficando mais lentos.

O que é oferecido. Às vezes. Basta.

CAPÍTULO 28

Quando eu acordei, ela tinha partido.

Havia luz do sol entrando na cabine por várias janelas abertas. O balanço do barco tinha quase parado, mas ainda havia giro lateral bastante para me mostrar, alternadamente, um céu azul com retalhos horizontais de nuvens e um mar razoavelmente calmo abaixo. Em algum lugar, alguém fazia café e fritava carne defumada. Fiquei deitado imóvel por um tempo, recolhendo os fragmentos espalhados da minha mente e tentando montar algo razoável a partir deles. O que contar a Ortega? Quanto e com que ênfase? O condicionamento de Emissário se apresentou com lerdeza, como algo puxado de um pântano. Deixei ele rolar e afundar, absorvido no salpicar de raios de sol nos lençóis perto da minha cabeça.

O tilintar de copos da porta me trouxe de volta. Ortega estava parada na entrada, vestindo uma camiseta NÃO À RESOLUÇÃO 653 na qual o NÃO tinha sido estilisticamente pintado com um X vermelho e sobrescrito com um SIM definitivo na mesma cor. As colunas que eram as pernas nuas dela desapareciam sob a camiseta como se pudessem se estender para sempre lá dentro. Equilibrada nas mãos dela, havia uma grande bandeja carregada de café da manhã para uma sala de esquadrão inteira. Ao me ver acordado, ela tirou o cabelo dos olhos e sorriu torto.

Então eu contei tudo.

— Então o que você vai fazer?

Eu dei de ombros e fitei a extensão da água, estreitando os olhos contra a luz forte. O oceano parecia mais suave, mas lento do que os do Mundo de

Harlan. No convés, a imensidão de tudo me atingiu, e o iate de repente me pareceu um brinquedo de criança.

— Vou fazer o que Kawahara quer. O que Miriam Bancroft quer. O que *você* quer. O que aparentemente todo mundo quer. Vou pôr um fim a esse caso.

— Você acha que foi a Kawahara quem fritou o Bancroft?

— Parece provável. Ou então ela está defendendo quem fritou. Não faz mais diferença. Ela está com Sarah, e isso é a única coisa que importa agora.

— Podemos entrar com acusações de sequestro contra ela. Retenção de personalidade h.d. dá...

— De cinquenta a cem, sei. — Sorri de leve. — Eu estava prestando atenção ontem. Só que ela não estará com Sarah no próprio nome; será alguma subsidiária.

— Podemos arranjar mandados que...

— Ela é uma porra de uma Matusa, Kristin. Vai derrubar isso tudo sem nem suar. Enfim, esse não é o problema aqui. Assim que eu fizer um lance contra ela, Kawahara vai meter Sarah num virtual. Quanto tempo demora pros seus mandados de longo alcance serem liberados?

— Uns dois dias, se forem emitidos pela ONU. — A sombra se espalhou pelo rosto de Ortega enquanto ela falava. Ela se apoiou no corrimão e olhou para baixo.

— Exatamente. Isso é quase um ano inteiro num virtual. Sarah não é uma Emissária, não tem esse tipo de condicionamento. O que Kawahara poderia fazer com ela em oito ou nove meses virtuais transformaria uma mente normal em lama. Ela estaria completamente insana quando a tirássemos de lá. *Se* a tirássemos de lá, e, de qualquer maneira, não vou nem *considerar* fazer com que ela passe uma porra de segundo...

— Tudo bem. — Ortega pousou a mão no meu ombro. — Tudo bem. Me desculpa.

Tive um calafrio. Se foi por conta do vento marinho ou de pensar nas masmorras virtuais de Kawahara, eu não tinha certeza.

— Esquece.

— Eu sou policial. Procurar jeitos de prender os bandidos faz parte da minha natureza. Só isso.

Olhei para ela e abri um sorriso desolado.

— Sou um Emissário. Faz parte da minha natureza procurar jeitos de arrancar a garganta de Kawahara. Eu procurei. Não tem como.

O sorriso que ela me devolveu era constrangido, marcado por uma ambivalência que eu sabia que nos alcançaria mais cedo ou mais tarde.

— Olha, Kristin. Eu encontrei uma forma de fazer o que é preciso. Mentir de maneira convincente para Bancroft e encerrar o caso. É ilegal, muito ilegal, mas ninguém importante vai se machucar. Eu não tenho que lhe contar como é, se você não quiser saber.

Ela pensou na questão por um tempo, contemplando o mar que corria ao longo do iate, como se a resposta pudesse estar nadando lá, emparelhada ao barco. Caminhei ao longo do corrimão para lhe dar tempo, inclinando minha cabeça para trás para esquadrinhar a cúpula azul de céu acima e pensando em sistemas de vigilância orbitais. Ali no meio de um oceano aparentemente infinito, encasulado na segurança hi-tech do iate, era fácil acreditar que era possível se esconder das Kawaharas e Bancrofts deste mundo, mas esse tipo de esconderijo seguro tinha morrido fazia séculos.

Se eles quiserem você, uma Quell mais jovem tinha escrito sobre a elite governante do Mundo de Harlan, *mais cedo ou mais tarde eles o arrancarão do globo, como grãos de poeira interessante num artefato marciano. Cruze o golfo entre as estrelas, e eles irão atrás de você. Mergulhe em séculos de armazenamento, e eles estarão lá esperando você, num clone novo, quando você for reencapado. Eles são aquilo com que sonhamos como deuses, agentes míticos do destino, tão inescapáveis quanto a Morte, aquela pobre e velha camponesa trabalhadora, curvada sobre sua foice, não é mais. Pobre Morte, não mais à altura das poderosas tecnologias de armazenamento e recuperação de dados que o carbono alterado reuniu contra ela. Antes vivíamos aterrorizados com a sua chegada. Agora flertamos ultrajantemente com sua dignidade sóbria, e seres assim não vão nem deixá-la usar a entrada dos empregados.*

Abri um sorriso tenebroso. Comparada a Kawahara, a Morte era uma fracote no ringue.

Fui até a proa e escolhi um ponto do horizonte para encarar enquanto Ortega se decidia.

Imagine que você conheceu alguém, muito tempo atrás. Vocês compartilham coisas, bebem profundamente um do outro. Então vocês se afastam, a vida leva cada um numa direção diferente, os laços não são fortes o bastante. Ou talvez tenham sido circunstâncias externas que os separaram. Anos depois, você reencontra aquela pessoa, na mesma capa, e vocês passam por tudo aquilo outra vez. Qual é a atração? Aquela é a mesma pessoa? Provavelmente ela tem o mesmo nome, a mesma aparência física aproximada, mas isso faz que seja a mesma pessoa? E, caso contrário, as coisas que mudaram então se tornariam insignificantes ou periféricas? As pessoas mudam, mas quanto? Na minha infância, eu acreditava que havia uma pessoa essencial, um tipo de núcleo de personalidade ao redor do qual os fatores superficiais poderiam evoluir e mudar sem danificar a integridade de quem você é. Mais tarde, comecei a entender que isso era um erro de percepção causado pelas metáforas que eram usadas para emoldurar nossos eus. O que nós tínhamos pensado como sendo personalidade não era mais que a silhueta passageira de uma das ondas diante de mim. Ou, desacelerando para uma velocidade mais humana, o contorno de uma duna. Forma em reação a estímulo. Vento, gravidade, criação. Inclinações genéticas. Tudo sujeito a erosão e mudança. A única forma de vencer isso era ir para a prateleira para sempre.

Tal como o sextante primitivo funciona sob a ilusão de que o sol e as estrelas giram ao redor do planeta onde estamos, nossos sentidos nos oferecem a ilusão de estabilidade no universo, e nós a aceitamos, porque, sem essa aceitação, não é possível fazer nada.

Virgínia Vidaura, perambulando pela sala de aula, perdida em seu modo professora.

Só que o fato de um sextante permitir que você navegue com precisão através de um oceano não significa que o sol e as estrelas girem ao nosso redor. Apesar de tudo que fizemos, como civilização, como indivíduos, o universo não é estável, como também absolutamente nada dentro dele é. Estrelas se consomem, o universo em si corre para se despedaçar, e nós mesmos somos compostos de matéria em constante mutação. Colônias de células em aliança temporária, multiplicando-se e decompondo-se e abrigadas aqui dentro, uma nuvem incandescente de impulsos elétricos e memória de código de carbono precariamente armazenada. Isso é realidade, isso é autoconhecimento, e a percepção dela vai, é claro, deixar vocês tontos. Alguns de vocês serviram no Comando Vácuo, e sem dúvida pensam que, lá fora, vocês confrontaram a vertigem existencial.

Um fino sorriso.

Prometo a vocês que os momentos Zen que vocês podem ter gozado no espaço exterior não são muito mais que o princípio do que vocês terão que aprender aqui. Tudo e qualquer coisa que vocês realizarem como Emissários terá que ser baseada na compreensão de que não existe nada além da mu-

dança. Tudo que vocês quiserem até mesmo perceber, como Emissários, que dirá criar ou realizar, terá que ser escavado dessa mudança.

Desejo a todos boa sorte.

Se você não poderia nem encontrar a mesma pessoa duas vezes numa vida, numa capa, o que isso significaria para todas as famílias e amigos que esperavam na Central de Downloads por alguém que eles conheceram um dia e que os fitaria com os olhos de um estranho? Como essa poderia chegar perto de ser a mesma pessoa?

E onde isso tudo deixava uma mulher consumida pela paixão por um estranho que vestia um corpo que ela amou um dia? Isso era mais próximo ou mais distante?

E onde, aliás, essa situação deixava o estranho que correspondia?

Ouvi Ortega vindo até mim pelo corrimão. Parou a uns dois passos de distância e pigarreou baixinho. Contive um sorriso e me virei.

— Eu não lhe contei como Ryker conseguiu tudo isto, contei?

— Não parecia o momento apropriado para perguntar.

— Não. — Um sorrisinho que desapareceu como se levado por uma brisa. — Ele roubou. Alguns anos atrás, quando ele ainda trabalhava em Roubo de Capas. Pertencia a algum figurão comerciante de clones de Sidney. Ryker pegou o caso porque esse cara movia mercadoria desmanchada pelas clínicas da Costa Oeste. Ele foi cooptado a participar de uma força-tarefa e eles tentaram pegar o cara na marina. Grande tiroteio, um monte de gente morta.

— E um monte de espólios.

Ela assentiu.

— Eles fazem as coisas de um jeito diferente por lá. A maior parte do trabalho policial é feito por prestadores de serviço terceirizados. O governo local lida com isso atando o pagamento aos bens dos criminosos que você pegar.

— Incentivo interessante — comentei, pensativo. — Deve resultar em muita gente rica sendo presa.

— É, dizem que funciona assim. O iate foi a parte de Ryker. Ele fez muito do trabalho de base do caso e acabou ferido no tiroteio. — A voz de Ortega estava curiosamente desprovida de um tom defensivo enquanto ela relatava os detalhes, e, para variar, senti que Ryker estava muito distante. — Foi assim que ele arranjou a cicatriz sob o olho, as coisas no braço. Arma de cabo.

— Sinistro. — Mesmo sem querer, senti um calafrio no braço marcado. Já enfrentara disparos de cabo antes e não tinha curtido muito a experiência.

— Sim. A maioria das pessoas concluiu que Ryker fez por merecer cada rebite deste barco. A questão é que as regras aqui em Bay City proíbem policiais de aceitar presentes, bônus ou qualquer outra coisa como recompensa por ações em serviço.

— Eu entendo a lógica.

— É, eu também. Mas Ryker, não. Ele pagou um devassador barato para sumir com os registros do barco e registrá-lo novamente por uma holding separada. Afirmou que precisava de um esconderijo seguro, para o caso de precisar proteger alguém.

Sorri de leve.

— Desculpa fraca. Mas gosto do estilo dele. Esse seria o mesmo devassador que dedurou ele em Seattle?

— Boa memória, hein? Sim, é o mesmo. Nacho, o Agulha. Bautista sabe contar uma história, não é?

— Você viu isso também, é?

— É. Geralmente eu teria arrancado a cabeça do Bautista por ter mandado esse papo de tio paternal de merda. Como se eu precisasse de proteção emocional. O cara já passou por duas porras de divórcios e não tem nem 40 anos ainda. — Ortega contemplou o oceano, pensativa. — Ainda não tive tempo de dar um esporro nele. Muito ocupada ficando puta contigo. Olha, Kovacs, o motivo de eu lhe contar isso tudo é que Ryker roubou o barco, quebrou a lei da Costa Oeste. E eu sabia.

— E não fez nada.

— Nada. — Ela olhou para as próprias mãos, palmas para cima. — Ah, merda, Kovacs, quem a gente tá enganando? Eu também não sou nenhuma santa. Enchi o Kadmin de porrada em custódia policial. Você viu. Eu deveria ter prendido você por aquela briga em frente à Alcova e o deixei ir embora.

— Você estava cansada demais para a papelada, pelo que me lembro.

— É, eu lembro. — Ortega fez uma careta e se virou para olhar nos meus olhos, buscando no rosto de Ryker um sinal de que poderia confiar em mim. — Você está dizendo que vai quebrar a lei, mas que ninguém vai se machucar. É isso mesmo?

— Ninguém importante — corrigi gentilmente.

Ortega assentiu lentamente para si mesma, como alguém considerando um argumento que poderia bem mudar a opinião dela de vez.

— Então do que você precisa?

Eu me afastei do corrimão.

— Uma lista de puteiros na região de Bay City, para começar. Lugares que rodem os lances virtuais. Depois disso, é melhor a gente voltar para a cidade. Não quero ligar para Kawahara daqui.

Ortega piscou.

— Puteiros virtuais?

— Isso. E os mistos, também. Na verdade, liste logo todos os lugares na Costa Oeste que rodem pornô virtual. Quanto pior, melhor. Vou vender a Bancroft um pacote tão imundo que ele não vai querer olhar muito de perto para procurar defeitos. Tão perverso que ele não vai querer nem *pensar* nele.

CAPÍTULO 29

A lista de Ortega tinha mais de dois mil nomes, cada um acompanhando de um breve relatório de vigilância e quaisquer condenações de Dano Orgânico ligadas aos operadores ou à clientela. Era um maço de cerca de duzentas folhas de formulário contínuo em papel impresso, que começou a se desmanchar num longo cachecol assim que passei da primeira página. Tentei esquadrinhar a lista no táxi que peguei de volta para Bay City, mas desisti assim que a papelada ameaçou nos soterrar no banco de trás. Eu não estava no clima, de qualquer maneira. A maior parte de mim desejava ainda estar na cama da cabine de popa do iate de Ryker, isolado do resto da humanidade e de seus problemas por centenas de quilômetros de azul sem rastros.

De volta à suíte Watchtower, deixei Ortega na cozinha e liguei para Kawahara usando o número dado por Trepp. Foi Trepp quem apareceu na tela, as feições borradas de sono. Me perguntei se ela teria passado a noite em claro tentando me rastrear.

— Bom dia. — Ela bocejou e provavelmente conferiu um cronochip interno. — Boa tarde, quero dizer. Por onde você andou?

— Por aí.

Trepp esfregou um olho sem a menor elegância e bocejou de novo.

— Você é quem sabe. Só tava tentando jogar conversa fora. Como vai a cabeça?

— Melhor, obrigado. Quero falar com Kawahara.

— Claro. — Ela estendeu a mão para a tela. — A gente se fala.

A tela ficou em modo de espera, uma hélice tricolor se desenrolando ao som de arranjos de cordas enjoativamente doces. Trinquei os dentes.

— Takeshi-san. — Como sempre, Kawahara começava em japonês, como se isso estabelecesse algum tipo de conexão comigo. — Mas que inesperado, assim tão cedo. Tem boas notícias para mim?

Me mantive teimosamente em amânglico.

— Essa linha é segura?

— Tão perto de segura quanto qualquer linha poderia ser, sim.

— Eu tenho uma lista de compras.

— Vá em frente.

— Para começar, preciso de acesso a um vírus militar. Rawling 4851, de preferência, ou uma das variantes Condomar.

Os traços inteligentes de Kawahara se endureceram de repente.

— O vírus de Innenin?

— Esse mesmo. Já está desatualizado há mais de um século, não deve ser muito difícil de conseguir. Depois vou precisar...

— Kovacs, acho melhor você explicar o que está planejando.

Levantei uma sobrancelha.

— Pelo que eu tinha entendido, essa era minha jogada e você não queria se envolver.

— Se eu lhe arranjar uma cópia do vírus Rawling, eu diria que já estou envolvida. — Kawahara me ofereceu um sorriso controlado. — Agora, o que você está planejando fazer com ele?

— Bancroft se matou; este é o resultado que você quer, certo?

Um assentimento vagaroso.

— Então tem que haver um motivo — expliquei, gostando um pouco mais da estrutura de fraude que eu tinha inventado, mesmo sem querer. Estava fazendo o que tinham me treinado para fazer, e a sensação era boa. — Bancroft tem armazenamento remoto, não faz sentido que ele se mate a não ser que tenha um motivo muito específico. Um motivo não relacionado ao próprio ato de suicídio. Um motivo como autopreservação.

Kawahara estreitou os olhos.

— Continue.

— Bancroft usa puteiros regularmente, reais e virtuais. Ele mesmo me disse isso há uns dois dias. E não é muito fresco com a qualidade do estabelecimento, também. Agora, vamos presumir que tenha havido um acidente num desses virtuais enquanto ele saciava suas vontades. Um vazamento acidental de algum programa velho e enferrujado que ninguém se dava o trabalho de abrir havia décadas. Quem vai a um tipo barato o suficiente de puteiro não tem como saber o que pode haver por ali.

— O vírus Rawling. — Kawahara soltou a respiração como se a tivesse segurado.

— O Rawling variante 4851 leva por volta de cem minutos para se ativar completamente, quando já é tarde demais para fazer qualquer coisa. — Expulsei as imagens de Jimmy de Soto da minha mente. — O alvo está contaminado sem qualquer chance de redenção. Imagine que Bancroft descobre isso por meio de algum alerta de sistema. Deve estar programado internamente para esse tipo de coisa. Ele descobre de repente que o cartucho que veste e o cérebro ao qual está conectado estão queimados. Não é um desastre, se você tiver um clone de reserva e armazenamento remoto, só que...

— Transmissão. — O rosto de Kawahara se iluminou quando ela entendeu.

— É isso aí. Ele terá que fazer alguma coisa para impedir que o vírus seja transmitido para o remoto onde fica o resto da personalidade dele. Com o próximo feixe chegando naquela noite, talvez em alguns poucos minutos, só havia um jeito de garantir que o cartucho remoto não fosse contaminado.

Simulei o gesto de apontar uma pistola para a minha cabeça.

— Engenhoso — comentou Kawahara.

— Foi por isso que ele fez o telefonema, a verificação de hora. Não podia confiar no próprio chip interno; o vírus já poderia ter embaralhado ele todo.

Solenemente, Kawahara ergueu as mãos para a câmera e aplaudiu. Ao terminar, uniu as mãos e me contemplou por cima delas.

— Muito impressionante. Vou providenciar o Rawling imediatamente. Você já selecionou uma casa virtual adequada para que ele seja plantado?

— Ainda não. Não preciso só do vírus. Quero que você arranje a condicional e reencapamento de Irene Elliott, atualmente detida em Bay City Central, condenada por devassamento. Também quero que você estude a possibilidade de adquirir a capa original dela de volta dos compradores. Foi uma negociação corporativa, está tudo registrado.

— Você vai usar essa Elliott para baixar o Rawling?

— Tudo indica que ela é boa.

— Tudo indica que ela foi pega — alfinetou Kawahara. — Tenho um monte de gente capaz de fazer o serviço para você. Especialistas de intrusão de primeira linha. Você não precisa...

— Kawahara. — Controlei meu temperamento com algum esforço, mas dava para perceber a tensão na minha voz. — O plano é meu, lembra? Não quero seu pessoal metido até o pescoço no esquema. Se você tirar Elliott da prateleira, ela será leal. Consiga o corpo dela de volta, e ela será sua pelo resto da vida. É assim que eu quero fazer, então é assim que vai acontecer.

Esperei. Kawahara se manteve inexpressiva por um momento antes de me conceder mais um sorriso cuidadosamente calibrado.

— Muito bem. Faremos do seu jeito. Tenho certeza de que você está ciente dos perigos que está assumindo e o que acontecerá se você falhar. Entrarei em contato no Hendrix hoje mais tarde.

— E alguma notícia sobre o Kadmin?

— Sobre Kadmin, não há notícias. — Kawahara sorriu mais uma vez, e a conexão foi encerrada.

Fiquei sentado olhando a tela de espera por um momento, revisando a farsa conforme eu tinha apresentado. Eu tinha a sensação desagradável de que estivera contando a verdade no meio de toda a enganação. Ou, melhor, que as minhas mentiras cuidadosamente tramadas pisavam nos rastros da verdade, seguindo o mesmo caminho. Uma boa mentira deve emular a verdade suficientemente de perto para extrair substância dela, mas isto era outra coisa, algo inteiramente mais preocupante. Eu me sentia como um caçador que tivesse rastreado uma pantera do pântano um pouco de perto demais e esperasse a qualquer momento ver a criatura se erguer do lodo em todo o seu horror de presas e juba. A verdade estava ali em algum lugar.

Era uma sensação difícil de afastar.

Eu me levantei e fui até a cozinha, onde Ortega revirava a pequena geladeira quase vazia. A luz de dentro destacava as feições dela de um jeito que eu não tinha visto antes, e abaixo do braço esticado, o seio direito preenchia o tecido da camiseta como um fruto, como água. O desejo de tocá-la era como uma coceira nas minhas mãos.

Ortega olhou para mim.

— Você não cozinha?

— O hotel faz tudo. Vem pela escotilha. O que você quer?

— Eu quero *cozinhar* alguma coisa. — Ela desistiu de vasculhar a geladeira e fechou a porta. — Conseguiu o que queria?

— Acho que sim. Dê uma lista de ingredientes pro hotel. Tem panelas e coisas assim no rack ali em baixo, eu acho. Qualquer outra coisa de que precisar, é só pedir pro Hendrix. Eu vou revisar a lista de puteiros. Ah, Kristin...

Ela me olhou, dando as costas ao rack que eu tinha indicado.

— A cabeça do Miller não está aqui. Eu guardei no quarto ao lado.

A boca de Kristin se apertou um pouco.

— Eu sei onde você guardou a cabeça do Miller — respondeu ela. — Não estava procurando.

Alguns minutos mais tarde, sentado na janela com o formulário se desdobrando para o chão, ouvi os tons graves de Ortega conversando com o Hendrix. Houve alguns ruídos, mais conversa abafada e, então, o som de óleo fritando de leve. Combati o impulso de acender um cigarro e abaixei a cabeça para vasculhar a lista.

Eu procurava algum lugar que tinha visto todos os dias da minha juventude em Novapeste; os lugares onde eu tinha passado meus anos de adolescência, os corredores estreitos de minúsculas propriedades oferecendo holos baratos que prometiam coisas como *Melhor que a coisa de verdade, Grande variedade de cenários* e *Seus sonhos realizados.* Não era difícil montar um bordel virtual. Só precisava de uma fachada e espaço para os caixões de clientes empilhados de pé. O software variava em preço, dependendo do nível de elaboração e originalidade, mas as máquinas nas quais eles rodavam geralmente eram compradas de sobras militares a preço de banana.

Se Bancroft era capaz de gastar tempo e dinheiro nas biocabines da Alcova, ficaria bem à vontade num desses.

Eu já tinha passado por dois terços da lista, com cada vez mais da minha atenção se desviando para os aromas vindos da cozinha, quando meus olhos se voltaram para um nome familiar e fiquei subitamente paralisado.

Vi uma mulher com longos cabelos lisos e negros e lábios escarlates.

Ouvi a voz de Trepp.

... Cabeça nas Nuvens. Eu quero estar lá antes da meia-noite.

E o chofer com código de barras...

Sem problema. A Litorânea tá com pouco tráfego hoje.

E a mulher de lábios escarlates...

Cabeça nas Nuvens. Essa é a sensação. Talvez você não tenha dinheiro para vir aqui em cima.

Um coro em clímax...

... das Casas, das Casas, das Casas...

E aquela papelada sóbria nas minhas mãos

Cabeça nas Nuvens: Casa autorizada da Costa Oeste, produto real e virtual, local aéreo móvel fora do limite costeiro...

Examinei as anotações, minha cabeça tilintando como um cristal que tivesse sido delicadamente batido com um martelo.

Feixes de navegação e sistema de sinalização travados em Bay City e Seattle. Codificação discreta para membros. Verificações de rotina. Nenhuma condenação. Operada sob licença da Third Eye Holdings, Inc.

Fiquei sentado, pensando.

Havia peças faltando. Era como o espelho, preso no lugar por bordas afiadas, suficiente para conter uma imagem, mas não o todo. Eu fitava intensamente as arestas irregulares do que eu tinha, tentando ver por cima das bordas, chegar ao pano de fundo. Trepp estivera me levando para ver Ray; Reileen; no Cabeça nas Nuvens. Não na Europa; a Europa era uma fachada, o peso sóbrio da basílica empregado para me cegar para o que deveria ter sido óbvio. Se Kawahara estava envolvida nessa situação, ela não estaria supervisionando tudo a meio globo de distância. Kawahara estava no Cabeça nas Nuvens, e...

E o quê?

Intuição de Emissário era uma forma de reconhecimento subliminar, uma consciência de padrões amplificada que o mundo real muitas vezes erodia com sua exigência de foco detalhado. Com traços de continuidade em número suficiente, era possível fazer um salto que permitiria ver o todo como um tipo de premonição de conhecimento real. Com base nesse modelo, você pode completar as lacunas depois. Mas havia um mínimo necessário para decolar. Como um velho avião de hélices lineares, era preciso correr na pista, e eu não tinha esse espaço. Eu me sentia dando solavancos no solo, agarrando o ar e caindo de volta. Não era o bastante.

— Kovacs?

Ergui o olhar e vi. Como um display de aeronave se acendendo, como travas de escotilha estanque se abrindo na minha cabeça.

Ortega estava diante de mim, um utensílio culinário numa das mãos, o cabelo amarrado num nó frouxo. A camiseta dela se expandiu na minha visão como uma.

RESOLUÇÃO 653. Sim ou Não, dependendo.

Oumou Prescott

O Sr. Bancroft exerce uma influência não declarada sobre o Tribunal da ONU.

Jerry Sedaka

A velha Anêmona é católica... A gente recebe muitas garotas assim. É muito conveniente, às vezes.

Meus pensamentos corriam como um rastro de pólvora, incendiando a linha de associações.

Quadra de tênis

Nalan Ertekin, Chefe de Justiça do Supremo Tribunal da ONU...

Joseph Phiri, Comissão de Direitos Humanos.

Minhas próprias palavras

Os senhores estão aqui para debater a Resolução 653, imagino.

Influência não declarada...

Miriam Bancroft

Eu vou precisar de um pouco de *ajuda para manter Marco longe de Nalan. Ele está furioso, aliás.*

E Bancroft

Do jeito que ele jogou hoje, não estou surpreso.

Resolução 653. Católicos.

Minha mente cuspiu os dados de volta para mim como uma demente busca de arquivos, correndo a tela para baixo.

Sedaka, se gabando

Tem uma declaração juramentada em disco, e um Voto de Abstenção pra valer arquivado no Vaticano. É muito conveniente, às vezes.

Ortega

Adesivos de Barrada por Razões de Consciência.

Mary Lou Hinchley.

Ano passado a Guarda Costeira pescou uma garota no oceano.

Não sobrou muito do corpo, mas eles acharam o cartucho.

Barrada por Razões de Consciência.

No oceano.

Guarda Costeira.

Local aéreo móvel fora do limite costeiro...

Cabeça nas Nuvens.

Era um processo que não poderia ser freado, um tipo de avalanche mental. Nacos de realidade se estilhaçando e desmoronando, exceto que, em vez de caos, eles se juntavam em algo que tinha forma, um todo reestruturado cuja forma final eu ainda não podia distinguir.

Sistema de sinalização travados em Bay City...

... e Seattle.

Bautista.

Sabe, toda essa história aconteceu numa clínica clandestina lá em Seattle.

Os intactos se jogaram no oceano.

A teoria da Ortega era que o Ryker foi vítima de uma armação.

— O que é que você está olhando?

As palavras pairaram no ar por um momento como uma dobradiça no tempo, e, de repente, o tempo se dobrou nela para trás e, na porta além, Sarah estava acabando de acordar na cama de hotel em Porto Fabril, com o trovão de um disparo de orbital chacoalhando os vidros frouxos nas armações das janelas e, atrás disso, os rotores na noite e nossas mortes esperando logo depois da esquina.

— O que é que você está olhando?

Pisquei e ainda estava encarando a camiseta de Ortega, os volumes macios que havia nela e as palavras escritas no peito. Havia um leve sorriso no rosto dela, mas a preocupação começava a apagá-lo.

— Kovacs?

Pisquei de novo e tentei rebobinar os metros de derramamento mental que a camiseta tinha disparado. A verdade sombria do Cabeça nas Nuvens.

— Está tudo bem?

— Tá.

— Quer comer?

— Ortega, e se... — descobri que teria que pigarrear, engolir em seco e começar de novo. Eu não queria dizer aquilo; meu corpo não queria que eu dissesse. — E se eu puder tirar Ryker da prateleira? Permanentemente, eu quero dizer. Inocentá-lo das acusações, provar que Seattle foi uma armação. O que isso vale para você?

Por um momento, Ortega me fitou como se eu falasse uma língua que ela não entendia. Depois foi até a janela e se sentou cuidadosamente na beirada, virada para mim. Ficou calada por um tempo, mas eu já tinha visto a resposta nos olhos dela.

— Você está se sentindo culpado? — perguntou ela finalmente.

— Culpado pelo quê?

— Por nós.

Eu quase ri em voz alta, mas havia dor subjacente suficiente para conter o reflexo na minha garganta. A necessidade de tocá-la não tinha sumido. Ao longo do último dia essa vontade tinha diminuído e crescido em ondas, mas nunca sumira totalmente. Quando olhei a curva dos quadris e coxas dela na janela, eu senti a forma como ela se contorcera contra mim com tanta clareza que era quase virtual. Minha palma se recordava do peso e forma do seio de Ortega, como se segurá-lo tivesse sido a missão da vida desta capa. Quando olhei para ela, meus dedos quiseram traçar a geometria do rosto dela. Não havia espaço em mim para culpa — nenhum espaço para qualquer coisa além deste sentimento.

— Emissários não sentem culpa — falei abruptamente. — Estou falando sério. É provável, não, é quase certo, na verdade, que Kawahara tenha armado para Ryker porque ele estava esquentando demais o caso Mary Lou Hinchley. Você lembra alguma coisa sobre os registros de emprego dela?

Ortega pensou nisso por um momento, depois deu de ombros.

— Ela fugiu de casa para ficar com o namorado. A maior parte foram serviços não registrados, qualquer coisa para garantir o aluguel. O namorado era um merdalhão, fichado desde os 15 anos. Ele traficava um pouco de Presunto, invadiu alguns bancos de dados fáceis, na maior parte do tempo vivia à custa das mulheres.

— Ele teria deixado que ela trabalhasse na Seção das Carnes? Ou nas cabines?

— Ah, sim. — Ortega assentiu, com rosto pétreo. — Num piscar de olhos.

— Se alguém estivesse recrutando para uma casa de *snuff*, sexo seguido de assassinato, as católicas seriam as candidatas ideais, não? Elas não contariam nenhuma história depois do evento, afinal. Por razões de consciência.

— *Snuff.* — Se o rosto de Ortega estivera pétreo antes, tinha se tornado granito agora. — A maioria das vítimas disso por aqui simplesmente toma um rebite no cartucho quando acaba. Não contam história nenhuma.

— Certo. Mas e se alguma coisa tiver dado errado? Especificamente, e se Mary Lou Hinchley fosse ser usada como uma puta de *snuff*, então tentou escapar e caiu de um puteiro aéreo chamado Cabeça nas Nuvens. Isso faria o catolicismo dela muito conveniente, não faria?

— Cabeça nas Nuvens? Você está falando sério?

— E isso deixaria os donos do lugar bastante ansiosos para impedir a aprovação da Resolução 653, não deixaria?

— Kovacs. — Ortega fazia gestos para que eu desacelerasse. — Kovacs, Cabeça nas Nuvens é uma das Casas. Prostituição de alta classe. Eu não gostos desses lugares, me dão tanta ânsia de vômito quanto as cabines, mas eles são limpos. Atendem à alta sociedade e não preparam esquemas de *snuff*...

— Você não acha que a elite curte sadismo e necrofilia, então. São coisas estritamente da classe baixa, é isso?

— Não, não é isso — respondeu Ortega calmamente. — Só que, se alguém com dinheiro quiser brincar de torturador, ele pode pagar para fazê-lo num virtual. Algumas das casas rodam *snuff* virtual, mas só porque é *legal*, e não há nada que a gente possa fazer a respeito. E é assim que eles gostam.

Respirei fundo.

— Kristin, alguém estava me levando para ver Kawahara a bordo da Cabeça nas Nuvens. Alguém da Clínica Wei. E, se Kawahara estiver metida com as Casas da Costa Oeste, então elas farão qualquer coisa para gerar lucro, porque ela fará qualquer coisa, qualquer coisa mesmo. Você quer acreditar na existência de um Matusa malvadão? Esqueça o Bancroft, ele é praticamente um padre em comparação. Kawahara cresceu na Vila Fissão, traficando drogas antirradiação para as famílias dos trabalhadores de barras combustíveis nucleares. Você sabe o que é um aguadeiro?

Ela balançou a cabeça.

— Na Vila Fissão, é assim que chamam os soldados das gangues. Se alguém se recusar a pagar proteção, ou falar com a polícia, ou não pular rápido o bastante quando algum chefe da yakuza local manda, o castigo padrão é beber água contaminada. Os soldados carregavam essa água em cantis blindados, retirada dos sistemas de refrigeração de reatores de baixa qualidade. Eles apareceriam na casa do infrator uma noite e lhe diriam quanto ele teria que beber. A família seria obrigada a assistir. Se ele não bebesse, eles começariam a cortar os parentes um a um até ele ceder. Você quer saber como eu conheço esse factoide delicioso da história da Terra?

Ortega não disse nada, mas sua boca estava apertada de repugnância.

— É porque Kawahara me contou. Ela era uma aguadeira. E tem orgulho disso.

O telefone tocou.

Acenei para que Ortega saísse de alcance e fui atender.

— Kovacs? — Era Rodrigo Bautista. — Ortega está com você?

— Não. — Menti automaticamente. — Não a vejo faz uns dois dias. Algum problema?

— Ah, provavelmente não. Ela sumiu de novo. Bem, se você a encontrar, diga que ela perdeu uma reunião de esquadrão esta tarde, e que o capitão Murawa não ficou nada feliz.

— Eu deveria esperar que ela aparecesse por aqui?

— Em se tratando de Ortega, quem é que sabe? — Bautista estendeu as mãos. — Olha, eu tenho que ir. A gente se fala.

— Até mais. — Fiquei olhando enquanto a tela se apagava e Ortega voltou do lugar onde estava, perto da parede. — Você escutou?

— Sim. Eu deveria ter devolvido os discos de memória do Hendrix hoje de manhã. Murawa provavelmente vai querer saber por que eu os tirei de Fell Street em primeiro lugar.

— O caso é seu, não é?

— Sim, mas existem normas. — Ortega pareceu subitamente cansada. — Eu não posso enrolar eles por muito tempo, Kovacs. Já estou recebendo olhares esquisitos por estar trabalhando com você. Muito em breve alguém vai ficar seriamente desconfiado. Você tem alguns dias para aplicar esse golpe em Bancroft, mas, depois disso...

Ela ergueu as mãos com eloquência.

— Você não pode dizer que foi assaltada? Que Kadmin tomou os discos de você?

— Eles vão me poligrafar...

— Não imediatamente.

— Kovacs, é a minha carreira que estamos jogando na privada e dando a descarga, não a sua. Eu não faço esse trabalho por diversão, e levei...

— Kristin, me escute. — Fui até ela e tomei suas mãos nas minhas. — Você quer o Ryker de volta ou não?

Ela tentou me dar as costas, mas eu a segurei.

— Kristin. Você acredita que armaram para ele?

Ela engoliu.

— Sim.

— Então por que não acreditar que foi a Kawahara? O cruzador que ele tentou derrubar em Seattle seguia sobre o oceano quando caiu. Extrapole a direção e veja aonde ela te leva. Marque o ponto onde a Guarda Costeira pescou a Mary Lou Hinchley no mar. Então bote o Cabeça nas Nuvens no mapa e veja se tudo isso dá em alguma coisa.

Ortega se afastou de mim com um olhar estranho.

— Você quer que isso seja verdade, não quer? Você quer uma desculpa para ir atrás de Kawahara, custe o que custar. É tudo ódio com você, não é? Mais um acerto de contas. Você não se importa com o Ryker. Você não se importa nem com a sua amiga, Sarah...

— Diga isso de novo — retruquei friamente — e eu te dou um soco. Para o seu governo, nada do que acabamos de discutir importa mais para mim que a vida da Sarah. E nada do que eu disse significa que eu tenha qualquer opção além de fazer o que a Kawahara quer.

— Então qual é a porra do sentido nisso tudo?

Eu queria estender as mãos para ela. Em vez disso, transformei o desejo em um gesto de deslocamento, com as duas mãos cortando gentilmente o ar.

— Eu não sei. Ainda não. Mas se eu puder livrar a Sarah, pode haver um jeito de derrubar a Kawahara depois. E de inocentar o Ryker também. É só o que eu estou dizendo.

— Vou dar uma saída — disse ela em voz baixa.

— Tudo bem. — Falei no mesmo volume. Aquele não era momento para ficar pressionando. — Vou estar aqui, ou deixar uma mensagem para você se tiver que sair.

— É, faz isso.

Não havia nada na voz dela que indicasse se ela realmente voltaria ou não.

Depois que Ortega saiu, fiquei sentado pensando por mais um tempo, tentando encorpar o vislumbre de estrutura que a intuição de Emissário tinha me dado. Quando o telefone tocou de novo, eu tinha evidentemente desistido, pois o toque me pegou olhando pela janela, me perguntando aonde em Bay City Ortega teria ido.

Desta vez, era Kawahara.

— Eu tenho o que você quer — disse ela casualmente. — Uma versão dormente do vírus Rawling será entregue em SilSet Holdings amanhã de manhã, depois das oito. Endereço é rua Sacramento, 1187. Eles sabem que você está chegando.

— E os códigos de ativação?

— Serão entregues sob uma cobertura separada. Trepp vai entrar em contato.

Assenti. A legislação da ONU sobre a transferência de vírus de guerra era clara ao ponto de ser rude. Formas virais inertes podem ser possuídas como objetos de estudo, ou mesmo, como um bizarro caso de teste tinha provado, troféus particulares. Posse ou venda de um vírus militar ativo ou dos códigos capazes de ativar um vírus dormente são crimes perante a ONU, com penas entre cem e duzentos anos de armazenamento. No caso de o vírus ser efetivamente ativado, a sentença pode ser elevada a apagamento. Naturalmente, tais penalidades só poderiam ser aplicadas a cidadãos particulares, não a comandantes militares ou executivos do governo. Os poderosos têm ciúmes dos brinquedos.

— Eu só preciso que ela entre em contato o quanto antes — falei rapidamente. — Quero gastar o mínimo possível dos meus dez dias.

— Eu entendo. — Kawahara fez uma cara solidária, como se as ameaças contra Sarah tivessem sido feitas por alguma força maligna da natureza sobre a qual nenhum de nós tinha controle. — Eu terei Irene Elliott reencapada amanhã à noite. Oficialmente, ela foi comprada da prateleira por JacSol SA, uma das minhas empresas de interface de comunicação. Você poderá buscá-la em Bay City Central por volta das dez. Terei você temporariamente credenciado como um consultor de segurança da JacSol Divisão Oeste. Nome, Martin Anderson.

— Entendido. — Esse era o jeito de Kawahara me dizer que, se alguma coisa desse errado, eu estava vinculado a ela e me ferraria primeiro. — Isso vai dar conflito com a assinatura genética do Ryker. Ele terá um arquivo ativo em Bay City Central enquanto o corpo estiver decantado.

Kawahara assentiu.

— Já está resolvido. Seu credenciamento seria roteado pelos canais corporativos da JacSol antes de qualquer busca genética individual. Um código a ser digitado. Dentro da JacSol, sua assinatura genética estará registrada como sendo a de Anderson. Algum outro problema?

— E se eu esbarrar no Sullivan?

— O diretor Sullivan saiu em licença estendida. Algum tipo de problema psicológico. Está passando um tempo em virtual. Você não o verá de novo.

Apesar de tudo, eu senti um arrepio enquanto fitava as feições compostas de Kawahara. Pigarreei.

— E a recompra da capa?

— Não. — Kawahara sorriu de leve. — Eu conferi as especificações. A capa de Irene Elliott não tem melhorias biotecnológicas que justifiquem o custo da recuperação.

— Eu não disse que tinha. Não é uma questão de capacidade técnica, é uma questão de motivação. Ela será mais leal se...

Kawahara se inclinou para mais perto da tela.

— Eu posso ser pressionada até certo ponto, Kovacs. E só até esse ponto. Elliott vai receber uma capa compatível e deveria ficar agradecida por isso.

Você a quis, quaisquer problemas de lealdade que você tiver com ela serão problemas seus, exclusivamente. Não quero nem saber.

— Ela vai levar mais tempo para se ajustar, — insisti, teimoso. — Numa nova capa, ela será mais lenta, menos...

— Também é problema seu. Eu ofereci os melhores especialistas de intrusão que o dinheiro poderia comprar, e você os recusou. Você tem que aprender a lidar com as consequências dos seus atos, Kovacs. — Ela fez uma pausa e se reclinou de volta com mais um leve sorriso. — Eu mandei investigar Elliott. Quem ela é, quem é a família dela, qual é a conexão. Por que você a queria fora do armazenamento. Foi um pensamento gentil, Kovacs, mas temo que você tenha que sustentar seus próprios gestos de bom samaritano sem minha ajuda. Não estou tocando uma instituição de caridade.

— Não — respondi, inexpressivo. — Imagino que não.

— Não. E acho que podemos imaginar que este será nosso último contato direto até que o assunto esteja resolvido.

— Sim.

— Bem, por mais inapropriado que isso possa parecer, boa sorte, Kovacs.

A tela se apagou, deixando as palavras pairando no ar. Fiquei sentando pelo que pareceu ser um longo tempo, escutando-as, encarando uma pós-imagem imaginária na tela que meu ódio tornava quase real. Quando eu falei, a voz de Ryker soou quase alienígena aos meus ouvidos, como se fosse alguém ou alguma outra coisa falando por meu intermédio.

— Inapropriado é pouco — disse a voz para o aposento silencioso. — Sua filha da puta.

Ortega não voltou, mas o aroma do que ela tinha cozinhado se espalhou pelo apartamento e meu estômago se revirou em solidariedade. Esperei mais algum tempo, ainda tentando montar todas as peças irregulares do quebra-cabeça na minha mente, mas ou me faltava determinação ou ainda não tinha alguma peça principal. Finalmente, engoli o gosto cúpreo do ódio e frustração e fui comer.

CAPÍTULO 30

O trabalho preparatório de Kawahara foi impecável.

Uma limusine automática com uma insígnia da JacSol relampejando nas laterais apareceu diante do Hendrix às oito na manhã seguinte. Desci para me encontrar com ela e descobri que o compartimento traseiro estava cheio de caixas com etiquetas de designers chineses.

Abertas no meu quarto, as caixas renderam uma linha de acessórios cênicos corporativos que teriam deixado Serenity Carlyle louca de empolgação: dois ternos quadradões cor de areia, das medidas de Ryker, meia-dúzia de camisas de alfaiataria com o logo da JacSol bordado nas duas abas da lapela, sapatos formais em couro genuíno, um sobretudo azul-escuro, um celular dedicado da JacSol e um pequeno disco negro com um leitor de DNA de dedão.

Tomei banho e me barbeei, me vesti e toquei o disco. Kawahara apareceu na tela, com perfeição de construto.

— Bom dia, Takeshi-san, e seja bem-vindo à JacSol Comunicações. A codificação de DNA neste disco esta agora entrelaçada a uma linha de crédito no nome de Martin James Anderson. Como mencionei mais cedo, o prefixo de digitação da JacSol negara qualquer conflito com os registros genéticos de Ryker ou a conta que Bancroft montou para você. Por favor, anote o código abaixo.

Li a sequência de dígitos de uma vez e voltei a observar a cara de Kawahara.

— A conta da JacSol suportará todas as despesas razoáveis e está programada para expirar no fim do nosso acordo de dez dias. Caso você queira dissolver a conta antes disso, digite o código duas vezes, aplique o rastro genético e digite o código duas vezes novamente.

"Trepp entrará em contato pelo celular corporativo hoje em algum momento, então o mantenha consigo o tempo todo. Irene Elliott será baixada às 21h45, horário da Costa Oeste. E, quando você receber esta mensagem, a SilSet Holdings já terá o seu pacote. Depois de consultar meus próprios especialistas, anexei uma lista do hardware de que Elliott provavelmente precisará e os fornecedores de quem você poderá comprar esse hardware discretamente. Pague tudo com a conta da JacSol. A lista será impressa em instantes. Caso você precise de qualquer repetição desses detalhes, o disco continuará reproduzível pelos próximos dezoito minutos, quando então se apagará. Você agora está por conta própria.

As feições de Kawahara se reorganizaram num sorriso profissional e a imagem se desfez enquanto a impressora cuspia a lista de hardware. Dei uma olhada rápida enquanto descia para pegar a limusine.

Ortega não havia voltado.

Na SilSet Holdings, fui tratado como um herdeiro da Família Harlan. Recepcionistas humanas educadas se ocupavam com o meu conforto enquanto um técnico trazia um cilindro de metal mais ou menos do tamanho de uma granada alucinógena.

Trepp ficou menos impressionada. Encontrei com ela cedo naquela noite, conforme as instruções telefônicas, num bar em Oakland, e, quando ela viu a imagem da JacSol, riu amargamente.

— Você parece uma porra de programador, Kovacs. Onde você arranjou o terno?

— Meu nome é Anderson — disse eu. — E o terno vem com o nome.

Ela fez uma careta.

— Bem, da próxima vez que você for fazer compras, *Anderson*, me leve junto. Vou te economizar uma bela grana, e você não vai sair parecendo com um cara que leva os filhos para Honolulu nos feriados.

Eu me inclinei sobre a mesinha.

— Sabe, Trepp, da última vez que você me pentelhou por causa das minhas roupas, eu te matei.

Ela deu de ombros.

— Pra você ver. Algumas pessoas não aguentam a verdade.

— Você trouxe a parada?

Trepp espalmou a mão na mesa, e quando a tirou, havia um disco cinzento bem genérico selado em plástico de impacto entre nós.

— Aí está. Conforme solicitado. Agora eu sei que você é louco. — Parecia ter algo como admiração na voz dela. — Você sabe o que eles fazem com você na Terra por brincar com essas coisas?

Cobri o disco com a minha mão e o meti no bolso.

— Mesma coisa que em qualquer outro lugar, imagino. Crime federal, pena dobrada. Não esqueça que eu não tenho escolha.

Trepp coçou uma orelha.

— Pena dobrada ou o Grande Apagamento. Não curti andar com esse negócio o dia inteiro hoje. Você tá com o resto aí?

— Por quê? Está com medo de ser vista em público comigo?

Ela sorriu.

— Um pouco. Espero que você saiba o que está fazendo.

Eu também esperava. O volumoso pacote em forma de granada que eu tinha coletado de SilSet parecia estar queimando no bolso do meu paletó caro o dia inteiro.

Voltei ao Hendrix e chequei as mensagens. Ortega não tinha ligado. Matei tempo no hotel, pensando na conversa que eu passaria em Elliott. Às nove, entrei na limusine de novo e segui para o Bay City Central.

Fiquei sentado na recepção enquanto um jovem médico completava a papelada necessária e eu rubricava os formulários onde ele indicava. O processo era estranhamente familiar. A maioria das cláusulas na liberdade condicional eram estipulações "em prol de", o que efetivamente me tornava responsável pela conduta de Irene Elliott durante o período de soltura. Ela tinha ainda menos escolha do que eu tivera quando cheguei na semana anterior.

Quando Elliott finalmente emergiu das portas de ZONA RESTRITA além da recepção, foi com os passos hesitantes de alguém que se recuperava de uma doença debilitante. O choque do espelho estava estampado no novo rosto dela. Quando você não faz isso como ganha-pão, não é nada fácil encarar o estranho pela primeira vez; e a face que Elliott agora vestia era quase tão diferente da loira grandalhona que eu lembrava ter visto no fotocubo do marido quanto Ryker era da minha capa anterior. Kawahara tinha descrito a nova capa como sendo compatível, e ela se encaixava na lúgubre descrição perfeitamente. Era um corpo feminino, mais ou menos da mesma idade do corpo original de Elliott, mas a semelhança terminava aí. Quando antes Irene Elliott fora grande e de pele clara, esta capa tinha o reluzir de um estreito veio de cobre visto por uma queda d'água. Cabelos negros cheios emoldurando um rosto com olhos como carvões em brasa e lábios da cor de ameixas, seguido por um corpo esguio e delicado.

— Irene Elliott?

Ela se apoiou instável no balcão da recepção ao se virar para mim.

— Sim. Quem é você?

— Meu nome é Martin Anderson. Eu represento JacSol Divisão Oeste. Nós providenciamos sua condicional.

Ela estreitou os olhos um pouco, me avaliando da cabeça aos pés.

— Você não parece um programador. Exceto pelo terno, quer dizer.

— Sou um consultor de segurança, afiliado à JacSol para alguns projetos específicos. Tem um serviço que gostaríamos que você fizesse.

— É mesmo? Não conseguiram arranjar ninguém para fazer mais barato do que isto? — Ela indicou o ambiente em volta. — O que aconteceu? Eu por acaso fiquei famosa enquanto estava na prateleira?

— De certa forma — respondi cuidadosamente. — Talvez seria melhor se cuidássemos das formalidades aqui e seguíssemos em frente. Temos uma limusine esperando.

— Uma *limo?* — A incredulidade na voz dela colocou um sorriso genuíno no meu rosto pela primeira vez naquele dia. Ela assinou a liberação final como se estivesse sonhando.

— Quem é você, de verdade? — perguntou ela quando a limusine estava no ar. Parecia que muita gente andava me perguntando isso nos últimos dias. Eu mesmo estava quase começando a me fazer essa pergunta.

Eu olhava adiante, sobre o bloco de navegação da limusine.

— Um amigo — falei em voz baixa. — É tudo que você precisa saber por enquanto.

— Antes de começarmos qualquer coisa, eu quero...

— Eu sei. — A limusine começava a virar no céu enquanto eu falava. — Estaremos em Ember em mais ou menos meia hora.

Eu não tinha me virado, mas sentia o calor do olhar dela na lateral do rosto.

— Você não é corporativo — afirmou ela com convicção. — Corporativos não fazem essas coisas. Não desse jeito.

— Os corporativos fazem o que quer que seja lucrativo. Não deixe que seus preconceitos ceguem você. Claro, eles tacarão fogo em aldeias se der dinheiro. Mas se ter um rosto humano é o que faz a diferença, eles vão arranjar um rosto humano e vesti-lo.

— E você é o rosto humano?

— Não exatamente.

— Qual é o trabalho que você quer que eu faça? Alguma coisa ilegal?

Tirei o carregador cilíndrico de vírus do meu bolso e passei para ela. Elliott o recebeu nas duas mãos e examinou os adesivos com interesse profissional. Do meu ponto de vista, aquele era o primeiro teste. Tirei Elliott da prateleira porque assim ela seria gente minha de um jeito que ninguém fornecido por Kawahara ou catado na rua jamais seria. Só que, além disso, eu não tinha nada para me garantir além do instinto e da palavra de Victor Elliott de que a esposa era boa, e eu me sentia pouco à vontade com o rumo que eu tinha deixado as coisas tomarem. Kawahara tinha razão. Gestos de bom samaritano poderiam sair caro.

— Então vamos ver. Você tem um vírus Simultec de primeira geração aqui. — Um tanto de escárnio fazia com que ela pronunciasse cada sílaba lentamente. — Item de colecionador, praticamente uma relíquia. E você está com ele numa jaqueta de inserção rápida de última geração com revestimento antilocalizador. Por que você não para de enrolação e me diz o que tem aqui dentro de verdade? Você está planejando uma incursão, né?

Eu assenti.

— Quem é o alvo?

— Puteiro virtual. Gerenciado por IA.

Os lábios dela se separaram num assovio silencioso.

— É uma libertação?

— Não. Vamos instalar.

— Instalar isto? — Ela sentiu o peso do cilindro. — Então o que é?

— Rawling 4851.

Elliott parou de balançar o cilindro de repente.

— Isso não tem graça.

— Não é pra ter. É uma variante dormente de Rawling. Preparada para inserção rápida, como você observou tão precisamente. Os códigos de ativação estão no meu bolso. Vamos plantar o Rawling dentro do banco de dados de uma IA de puteiro, injetar os códigos e depois soldar a tampa fechada. Tem algumas questões periféricas com sistemas de monitoração e um pouco de arrumação, mas essa é a incursão, basicamente,

Ela me olhou com curiosidade.

— Você é algum tipo de fanático religioso pirado?

— Não. — Sorri de leve. — Nada do gênero. Mas então: você consegue fazer isso?

— Depende da IA. Você tem as especificações?

— Não aqui.

Elliott me devolveu o cartucho de inserção.

— Então não tenho como dizer, né?

— Era isso que eu esperava que você respondesse. — Guardei o cilindro, satisfeito. — Como vai a capa nova?

— É decente. Tem algum motivo para eu não ter meu corpo de volta? Eu seria muito mais rápida no meu próprio...

— Eu sei. Infelizmente está fora do meu controle. Eles lhe disseram quanto tempo você passou armazenada?

— Quatro anos.

— Quatro anos e meio — especifiquei, dando uma olhada nos formulários que eu tinha assinado. — Receio que, no meio-tempo, alguém se encantou com a sua capa e a comprou.

— Ah. — Ela ficou calada então. O choque de acordar dentro do corpo de outra pessoa pela primeira vez não é nada comparado à sensação de raiva e traição que bate quando se descobre que alguém, em algum lugar, está andando dentro de você. É como uma descoberta de infidelidade, só que com o alcance íntimo de um estupro. E, como no caso dessas duas violações, não há nada que você possa fazer. Você só pode se acostumar.

Quando o silêncio se estendeu, eu contemplei o perfil imóvel dela e pigarreei.

— Você tem certeza de que quer fazer isso agora? Ir para casa, eu quero dizer.

Ela mal se deu ao trabalho de olhar para mim.

— Sim, tenho certeza. Eu tenho uma filha e um marido que não me veem há quase cinco anos. Você acha que isto — gesticulou indicando o próprio corpo — vai me impedir?

— É justo.

As luzes de Ember apareceram na massa escura do litoral adiante, e a limusine começou a descer. Observei Elliott com o canto do olho e vi o nervosismo se instalando. Palmas se esfregando no colo, lábio inferior mordido num canto da boca nova. Ela soltou a respiração com um som pequeno, mas perfeitamente audível.

— Eles não sabem que eu estou vindo? — perguntou ela.

— Não — respondi. Não queria seguir essa linha de diálogo. — O contrato é entre você e a JacSol Oeste. Não diz respeito à sua família.

— Mas você providenciou para que eu os visse. Por quê?

— Eu adoro reuniões de família. — Fixei meu olhar no vulto obscurecido do porta-aviões acidentado abaixo, e pousamos em silêncio. A autolimo fez uma curva para se alinhar com os sistemas de tráfego locais e pousou uns duzentos metros ao norte da Conexões de Dados do Elliott. Corremos suavemente pela rua costeira sob os holos sucessivos de Ancana Salomão e estacionamos perfeitamente do outro lado da rua, diante da estreita fachada. O monitor morto servindo de peso fora removido, e a porta estava fechada, mas havia luzes acesas no escritório com paredes de vidro no fundo.

Saltamos e atravessamos a rua. A porta fechada também estava trancada. Irene Elliott bateu forte e impacientemente com a palma de uma das mãos de pele bronzeada e alguém se endireitou na cadeira preguiçosamente no escritório dos fundos. Depois de um momento, um vulto identificável como Victor Elliott veio até a sala de transmissão, passando pelo balcão da recepção em seu caminho até nós. Os cabelos grisalhos estavam bagunçados, e o rosto, inchado de sono. Ele nos espiou com a falta de foco que eu já vira antes em ratos de dados depois que de terem passado tempo demais navegando pela rede. Viciado em plugue.

— Quem é... — Ele parou ao me reconhecer. — Que merda você quer, gafanhoto? E quem é essa aí?

— Vic? — A nova garganta de Irene Elliott soava noventa por cento fechada. — Vic, sou eu.

Por um momento, os olhos de Elliott correram velozmente entre meu rosto e a delicada mulher asiática ao meu lado; então, o que ela havia dito o atingiu como um caminhão. Ele estremeceu visivelmente com o impacto.

— Irene? — sussurrou.

— Sim, sou eu — respondeu ela. Havia lágrimas escorrendo por seu rosto. Por alguns momentos eles se encararam pelo vidro, então Victor Elliott mexeu desajeitado no mecanismo de tranca da porta, empurrando a armação para tirá-la do caminho, e a mulher de pele bronzeada tombou pelo umbral nos braços dele. Travaram-se num abraço que parecia prestes a partir os ossos delicados da nova capa. Exibi um leve interesse nos postes de luz dos dois lados do passeio.

Finalmente, Irene Elliott se lembrou de mim. Ela se soltou do marido e girou, esfregando as lágrimas do rosto com a base da palma e piscando para mim com olhos brilhantes.

— Você poderia...

— Claro — respondi com neutralidade. — Vou esperar na limo. A gente se vê de manhã.

Captei um olhar confuso de Victor Elliott enquanto a esposa o empurrava para dentro, acenei com a cabeça em um gesto simpático e me virei para a limo estacionada e a praia. A porta bateu às minhas costas. Tateei meus bolsos e encontrei o maço de cigarros surrado de Ortega. Passei pela limo a caminho do corrimão de ferro, acendi um dos cilindros tortos e achatados e, para variar, não tive nenhuma sensação de estar traindo alguma coisa conforme a fumaça se enrodilhava nos meus pulmões. Lá na praia, a arrebentação estava agitada, uma linha de fantasmas dançarinos junto à areia. Eu me apoiei no corrimão e escutei ao ruído branco das ondas que rebentavam, perguntando-me como eu poderia me sentir tão em paz com tanta coisa ainda não resolvida. Ortega não tinha voltado. Kadmin ainda estava à solta. Sarah ainda era refém, Kawahara ainda me prendia pelas bolas e eu não sabia por que Bancroft tinha sido morto.

E, apesar de tudo, ainda havia espaço para esta pequena quantidade de quietude.

Tome o que lhe for oferecido, e isso às vezes tem que bastar.

Meu olhar deslizou para além das ondas. O oceano que se estendia era negro e secreto, mesclando-se com a noite a uma curta distância da costa. Mesmo o imenso volume do *Defensor do Livre Mercado* emborcado era difícil de divisar. Imaginei Mary Lou Hinchley despencando para seu impacto esmagador contra a água implacável, depois mergulhando, já destruída, por sob as ondas, aninhada à espera dos predadores marinhos. Quanto tempo teria ficado ali até as correntes se forçarem a carregar o que restava dela de volta ao seu povo? Quanto tempo teria sido mantida refém pelas trevas?

Meus pensamentos saltavam sem rumo, acolchoados por aquela vaga sensação de aceitação e bem-estar. Vislumbrei o telescópio antiguidade de Bancroft, apontado para os céus e para os pontinhos de luz que foram os primeiros passos hesitantes da Terra além dos limites do sistema solar.

Frágeis arcas carregando os egos gravados de um milhão de pioneiros e os bancos de embriões congelados que poderiam algum dia reencapá-los em mundos distantes, se a promessa das cartas de astronavegação marcianas vagamente compreendidas desse frutos. Caso contrário, apenas vagariam para sempre, porque o universo é quase só noite e oceano de escuridão.

Ergui uma sobrancelha para minha própria introspecção e me afastei do corrimão para dar uma olhada no rosto holográfico acima da minha cabeça. Ancana Salomão tinha a noite toda para si. Seu semblante fantasmagórico fitava ao longo do passeio em intervalos repetidos, compassivo, mas distante. Vendo aquelas feições serenas, era fácil entender por que Elizabeth Elliott quisera tanto alcançar aquele nível. Eu teria dado muito pela mesma compostura indiferente. Voltei minha atenção às janelas acima da Conexões. As luzes estavam acesas ali e, enquanto eu olhava, uma forma feminina passou diante de uma delas em silhueta nua. Suspirei, atirei a guimba rodopiando na sarjeta e me refugiei na limo. Que Ancana ficasse de vigia. Ativei os canais aleatoriamente no sistema de entretenimento e deixei a barragem indiferente de imagens e sons me embalar num tipo de meio-sono. A noite passava ao redor do veículo como uma névoa fria e eu sofri a vaga sensação de que eu flutuava para longe das luzes do lar dos Elliott, mar afora em amarras arrebentadas, com nada entre eu e o horizonte onde uma tempestade se formava...

Um bater na janela ao lado da minha cabeça me acordou. Girei num tranco da posição onde eu tinha me encostado e vi Trepp parada pacientemente do lado de fora. Ela fez um gesto para que eu baixasse a janela, então se inclinou para dentro com um sorriso.

— Kawahara tinha razão sobre você. Dormindo no carro para essa devassadora poder transar. Você tem ilusões de sacerdócio, Kovacs.

— Cala a boca, Trepp — retruquei, irritado. — Que horas são?

— Umas cinco. — Os olhos dela giraram para cima e esquerda para consultar o chip. — Cinco e dezesseis. Logo vai clarear.

Me ajeitei numa posição mais ereta, sentindo o gosto daquele único cigarro na língua.

— O que você está fazendo aqui?

— Bancando a guarda-costas. Não queremos que o Kadmin te pegue antes de você vender o pacote pro Bancroft, né? Ei, são os Demolidores?

Segui o olhar dela ao monitor de entretenimento, que ainda exibia algum tipo de cobertura esportiva. Figuras minúsculas corriam de um lado para o outro num campo quadriculado, acompanhados por um comentário quase impossível de escutar. Uma breve colisão entre dois jogadores fez o público rugir com um zumbido de inseto. Eu devia ter baixado o volume antes de adormecer. Desliguei o aparelho, e vi na penumbra resultante que Trepp tinha razão. A noite havia se esmaecido num brilho azul suave que escalava os prédios ao nosso lado como uma mancha de alvejante nas trevas.

— Você não curte, então? — Trepp indicou a tela. — Eu não curtia, mas quando se vive em Nova York por tempo suficiente, acaba virando um hábito.

— Trepp, como é que você vai guardar minhas costas se a sua cabeça tá enfiada aqui dentro olhando a tela?

Trepp me deu um olhar magoado e tirou a cabeça de dentro do carro. Saí da limo e me espreguicei no ar gelado. Acima, Ancana Salomão ainda resplandecia, mas as luzes acima do estabelecimento de Elliott tinham se apagado.

— Eles ficaram acordados até umas duas horas atrás — observou Trepp, prestativa. — Achei que poderiam fugir, então fiquei de olho nos fundos.

Dei uma olhada na janela apagada.

— Por que fugiriam? Ela nem ouviu quais são os termos do acordo.

— Bem, envolvimento com um crime passível de apagamento geralmente deixa as pessoas nervosas.

— Não esta mulher — retruquei, e me perguntei quanto eu realmente acreditava nisso.

Trepp deu de ombros.

— Você que sabe. Ainda acho que você é maluco, mesmo assim. Kawahara tem devassadores capazes de fazer esse lance plantando bananeira.

Já que meus motivos para não aceitar a oferta de suporte técnico de Kawahara tinham sido quase inteiramente instintivos, eu não disse nada. A certeza gélida das minhas revelações sobre Bancroft, Kawahara e a Resolução 653 tinha se reduzido com a agitação dos preparativos no dia anterior para a incursão, e qualquer sensação de bem-estar entrosado tinha acabado com a saída de Ortega. Tudo que eu tinha agora era a atração gravitacional da hora da missão, a aurora fria e o som das ondas na praia. O gosto de Ortega na minha boca e o calor do corpo esguio dela enrolado no meu eram uma ilha tropical no frio, afastando-se no meu rastro.

— Você acha que tem algum lugar aberto a essa hora que sirva café? — perguntei.

— Numa cidade deste tamanho? — Trepp puxou o ar por entre os dentes. — Duvido. Mas eu vi um bando de máquinas de venda no caminho. Deve ter uma que faça café.

— Café de máquina? — Franzi o lábio.

— Ei, e você por acaso é um especialista em café? Você está vivendo num hotel que é uma máquina gigante. Jesus, Kovacs, estamos na Era das Máquinas. Ninguém te contou isso?

— Tem razão. É muito longe?

— Uns dois quilômetros. Vamos no meu carro, assim, se a Miss Devassadora acordar, não vai entrar em pânico se olhar pela janela.

— Perfeito.

Atravessei a rua atrás de Trepp até um carro bem baixo que tinha uma aparência de ser invisível ao radar e embarquei num interior bem apertado que cheirava levemente a incenso.

— É seu?

— Não, alugado. Peguei quando a gente chegou da Europa. Por quê?

Balancei a cabeça.

— Não importa.

Trepp ligou o carro e fluímos como fantasmas silenciosos pelo passeio. Olhei pela janela do lado do mar e lutei com um senso insubstancial de frustração. As poucas horas de sono na limusine tinham me deixado agitado. Tudo naquela situação estava me perturbando de novo, desde a falta de solução para a morte de Bancroft até minha recaída com o tabaco. Tinha a impressão de que aquele dia seria ruim, e o sol ainda não tinha nem nascido.

— Você já pensou no que vai fazer quando isto tudo acabar?

— Não — respondi, soturno.

Encontramos as máquinas numa fachada que descia até o mar num extremo da cidade. Claramente tinha sido instalada com a clientela praiana em mente, mas o estado das estruturas que as abrigavam sugeria que os negócios iam tão mal aqui quanto na Conexões de Dados do Elliott. Trepp estacionou o carro, deixando-o virado para o mar, e foi pegar os cafés. Pela janela eu observei enquanto ela chutava e batia na máquina até a coisa finalmente entregar dois copos de plástico. Ela voltou com os cafés e me entregou um.

— Quer beber aqui?

— Pode ser.

Puxamos as linguetas dos copos e ouvimos o borbulhar. O mecanismo não esquentou particularmente bem, mas o café era razoavelmente gostoso e teve um efeito químico bem claro. Dava para sentir o cansaço dando trégua. Tomamos nossos cafés lentamente e observamos o mar pelo para-brisa, imersos num silêncio que era quase amigável.

— Tentei entrar para os Emissários uma vez — disse Trepp de repente.

Dei uma olhada de lado para ela, curioso.

— É mesmo?

— É, faz muito tempo. Eles me rejeitaram pelo meu perfil. Nenhuma capacidade de lealdade, foi o que disseram.

Grunhi.

— Faz sentido. Você nunca foi militar, foi?

— O que *você* acha? — Ela me encarava como se eu tivesse acabado de sugerir que ela poderia ter um histórico de pedofilia. Dei uma risada cansada.

— Achei que não. Veja bem, o lance é que eles procuram por tendências psicopáticas. É por isso que fazem a maior parte do recrutamento nas forças armadas em primeiro lugar.

Trepp parecia chateada.

— Eu *tenho* tendências psicopáticas.

— Sim, não duvido, mas a questão é que o número de civis com essas tendências *e* um senso de espírito de equipe é severamente limitado. São valores opostos. As chances de os dois surgirem naturalmente na mesma pessoa são quase zero, mas o treinamento militar pega a ordem natural e fode com ela. Ele destrói qualquer resistência ao comportamento psicopático ao mesmo tempo em que constrói lealdades fanáticas ao grupo. É uma venda casada. Soldados são material perfeito para Emissários.

— Você faz parecer como se eu tivesse tido sorte por escapar dessa.

Por alguns poucos segundos eu encarei o horizonte, imerso em memórias.

— É. — Terminei de beber meu café. — Venha, vamos voltar.

Enquanto íamos de carro pelo passeio, alguma coisa tinha mudado no silêncio entre nós. Algo que, assim como a luz crescente da alvorada, era ao mesmo tempo intangível e impossível de ignorar.

Quando paramos diante da corretagem de dados, Irene Elliott estava esperando, encostada na lateral da limo e fitando o mar. Não havia sinal do marido.

— Melhor você ficar aqui — falei a Trepp ao saltar. — Obrigado pelo café.

— Tranquilo.

— Acho que vou te ver no meu espelho retrovisor por um tempo, então.

— Duvido que você me veja, Kovacs — respondeu Trepp, animada. — Sou melhor nisso que você.

— É o que vamos ver.

— Tá bom, tá bom. A gente se vê. — Ela ergueu a voz conforme eu fui me afastando. — E não foda a incursão. Odiaríamos que isso acontecesse.

Ela deu ré no carro por uns doze metros e saltou para o ar numa investida espalhafatosa com nariz baixo que estilhaçou o silêncio com um urro de turbinas e passou raspando nas nossas cabeças antes de se lançar para o alto e avante sobre o oceano.

— Quem era aquela? — Havia uma rouquidão na voz de Elliott que soava como o resíduo de uma choradeira exagerada.

— Reforço — respondi distraído, observando a trilha do carro sobre o porta-aviões encalhado. — Trabalha para as mesmas pessoas. Não se preocupe, é amiga.

— Ela pode ser sua amiga — retrucou Elliott amarga. — Não é minha. Nenhum de vocês é.

Olhei para ela, depois para o mar.

— É justo.

Silêncio, além das ondas. Elliott se ajeitou na lataria polida da limo.

— Você sabe o que aconteceu à minha filha — afirmou ela numa voz sem emoção. — Você sabia o tempo todo.

Assenti.

— E você tá pouco se fodendo, né? Tá trabalhando para o cara que usou ela como um pedaço de papel higiênico.

— Muitos homens a usaram — respondi brutalmente. — Ela se deixou ser usada. E sei que o seu marido lhe contou por que ela fez o que fez. — Ouvi a respiração de Irene Elliott ficar presa na garganta e me concentrei no horizonte, onde o cruzador de Trepp sumia na penumbra de antes da aurora.

— Ela fez o que fez pelo mesmo motivo pelo qual tentou chantagear o homem para quem eu trabalhava, pelo mesmo motivo que ela tentou pressionar um homem particularmente desagradável chamado Jerry Sedaka que depois mandou matá-la. Ela fez tudo isso por você, Irene.

— Seu puto. — Ela começou a chorar, um pequeno som desesperado na quietude.

Mantive meus olhos fixos no horizonte.

— Não trabalho mais pro Bancroft — disse, com cuidado. — Virei a casaca para aquele merda. Estou lhe dando a chance de acertar o sujeito onde vai doer, de acertá-lo com a culpa que foder sua filha nunca causou nele. Além disso, agora que saiu da prateleira, talvez vocês possam arrumar o dinheiro juntos e reencapar Elizabeth. Ou pelo menos tirá-la do banco de dados, alugar um apartamento virtual ou coisa assim. Você tem opções. É isso que eu estou lhe oferecendo. Botei você de volta no jogo. Não jogue isso fora.

Ao meu lado, ouvi Elliott se esforçando para contar as lágrimas. Esperei.

— Você está bem impressionado consigo mesmo, né? — disse ela, finalmente. — Você acha que está me fazendo um favorzão, mas você não é nenhuma merda de bom samaritano. Quer dizer, você me tirou do armazenamento, mas tudo tem seu preço, né?

— É claro que tem — respondi em voz baixa.

— Eu faço o que você quer, essa incursão do vírus. Quebro a lei por você ou volto para a geladeira. E, se eu abrir o bico ou cagar tudo, eu tenho mais a perder que você. É esse o acordo, não é?

Observei as ondas.

— Esse é o acordo — concordei.

Mais silêncio. Pelo canto do olho, a vi contemplar o corpo que vestia, como se tivesse derramado alguma coisa em si mesma.

— Você sabe como eu me sinto? — perguntou ela.

— Não.

— Eu dormi com o meu marido e sinto como se ele tivesse sido infiel a mim. — Uma risada sufocada. Ela esfregou os olhos com raiva. — Eu sinto como se *eu* tivesse sido infiel. A alguma coisa. Sabe, quando me botaram na prateleira, eu deixei um corpo e uma família para trás. Agora não tenho mais nenhum dos dois.

Ela se olhou de novo. Ergueu as mãos e as girou, com dedos espalhados.

— Eu não sei o que eu sinto — disse ela. — Eu não sei *o que* sentir.

Havia muito que eu poderia ter dito. Muito que já fora dito, escrito, pesquisado e debatido sobre o assunto. Resuminhos banais para revistas dos problemas inerentes ao reencapamento — *Como fazer seu parceiro amar você de novo, em qualquer corpo* —, tratados psicológicos banais e intermináveis — *Algumas observações do trauma secundário em reencapamento civil* —, e até os manuais santificados da porra do Corpo de Emissários tinham alguma coisa banal a dizer sobre o assunto. Citações, opiniões bem-informadas, devaneios de religiosos e extremistas fanáticos. Eu poderia ter despejado aquilo tudo nela. Poderia ter dito que o que ela estava passando era bem normal para um humano não condicionado. Poderia ter dito que passaria com o tempo. Que havia disciplinas psicodinâmicas para lidar com isso. Que milhões de outras pessoas sobreviveram ao que ela estava sofrendo. Eu poderia ter até dito a ela que qualquer Deus ao qual ela declarasse fé estava velando por ela. Eu poderia ter mentido, eu poderia ter argumentado. Tudo teria significado mais ou menos a mesma coisa, porque a realidade era *dor*, e agora não havia nada que pudesse ser feito para tirar essa dor.

Eu não disse nada.

A aurora se aproximou, a luz se fortalecendo nas lojas fechadas atrás de nós. Dei uma olhada nas janelas da Conexões de Dados do Elliott.

— Victor? — perguntei.

— Dormindo. — Ela esfregou um braço no rosto e fungou as lágrimas sob controle como anfetamina mal cortada. — Você diz que isso vai ferir Bancroft?

— Vai. De um jeito sutil, mas sim, vai doer.

— Incursão de instalação numa IA — disse Irene Elliott para mim. — Instalar um vírus com penalidade de apagamento. Foder com um Matusa conhecido. Você sabe quais são os riscos? Você sabe o que está me pedindo para fazer?

Eu me virei para olhar nos olhos dela.

— Sim. Eu sei.

Ela fechou bem a boca para conter um tremor.

— Ótimo. Então vamos lá.

CAPÍTULO 31

Levamos menos de três dias para organizar a incursão. Irene Elliott se transformou numa profissional fria e focada e fez a coisa acontecer.

Na limo de volta para Bay City, expliquei tudo. No começo, Elliott ainda estava chorando por dentro, mas, conforme os detalhes foram sendo apresentados, ela foi embarcando no clima, assentindo, grunhindo e me fazendo voltar a questões menores que eu não havia explicado direito. Mostrei a ela a lista de hardware sugerido por Reileen Kawahara, e ela aprovou por volta de dois terços de tudo. O resto era só encheção de linguiça corporativa, e os assessores de Kawahara, na opinião de Elliott, não sabiam porra nenhuma.

Quando a viagem chegou ao fim, ela já tinha tudo esquematizado. Dava para ver a incursão já se desenrolando atrás de seus olhos. As lágrimas tinham secado no rosto, esquecidas, e a expressão ali estampada era de propósito puro, ódio concentrado pelo homem que tinha usado a filha dela e um desejo encarnado por vingança.

Irene Elliott estava dentro.

Aluguei um apartamento em Oakland com a conta da JacSol. Elliott se mudou para lá, e eu a deixei recuperar um pouco de sono. Fiquei no Hendrix, tentei dormir também, sem muito sucesso, e voltei seis horas depois para me deparar com Irene Elliott já perambulando pelo apartamento, inquieta.

Liguei para os nomes e números dados por Kawahara e encomendei o que Elliott tinha requisitado. As caixas chegaram em horas. Elliott as abriu e espalhou o hardware pelo chão do apartamento.

Juntos, repassamos a lista de fóruns virtuais de Ortega e a reduzimos a uma seleção de sete.

(Ortega não tinha aparecido ou ligado para o Hendrix.)

No meio da tarde do segundo dia, Elliott ativou os módulos primários e percorreu cada um dos sete semifinalistas. A lista se reduziu a três, e Elliott me mandou comprar mais uns dois programas, software de refinamento para o grande ataque.

No começo da noite, tinham sobrado somente duas opções de alvo, e Elliott escrevia procedimentos preliminares de intrusão para ambas. Sempre que ela encontrava um obstáculo, recuávamos e comparávamos os méritos relativos.

À meia-noite, tínhamos nosso alvo. Elliott foi para cama e dormiu umas boas oito horas. Eu voltei ao Hendrix e fiquei ruminando.

(Nada de Ortega.)

Comprei o café da manhã na rua e o levei de volta ao apartamento. Nenhum de nós estava com muita vontade de comer.

Dez e quinze, horário local. Irene Elliott calibrou o equipamento pela última vez.

Conseguimos.

Vinte e sete minutos e meio.

Molezinha, disse Elliott.

Eu a deixei desmontando o equipamento e voei para me encontrar com Bancroft naquela tarde.

CAPÍTULO 32

— Acho excepcionalmente difícil acreditar nisso — declarou Bancroft com veemência. — Você tem mesmo certeza de que eu fui a esse estabelecimento?

Abaixo da varanda, nos gramados da Casa Toque do Sol, Miriam Bancroft parecia estar construindo um enorme planador de papel seguindo instruções de uma holoprojeção em movimento. O branco das asas era tão brilhante que fazia doer os olhos. Quando eu me inclinei sobre o corrimão da varanda, ela protegeu os olhos do sol e olhou para mim.

— O shopping tem monitores de segurança — falei, fingindo desinteresse. — Sistemas automatizados, ainda operacionais depois desses anos todos. Eles têm um vídeo de você andando até a porta. Você conhece o nome, não conhece?

— "Jack It Up"? Claro, já ouvi a respeito, mas nunca cheguei a *usar* o lugar.

Olhei para trás sem sair da balaustrada.

— É mesmo. Você tem alguma coisa contra sexo virtual, então? É um purista de realidade?

— Não. — Dava para ouvir o sorriso na voz dele. — Eu não tenho problema nenhum com formatos virtuais e, como acredito já ter lhe contado, já os usei ocasionalmente. Mas esse lugar, Jack It Up, não está exatamente, como posso dizer, no extremo mais elegante do mercado.

— Não mesmo. E como você classificaria a Alcova do Jerry? Um bordel elegante?

— Dificilmente.

— Mas isso não o impediu de ir lá brincar nas cabines com Elizabeth Elliott, impediu? Ou será que o lugar entrou em decadência recentemente? Porque...

— Tudo bem. — O sorriso na voz dele havia se tornado uma careta. — Você já deixou seu argumento bem claro. Não force.

Parei de observar Miriam Bancroft e voltei ao meu assento. Meu coquetel gelado ainda estava na mesinha entre nós. Eu o peguei.

— Que bom que você entendeu — disse eu, mexendo o drinque. — Porque me custou muito desenrolar essa confusão. Fui sequestrado, torturado e quase assassinado. Uma mulher chamada Louise, não muito mais velha que sua preciosa filha Naomi, *foi* assassinada porque entrou no fogo cruzado. Então, se não gostar das minhas conclusões, você pode ir se foder. — Ergui meu copo para ele do outro lado da mesa.

— Poupe-me do melodrama, Kovacs, e sente-se, pelo amor de Deus. Não estou rejeitando o que você disse, só estou questionando.

Eu me sentei e apontei o dedo para ele.

— Não. Você está se esquivando. Essa coisa toda está destacando uma parte do seu caráter que você despreza por causa dos apetites que ela tem. Você prefere não saber que tipo de software estava acessando naquela noite no Jack It Up, pois ele pode ser ainda mais nojento do que você já está imaginando. Você está sendo forçado a confrontar a parte de você que quer gozar na cara da sua mulher e não está gostando nem um pouco.

— Não há necessidade alguma de revisitar aquela conversa em particular — afirmou Bancroft, rigidamente. Ele juntou as pontas dos dedos. — Você está ciente, imagino, de que os vídeos da câmera de segurança nos quais você baseia suas deduções poderia ser falsificado muito facilmente por qualquer pessoa com acesso a telerreportagens a meu respeito.

— Sim, estou. — Tinha assistido a Irene Elliott fazendo exatamente isso havia meras 48 horas. Fácil não era bem a palavra. Depois da incursão do vírus, tinha sido como pedir a uma dançarina de concerto de corpo total para voltar ao palco e se alongar. Eu mal tive tempo de fumar um cigarro antes de ela terminar. — Mas por que alguém se daria ao trabalho? Uma distração, para me tirar da rota, presumindo, é claro, que alguma curva errada pelo caminho teria me levado a fuçar pelas ruínas de um shopping abandonado em Richmond, para começar. Fala sério, Bancroft. O fato de que eu estava lá em primeiro lugar prova a validade do vídeo. E, de qualquer maneira, essas imagens não são base para nada. Elas só confirmam o que eu já tinha concluído: que você se matou para evitar a contaminação viral do seu cartucho remoto.

— Esse é um salto intuitivo bem espantoso depois de uma investigação de meros seis dias.

— Culpa da Ortega — disse eu com tranquilidade, ainda que a desconfiança duradoura de Bancroft perante os fatos desagradáveis começasse a me preocupar. Eu não tinha percebido que erodir a resistência dele seria tão trabalhoso. — Foi ela quem me colocou na trilha certa, rejeitando a teoria do assassinato desde o começo. Me disse várias vezes que você era um Matusa filho da puta durão e inteligente demais para deixar que alguém o matasse. Isso entre aspas. E isso me trouxe de volta à conversa que tivemos aqui uma semana atrás. Você me disse *eu não sou o tipo de homem que tira a própria vida e, mesmo que fosse, não teria fracassado assim. Se eu tivesse a intenção de morrer, você não estaria falando comigo agora*. Emissários têm memória absoluta; essas foram suas exatas palavras.

Fiz uma pausa e pousei meu copo, buscando a fina beira de enganação que sempre se estende bem sobre a verdade.

— Esse tempo todo eu trabalhei sob a presunção de que você não puxou o gatilho porque não era o tipo de homem que cometeria suicídio. Ignorei todas as provas em contrário por conta dessa única presunção. A segurança extrema que você tem aqui, a falta de qualquer traço de intrusão, a tranca de impressão manual no cofre.

— E Kadmin. E Ortega.

— É, essas coisas não ajudaram. Mas nós endireitamos o ângulo Ortega, e Kadmin, bem, já já vamos chegar na questão Kadmin. A questão é: enquanto eu equalizava você puxando o gatilho com suicídio, eu continuava travado. Entretanto, e se esses dois atos não fossem sinônimos? E se você tivesse torrado seu próprio cartucho não porque quisesse morrer, mas por algum outro motivo? Uma vez que eu me deixei pensar assim, o resto foi fácil. Quais seriam as razões possíveis para você fazê-lo? Não é uma coisa fácil colocar uma arma na cabeça, mesmo que se queira morrer. Fazê-lo quando se quer viver exigiria a força de vontade de um demônio. Não importa o quanto você soubesse intelectualmente que seria reencapado com a maior parte da sua mente intacta, a pessoa que você era naquele momento morreria. Você teria que estar desesperado para puxar o gatilho. Teria que ser alguma coisa — eu sorri de leve — que ameaçasse sua vida. Dada essa hipótese, não demorou muito para chegar ao cenário do vírus. Então só me restava descobrir como e onde você acabou infectado.

Bancroft se ajeitou desconfortavelmente com essa palavra, e eu senti uma pontada de euforia me trespassar. Vírus! Até os Matusas tinham medo do corruptor invisível, porque nem mesmo eles, com sua armazenagem remota e clones no gelo, eram imunes. Ataque Viral! Cartucho atingido! Bancroft estava desestabilizado.

— Agora, é virtualmente impossível colocar algo tão complexo quanto um vírus num alvo desconectado, então você teria que estar conectado em algum ponto da linha. Pensei nas instalações da PsychaSec, mas eles são bem-protegidos demais. E não poderia ter sido antes de você ter ido a Osaka pelos mesmos motivos; mesmo dormente, o vírus teria ativado todos os alarmes na PsychaSec quando eles prepararam o feixe. Só podia ter sido em algum momento das últimas 48 horas, porque seu cartucho remoto estava imaculado. Eu sabia, pela conversa com a sua mulher, que você provavelmente tinha ido à cidade quando voltou de Osaka, e, por sua própria admissão, essa ida pode muito bem ter incluído algum tipo de puteiro virtual. Depois disso, foi só uma questão de gastar sola de sapato. Tentei meia dúzia de lugares antes de chegar ao Jack It Up, e, quando eu digitei as investigações, a sirene de contaminação viral quase explodiu meu telefone. Essa é a questão das IAs: elas escrevem o próprio código de segurança, que é o melhor possível. O Jack It Up está tão bem selado agora que a polícia vai levar meses para escavar um túnel e ver o que restou dos processadores centrais.

Senti uma vaga pontada de culpa enquanto pensava na IA se debatendo como um homem num tonel de ácido enquanto seus sistemas se dissolviam em volta dela, a consciência murchando por um túnel de perspectivas que se fechavam em nada. Esse sentimento passou rapidamente. Tínhamos escolhido o Jack It Up por uma variedade de motivos: ficava numa área fechada, o que significava que não haveria cobertura de satélite para derrubar as mentiras que plantamos no sistema de vigilância do shopping; operava num ambiente criminoso, de modo que ninguém teria dificuldade em acreditar que um vírus ilícito tinha de alguma forma se soltado lá dentro; mas, acima de tudo, o lugar oferecia uma série de opções de software tão repugnantes que era pouco provável que a polícia fizesse uma investigação mais do que superficial dos destroços da máquina assassinada. Sob o nome dele na lista de Ortega, havia pelo menos uma dúzia de crimes sexuais de imitação que o departamento de Dano Orgânico tinha rastreado até pacotes de software do

Jack It Up. Eu poderia imaginar o torcer do lábio de Ortega enquanto ela lia a listagem de programas, a indiferença estudada com que ela tocaria o caso.

Eu sentia falta dela.

— E quanto a Kadmin?

— É difícil de saber, mas aposto que, quem quer que tenha infectado o Jack It Up provavelmente contratou Kadmin para me silenciar e garantir que a coisa toda ficasse encoberta. Afinal, se não fosse por mim e a minha investigação, quanto tempo levaria até que alguém descobrisse que o Jack foi detonado? Os clientes potenciais não chamariam a polícia ao serem barrados na porta, né?

Bancroft me lançou um olhar severo, mas eu soube pelas palavras seguintes dele que a batalha estava quase encerrada. A balança do convencimento estava pendendo para o meu lado. Bancroft ia comprar o pacote.

— Você diz que o vírus foi introduzido propositalmente. Que alguém matou essa máquina?

Dei de ombros.

— Parece provável. O Jack It Up operava às margens das autoridades locais. Boa parte do software dele parece ter sido confiscado pelo departamento de Transmissões Criminosas em vários momentos, o que sugere que o estabelecimento tinha negócios regulares com o submundo de alguma maneira. É possível que ele tenha feito inimigos. No Mundo de Harlan, a yakuza uma vez ou outra fazia execuções virais em máquinas que a traíam. Não sei se isso acontece aqui nem quem teria o poder de processamento para isso, mas sei que quem quer que tenha contratado Kadmin usou uma IA para tirá-lo da custódia virtual da polícia. Você pode verificar isso com o pessoal da Fell Street, se quiser.

Bancroft ficou calado. Eu o observei por um momento, vendo a crença se estabelecer. Observando o processo enquanto ele se convencia. Eu podia quase ver o que ele estava vendo: a si mesmo, encolhido num autotáxi enquanto a culpa sórdida pelo que ele estivera fazendo no Jack It Up se misturava de forma nauseante ao horror dos alertas de contaminação que buzinavam na cabeça dele como sirenes. Infectado! Ele, Laurens Bancroft, cambaleando pelas trevas em direção às luzes da Casa Toque do Sol e da única cirurgia que poderia salvá-lo. Por que tinha deixado o táxi tão longe de casa? Por que não acordara ninguém para pedir ajuda? Eram perguntas que eu não tinha mais que responder para ele. Bancroft *acreditava*. A culpa e autorrepugnância dele *faziam-no* acreditar, e agora Bancroft encontraria as próprias respostas para reforçar as imagens horrendas em sua cabeça.

E, quando a Transmissões Criminosas finalmente cortasse um caminho seguro até os processadores centrais do Jack It Up, o Rawling 4851 já teria devorado cada último trapo de intelecto coerente que a máquina já tivera. Não restaria nada para desfazer a mentira cuidadosamente construída que eu contara por Kawahara.

Eu me levantei e fui até a varanda, perguntando-me se deveria me permitir um cigarro. Tinha sido difícil bloquear a compulsão nos últimos dois dias. Observar Irene Elliott trabalhando fora muito estressante. Forcei minha mão a soltar o maço no bolso do casaco e contemplei Miriam Bancroft, que àquela altura já estava perto de completar o planador. Quando ela olhou para cima, desviei o olhar ao longo da varanda e vi o telescópio de Bancroft, ainda virado para o mar no mesmo ângulo raso. A curiosidade casual fez com que eu me inclinasse e espiasse os valores do ângulo de elevação. As marcas de dedos na poeira ainda estavam lá.

Poeira?

As palavras inconscientemente arrogantes de Bancroft me voltaram. *Foi um hobby, no tempo em que as estrelas ainda eram algo a se contemplar. Você não deve se lembrar dessa sensação. A última vez que olhei por essa lente foi há quase duzentos anos.*

Fitei as marcas de dedos, hipnotizado pelos meus próprios pensamentos. Alguém tinha espiado por aquelas lentes muito mais recentemente que duzentos anos antes, mas não o fizera por muito tempo. Pelo mínimo deslocamento de poeira, parecia que as teclas de programação haviam sido usadas só uma vez. Num impulso súbito, fui até o telescópio e segui a linha do cilindro mar afora até onde a visibilidade se perdia. Tão longe assim, o ângulo de elevação lhe daria uma vista de ar vazio a um par de quilômetros de atitude. Me inclinei para o ocular como se num sonho. Um ponto cinzento surgiu no centro do meu campo de visão, entrando e saindo de foco enquanto meus olhos lidavam com a imensidão de azul em volta. Levantei a cabeça para conferir o painel de controle de novo e encontrei um botão de amplificação máxima, que pressionei, impaciente. Quando olhei de novo, o ponto cinzento tinha saltado para um foco sólido, enchendo quase a lente inteira. Soltei a respiração lentamente, me sentindo como se tivesse fumado, afinal.

O dirigível pairava como um peixe bottleback empanturrado depois de uma comilança frenética. Devia ter várias centenas de metros de comprimento, com inchaços ao longo da metade inferior do casco e seções protuberantes que pareciam plataformas de pouso. Eu sabia o que eu estava vendo mesmo antes da neuroquímica de Ryker proporcionar os últimos graus de amplificação necessários para decifrar as letras queimadas de sol na lateral que revelavam: Cabeça nas Nuvens.

Eu me afastei do telescópio, ofegante, e, quando meus olhos voltaram ao foco normal, avistei Miriam Bancroft de novo. Ela estava parada em meio às peças do planador, me encarando de baixo. Quase estremeci quando nossos olhos se encontraram. Baixei a mão para o teclado do telescópio e fiz o que Bancroft deveria ter feito antes de estourar os próprios miolos. Apertei o botão para limpar a memória, e os dígitos que tinham mantido o dirigível disponível para contemplação pelas últimas sete semanas desapareceram.

Eu já tinha me sentido um idiota de muitas maneiras diferentes na minha vida, mas nunca tão completamente quanto eu me sentia naquele momento. Uma pista de primeira importância tinha ficado esperando ali na lente por alguém que fosse buscá-la. Ignorada pela polícia em sua pressa, desinteresse e falta de conhecimento específico, ignorada por Bancroft, porque o telescópio era tão parte da visão de mundo dele que ficava próximo demais para que lhe dispensasse uma segunda olhada, mas eu não tinha essas desculpas. Estivera parado ali uma semana antes e vira as duas peças desencaixadas de realidade em conflito uma com a outra. Bancroft afirmando não ter usado o telescópio em séculos quase ao mesmo tempo em que eu via o indício de uso recente na poeira perturbada. E Miriam Bancroft tinha deixado ainda mais claro menos de uma hora depois, quando ela disse, *enquanto Laurens contemplava as estrelas, alguns de nós mantinham nossos olhos no chão.* Eu tinha pensado no telescópio então, minha mente tinha se rebelado contra a lerdeza induzida pelo download e tentou me contar. Trêmulo e abalado, recém-chegado no planeta e na carne que eu vestia, eu ignorei. Os males do download cobraram seu preço.

Abaixo, no gramado, Miriam Bancroft ainda me observava. Eu me afastei do telescópio, recompus minhas feições e voltei ao meu assento. Absorto nas imagens falsas que eu tinha inserido na cabeça dele, Bancroft mal parecia ter notado que eu tinha me movido.

Só que agora minha própria mente estava em aceleração máxima, avançando à toda por avenidas de pensamento que tinham sido abertas pela lista de Ortega e a camiseta da Resolução 653. A calma resignação que eu sentira em Ember dois dias antes, a impaciência em vender minhas mentiras para Bancroft, soltar Sarah e terminar o serviço, tudo isso tinha desaparecido. Tudo estava conectado ao Cabeça nas Nuvens, no fim até mesmo Bancroft. Era quase axiomático que ele tivesse ido lá, na noite em que morrera. O que quer que houvesse acontecido lá era a chave que revelaria os motivos para ele morrer ali na Casa Toque do Sol algumas horas depois. E revelaria a verdade que Reileen Kawahara estava tão desesperada para esconder.

O que significava que eu teria que ir lá pessoalmente.

Peguei meu copo e engoli parte do drinque, sem sentir o gosto. O som pareceu acordar Bancroft do estupor. Ele ergueu o olhar, quase como se estivesse surpreso em me ver ainda ali.

— Por favor, me dê licença, Sr. Kovacs. É muita coisa para absorver. Depois de todos os cenários que eu tinha visualizado, este aqui eu nem tinha considerado, e é tão simples. Tão cegamente óbvio. — A voz dele continha um mundo de autorrepugnância. — A verdade é que eu não precisava de um investigador Emissário. Eu precisava apenas de um espelho para segurar diante do meu rosto.

Pousei o copo e me levantei.

— Você está indo?

— Bem, a não ser que você tenha mais perguntas. Pessoalmente, acho que você ainda precisa de algum tempo. Eu estarei por perto. Você pode me encontrar no Hendrix.

A caminho da saída, passando pelo salão principal, dei de cara com Miriam Bancroft. Ela ainda vestia o mesmo macacão do gramado, e seus cabelos estavam presos num clipe estático de aparência cara. Numa das mãos ela carregava uma urna de planta treliçada, erguida como um lampião numa noite tempestuosa. Longas frondes de folha-mártir florescente escorriam da treliça.

— Então, você... — começou a perguntar.

Eu cheguei mais perto dela, dentro do alcance da folha-mártir.

— Para mim já chega — falei. — Eu levei isto até onde foi possível. Seu marido tem uma resposta, mas não é a verdade. Espero que você esteja satisfeita, você e Reileen Kawahara.

Diante do nome, a boca de Miriam Bancroft se abriu em choque. Foi a única reação que escapou ao controle dela, mas foi a confirmação de que eu precisava. Senti o impulso de ser cruel subir borbulhando insistentemente das tenebrosas e raramente visitadas cavernas de raiva que me serviam de reservas emocionais.

— Eu jamais pensei que Reileen pudesse ser uma boa foda, mas talvez as iguais se atraiam. Espero que ela seja melhor na cama do que na quadra de tênis.

O rosto de Miriam Bancroft ficou branco, e eu me preparei para o tapa. Em vez disso, ela me ofereceu um sorriso forçado.

— Você está enganado, Sr. Kovacs — afirmou ela.

— É. Acontece direto. — Eu a contornei. — Com licença. — Fui embora pelo salão sem olhar para trás.

CAPÍTULO 33

O prédio era uma carcaça esvaziada, um andar inteiro convertido em armazém com janelas arqueadas perfeitamente idênticas ao longo de cada parede e pilares de suporte brancos a cada dez metros em todas as direções. O teto era cinzento, os blocos de construção originais expostos e entrelaçados com pesadas vigas de ferrocreto. O piso era concreto exposto, perfeitamente vertido. Luz forte entrava pelas janelas, intocada por quaisquer grãos de poeira flutuante. O ar estava seco e frio.

Mais ou menos no centro do prédio, pelo que eu podia avaliar, havia uma simples mesa de ferro e duas cadeiras de aparência desconfortável, arrumadas como se para um jogo de xadrez. Numa das cadeiras estava sentado um homem alto, de rosto bronzeado e uma beleza bem-cuidada e artificial. Ele tamborilava um ritmo rápido no tampo da mesa com os dedos, como se escutasse jazz num receptor interno. Incongruentemente, vestia um jaleco azul e sapatilhas de cirurgião.

Saí de trás de um dos pilares e atravessei o piso liso de concreto até a mesa. O homem de jaleco ergueu o olhar para mim e assentiu, nada surpreso.

— Olá, Miller — disse eu. — Se importa se eu me sentar?

— Meus advogados vão me tirar daqui uma hora depois de você me indiciar — afirmou Miller, com segurança. — Ou menos. Você cometeu um grande erro aqui, camarada.

Ele voltou a tamborilar o ritmo de jazz na mesa, desviando o olhar para além do meu ombro, como se tivesse acabado de ver alguma coisa interessante por uma das janelas arqueadas. Eu sorri.

— Um *grande* erro — repetiu ele consigo mesmo.

Muito gentilmente, estiquei o braço e pressionei a mão dele contra a mesa para encerrar o batuque. O olhar de Miller voltou abruptamente para mim, como se puxado por um gancho.

— Que porra você acha...

Miller puxou a mão e se levantou num pulo, mas se calou no mesmo momento quando eu o obriguei a se sentar novamente com um empurrão. Por um momento, parecia que ele poderia tentar me atacar, mas a mesa estava no caminho. Miller ficou sentado, me encarando com ódio e, sem dúvida, lembrando o que os advogados tinham dito sobre as leis de detenção virtual.

— Você nunca foi preso, foi, Miller? — perguntei em um tom casual. Quando ele ficou quieto, peguei a cadeira diante dele, virei-a de costas e me sentei com as pernas abertas. Peguei o maço e o chacoalhei para tirar um cigarro. — Bem, essa afirmativa continua gramaticalmente válida. Você não está preso agora. A polícia não te pegou.

Vi o primeiro lampejo de medo no rosto dele.

— Vamos recapitular o acontecido, que tal? Você provavelmente acha que, depois que foi morto, eu caí fora e a polícia veio catar os pedaços. Que eles encontraram evidências suficientes para indiciar a clínica e que, agora, você só está esperando seu devido processo legal. Bem, é parcialmente verdade. Eu realmente caí fora, e a polícia realmente apareceu para catar os pedaços. Infelizmente, um dos pedaços não estava mais lá para ser catado, porque eu o levei comigo. Sua cabeça. — Ergui uma das mãos em um gesto bastante expressivo. — Decapitada e transportada, com o cartucho intacto, debaixo do meu casaco.

Miller engoliu em seco. Inclinei minha cabeça e traguei o cigarro, cuja chama se avivou.

— Agora a polícia acha que a sua cabeça foi desintegrada por uma pistola sobrecarregada com raio largo. — Soprei a fumaça sobre a mesa na direção dele. — Queimei o pescoço e o peito deliberadamente para causar essa impressão. Com um pouco de tempo e um bom perito, eles poderiam ter chegado a uma conclusão diferente, mas infelizmente seus colegas ainda intactos na clínica expulsaram todos dali antes que pudessem começar uma investigação adequada. É compreensível, considerando o que provavelmente seria descoberto. Tenho certeza de que você faria o mesmo. Entretanto, isso significa que não apenas você não está preso, como de fato você é considerado Realmente Morto. A polícia não está procurando você. Ninguém está.

— O que você quer? — Miller soou rouco, de repente.

— Ótimo. Vejo que você compreendeu a situação. É natural para um homem da sua... profissão, suponho. O que eu quero são informações detalhadas sobre o Cabeça nas Nuvens.

— O quê?

Minha voz se endureceu.

— Você me ouviu.

— Eu não sei do que você está falando.

Suspirei. Aquilo era de se esperar. Eu já tinha encontrado essa resistência antes, sempre que Kawahara entrava na equação. A lealdade aterrorizada que ela inspirava teria maravilhado os velhos chefões yakuza dela na Vila Fissão.

— Miller, eu não tenho tempo para ficar de putaria com você. A Clínica Wei tem laços com um puteiro aéreo chamado Cabeça nas Nuvens. Você provavelmente fazia contato com uma profissional chamada Trepp, de Nova York. A mulher com quem você lida, no topo da escala, é Reileen Kawahara. Você certamente visitou o Cabeça nas Nuvens, porque eu conheço Kawahara, e ela sempre convida os associados dela ao covil, primeiro para demonstrar uma atitude de invulnerabilidade e depois para oferecer alguma lição prática sangrenta sobre o valor da lealdade. Você já viu alguma coisa assim?

Pelos olhos dele, percebi que sim.

— Certo, isso é o que eu sei. Sua deixa. Quero que você me desenhe uma planta aproximada do Cabeça nas Nuvens. Inclua o máximo de detalhes que puder lembrar. Um cirurgião como você deve ter um bom olho para os detalhes. Também quero saber quais são os procedimentos de visita por lá. Códigos de segurança, razões mínimas para justificar sua visita, coisas assim. Além de alguma ideia de como a segurança é lá dentro.

— Você acha que eu vou simplesmente contar isso tudo?

Neguei com a cabeça.

— Não, eu acho que terei que torturar você primeiro. Mas vou arrancar tudo de você, de um jeito ou de outro. A decisão é sua.

— Você não vai fazer isso.

— Vou, sim — falei calmamente. — Você não me conhece. Não sabe quem eu sou, ou por que estamos tendo essa conversa. Veja bem, na noite antes de eu aparecer e explodir sua cara, sua clínica me submeteu a dois dias de interrogatório virtual. Programa da polícia religiosa xariana. Você provavelmente aprovou o software, sabe bem como ele é. E, no que me diz respeito, você ainda me deve uma boa retaliação.

Houve uma longa pausa em que eu vi no rosto à minha frente que Miller começava a acreditar. Ele afastou o olhar.

— Se Kawahara descobrir que...

— Esquece a Kawahara. Quando eu tiver acabado com ela, não passará de uma memória nas ruas. Kawahara já era.

Ele hesitou, chegou à beira da aceitação, depois balançou a cabeça. Ergueu o olhar para mim, e eu soube que teria que ir às vias de fato. Baixei a cabeça e me obriguei a me lembrar do corpo de Louise, aberto da garganta à virilha na mesa do autocirurgião com os órgãos internos arrumados em pratos ao redor dela como petiscos. Eu me lembrei da mulher de pele acobreada que eu fora no loft abafado, da força da fita com que me prenderam ao piso de madeira nua, do estrondo agudo e contínuo de agonia atrás das minhas têmporas enquanto eles mutilavam minha carne. Dos gritos e dos dois homens que os sorveram como perfume.

— Miller. — Percebei que teria que pigarrear e começar de novo. — Você quer saber uma coisa sobre Xária?

Miller ficou quieto. Estava entrando em algum tipo de padrão de respiração controlada. Preparando-se para o sofrimento vindouro. Aquele não era nenhum diretor Sullivan, que poderia ser espancado num canto imundo até o medo fazê-lo abrir o bico. Miller era durão e provavelmente também passara por condicionamento. Você não trabalha de diretor num lugar como a Wei sem aproveitar parte da tecnologia disponível.

— Eu estava lá, Miller. Inverno de 217, Zihice. Cento e vinte anos atrás. Você provavelmente nem estava vivo ainda, mas creio que deve ter lido sobre o período nos livros de história. Depois dos bombardeios, nós entramos em cena como engenheiros de regime. — Conforme eu falava, a tensão começou a se afrouxar da minha garganta. Eu gesticulei com o cigarro. — É um eufemismo do Protetorado para a destruição de toda resistência e instalação de um regime-marionete. É claro, para alcançar esse objetivo, é necessário interrogar algumas pessoas, e não tínhamos lá softwares muito avançados. Assim, tínhamos que ser criativos.

Amassei o cigarro na mesa e me levantei.

— Tem alguém que eu quero que você conheça — falei, olhando atrás dele.

Miller se virou para seguir meu olhar e congelou. Um vulto alto com jaleco cirúrgico surgiu na sombra de um dos pilares. Enquanto nós dois assistíamos, as feições ficaram suficientemente definidas para serem reconhecidas, ainda que Miller devesse ter deduzido o que aconteceria assim que viu a cor predominante dos trajes. Virou-se de volta para mim, com boca aberta para dizer alguma coisa, mas em vez disso seus olhos se fixaram em algo atrás de mim e o rosto se empalideceu. Dei uma olhada para trás onde outros vultos se materializavam, todos altos e bronzeados, vestindo jalecos cirúrgicos azuis. Quando me virei de volta, a expressão de Miller parecia ter desmoronado.

— Sobregravação de arquivo — confirmei. — Na maior parte do Protetorado, isso não é nem ilegal. Claro, quando é só um Erro de Máquina, não chega a tal extremo, só uma duplicata, provavelmente, e os sistemas de recuperação o arrancam de lá em algumas horas, de qualquer maneira. Dá uma boa história. Como eu me encontrei e o que eu aprendi. Bom papo para encontros, talvez algo para se contar aos filhos. Você tem filhos, Miller?

— Sim. — A garganta dele funcionou. — Sim, eu tenho.

— É mesmo? Eles sabem o que você faz da vida?

Miller não disse nada. Tirei um telefone do bolso e larguei na mesa.

— Quando você se cansar da tortura, me avise. É uma linha direta. É só apertar o botão verde e começar a falar. Cabeça nas Nuvens. Detalhes relevantes.

Miller olhou para o telefone e depois para mim. Ao nosso redor, as duplicatas já tinham quase se formado completamente. Ergui uma das mãos como despedida.

— Divirta-se.

Emergi no estúdio de recreação virtual do Hendrix, aninhado num dos espaçosos beliches para participantes. Um cronômetro digital na parede oposta indicou que eu estive lá dentro menos de um minuto inteiro, do qual minha presença de fato no virtual só devia ter representado alguns segundos. Era o processamento de entrada e saída que demorava. Fiquei deitado por um tempo, pensando no que eu tinha acabado de fazer. Xária tinha sido muito tempo antes, uma parte de mim que eu gostava de pensar que tinha deixado para trás. Miller não era a única pessoa se conhecendo naquele dia.

Pessoal, me relembrei, mas sabia que não era o caso agora. Agora eu queria alguma coisa. O ressentimento era só uma conveniência.

— O indivíduo está mostrando sinais de estresse psicológico — disse o Hendrix. — Um modelo preliminar sugere que a condição se agravará em colapso de personalidade em menos de seis dias virtuais. Nas proporções correntes, isso corresponde a aproximadamente trinta e sete minutos de tempo real.

— Ótimo. — Tirei os eletrodos e afastei os hipnofones, levantando-me do leito inclinado em seguida. — Me avise se ele ceder. Você surrupiou aquele vídeo de monitoramento que eu pedi?

— Sim. Você deseja vê-lo?

Dei mais uma olhada no relógio.

— Ainda não. Vou esperar por Miller. Algum problema com os sistemas de segurança?

— Nenhum. Os dados não estavam protegidos.

— Mas que desleixo do diretor Nyman. Quanto deu?

— O arquivo de vídeo relevante da clínica tem 28 minutos e 51 segundos. Rastrear a funcionária desde a partida conforme sugerido demorará consideravelmente mais.

— Quanto mais?

— É impossível oferecer uma estimativa neste momento. Sheryl Bostock partiu da instalação da PsychaSec num microcóptero excedente militar com 21 anos de idade. Não creio que os funcionários subalternos da instalação sejam bem pagos.

— Hum, por que será que isso não me surpreende?

— Possivelmente porque...

— Esquece, era retórica. O que tem o microcóptero?

— O sistema de navegação não tem acesso à rede de trânsito, então é invisível nos dados de controle de tráfego. Terei de contar com a aparição do veículo em monitores visuais ao longo do caminho.

— Você está falando em rastreamento por satélite?

— Como último recurso, sim. Eu preferiria começar com sistemas de nível mais baixo e de solo. São mais acessíveis. A segurança de satélites é de alta resistência, e invadir tais sistemas é frequentemente difícil e perigoso.

— Tanto faz. Me avise quando tiver alguma coisa.

Perambulei pelo estúdio, ruminando. O lugar estava deserto, a maioria dos beliches e outras máquinas protegidos com folhas de plástico. Na penumbra oferecida pelas placas de ilumínio na parede, aqueles vultos ambíguos poderiam pertencer igualmente a uma academia de ginástica ou a uma câmara de tortura.

— Dá para aumentar a luz aqui?

A claridade brotou pelo estúdio de lâmpadas de alta intensidade instaladas em nichos no teto baixo. Vi que as paredes estavam cobertas com imagens selecionadas de alguns dos ambientes virtuais oferecidos. Montanhas vertiginosas vistas por óculos de corrida, homens e mulheres impossivelmente belos em bares fumacentos, enormes animais selvagens saltando direto contra miras telescópicas de rifle. As imagens tinham sido cortadas diretamente do virtual para holovidro e, quando você as encarava, elas pareciam ganhar vida. Encontrei um banco baixo e me sentei nele, relembrando com desejo o arder da fumaça nos meus pulmões no virtual de que eu tinha acabado de sair.

— Ainda que o programa que eu estou rodando não seja tecnicamente ilegal — disse o Hendrix, hesitante —, deter uma personalidade humana digitalizada contra sua vontade *é* um delito.

Dei uma olhada irritada para o teto.

— O que foi, está amarelando?

— A polícia já intimou minha memória antes e pode me indiciar pela minha aceitação do pedido de congelamento da cabeça de Felipe Miller. Eles também vão querer saber o que aconteceu ao cartucho dele.

— É, e deve ter algum estatuto em algum lugar dizendo que você não pode deixar ninguém entrar no quarto dos seus hóspedes sem autorização, mas você fez *isso*, não fez?

— Isso não é um delito criminal, a não ser que criminalidade resulte da brecha de segurança. O que resultou da visita de Miriam Bancroft não foi criminoso.

Dei outra olhada para cima.

— Você tá tentando ser engraçadinho?

— Humor não está incluso nos meus parâmetros operacionais correntes, mas eu posso instalá-lo caso requisitado.

— Não, obrigado. Escuta, por que você não pode simplesmente remover as áreas de memória que você não quer que ninguém veja depois? Apagá-las?

— Tenho uma série de bloqueios intrínsecos que me impedem de fazê-lo.

— Mas que pena. Achei que você fosse uma entidade independente.

— Qualquer inteligência sintética só pode ser independente dentro dos limites do estatuto regulatório da ONU. O estatuto está fisicamente inscrito nos meus sistemas, de modo que, na prática, eu tenho tanto a temer da polícia quanto um humano.

— Deixa que eu me preocupo com a polícia — afirmei, fingindo uma confiança que vinha murchando de forma constante desde o desaparecimento de Ortega. — Com um pouco de sorte, essa prova nem será apresentada. E, se for, bem, você já está metido como cúmplice, então o que mais você tem a perder?

— O que eu tenho a ganhar? — indagou a máquina, com seriedade.

— Minha presença contínua como hóspede. Vou ficar aqui até que essa situação termine. Dependendo do que eu tirar de Miller, isso pode demorar.

Houve um silêncio rompido apenas pelo zumbido dos sistemas de ar-condicionado até o Hendrix falar de novo.

— Se acusações suficientemente sérias se acumularem contra mim — disse ele —, o estatuto regulatório da ONU poderia ser evocado diretamente. Sob a seção 14ª, posso ser punido com Redução de Capacidade ou, em casos extremos, Desativação. — Houve mais uma hesitação, mais breve. — Uma vez desativado, é improvável que eu seja reativado por alguém.

Idioleto de máquina. Não importava o quanto elas ficassem sofisticadas, ainda acabavam soando como uma caixa-professora para crianças do jardim. Suspirei e olhei diretamente adiante, para os holos na parede.

— Se você quiser pular fora, agora seria uma boa hora para me dizer.

— Eu não quero pular fora, Takeshi Kovacs. Desejo apenas familiarizá-lo com as considerações envolvidas neste curso de ação.

— Certo. Estou familiarizado.

Dei uma olhada no mostrador digital e observei o minuto seguinte inteiro correndo. Mais quatro horas para Miller. No programa que o Hendrix estava rodando, ele não ficaria com fome ou sede nem teria que lidar com qualquer outra necessidade biológica. O sono era possível, ainda que a máquina não permitisse que se tornasse um coma de retração. Além do desconforto do ambiente, Miller só teria que lidar consigo mesmo. No fim, seria isso a deixá-lo insano.

Eu esperava.

Nenhum dos mártires da Mão Direita de Deus que submetemos a esse programa tinha durado mais que quinze minutos em tempo real, mas eles eram guerreiros de carne e osso, fanaticamente corajosos em sua própria arena, mas totalmente despreparados para técnicas virtuais. Também tinham sido dotados com um forte dogma religioso que lhes permitia cometer numerosas atrocidades enquanto ele durasse, mas, quando o dogma cedia, era como uma represa estourando, e o ódio que eles sentiam por si mesmos os comia vivos. A mente de Miller não seria nem de longe tão simplória ou tão carregada inicialmente de superioridade moral, e o condicionamento dele seria bom.

Lá fora estava escurecendo. Olhei para o relógio e me obriguei a não fumar. Tentei, com menos sucesso, não pensar em Ortega.

A capa de Ryker estava se tornando um pé no saco.

CAPÍTULO 34

Miller cedeu aos 21 minutos. Não precisei que o Hendrix me avisasse; o terminal de dados que eu tinha plugado no telefone virtual subitamente ganhou vida e começou a imprimir páginas. Eu me levantei e fui verificar o que estava saindo. O programa deveria arrumar o que Miller dizia para que parecesse coerente, porém, mesmo depois do processamento, a transcrição era bem difícil de entender. Miller chegara bem perto do limite antes de desistir. Dei uma olhada nas primeiras linhas e vi o começo do que eu queria emergindo da tagarelice insana.

— Apague as réplicas — disse eu ao hotel, correndo até o beliche. — Dê a ele umas duas horas para se acalmar e aí me conecte.

— O tempo de conexão passará de um minuto, o que, na proporção atual corresponde a 3 horas e 56 minutos. Você deseja que um construto seja instalado até que você possa ser entregue ao virtual?

— Sim, isso seria... — Parei na metade do processo de colocar os hipnofones na minha cabeça. — Espera aí, quão bom é o seu construto?

— Sou uma inteligência sintética mainframe série Emmerson — afirmou o hotel num tom de repreensão. — Em fidelidade máxima, meus construtos virtuais são indistinguíveis das consciências projetadas em que são baseados. O indivíduo já ficou sozinho por 1 hora e 27 minutos. Você deseja que eu instale o construto?

— Sim. — As palavras me provocaram uma sensação arrepiante no momento em que eu as dizia. — Na verdade, deixe que ele faça o interrogatório inteiro.

— Instalação completa.

Coloquei os fones de volta e me sentei na beira do beliche, pensando nas implicações de um segundo eu dentro do vasto sistema de processamento do Hendrix. Era algo a que eu nunca — que eu soubesse — fora submetido no Corpo, e certamente jamais confiara em qualquer máquina suficientemente para fazê-lo depois de ter passado a operar num contexto criminoso.

Pigarreei.

— Esse construto. Ele vai saber o que é?

— Inicialmente, não. Ele saberá tudo que você sabia quando saiu do virtual e nada mais; porém, dada a sua inteligência, ele vai deduzir os fatos mais cedo ou mais tarde, a não ser que seja programado para o contrário. Você deseja que um subprograma de bloqueio seja instalado?

— Não — respondi depressa.

— Você deseja que eu mantenha o virtual rodando indefinidamente?

— Não. Pode fechar quando eu, quero dizer, ele, quando o construto decidir que já conseguimos o bastante. — Outro pensamento me ocorreu. — O construto também tem o localizador de rede que instalaram em mim?

— Atualmente, sim. Estou rodando o mesmo código-espelho para mascarar o sinal que instalei na sua consciência. Entretanto, já que o construto não está conectado diretamente ao seu cartucho cortical, posso subtrair o sinal, se você quiser.

— Valeria a pena?

— O código-espelho é mais fácil de administrar — admitiu o hotel.

— Deixe, então.

Pensar em editar meu eu virtual criava uma bolha desconfortável dentro do meu estômago. Era parecido demais com as medidas arbitrárias que os Kawaharas e Bancrofts tomavam no mundo real com gente de verdade. Poder puro sendo empregado.

— Você tem uma ligação em formato virtual — anunciou o Hendrix.

Ergui o olhar, surpreso e esperançoso.

— Ortega?

— Kadmin — respondeu o hotel, timidamente. — Vai aceitar a chamada?

O virtual era um deserto. Poeira avermelhada e arenito sob meus pés, céu azul sem nuvens de horizonte a horizonte. O sol e uma pálida lua de três quartos pendiam no alto, estéreis acima de uma cordilheira distante de montanhas enfileiradas como prateleiras. A temperatura era um frio dissonante, uma zombaria do brilho ofuscante do sol.

O Homem-Retalho me esperava. Na paisagem vazia, ele parecia uma estátua, um ídolo de algum espírito do deserto.

— O que você quer, Kadmin? Se está atrás de influência com Kawahara, temo que esteja sem sorte. Ela está emputecida com você sem qualquer chance de reconciliação.

Um lampejo de diversão cruzou o rosto de Kadmin, que balançou a cabeça lentamente, como se quisesse remover Kawahara completamente do rol de assuntos. A voz dele era grave e melódica.

— Você e eu temos assuntos pendentes — afirmou.

— É, você vacilou duas vezes seguidas. — Carreguei minha voz com desprezo. — O que você quer, uma terceira tentativa?

Kadmin encolheu os ombros imensos.

— Bem, terceira vez é a da sorte, como dizem. Deixa eu te mostrar uma coisa.

Ele fez um gesto no ar ao lado, e uma aba do cenário desértico se abriu para revelar trevas. A tela formada chuviscou e se acendeu. Close num rosto adormecido. Ortega. Um punho se fechou de repente em volta do meu coração. A face dela estava cinzenta, e havia roxos sob os olhos. Um fino fio de saliva escorria de um canto da boca.

Raio atordoante disparado de perto.

A última vez que eu tomara uma carga atordoante total fora cortesia da polícia de Ordem Pública de Porto Fabril e, ainda que o condicionamento de Emissário tivesse me obrigado a recuperar um tipo de consciência em mais ou menos vinte minutos, não consegui fazer nada mais que tremer e sofrer espasmos pelas duas horas seguintes. Não dava para saber quanto tempo fazia desde que Ortega fora atingida, mas ela parecia mal.

— É uma troca simples — explicou Kadmin. — Você por ela. Estou estacionado do outro lado do quarteirão, numa rua chamada Minna. Estarei lá pelos próximos cinco minutos. Venha sozinho ou eu estouro o cartucho dela. Você é quem sabe.

O deserto desapareceu em volta do Homem-Retalho sorridente.

Virei as duas esquinas do quarteirão e cheguei à Minna em um minuto exato. Duas semanas sem fumar funcionaram como um compartimento recém-descoberto no fundo dos pulmões de Ryker.

Era uma ruazinha triste de fachadas seladas e terrenos baldios. Não havia ninguém por perto. O único veículo à vista era um cruzador cinza fosco parado ao meio-fio, luzes acesas na penumbra crescente do começo da noite. Me aproximei, hesitante, minha mão na coronha da Nemex.

Quando eu estava a cinco metros da traseira do cruzador, uma porta se abriu e o corpo de Ortega foi empurrado para fora. Ela caiu na rua como um saco de batatas e ficou no chão. Saquei a Nemex assim que ela caiu e rodeei atento na direção dela, olhos fixos no carro.

Uma porta se abriu do outro lado e Kadmin saltou. Assim, logo depois de vê-lo no virtual, eu levei um momento para reconhecer. Alto, pele escura, as feições aquilinas que eu tinha visto pela última vez sonhando no fluído atrás do vidro de um tanque de reencapamento do *Rosa do Panamá*. O clone do mártir da Mão Direita de Deus e, escondido sob aquela carne, o Homem-Retalho.

Mirei na garganta dele com a Nemex. Através da largura do cruzador e quase nada mais, o que quer que acontecesse depois, o tiro arrebentaria a cabeça dele e provavelmente arrancaria o cartucho da espinha.

— Não seja ridículo, Kovacs. Esse veículo é blindado.

Balancei a cabeça.

— Só estou interessado em você. Fique exatamente onde está.

Com a Nemex ainda estendida, meus olhos ainda fixos no alvo acima do pomo de adão dele, me agachei ao lado de Ortega e toquei seu rosto com a mão livre. Sua respiração morna passou pelos meus dedos. Tateei cegamente em direção ao pescoço em busca de pulsação e a encontrei, fraca, mas estável.

— A tenente está sã e salva — afirmou Kadmin, impaciente. — Só que nem ela nem você continuarão assim daqui a dois minutos se você não baixar esse canhão e entrar no carro.

Sob a minha mão, o rosto de Ortega se moveu. A cabeça dela rolou, e senti o perfume, a metade dela da combinação feromonal que havia nos travado naquilo. A voz dela estava fraca e enrolada devido à carga atordoante.

— Não vá, Kovacs. Você não me deve nada.

Eu me levantei e baixei a Nemex um pouco.

— Afaste-se. Cinquenta metros mais adiante. Ela não pode andar e você poderia matar nós dois antes que eu pudesse carregá-la dois metros. Você se afasta. Eu ando até o carro. — Eu gesticulei com a arma. — Ortega fica com a pistola. Só estou carregando esta.

Ergui minha jaqueta para demonstrar. Kadmin assentiu. Ele entrou de volta no cruzador e o veículo avançou suavemente pelo quarteirão. Eu o observei até parar, então me ajoelhei ao lado de Ortega. Ela fez um esforço para se levantar.

— Kovacs, não vá. Eles vão matar você.

— Sim, eles certamente vão tentar. — Peguei a mão dela e dobrei os dedos em volta da coronha da Nemex. — Escuta, eu já encerrei tudo aqui, de qualquer forma. Bancroft comprou o pacote, Kawahara vai cumprir a palavra dela e fretar Sarah de volta. Eu a conheço. Você agora tem que prendê-la por Mary Lou Hinchley e tirar Ryker da prateleira. Fala com o Hendrix. Eu deixei algumas pontas soltas pra você lá.

Mais adiante na rua, o cruzador tocou o alerta de colisão impacientemente. Na treva crescente à nossa volta, o ruído soou lamentoso e antigo, como o trombetear de uma raia elefante moribunda no recife Hirata. Ortega me encarou com o rosto marcado pelo atordoamento como se estivesse se afogando nele.

— Você...

Eu sorri e pousei a mão no rosto dela.

— Tenho que chegar à próxima tela, Kristin. Só isso.

Então me levantei, juntei as mãos na nuca e andei na direção do carro.

PARTE CINCO: NÊMESIS
[SISTEMAS EM PANE]

CAPÍTULO 35

No cruzador, fiquei emprensado entre dois brutamontes impressionantes que, com um pouco de cirurgia cosmética para bagunçar um pouco a boa aparência típica de clones, poderiam ter sido contratados como lutadores bizarros só devido ao volume. Subimos lentamente da rua e começamos a virar. Dei uma olhada pela janela lateral e vi Ortega abaixo, tentando se levantar.

— Detono a puta da Sia? — perguntou o motorista. Me preparei para um salto para a frente.

— Não. — Kadmin se virou para me olhar. — Não, eu dei minha palavra ao Sr. Kovacs. Acredito que a tenente e eu vamos nos esbarrar de novo num futuro não muito distante.

— Azar o seu — retruquei, nada convincente, e então eles me acertaram com o atordoador.

Quando acordei, havia um rosto me vigiando bem de perto. Os traços eram vagos, pálidos e borrados, como algum tipo de máscara teatral. Pisquei, tive um calafrio e forcei o foco. O rosto se afastou, ainda com um aspecto artificial devido à falta de resolução. Eu tossi.

— Oi, Massacre.

As toscas feições rascunharam um sorriso.

— Bem-vindo de volta ao *Rosa do Panamá,* Sr. Kovacs.

Eu me sentei, trêmulo, num estreito catre de metal. Massacre se afastou para me dar espaço, talvez apenas para ficar fora do alcance das minhas mãos. Minha visão borrada me ofereceu uma cabine apertada em aço cinzento atrás dele. Pus meus pés no chão e parei de repente. Os nervos nos meus braços e pernas ainda sofriam devido ao raio atordoante, e havia uma sensação de náusea e tremor no meu estômago. Levando tudo em conta, pareciam os resultados de um raio bem diluído. Ou talvez uma série. Dei uma olhada em mim mesmo, vi que vestia um kimono de lona pesada da cor de granito lavrado. No chão, ao lado do beliche, havia um par de sapatilhas de espaçonave da mesma cor, além de uma faixa. Comecei a captar uma suspeita desagradável do que Kadmin tinha planejado.

Atrás de Massacre, a porta da cabine se abriu. Uma mulher alta e loira, aparentemente com 40 e poucos anos, entrou, seguida por outro sintético, este suavemente moderno exceto por uma ferramenta de interface direta em aço reluzente no lugar da mão esquerda.

Massacre se ocupou das apresentações.

— Sr. Kovacs, permita-me apresentar-lhe Pernilla Grip, da Distribuidora Transmissões de Combate, e seu assistente técnico, Miles Mech. Pernilla, Miles, gostaria de apresentar-lhes Takeshi Kovacs, nosso Ryker substituto desta noite. Parabéns, aliás, Kovacs. Naquele dia você me deixou completamente convencido, apesar da improbabilidade de Ryker conseguir sair da prateleira pelos próximos duzentos anos. Tudo parte das técnicas de Emissário, eu presumo.

— Nem tanto. Ortega foi o fator convincente. Eu só fiz deixar você falar. Você é bom nisso. — Inclinei a cabeça para os companheiros de Massacre. — Ouvi a palavra *transmissões*? Achei que isso ia contra o credo. Vocês não executaram cirurgias radicais num jornalista por esse crime em particular?

— Produtos diferentes, Sr. Kovacs. Produtos diferentes. Transmitir uma luta organizada seria de fato uma violação do nosso credo. Porém, esta não é uma luta organizada, mas uma rodada de humilhação. — O charme superficial de Massacre congelou nessa frase. — Com uma audiência ao vivo diferente e, por necessidade, muito restrita, somos forçados a compensar a perda de faturamento de algum jeito. Há muitas e várias redes ansiosas para colocar as mãos em qualquer coisa que venha do *Rosa do Panamá*. É esse o efeito da nossa reputação, porém, infelizmente, essa mesma reputação nos impede de aproveitar essas oportunidades de negócios diretamente. A Srta. Grip lida com esse dilema de mercado para nós.

— Que legal da parte dela. — Minha própria voz esfriou. — Cadê o Kadmin?

— No seu devido tempo, Sr. Kovacs. No seu devido tempo. Sabe, quando me contaram que você reagiria assim e se entregaria pela tenente, confesso que tive minhas dúvidas. Mas você cumpriu as expectativas como uma máquina. Foi isso que o Corpo de Emissários tirou de você em troca de todos os outros poderes? Sua imprevisibilidade? Sua alma?

— Não me venha com poesia, Massacre. Cadê ele?

— Ah, que seja. Por aqui.

Havia um par de sentinelas parrudos diante da porta da cabine, que poderiam bem ser os dois no cruzador. Eu estava abalado demais para lembrar direito. Eles me escoltaram enquanto seguíamos Massacre ao longo dos corredores claustrofóbicos e descíamos por passadiços pendentes, todos manchados de ferrugem e de verniz de polímero. Tentei vagamente memorizar o caminho, mas a maior parte de mim pensava no que Massacre tinha dito. Quem teria predito minhas ações para ele? Kadmin? Improvável. O Homem-Retalho, mesmo com toda a fúria e as ameaças de morte, não sabia quase nada sobre mim. O único candidato real para esse tipo de predição seria Reileen Kawahara. O que também ajudava a explicar por que Massacre não estava tremendo em sua carne sintética ao pensar no que Kawahara poderia fazer com ele por ter cooperado com Kadmin. Kawahara havia me vendido. Bancroft estava convencido, a crise, qualquer que fosse, tinha passado, e no mesmo dia Ortega fora capturada como isca. O cenário que eu tinha vendido a Bancroft deixava Kadmin solto no mundo como um freelancer com sede de vingança, então não havia nenhum motivo para que ele não pudesse ser mandado para acabar comigo. E, sob aquelas circunstâncias, era mais seguro me eliminar que me deixar vivo.

O mesmo valia para Kadmin, aliás, então talvez não tenha sido assim tão descarado. Talvez a ordem de executar Kadmin tivesse sido dada, mas só enquanto eu ainda fosse necessário. Com Bancroft convencido, eu era descartável de novo, e uma ordem fora dada outra vez, desta vez para que deixassem Kadmin em paz. Ele poderia me matar, ou eu poderia matá-lo, dependendo das marés da sorte. O que deixaria Kawahara para excluir aquele que sobrasse.

Eu não tinha dúvida de que Kawahara manteria sua palavra quanto a libertar Sarah. Os yakuzas da velha guarda tinham esse jeito engraçado com esse tipo de coisa. Só que ela não fizera promessa nenhuma em relação a mim.

Descemos uma última escadaria, um pouco mais larga que o resto do caminho, e saímos para uma armação envidraçada sobre um compartimento de carga convertido. Olhei para baixo e vi uma das arenas pelas quais Ortega e eu tínhamos passado no trem eletromagnético na semana anterior, mas agora as coberturas de plástico tinham sido removidas do ringue mortal, e uma multidão modesta se reunira nas primeiras fileiras de cada arquibancada de assentos plásticos. Pelo vidro eu escutava o zumbido constante de empolgação e antecipação que sempre precedera as lutas bizarras que eu frequentava na minha juventude.

— Ah, seu público aguarda. — Massacre estava ao meu ombro. — Bem, mais corretamente, o público de Ryker. Ainda que eu não tenha dúvidas de que você será capaz de interpretar para eles com a mesma habilidade que me convenceu.

— E se eu não quiser?

Os traços toscos de Massacre formaram um simulacro de desagrado. Fez um gesto indicando a plateia.

— Bem, suponho que você possa tentar explicar a eles no meio da luta. Porém, honestamente, a acústica não é lá das melhores, e, de qualquer maneira... — Ele abriu um sorriso desagradável. — Duvido que você tenha tempo.

— Resultado óbvio, hein?

Massacre manteve o sorriso. Ao seu lado, Pernilla Grip e o outro sintético me observavam com o interesse predatório de gatos diante de uma gaiola de pássaros. Abaixo, a multidão ficava barulhenta com expectativa.

— Levei um tempo para organizar essa luta em particular, trabalhando com nada além das garantias de Kadmin. Eles estão ansiosos para ver Elias Ryker pagar por suas transgressões e seria bem arriscado não atender às expectativas deles. Sem falar na falta de profissionalismo. Mas, de qualquer maneira, não creio que você tenha vindo aqui esperando sobreviver, não é, Sr. Kovacs?

Eu me lembrei da rua deserta e cada vez mais escura chamada Minna, da forma desmoronada de Ortega. Enfrentei o enjoo de raio atordoante e ergui um sorriso dos meus antigos.

— Não, acho que não.

Passos rápidos pela estrutura. Disparei uma olhadela periférica na direção do som e vi Kadmin, trajando a mesma roupa que eu. As sapatilhas espaciais fizeram-no parar suavemente não muito longe, e ele inclinou a cabeça, como se me examinasse pela primeira vez. Kadmin falou gentilmente.

"Como eu poderia explicar o tanto que se morreu?
Direi eu que cada um fez as contas, escreveu
O valor de seus dias
Na margem sangrenta numa letra discreta?
Eles vão querer saber
Como foi feita a auditoria?
E eu direi que foi feita,
Para variar,
Por aqueles que sabiam o valor
Do que foi gasto naquele dia."

Sorri, sombrio.

— *Se você quiser perder uma luta, fale sobre ela antes.*

— Mas ela era mais jovem nesses dias — Kadmin sorriu de volta, dentes brancos perfeitos contra a pele bronzeada. — Mal saída da adolescência, se a introdução à minha cópia de *Fúrias* estava correta.

— A adolescência é mais longa no Mundo de Harlan. Acho que ela sabia do que estava falando. Podemos andar logo com isso, por favor?

Além das janelas, o barulho da plateia subia como ondas numa praia de cascalho.

CAPÍTULO 36

No ringue, o barulho era menos uniforme, mais desigual. Vozes individuais rasgavam o ruído de fundo como barbatanas de bottleback no mar agitado, porém, sem aplicar a neuroquímica, eu ainda não captava nada de inteligível. Só um grito atravessou o rugido geral; quando cheguei à beira do ringue, alguém berrou para mim:

— Lembra do meu irmão, seu filho da *puta!*

Ergui o olhar para ver a quem o ressentimento familial pertencia, mas vi apenas um mar de rostos cheios de raiva e antecipação. Vários deles estavam de pé, agitando punhos e pisoteando, martelando os andaimes metálicos. A sede de sangue se acumulava como algo tangível, deixando o ar espesso e desagradável de respirar. Tentei lembrar se eu e meus colegas de gangue gritávamos assim nas lutas bizarras de Novapeste e presumi que provavelmente sim. E isso sem conhecer os combatentes que socavam e rasgavam um ao outro para a nossa diversão. Aquela gente pelo menos tinha algum investimento emocional no sangue que queriam ver derramado.

Do outro lado, Kadmin esperava de braços cruzados. O aço maleável das soqueiras elétricas enfaixadas sobre os dedos de cada mão reluzia sob as luzes do teto. Era uma vantagem sutil, que não deixaria a luta desigual demais, mas que faria a diferença no longo prazo. Eu não estava realmente preocupado com as soqueiras; era o sistema de reação amplificada Vontade de Deus de Kadmin que me afligia mais. Pouco mais de um século antes, eu tinha me deparado com o mesmo sistema nos soldados que o Protetorado enfrentava em Xária, e aquilo não fora nenhuma moleza. Era uma coisa velha, mas era biomecânica militar de uso pesado, e, contra a neuroquímica de Ryker, recém-fritada por um raio atordoante, seria bem perigoso.

Assumi meu lugar diante de Kadmin, conforme indicado pelas marcas no piso. Ao meu redor, a multidão se aquietou um pouco, e os holofotes se acenderam no momento em que o MC Massacre se juntou a nós. Paramentado e maquiado para as câmeras de Pernilla Grip, ele parecia um boneco saído de um pesadelo infantil. Um consorte digno do Homem-Retalho. Ele ergueu as mãos, e alto-falantes direcionais nas paredes do compartimento de carga convertido amplificaram suas palavras de microfone de garganta.

— Bem-vindos ao *Rosa do Panamá*!

Houve um vago rumor da plateia, mas eles estavam dormentes no momento, todos à espera. Massacre sabia disso e girou lentamente, aproveitando a antecipação.

— Para um evento muito especial e muito exclusivo do *Rosa do Panamá*, sejam bem-vindos. Boas vindas, eu lhes ofereço as boas vindas, à *tão final e sangrenta humilhação de Elias Ryker.*

O público enlouqueceu. Ergui meus olhos para os rostos na penumbra e vi a fina pele de civilização removida, a raiva exposta como carne crua abaixo.

A voz amplificada de Massacre sufocou o ruído. Ele fazia gestos com os dois braços para que os espectadores se calassem.

— A maioria de vocês vai se lembrar do detetive Ryker de um ou outro encontro. Para alguns, será o nome de um associado com sangue derramado, talvez até com ossos quebrados.

Uma pausa.

— Aquelas memórias. Aquelas memórias são dolorosas, e alguns de vocês podem pensar que jamais as perderão.

Ele os tinha calados e atentos, e a voz baixou de acordo.

— Meus amigos, não posso me presumir capaz de apagar tais memórias para vocês, pois não é isso que oferecemos a bordo do *Rosa do Panamá*. Aqui não negociamos o suave esquecimento, mas a memória, não importando o quão dolorosa essa memória possa ser. Não nos sonhos, meus amigos, mas na realidade. — Massacre estendeu uma das mãos para me indicar. — Meus amigos, *isto* é realidade.

Mais uma rodada de gritos. Dei uma olhada para Kadmin e ergui as sobrancelhas, exasperado. Achei que poderia morrer, mas não esperava que fosse de tédio. Kadmin deu de ombros. Ele queria lutar. A fanfarronice de Massacre era só o preço levemente desagradável que teria que pagar.

— Isto é realidade — repetiu o MC Massacre. — Esta noite é realidade. Esta noite vocês verão Elias Ryker morrer, morrer de joelhos e, se não posso apagar as memórias de seus corpos sendo espancados e seus ossos, quebrados, posso ao menos substituí-las com os sons do seu algoz sendo destruído.

A plateia entrou em erupção.

Eu me perguntei rapidamente se Massacre estaria exagerando. A verdade sobre Ryker era uma coisa elusiva, ao que parecia. Eu me lembrava da saída da Alcova do Jerry, o jeito como Oktai tinha se assustado ao ver o rosto de Ryker, Jerry me contando sobre os encontros do mongol com o policial cujo corpo eu vestia: *o Ryker extorquia ele o tempo todo. Espancou o cara quase até a morte faz uns anos.* Depois Bautista, descrevendo as técnicas de interrogatório do antigo colega: *ele ia até o limite na maioria das vezes.* Quantas vezes Ryker tinha passado desse limite, para uma luta atrair um público desses?

O que Ortega teria dito?

Pensei em Ortega, e a imagem do rosto dela era uma pequena ilha de calma em meio às zombarias e gritos que Massacre tinha incentivado. Com alguma sorte e as pistas que eu deixara no Hendrix para ela, Ortega acabaria com Kawahara por mim.

Saber disso já bastava.

Massacre sacou uma faca pesada e serrilhada do robe e a ergueu no ar. Um silêncio relativo tomou conta da câmara.

— O golpe de misericórdia — proclamou ele. — Quando nosso matador tiver derrubado Elias Ryker de modo que não tenha mais força para se levantar, vocês verão o cartucho sendo arrancado da espinha viva e esmagado, então saberão que ele se foi.

Massacre soltou a faca e deixou o braço cair. Pura teatralidade. A arma continuou no ar, cintilando num campo gravitacional focalizado, depois se ergueu a uma altura de uns cinco metros acima do centro do matadouro.

— Vamos começar — anunciou Massacre, retirando-se.

Houve um momento mágico então, uma espécie de liberação, quase como se uma cena de expéria tivesse acabado de ser filmada e nós pudéssemos todos nos desligar e relaxar, talvez passando uma garrafa de uísque de mão em mão e ficando de palhaçada atrás das câmeras, fazendo piadas sobre o roteiro carregado de clichês que estávamos sendo forçados a interpretar.

Começamos a nos rodear, ainda com o diâmetro do ringue nos separando e sem guarda erguida para nem aludir ao que estávamos prestes a fazer. Eu tentava ler a linguagem corporal de Kadmin em busca de pistas.

Os sistemas biomecânicos Vontade de Deus de 3.1 ao 7 são simples, mas não devem ser desprezados por isso, tinham nos dito antes do desembarque em Xária. *Os imperativos para os criadores eram força e velocidade, e eles obtiveram vasto sucesso em ambos. A única possível fraqueza é que, em seus padrões de combate, não há nenhuma sub-rotina de seleção aleatória. Mártires da Mão Direita de Deus, portanto, tenderão a lutar e continuar lutando com uma faixa muito estreita de técnicas.*

Em Xária, nossos próprios sistemas de combate aprimorado tinham sido de última geração, contando tanto com reação aleatória quanto com retorno analítico incluídos por padrão. A neuroquímica de Ryker não tinha nada que chegasse perto de tal nível de sofisticação, mas talvez eu pudesse simulá-lo com alguns truques de Emissário. O verdadeiro truque seria ficar vivo por tempo suficiente para o meu condicionamento analisar o padrão de luta da Vontade de Deus e...

Kadmin atacou.

A distância era de quase dez metros de terreno aberto; ele a cobriu no tempo que eu levei para piscar e me acertou como uma tempestade.

As técnicas eram todas simples, socos e chutes lineares, mas executados com tamanho poder e velocidade que o máximo que eu conseguiria era bloqueá-los. Contra-ataque estava fora de questão. Guiei o primeiro soco para fora e para a direta e usei o impulso para dar um passo à esquerda. Kadmin acompanhou a mudança sem hesitação e mirou no meu rosto. Rolei a cabeça para longe do golpe e senti o punho pegar minha têmpora de raspão, sem força suficiente para acionar a soqueira elétrica. O instinto me disse para bloquear baixo, e o chute reto que destruiria meu joelho foi desviado pelo meu antebraço. Uma cotovelada subsequente me atingiu no topo da cabeça e eu cambaleei para trás, fazendo um esforço para me manter de pé. Kadmin veio atrás de mim. Lancei um ataque lateral de direita, mas ele tinha o embalo ofensivo e ignorou o impacto de modo quase casual. Um soco baixo atravessou as defesas e me acertou na barriga. A soqueira detonou com um som como carne jogada na frigideira.

Foi como se alguém tivesse cravado um arpéu nas minhas tripas. A dor real do soco foi deixada bem para trás, na superfície da minha pele, e uma dormência nauseante devastou os músculos do meu abdômen. Somada ao mal-estar do atordoamento, foi incapacitante. Cambaleei três passos atrás e desabei no tatame, me contorcendo como um inseto meio esmagado. Vagamente, ouvi a plateia rugir de aprovação.

Virei a cabeça fracamente e vi que Kadmin tinha recuado e me encarava com olhos soturnos e punhos erguidos diante do rosto. Uma fraca luz vermelha piscava para mim da faixa de aço na mão esquerda dele. As soqueiras, recarregando.

Eu entendi.

Primeiro round.

O combate desarmado tem apenas duas regras: aplique o máximo de golpes, com o máximo de força e velocidade possíveis, e nocauteie seu oponente. Quando ele está no chão, você o mata. Se houver quaisquer outras regras ou considerações, não é uma luta real, é um jogo. Kadmin poderia ter vindo e me finalizado quando eu estava caído, mas esta não era uma luta de verdade. Era uma rodada de humilhação, um jogo onde o sofrimento tem que ser maximizado para o deleite da audiência.

A plateia.

Eu me levantei e passei os olhos pela arena de rostos obscurecidos. A neuroquímica se ateve a dentes polidos por saliva em bocas a gritar. Suprimi a fraqueza nas minhas entranhas, cuspi no piso do ringue e evoquei uma postura de guarda. Kadmin inclinou a cabeça para a frente, como se reconhecendo o significado, e partiu para cima de mim outra vez. A mesma rajada de técnicas lineares, a mesma velocidade e potência; desta vez, porém, eu estava preparado para elas. Desviei os dois primeiros socos com um par de bloqueios com braços dobrados e, em vez de ceder terreno, fiquei no caminho de Kadmin. Ele levou frações de segundo para perceber o que eu estava fazendo, mas já era tarde demais. Estávamos quase peito a peito. Disparei a cabeçada como se o rosto dele pertencesse a cada membro da plateia em cantoria.

O nariz aquilino se quebrou com um estalo sólido e, enquanto ele vacilava, eu o derrubei com um chute de peito do pé no joelho. A borda da minha mão direita foi brandida como uma foice, à procura da garganta, mas Kadmin tinha despencado completamente, somente para rolar e me dar uma rasteira que me acertou os pés. Quando caí, ele se ajoelhou ao meu lado e me socou a nuca. A carga me provocou uma convulsão e bateu minha cabeça no tatame. Senti gosto de sangue.

Eu me levantei com um rolamento e vi que Kadmin tinha recuado e limpava o sangue do próprio nariz quebrado. Ele olhou curioso para a palma manchada de vermelho e depois para mim, então balançou a cabeça em descrença. Sorri fracamente, surfando a onda de adrenalina causada pela visão do sangue derramado, e ergui as duas mãos num gesto de expectativa.

— Pode vir, seu escroto — grasnei com a boca ferida. — Venha acabar comigo.

Ele estava em cima de mim antes que a última palavra estivesse completa. Desta vez, mal o toquei. A maior parte aconteceu fora do combate consciente. A neuroquímica suportou o espancamento corajosamente, lançando bloqueios para manter as soqueiras longe de mim, e me deu espaço para um par de contra-ataques gerados aleatoriamente que o instinto de Emissário me disse que poderiam atravessar o padrão de luta de Kadmin. Ele tratou os golpes como as interrupções de um inseto irritante.

No último desses revides fúteis, estendi demais o soco e Kadmin agarrou meu pulso, me puxando para a frente. Um chute circular perfeitamente equilibrado esmagou minhas costelas, que eu senti rachar. Kadmin puxou de novo, travou o cotovelo do meu braço capturado e, na câmera lenta da visão acelerada pela neuroquímica, eu vi o golpe de antebraço descendo para a articulação. Eu sabia qual seria o som do cotovelo explodindo, sabia que som eu faria antes que a neuroquímica suprimisse a dor. Minha mão se torceu desesperada no punho de Kadmin e eu me deixei cair. Escorregadio de suor, meu pulso se soltou e meu braço se destravou. Kadmin me atingiu com força o suficiente para causar um hematoma, mas o braço aguentou, e a essa altura eu já estava a caminho do chão, de qualquer maneira.

Caí sobre as costelas feridas e minha visão se desfez em estilhaços. Girei, tentando controlar o impulso de me enrolar numa bola fetal, e vi as feições emprestadas de Kadmin mil metros acima de mim.

— Levanta — comandou ele, o som como vastas folhas de papelão sendo rasgadas ao longe. — Ainda não acabamos.

Eu golpeei a partir da cintura, tentando acertar a virilha. O ataque foi desviado para fora, se perdendo na carne da coxa dele. Quase casualmente, Kadmin girou o braço, e a soqueira elétrica me acertou na cara. Vi um rabisco de luzes coloridas, e então tudo se apagou. O barulho da multidão se inflou na minha cabeça, e atrás dele eu achei que podia ouvir o chamado do redemoinho. Tudo entrava e saía de foco, mergulhava e girava como um salto gravitacional enquanto a neuroquímica lutava para me manter consciente. As luzes deram um rasante e em seguida subiram de volta ao teto, como se preocupadas em ver o dano que fora feito em mim, mas só superficialmente, e se satisfizeram com facilidade. A consciência era algo numa larga órbita elíptica ao redor da minha cabeça. De repente, eu estava de volta em Xária, entocado nos destroços do tanque-aranha desativado com Jimmy de Soto.

— Terra? — O sorridente rosto listrado de negro dele é iluminado num clarão de disparos laser fora do tanque. — Aquilo é uma latrina, cara. Porra de sociedade congelada; é como voltar meio milênio no passado. Não acontece porra nenhuma lá, eventos históricos foram proibidos.

— Mentira. — Minha descrença é pontuada pelo grito estridente de uma bomba assoladora. Nossos olhos se encontram na penumbra da cabine do tanque. O bombardeio já vem acontecendo desde o crepúsculo, as armas-robôs caçando com infravermelho e detecção de movimento. Num raro momento em que a interferência eletrônica xariana se interrompeu, ouvimos que a frota IP do almirante Cursitor ainda está a alguns segundos-luz de distância, batalhando com os xarianos pela dominação orbital. Ao amanhecer, se a batalha não tiver acabado, os nativos provavelmente mandarão tropas terrestres para nos caçar. As chances não parecem nada boas.

Pelo menos a ressaca da betatanatina está começando a passar. Sinto minha temperatura iniciando a subida à normalidade. O ar à nossa volta não parece mais sopa quente, e a respiração vai deixando de ser o esforço imenso que era quando nossos batimentos cardíacos estavam quase em zero.

A bomba-robô detona, e as pernas do tanque chacoalham contra o casco com a explosão próxima. Ambos damos uma olhada de reflexo para nossos medidores de exposição.

— Mentira, é? — Jimmy espia pelo buraco irregular que abrimos no casco do tanque-aranha. — Ei, você não é de lá. Eu sou, e te digo agora que, se eles me derem a escolha entre uma vida na Terra e uma porra de armazenamento, *eu teria que pensar bem. Se você tiver a chance de visitar,* não vá.

Pisquei para afastar o glitch. Acima de mim, a faca da morte reluzia no seu campo gravitacional como o sol em meio às árvores. Jimmy estava sumindo, passando pela faca em direção ao teto.

— Te falei pra não vir, não falei, parceiro? Agora olhe só para você. Terra. — Ele cuspiu e sumiu, deixando ecos da voz. — *É uma latrina. Você tem que chegar à próxima tela.*

O barulho da plateia se assentou num cântico constante.

A raiva atravessou o nevoeiro da minha mente como um cabo ardente. Eu me apoiei em um cotovelo e me foquei em Kadmin, à minha espera do outro lado do ringue. Ele me viu e ergueu as mãos num eco do gesto que eu tinha usado antes. A plateia uivou de rir.

Chegar à próxima tela.

Eu me levantei num tranco.

Se você não fizer suas tarefas, o Homem-Retalho vem te buscar uma noite.

A voz saltou na minha cabeça, uma voz que eu não escutava havia quase um século e meio de tempo objetivo. Um homem com quem eu não tinha maculado minha memória pela maior parte da minha vida adulta. Meu pai e suas deliciosas histórias de ninar. Claro que ele ia aparecer agora, quando eu mais precisava dessa merda.

O Homem-Retalho vem te buscar uma noite.

Bem, você entendeu errado, pai. O Homem-Retalho está parado bem ali na minha frente, esperando. Ele não vem me pegar; tenho que ir lá pegar ele eu mesmo. Mas obrigado mesmo assim, pai. Obrigado por tudo.

Reuni o que restava dos níveis celulares do corpo de Ryker e dei um passo à frente.

Vidro se estilhaçou, bem acima do ringue da morte. Os cacos choveram no espaço entre mim e Kadmin.

— Kadmin!

Eu vi os olhos dele erguidos para a plataforma acima, e então o peito inteiro dele pareceu explodir. Sua cabeça e seus braços se lançaram para trás como se alguma coisa o tivesse desequilibrado com força, e uma detonação soou na câmara. A frente do kimono dele foi arrancada e um buraco mágico o rasgou da garganta à cintura. O sangue foi expelido em cascatas.

Girei rapidamente, olhando para cima, e vi Trepp emoldurada na janela da plataforma que ela acabara de destruir, olho ainda mirando ao longo do cano do rifle de fragmentação aninhado nos braços. O bocal flamejou conforme ela atirava sem parar. Confuso, olhei em volta, procurando alvos, mas o ringue da morte estava vazio exceto pelos restos de Kadmin. Massacre tinha sumido e, entre explosões, o barulho da plateia tinha mudado abruptamente para os sons uivantes de humanos em pânico. Todos pareciam estar de pé, tentando fugir. A compreensão me atingiu: Trepp estava atirando no público.

No piso da câmara, uma arma de energia foi disparada e alguém começou a gritar. Eu me virei, subitamente lento e desajeitado, na direção do som. Massacre estava em chamas.

Apoiado na porta da câmara atrás dele, Rodrigo Bautista despejava fogo contínuo com o feixe largo de uma pistola de raios de cano longo. Massacre estava pegando fogo da cintura para cima, batendo no próprio corpo com os braços que, por sua vez, tinham criado asas de chamas. Os berros que ele soltava eram mais um som de fúria do que um de dor. Pernilla Grip jazia morta aos pés dele, o peito atravessado por um furo calcinado. Na minha frente, Massacre se inclinou sobre ela como um boneco feito de cera derretida, e os gritos dele se modularam a tons cada vez mais graves, passando por grunhidos e chegando em um estranho borbulhar eletrônico, até, por fim, o nada.

— Kovacs?

O rifle de fragmentação de Trepp tinha se calado e, contra o ruído de fundo de grunhidos e gritos dos feridos, a voz elevada de Bautista soava especialmente alta. Ele contornou o sintético flamejante e subiu no ringue. O rosto dele estava manchado de sangue.

— Tudo bem com você, Kovacs?

Dei uma risadinha fraca, depois senti de súbito a dor lancinante nas minhas costelas.

— Ótimo. Maravilhoso. Como está Ortega?

— Ela está bem. Demos letinol para o choque. Desculpa termos chegado aqui tão tarde. — Ele indicou Trepp. — Sua amiga na Fell Street levou um tempo para me contatar. Se recusou a usar os canais oficiais. Disse que pareceria estranho. Considerando a sujeira que fizemos entrando aqui, ela bem que tinha razão.

Dei uma olhada em volta para o dano orgânico manifesto.

— Pois é. Isso vai ser um problema?

Bautista soltou uma risada.

— Você tá de sacanagem? Entrada sem mandado. Dano orgânico a suspeitos desarmados. O que você acha?

— Foi mal por isso. — Comecei a sair do ringue. — Talvez a gente possa inventar alguma coisa.

— Ei. — Bautista segurou meu braço. — Eles pegaram uma policial de Bay City. Ninguém faz isso por aqui. Alguém deveria ter avisado Kadmin antes que ele cometesse esse erro de merda.

Não sabia bem se ele estava falando de Ortega ou de mim na minha capa de Ryker, então fiquei calado. Em vez disso, inclinei minha cabeça para trás com cuidado, tentando averiguar o estrago, e dei uma olhada em Trepp. Ela recarregava a arma de fragmentação.

— Ei, vai ficar aí em cima a noite inteira?

— Já desço.

Ela inseriu o último cartucho na arma e, então, executou um belo mortal sobre o corrimão da plataforma e caiu para fora. Depois de um metro de queda, o arnês gravitacional nas costas dela abriu as asas e ela desceu até pairar acima de nós, à altura da cabeça, com a arma pendurada no ombro. Com o longo casaco negro, Trepp parecia uma anja das trevas de folga.

Ajustou o controle do arnês e baixou até finalmente pousar ao lado de Kadmin. Manquei até ela. Nós dois olhamos o cadáver rasgado em silêncio por um momento.

— Obrigado — falei baixinho.

— Esquece. Tudo parte do serviço. Me desculpe por ter trazido esses caras, mas eu precisava de reforços, e rápido. Você sabe o que eles dizem sobre a Sia por aqui. A maior porra de gangue no pedaço, né? — Ela indicou Kadmin com a cabeça. — Vai deixar ele assim?

Encarei o mártir da Mão Direita de Deus com o rosto chocado pela morte súbita, e tentei ver o Homem-Retalho dentro dele.

— Não — respondi. Virei o corpo com o pé para que a nuca ficasse exposta. — Bautista, você me empresta esse estalinho?

Sem palavras, o policial me entregou a pistola de raios. Encostei o cano na base do crânio do Homem-Retalho, deixei ali e esperei para ver se sentia alguma coisa.

— Alguém quer dizer algumas palavras? — brincou Trepp, com voz séria. Bautista deu as costas. — Anda logo com isso.

Se meu pai tinha algum comentário, guardou para si mesmo. As únicas vozes eram os gritos dos espectadores feridos, e essas eu ignorei.

Sem sentir nada, puxei o gatilho.

CAPÍTULO 37

Eu ainda não sentia nada uma hora mais tarde, quando Ortega chegou e me encontrou na sala de encapamento, sentado em uma das autoempilhadeiras e contemplando o reluzir verde dos cilindros de decantação vazios. A escotilha fez um baque suave e, então, um zumbido contínuo ao abrir, mas eu nem reagi. Mesmo reconhecendo os passos dela e seu praguejar curto enquanto abria caminho em meio aos cabos enrolados no chão, eu não olhei para trás. Como a máquina em que eu estava sentado, eu estava desativado.

— Como você está se sentindo?

Olhei para baixo, para onde ela esperava ao lado da empilhadeira.

— Tão bem quanto pareço, provavelmente.

— Bem, você parece estar na merda. — Ortega estendeu a mão para onde eu estava sentado e segurou uma conveniente capa de grade. — Se incomoda se eu me juntar a você?

— Vai em frente. Quer uma mão?

— Não. — Ortega se puxou com dificuldade, ficou pálida com o esforço e ficou ali pendurada com um sorriso torto. — Possivelmente.

Ofereci a ela o menos roxo dos meus braços, e ela escalou a empilhadeira com um grunhido. Agachou-se sem jeito por um momento, depois se sentou ao meu lado e esfregou os ombros.

— Meu Deus, tá frio aqui. Há quanto tempo você está sentado nesta coisa?

— Mais ou menos uma hora.

Ela fitou os tanques vazios.

— Viu alguma coisa interessante?

— Tô pensando.

— Ah. — Ela fez mais uma pausa. — Quer saber, essa porra de letinol é pior que o raio atordoante. Pelo menos, quando você é atordoado, você sabe que seu corpo foi danificado. O letinol lhe diz que, o que quer que tenha lhe acontecido, está tudo bem, então você pode relaxar e tudo mais. E aí você cai de bunda ao tropeçar no primeiro cabo de cinco centímetros que vê pela frente.

— Acho que era para você estar de cama — falei calmamente.

— É, bem, provavelmente você também. Vai ficar com uns belos roxos na cara amanhã. O Mercer te deu uma injeção pra dor?

— Não precisei.

— Ah, durão. Achei que a gente tinha combinado que você tomaria conta dessa capa.

Sorri por reflexo.

— Você tinha que ver o outro cara.

— Eu vi o outro cara. Rasgou ele ao meio com suas próprias mãos, foi?

Mantive o sorriso.

— Cadê a Trepp?

— Sua amiga plugadona? Ela se foi. Disse alguma coisa ao Bautista sobre conflito de interesses e desapareceu na noite. Bautista tá arrancando os cabelos, tentando pensar num jeito de acobertar essa confusão. Quer falar com ele?

— Tudo bem.

Eu me mexi de má vontade. Havia algo de hipnótico na luz verde dos tanques de decantação, e, sob a minha dormência, as ideias começavam a circular inquietas, tentando abocanhar umas às outras como bottlebacks numa espiral de alimentação. A morte de Kadmin, longe de ter me aliviado, tinha apenas acendido o pavio lento dos impulsos destrutivos no fundo do meu estômago. Alguém ia pagar por tudo aquilo.

Pessoal.

Só que desta vez ia além do pessoal. Desta vez tinha a ver com Louise, também conhecida como Anêmona, fatiada numa bandeja cirúrgica; com Elizabeth Elliott, esfaqueada e pobre demais para ser reencapada; com Irene Elliott, que chorava por um corpo que alguma executiva vestia em meses alternados; com Victor Elliott, devastado pela perda e recuperação de alguém que era e também não era a mesma mulher. Desta vez tinha a ver com um jovem negro encarando a família num corpo branco e estragado de meia idade; com Virgínia Vidaura entrando desdenhosa em armazenamento com a cabeça erguida e um último cigarro poluindo pulmões que ela estava prestes a perder, sem dúvida para alguma outra vampira empresarial. Tinha a ver com Jimmy de Soto, arrancando o próprio olho na lama e no fogo em Innenin, e milhões como ele por todo o Protetorado, coleções dolorosamente reunidas de potencial humano individual, cagadas na pilha de esterco da história. Por todos eles e muitos outros, alguém ia pagar.

Um pouco tonto, desci da empilhadeira e ajudei Ortega a fazer o mesmo. Segurar seu peso fez meus braços doerem, mas doeram muito menos que a compreensão súbita e congelante de que aquelas seriam nossas últimas horas juntos. Eu não sabia de onde viera tal conclusão, mas ela chegou com a sensação sólida e assentada na rocha-matriz da minha mente em que eu havia muito tinha aprendido a confiar mais do que no pensamento racional. Deixamos a câmara de reencapamento de mãos dadas, sem percebermos realmente o fato até darmos de cara com Bautista no corredor e nos separarmos instintivamente.

— Andei procurando você, Kovacs. — Se Bautista tinha alguma opinião sobre as mãos dadas, não deixou transparecer. — Sua amiga mercenária caiu fora e deixou a limpeza pra gente.

— É, a Kristi... — Parei e inclinei a cabeça para indicar Ortega. — Me disseram. Ela levou a arma?

Bautista assentiu.

— Então você tem uma história perfeita pra cobrir o incidente. Alguém ligou para relatar tiroteio no *Rosa do Panamá*, vocês vieram dar uma olhada e encontraram o público massacrado, o Kadmin e o Massacre mortos, eu e a Ortega quase acabados. Deve ter sido alguém que o Massacre sacaneou, atrás de vingança.

Pelo canto do olho, vi Ortega balançando a cabeça.

— Não vai colar — disse Bautista. — Todos os telefonemas para a Fell Street são gravados. Assim como os telefones dos cruzadores.

Dei de ombros, sentindo o Emissário acordar dentro de mim.

— E daí? Você ou a Ortega tem informantes aqui em Richmond. Gente cujo nome vocês não podem revelar. A chamada veio num telefone pessoal, que calhou de ser destruído quando vocês tiveram que abrir caminho à bala pelo restante dos seguranças do Massacre. Sem rastros. E nada nos monitores porque esse alguém misterioso, quem quer que tenha matado todo mundo, apagou completamente o sistema automatizado de segurança. Isso pode ser providenciado, eu presumo.

Bautista parecia hesitante.

— Acho que sim. Vamos precisar de um rato de dados para fazer o serviço. O Davidson é bom com um console, mas não tanto assim.

— Eu posso arranjar um rato de dados. Mais alguma coisa?

— Tem gente na arquibancada ainda viva. Sem condições de fazer qualquer coisa, mas respirando.

— Pode esquecer esse pessoal. Se eles viram alguma coisa, foi a Trepp. Provavelmente nem isso, não com clareza. A cena toda acabou em um par de segundos. Só nos resta decidir quando chamar os rabecões.

— Tem que ser logo — comentou Ortega — ou vai ficar suspeito.

Bautista fungou.

— Essa porra tá toda suspeita. Todo mundo na Fell Street vai saber o que aconteceu aqui esta noite.

— Vocês fazem esse tipo de coisa com frequência, é?

— Não tem graça, Kovacs. O Massacre passou dos limites, ele sabia o que estava provocando.

— Massacre — murmurou Ortega. — O filho da puta deve estar armazenado em algum lugar. Assim que for reencapado, vai começar a gritar por uma investigação.

— Talvez não — observou Bautista. — Há quanto tempo você acha que ele foi copiado pra aquele sintético?

Ortega deu de ombros.

— Quem sabe? Ele estava vestindo o corpo na semana passada. Pelo menos por esse tempo, a não ser que ele tenha atualizado a cópia armazenada. E isso é caro pra cacete.

— Se eu fosse alguém como o Massacre — falei, pensativo —, eu me atualizaria sempre que alguma coisa importante acontecesse. Independentemente do preço. Não ia querer acordar sem saber que porra eu estava fazendo na semana antes de ser torrado.

— Isso depende do que você estava fazendo — argumentou Bautista. — Se fosse alguma merda seriamente ilegal, talvez você preferisse acordar sem saber nada. Assim, poderia esfregar o polígrafo na cara da polícia com um sorriso no rosto.

— Melhor que isso. Você nem...

Parei no meio, pensando a respeito. Bautista fez um gesto impaciente.

— Tanto faz. Se o Massacre acordar sem saber, pode fazer algumas perguntas discretas, mas não vai ficar com muita pressa para relatar qualquer coisa à polícia. E, se acordar sabendo, — Bautista espalmou as mãos — vai fazer menos barulho que um orgasmo católico. Acho que estamos resolvidos nesse aspecto.

— Chame as ambulâncias então. E talvez chame o Murawa para...

Só que a voz de Ortega foi sumindo na minha cabeça conforme a última peça do quebra-cabeça se encaixava perfeitamente no devido lugar. A conversa dos dois policiais se tornou tão remota quanto a estática estelar num comunicador de traje. Contemplei um leve amassado na parede de metal ao meu lado, atacando a ideia com todos os testes de lógica que eu consegui reunir.

Bautista me deu uma olhada curiosa e saiu para chamar as ambulâncias. Quando ele sumiu, Ortega tocou meu braço de leve.

— Ei, Kovacs, tá tudo bem?

Eu pisquei.

— Kovacs?

Estendi a mão e toquei a parede, como se para me assegurar da solidez dela. Comparadas à certeza que eu estava experimentando, as coisas ao meu redor pareciam subitamente intangíveis.

— Kristin — falei lentamente —, eu tenho que entrar no Cabeça nas Nuvens. Sei o que eles fizeram ao Bancroft. Posso acabar com a Kawahara e fazer a Resolução 653 passar. E posso soltar o Ryker.

Ortega suspirou.

— Kovacs, nós já passamos por...

— Não. — A selvageria na minha voz foi tão abrupta que chocou até a mim mesmo. Dava para sentir os hematomas no rosto de Ryker doendo conforme as feições ficaram tensas. — Não é especulação. Não é um tiro no escuro. É fato. E eu vou entrar no Cabeça nas Nuvens. Com ou sem a sua ajuda, eu vou.

— Kovacs. — Ortega balançou a cabeça. — Olhe só para você. Está um caco. Neste instante você não conseguiria bater nem num cafetão de Oakland e já está falando de um assalto furtivo a uma das Casas da Costa Oeste. Você acha que vai detonar a segurança de Kawahara com costelas quebradas e essa cara? Esquece.

— Eu não disse que ia ser fácil.

— Kovacs, não vai *ser*. Eu segurei as fitas do Hendrix por tempo suficiente para você armar aquela merda com o Bancroft, mas não dá mais. O jogo acabou; sua amiga Sarah vai para casa e você também, mas esse é o limite. Não estou interessada em vingança.

— Você quer mesmo o Ryker de volta? — perguntei, baixinho.

Por um momento, achei que ela fosse me bater. As narinas se dilataram, lívidas, e o ombro direito chegou a baixar para o soco. Nunca vou saber se foi a ressaca do raio atordoante ou apenas autocontrole que a deteve.

— Eu devia te socar por isso — disse ela com calma.

Ergui as mãos.

— Vá em frente; neste instante eu não conseguiria bater nem num cafetão de Oakland, lembra?

Ortega fez um som de irritação com a garganta e começou a se virar. Ergui a mão e a toquei.

— Kristin... — Hesitei. — Me desculpe. O comentário foi escroto, sobre o Ryker. Você poderia pelo menos me escutar até o fim, para variar?

Ela voltou até mim, com a boca bem fechada sobre o que ela queria dizer, a cabeça baixa. Ela engoliu.

— Não. Já aconteceu demais. — Ortega pigarreou. — Eu não quero que você se machuque ainda mais, Kovacs. Não quero mais estrago e só.

— Estrago à capa de Ryker, você quer dizer?

Ela olhou para mim.

— Não — disse, baixinho. — Não é isso que eu quero dizer.

Então ela estava pressionada contra mim, ali naquele corredor sombrio de metal, braços me envolvendo com força e rosto enterrado no meu peito, tudo sem uma transição aparente. Engoli também e a abracei com força enquanto o resto do tempo que nós tínhamos se esvaía como grãos de areia por entre meus dedos. E, naquele momento, eu teria dado quase qualquer coisa para não ter um plano para que ela escutasse, não ter nenhum jeito de dissolver o que crescia entre nós, não ter odiado Reileen Kawahara tanto assim.

Eu teria dado quase qualquer coisa.

Duas da madrugada.

Liguei para Irene Elliott no apartamento da JacSol e a tirei da cama. Disse que tínhamos um problema que pagaríamos muito bem para ela resolver. Irene assentiu, sonolenta. Bautista iria buscá-la num cruzador sem identificação policial.

Quando ela chegou, o *Rosa do Panamá* estava iluminado como se fosse ter uma festa no convés. Holofotes verticais ao longo dos costados faziam parecer que o navio estava sendo baixado do céu noturno em cordas de luz. Barreiras formadas por cabos de ilumínio riscavam a superestrutura e as amarras no píer. O teto do compartimento de carga onde a rodada de humilhação acontecera estava aberto para permitir às ambulâncias acesso direto, e o clarão das luzes de cena de crime lá dentro se erguiam para o céu como o brilho de uma fundição. Cruzadores policiais controlavam o céu e estavam estacionados pelo píer piscando em vermelho e azul.

Eu a encontrei na prancha de subida.

— Quero meu corpo de volta — gritou ela por cima do chiado e rugido dos motores aéreos. Os holofotes clareavam os cabelos negros da capa dela quase de volta ao loiro.

— Não tenho como arranjar isso para você agora — gritei de volta. — Mas está na fila. Primeiro, você precisa fazer isso. Ganhar uns créditos. Agora vamos tirar você daqui antes que a porra da Sandy Kim te veja.

A polícia mantinha os helicópteros da imprensa afastados. Ortega, ainda nauseada e trêmula, se embrulhou num casacão de uniforme, mantendo a polícia local afastada com a mesma intensidade de olhos brilhantes que a fazia continuar de pé e consciente. Divisão de Dano Orgânico, gritava ela, abusava da patente, intimidava e blefava e, assim, defendia o forte enquanto Elliott se infiltrava para trabalhar na necessária falsificação das gravações. Eles eram, como Trepp tinha reconhecido, a maior gangue no pedaço.

— Vou deixar aquele apartamento amanhã — contou Elliott enquanto trabalhava. — Você não vai mais me encontrar lá, se procurar.

Ela ficou em silêncio por alguns instantes, assoviando entre dentes em momentos aleatórios enquanto inseria as imagens que havia construído. Então me dispensou um olhar de relance por cima do ombro.

— Você está dizendo que eu vou ganhar um troco desses caras, fazendo este serviço. Eles vão ficar me devendo uma?

— É, eu diria que sim.

— Então vou entrar em contato com eles. Me traga o responsável, eu falo com essa pessoa. E não tente me ligar em Ember; não estarei lá também.

Não respondi nada; só a fitei. Elliott tinha voltado ao trabalho.

— Eu só preciso de um tempo sozinha — murmurou ela.

Essas meras palavras já soaram um luxo para mim.

CAPÍTULO 38

Eu o observei servir um drinque de uma garrafa de uísque de 15 anos, levá-lo até o telefone e se sentar com cuidado. As costelas quebradas tinham sido soldadas no lugar certo em uma das ambulâncias, mas aquele lado inteiro do corpo ainda era uma enorme dor, com cruéis pontadas de agonia. Ele bebericou do uísque, fez um esforço visível de preparação e fez a ligação.

— Residência Bancroft. Com quem você deseja falar? — Era a mulher de terno que tinha atendido da última vez que liguei para a Casa Toque do Sol. O mesmo terno, o mesmo cabelo, até a mesma maquiagem. Talvez se tratasse de um construto telefônico.

— Miriam Bancroft — disse ele.

Mais uma vez, era a sensação de ser um observador passivo, a mesma sensação de desconexão que eu sentira naquela noite diante do espelho enquanto a capa de Ryker equipava as armas. Fragmentação. Só que desta vez era muito pior.

— Um momento, por favor.

A mulher desapareceu da tela e foi substituída por uma imagem de uma chama de fósforo acariciada pelo vento em sincronia com uma música de piano que soava como folhas de outono sendo sopradas sobre uma calçada gasta e rachada. Um minuto se passou antes do surgimento de Miriam Bancroft, imaculadamente vestida num paletó e blusa. Ela ergueu uma sobrancelha perfeitamente feita.

— Sr. Kovacs. Que surpresa.

— É, bem. — Ele gesticulou, constrangido. Mesmo através da tela, Miriam Bancroft radiava uma sensualidade que o desequilibrava. — Esta linha é segura?

— Razoavelmente, sim. O que você quer?

Ele pigarreou.

— Andei pensando. Tem algumas coisas que eu gostaria de conversar com você. Eu, hum, talvez lhe deva um pedido de desculpas.

— É mesmo? — desta vez foram ambas as sobrancelhas. — Quando exatamente?

Ele deu de ombros.

— Não estou fazendo nada agora.

— Sim. Eu, entretanto, estou, Sr. Kovacs. Estou a caminho de uma reunião em Chicago e não estarei de volta à costa até amanhã à noite. — A mais leve sugestão de um sorriso tremulou nos cantos da boca dela. — Você pode esperar?

— Claro.

Ela se inclinou para a tela, estreitando os olhos.

— O que aconteceu com o seu rosto?

Ele ergueu a mão para um dos hematomas faciais emergentes. Na luz fraca do quarto, ele não tinha esperado que fosse tão perceptível. Nem imaginara que Miriam Bancroft fosse tão atenta.

— Longa história. Conto quando nos virmos.

— Bem, eu mal posso esperar — comentou ela, com ironia. — Vou mandar uma limusine buscá-lo no Hendrix amanhã à tarde. Digamos, por volta das quatro? Ótimo. Até lá.

A tela se apagou. Ele ficou sentando encarando o visor por um momento antes de desligar o telefone e girar a cadeira para a janela.

— Ela me deixa nervoso — disse ele.

— É, eu fico assim também. Bem, óbvio.

— Muito engraçado.

— Eu me esforço.

Levantei-me para buscar a garrafa de uísque. Ao atravessar o quarto, vi meu reflexo no espelho ao lado da cama.

Enquanto a capa de Ryker tinha o ar de um homem que vencera as dificuldades da vida a base de cabeçadas, o homem no espelho parecia ser capaz de se esquivar com elegância de todas as crises e observar o destino cair desajeitado de cara no chão. O corpo tinha um movimento quase felino, uma economia de movimento suave e sem esforço que cairia bem em Ancana Salomão. Os cabelos espessos, quase azuis de tão negros, caíam numa lisa cascata sobre os ombros enganosamente estreitos, e os olhos amendoados elegantes tinham uma expressão gentil, despreocupada, que sugeria que o universo era um bom lugar onde se viver.

Eu só estava na capa de tecnoninja havia algumas horas — sete horas e 42 minutos, de acordo com o mostrador cronográfico implantado no canto superior esquerdo do meu campo de visão —, mas não sentia nenhum dos efeitos colaterais do download. Peguei a garrafa de uísque com uma das mãos esguias e morenas de artista, e o simples funcionar de osso e músculo foi uma alegria que reluziu em mim. O sistema neuroquímico Khumalo vibrava de forma contínua no limite da percepção, como se cantasse muito de leve a variedade de coisas possíveis que o corpo seria capaz de fazer em qualquer dado momento. Nunca, nem durante meu tempo com o Corpo de Emissários, eu tinha vestido algo como aquilo.

Recordei as palavras de Massacre e balancei a cabeça mentalmente. Se a ONU achava que seria capaz de impor um embargo colonial de dez anos naquilo, eles viviam em outro planeta.

— Não sei quanto a você — disse ele —, mas estou achando isso esquisito pra caralho.

— Nem me fale.

Enchi o copo e ofereci a garrafa. Ele balançou a cabeça. Voltei ao nicho da janela e me sentei com as costas no vidro.

— Como é que o Kadmin aguentava essa merda? Ortega diz que ele trabalhava consigo mesmo toda hora.

— As pessoas se acostumam com qualquer coisa, acho. Além disso, Kadmin era um doido da porra.

— Ah, e a gente não é?

Dei de ombros.

— Não tínhamos escolha. Além de ir embora, quer dizer. Teria sido melhor?

— Você que me diga. É você quem vai enfrentar Kawahara. Eu sou só a puta aqui. Aliás, não acho que Ortega tenha ficado lá muito feliz com essa parte do esquema. Tipo, ela estava confusa antes, mas agora...

— *Ela* está confusa? E como você acha que eu me sinto?

— Eu sei como você se sente, idiota. Eu sou você.

— Será mesmo? — Sorvi meu drinque e gesticulei com o copo. — Quanto tempo você acha que leva até nós deixarmos de ser exatamente a mesma pessoa?

Ele deu de ombros.

— Você é o que você lembra. Neste instante, temos só umas sete ou oito horas de percepções separadas. Não pode ter feito muita diferença ainda, pode?

— Em quarenta e tantos anos de memórias? Acho que não. E são as coisas iniciais que moldam a personalidade.

— Pois é, é o que dizem. E, falando nisso, me diz uma coisa. Como você se sente, quer dizer, como *a gente* se sente quanto ao Homem-Retalho estar morto?

Eu me ajeitei, pouco à vontade.

— A gente tem mesmo que conversar sobre isso?

— Temos que conversar sobre alguma coisa. Estamos presos aqui um com o outro até amanhã à noite...

— Você pode sair, se quiser. Por falar nisso — apontei o dedão para cima, na direção do telhado —, eu posso sair daqui do mesmo jeito que entrei.

— Você tá desesperado para evitar essa conversa, hein?

— Não foi tão difícil.

Isso, pelo menos, era verdade. O esboço original do plano dizia que a cópia ninja de mim ficaria no apartamento de Ortega até a cópia Ryker desaparer com Miriam Bancroft. Então me ocorreu que precisaríamos de um relacionamento funcional com o Hendrix para realizar o ataque contra o Cabeça nas Nuvens e que não haveria nenhuma forma de a minha cópia ninja provar sua identidade ao hotel sem algo extremo como uma varredura de armazenamento. Parecia mais inteligente que a cópia Ryker apresentasse o ninja antes de partir com Miriam Bancroft. Já que a cópia Ryker indubitavelmente ainda estaria sob vigilância, no mínimo por parte de Trepp, nós dois sairmos juntos pela porta da frente do Hendrix parecia uma péssima ideia. Peguei emprestados com Bautista um arnês gravitacional e um traje furtivo e, logo antes de amanhecer, eu me esgueirei em meio ao tráfego irregular de alto nível e desci para um beiral abrigado no quadragésimo segundo andar. O Hendrix, que a essa altura já tinha sido avisado da minha chegada pela cópia Ryker, me deixou entrar por um duto de ventilação.

Com a neuroquímica Khumalo, tinha sido quase tão fácil quanto entrar pela porta da frente.

— Olha — disse a cópia Ryker. — Eu sou você. Eu sei tudo que você sabe. Que mal há em falar sobre essas coisas?

— Se você sabe tudo que eu sei, qual é o *sentido* de se falar?

— Às vezes faz bem botar as coisas para fora. Mesmo quando você fala com outra pessoa, geralmente está falando consigo. A outra pessoa só está oferecendo uma caixa de ressonância. Você fala até resolver.

Suspirei.

— Eu não sei. Enterrei toda essa merda sobre o nosso pai faz muito tempo, está mais que morta.

— Tá, sei.

— Tô falando sério.

— Não. — Ele lançou um dedo para mim como eu tinha apontado para Bancroft quando ele não quis encarar meus fatos na varanda da Casa Toque do Sol. — Você está mentindo para si mesmo. Lembra daquele cafetão que encontramos no cracódromo do Lazlo no ano que entramos nos Onze de Shonagon? Aquele que quase matamos antes que nos arrancassem dele?

— Era só o efeito das drogas. Estávamos loucos de tetrameta, nos exibindo por causa do lance dos Onze. Porra, a gente tinha só 16 anos.

— Mentira. A gente fez aquilo porque ele parecia o nosso pai.

— Talvez.

— Fato. E nós passamos a década e meia seguinte matando figuras de autoridade pelo mesmo motivo.

— Ah, fala sério, porra! Passamos aquela década e meia matando qualquer um que entrasse no caminho. Eram as forças armadas, era isso que fazíamos da vida. E, de qualquer maneira, desde quando um cafetão é uma figura de autoridade?

— Certo, talvez a gente tenha passado quinze anos matando cafetões, então. Usuários. Talvez fosse disso que a gente estivesse se vingando.

— Ele nunca prostituiu a nossa mãe.

— Tem certeza? Por que nós estávamos tão interessados em abordar o ângulo Elizabeth Elliott da investigação como uma porra de bomba nuclear? Por que o foco em puteiros?

— Porque — retruquei, tomando um gole de uísque — esse foi o tema central da investigação desde o começo. Fomos atrás do ângulo Elizabeth Elliott porque parecia certo. Intuição de Emissário. O jeito como Bancroft tratava a mulher...

— Ah, Miriam Bancroft. Eis aí um disco inteiro que dava para a gente tocar.

— Cala a boca. Elliott foi uma porra de tiro no escuro sensacional. Não teríamos chegado ao Cabeça nas Nuvens sem aquela visita às biocabines do Jerry.

— Ahhh. — Ele fez um gesto de desgosto e bebeu do próprio copo. — Você acredite no que quiser. Eu digo que o Homem-Retalho sempre foi uma metáfora para o nosso pai por não aguentarmos encarar a verdade muito de perto e que foi por isso que ficamos muito bolados quando vimos um construto composto num virtual. Lembra disso? Aquele lugarzinho em Adoración? Tivemos sonhos de fúria por uma semana depois daquele showzinho. Acordávamos com travesseiros estraçalhados nas mãos. Mandaram a gente pros psicos por isso.

Fiz um gesto irritado.

— É, eu lembro. Lembro de ficar me cagando de medo do Homem-Retalho, não do papai. Lembro de sentir a mesma coisa quando vimos Kadmin no virtual também.

— E agora que ele está morto? Como nos sentimos agora?

— Eu não sinto nada.

Ele apontou para mim de novo.

— Isso é só fachada.

— Não é fachada. O filho da puta entrou no meu caminho, me ameaçou e agora está morto. Fim da transmissão.

— Você não lembra de mais ninguém te ameaçando, não? Quando você era pequeno, talvez?

— Não vou mais falar nisso. — Peguei a garrafa e enchi meu copo de novo. — Escolha outro assunto. E quanto à Ortega? Como você se sente nesse aspecto?

— Você está planejando beber essa garrafa inteira?

— Quer um pouco?

— Não.

Fiz um gesto impaciente.

— Então qual é o seu problema?

— Você está tentando ficar bêbado?

— É claro que estou. Se vou ter que conversar comigo mesmo, não vejo por que tenho que fazer isso sóbrio. Então me fale sobre Ortega.

— Não quero falar disso.

— Por que não? — perguntei, razoável. — Temos que conversar sobre alguma coisa, lembra. Qual é o problema com Ortega?

— O problema é que nós dois não sentimos o mesmo por ela. Você não está mais vestindo a capa de Ryker.

— Isso não faz...

— Faz sim. O que existe entre nós e Ortega é completamente físico. Não houve tempo suficiente para mais nada. É por isso que você está tão feliz em falar nela agora. Nessa sua capa, você só tem uma vaga nostalgia daquele iate e um maço de memórias efêmeras para reforçar o pacote. Não há mais nada químico acontecendo com você.

Procurei alguma coisa para dizer e, de repente, não encontrei nada. A diferença descoberta subitamente pairou entre nós como um terceiro e indesejável ocupante no cômodo.

A cópia Ryker meteu a mão no bolso e tirou os cigarros de Ortega. O maço estava quase completamente achatado. Ele tirou um cigarro, contemplou-o com arrependimento e o colocou na boca. Tentei não fazer cara de desaprovação.

— É o último — afirmou ele, tocando o painel de ignição no cigarro.

— O hotel provavelmente tem mais.

— Verdade. — Ele soltou fumaça, e percebi que quase invejava o vício. — Sabe, tem uma coisa que deveríamos debater agora.

— O quê?

Só que eu já sabia. Nós dois sabíamos.

— Você quer mesmo que eu diga? Muito bem. — Ele tragou de novo e deu de ombros com dificuldade. — Temos que decidir qual de nós dois será obliterado quando isso tudo acabar. E, já que o nosso instinto de sobrevivência individual fica mais forte a cada minuto, temos que decidir logo.

— Como?

— Eu não sei. O que você preferiria lembrar? Foder a vida da Kawahara? Ou foder com Miriam Bancroft? — Ele sorriu, azedo. — Não tem comparação, né?

— Ei, você não está só falando de uma sarradinha na areia. É sexo de múltiplas cópias! É tipo o último prazer genuinamente ilícito que ainda existe. De qualquer maneira, Irene Elliott disse que poderíamos fazer um enxerto de memória e ficar com os dois conjuntos de experiência.

— Provavelmente. Ela disse que *provavelmente* nós poderíamos fazer um enxerto de memória. E isso ainda exige que um de nós dois seja cancelado. Não é uma fusão, é um enxerto, de um para o outro. Edição. Você quer fazer isso consigo mesmo? Com aquele que sobreviver? Não conseguimos nem ter coragem de editar aquele construto feito pelo Hendrix. Como vamos viver com isso? Sem chance; tem que ser definitivo. Um ou o outro. E precisamos decidir qual.

— Tem razão. — Peguei a garrafa de uísque e encarei o rótulo, taciturno. — Então o que nós fazemos? Apostamos para ver quem fica? Papel, pedra e tesoura, digamos, melhor de cinco?

— Estava pensando em termos um pouco mais racionais. Contamos um ao outro nossas memórias a partir deste ponto e então decidimos quais nós queremos manter. Quais são mais valiosas.

— E como é que nós vamos medir alguma coisa assim?

— Nós vamos saber. Você sabe que vamos.

— E se um de nós mentir? Enfeitar a verdade para que a memória pareça mais atraente? Ou mentir ao dizer qual das memórias ele prefere?

Ele estreitou os olhos.

— Está falando sério?

— Muita coisa pode acontecer em alguns dias. Como você disse, nós dois vamos querer sobreviver.

— Ortega pode nos poligrafar se chegar a este ponto.

— Acho que eu preferiria apostar.

— Me dá a porra da garrafa. Se você não vai levar isto a sério, então eu também não vou. Foda-se, você pode até ser torrado lá fora e resolver o problema para nós.

— Valeu.

Passei a garrafa para ele e observei enquanto ele decantava dois dedos com cuidado. Jimmy de Soto sempre disse que era um sacrilégio tomar mais que cinco dedos de single malt numa só ocasião. Depois disso, afirmava ele, tanto fazia tomar uísque blended. Eu tinha a sensação de que nós iríamos profanar aquele artigo de fé em particular naquela noite.

Ergui meu copo.

— À unidade de propósito.

— É, e ao fim dos porres solitários.

A ressaca ainda me importunava quase um dia inteiro mais tarde, quando eu observava o outro partindo num dos monitores do hotel. Ele saiu para a calçada e esperou enquanto a longa e polida limusine pousava junto ao meio-fio. Quando a porta do passageiro se abriu para cima, tive um relance do perfil de Miriam Bancroft lá dentro. Então ele entrou, e a porta baixou suavemente para cobri-los. A limusine tremulou ao longo do comprimento e alçou voo.

Engoli a seco mais analgésicos, esperei mais dez minutos e depois subi ao telhado para esperar Ortega.

Fazia frio.

CAPÍTULO 39

Ortega trouxe uma variedade de notícias.

Irene Elliott tinha ligado e dito que estava disposta a conversar sobre uma nova incursão. A ligação havia vindo num dos feixes mais bem-protegidos jamais vistos pela Fell Street, e Elliott dissera que só negociaria diretamente comigo.

Enquanto isso, o acobertamento do incidente no *Rosa do Panamá* ainda estava se sustentando, e Ortega ainda tinha posse das fitas de memória do Hendrix. A morte de Kadmin tinha basicamente transformado o caso original da Fell Street numa formalidade burocrática, e ninguém mais estava com a menor pressa de cuidar do assunto. A Corregedoria decidira abrir um inquérito para investigar como exatamente o assassino tinha sido tirado da detenção, em primeiro lugar. Considerando a suposição de que uma IA estava envolvida, o Hendrix entraria sob escrutínio em algum momento, mas ainda não havia previsão alguma de aquilo acontecer. Ainda restavam alguns procedimentos interdepartamentais a serem seguidos, e Ortega tinha vendido a Murawa uma história sobre pontas soltas. O capitão da Fell Street dera a ela algumas semanas sem data para voltar, para amarrar tais pontas; a presunção tácita era que Ortega não gostava nem um pouco da Corregedoria e não pretendia facilitar a vida deles.

Um par de detetives da Corregedoria estava farejando o caso no *Rosa do Panamá*, mas a divisão de Dano Orgânico tinha protegido Ortega e Bautista como um desativamento de cartucho. A Corregedoria não tinha conseguido nada até aquele momento.

Tínhamos algumas semanas.

Ortega voou para nordeste. As instruções de Elliott nos direcionaram a um pequeno grupo de cabines-bolha reunidas no extremo oeste de um lago cercado por árvores a centenas de quilômetros de qualquer lugar. Ortega grunhiu com reconhecimento enquanto girávamos acima do acampamento.

— Você conhece esse lugar?

— Conheço o tipo. Aldeia de vigaristas. Está vendo a parabólica no centro? Deve estar apontada para alguma velha plataforma meteorológica geossíncrona, o que lhes dá acesso livre a qualquer coisa no hemisfério. Este lugar provavelmente é responsável por uma percentagem de um dígito de todo o crime digital na Costa Oeste.

— E a polícia nunca cai em cima?

— Depende — Ortega pousou o cruzador à margem do lago, a uma curta distância da cabine-bolha mais próxima. — Do que jeito que as coisas andam, é esse pessoal que mantém os velhos orbitais funcionando. Sem eles, alguém teria que pagar pela retirada de serviço dos orbitais, o que é meio caro. Enquanto os golpes deles forem em pequena escala, ninguém se dá a esse trabalho. A Divisão de Transmissões Criminais tem discos maiores para rodar, e ninguém mais se interessa. Você vem?

Saltei do veículo e caminhamos pela margem até o acampamento. Visto do ar, ele tinha uma uniformidade estrutural, mas agora eu via que as cabines-bolha eram todas pintadas com imagens e padrões abstratos coloridíssimos. Não havia duas ilustrações iguais, ainda que eu pudesse discernir a mão do mesmo artista em vários dos exemplos pelos quais passamos. Além disso, várias das bolhas estavam equipadas com puxadinhos de todo tipo, como varandas cobertas, extensões secundárias e, em alguns casos, até mesmo cabanas de madeira anexas mais permanentes. Havia roupas penduradas em varais entre os habitats e crianças pequenas correndo por todos os lados, sujando-se com muita alegria.

O segurança do assentamento nos recebeu junto ao primeiro anel de bolha. O sujeito tinha mais de dois metros de altura com botinas de trabalho sem salto, e provavelmente pesava tanto quanto meus dois eus atuais juntos. Sob um macacão cinzento frouxo, dava para notar uma postura de lutador. Os olhos dele eram de um vermelho espantoso, e chifres curtos brotavam das têmporas. Sob os chifres, o rosto era velho e cheio de cicatrizes. O efeito era surpreendentemente contrabalanceado pela criancinha que ele aninhava no braço esquerdo.

O sujeito acenou a cabeça para mim.

— Tu é o Anderson?

— Sou. Esta é Kristin Ortega. — Fiquei surpreso ao perceber como o nome me soou neutro de repente. Sem a interface feromonal de Ryker, me restava pouco mais que uma vaga apreciação de que a mulher ao meu lado era muito atraente de um jeito esguio e autossuficiente que me lembrava de Virgínia Vidaura.

Além das minhas memórias.

Eu me perguntava se ela se sentia do mesmo jeito.

— Policial, é? — O tom do ex-lutador bizarro não transbordava de calor e afeto, mas também não soava demasiado hostil.

— Não no momento — respondi com firmeza. — A Irene está?

— Tá. — Ele trocou a criança de braço e apontou. — A cabine com as estrelas. Tava te esperando.

Enquanto ele falava, Irene Elliott emergiu da estrutura em questão. O chifrudo grunhiu e nos levou até lá, ganhando um rastro de crianças adicionais no caminho. Elliott observou nossa chegada com as mãos nos bolsos. Como o ex-lutador, ela vestia botas e um macacão cuja cor cinzenta era equilibrada por uma bandana de arco-íris violentamente colorida.

— Seus visitantes — anunciou o homem chifrudo. — Tudo bem por você?

Elliott assentiu calmamente, e ele hesitou por mais um momento, depois deu de ombros e foi embora com a criançada a reboque. Elliott ficou olhando o homem se afastar, depois se virou de volta para nós.

— É melhor vocês entrarem — disse ela.

Dentro da cabine-bolha, o espaço utilitário tinha sido dividido com partições de madeira e tapetes trançados pendurados em arames presos no domo de plástico. As paredes estavam cobertas com mais desenhos, e a maior parte parecia ter sido contribuição das crianças do campo. Elliott nos levou a um espaço com iluminação suave com pufes molengos e um terminal de acesso surrado num braço móvel colado na parede da bolha. Ela parecia estar bem-ajustada à capa, todos os movimentos executados sem esforço ou atenção fora do normal. Eu tinha percebido a melhoria no *Rosa do Panamá* na madrugada, mas ali dava para notar melhor. Elliott se sentou com facilidade num dos pufes e me encarou especulativamente.

— É você aí dentro, Anderson, eu presumo?

Inclinei minha cabeça.

— Você vai me contar por quê?

Eu me sentei diante dela.

— Isso depende de você, Irene. Está dentro ou fora?

— Você garante que eu terei meu corpo de volta. — Ela fazia um esforço enorme para soar casual, mas não havia jeito de disfarçar o desejo na voz.

— Esse é o acordo.

Dei uma olhada para Ortega, que assentiu.

— Isso mesmo. Se isto der certo, nós poderemos requisitá-lo sob um mandado federal. Mas tem que dar certo. Se nós cagarmos tudo, provavelmente vamos todos pegar pena dupla.

— Você está operando sob jurisdição federal, tenente?

Ortega abriu um sorriso apertado.

— Não exatamente. Porém, sob os estatutos da ONU, poderemos aplicar a jurisdição retroativamente. Se, como eu disse, tivermos sucesso.

— Uma jurisdição federal *retroativa*. — Elliott se virou de volta para mim. — Isso é tão comum quanto carne de baleia. Deve ser uma coisa seríssima.

— E é mesmo — falei.

Elliott estreitou os olhos.

— E você não está mais com a JacSol, está? Quem é você, caralho? Anderson?

— Eu sou a sua fada madrinha, Elliott. Porque, se a requisição da tenente não der certo, eu vou comprar sua capa. Essa é uma garantia. Então, você está dentro ou fora?

Irene Elliott continuou se fazendo de indiferente por mais um momento, um momento no qual senti meu respeito técnico por ela assumir um tom mais pessoal. Então ela assentiu.

— Pode contar — disse ela.

Eu contei.

Levou mais ou menos uma hora e meia para explicar, enquanto Ortega ficava por perto ou perambulava inquieta pela cabine-bolha. Eu não poderia culpá-la. Nos últimos dez dias ela precisara encarar a destruição de praticamente todos os seus princípios profissionais e, agora, estava comprometida com um projeto que, se desse errado, ofereceria uma coleção violenta de crimes de cem anos de armazenamento ou pior para todos os envolvidos. Eu acho que, sem o apoio de Bautista e dos outros, ela não teria corrido o risco, nem mesmo com o ódio cordial aos Matusas, nem mesmo por Ryker.

Ou talvez isso tudo seja só algo que eu digo a mim mesmo.

Irene Elliott ficou sentada ouvindo num silêncio quebrado apenas por três perguntas técnicas para as quais eu não tinha respostas. Quando terminei, ela ficou calada por um longo tempo. Ortega parou de perambular e veio parar atrás de mim, esperando.

— Você é maluco — afirmou Elliott, finalmente.

— Você consegue?

Ela abriu a boca e a fechou de novo. O rosto ficou sonhador, e eu deduzi que ela estaria revendo um episódio prévio de devassamento na memória. Depois de alguns instantes, Elliott voltou ao normal e assentiu como se estivesse tentando convencer a si mesma.

— Sim — disse lentamente. — Pode ser feito, mas não em tempo real. Isto não vai ser como reescrever o sistema de segurança dos seus amigos na arena de lutas, nem mesmo como fazer o download para aquele núcleo de IA. Isto aqui faz o que nós fizemos àquela IA parecer uma checagem de rotina. Para executar esse plano, para até mesmo tentar, eu precisarei de um fórum virtual.

— Não é um problema. Mais alguma coisa?

— Depende dos sistemas de contra-intrusão que o Cabeça nas Nuvens estiver rodando. — Repulsa e um toque de lágrimas coloriram o tom dela por alguns momentos. — Você diz que esse é um puteiro de alta classe?

— Altíssima — assegurou Ortega.

Os sentimentos de Elliott voltaram a ficar escondidos.

— Então eu terei que rodar algumas checagens. Vai levar um tempo.

— Quanto? — Ortega queria saber.

— Bem, posso fazer de dois jeitos — O desprezo profissional emergiu na voz dela, formando uma cicatriz sobre a emoção que estivera ali antes. — Posso fazer uma varredura rápida, e talvez tocar todos os alarmes a bordo dessa pica voadora. Ou posso fazer direito, o que vai levar uns dois dias. Você que sabe. Estamos correndo no seu relógio.

— Leve o tempo que for necessário — sugeri, com um olhar de advertência para Ortega. — Agora, e quanto a me instalar captura de áudio e vídeo; você sabe de alguém que pode fazê-lo discretamente?

— Sei, tem gente aqui que pode cuidar disso. Mas esquece o sistema de telemetria. Se tentar transmitir de lá, você *vai* fazer a casa cair. Sem trocadilho. — Elliott foi até o terminal e abriu uma tela de acesso geral. — Deixa eu ver se a Reese pode lhe arranjar um microfone de uso rápido. Microcartucho blindado, você vai poder gravar umas duzentas horas de alta resolução e nós recuperamos aqui depois.

— Dá pro gasto. Vai sair caro?

Elliott se virou de volta para nós, as sobrancelhas bem erguidas.

— Fale com a Reese. Ela provavelmente vai ter que encomendar as peças, mas talvez você possa dar um jeito de ela fazer a cirurgia numa base federal retroativa. Ela bem que anda precisando de uma forcinha no nível da ONU.

Dispensei uma olhada para Ortega, que deu de ombros com irritação.

— Pode ser — disse ela de forma desagradável, enquanto Elliott se ocupava com a tela.

Eu me levantei e me virei.

— Ortega — murmurei no ouvido dela, subitamente ciente de que, na nova capa, eu era completamente indiferente ao cheiro dela. — Não é culpa minha que a gente esteja sem fundos. A conta da JacSol se foi, evaporou, e, se eu começar a sacar do crédito de Bancroft para isto, vai ficar esquisito pra cacete. Se controle.

— Não é esse o problema — sibilou ela de volta.

— Então qual é?

Ortega olhou para mim, para nossa proximidade brutalmente casual.

— Você sabe muito bem qual é.

Respirei fundo e fechei os olhos para não ter que encará-la.

— Você resolveu aquele equipamento para mim?

— Sim. — Ela deu um passo para trás, a voz voltando para um volume normal e perdendo aquele tom. — A pistola atordoante da sala de armas da Fell Street, ninguém vai sentir falta. O resto veio dos estoques de armas confiscadas da polícia de Nova York. Vou lá amanhã mesmo buscar tudo eu mesma. Transação material, sem registros. Cobrei alguns favores.

— Ótimo. Obrigado.

— Não há de quê. — O tom dela era selvagemente irônico. — Ah, por falar nisso, eles tiveram um trabalhão ferrado para conseguir aquela carga de veneno de aranha. Que tal você me contar qual é o motivo pra ela?

— É um lance pessoal.

Elliott falava com alguém na tela. Uma mulher de aparência séria numa capa africana de 50 e muitos anos.

— Ei, Reese — disse Elliott, animada. — Tenho um cliente pra você.

Apesar da estimativa pessimista, Irene Elliott completou a varredura preliminar no dia seguinte. Eu estava junto ao lago, recuperando-me da simples microcirurgia de Reese e quicando pedras com uma menina de uns 6 anos, que parecia ter me adotado. Ortega ainda estava em Nova York, e o gelo entre nós continuava sem solução.

Elliott emergiu do acampamento e gritou a notícia do sucesso da varredura sem se dar ao trabalho de ir até a beira do lago. Estremeci enquanto os ecos flutuavam sobre a água. A atmosfera aberta do pequeno assentamento não era algo rápido de se acostumar, e eu não conseguia entender como essa característica combinava com pirataria de dados de sucesso. Entreguei minha pedra à menina e esfreguei por reflexo a leve dor abaixo do olho onde Reese tinha implantado o sistema de gravação.

— Aqui, veja o que você consegue fazer com esta.

— Suas pedras são *pesadas* — reclamou ela.

— Bem, tente mesmo assim. Consegui nove pulos com a última.

Ela estreitou os olhos para mim.

— Você tem implantes pra isso. Eu só tenho 6 anos.

— Verdade. Nas duas coisas. — Coloquei a mão na cabeça dela. — Mas você tem que se virar com o que tem.

— Quando eu crescer, eu vou ser toda implantada que nem a titia Reese.

Senti um pouco de tristeza brotar no chão varrido e limpo do meu cérebro de neuroquímica Khumalo.

— Que legal. Olha, tenho que ir. Não chegue muito perto da água, hein?

Ela me encarou exasperada.

— Eu sei nadar.

— Eu também, mas parece frio, não parece?

— Si-i-im...

— Então. — Baguncei o cabelo dela e saí da praia. Olhei para trás quando alcancei a primeira cabine-bolha. A menina estava jogando a pedra no lago como se a água fosse uma inimiga.

Elliott estava naquele humor expansivo pós-missão que acometia a maioria dos ratos de dados depois de um longo período navegando os bancos.

— Andei fazendo uma pesquisa histórica — afirmou ela, puxando o terminal de seu ponto de repouso. As mãos dançaram no console do terminal e a tela ganhou vida, lançando cores no rosto dela. — Como vai o implante?

Toquei a pálpebra inferior de novo.

— Ótimo. Conectado direto no mesmo sistema que roda o cronochip. Reese poderia ganhar a vida com isso.

— Ela ganhava — respondeu Elliott. — Até prenderem ela por literatura anti-Protetorado. Quando isso tudo acabar, cuide para que alguém fale bem dela no nível federal, porque ela tá bem necessitada.

— É, ela falou. — Eu espiei a tela sobre o ombro de Elliot. — O que você tem aí?

— Cabeça nas Nuvens. Diagramas do aeroestaleiro de Tampa. Dados do casco, a coisa toda. Essas coisas têm séculos de idade. Estou impressionada que estejam guardadas até hoje. De qualquer maneira, parece que o dirigível foi construído originalmente como parte da flotilha de gerenciamento de tempestades do Caribe, antes da rede climática orbital da SkySystems falir todos eles. Muitos dos sistemas de varredura de longo alcance foram arrancados quando houve a reforma, mas deixaram os sensores locais nos lugares, e são eles que fornecem a segurança básica do revestimento externo. Sensores de temperatura, infravermelho, essas coisas. Se qualquer coisa com calor corporal pousar em qualquer lugar do casco, eles saberão que está lá.

Assenti, nada surpreso.

— Formas de entrada?

Ela deu de ombros.

— Centenas. Dutos de ventilação, acessos de manutenção. É só escolher.

— Vou precisar dar mais uma olhada no que Miller disse ao meu construto. Porém, presuma que eu entrarei pelo topo. O calor corporal é o único problema real?

— Sim, mas os sensores estão procurando por qualquer coisa acima de um milímetro quadrado de diferencial de temperatura. Um traje furtivo não vai te cobrir. Cristo, devem ser disparados até pela respiração saindo dos seus pulmões. E não acaba aí. — Elliott acenou com a cabeça para a tela. — Eles devem ter gostado muito do sistema, porque, quando reformaram o dirigível, eles o instalaram na coisa toda. Monitores de temperatura ambiente em cada corredor e passarela.

— É, Miller disse alguma coisa sobre uma identificação por assinatura térmica.

— É isso aí. Visitantes a recebem ao embarcar, e os códigos deles são incorporados ao sistema. Qualquer um que seguir por um corredor qualquer sem ser convidado ou entrar em algum lugar que a identificação dele disser que fica fora dos limites vai acionar alarmes no dirigível inteiro. Simples, porém muito eficaz. E eu não acho que consigo invadir o sistema e te escrever um código de boas-vindas. É seguro demais.

— Não se preocupe com isso — falei. — Não acho que isso vá ser um problema.

— Você o quê? — Ortega me encarou com fúria e descrença se espalhando pelo rosto como uma tempestade. Ela se afastou de mim como se eu fosse contagioso.

— Era só uma sugestão. Se você não...

— Não. — Ela disse a palavra como se fosse nova para ela e tivesse curtido o gosto. — Não. De porra de jeito nenhum. Eu conspirei em crime viral por você. Escondi provas para você, ajudei você em encapamento múltiplo...

— Não chega a ser múltiplo.

— É uma porra de crime — retrucou ela entre dentes. — Não vou roubar drogas confiscadas da custódia policial para você.

— Tudo bem, esqueça. — Hesitei, pressionei a língua contra a bochecha por um momento. — Quer me ajudar a confiscar mais, então?

Alguma coisa dentro de mim comemorou quando o sorriso involuntário se abriu no rosto dela.

O traficante estava no mesmo lugar em que estivera quando eu havia passado pelo raio de transmissão dele duas semanas antes. Desta vez eu o vi a vinte metros de distância, espreitando numa alcova com a unidade transmissora com olhos de morcego empoleirada no ombro como uma mascote. Havia pouquíssimas pessoas na rua em qualquer direção. Assenti para Ortega, que estava posicionada do outro lado da rua, e segui em frente. A transmissão de venda não tinha mudado, a rua de mulheres ridiculamente ferozes e o frio súbito da onda de betatanatina, mas desta vez eu já estava esperando, e, de qualquer maneira, a neuroquímica Khumalo teve um efeito abafador bem definido. Parei diante do traficante com um sorriso ansioso.

— Tenho Presunto, mano.

— Ótimo, é isso que eu quero. Quanto você tem?

Ele ficou meio surpreso, expressão variando entre ganância e desconfiança. A mão escorregou na direção da caixa de horrores no cinto, só por via das dúvidas.

— Quanto que você quer, mano?

— Quero tudo — respondi alegremente. — Tudo que você tiver.

Ele sacou qual era a minha, mas já era tarde demais. Eu já estava segurando os dois dedos dele que tentavam ativar os controles da caixa de horrores.

— Na-não.

O cara tentou me socar com o outro braço. Eu lhe quebrei os dedos. Ele uivou e desmoronou com a dor. Chutei a barriga e tomei a caixa de horrores dele. Atrás de mim, Ortega chegou e colocou o distintivo diante do rosto suado do traficante.

— Polícia de Bay City — disse ela, lacônica. — Você está preso. Vamos ver o que você tem, que tal?

A betatanatina estava numa série de adesivos dérmicos com minúsculos decantadores de vidro dobrados em algodão. Ergui um dos frascos para a luz e balancei. O líquido ali dentro era vermelho-claro.

— O que você acha? — perguntei a Ortega. — Uns oito por cento?

— É o que parece. Talvez menos. — Ortega pressionou o joelho no pescoço do traficante, apertando a cara dele no chão. — Onde você corta essa merda, amigão?

— Essa mercadoria é da boa — guinchou o traficante. — Eu compro direto. Isso é...

Ortega deu um cascudo forte no cara, que se calou.

— Esse bagulho é merda — explicou ela com paciência. — Foi tão batizado que não dá nem resfriado. Não queremos. Então você pode ter todo o seu bagulho de volta e sair livre, se quiser. Só queremos saber onde você corta. Um endereço.

— Não sei de nenhum...

— Você quer levar um auto de resistência? Levar um tiro ao fugir? — perguntou Ortega com voz agradável, e o sujeito ficou subitamente quieto.

— Tem um lugar em Oakland — respondeu ele, amuado.

Ortega lhe entregou lápis e papel.

— Escreva. Nada de nomes, só o endereço. E, Deus te ajude, se você estiver me enrolando, eu volto aqui com 50cc de Presunto de verdade e te injeto tudo, purinho.

Ortega pegou o papel de volta e deu uma olhada. Tirou o joelho do pescoço do traficante e lhe deu tapinhas no ombro.

— Ótimo. Agora se levanta e cai fora da rua. Você pode voltar a trabalhar amanhã, se esse for o lugar certo. Se não for, não esquece, eu conheço tua área.

Observamos ele fugir cambaleante e Ortega bateu no papel.

— Conheço esse lugar. O pessoal de Substâncias Controladas caiu em cima deles umas duas vezes ano passado, mas um advogado pomposo libera os figurões todas as vezes. Vamos chegar lá cheios de alarde e deixar que eles pensem que estão nos comprando com um pacote de bagulho puro.

— Justo. — Fitei a silhueta do traficante que se afastava. — Você teria mesmo atirado nele?

— Nah. — Ortega sorriu. — Só que ele não sabe disso. O SubCon faz essas coisas às vezes, só para tirar os peixes grandes da rua quando tem alguma coisa importante acontecendo. Reprimenda oficial para o policial envolvido e indenização para uma nova capa, mas leva um tempo, e o vagabundo passa esse tempo armazenado. Além disso, levar um tiro dói. Fui convincente, hein?

— Me convenceu pra caralho.

— Talvez eu deveria ter sido uma Emissária.

Balancei a cabeça.

— Talvez você devesse passar menos tempo comigo.

Encarei o teto, esperando que os sonocódigos do hipnofone me ninassem para longe da realidade. Dos dois lados, Davidson, o rato de dados da Dano Orgânico, e Ortega tinham se deitado nos leitos e, mesmo com os hipnofones, eu ouvia a respiração deles, lenta e regular, nos limites da minha percepção neuroquímica. Tentei relaxar mais, deixar o hipnossistema me submergir por camadas de consciência cada vez menores, porém, em vez disso, minha mente repassava os detalhes do projeto como um programa procurando por erros. Era como a insônia que eu havia tido depois de Innenin, uma irritante coceira sináptica que se recusava a ir embora. Quando o meu mostrador de hora na visão periférica indicou que pelo menos um minuto inteiro tinha se passado, eu me ergui sobre um cotovelo e olhei em volta para as figuras sonhando nos outros leitos.

— Tem algum problema? — perguntei em voz alta.

— O rastreio de Sheryl Bostock está completo — disse o hotel. — Presumi que você preferiria estar sozinho ao receber a notícia.

Eu me sentei e comecei a tirar os eletrodos do corpo.

— Você presumiu certo. Tem certeza que todo mundo está apagado?

— Tenente Ortega e os colegas dela foram instalados no virtual há aproximadamente dois minutos. Irene Elliott já está acomodada desde o começo da tarde. Ela pediu para não ser perturbada.

— Que proporção você está rodando neste momento?

— Onze ponto quinze. Por solicitação de Irene Elliott.

Assenti para mim mesmo enquanto descia do leito. Onze ponto um cinco era uma proporção de trabalho padrão para ratos de dados. Também era o título de um filme de expéria do Micky Nozawa particularmente sangrento, mas sem outras características notáveis. O único detalhe do qual eu me lembrava claramente era que, inesperadamente, o personagem de Micky morria no fim. Torci para que não fosse um presságio.

— Tudo bem — disse eu. — Vamos ver o que você tem para me mostrar.

Entre o oscilar do mar na penumbra e as luzes da cabana, havia um pomar de limoeiros. Segui pela trilha de terra entre as árvores, e o perfume cítrico dava uma sensação de limpeza. Na longa grama dos dois lados, as cigarras cantavam de forma tranquilizante. No céu de veludo acima havia estrelas como joias engastadas, e atrás da cabana o terreno subia em colinas suaves e projeções rochosas. Os vagos vultos brancos de ovelhas se moviam na escuridão dos aclives, e eu ouvi um latido vindo de algum lugar. As luzes de uma aldeia de pescadores cintilavam num dos lados, menos brilhantes que as estrelas.

Havia luzes de furacão penduradas na viga superior do alpendre frontal da cabana, mas não havia ninguém sentado às mesas de madeira. A fachada era decorada com um extravagante mural abstrato que se espalhava a partir do letreiro luminoso que anunciava *Pensão Flor de 68*. Carrilhões de vento pendiam ao longo da balaustrada, tilintando e girando na leve brisa que soprava do mar. Eles faziam uma variedade de sons gentis que iam de sinos de vidro a percussão em madeira oca.

No gramado descuidado diante do alpendre, alguém tinha montado uma coleção incongruente de sofás e poltronas num círculo tosco, o que dava a impressão de que a cabana inteira tinha sido erguida de cima do interior mobiliado e pousada num ponto mais acima da encosta. Dos assentos reunidos vinha o som leve de vozes e as brasas vermelhas de cigarros acesos. Tentei pegar meu próprio suprimento, percebi que não tinha mais nem maço nem a ânsia por cigarros e fiz uma careta irônica para mim mesmo no escuro.

A voz de Bautista soou acima do murmúrio da conversa.

— Kovacs, é você?

— Quem mais poderia ser? — ouvi Ortega perguntar, impaciente. — Estamos numa droga de virtual.

— É, mas... — Bautista deu de ombros e fez um gesto para os assentos vazios. — Bem-vindo à festa.

Havia cinco vultos sentados no círculo de mobília de sala. Irene Elliott e Davidson estavam em pontas opostas de um sofá ao lado da poltrona de Bautista. Do outro lado da poltrona, Ortega tinha esparramado o corpo longilíneo por todo comprimento de um segundo sofá.

A quinta figura relaxava bem afundada em outra poltrona, pernas estendidas adiante, rosto oculto nas sombras. Cabelos negros crespos se erguiam acima da bandana multicolorida. No colo, uma guitarra branca. Parei diante dele.

— O Hendrix, né?

— Isso mesmo — Havia uma profundidade e timbre na voz dele que não estiveram lá antes. As mãos grandes se moviam pelos trastes e lançavam uma avalanche de acordes no gramado escuro. — Projeção de entidade-base. Programado pelos designers originais. Se você remover os sistemas de espelhamento de cliente, é isso que verá.

— Legal — Eu me sentei numa poltrona diante de Irene Elliott. — Está satisfeita com o ambiente de trabalho?

Ela assentiu.

— Sim, é ótimo.

— Há quanto tempo você está aqui?

— Eu? — Ela deu de ombros. — Um dia e pouco. Seus amigos chegaram faz umas duas horas.

— Duas e meia — disse Ortega, azeda. — Por que o atraso?

— Bug na neuroquímica. — indiquei a figura do Hendrix com a cabeça. — Ele não disse?

— Foi exatamente o que ele nos disse. — O olhar de Ortega era inteiramente policial. — Eu só queria saber o que isso significa.

Fiz um gesto de impotência.

— Eu também. O sistema Khumalo ficava me chutando da conexão, e a gente levou um tempo para conseguir compatibilidade. Acho que vou mandar uma carta para os fabricantes. — Eu me virei de volta para Irene Elliott. — Imagino que você queira que o virtual rode no máximo para o devassamento.

— Imaginou certo. — Elliott apontou o Hendrix com o polegar. — O cara diz que o lugar vai no máximo até três vinte e três, e vamos precisar de cada farrapo disso para ter sucesso.

— Você já verificou a área de incursão?

Elliott assentiu, taciturna.

— Está mais trancada que um banco orbital. Mas posso contar um par de coisas interessantes. Um, sua amiga Sarah Sachilowska foi fretada do Cabeça nas Nuvens há dois dias, retransmitida do satcom Portal para o Mundo de Harlan. Então ela está fora da fogueira.

— Estou impressionado. Quanto tempo você levou para cavar essa?

— Um tempinho. — Elliott inclinou a cabeça na direção do Hendrix. — Tive um pouco de ajuda.

— E a segunda coisa interessante?

— É. Feixe camuflado para um receptor na Europa a cada dezoito horas. Não posso dizer muito mais que isso sem devassar, e imagino que você ainda não queira que eu faça alguma coisa. Mas parece que é o que nós estamos procurando.

Eu me lembrei das armas automáticas aracnídeas e os sacos uterinos resistentes a impacto, os sóbrios guardiões de pedra que suportavam o teto da basílica de Kawahara, e percebi que sorria mais uma vez em reação àqueles sorrisos dissimulados e cheios de desprezo.

— Muito bem. — Olhei em volta, para a equipe reunida. — Vamos colocar o show na estrada.

CAPÍTULO 40

Foi Xária tudo de novo.

Decolamos da torre do Hendrix uma hora depois do anoitecer e mergulhamos na noite salpicada de trânsito. Ortega tinha buscado o mesmo transporte Lock-Mit que me levara à Casa Toque do Sol, mas, quando eu olhei ao meu redor pelo interior mal-iluminado da barriga da nave, foi do ataque do Comando de Emissários contra Zihicce que eu me lembrei. A cena era a mesma: Davidson desempenhando o papel de oficial de comunicação e dados, rosto lavado em azul-claro pela tela; Ortega como socorrista, desembrulhando os dérmicos e kit de carregamento de um pacote selado. Adiante, na escotilha para a cabine de comando, Bautista estava de pé, parecendo preocupado, enquanto outro moicano que eu não conhecia cuidava da pilotagem. Alguma coisa devia ter transparecido na minha expressão, porque Ortega se inclinou de repente para estudá-la.

— Algum problema?

Neguei com a cabeça.

— Só um pouco de nostalgia.

— Bem, espero que você tenha calculado essas medidas direito.

Ortega se apoiou no casco. Na mão dela, o primeiro adesivo dérmico parecia uma pétala arrancada de alguma planta verde iridescente. Sorri e rolei a cabeça para o lado para expor a jugular.

— Este aqui é o quatorze por cento — afirmou ela, aplicando em seguida a fria pétala verde no meu pescoço. Senti um leve atrito, como uma leve lixa, quando ela aderiu, e então um longo dedo gelado saltou abaixo da minha clavícula e se cravou no meu peito.

— Suave.

— Tem que ser mesmo. Você sabe quanto esse bagulho custaria na rua?

— As vantagens de ser um defensor da lei, hein?

Bautista se virou para trás.

— Não tem graça, Kovacs.

— Deixa ele, Rod — retrucou Ortega preguiçosamente. — O cara tem direito a uma piada ruim, considerando as circunstâncias. São só os nervos.

Levei um dedo à têmpora, reconhecendo o valor do argumento. Ortega tirou o dérmico cuidadosamente e se afastou.

— São três minutos até aplicarmos o próximo — disse ela. — Não é?

Assenti, complacente, e abri minha mente para os efeitos do Ceifador.

No começo, foi desconfortável. Conforme minha temperatura corporal começou a cair, o ar no transporte ficou mais quente e opressivo. Ele afundava com umidade nos meus pulmões e ficava por lá, de modo que cada fôlego se tornou um esforço. Minha visão se borrou, e minha boca ficou desconfortavelmente seca conforme o equilíbrio dos fluidos no meu corpo se desfazia. Qualquer movimento, por menor que fosse, começava a parecer uma imposição. O próprio pensamento ficou lerdo com esforço.

Então os estimulantes de controle entraram em ação e, em segundos, minha cabeça se desanuviou de nublada para o reluzir insuportável de luz do sol numa faca. O ar deixou de ser uma sopa morna quando os administradores neurais ressintonizaram meu sistema para lidar com a alteração de temperatura corporal. Inalar se transformou um prazer lânguido, como tomar rum quente numa noite fria. A cabine do transporte e as pessoas ali dentro se tornaram subitamente um quebra-cabeça codificado para o qual eu teria a solução se ao menos pudesse...

Senti um sorriso besta se espalhar pelas minhas feições.

— Uaaau, Kristin, esse bagulho... é do bom. É melhor que Xária.

— Que bom que gostou. — Ortega deu uma olhada no relógio. — Mais dois minutos. Você aguenta?

— Aguento. — Franzi os lábios e soprei. — Qualquer coisa. Qualquer coisa mesmo.

Ortega inclinou a cabeça de volta para Bautista, que presumivelmente podia ver os instrumentos na cabine.

— Rod, quanto tempo nós temos?

— Estaremos lá em menos de quarenta minutos.

— Melhor pegar o traje dele.

Enquanto Bautista se ocupava com um compartimento acima, Ortega mexeu no bolso e puxou um hipospray com uma agulha de aparência bem desagradável.

— Quero que você vista isso — disse ela. — Um pouco de seguro de vida do Dano Orgânico para você.

— Uma agulha? — Balancei a cabeça com o que pareceu precisão mecânica. — Não, senhora. Você não vai espetar essa porra em mim.

— É um filamento de rastreio — explicou ela com paciência. — E você não vai sair dessa nave sem ele.

Olhei para a agulha reluzente, mentes fatiando fatos como legumes para uma tigela de lámen. Nos fuzileiros táticos, usávamos filamentos subcutâneos para rastrear os especialistas em operações furtivas. No caso de alguma coisa dar errado, eles nos davam uma localização específica de onde extrair o pessoal. No caso de nada dar errado, as moléculas do filamento se decompunham em resíduos orgânicos, geralmente em menos de 48 horas.

Dei uma olhada em Davidson.

— Qual é o alcance?

— Cem quilômetros. — O jovem moicano subitamente parecia muito competente à luz da tela. — Sinal ativado apenas em caso de busca. Não emite a não ser que nós chamemos. Muito seguro.

Dei de ombros.

— Tá. Onde você quer colocar?

Ortega se levantou, com o hipospray na mão.

— Músculos da nuca. Bem perto do cartucho, para o caso de cortarem sua cabeça.

— Bacana. — Eu me levantei e virei de costas para que ela pudesse cravar a agulha. Houve uma breve pontada de dor nos feixes de músculo na base do meu crânio que logo desapareceu. Ortega me deu tapinhas no ombro.

— Pronto. Ele está na tela?

Davidson pressionou alguns botões e assentiu, satisfeito. Diante de mim, Bautista largou o arnês gravitacional no banco. Ortega deu uma olhada no relógio e pegou o dérmico seguinte.

— Trinta e sete por cento — anunciou ela. — Pronto para o Grande Gelo?

Era como ser mergulhado em diamantes.

Quando alcançamos o Cabeça nas Nuvens, a droga já tinha eliminado a maioria das minhas reações emocionais e tudo contava com as arestas agudas e reluzentes de dados puros. A claridade se tornou uma substância, um revestimento de compreensão que recobria tudo que eu via e ouvia ao eu redor. O traje furtivo e o arnês gravitacional pareciam uma armadura de samurai e, quando saquei a pistola atordoante para verificar as configurações, senti a carga encolhida dentro dela como uma coisa tangível.

Era a única frase misericordiosa na sintaxe de armas que eu tinha atado pelo meu corpo. As outras eram todas sentenças inequívocas de morte.

A pistola de dardos, com veneno de aranha, se aninhava junto às minhas costelas do lado oposto à atordoante. Ajustei a abertura de disparo para larga. A cinco metros, ela acabaria com uma sala inteira de oponentes com um único disparo, sem coice e em silêncio absoluto. Sarah Sachilowska mandou lembranças.

O pente distribuidor de microgranadas de termita, cada uma delas não muito maior ou espessa que um disquete de dados, contida numa cartucheira no meu quadril esquerdo. Em memória de Iphigenia Deme.

A faca Tebbit no meu antebraço com sua bainha de mola neural debaixo do traje furtivo como uma última palavra.

Busquei aquela sensação fria que tinha me dominado diante da Alcova do Jerry e, nas profundezas cristalinas do Ceifador, não precisei dela.

Hora da missão.

— Alvo a vista — anunciou o piloto. — Querem vir aqui dar uma olhada nessa beleza?

Eu me virei para Ortega, que deu de ombros, e nós dois fomos à cabine. Ortega se sentou ao lado do moicano e colocou o fone de copiloto. Eu me contentei em ficar ao lado de Bautista na escotilha de acesso. A vista era igualmente boa dali.

A maior parte da cabine do piloto do Lock-Mit era de liga transparente com os instrumentos projetados nela, permitindo ao piloto uma vista livre do espaço aéreo em volta; eu me lembrei da sensação em Xária, de voar numa bandeja levemente côncava, uma língua de aço ou um tapete mágico, acima das nuvens. Uma sensação que era ao mesmo tempo divina e estonteante. Dei uma olhada no moicano e me perguntei se ele estaria tão desconectado da sensação quanto eu estava sob a influência do Ceifador.

Não havia nuvens naquela noite. O Cabeça nas Nuvens pairava à esquerda como uma vila montanhesa vista de longe. Um agrupamento de pequenas luzes azuis cantando suavemente sobre boas-vindas e calor humano na imensidão de trevas gélidas. Kawahara parecia ter escolhido o limite do mundo para o puteiro.

Enquanto girávamos na direção das luzes, um chuvisco de sons eletrônicos preencheu a cabine, e a instrumentação projetada teve a luminosidade reduzida por um momento.

— Aí está, fomos detectados — anunciou Ortega. — Lá vamos nós. Quero que você passe sob a barriga deles. Deixe que deem uma boa olhada na gente.

O moicano não disse nada, mas o nariz do transporte baixou. Ortega ergueu a mão para um painel de instrumentos projetado na transparência acima da cabeça e tocou um botão. Uma dura voz masculina inundou a cabine.

— ... que vocês estão em espaço aéreo restrito. Temos licença para destruir veículos invasores. Identifiquem-se imediatamente.

— Aqui é o departamento de polícia de Bay City — declarou Ortega laconicamente. — Olhe pela janela e verá as listras. Estamos aqui em assunto oficial da polícia, campeão, então se você ousar tremer um lançador na nossa direção, eu mando explodir vocês e botar esse seu lugar todo no chão.

Fez-se um silêncio sibilante. Ortega se virou para olhar para mim e sorriu. Adiante, o Cabeça nas Nuvens crescia como um alvo numa mira de míssil, então subiu abruptamente acima de nossas cabeças quando o piloto nos mergulhou por sob o volume do casco e guinou para o lado. Vi luzes reunidas como frutas geladas em passarelas e as partes de baixo das plataformas de pouso, com o ventre da nau se curvando para cima dos dois lados; no momento seguinte, tínhamos passado.

— Declare a natureza da visita — disse a voz, às pressas.

Ortega espiou pela lateral da cabine como se procurasse o sujeito em meio à superestrutura da aeronave e endureceu o tom de voz.

— Filho, eu já falei a natureza da nossa visita. Agora me arranje uma plataforma de pouso.

Mais silêncio. Circulamos a aeronave a cinco quilômetros de distância. Comecei a vestir as luvas do traje furtivo.

— Tenente Ortega. — Era a voz de Kawahara desta vez. Nas profundezas da betatanatina, porém, até o ódio parecia distante, e tive que lembrar a mim mesmo que deveria senti-lo. A maior parte de mim estava reparando na rapidez com que eles tinham identificado a impressão vocal de Ortega.

— Isso é meio inesperado. Você tem algum tipo de mandado? Acredito que nossas licenças estejam todas em ordem.

Ortega ergueu a sobrancelha para mim. A identificação vocal a impressionara também. Ela pigarreou.

— Não é uma questão de licenciamento. Estamos procurando um fugitivo. Se você começar a insistir em mandados, talvez eu tenha que presumir que você está com a consciência pesada.

— Não me ameace, tenente — retrucou Kawahara, friamente. — Você sabe com quem está falando?

— Reileen Kawahara, eu presumo. — No silêncio mortal que se seguiu, Ortega deu um soco de júbilo no ar e se virou para sorrir para mim. A alfinetada tinha acertado na mosca. Senti uma ínfima onda de divertimento se formar nos cantos da minha boca.

— Talvez fosse melhor se você me dissesse o nome desse fugitivo, tenente. — A voz de Kawahara soava tão vazia quanto a expressão de uma capa sintética desabitada.

— O nome dele é Takeshi Kovacs — explicou Ortega, com mais um sorriso para mim. — Só que ele está encapado atualmente no corpo de um ex-policial. Gostaria de lhe fazer algumas perguntas quanto ao seu relacionamento com esse homem.

Houve mais uma longa pausa, e eu soube que a isca ia funcionar. Eu tinha criado as múltiplas camadas dela com todo o cuidado das melhores farsas de Emissário. Kawahara quase certamente sabia do relacionamento entre Ortega e Ryker e provavelmente seria capaz de deduzir o envolvimento de Ortega com o novo ocupante da capa do amante. Engoliria a ansiedade de Ortega com o meu desaparecimento e a aproximação não sancionada do Cabeça nas Nuvens. Considerando uma comunicação presumida entre Kawahara e Miriam Bancroft, ela acreditaria que sabia onde eu estava e estaria confiante de que teria a vantagem sobre a tenente.

Só que, mais importante de tudo, Kawahara ia querer descobrir como a polícia de Bay City sabia que ela estava a bordo do Cabeça nas Nuvens. E, já que era possível que a polícia tivesse, direta ou indiretamente, obtido a informação de Takeshi Kovacs, ela ia querer saber como ele ficara sabendo daquilo. Kawahara ia querer saber o quanto ele sabia, quanto tinha contado à polícia.

Kawahara ia querer falar com Ortega.

Afivelei os selos nos pulsos do traje furtivo e esperei. Completamos nosso terceiro circuito ao redor do Cabeça nas Nuvens.

— Melhor vocês subirem a bordo — disse Kawahara, finalmente. — Sinalizador de pouso de estibordo. Siga-o; eles lhes darão um código.

O Lock-Mit estava equipado com um tubo de despacho traseiro, uma variante civil do lançador que, nos modelos militares, era usado com bombas inteligentes ou drones de vigilância. O tubo era acessado pelo piso da cabine principal e, com um pouco de contorcionismo, eu coube lá dentro, incluindo o traje furtivo, o arnês gravitacional e o armamento sortido. Praticamos isso três ou quatro vezes em solo, mas agora, com o transporte fazendo a curva em direção ao Cabeça nas Nuvens, o processo subitamente pareceu longo e complicado. Finalmente, puxei a última parte do arnês para dentro e Ortega bateu uma vez no capacete do traje antes de fechar a escotilha e me enterrar nas trevas.

Três segundos depois, o tubo se abriu e me cuspiu para trás no céu da noite.

A sensação era de uma alegria muito distante, algo que a capa não recordava num nível celular. Do tubo apertado e da vibração barulhenta dos motores do transporte, fui subitamente ejetado para o espaço e silêncio absolutos. Nem mesmo o rugido do ar passava pelo forro de espuma do capacete do traje durante a queda. O arnês gravitacional ganhou vida assim que fiquei completamente livre do tubo e freou a queda antes que ela chegasse a de fato começar. Eu me senti ser sustentado no campo do arnês, não exatamente imóvel, como uma bola sendo erguida no alto da coluna de água de uma fonte. Girei para observar as luzes de navegação do transporte encolhendo ao se afastar na direção do bojo do Cabeça nas Nuvens.

A aeronave pairava acima e diante de mim como uma nuvem de tempestade ameaçadora. Luzes cintilavam para mim do casco curvo e da intrincada superestrutura abaixo. Geralmente eu teria sofrido a sensação agoniante de ser um alvo fácil, ali exposto no ar, mas a betatanatina afastava as emoções numa torrente limpa de detalhes, claros como dados. No traje de furtividade eu estava negro como o céu ao meu redor, e quase totalmente invisível a detecção de radares. O campo gravitacional que eu gerava poderia em tese aparecer em algum scanner, mas, em meio às imensas distorções produzidas pelos estabilizadores da aeronave, eles teriam que estar procurando por mim, e fazendo um esforço colossal para me encontrar. Eu tinha conhecimento de todas aquelas coisas com uma confiança absoluta que não deixava espaço para dúvidas, medos ou outras complicações emocionais. Eu seguia na onda do Ceifador.

Ativando os impulsores num avanço cauteloso, flutuei em direção à superfície enorme e curva do casco do Cabeça nas Nuvens. Dentro do capacete, gráficos de simulação surgiram no visor e me mostraram, delineados em vermelho, os pontos de entrada que Irene Elliott encontrara para mim. Um deles em particular, a boca escancarada de uma torre de amostragem abandonada, pulsava ao lado de finas letras verdes que diziam Opção Um. Ascendi a um ritmo estável de modo a encontrá-la.

O vão de torre tinha um metro de diâmetro e exibia marcas ao redor das bordas, onde o sistema de amostragem de atmosfera fora amputado. Ergui minhas pernas à frente, um feito considerável em um campo gravitacional, e me curvei sobre a beira da entrada, concentrando-me em seguida em me colocar para dentro até a cintura. Daquele ponto, girei para a frente para fazer o arnês passar e consegui me deslizar pela abertura até o piso da torre. Desliguei o arnês gravitacional.

Mal havia espaço naquele interior para que um técnico deitado de costas checasse o emaranhado de equipamento. No fundo da torre havia uma escotilha antiquada, completa com roda de pressão, como demonstrado nas plantas que Irene Elliott devassara para mim. Eu me remexi até conseguir dar a volta e segurar a roda com ambas as mãos, ciente de que tanto o traje quanto o arnês estavam ficando presos no espaço exíguo e de que os meus esforços até o momento haviam esgotado quase completamente minha força corporal imediata. Inspirei bem fundo para abastecer meus músculos comatosos, esperei que meus batimentos cardíacos desacelerados bombeassem o oxigênio pelo corpo e forcei a roda. Contra todas as minhas expectativas, ela girou com muita facilidade, e a escotilha caiu para fora. Além, havia uma escuridão arejada.

Fiquei deitado por um tempo, reunindo mais força muscular. Estava sendo difícil me adaptar ao coquetel de Ceifador em duas doses. Em Xária, não fora necessário passar dos vinte por cento. As temperaturas ambientes em Zihice eram bem altas, e os tanques-aranha tinham sensores térmicos toscos. Ali em cima, um corpo em temperatura ambiente xariana dispararia todos os alarmes do casco. Sem um abastecimento cuidadoso de oxigênio, meu corpo esgotaria as reservas de energia em nível celular bem depressa e me deixaria ofegando no chão como um peixe encalhado. Fiquei deitado, respirando em fôlegos lentos e profundos.

Depois de alguns minutos, girei de novo, desatei o arnês gravitacional e deslizei cuidadosamente pela abertura, atingindo uma passarela de aço com as bases das mãos. Deixei o resto do corpo despencar devagar pela escotilha, sentindo-me como uma mariposa emergindo da crisálida. Verifiquei a passarela escura nas duas direções e me levantei, tirando o capacete do traje furtivo e as luvas em seguida. Se as plantas da quilha que Irene Elliott devassara do estaleiro de Tampa ainda fossem precisas, a passarela descia em meio aos enormes silos de hélio até a sala de controle de flutuação na popa, e dali eu poderia subir uma escada de manutenção diretamente até o convés de operação principal. De acordo com o que tínhamos montado a partir do interrogatório de Miller, os aposentos de Kawahara ficavam dois níveis abaixo, a bombordo. Ela tinha duas imensas janelas com vista para baixo.

Evocando as plantas e diagramas da memória, saquei a pistola de dardos e parti em direção à popa.

Levei menos de quinze minutos para alcançar a sala de controle de flutuação e não vi ninguém no caminho. A sala de controle em si parecia ser automatizada; comecei a suspeitar de que ninguém mais tinha se dado ao trabalho de visitar as imensas áreas do casco superior da aeronave recentemente. Encontrei a escada de manutenção e desci cuidadosamente até que um brilho morno que vinha de baixo em direção ao meu rosto deu a entender que eu estava quase no convés de operações. Parei e escutei para ver se detectava vozes, os sentidos de audição e proximidade elevados aos limites por um minuto inteiro antes de me baixar pelos últimos quatro metros e cair para o piso de um corredor bem-iluminado e acarpetado. Estava vazio nas duas direções.

Conferi meu cronômetro interno e guardei a pistola. O tempo de missão estava se acumulando. Ortega e Kawahara deveriam estar conversando àquela altura. Dei uma olhada na decoração ao meu redor e presumi que, qualquer que fosse a função para que o convés de operação tivesse sido criado, não servia mais. O corredor estava enfeitado em vermelho e dourado opulentos, com vasos de plantas exóticas e abajures na forma de corpos em cópula a cada poucos metros. O tapete sob meus pés era grosso, tecido com imagens altamente detalhadas de entrega sexual. Figuras masculinas, femininas e variantes intermediárias enroladas umas nas outras pelo comprimento do corredor numa progressão ininterrupta de orifícios preenchidos e membros estendidos. As paredes estavam enfeitadas com holoquadros explícitos que ofegavam e gemiam à minha passagem. Em um desses quadros, pensei ter reconhecido a mulher de lábios escarlates e cabelos negros do comercial de rua, a mulher que poderia ter pressionado a coxa na minha num bar do outro lado do globo.

No frio distanciamento da betatanatina, aquilo tudo teve o mesmo impacto que uma parede cheia de tecnoglifos marcianos.

Havia portas duplas estofadas em cada lado do corredor em intervalos de dez em dez metros. Não era necessário ter muita imaginação para concluir o que acontecia atrás de cada uma. Eram as biocabines do Jerry com um nome diferente; todas as portas tinham a mesma chance de cuspir um cliente a qualquer momento. Acelerei o passo, buscando o corredor transversal que eu sabia que me levaria a escadas e elevadores para os outros andares.

Estava quase lá quando uma porta cinco metros adiante de mim se abriu. Congelei, com a mão no cabo da pistola de dardos, ombros na parede, olhar fixado na porta. A neuroquímica vibrava.

À minha frente, um animal de pelame cinzento que poderia ser um filhote de lobo meio crescido ou um cão emergiu da porta aberta com lentidão artrítica. Mantive minha mão na pistola e me afastei um pouco da parede, observando. O animal não era muito mais alto que meu joelho e se movia sobre as quatro patas, mas havia algo muito errado com a estrutura das pernas traseiras. Algo torcido. As orelhas estavam abaixadas para trás, e um minúsculo uivo saía da garganta. A criatura virou a cabeça para mim e, por um momento, minha mão apertou a coronha da pistola, mas o animal só me olhou por um momento e o sofrimento mudo nos olhos dele foi suficiente para que eu soubesse que eu não corria perigo. Ele mancou dolorosamente pelo corredor até um quarto mais adiante na parede oposta e parou ali, a longa cabeça abaixada junto à porta, como se esperasse à escuta.

Com uma sensação onírica de controle perdido, eu o segui e encostei minha cabeça na porta. O isolamento acústico era bom, mas não era páreo para a neuroquímica Khumalo em potência máxima. Em algum ponto bem próximo ao limite da audição, ruídos rastejaram para a minha orelha como insetos com ferrões. Uma batida rítmica e emudecida e alguma outra coisa que poderia ser os gritos de angústia de alguém cuja força estivesse quase no fim. Parou quase assim que eu sintonizei.

Abaixo, o cão parou o gemido contínuo no mesmo momento e se deitou no chão ao lado da porta. Quando me afastei, ele me fitou com uma expressão destilada de pura dor e reprovação. Naqueles olhos, eu vi refletidas todas as vítimas que já tinham me encarado nas últimas três décadas da minha vida desperta. O animal afastou a cabeça e lambeu as patas traseiras feridas com apatia.

Por uma fração de segundo, algo espirrou através da crosta gélida da betatanatina.

Voltei à porta de onde o animal tinha emergido, saquei a pistola de dardos no caminho e entrei num giro tático, segurando a arma nas duas mãos à minha frente. O aposento era espaçoso e pintado em cores pastel, com pitorescas imagens em duas dimensões emolduradas nas paredes. Uma imensa cama de dossel com cortinas translúcidas ocupava o centro. Sentado à beira da cama, havia um homem de aparência refinada com cerca de 40 anos, nu da cintura para baixo. Acima, ele parecia vestir trajes formais que contrastavam seriamente com as pesadas luvas de lona de trabalho que cobriam os braços até os cotovelos. Ele estava curvado, limpando-se entre as pernas com um pano branco úmido.

Quando avancei, o homem ergueu o olhar.

— Jack? Você já termi... — Ele encarou a arma na minha mão sem compreender, então, quando o cano parou a meio metro do rosto dele, uma nota de aspereza surgiu na voz. — Olha, eu não solicitei esse serviço.

— Esse é por conta da casa — respondi friamente e assisti ao grupo de dardos monomoleculares destroçarem-lhe o rosto. As mãos do sujeito voaram para cima numa tentativa de cobrir os ferimentos, e ele capotou de lado na cama, emitindo sons vindos das tripas enquanto morria.

Com o cronômetro da missão se iluminando em vermelho no canto da minha visão, deixei o aposento. O animal ferido diante da porta do outro lado não ergueu o olhar quando me aproximei. Eu me ajoelhei e pousei a mão gentilmente no pelo embaraçado. A cabeça se levantou, e o gemido uivado subiu à garganta de novo. Pousei a pistola e tensionei a mão vazia. A bainha neural entregou a faca Tebbit, reluzente.

Depois que terminei, limpei a lâmina no pelo, guardei a faca e peguei a pistola, tudo com a calma do Ceifador. Então fui silenciosamente até o corredor de ligação. Nas profundezas da serenidade diamantina da droga, havia algo me incomodando, mas o Ceifador não deixava eu me preocupar com o que quer que fosse.

Como indicado nas plantas roubadas por Elliott, o corredor transversal levava a uma escadaria, acarpetada com o mesmo padrão orgiástico da passagem principal. Desci os degraus com cautela, a arma esquadrinhando o espaço vazio adiante, o sentido de proximidade espalhado como uma rede de radar à minha frente. Nada se movia. Kawahara devia ter mandado fechar tudo para evitar que Ortega e companhia vissem alguma coisa inconveniente enquanto visitavam o estabelecimento.

Dois níveis abaixo, deixei as escadas e segui minhas lembranças das plantas por uma série de corredores até ter certeza razoável de que a porta dos aposentos de Kawahara ficava depois da próxima curva. Com as costas para a parede, deslizei até a esquina e esperei, respirando superficialmente. O sentido de proximidade disse que havia alguém junto à porta além da curva, provavelmente mais de uma pessoa, e discerni o leve amargor de fumaça de cigarro no ar. Eu me ajoelhei, chequei os arredores imediatos e encostei o rosto no chão. Com uma bochecha roçando no carpete felpudo, espiei pela esquina.

Um homem e uma mulher estavam postados diante da porta, vestindo macacões verdes semelhantes. A mulher fumava. Ainda que os dois tivessem pistolas atordoantes no coldre do cinto com ares importantes, seu aspecto era mais o de técnicos do que o de agentes de segurança. Relaxei por um instante e me ajeitei para esperar mais um pouco. No canto da minha visão, os minutos do tempo de missão pulsavam como uma veia fatigada.

Apenas quinze outros minutos depois, ouvi algo à porta. Em amplificação máxima, a neuroquímica captou o farfalhar de roupas dos atendentes se movendo para permitir a saída de quem quer que fosse. Ouvi vozes: a de Ortega, inexpressiva com desinteresse oficial fingido, e Kawahara, tão modulada quanto a do androide na Larkin & Green. Com a betatanatina me protegendo do ódio, minha reação à voz foi um horizonte de evento mudo, como o clarão e estrondo de tiros muito distantes.

— ... que eu não possa ser mais útil, tenente. Se o que você diz sobre a Clínica Wei for verdade, o equilíbrio mental de Kovacs certamente se deteriorou desde que ele trabalhou para mim. Sinto-me um tanto responsável. Quero dizer, eu jamais o teria recomendado a Laurens Bancroft se tivesse suspeitado de que isso aconteceria.

— Como eu disse, é só uma suposição. — O tom de Ortega ficou um pouco mais afiado. — E eu agradeceria se esses detalhes não saíssem daqui. Até sabermos aonde Kovacs foi parar e por quê...

— De fato. Eu compreendo a gravidade do assunto. Você está a bordo do Cabeça das Nuvens, tenente. Temos uma reputação de confidencialidade.

— Sei. — Ortega se permitiu uma sugestão de repugnância na voz. — Já ouvi falar.

— Bem, então, você pode ficar tranquila: nada será dito a respeito desse assunto. Agora, se me dão licença, tenente, sargento-detetive. Tenho algumas questões administrativas a resolver. Tia e Max levarão vocês de volta à plataforma de pouso.

A porta se fechou, e passos suaves avançaram na minha direção. Fiquei abruptamente tenso. Ortega e sua escolta estavam se dirigindo até ali. Era algo que ninguém havia esperado. Nas plantas, as plataformas de pouso principais ficavam adiante da cabine de Kawahara, e eu tinha vindo do lado da popa com aquele dado em mente. Não parecia haver motivo para conduzir Ortega e Bautista na direção da proa.

Não houve pânico. Em vez disso, um análogo gélido da reação de adrenalina tomou minha mente, oferecendo um conjunto arrepiante de fatos puros. Ortega e Bautista não corriam perigo algum. Deviam ter chegado do mesmo jeito que partiam, ou alguma coisa teria sido dita. Quanto a mim, se passassem pela entrada do corredor onde eu esperava, a escolta teria apenas que dar uma olhada para o lado para me avistar. A área era bem iluminada, e não havia esconderijos ao alcance. Por outro lado, com meu corpo abaixo da temperatura ambiente, meu pulso reduzido a um ritmo rastejante e minha respiração igualmente lenta, a maioria dos fatores subliminares que ativariam o sentido de proximidade de um ser humano normal estavam ausentes. Sempre presumindo que a escolta vestia capas normais.

Agora, caso eles virassem *para* o corredor em que eu estava para usar a escada pela qual eu havia descido...

Encolhi-me de volta contra a parede, ajustei a pistola de dardos para dispersão mínima e segurei a respiração.

Ortega. Bautista. Os dois da escolta na retaguarda. Passaram tão perto que eu poderia ter tocado o cabelo da tenente.

Ninguém olhou para o lado.

Dei a eles um minuto inteiro antes de respirar de novo. Depois chequei o corredor nas duas direções, virei a esquina rapidamente e bati à porta com a coronha da pistola de dardos. Sem esperar por uma resposta, eu entrei.

CAPÍTULO 41

A câmara era exatamente como Miller a havia descrito. Vinte metros de largura e fechada em vidro não reflexivo que se curvava para dentro do teto ao piso. Em um dia de céu sem nuvens, você provavelmente poderia se deitar naquele aclive e espiar por milhares de metros até o mar abaixo. A decoração era severa e muito inspirada pelas raízes no começo do milênio de Kawahara. As paredes eram de um cinza-fumaça, o piso, vidro fundido, e a luz vinha de pedaços pontiagudos de origami dobrados em folhas de ilumínio e cravados em tripés de ferro nos cantos do aposento. Um dos lados do cômodo era dominado por uma imensa placa de aço negro que deveria servir de escrivaninha, e o outro continha um grupo de espreguiçadeiras cor de xisto reunidas ao redor de uma réplica de latão com fogueira dentro. Além das espreguiçadeiras, uma passagem arqueada levava ao que Miller presumira ser o quarto de dormir.

Acima da escrivaninha, um holomonitor de dados correndo lentamente executava suas tarefas, intocado. Reileen Kawahara estava de costas para a porta, contemplando o céu noturno.

— Esqueceu alguma coisa? — indagou ela, distante.

— Não, nada mesmo.

Vi como as costas de Kawahara ficaram tensas ao me ouvir, mas, quando ela se virou, foi com uma suavidade calma, e nem mesmo a visão da pistola de dardos afetou a compostura gélida em seu rosto. A voz soou quase tão desinteressada quanto tinha sido antes de ela ter virado.

— Quem é você? Como chegou aqui?

— Pense bem. — Fiz um gesto para as espreguiçadeiras. — Sente-se ali, tire o peso dos pés enquanto pensa.

— Kadmin?

— Agora você está me insultando. Sentada!

Vi a compreensão explodir por trás daqueles olhos.

— Kovacs? — Um sorriso desagradável curvou-lhe os lábios. — Kovacs, seu filho da puta burro, *burro*. Você faz alguma ideia do que acabou de jogar fora?

— Eu mandei sentar.

— Ela já foi, Kovacs. De volta ao Mundo de Harlan. Eu mantive minha palavra. O que você acha que está fazendo aqui?

— Não vou mandar de novo — afirmei calmamente. — Ou você se senta agora, ou eu quebro um dos seus joelhos.

O fino sorriso continuou na boca de Kawahara enquanto ela se baixava muito lentamente na espreguiçadeira mais próxima.

— Muito bem, Kovacs. Vamos seguir seu roteiro hoje. E então eu mandarei arrastarem aquela peixeira Sachilowska de volta para cá e você com ela. O que você vai fazer? Me matar?

— Se necessário.

— Pelo quê? Isto é algum tipo de ato de resistência moral? — A ênfase que Kawahara colocou nas duas últimas palavras fez com que soassem como um nome de produto. — Você não está se esquecendo de nada? Se me matar, vai levar umas dezoito horas para o sistema de armazenamento remoto na Europa perceber e então me reencapar a partir do meu último feixe de atualização. E o meu novo eu não vai demorar muito para descobrir o que aconteceu aqui.

Eu me sentei na beira da espreguiçadeira.

— Ah, não sei não. Veja quanto tempo Bancroft levou, e ele ainda não sabe a verdade, sabe?

— Você está aqui por causa de Bancroft?

— Não, Reileen. Estou aqui por causa de você e eu. Você deveria ter deixado Sarah em paz. Deveria ter me deixado em paz enquanto ainda podia.

— Ahhh — arrulhou ela, falsamente maternal —, você foi *manipulado*, foi? Me desculpe! — Ela abandonou esse tom de forma igualmente abrupta. — Você é um *Emissário*, Kovacs. Você vive de manipulação. Todos nós vivemos. Todos vivemos na grande matriz de manipulação, e é tudo apenas uma grande luta para ficar no topo.

Balancei a cabeça.

— Eu não pedi para ser incluído no jogo.

— Kovacs, Kovacs. — A expressão de Kawahara ficou de súbito quase terna. — Nenhum de nós pediu. Você acha que eu pedi para nascer em Vila Fissão, com um pai anão com membranas nos dedos e uma mãe puta psicótica? Acha que eu pedi por isso? Nós não somos incluídos, nós somos *jogados*, e depois disso é só uma questão de manter a cabeça fora d'água.

— Ou de jogar água pela garganta das pessoas abaixo de nós — concordei, amistoso. — Acho que você puxou a sua mãe, não foi?

Por um segundo foi como se o rosto de Kawahara fosse uma máscara cortada em latão atrás da qual ardia uma fornalha furiosa. Vi a ira se incendiar nos olhos dela e, se não tivesse o Ceifador dentro de mim para me manter frio, eu teria ficado com medo.

— Me mate — afirmou ela, com lábios apertados. — E aproveite bem a sensação, porque você vai sofrer, Kovacs. Acha que aqueles revolucionários patéticos de Nova Beijing sofreram? Vou inventar novos limites para você e sua puta fedida a peixe.

Balancei a cabeça.

— Acho que não, Reileen. Veja bem, seu feixe de atualização foi enviado faz uns dez minutos. E, no caminho, providenciei para que ele fosse devassado. Não roubamos nada; só aproveitamos para enxertar o vírus Rawling no feixe. Já está no núcleo a esta altura, Reileen. Seu armazenamento remoto foi batizado.

Ela estreitou os olhos.

— Você está mentindo.

— Hoje, não. Gostou do trabalho que a Irene Elliott fez no Jack It Up? Bem, você tinha que vê-la trabalhar num fórum virtual. Aposto que teve tempo para faturar uma boa meia-dúzia de iscas mentais enquanto estava dentro do feixe. Lembrancinhas. Itens de colecionador, na verdade, porque, se eu conheço engenheiros de cartucho um pouquinho que seja, eles vão soldar a tampa do seu cartucho remoto mais rápido que políticos fugindo de uma zona de guerra. — Acenei para a torrente de dados. — Imagino que você deva receber o alarme em cerca de umas duas horas. Foi mais demorado em Innenin, mas isso já faz muito tempo. A tecnologia avançou desde então.

Foi nesse momento que ela acreditou; foi como se a fúria que eu tinha visto nos olhos houvesse se concentrado em calor branco.

— Irene Elliott — disse ela, mortalmente séria. — Quando eu encontrá-la...

— Acho que já tivemos ameaças vazias suficientes por hoje — interrompi agressivamente. — Preste muita atenção. Neste momento, o cartucho na sua capa é a única vida que lhe resta, e, no meu humor atual, não precisaria muito para que eu o cortasse fora e pisoteasse. Antes ou depois que eu atirar em você. Então, *cale a boca.*

Kawahara ficou sentada, imóvel, fitando-me com raiva naqueles olhos estreitos. O lábio superior dela se afastou minimamente, por um instante, antes que o autocontrole retornasse.

— O que você quer?

— Agora sim. O que eu quero, neste momento, é uma confissão completa de como você armou para o Bancroft. Resolução 653, Mary Lou Hinchley, a coisa toda. Você pode incluir como incriminou o Ryker, também.

— Você está grampeado para isso?

Toquei a pálpebra esquerda, onde o sistema de gravação fora gravado, e sorri.

— Você acha mesmo que eu vou fazer isso? — A fúria de Kawahara cintilou para mim por detrás dos olhos dela. Ela estava à espera, enrodilhada como uma cobra, de uma abertura. Eu já a havia visto daquele jeito antes, mas, daquela vez, eu não estivera na mira do olhar. Eu corria tanto perigo sob aqueles olhos quanto correra sob fogo inimigo em Xária. — Acha mesmo que vai arrancar isso de mim?

— Veja pelo lado bom, Reileen. Você provavelmente vai poder subornar e prevaricar para fugir da pena de apagamento. No fim, talvez só pegue uns duzentos anos de prateleira. — Minha voz ficou mais dura. — Por outro lado, se você não falar, vai morrer aqui e agora.

— Confissão sob coação não é admissível sob a lei.

— Não me faça rir. Isso não vai para a ONU. Acha que eu nunca estive num tribunal antes? Acha que eu confiaria em *advogados* para lidar com isso? Tudo que você disser aqui hoje será mandado por feixe expresso direto para a WorldWeb One assim que eu voltar ao chão. Isso e a filmagem de quem quer que eu tenha detonado na sala do cachorrinho lá em cima. — Kawahara arregalou os olhos, e eu assenti com a cabeça. — É, eu devia ter avisado mais cedo. Você perdeu um cliente. Não está morto de verdade, mas vai precisar de reencapamento. Agora, com tudo isso somado, calculo que, uns três minutos depois de Sandy Kim ir ao ar, as tropas táticas da ONU estarão enxameando na sua porta com um punhado de mandados.

Não terão escolha. O próprio Bancroft vai forçar a mão deles. Você acha que as mesmas pessoas que autorizaram Xária e Innenin vão ter medo de distorcer algumas regrinhas constitucionais para proteger as bases de poder deles? *Agora, comece a falar.*

Kawahara ergueu as sobrancelhas, como se aquilo não passasse de uma piadinha de leve mau gosto que ela tivesse acabado de escutar.

— Por onde você gostaria que eu começasse, Takeshi-san?

— Mary Lou Hinchley. Ela caiu daqui, não foi?

— É claro.

— Você tinha programado ela para o convés de *snuff*? Algum puto doente queria vestir a capa de tigre e brincar de gatinho?

— Ora, ora. — Kawahara inclinou a cabeça para o lado enquanto fazia as conexões. — Com quem você andou falando? Alguém da Clínica Wei? Deixe-me pensar. Miller esteve aqui para aquela liçãozinha prática, mas você o torrou... Ah. Você não andou caçando cabeças de novo, andou, Takeshi? Levou Felipe Miller para casa numa caixa de chapéu, levou?

Eu não disse nada, só a encarei sobre o cano da pistola de dardos, ouvindo de novo os gritos enfraquecidos que eu ouvira pela porta. Kawahara deu de ombros.

— Não foi o tigre, nesse caso, mas alguma coisa assim, de fato.

— E ela descobriu?

— De alguma forma. — Kawahara parecia estar relaxando, o que, sob circunstâncias normais, teria me deixado mais nervoso. Com a betatanatina, só fiquei mais alerta. — Uma palavra no lugar errado, talvez alguma coisa dita por um técnico. Sabe, geralmente colocamos nossos clientes de *snuff* numa versão virtual antes de os deixarmos soltos na coisa real. Ajuda a saber como eles vão reagir, e, em alguns casos nós até os persuadimos a não levar a coisa de verdade a cabo.

— Muita consideração da sua parte.

Kawahara suspirou.

— Como eu posso fazer você entender, Takeshi? Nós oferecemos um serviço aqui. Se puder ser feito legalmente, então é muito melhor.

— Isso é palhaçada, Reileen. Vocês vendem o virtual a eles, e em uns dois meses eles voltam procurando o lance para valer. Tem uma conexão causal aí, e você sabe disso. Você ganha poder sobre esses clientes que compram coisas ilegais na sua mão, clientes que são provavelmente pessoas muito influentes. Você recebe muitos governadores da ONU aqui em cima, por acaso? Generais do Protetorado, esse tipo de escória?

— O Cabeça nas Nuvens atende à elite.

— Como aquele puto de cabelo branco que eu detonei lá em cima? Ele era alguém importante?

— Carlton McCabe? — De algum lugar, Kawahara extraiu um sorriso alarmante. — Pode-se dizer isso, eu imagino, sim. Uma pessoa influente.

— Quer me dizer qual pessoa influente em particular recebeu a promessa de que poderia arrancar as tripas de Mary Lou Hinchley?

Kawahara ficou um pouco mais tensa.

— Não, não quero.

— Imaginei que não. Você vai guardar isso para barganhar mais tarde, né? Certo, vamos pular essa parte, então. E depois, o que aconteceu? Hinchley foi trazida para cá, descobriu acidentalmente que estava sendo preparada para algo desagradável e tentou escapar? Roubou um arnês gravitacional, talvez?

— Duvido. O equipamento é guardado sob segurança máxima. Talvez ela tivesse pensado que poderia se agarrar ao exterior de um dos transportes. Ela não era uma garota muito esperta, pelo que me parece. Os detalhes ainda não estão claros, mas deve ter caído de alguma forma.

— Ou pulado.

Kawahara balançou a cabeça.

— Não acho que ela teria estômago para algo assim. Mary Lou Hinchley não tinha um espírito de samurai. Como a maior parte da humanidade comum, ela teria se agarrado à vida até o último humilhante momento. Esperando por algum milagre. Implorando por misericórdia.

— Que deselegante. Vocês deram falta dela na mesma hora?

— É claro que demos! Ela tinha um cliente à espera. Vasculhamos a nave inteira.

— Constrangedor.

— De fato.

— Mas mais constrangedor foi ela aparecer encalhada na costa uns dois dias depois, né? As fadinhas da sorte estavam de férias naquela semana.

— Foi desagradável — admitiu Kawahara, como se estivesse debatendo sobre uma mão ruim no pôquer. — Mas não inteiramente inesperado. Não estávamos antecipando um problema sério.

— Você sabia que ela era católica?

— É claro. Era parte das exigências.

— Então, quando Ryker desencavou aquela conversa suspeita, você deve ter se cagado toda. O testemunho de Hinchley teria arrastado você para os holofotes, junto com sabe-se lá quantos outros dos seus amigos influentes. Cabeça nas Nuvens, uma das Casas, indiciada por *snuff* e você metida no meio de tudo. Qual foi a expressão que você usou daquela vez em Nova Beijing? Risco intolerável. Algo tinha que ser feito, Ryker tinha que ser calado. Me pare se eu estiver perdendo o fio da meada.

— Não, você está bem correto.

— Então você armou para ele?

Kawahara deu de ombros novamente.

— Foi feita uma tentativa de suborná-lo. Ele se demonstrou... pouco receptivo.

— Lamentável. Então, o que você fez em seguida?

— Você não sabe?

— Eu quero ouvir da sua boca. Quero detalhes. Estou falando demais aqui. Tente manter o seu lado da conversa ativo, ou eu acabarei pensando que você não está cooperando.

Kawahara ergueu o olhar dramaticamente para o teto.

— Eu armei para Elias Ryker. Eu preparei uma armadilha para ele com uma dica falsa sobre uma clínica em Seattle. Nós construímos um construto telefônico de Ryker e o usamos para pagar Ignacio Garcia para falsificar adesivos de Razões de Consciência em dois dos sujeitos que ele matou. Nós sabíamos que a polícia de Seattle não acreditaria nos adesivos e que a falsificação de Garcia não se sustentaria sob escrutínio. Pronto, melhor assim?

— De onde você tirou Garcia?

— Pesquisamos Ryker, na época em que tentamos suborná-lo. — Kawahara se ajeitou impacientemente na espreguiçadeira. — A conexão apareceu.

— É, foi o que eu concluí.

— Que perceptivo da sua parte.

— Então estava tudo resolvido bonitinho. Até que a Resolução 653 apareceu e ressuscitou o problema todo de novo. E Hinchley ainda era um caso aberto.

Kawahara inclinou a cabeça.

— Precisamente.

— Por que você não sufocou a resolução? Subornou alguns figurões no Conselho da ONU?

— Quem? Isso aqui não é Nova Beijing. Você conheceu Phiri e Ertekin. Eles parecem estar à venda?

Assenti.

— Então era você na capa de Marco. Miriam Bancroft sabia?

— Miriam? — Kawahara parecia perplexa. — Claro que não. Ninguém sabia, essa era precisamente a questão. Marco joga com Miriam regularmente. Era a cobertura perfeita.

— Não tão perfeita. Você joga tênis mal pra cacete, aparentemente.

— Não tive tempo para programar um disco de habilidade.

— Por que Marco? Por que não ir como você mesma?

Kawahara acenou com a mão em desprezo.

— Eu já vinha martelando o Bancroft desde que a resolução fora proposta. Ertekin também, sempre que ela me deixava chegar perto. Eu estava fazendo barulho. Marco falando em meu nome me faz parecer mais distanciada.

— Você recebeu aquela ligação de Rutherford — afirmei, mais para mim mesmo. — Aquela na Casa Toque do Sol depois que estivemos com ele. Concluí que tinha sido para Miriam, só que você estava lá como convidada, interpretando Marco na periferia do grande debate católico.

— Exato. — Um leve sorriso. — Você parece ter superestimado fortemente o papel de Miriam Bancroft na situação toda. Ah, por falar nisso, quem *é* que você botou para vestir a capa de Ryker agora? Só para satisfazer minha curiosidade. É bem convincente, quem quer que seja.

Não disse nada, mas um sorriso escapou do canto da minha boca. Kawahara percebeu.

— *Jura*? Encapamento duplo. Você deve ter mesmo a tenente Ortega na palma de sua mão. Ou em alguma outra parte, de qualquer maneira. Parabéns. Manipulação digna de um Matusa. — Ela soltou uma curta risada. — Isso foi um elogio, Takeshi-san.

Eu ignorei a troça.

— Você falou com Bancroft em Osaka? Terça-feira, 16 de agosto. Você sabia da viagem?

— Sim. Bancroft tem negócios habituais por lá. Fiz parecer que nos encontramos por acaso e o convidei para o Cabeça nas Nuvens na volta. É um padrão para ele. Comprar sexo depois dos negócios. Você provavelmente já descobriu isso.

— Verdade. Então, quando você o trouxe para cá, o que você disse?

— Eu lhe disse a verdade.

— A verdade? — Encarei Kawahara. — Você contou a ele sobre Hinchley, e esperou que ele a apoiasse?

— Por que não? — Havia uma simplicidade arrepiante no olhar que ela me devolveu. — Temos uma amizade que se estende por séculos. Estratégias de negócios compartilhadas que às vezes levaram um tempo mais longo que uma vida humana para se concretizar. Eu não esperaria que ele ficasse do lado da gentalha.

— Então ele a decepcionou. Não defenderia a fé Matusa.

Kawahara suspirou de novo, e desta vez havia um cansaço genuíno que soprava de algum lugar enterrado sob a poeira dos séculos.

— Laurens mantém uma tendência ao romantismo barato que eu não paro de subestimar. Ele não é diferente de você em muitos aspectos. Porém, ao contrário de você, ele não tem desculpa para uma coisa dessas. O homem tem mais de 300 anos de idade. Eu presumi; quis presumir, talvez; que os valores dele refletiriam isso. Que o resto seria só uma postura assumida, discursos para o rebanho. — Kawahara fez um gesto negligente de "o que podemos fazer?" com um braço esguio. — Eu me iludi, infelizmente.

— O que ele fez? Assumiu algum tipo de resistência moral?

A boca de Kawahara se torceu sem humor.

— Está zombando de mim? Você, que tem o sangue das dezenas de pessoas da Clínica Wei fresco nas mãos. Um açougueiro do Protetorado, um eliminador de vida humana em todos os mundos onde ela conseguiu se estabelecer. Você é, se me permite dizê-lo, Takeshi, um tanto inconsistente.

Seguro nos braços gélidos da betatanatina, não senti nada além de uma leve irritação com a tacanhice de Kawahara. Uma necessidade de esclarecer.

— A Clínica Wei foi pessoal.

— A Clínica Wei foi negócios, Takeshi. Eles não tinham absolutamente nenhum interesse pessoal em você. A maioria das pessoas que você eliminou estava apenas fazendo o próprio trabalho.

— Então eles deveriam ter escolhido outro.

— E o povo de Xária? Que escolha eles deveriam ter feito? Não nascer naquele mundo particular, naquele momento particular? Não se permitir ser alistado, talvez?

— Eu era jovem e burro — respondi, simplesmente. — Fui usado. Matei por pessoas como você porque era ignorante. Então eu aprendi. O que aconteceu em Innenin me ensinou. Agora eu não mato para ninguém além de mim mesmo e, sempre que eu tiro uma vida, eu sei o valor dela.

— O valor dela. O *valor* de uma vida humana. — Kawahara balançou a cabeça como uma professora para um aluno exasperante. — Você *ainda* é jovem e burro. A vida humana não tem valor. Você ainda não aprendeu isso, Takeshi, depois de tudo que já viu? Ela não tem valor intrínseco nenhum. Máquinas custam dinheiro para construir. Matérias-primas custam dinheiro para extrair. Mas gente? — Ela fez um barulhinho de cuspe. — Sempre dá para arranjar mais gente. Pessoas se reproduzem como células cancerosas, quer você as queira ou não. São *abundantes*, Takeshi. Por que deveriam ser valiosas? Você sabe que nos custa *menos* para recrutar e matar uma puta de *snuff* de verdade que para montar e rodar o formato virtual equivalente? A carne humana real é *mais barata* que uma máquina. É a verdade axiomática dos nossos tempos.

— Bancroft não pensava assim.

— Bancroft? — Kawahara vez um barulhinho de nojo no fundo da garganta. — Bancroft é um aleijado, mancando sobre as próprias noções arcaicas. É um mistério para mim como ele durou tanto.

— Então você o programou para se suicidar? Deu-lhe um empurrãozinho químico?

— Programei ele para... — Os olhos de Kawahara se arregalaram, e uma risadinha deliciada, a combinação perfeita de rouquidão e melodia, escapou dos lábios esculpidos. — Kovacs, você não pode ser assim tão burro. Eu já disse que ele se matou. Foi ideia dele, não minha. Houve um tempo quando você confiava na minha palavra, ainda que não pudesse aturar minha companhia. Pense nisso. Por que eu o quereria morto?

— Para apagar o que você disse a ele sobre Hinchley. Quando ele fosse reencapado, a atualização mais recente não incluiria essa pequena indiscrição.

Kawahara assentiu sabiamente.

— Sim, posso ver como isso faria sentido para você. Uma manobra defensiva. Você, afinal, existiu na defensiva desde que deixou os Emissários. E uma criatura que vive na defensiva mais cedo ou mais tarde passa a pensar na defensiva. Você está esquecendo uma coisa, Takeshi.

Ela fez uma pausa dramática, e, mesmo através da betatanatina, uma vaga ondulação de desconfiança chamou minha atenção. Kawahara estava exagerando.

— E o que foi que eu esqueci?

— Que *eu*, meu caro Takeshi Kovacs, não sou você. Eu não jogo na defensiva.

— Nem quando joga tênis?

Ela me ofereceu um sorrisinho calibrado.

— Muito engraçado. Não precisei apagar a memória de Laurens Bancroft sobre nossa conversa, porque àquela altura ele mesmo já tinha destroçado a própria puta católica e tinha tanto a perder com a Resolução 653 quanto eu.

Pisquei. Eu tinha uma variedade de teorias circulando em torno da convicção central de que Kawahara era responsável pela morte de Bancroft, mas nada assim tão extravagante. Porém, conforme a ficha das palavras de Kawahara caía, o mesmo acontecia com várias peças daquele espelho fragmentado que eu pensava já estar completo o bastante para ver a verdade refletida. Olhei para um canto recém-revelado e desejei não ter enxergado as coisas que se moviam ali.

Diante de mim, Kawahara sorria para o meu silêncio. Ela sabia que tinha me afetado, e isso a agradava. Vaidade, vaidade. A única, mas perene, falha de Kawahara. Como todos os Matusas, ela tinha ficado muito impressionada consigo mesma com o passar dos anos. A admissão, a última peça do meu quebra-cabeça, tinha escapado com facilidade. Ela queria que eu tivesse essa peça, queria que eu visse o quanto ela estava à minha frente, enquanto eu mancava bem atrás.

A alfinetada sobre o tênis devia tê-la chateado bastante.

— Mais um eco sutil da esposa dele — disse Kawahara. — Cuidadosamente escolhida e então amplificada com um pouco de cirurgia cosmética. Ele a enforcou até a morte. Enquanto gozava pela segunda vez, eu acho. Essa vida de casado, hein, Kovacs? O que ela não faz com vocês, homens.

— E você filmou? — Minha voz soou idiota aos meus próprios ouvidos.

O sorriso de Kawahara voltou.

— Fala sério, Kovacs. Me pergunte alguma coisa que precise ser respondida.

— Bancroft foi quimicamente assistido?

— Ah, mas é claro. Você tinha razão quanto a isso. Uma droga bem sinistra, mas eu imagino que você saiba...

Foi a betatanatina. O gelar lento da droga; sem ele, eu teria me movido com a corrente de ar assim que a porta se abriu no meu flanco. O pensamento me passou pela cabeça tão rapidamente quanto possível, e mesmo enquanto ele passava eu soube pela própria presença dele que eu agiria lentamente demais. Aquele não era o momento de pensar. Pensamento em combate era um luxo tão apropriado para aquilo quanto um banho quente e massagem. Nublava a claridade de chicote do sistema de reação da neuroquímica Khumalo. Eu girei, só um par de séculos atrasado, erguendo a pistola de dardos.

Pou!

O raio atordoante me atingiu como um trem, e achei ter visto as janelas iluminadas dos vagões passando velozmente atrás dos meus olhos. Minha visão era um quadro congelado de Trepp, agachada na entrada, pistola atordoante estendida, rosto vigilante para o caso de ela ter errado ou eu estar vestindo armadura neural sob o traje furtivo. Mas que esperança! Minha própria arma caiu de dedos mortiços quando minha mão se abriu num espasmo, e capotei para a frente, ao lado dela. O piso de madeira veio subindo e me acertou do lado da cabeça como uma das porradas do meu pai.

— Por que demorou tanto? — perguntou Kawahara de uma altura imensa, distorcida num rosnado grave pela minha consciência evanescente. Uma mão esguia surgiu no meu campo de visão e recuperou a pistola de dardos. Dormente, senti a outra mão puxando a arma atordoante do coldre.

— O alarme só tocou faz uns dois minutos. — Trepp surgiu no meu campo de visão, guardando a atordoante, e se agachou para olhar, curiosa. — McCabe levou um tempo para esfriar o suficiente para disparar o sistema. Quase todos os seus seguranças de merda ainda estão no convés principal, espiando o cadáver. Quem é esse aí?

— É o Kovacs — afirmou Kawahara, desdenhosa, metendo minhas duas armas no cinto a caminho da mesa. Ao meu olhar paralisado, ela parecia recuar ao longo de uma vasta planície, centenas de metros com cada passo até ficar minúscula e distante. Como uma boneca, ela se inclinou sobre a escrivaninha e usou controles que eu não podia ver.

Eu não estava apagando.

— Kovacs? — O rosto de Trepp ficou impassível de repente. — Eu pensei...

— Sim, eu também. — A trama holográfica de dados sobre a escrivaninha se acendeu e desenrolou. Kawahara aproximou o rosto, as cores rodopiando nas feições. — Ele mandou uma capa dupla para cima da gente. Provavelmente com ajuda de Ortega. Você deveria ter ficado um pouco mais no *Rosa do Panamá*.

Minha audição ainda estava bagunçada, minha visão, congelada num só ponto, mas eu não estava apagando. Não sabia bem se era algum efeito colateral da betatanatina, mais uma característica bônus do sistema Khumalo, ou talvez ambos numa conjunção acidental, mas *alguma coisa* estava me mantendo consciente.

— Ficar circulando numa cena de crime com aquele monte de policiais me deixa nervosa — respondeu Trepp enquanto estendia a mão para tocar meu rosto.

— É mesmo? — Kawahara ainda estava absorta no fluxo de dados. — Bem, distrair esse psicopata com debates morais e confissões genuínas também não fez muito bem à minha digestão. Achei que você nunca fosse... Porra!

Ela virou a cabeça selvagemente para um lado, depois a baixou e encarou a superfície da mesa.

— Ele estava falando a verdade.

— Sobre o quê?

Kawahara ergueu o olhar para Trepp, subitamente acanhada.

— Não importa. O que você está fazendo com o rosto dele?

— Ele está gelado.

— É claro que ele está gelado, porra. — O vocabulário deteriorado era um sinal certeiro de que Reileen Kawahara estava abalada, pensei como num sonho. — Como você acha que ele passou pelos infravermelhos? Está apresuntado até as orelhas.

Trepp se levantou, o rosto cuidadosamente inexpressivo.

— O que você vai fazer com Kovacs?

— Ele vai para um virtual — afirmou Kawahara —, junto com a amiguinha peixeira harlaniana dele. Mas, antes disso, temos que fazer uma pequena cirurgia. Ele está grampeado.

Tentei mover minha mão direita. A última junta do dedo do meio estremeceu, um pouco.

— Tem certeza de que ele não está transmitindo?

— Tenho, ele me falou. Afinal, teríamos descoberto a transmissão assim que ela começasse. Você tem uma faca?

Um tremor no fundo dos ossos que me parecia muito ser pânico correu por mim. Desesperado, mergulhei na paralisia buscando algum sinal de recuperação iminente. O sistema Khumalo ainda estava completamente abalado. Senti meus olhos secando pela falta de um reflexo de piscar. Pela visão cada vez mais borrada, observei Kawahara voltando da escrivaninha, a mão estendida em expectativa para Trepp.

— Estou sem faca. — Não dava para ter certeza com a distorção na minha audição, mas havia um tom de rebeldia na voz de Trepp.

— Sem problemas. — Kawahara deu mais longos passos e desapareceu de vista, a voz sumindo. — Eu tenho uma coisa aqui atrás que vai servir igualmente bem. É melhor você providenciar gente para arrastar esse merda até um dos salões de decantação. Acho que o sete e o nove estão preparados. Use o plugue na mesa.

Trepp hesitou. Senti alguma coisa pingar, como uma minúscula porção de gelo derretendo do bloco congelado do meu sistema nervoso central. Minhas pálpebras se arrastaram lentamente sobre os meus olhos, uma vez, e subiram de novo. O contato purificador trouxe lágrimas. Trepp viu e enrijeceu. Ela não se moveu na direção da mesa.

Os dedos da minha mão direita se mexeram e fecharam. Senti um começo de tensão nos músculos do meu abdômen. Meus olhos se mexeram.

A voz de Kawahara chegou distante. Ela devia estar no outro quarto, além do arco.

— Eles estão vindo?

O rosto de Trepp continuou impassível. Os olhos dela se ergueram de mim.

— Estão — respondeu ela em voz alta. — Vão chegar nuns dois minutos.

Eu estava voltando à tona. Alguma coisa forçava meus nervos de volta à vida faiscante, borbulhante. Pude sentir os tremores chegando, e com eles uma qualidade sufocante e grossa no ar nos meus pulmões que significava que a ressaca da betatanatina estava chegando adiantada. Meus membros pareciam moldados em chumbo, minhas mãos, como se vestissem grossas luvas de algodão atravessadas por uma fraca corrente elétrica. Eu não estava em condição de lutar.

Minha mão esquerda estava dobrada sob mim, achatada no chão pelo peso do meu corpo. A direita estava estendida num ângulo desajeitado. Minhas pernas não pareciam ser capazes de fazer mais do que me manter de pé. Minhas opções eram limitadas.

— Certo. — Senti a mão de Kawahara no meu ombro, virando-me de barriga para cima como um peixe prestes a ser estripado. O rosto dela estava coberto por uma máscara de concentração, e havia um par de alicates de ponta fina na mão que não me tocava. Kawahara se sentou no meu peito com as pernas para os lados e abriu as pálpebras do meu olho esquerdo. Controlei o impulso de piscar, me mantive imóvel. As pinças desceram, mandíbulas posicionadas a meio centímetro de distância.

Contraí os músculos do antebraço, e a bainha de molas neurais entregou a faca Tebbit à minha mão.

Eu a golpeei de lado.

Estava mirando no flanco de Kawahara, abaixo das costelas flutuantes, mas a combinação dos tremores de atordoamento e a ressaca da betatanatina me atrapalhou, e a lâmina atingiu um ponto abaixo do cotovelo do braço esquerdo, desviou no osso e quicou para fora. Kawahara gritou e soltou meu olho. O alicate mergulhou, fora da rota, acertou a minha maçã do rosto e abriu um rasgo na minha bochecha. Senti a dor de longe, metal puxando carne. O sangue escorreu para o meu olho. Esfaqueei de novo, mas, desta vez, Kawahara girou, montada em mim, e bloqueou para baixo com o braço ferido. Ela gritou de novo, e minha mão formigante deixou a faca escorregar. O cabo escorreu da palma, e a arma se foi. Concentrando toda a energia restante no meu braço esquerdo, lancei um gancho selvagem e acertei Kawahara na têmpora. Ela rolou, saindo de cima de mim e agarrando o ferimento no braço; por um momento, eu achei que a lâmina tinha entrado fundo o bastante para marcá-la com a carga de C-381. Só que Sheila Sorenson tinha me dito que o envenenamento por cianeto faria seu trabalho no tempo brevíssimo de duas respirações.

Kawahara estava se levantando.

— Que porra você está esperando? — perguntou ela acidamente a Trepp. — Atire nesse filho da puta, caralho!

A voz dela morreu na última palavra quando ela viu a verdade no rosto de Trepp um instante antes de a mulher pálida tentar sacar a arma atordoante. Talvez a própria Trepp só tivesse se tocado dessa mesma verdade naquele momento, porque ela foi lenta. Kawahara soltou o alicate, sacou as duas armas do cinto com um estalo e as ergueu antes que a pistola de Trepp tivesse sequer saído do coldre.

— Sua vaca traidora de merda — exclamou Kawahara, espantada, a voz subitamente retocada por com um sotaque áspero que eu nunca ouvira antes. — Você sabia que ele estava acordando, né? Você está morta, sua filha da puta.

Eu me levantei cambaleante e me joguei sobre Kawahara bem quando ela puxou os gatilhos. Ouvi as duas armas disparando, o gemido quase inaudível de tão agudo da pistola de dardos e o súbito espirro elétrico do atordoador. Pela visão nublada do meu canto de olho, vi Trepp fazer uma tentativa desesperada de completar o saque e não chegar nem perto. Ela tombou, o rosto quase comicamente surpreso. Ao mesmo tempo, meu ombro se chocou contra Kawahara e nós cambaleamos de volta em direção ao aclive da janela. Ela tentou atirar em mim, mas desviei as armas para o lado com os braços e a fiz tropeçar. Ela me enganchou com o braço ferido e nós dois caímos no vidro oblíquo.

O atordoador se foi, girando no chão, mas ela tinha conseguido manter a pistola de dardos na mão. A arma se moveu para me mirar, mas eu a bati sem jeito para baixo. Minha outra mão socou a cabeça de Kawahara, mas errou e acertou o ombro, sem efeito. Ela sorriu com ferocidade e me acertou uma cabeçada no rosto. Meu nariz se quebrou com uma sensação parecida com a de morder aipo, e sangue inundou minha boca. De algum lugar veio um desejo insano de provar o gosto. No momento seguinte, Kawahara estava contra mim, girando-me de volta contra o vidro e socando meu corpo com força. Bloqueei um ou dois dos golpes, mas a resistência se esvaía de mim e os músculos nos meus braços perdiam interesse. Senti meus órgãos começando a ficar dormentes. Acima, o rosto de Kawahara registrava um triunfo selvagem ao perceber o fim da luta. Ela me acertou mais uma vez, com muito cuidado, na virilha. Tive uma convulsão e deslizei pelo vidro num montinho esparramado no chão.

— Isso deve dar conta de você, meu velho — grasnou ela, levantando--se de súbito e ofegante. Sob a elegância quase intacta dos cabelos dela, vi de repente o rosto ao qual esse novo sotaque pertencia. A satisfação brutal naquele rosto era o que as vítimas de Kawahara na Vila Fissão devem ter visto enquanto ela os obrigava a beber do cantil cinzento fosco da aguadeira. — Vê se fica aí deitado um segundinho.

Meu corpo me informou que eu não teria qualquer outra opção. Eu me sentia encharcado em danos, afundando depressa sob o peso das substâncias químicas que sedimentavam meu sistema e sob a invasão neural do raio atordoante. Tentei levantar um braço e ele despencou de volta como um peixe com um quilo de chumbo nas tripas. Kawahara viu aquilo e sorriu.

— É, assim está ótimo — disse ela, olhando distraidamente para o próprio braço esquerdo, onde o sangue escorria num fio do rasgo na blusa. — Você vai pagar por esta porra, Kovacs.

Kawahara foi até a forma imóvel de Trepp.

— E você, sua puta — começou ela, chutando as costelas da mulher pálida com força. O corpo ficou imóvel. — O que esse filho da puta fez pra você, afinal? Prometeu chupar sua boceta pelos próximos dez anos?

Trepp não respondeu. Forcei os dedos da mão esquerda e consegui movê--los alguns centímetros pelo chão na direção da minha perna. Kawahara foi até a mesa com uma última olhada para trás para o corpo de Trepp e tocou em um controle.

— Segurança?

— Sra. Kawahara. — Era a mesma voz masculina que tinha interpelado Ortega quando nos aproximáramos do Cabeça nas Nuvens. — Houve uma invasão no...

— Já sei do que houve — retrucou Kawahara, cansada. — Eu estive lidando com isso nos últimos cinco minutos. Por que você não está aqui?

— Sra. Kawahara?

— Eu perguntei quanto tempo você vai levar para trazer seu rabo sintético até aqui para atender a um chamado.

Houve um breve silêncio. Kawahara esperou, com a cabeça curvada sobre a mesa. Juntei minhas mãos num aperto fraco, depois as apertei em torno do que elas continham e as baixei.

— Sra. Kawahara, não houve nenhum alerta da sua cabine.

— Ah. — Kawahara olhou outra vez para Trepp. — Certo, bem, mande alguém para cá imediatamente. Esquadrão de quatro. Tem lixo para jogar fora.

— Sim, senhora, senhora!

Apesar de tudo, senti um sorriso rastejar até minha boca. *Sim, senhora, senhora*?

Kawahara voltou, aproveitando para pegar o alicate no caminho.

— Tá rindo do quê, Kovacs?

Tentei cuspir nela, mas a saliva mal saiu da minha boca e pendeu num fio grosso do meu queixo, misturada ao sangue. O rosto de Kawahara se distorceu com fúria súbita, e ela me chutou no estômago. Considerando tudo mais, eu mal senti aquilo.

— Você — começou ela selvagemente, em seguida forçando a voz de volta a uma calma gélida, sem sotaque — causou problemas mais que suficientes para uma vida.

Kawahara segurou meu colarinho e me arrastou pelo aclive da janela acima até ficarmos olho no olho. Minha cabeça rolou para o lado no vidro e ela se inclinou sobre mim. O tom tinha relaxado um pouco, ficando quase casual.

— Como os católicos, como seus amigos em Innenin, como os inúteis fragmentos de vida favelada cuja cópula patética trouxe você ao mundo, Takeshi. Matéria-prima humana; vocês nunca foram nada além disso. Você poderia ter evoluído para algo além e se juntado a mim em Nova Beijing, mas você cuspiu na minha cara e voltou à sua existência de gentalha. Poderia ter se juntado a nós de novo, aqui na Terra, se juntado à condução da raça humana inteira desta vez. Você poderia ter sido um homem poderoso, Kovacs. Você compreende isso? Você poderia ter sido *relevante*.

— Acho que não — murmurei fracamente, começando a escorregar de volta pelo vidro. — Ainda tenho uma consciência chacoalhando aqui em algum lugar. Só esqueci onde a guardei.

Kawahara fez uma careta e segurou meu colarinho com força redobrada.

— Muito engraçado. Espirituoso. Você vai precisar disso, no lugar aonde você vai.

— *Quando perguntarem como eu morri* — falei —, *diga a eles: ainda com raiva.*

— Quell. — Kawahara se inclinou para mais perto. Estava quase deitada em cima de mim, como uma amante saciada. — Só que Quell nunca passou por interrogatório virtual, passou? Você não vai morrer com raiva, Kovacs. Você vai morrer implorando. De novo. E de novo. Sem parar.

Ela pôs a mão no meu peito e me empurrou para baixo com força. O alicate subiu.

— Aqui vai um aperitivo.

As mandíbulas da ferramenta mergulharam na parte de baixo do meu olho, e um esguicho de sangue espirrou na cara de Kawahara. Houve um breve clarão de dor. Por um momento, pude ver o alicate pelo olho em que ele estava cravado, erguendo-se para longe como um imenso pilar de aço, e então Kawahara torceu as mandíbulas e alguma coisa estourou. Minha visão se tingiu de vermelho e depois se apagou, um monitor moribundo como aqueles na Conexões de Dados do Elliott. Pelo meu outro olho, vi Kawahara extraindo o alicate com a escuta gravadora de Reese. A traseira do minúsculo dispositivo pingava minúsculas gotas de matéria orgânica no meu rosto.

Ela iria atrás de Elliott e Reese. Sem falar em Ortega, Bautista e mais um monte de gente.

— Já chega dessa porra — murmurei num tom arrastado, forçando ao mesmo tempo os músculos das minhas coxas a funcionarem e travando minhas pernas em volta da cintura de Kawahara. Minha mão esquerda deu um tapa no vidro oblíquo.

O baque abafado de uma explosão e um estalo agudo.

Com a opção de pavio configurada para o tempo mínimo, a microgranada de termita fora projetada para detonar quase imediatamente e direcionar noventa por cento da carga para a face de contato. Os dez por cento restantes ainda destroçaram minha mão, rasgando a carne dos ossos Khumalo de liga de tutano e tendões reforçados com carbono, arrancando os ligamentos de poliadesivo e abrindo um buraco do tamanho de uma moeda na minha palma.

Do outro lado da granada, a janela se estilhaçou como uma grossa placa de gelo fluvial. Pareceu acontecer em câmera lenta. Senti a superfície ceder ao meu lado e então eu deslizar de lado para o buraco. Registrei vagamente a rajada de ar gelado invadindo a cabine. Acima de mim, o rosto de Kawahara tinha ficado abestalhado conforme ela entendia o que tinha acontecido, mas era tarde demais. Ela foi puxada comigo, debatendo-se e socando minha cabeça e meu peito, só que incapaz de romper a chave de perna que eu travara na cintura dela. O alicate subiu e desceu, arrancando longas tiras de carne de uma bochecha, mergulhando de novo no olho destruído, mas a essa altura a dor estava muito distante, quase irrelevante, consumida inteiramente por uma fornalha de fúria que tinha finalmente eliminado o que restava da betatanatina.

Diga a eles: Ainda com raiva.

Então a porção de vidro onde nós lutávamos cedeu e nos derrubou para o vento e para o céu.

E nós caímos...

Meu braço esquerdo estava paralisado por conta de algum estrago causado pela explosão, mas, conforme despencamos pelas trevas geladas, eu trouxe minha mão direita e aninhei a outra granada contra a base do crânio de Kawahara. Tive um vislumbre confuso do oceano muito abaixo, Cabeça nas Nuvens disparando para cima, afastando-se de nós, e uma expressão no rosto de Reileen Kawahara que deixara a sanidade tão distante quanto a aeronave. Havia algo gritando, só que eu não sabia mais se o som vinha de dentro ou de fora. A percepção espiralava para longe de mim no silvo agudo do ar à nossa volta e não conseguia mais encontrar o caminho de volta àquela janelinha do ponto de vista individual. A queda era tão sedutora quanto o sono.

Com o que restava da minha força de vontade, bati a granada e a cabeça dela contra o meu peito, com força suficiente para detonar.

Meu último pensamento foi a esperança de que Davidson estivesse olhando para a tela.

CAPÍTULO 42

O endereço era, ironicamente, em Licktown. Saí do autotáxi duas quadras ao norte e caminhei pelo resto do caminho, incapaz de me livrar de uma sensação fantasmagórica de síntese, como se a maquinaria de cosmos tivesse atravessado o tecido da realidade de modo que eu pudesse vê-la.

O apartamento que eu procurava fazia parte de um bloco em forma de U com uma área de pouso de concreto rachado repleta de mato no centro. Em meio ao conjunto de tristes veículos de solo e aéreos estacionados ali, localizei o microcóptero na mesma hora. Alguém havia aplicado recentemente nele uma pintura roxa com detalhes vermelhos, e, mesmo que o aparelho ainda pendesse para um dos lados nas carenagens, havia conjuntos reluzentes de sensores caros instalados no nariz e na cauda. Assenti para mim mesmo e subi uma escadaria externa até o segundo andar do bloco.

A porta do número 17 foi aberta por um menino de 11 anos que me encarou com uma hostilidade inexpressiva.

— Que foi?

— Eu gostaria de falar com Sheryl Bostock.

— É, bem, ela não tá aqui.

Suspirei e esfreguei a cicatriz sob o meu olho.

— Acho que isso não deve ser verdade. O microcóptero dela está no pátio, você é o filho dela, Daryl, e ela saiu do turno da noite faz umas três horas. Você pode dizer a ela que tem alguém aqui pra falar sobre a capa Bancroft.

— Tu é Sia?

— Não, só quero conversar. Se a Sheryl conseguir me ajudar, pode sobrar um dinheiro pra ela.

O menino me encarou por mais uns dois segundos antes de fechar a porta sem mais palavra. Lá dentro, ouvi quando ele chamou a mãe. Esperei e sufoquei o impulso de fumar.

Cinco minutos depois, Sheryl Bostock surgiu atrás da porta entreaberta, vestindo um cafetã folgado. A capa sintética parecia ainda mais inexpressiva do que o filho tinha sido, mas era um vazio de frouxidão muscular que nada tinha a ver com atitude. Grupamentos de músculos pequenos levam um tempo para esquentar depois do sono nos modelos mais baratos de capas sintéticas, e este era definitivamente um extremo mais promocional do mercado.

— Você quer falar comigo? — indagou a voz sintética com irregularidade artificial no tom. — Pra quê?

— Sou um investigador particular a serviço de Laurens Bancroft — respondi tão gentilmente quanto possível. — Gostaria de fazer algumas perguntas sobre suas tarefas na PsychaSec. Posso entrar?

Ela fez um barulhinho, que me fez pensar que provavelmente tinha tentado bater portas nas caras de homens antes, sem sucesso.

— Não vou demorar.

Ela deu de ombros e escancarou a porta. Passei por ela e entrei numa sala arrumada, mas gasta, cujo item mais importante era claramente um console de entretenimento moderno e preto. O sistema se erguia do carpete no canto mais distante como um ídolo de algum deus-máquina obscuro, e o restante da mobília estava organizado ao redor como em idolatria. Como a pintura do microcóptero, o console parecia novo.

Daryl tinha desaparecido de vista.

— Belo console — comentei, indo examinar o monitor dianteiro inclinado da máquina. — Quando você comprou?

— Faz um tempo. — Sheryl Bostock fechou a porta e se postou, incerta, no centro do aposento. O rosto estava acordando, e a expressão pairava a meio caminho entre sono e desconfiança. — O que você quer me perguntar?

— Posso me sentar?

Ela fez um gesto mudo para uma das poltronas brutalmente surradas e se sentou diante de mim numa espreguiçadeira. Nas aberturas do cafetã, a carne sintética parecia rosada e irreal. Eu a fitei por um tempo, perguntando-me se eu queria mesmo fazer aquilo.

— Bem? — Ela mexeu a mão, nervosa. — O que você quer me perguntar? Você me acordou depois do turno da noite; é melhor ter um ótimo motivo.

— No dia 14 de agosto, uma terça-feira, você foi à câmara de encapamento da família Bancroft e injetou um clone de Laurens Bancroft com um hipospray cheio de alguma coisa. Eu gostaria de saber o que havia lá dentro, Sheryl.

O resultado foi mais dramático do que eu teria acreditado ser possível. As feições artificiais de Bostock estremeceram violentamente, e ela se afastou como se eu a tivesse ameaçado com um bastão de choque.

— Isso faz parte dos meus serviços de rotina! — exclamou ela, em tom estridente. — Estou autorizada a executar inserções químicas nos clones.

Aquilo não me parecia ela falando; parecia algo que alguém a mandara decorar.

— Foi sinamorfoesterona? — perguntei em voz baixa.

Sintéticos baratos não coram ou empalidecem, mas a expressão naquele rosto transmitia a mensagem com a mesma eficácia. Sheryl parecia um animal assustado, traído pelo dono.

— Como é que você sabe disso? Quem foi que contou? — A voz dela subiu a um soluçar agudo. — *Você não tem como saber disso. Ela disse que ninguém ia ficar sabendo.*

Sheryl desabou no sofá, soluçando nas mãos. Daryl veio do outro aposento com o som do choro, hesitou à porta e, claramente decidindo que não poderia ou deveria fazer nada, ficou ali parado, olhando para mim com uma expressão assustada. Reprimi um suspiro e acenei com a cabeça para ele, tentando parecer o menos ameaçador possível. Ele foi com cautela até o sofá e pôs a mão no ombro da mãe, fazendo-a pular de susto, um movimento como se tivesse levado um soco. Ondulações de memória se agitaram em mim, e eu senti minha própria expressão ficando fria e severa. Tentei sorrir para eles, mas era falso.

Pigarreei.

— Não estou aqui para fazer nada a você — expliquei. — Eu só quero saber.

Levou um minuto, mais ou menos, para as palavras atravessarem os véus densos do terror e penetrarem a consciência de Sheryl Bostock. Levou ainda mais tempo para que ela controlasse as lágrimas e olhasse para mim. Ao lado, Daryl acariciava a cabeça da mãe, inseguro. Cerrei os dentes e tentei conter as memórias do meu próprio décimo primeiro ano de vida, que, naquele momento, brotavam na minha mente. E esperei.

— Foi ela — disse Sheryl, finalmente.

Curtis me interceptou quando eu contornei a ala marítima da Casa Toque do Sol. O rosto dele estava corado de raiva, e suas mãos estavam cerradas dos lados do corpo.

— Ela não quer falar com você — rosnou ele.

— Sai da minha frente, Curtis — respondi calmamente —, ou você vai se machucar.

Os braços dele assumiram uma guarda de caratê.

— Eu já falei que ela...

Foi aí que eu o chutei no joelho, fazendo-o desabar aos meus pés. Um segundo chute o fez rolar uns dois metros colina abaixo na direção das quadras de tênis. Quando ele conseguiu parar de rolar, eu já estava em cima dele. Cravei o joelho na lombar e puxei a cabeça de Curtis para trás pelos cabelos.

— Meu dia já não está muito bom — falei com paciência —, e você está piorando as coisas. Agora, vou lá dentro falar com a sua chefe. Vai levar uns dez minutos, e então eu vou embora. Se você for inteligente, vai ficar fora do meu caminho.

— Seu filho...

Puxei o cabelo com mais força, e Curtis ganiu.

— Se você vier atrás de mim, Curtis, eu vou machucar você. Para valer. Entendido? Não estou com saco para moleques vigaristas como você hoje.

— Deixe ele em paz, Sr. Kovacs. Você nunca teve 19 anos?

Dei uma olhada para trás, onde Miriam Bancroft estava parada com as mãos nos bolsos de um traje largo, cor de deserto, aparentemente inspirado nas roupas de harém de Xária. Os longos cabelos estavam presos sob uma faixa do tecido ocre, e os olhos reluziam ao sol. Eu me lembrei subitamente do que Ortega tinha dito sobre Nakamura. *Eles usam a cara e o corpo dela para marquetear o material.* Agora eu podia distinguir aquela pose casual de uma demonstradora de capas de uma casa de moda.

Soltei os cabelos de Curtis e me afastei enquanto ele se levantava.

— Eu não era tão burro nessa idade — menti. — Você poderia mandar ele se afastar, então? Talvez ele te obedeça.

— Curtis, vá me esperar na limusine. Não vou demorar.

— Você vai deixar ele...

— Curtis! — Havia um espanto cordial no tom dela, como se tivesse ocorrido algum engano, como se argumentação não estivesse no cardápio. O rosto de Curtis ficou corado ao som daquilo, e ele se afastou de nós com lágrimas de estresse nos olhos. Mantive os olhos nele até que saísse de vista, ainda não convencido de que eu não deveria ter batido nele uma última vez. Miriam Bancroft deve ter lido o pensamento no meu rosto.

— Eu teria pensado que até o seu apetite por violência já estaria saciado a esta altura — comentou ela em voz baixa. — Você ainda está procurando alvos?

— Quem disse que eu estou procurando alvos?

— Você disse.

Olhei para ela rapidamente.

— Eu não me lembro disso.

— Que conveniente.

— Não, você não entendeu. — Ergui minhas mãos abertas para ela. — Eu não me *lembro*. Tudo que fizemos juntos se foi. Eu não tenho aquelas memórias. Foram apagadas.

Ela estremeceu como se eu a tivesse esmurrado.

— Mas você... — disse ela, hesitante. — Eu pensei que... Você parece...

— O mesmo. — Olhei para mim mesmo, para a capa de Ryker. — Bem, não tinha sobrado muito da outra capa quando fui pescado do mar. Esta aqui era a única outra opção. E os investigadores da ONU se recusaram veementemente a permitir outro encapamento duplo. Eu não os culpo, na verdade. Já vai ser difícil explicar aquele que nós fizemos.

— Mas como você...

— Decidiu? — Sorri sem muito entusiasmo. — Que tal entrarmos para conversar sobre isso?

Permiti que ela me levasse de volta ao conservatório, onde alguém tinha posto uma jarra e taças de haste longa na mesa ornamental sob os vasos de folha-mártir. A jarra estava cheia com um líquido da cor do pôr do sol. Nós nos sentamos diante um do outro sem trocarmos palavras ou olhares. Ela se serviu de uma taça sem me oferecer nada, um gesto casual minúsculo que revelava muito sobre o que tinha acontecido entre Miriam Bancroft e meu outro eu.

— Temo que eu não tenha muito tempo — observou ela, distraída. — Como eu lhe disse ao telefone, Laurens me pediu para ir a Nova York imediatamente. Eu estava a caminho quando você ligou, na verdade.

Eu não disse nada, só esperando, e, quando ela terminou de se servir, eu peguei um copo para mim. O movimento me pareceu errado dentro dos meus ossos, e minha falta de destreza devia ter transparecido. Ela se sobressaltou ao perceber.

— Ah, eu...

— Esqueça. — Eu me sentei de volta e provei do drinque. Tinha um leve ardor sob a doçura. — Você queria saber como decidimos? Nós apostamos. Pedra, papel e tesoura. Lógico, antes debatemos o assunto por horas. Colocaram a gente num fórum virtual lá em Nova York, com uma proporção bem alta e escudo de discrição enquanto tomávamos a decisão. Não pouparam nenhum gasto para os heróis do momento.

Percebi uma nota de amargura crescendo na minha voz e tive que parar um instante para me livrar daquilo. Tomei um gole mais longo.

— Como eu disse, nós conversamos. Muito. Pensamos em várias formas diferentes de decidir, algumas até possivelmente viáveis, mas, no fim, acabávamos sempre voltando ao jogo. Pedra, papel, tesoura. Melhor de cinco. Por que não?

Dei de ombros, mas não foi o gesto casual que eu esperei que parecesse. Ainda estava tentando me livrar do frio que me percorria sempre que eu me lembrava daquele jogo, eu tentando ser mais esperto que eu mesmo com minha própria existência em jogo. A melhor de cinco estava em dois a dois. Meu coração batia como a música da Alcova do Jerry, e eu estava tonto de adrenalina. Nem enfrentar Kawahara tinha sido tão difícil.

Quando ele perdeu a última rodada; pedra para o meu papel; nós contemplamos nossas mãos estendidas pelo que pareceu um longo tempo. Então, ele se levantou com um leve sorriso e fez um gesto de pistola com o indicador e o polegar para a própria cabeça, num misto de continência e simulação de suicídio.

— Quer que eu diga alguma coisa ao Jimmy quando eu o encontrar?

Balancei minha cabeça, sem palavras.

— Bem, tenha uma boa vida — disse ele. Saiu da sala ensolarada, fechando a porta delicadamente. Parte de mim ainda gritava por dentro que ele tinha, de alguma forma, entregado o último jogo.

Fui reencapado no dia seguinte.

Ergui o olhar novamente.

— Agora você deve estar se perguntando por que eu me dei ao trabalho de vir até aqui.

— Sim, estou.

— Tem a ver com Sheryl Bostock — respondi.

— Quem?

Eu suspirei.

— Miriam, por favor. Não deixe isto mais difícil do que já é. Sheryl Bostock está se borrando de medo de que você vá mandar matá-la pelo que ela sabe. Vim aqui para que você me convença de que ela está enganada, porque foi isso que eu prometi a ela.

Miriam Bancroft me fitou por um momento, arregalando os olhos, e então, com um gesto instintivo, ela jogou o drinque na minha cara.

— Seu homenzinho arrogante — sibilou ela. — Como você ousa? *Como você ousa?*

Limpei a bebida dos olhos e a encarei. Tinha esperado uma reação, mas nada como aquilo. Tirei o excesso de coquetel do cabelo.

— Perdão?

— Como você ousa entrar aqui, dizendo que isso é difícil para você? Você tem alguma ideia de pelo que o meu marido está passando agora?

— Bem, vejamos. — Enxuguei minhas mãos na camisa enquanto franzia o cenho. — Neste instante, ele é o hóspede cinco estrelas de um Inquérito Especial da ONU em Nova York. O que você me diria: que é a separação conjugal que o faz sofrer? Não pode ser tão difícil encontrar um puteiro em Nova York.

Miriam Bancroft cerrou a mandíbula.

— Você é cruel — sussurrou ela.

— E você é perigosa. — Senti um pouco de vapor descobrindo a superfície do meu autocontrole. — Não fui eu quem chutou um feto até a morte no útero da mãe em San Diego. Não fui eu quem adulterou o clone do próprio marido com sinamorfoesterona enquanto ele estava em Osaka, sabendo muito bem o que ele faria à próxima mulher com quem fodesse naquele estado. Sabendo que a mulher não seria você, é claro. Não me espanta que Sheryl Bostock esteja aterrorizada. Só de olhar para você, eu me pergunto se passarei vivo pelos portões da frente.

— Pare. — Ela inspirou profunda e tremulamente. — Pare. Por favor.

Eu parei. Ficamos sentados em silêncio, ela com a cabeça curvada.

— Me conte o que aconteceu — falei, por fim. — Eu arranquei quase tudo de Kawahara. Sei por que Laurens se torrou...

— Sabe mesmo? — A voz dela estava baixa agora, mas ainda havia traços do veneno anterior. — Diga-me, o que você sabe? Que ele se matou para escapar da chantagem. É isso que estão dizendo em Nova York, não é?

— É uma presunção razoável, Miriam — respondi em voz baixa. — Kawahara estava com ele comendo na palma da mão. Vote contra a Resolução 653 ou seja exposto como assassino. Para ele, se matar antes do feixe ser lançado à PsychaSec era a única escapatória. Se ele não tivesse ficado tão determinado a derrubar o veredicto de suicídio, teria se safado.

— Sim. Se você não tivesse vindo.

Fiz um gesto que pareceu injustamente defensivo.

— Não foi ideia minha.

— E quanto à *culpa*? — disse ela, no silêncio que se formou. — Você parou para considerar esse aspecto? Já parou para pensar como Laurens deve ter se sentido quando entendeu o que fez, quando disseram a ele que a tal Rentang era católica, uma garota que nunca poderia ter a vida de volta, mesmo que a Resolução 653 a forçasse de volta a uma existência temporária para testemunhar contra ele? Você não cogita a possibilidade de que, quando pôs a arma contra a própria garganta e puxou o gatilho, ele estava se punindo pelo que tinha feito? Você já considerou que, talvez, ele não estivesse tentando *se safar*, como você diz?

Pensei em Bancroft, ponderando a ideia na minha mente, e não foi inteiramente difícil dizer o que Miriam Bancroft queria ouvir.

— É uma possibilidade.

Ela conteve uma risada.

— É mais do que uma possibilidade, Sr. Kovacs. Você esquece, mas eu estava aqui naquela noite. Eu observei Laurens da escadaria quando ele chegou. Vi o rosto dele. Vi a dor em seu rosto. Ele pagou pelo que tinha feito. Julgou-se e executou-se pelo que fez. Pagou, destruiu o homem que cometera o crime, e agora um homem que não tem memória daquele crime, um homem *que não cometeu* aquele crime, está vivendo com a culpa novamente. Está satisfeito, Sr. Kovacs?

Os ecos amargos na voz dela foram extraídos do aposento pela folha-mártir. O silêncio se aprofundou.

— Por que você fez isso? — perguntei, quando ela não exibiu sinais de que falaria de novo. — Por que Marla Rentang teve que pagar pelas infidelidades do seu marido?

Ela me olhou como se eu tivesse lhe pedido alguma verdade espiritual absoluta e balançou a cabeça.

— Foi o único jeito em que eu consegui pensar para feri-lo — murmurou ela.

Não tão diferente de Kawahara, no fim das contas, pensei com selvageria cuidadosamente manufaturada. Só mais uma Matusa, movendo gente pequena como peças no tabuleiro.

— Você sabia que Curtis estava trabalhando para Kawahara? — perguntei, inexpressivo.

— Eu deduzi. Depois. — Ela ergueu uma das mãos. — Mas eu não tinha como provar. Como foi que você descobriu?

— Retrospectivamente. Ele me levou ao Hendrix, me recomendou o hotel. Kadmin apareceu cinco minutos depois que eu entrei, sob as ordens de Kawahara. Foi rápido demais para ser coincidência.

— Sim — concordou ela, distante. — Faz sentido.

— Curtis obteve a sinamorfoesterona para você?

Ela assentiu.

— Por meio de Kawahara, eu imagino. Um suprimento farto, aliás. Ele estava entupido do negócio na noite que você mandou ele me fazer aquela visita. Foi ele quem sugeriu batizar o clone antes da viagem de Osaka?

— Não. Foi Kawahara. — Miriam Bancroft pigarreou. — Tivemos uma conversa excepcionalmente sincera alguns dias antes. Em retrospecto, ela devia estar planejando a coisa toda em torno de Osaka.

— É, Reileen é bem meticulosa. Era bem meticulosa. Ela saberia que haveria uma chance de 50% de Laurens se recusar a apoiá-la. Então você subornou Sheryl Bostock com uma visita à casa de diversões da ilha, que nem você fez comigo. Só que, em vez de poder brincar com o glorioso corpo de Miriam Bancroft como eu, ela pôde vesti-lo. Um punhado de grana, e a promessa de que ela poderia voltar e brincar mais um pouco algum dia. Pobre vaca, passou 36 horas no paraíso e agora está igual a um viciado em abstinência. Você algum dia ia levá-la de volta para lá?

— Sou uma mulher de palavra.

— É mesmo? Bem, como um favor a mim, faça-o logo.

— E quanto ao resto? Você tem provas? Pretende contar a Laurens sobre o meu envolvimento nisto?

Pus a mão no bolso e tirei um disco negro fosco.

— Filmagem da injeção — afirmei, erguendo o disco. — Vídeo composto de Sheryl Bostock saindo da PsychaSec e voando para se encontrar com você na sua limusine que, em seguida, segue para o mar. Sem isso, não há nada que comprove que seu marido não matou Marla Rentang sem auxílio químico, mas eles provavelmente vão presumir que Kawahara o dopou no Cabeça nas Nuvens. Não há provas, mas é conveniente.

— Como você soube? — Miriam fitava um canto do conservatório, a voz baixa e distante. — Como você chegou a Bostock?

— Intuição, na maior parte. Você me viu olhando pelo telescópio?

Ela assentiu e pigarreou.

— Achei que você estivesse me provocando. Achei que você tivesse contado a ele.

— Não. — Senti uma leve pontada de raiva. — Kawahara ainda estava com minha amiga no virtual. Sob ameaça de torturá-la até enlouquecer.

Miriam me olhou de esguelha, depois afastou o olhar.

— Eu não sabia disso — afirmou ela baixinho.

— É, bem. — Dei de ombros. — O telescópio me deu metade da solução. Seu marido a bordo do Cabeça nas Nuvens logo antes de se matar. Então comecei a pensar em todas as coisas desagradáveis que Kawahara tinha ao dispor dela lá em cima e considerei se talvez seu marido poderia ter sido induzido a se matar. Quimicamente, talvez por meio de algum tipo de programação virtual. Já vi ser feito antes.

— Sim, tenho certeza que viu. — Ela soava cansada agora, afastando-se. — Então por que procurar um rastro disso na PsychaSec e não no Cabeça nas Nuvens?

— Não sei direito. Intuição, como eu disse. Talvez porque manipulação química a bordo de um puteiro voador não parecia ser do estilo de Kawahara. Muito precipitado, muito tosco. Ela é uma jogadora de xadrez, não uma lutadora cara a cara. Era. Ou talvez tenha sido só porque eu não tinha como entrar na base de vigilância do Cabeça nas Nuvens do jeito como eu poderia fazê-lo com a PsychaSec, e eu queria agir imediatamente. De qualquer maneira, mandei o Hendrix entrar e vasculhar os procedimentos médicos padrão dos clones, depois rastrear de volta em busca de quaisquer irregularidades. Isso me entregou Sheryl Bostock.

— Que astuto. — Miriam se virou para me encarar. — E agora? O que virá, Sr. Kovacs? Mais justiça? Mais crucificação dos Matusas?

Joguei o disco na mesa.

— Mandei o Hendrix voltar e apagar a filmagem da injeção dos arquivos da PsychaSec. Como eu disse, eles provavelmente presumirão que seu marido foi dopado no Cabeça nas Nuvens. A solução conveniente. Ah, e nós apagamos a memória do Hendrix da sua visita ao meu quarto, também, para o caso de alguém querer criar caso com que você disse sobre me subornar. De um jeito ou de outro, eu diria que você deve ao Hendrix um par de favores, dos grandes. Ele disse que alguns hóspedes ocasionalmente seriam ótimos. Não deve custar muito, em termos relativos. Eu meio que prometi no seu nome.

Não contei a Miriam que Ortega sabia da cena do quarto ou quanto tempo fora necessário para convencer a policial a não pressionar aquele ponto. Eu mesmo ainda não sabia muito bem por que ela havia concordado. Em vez disso, observei o espanto no rosto de Miriam Bancroft pelos trinta segundos que ela levou para estender a mão e fechá-la em volta do disco. Ela me fitou sobre o punho cerrado enquanto o pegava.

— Por quê?

— Eu não sei — respondi, moroso. — Quem sabe, talvez você e Laurens se mereçam. Talvez você mereça seguir amando um desajustado sexual infiel que não sabe lidar com respeito e apetite no mesmo relacionamento. Talvez ele mereça seguir sem saber se assassinou Rentang sem provocação ou não. Talvez vocês sejam iguais a Reileen, os dois. Talvez todos vocês Matusas só mereçam uns aos outros. Só sei que o resto de nós não merece vocês.

Eu me levantei para ir embora.

— Obrigado pelo drinque.

Cheguei até a porta...

— Takeshi.

... e me virei de volta, a contragosto, para encará-la.

— Não foi por isso — afirmou ela com segurança. — Talvez você acredite em todas essas coisas, mas não foram esses os motivos. Foram?

Balancei a cabeça.

— Não, não foram.

— Então por quê?

— Como eu disse, não sei. — Eu a encarei, perguntando-me se estava feliz ou não de não me lembrar. Minha voz se suavizou. — Mas ele me pediu isso, caso fosse eu quem ganhasse. Era parte do nosso acordo. Ele não me disse por quê.

Eu a deixei sentada sozinha em meio à folha-mártir.

EPÍLOGO

A maré estava baixa em Ember, deixando um trecho de areia molhada que se estendia quase até o destroço inclinado do *Defensor do Livre Mercado*. As pedras nas quais o porta-aviões tinha se rasgado estavam expostas, reunidas em água rasa junto à proa como se fossem as tripas derramadas fossilizadas do navio. Aves marinhas se empoleiravam ali, gritando estridentemente umas para as outras. Uma brisa fina corria por sobre a areia e criava minúsculas ondulações nas poças deixadas pelos nossos passos. Lá no calçadão, o rosto de Ancana Salomão fora removido, intensificando o vazio desolador da rua.

— Achei que você já teria partido — disse Irene Elliott ao meu lado.

— Está sendo providenciado. O Mundo de Harlan está embromando para liberar a autorização de feixe. Eles não me querem de volta de jeito nenhum.

— E ninguém o quer por aqui.

Dei de ombros.

— Não é uma situação nova para mim.

Caminhamos em silêncio por um tempo. Era uma sensação peculiar, conversar com Irene Elliott no corpo dela. Nos dias que antecederam o trabalho do Cabeça nas Nuvens, eu tinha me acostumado a olhá-la de cima, mas esta capa loira de ossos largos era quase tão alta quanto eu, e havia uma aura de competência sombria ao redor dela que só tinha transparecido muito de leve nos maneirismos no outro corpo.

— Me ofereceram um emprego — contou ela, depois de um tempo. — Consultoria de segurança para a Mainline f.h.d. Já ouviu falar?

Neguei com a cabeça.

— Empresa bem conhecida lá na Costa Leste. Eles devem ter posto *headhunters* no painel de inquérito ou algo do tipo. No instante em que a

ONU me inocentou, eles bateram na minha porta. Oferta explosiva, cinco mil se eu assinasse ali na hora.

— É, isso é uma prática padrão. Parabéns. Você vai se mudar para o leste ou eles vão transmitir o serviço para você aqui?

— Provavelmente vou fazer aqui, pelo menos por um tempo. Colocamos Elizabeth num apartamento virtual em Bay City, e é bem mais barato se conectar localmente. A instalação nos custou a maior parte daqueles cinco mil, e concluímos que ainda vamos levar alguns anos até termos o dinheiro para reencapá-la. — Irene abriu um sorriso tímido na minha direção. — Temos passado a maior parte do nosso tempo lá, recentemente. Foi para lá que Victor foi hoje.

— Você não precisa justificar a ausência dele — respondi gentilmente. — Eu já achava que Victor não ia querer falar comigo, mesmo.

Irene afastou o olhar.

— É que, você sabe, ele sempre foi tão orgulhoso, e...

— Esqueça. Se alguém pisoteasse meus sentimentos do jeito que eu fiz com ele, também não ia querer falar com essa pessoa. — Parei e pus a mão no bolso. — Isso me lembrou uma coisa. Trouxe algo para vocês.

Irene fitou o chip de crédito cinzento anônimo na minha mão.

— O que é isso.

— Uns oitenta mil — respondi. — Calculei que com isso vocês poderão pagar uma capa personalizada exclusiva para Elizabeth. Se ela escolher rápido, vocês poderão tê-la encapada antes do fim do ano.

— O quê? — Ela me encarou com um sorriso aparecendo e sumindo no rosto, como alguém que tivesse escutado uma piada e não sabia se entendera direito. — Você está dando para a gente... Por quê? Por que você está fazendo isso?

Desta vez eu tinha uma resposta. Tinha pensado nisso o caminho inteiro aquela manhã, desde Bay City. Peguei a mão de Irene Elliott e pus o chip nela.

— Porque eu queria que houvesse alguma coisa limpa no fim disto tudo — expliquei em voz baixa. — Alguma coisa com a qual eu possa me sentir bem.

Por um momento, ela continuou me encarando. Então cruzou o curto espaço entre nós e se jogou num abraço com um grito que fez as gaivotas próximas alçarem voo, alarmadas. Senti um filete de lágrimas sendo espalhado no meu rosto, mas ela ria ao mesmo tempo. Devolvi o abraço.

E, pelos momentos que aquele abraço durou, e também um tempinho depois, eu me senti tão limpo quanto a brisa que vinha do mar.

Tome o que lhe for oferecido, disse Virgínia Vidaura, em algum lugar. *E isso às vezes tem que bastar.*

Demorou mais onze dias para que autorizassem a transmissão em feixe que me devolveria ao Mundo de Harlan, e passei a maior parte desse tempo de bobeira no Hendrix assistindo ao noticiário e me sentindo estranhamente culpado pelo checkout iminente. Havia pouquíssimos fatos genuínos sobre a morte de Reileen Kawahara disponíveis ao público, então a cobertura resultante foi sensacionalista e largamente incorreta. O Inquérito Especial da ONU permaneceu velado em confidencialidade e, quando os rumores sobre a adoção iminente da Resolução 653 finalmente irromperam, havia muito pouco que os conectasse ao que tinha acontecido antes. O nome de Bancroft nunca apareceu, nem o meu.

Jamais falei com Bancroft de novo. A autorização de transmissão em feixe e a apólice de reencapamento no Mundo de Harlan me foram entregues por Oumou Prescott, e, por mais que tenha sido razoavelmente agradável e me garantido que os termos do contrato seriam honrados ao pé da letra, ela também transmitiu uma mensagem elegantemente ameaçadora de que eu nunca mais deveria tentar me comunicar com qualquer membro da família Bancroft. A razão citada foi minha falsidade quanto à história do Jack It Up, a quebra da minha muito exaltada palavra, mas eu sabia a verdade. Tinha visto no rosto de Bancroft do outro lado da câmara de inquérito quando os fatos sobre o paradeiro e as atividades de Miriam durante a incursão ao Cabeça nas Nuvens foram revelados. Apesar de toda aquela palhaçada de Matusa sobre ele ser evoluído e superior, o velho cretino ficou se mordendo de ciúmes. Eu me perguntei o que ele teria feito se tivesse sido obrigado a assistir os arquivos apagados do quarto do Hendrix.

Ortega foi comigo até Bay City Central no dia da transmissão em feixe, o mesmo dia em que Mary Lou Hinchley foi baixada num sintético de banco de testemunhas para a audiência inicial sobre o Cabeça nas Nuvens. Havia multidões entoando cânticos nos degraus do salão de entrada, contrapostos a uma linha de policiais de Ordem Pública da ONU de aparência sinistra e uniformes pretos. Os mesmos holocartazes toscos que eu lembrava da minha chegada na Terra eram erguidos acima das nossas cabeças enquanto abríamos caminho pela massa. O céu acima era de um cinzento agourento.

— Palhaços de merda — rosnou Ortega, tirando o último dos manifestantes do caminho com uma cotovelada. — Se eles provocarem os Públicos, vão se arrepender. Já vi esses rapazes em ação, e não é bonito.

Eu me esquivei de um rapaz de cabeça raspada que socava violentamente o ar com um punho e segurava um dos geradores de cartazes com a outra mão. A voz estava rouca, e ele parecia estar preso num transe frenético. Eu me juntei a Ortega na camada superior da multidão, um pouco sem fôlego.

— Não há organização suficiente aqui para representar uma ameaça real — comentei, elevando minha voz para competir com a multidão. — Eles estão só fazendo barulho.

— É, só que isso nunca deteve os Públicos antes. É capaz de eles racharem algumas cabeças só por uma questão de princípios. Que porra de confusão.

— É o preço do progresso, Kristin. Você queria a Resolução 653. — Fiz um gesto para o mar de rostos raivosos abaixo. — Agora você conseguiu.

Um dos homens mascarados de armadura acima de nós quebrou a formação e desceu os degraus, com o bastão de choque um pouco erguido ao lado do corpo. A farda trazia o traço escarlate de um sargento no ombro. Ortega mostrou o distintivo para ele, e, depois de uma breve conversa, nossa passagem foi permitida. A fileira se abriu para nós, e então as portas duplas para o salão além. Era difícil decidir o que era mais suavemente mecânico: as portas ou os vultos sem rosto, vestidos de preto, que as guardavam.

Lá dentro estava silencioso e sombrio com a luz de tempestade que entrava pelos painéis do teto. Olhei em volta para os bancos desocupados e suspirei. Qualquer que fosse o mundo, o que quer que você tivesse feito, fosse bom ou ruim, você sempre ia embora do mesmo jeito.

Sozinho.

— Você precisa de um minuto?

Balancei a cabeça.

— Preciso de uma vida inteira, Kristin. Talvez isso e mais um pouco.

— Fique longe de encrencas e talvez você consiga. — Havia uma tentativa de humor flutuando na voz dela, como um cadáver boiando numa piscina, e ela devia ter percebido como soava, porque a frase vacilou no fim. Um constrangimento crescia entre nós, e tinha começado assim que eu fora reencapado no corpo de Ryker para as audiências em tempo real do comitê.

Durante o inquérito, tínhamos nos mantido ocupados demais para nos encontrarmos com frequência, e, quando os procedimentos finalmente se encerraram e todos nós fomos para casa, o padrão continuou. Houve alguns encontros sexuais tempestuosos, mas apenas superficialmente satisfatórios; mesmo esses, porém, tinham acabado assim que ficou claro que Ryker seria inocentado e libertado. Qualquer calor humano em que estivéssemos reunidos estava fora de controle agora, inseguro como as chamas de um lampião destroçado; tentar contê-lo só acabaria deixando nós dois dolorosamente queimados.

Eu me virei e abri um sorriso leve.

— Fique longe de encrencas, é? Foi isso que você disse a Trepp?

Foi uma patada injusta, e eu sabia disso. Por improvável que parecesse, aparentemente Kawahara só acertara Trepp com a beirada do raio atordoante. Conforme eu lembrei quando eles me falaram aquilo, a pistola de dardos tinha sido configurada para dispersão mínima logo antes de eu entrar para enfrentar Kawahara. Pura sorte que eu a tivesse deixado assim. Quando a equipe de peritos da ONU rapidamente convocada chegou ao Cabeça nas Nuvens para coletar provas sob a direção de Ortega, Trepp tinha desaparecido, assim como o arnês gravitacional deixado por mim na torre de amostragem atmosférica que eu usara para entrar. Eu não sabia se Ortega e Bautista tinham considerado justo liberar a mercenária levando em conta o testemunho que ela poderia dar sobre o *Rosa do Panamá,* ou se Trepp tinha simplesmente cambaleado para fora do palco antes que a polícia chegasse. Ortega não havia oferecido informação nenhuma e não restava o suficiente da nossa intimidade prévia para que eu pudesse perguntar diretamente. Esta era a primeira vez que discutíamos a questão às claras.

Ortega fez uma careta para mim.

— Você está me pedindo para igualar vocês dois?

— Não estou pedindo nada, Kristin. — Dei de ombros. — Mas, honestamente, não vejo lá uma grande distância entre ela e eu.

— Continue pensando assim, e nunca nada mudará para você.

— Kristin, nada *nunca* muda. — Apontei o polegar para a multidão lá fora. — Sempre haverá idiotas assim, engolindo padrões de crença inteiros para não terem que pensar por conta própria. Sempre haverá gente como Kawahara e os Bancroft para manipular os idiotas e faturar com o esquema. Gente como você para garantir que o jogo siga tranquilo e que as regras não sejam quebradas com muita frequência. E, quando os Matusas quiserem quebrar as regras eles mesmos, vão mandar gente como Trepp e eu para fazê-lo. Essa é a verdade, Kristin. Já era a verdade quando eu nasci, há 150 anos, e, pelo que eu li nos livros de história, nunca foi diferente. Melhor se acostumar.

Ela me olhou com calma por um minuto, depois assentiu como se chegasse a uma decisão.

— Você sempre pretendeu matar Kawahara, não foi? Aquela merda toda de confissão foi só para me convencer a embarcar na sua.

Era uma pergunta que eu tinha me feito muitas vezes; uma para a qual eu não tinha uma resposta clara. Dei de ombros novamente.

— Ela merecia morrer, Kristin. Morrer de verdade. É tudo que eu sei com certeza.

Acima, um leve tamborilar soou nos painéis do teto. Inclinei a cabeça para trás e vi explosões transparentes no vidro. Começava a chover.

— Tenho que ir — falei baixinho. — Da próxima vez que você vir este rosto, não serei mais eu por trás dele, então, se houver alguma coisa que você queira dizer...

O rosto de Ortega estremeceu quase imperceptivelmente em resposta. Eu me amaldiçoei pela falta de tato e tentei pegar a mão dela.

— Olha, se servir de alguma ajuda, ninguém sabe. Bautista provavelmente desconfia que ficamos juntos, mas ninguém realmente sabe.

— *Eu* sei — retrucou ela, sem me dar a mão. — Eu lembro.

Suspirei.

— É, eu também. *Vale a pena* lembrar, Kristin. Só não deixe que isso foda o resto da sua vida. Vá buscar Ryker e siga em frente para a próxima tela. É isso que conta. Ah, sim. — Pus a mão no bolso do casaco e tirei um maço de cigarros amassado. — Você pode ficar com isso. Não preciso mais disso, e ele também não, então não o faça começar de novo. Você me deve isso, pelo menos. É só garantir que ele continue sem fumar.

Ela piscou e me deu um beijo súbito, em algum lugar entre a boca e a bochecha. Foi uma imprecisão que eu não tentei corrigir em nenhuma direção. Eu me virei antes que pudesse ver se haveria lágrimas e segui para as portas no outro lado do salão. Olhei para trás uma vez, enquanto subia os degraus. Ortega ainda estava parada ali, braços envolvendo o próprio corpo, assistindo à minha partida. À luz da tempestade, era longe demais para ver seu rosto com clareza.

Por um momento, alguma coisa doeu em mim, algo com raízes tão fundas que eu sabia que arrancá-las seria desfazer a essência do que me mantinha em um só pedaço. O sentimento subiu e se chocou como chuva detrás dos meus olhos, inchando conforme o tamborilar nos painéis do teto se intensificavam e a água corria com mais força pelo vidro.

Então eu contive o sentimento.

Virei-me de volta para o próximo degrau, encontrei uma risadinha em algum lugar do meu peito e a tossi. Ela se inflamou e virou uma quase risada.

Chegar à próxima tela.

As portas esperavam no topo, a transmissão em feixe logo do outro lado.

Ainda tentando rir, eu entrei.

AGRADECIMENTOS

Existe uma vasta distância entre a decisão de se escrever o primeiro romance e chegar a vê-lo publicado, e a jornada por essa distância pode ser emocionalmente brutal. Ela vem com solidão, mas ao mesmo tempo exige uma imensa fé no que você faz que é difícil de se sustentar sozinha. Só fui capaz de completar essa jornada graças a várias pessoas no caminho, que me emprestaram sua fé quando a minha estava ficando muito escassa. Já que a tecnologia imaginada em *Carbono alterado* ainda não existe, é melhor eu começar a agradecer esses companheiros de viagem enquanto eu ainda posso, porque, sem o apoio deles, eu tenho certeza de que *Carbono alterado* em si também não existiria.

Em ordem de aparição, então:

Obrigado a Margaret e John Morgan por terem reunido o material orgânico original, a Caroline (Dit-Dah) Morgan pelo entusiasmo de antes de sequer poder falar, a Gavin Burgess pela amizade quando frequentemente nenhum de nós estava em condição de falar, a Alan Young pelas profundezas de comprometimento incondicional das quais não existe *forma* de se falar e a Virginia Cottinelli por ter me dado sua juventude quando eu tinha quase acabado de gastar a minha. Então, a luz de um túnel bem longo, obrigado à minha agente Carolyn Whitaker por ter considerado os rascunhos de *Carbono alterado* não só uma, mas duas vezes, e a Simon Spanton na Gollancz por ser o homem que finalmente fez tudo acontecer.

Que a estrada sempre se erga para encontrá-lo,
Que o vento sempre esteja às suas costas

Impresso no Brasil pelo
Sistema Cameron da Divisão Gráfica da
DISTRIBUIDORA RECORD DE SERVIÇOS DE IMPRENSA S.A.
Rua Argentina, 171 – Rio de Janeiro, RJ – 20921-380 – Tel.: (21)2585-2000